TEMPORADA DOS OSSOS

TEMPORADA DOS OSSOS

BONE SEASON

1

SAMANTHA SHANNON

Tradução:
Cláudia Mello Belhassof

Fantástica
ROCCO

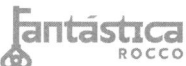

Título original
THE BONE SEASON

Primeira publicação na Grã-Bretanha em 2013
pela Bloomsbury Publishing Plc

Copyright © 2013 *by* Samantha Shannon-Jones

O direito moral da autora foi assegurado.

Todos os direitos reservados. Nenhuma parte desta obra
pode ser reproduzida ou transmitida por qualquer forma ou
meio eletrônico ou mecânico, inclusive fotocópia, gravação ou sistema
de armazenagem e recuperação de informação, sem a permissão escrita do editor.

Direitos para a língua portuguesa reservados
com exclusividade para o Brasil à
EDITORA ROCCO LTDA.
Av. Presidente Wilson, 231 – 8º andar
20030-021 – Rio de Janeiro – RJ
Tel.: (21) 3525-2000 – Fax: (21) 3525-2001
rocco@rocco.com.br | www.rocco.com.br

Printed in Brazil/Impresso no Brasil

GERENTE EDITORIAL	ASSISTENTES
Ana Martins Bergin	Gilvan Brito
	Silvânia Rangel (Produção Gráfica)
EDITORA	
Larissa Helena	REVISÃO
	Wendell Setubal
EQUIPE EDITORIAL	
Manon Bourgeade (arte)	PREPARAÇÃO DE ORIGINAIS
Milena Vargas	Nina Lopes
Viviane Maurey	

CIP-Brasil. Catalogação na fonte.
Sindicato Nacional dos Editores de Livros, RJ.

S54t Shannon, Samantha
Temporada dos ossos / Samantha Shannon; tradução de Cláudia Mello Belhassof. – Primeira edição. – Rio de Janeiro: Fantástica Rocco, 2016.
  (Temporada dos ossos; 1)

Tradução de: The bone season
ISBN 978-85-68263-07-5

1. Fantasia – Ficção . 2. Ficção inglesa. I. Belhassof, Cláudia Mello. II. Título. III. Série.

15-20429   CDD-028.5   CDU-087.5

O texto deste livro obedece às normas do
Acordo Ortográfico da Língua Portuguesa.

Para os sonhadores.

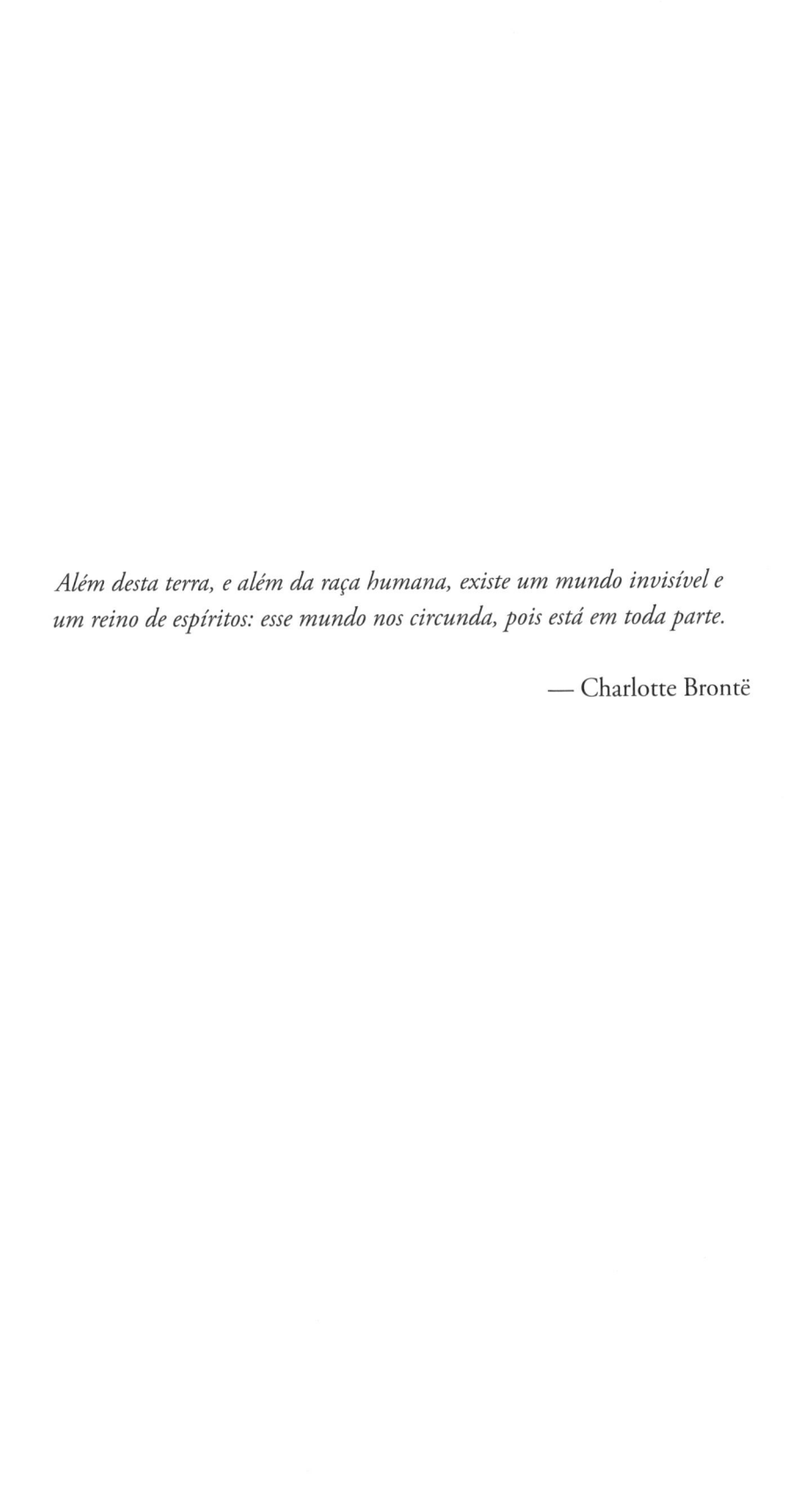

Além desta terra, e além da raça humana, existe um mundo invisível e um reino de espíritos: esse mundo nos circunda, pois está em toda parte.

— Charlotte Brontë

AS SETE ORDENS DE CLARIVIDENTES
– De acordo com o livro *Sobre os méritos da desnaturalidade* –

✳ ADIVINHOS ✳
— púrpura —

Precisam de objetos rituais (numa) para se conectar ao éter.
Usados com mais frequência para prever o futuro.

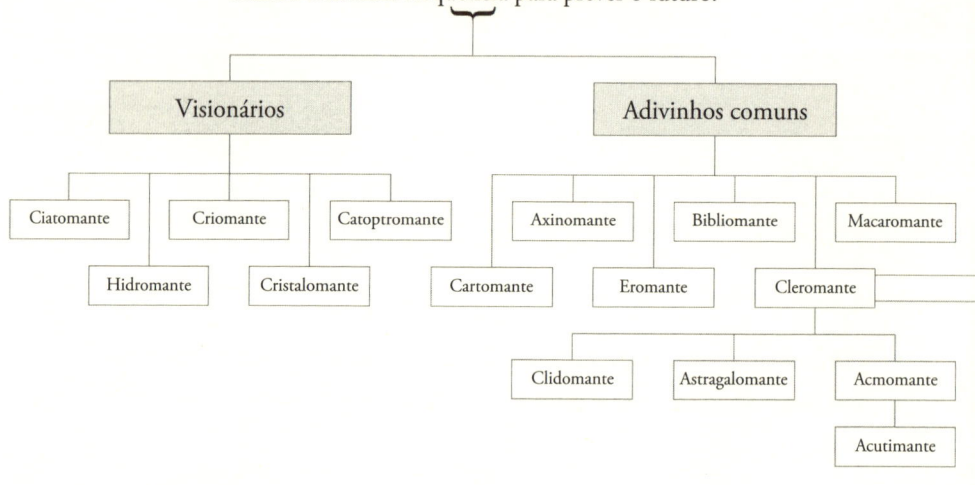

✳ MÉDIUNS ✳
— verde —

Conectam-se ao éter através da possessão espiritual. Sujeitos a certo grau de controle pelos espíritos.

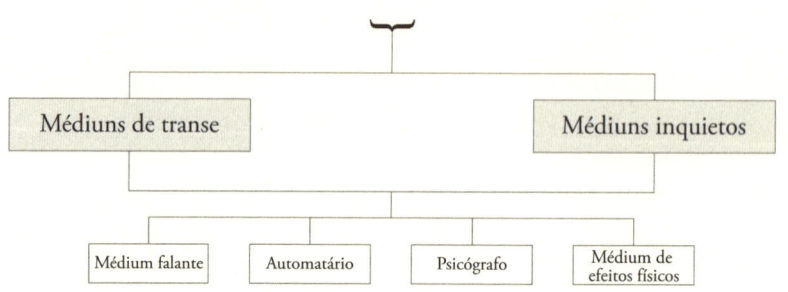

✳ SENSITIVOS ✳
— amarelo —

Compartilham o éter num nível sensorial e linguístico. Às vezes conseguem canalizar o éter.

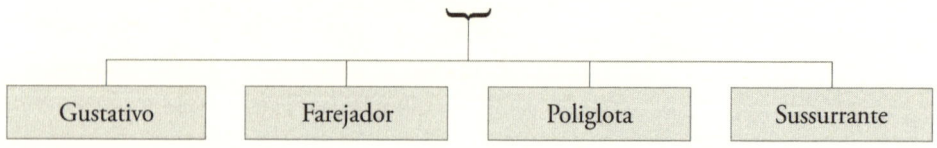

✳ ÁUGURES ✳
— azul —

Usam a matéria orgânica ou elementos para se conectar ao éter.
Usados com mais frequência para prever o futuro.

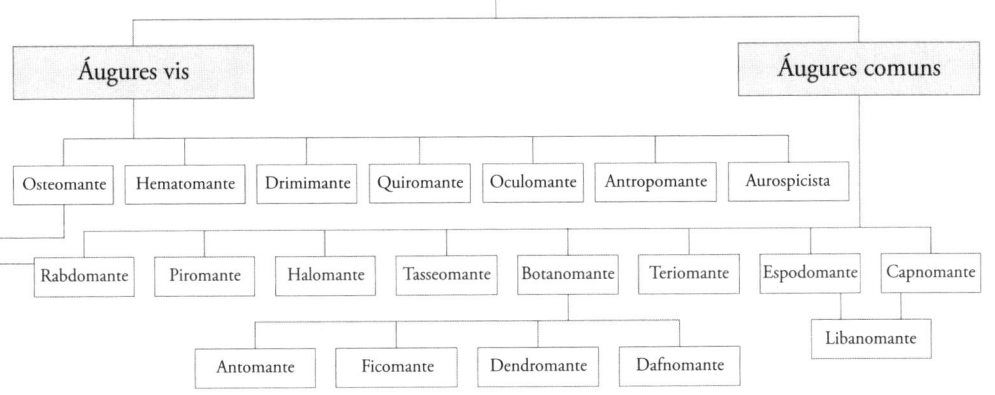

✳ GUARDIÕES ✳
— laranja —

Têm mais controle sobre os espíritos e conseguem dobrar limites etéreo-espaciais comuns.

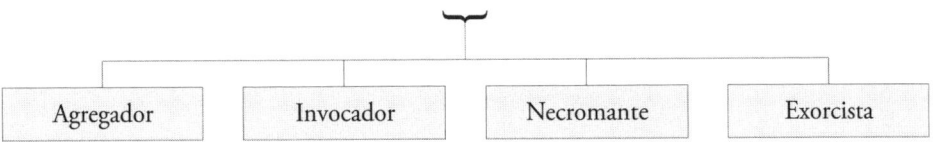

✳ FÚRIAS ✳
— laranja-avermelhado —

Sujeitos a mudanças internas quando se conectam ao éter, normalmente para o plano onírico.

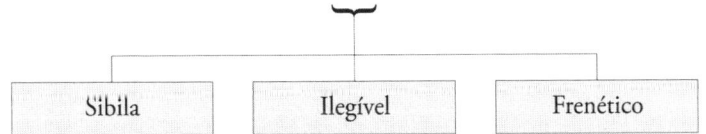

✳ SALTADORES ✳
— vermelho —

Capazes de afetar o éter fora de seus limites físicos. Têm maior sensibilidade ao éter.

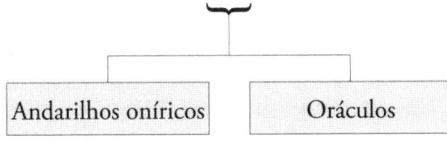

A maldição

Gosto de imaginar que havia mais de nós no início. Não muitos, suponho. Apenas mais do que existem hoje.

Somos a minoria que o mundo não aceita. Não fora dos limites da fantasia, e até ela foi proibida. Nossa aparência é como a de todas as outras pessoas. Às vezes agimos como todas as outras pessoas. De várias maneiras, nós *somos* como todas as outras pessoas. Estamos em toda parte, em todas as ruas. Vivemos de um jeito que você pode considerar normal, contanto que não olhe com muita atenção.

Nem todos entre nós sabem o que somos. Alguns morrem sem saber. Alguns de nós sabem e nunca são pegos. Mas estamos por aí.

Acredite em mim.

Morei desde os oito anos naquela parte de Londres que era chamada de Islington. Frequentei uma escola particular para meninas e saí aos dezesseis para trabalhar. Isso foi em 2056. PS 127, se você usar o calendário de Scion. Esperava-se que os jovens de ambos os sexos dessem um jeito de se sustentar como podiam, o que geralmente acontecia atrás de algum tipo de balcão. Havia muitos empregos na área de serviços. Meu pai achou que eu levaria uma vida simples; que eu era inteligente, mas sem ambição, que aceitaria qualquer emprego que aparecesse na minha frente.

Meu pai, como sempre, estava errado.

A partir dos dezesseis anos, eu trabalhei no submundo criminoso de Scion Londres – SciLo, como chamávamos nas ruas. Trabalhei com gangues implacáveis de videntes, todos dispostos a derrubar uns aos outros para sobreviver. Todos parte de um sindicato da cidadela liderado pelo Sublorde. Empurrados para a margem da sociedade, éramos forçados a entrar para o crime se quiséssemos prosperar. E assim acabamos sendo mais odiados. Fizemos as histórias se tornarem verdadeiras.

Eu tinha um pequeno espaço nesse caos. Era uma concubina, protegida de um mime-lorde. Meu chefe era um homem chamado Jaxon Hall, o mime-lorde responsável pela área I-4. Éramos seis empregados diretos. Nós nos chamávamos de Sete Selos.

Eu não podia contar ao meu pai. Ele achava que eu trabalhava como servente num bar de oxigênio, uma ocupação mal paga, mas legalizada. Era uma mentira fácil. Ele não teria entendido se eu contasse por que passava a vida com criminosos. Ele não sabia que meu lugar era com essas pessoas. Mais do que ao lado dele.

Eu tinha dezenove anos quando minha vida mudou. Meu nome já estava conhecido nas ruas naquela época. Depois de uma semana difícil no mercado negro, eu planejava passar o fim de semana com meu pai. Jax não entendia por que eu precisava de uma folga – para ele, não havia nada nem ninguém além do sindicato –, mas ele não tinha uma família, como eu. Não uma família viva, de qualquer maneira. E, apesar de meu pai e eu nunca termos sido muito próximos, eu ainda achava que devia manter contato. Um jantar aqui, um telefonema ali, um presente na Novembrália. O único obstáculo era a lista infinita de perguntas que ele fazia. Com o que eu trabalhava? Quem eram os meus amigos? Onde eu estava morando?

Eu não podia responder. A verdade era perigosa. Ele poderia me mandar para Tower Hill por conta própria se soubesse o que eu realmente fazia. Talvez eu devesse ter contado a verdade a ele. Talvez isso o tivesse matado. De qualquer maneira, não me arrependia de fazer parte do sindicato. Minha linha de trabalho era desonesta, mas pagava bem. E, como Jax sempre dizia, é melhor ser um fora da lei do que um presunto.

* * *

Estava chovendo naquele dia. Meu último dia no trabalho.

Um aparelho de suporte de vida mantinha meus sinais vitais em funcionamento. Eu parecia morta e, de certa forma, estava: meu espírito havia se separado parcialmente do meu corpo. Esse era um crime pelo qual eu poderia ter ido para a forca.

Eu disse que trabalhava no sindicato. Vou esclarecer: eu era um tipo de hacker. Não exatamente uma *leitora* de mentes; estava mais para um radar de mentes, sintonizada com o mecanismo do éter. Eu conseguia sentir as nuances entre os planos oníricos e os espíritos ardilosos. Coisas fora de mim. Coisas que um vidente mediano não sentiria.

Jax me usava como uma ferramenta de vigilância. Meu trabalho era acompanhar a atividade etérea na seção dele. Eu costumava investigar outros videntes, ver se eles escondiam alguma coisa. No início, eram apenas pessoas que estavam no ambiente – pessoas que eu conseguia ver, ouvir e tocar –, mas ele logo percebeu que eu podia ir além disso. Eu era capaz de sentir coisas acontecendo em outros lugares: um vidente andando pela rua, uma reunião de espíritos em Garden. Contanto que eu tivesse suporte de vida, eu conseguia vasculhar o éter no raio de um quilômetro e meio a partir de Seven Dials. Dessa forma, quando ele precisava de alguém para descobrir os podres que estavam acontecendo na I-4, pode apostar seus agouros que Jaxon chamava esta que vos fala. Ele dizia que eu tinha potencial para ir além, mas Nick se recusava a me deixar tentar. Não sabíamos o que poderia acontecer comigo.

Toda clarividência era proibida, é claro, mas o tipo que dava lucro era considerado pecado capital. Eles tinham um termo especial para isso: *mime-crime*. Comunicação com o mundo dos espíritos, especialmente para obter ganhos financeiros. O mime-crime estava entranhado nas estruturas do sindicato.

Trocar serviços de clarividência por dinheiro era comum entre quem não conseguia entrar para alguma gangue. Nós chamávamos de mercadejar. Scion chamava de traição. A penalidade oficial para esse tipo de crime era a execução por asfixia com nitrogênio, vendido sob o nome comercial de NiteKind. Ainda me lembro das manchetes: PUNIÇÃO INDOLOR: O MAIS RECENTE MILAGRE DE SCION. Eles diziam que era como ir dormir, como tomar um comprimido. Mas ainda praticavam enforcamentos públicos e as inevitáveis torturas por alta traição.

Só por respirar eu já estava cometendo alta traição.

Mas vamos voltar àquele dia. Jaxon me ligou ao aparelho de suporte de vida e me mandou investigar a seção. Eu estava me aproximando de uma mente local, um visitante frequente da Seção 4. Tentei ao máximo ver as memórias dele, mas alguma coisa sempre me impedia. Esse plano onírico era totalmente diferente de tudo o que eu já havia encontrado. Até mesmo Jax estava intrigado. Pelas camadas de mecanismos de defesa, eu diria que seu proprietário tinha vários milhares de anos, mas não podia ser isso. Era algo bem diferente.

Jax era um homem desconfiado. O costume era que um novo clarividente na sua seção se anunciasse a ele no período de quarenta e oito horas. Ele disse que outra gangue devia estar envolvida, mas ninguém do grupo da I-4 tinha experiência suficiente para bloquear minha investigação. Nenhum deles sabia do que eu era capaz. Não era Didion Waite, que chefiava a segunda maior gangue da área. Nem um dos mercadeiros famintos que frequentavam os Dials. Não eram os mime-lordes territoriais especializados em furtos etéreos. Era outra coisa.

Centenas de mentes passaram por mim em lampejos prateados na escuridão. Elas se moviam rapidamente pelas ruas, como seus proprietários. Eu não reconhecia essas pessoas. Não conseguia ver seus rostos; apenas as fronteiras expostas de suas mentes.

Eu não estava mais nos Dials. Minha percepção estava mais ao norte, apesar de eu não conseguir identificar onde. Segui a sensação familiar de perigo. A mente do desconhecido estava próxima. Ela me guiava pelo éter como um bruta-lume com uma lanterna, disparando por cima e por baixo de outras mentes. Ela se movia depressa, como se o desconhecido pudesse sentir minha presença. Como se ele estivesse tentando fugir.

Eu não deveria seguir essa luz. Não sabia aonde ela me levaria, e já estava muito distante dos Seven Dials.

"Jaxon falou para você encontrá-lo." O pensamento estava distante. "Ele vai ficar bravo". Segui adiante, me movendo mais rápido do que jamais poderia no meu corpo. Forcei os limites impostos pela minha localização física. Estava conseguindo identificar a mente ardilosa. Não era prata como as outras: não, essa era escura e fria, uma mente de gelo e pedra. Fui depressa em direção a ela. Estava tão, *tão* perto... Eu não podia perdê-lo agora...

Nesse momento, o éter tremeu ao meu redor e, num piscar de olhos, ele desapareceu. A mente do desconhecido estava fora de alcance novamente.

Alguém sacudiu meu corpo.

Meu cordão de prata – a ligação entre meu corpo e meu espírito – era extremamente sensível. Era o que me permitia sentir planos oníricos a certa distância. Também podia me fazer voltar de repente para minha pele. Quando abri os olhos, Dani estava acenando uma caneta de luz diante do meu rosto.

– Reação pupilar – disse ela para si mesma. – Ótimo.

Danica. Nosso gênio residente, inferior apenas a Jax em termos de intelecto. Ela era três anos mais velha do que eu e tinha todo o charme e sensibilidade de um soco no estômago. Nick a classificou como sociopata assim que ela foi contratada. Jax dizia que era apenas sua personalidade.

– Acorde, Onírica. – Ela me deu um tapa no rosto. – Bem-vinda de volta ao plano carnal.

O tapa doeu: um bom sinal, apesar de desagradável. Estendi a mão para soltar a máscara de oxigênio.

O brilho escuro da caverna entrou em foco. O berço de Jax era um esconderijo secreto de contrabando: filmes, músicas e livros proibidos, tudo empilhado em prateleiras empoeiradas. Havia uma série de terror barato, do tipo que se pode pegar emprestado em Garden nos fins de semana, e uma pilha de panfletos encadernados com grampeador. Aquele era o único lugar do mundo onde eu podia ler, assistir e fazer o que quisesse.

– Você não devia me acordar assim – falei. Ela conhecia as regras. – Por quanto tempo eu fiquei lá?

– Onde?

– Onde você acha?

Dani estalou os dedos.

– Certo, é claro... o éter. Desculpe. Eu não estava marcando.

Improvável. Ela nunca deixava de marcar.

Verifiquei o cronômetro azul Nixie no aparelho. A própria Dani o havia criado. Ela o chamava de Sistema de Sustento de Videntes Mortos, ou s^2vm. O equipamento monitorava e controlava minhas funções vitais quando eu sentia o éter por um longo tempo. Levei um susto quando vi os números.

— Cinquenta e sete minutos. — Esfreguei as têmporas. — Você me deixou ficar no éter por uma hora?

— Talvez.

— Uma hora inteira?

— Ordens são ordens. Jax queria que você invadisse essa mente misteriosa antes do crepúsculo. Conseguiu?

— Eu tentei.

— O que significa que fracassou. Nada de bônus para você. — Ela engoliu seu *espresso*. — Ainda não acredito que você perdeu Anne Naylor.

Ela sempre trazia esse assunto à tona. Poucos dias antes, eu tinha sido enviada à casa de leilões para recuperar um espírito que, por direito, pertencia a Jax: Anne Naylor, a famosa fantasma de Farringdon. Mas alguém deu um lance maior que o meu.

— A gente nunca teria conseguido Naylor — falei. — Didion não ia deixar esse martelo bater, não depois da última vez.

— Tanto faz. Não sei o que Jax ia fazer com uma poltergeist, de qualquer maneira. — Dani olhou para mim. — Ele disse que deu a você o fim de semana de folga. Como conseguiu isso?

— Motivos psicológicos.

— O que isso quer dizer?

— Quer dizer que você e seus aparelhos estão me enlouquecendo.

Ela jogou o copo vazio em mim.

— Eu cuido de você, sua pivete. Meus aparelhos não funcionam sozinhos. Eu podia simplesmente sair daqui para ir almoçar e deixar seu cérebro secar.

— Ele *podia mesmo* ter secado.

— Pode chorar à vontade. Você conhece o procedimento: Jax dá as ordens, nós obedecemos e recebemos o guinéu. Vá trabalhar para Hector, se não gosta.

Touché.

Dani fungou e devolveu meu par de botas de couro surradas. Eu as calcei.

— Onde está todo mundo?

— Eliza está dormindo. Ela teve um surto.

Só falávamos em *surto* quando um de nós tinha um encontro quase fatal, o que, no caso de Eliza, era uma possessão espontânea. Olhei para a porta que dava para o quarto de pintura dela.

— Ela está bem?

– Vai dormir e melhorar.

– Acredito que Nick tenha dado uma olhada nela.

– Liguei para ele. Ainda está no Chat's com Jax. Ele disse que ia te levar para a casa do teu pai às cinco e meia.

Chateline's, um bar e churrascaria elegante em Neil's Yard, era um dos poucos lugares onde podíamos comer fora. O proprietário fez um acordo com a gente: se déssemos boas gorjetas, ele não contava aos Vigilantes o que éramos. A gorjeta dele custava mais do que a refeição, mas valia a pena quando queríamos sair à noite.

– Então ele está atrasado... – falei.

– Deve ter ficado preso.

Dani estendeu a mão para seu telefone.

– Não se preocupe. – Ajeitei o cabelo no meu chapéu. – Eu odiaria interromper o encontro deles.

– Você não pode ir de trem.

– Na verdade, posso, sim.

– É pedir pra morrer.

– Vou ficar bem. Não verificam a linha há semanas. – Eu me levantei. – Café da manhã na segunda?

– Talvez. Pode dar um pouco mais de tempo para a fera. – Ela olhou para o relógio. – É melhor você ir. São quase seis.

Ela estava certa. Eu tinha menos de dez minutos para chegar à estação. Peguei minha jaqueta e corri em direção à porta, falando depressa "Oi, Pieter" para o espírito no canto. Ele brilhou em resposta: um brilho suave e entediado. Não vi isso, mas senti. Pieter estava deprimido de novo. Estar morto às vezes o incomodava.

Havia um jeito adequado de fazer coisas com espíritos, pelo menos na nossa seção. Pieter, por exemplo, um dos nossos espíritos ajudantes – uma musa, se você quiser usar termos técnicos. Eliza o deixava possuí-la, trabalhando em períodos de cerca de três horas por dia, e nesse tempo ela pintava uma obra de arte. Quando ela terminava, eu corria até Garden e a vendia para colecionadores de arte ingênuos. Pieter era temperamental, devo dizer. Às vezes ficávamos meses sem um quadro.

Em uma caverna como a nossa, não havia lugar para a ética. Isso acontece quando você obriga uma minoria a viver no subsolo. Acontece quando o mundo é cruel. Não havia nada a fazer além de seguir em frente. Tentar sobreviver, ganhar um pouco de dinheiro. Prosperar à sombra do Arconte de Westminster.

Meu trabalho – minha vida – se baseava em Seven Dials. De acordo com o sistema exclusivo de divisão urbana de Scion, a região ficava na Coorte i, Seção 4, ou i-4. Estava construída ao redor de um pilar em um cruzamento perto do mercado negro de Covent Garden. Nesse pilar havia seis relógios de sol.

Cada seção tinha seu próprio mime-lorde ou mime-rainha. Juntos, eles formavam a Assembleia Desnatural, que dizia governar o sindicato, mas todos faziam o que bem entendiam nas próprias seções. Dials ficava na coorte central, onde o sindicato era mais forte. Foi por isso que Jax a escolheu. E por isso que ficamos. Nick era o único que tinha o próprio berço, mais ao norte, em Marylebone. Só usávamos o espaço dele para emergências. Nos três anos em que eu trabalhava para Jaxon, houvera apenas uma emergência, quando a Divisão de Vigilância Noturna fez um ataque surpresa aos Dials em busca de alguma pista de clarividência. Um mensageiro nos deu a dica umas duas horas antes da invasão. Conseguimos sair sem deixar nada para trás em metade desse tempo.

Estava úmido e frio lá fora. Uma típica noite de março. Eu sentia espíritos. Dials era uma comunidade pobre na época pré-Scion, e uma miríade de almas miseráveis ainda vagava ao redor da coluna, esperando por um novo objetivo. Chamei algumas delas para o meu lado. Era sempre bom ter um pouco de proteção.

Scion era a última palavra em segurança amaurótica. Qualquer referência a uma vida pós-morte era proibida. Frank Weaver achava que éramos desnaturais, e, como os vários Grandes Inquisidores do passado, ele ensinou o resto de Londres a nos considerar abomináveis. A menos que fosse essencial, só saíamos durante horários seguros. Isso acontecia quando a dvn dormia, e a Divisão de Vigilância Diurna assumia o controle. Os oficiais da dvd não eram videntes. Não tinham autorização para fazer uso da mesma brutalidade que seus colegas noturnos. Não em público, pelo menos.

O pessoal da dvn era diferente. Clarividentes de uniforme. Obrigados a servir durante trinta anos antes de sofrerem eutanásia. Um pacto diabólico, alguns diziam, mas isso lhes garantia trinta anos de uma vida confortável. A maioria dos videntes não tinha essa sorte.

Londres tinha tantas mortes na sua história que era difícil encontrar um local sem espíritos. Eles formavam uma rede de segurança. Ainda assim, era preciso ter esperança de que os que você pegou eram bons. Usar um fantasma frágil só assustaria um assaltante por alguns segundos. Espíritos que tiveram vidas violentas eram os melhores. Por isso que certos deles tinham um preço tão alto no mercado negro. Jack, o Estripador teria valido milhões se alguém tivesse conseguido encontrá-lo. Algumas pessoas ainda juravam que o Estripador era Edward VII, o príncipe caído, o Rei Sangrento. Scion dizia que ele tinha sido o primeiro clarividente, mas nunca acreditei nisso. Eu preferia pensar que nós sempre existimos.

Escurecia lá fora. O céu estava dourado com o pôr do sol, a lua era um sorrisinho branco. Abaixo via-se a cidadela. O Two Brewers, o bar de oxigênio do outro lado da rua, estava lotado de amauróticos. Pessoas normais. Os videntes diziam que eles sofriam de amaurose, assim como eles diziam que nós sofríamos de clarividência. Muitas vezes eles eram chamados de *rotins*.

Nunca gostei dessa palavra. Dava a impressão de que eram rotos, pútridos. Um pouco hipócrita, pois éramos nós que conversávamos com os mortos.

Abotoei minha jaqueta e puxei a aba do boné por sobre os olhos. Cabeça baixa, olhos abertos. Era essa a lei que eu obedecia. Não as leis de Scion.

– Sua sorte por um bob. Só um bob, madame! Melhor oráculo de Londres, madame, juro. Um pouco para um pobre mercadeiro?

A voz pertencia a um homem magro, aninhado em uma jaqueta igualmente magra. Fazia tempo que eu não via um mercadeiro. Era raro na coorte central, onde a maioria dos videntes fazia parte do sindicato. Li a aura dele. Não era nem um pouco um oráculo, e sim um adivinho; um adivinho muito burro – os mime-lordes cuspiam em mendigos. Fui direto até ele.

– Que diabos você pensa que está fazendo? – Eu o agarrei pelo colarinho. – Você saiu do berço?

– Por favor, moça. Estou faminto – disse ele, com a voz rouca de desidratação. Ele tinha os tremores faciais de um viciado em oxigênio. – Não tenho impulso. Não conte para o Agregador, moça. Eu só queria...

– Então saia daqui. – Coloquei algumas notas na mão dele. – Não quero saber para onde você vai... só saia da rua. Arrume um albergue. E, se tiver que mercadejar amanhã, faça isso na Coorte VI. Aqui não. Entendeu?

– Deus a abençoe, moça.

Ele reuniu suas poucas posses, sendo que uma delas era uma bola de vidro. Mais barata que a de cristal. Eu o observei fugir em direção ao Soho.

Pobre homem. Se ele gastasse aquele dinheiro num bar de oxigênio, voltaria para as ruas em pouco tempo. Muitas pessoas faziam isto: se ligavam a uma cânula e sugavam ar aromatizado durante horas a fio. Era o único barato legalizado na cidadela. O que quer que aquele mercadeiro tivesse feito, o deixara desesperado. Talvez tivesse sido expulso do sindicato ou rejeitado pela família. Eu não iria perguntar.

Ninguém perguntava.

A Estação I-4B costumava ficar movimentada. Os amauróticos não se importavam com os trens. Não tinham auras que os identificassem. A maioria dos videntes evitava o transporte público, mas às vezes era mais seguro nos trens do que nas ruas. A DVN se espalhava pela cidadela toda. Verificações pontuais eram incomuns.

Havia seis seções em cada uma das seis coortes. Se alguém quisesse sair da sua seção, especialmente à noite, precisava de uma autorização de viagem e de uma dose de boa sorte. Os Subguardas se posicionavam depois do escurecer. Eram uma subdivisão da Divisão de Vigilância Noturna, videntes com boa mira e com a garantia de uma vida padrão. Serviam ao estado para continuarem vivos.

Nunca considerei a possibilidade de trabalhar para Scion. Os videntes podiam ser cruéis uns com os outros – eu me compadecia um pouco dos que se viravam sozinhos –, mas ainda assim tinha uma afinidade com eles. Certamente nunca conseguiria prendê-los. Mesmo assim, às vezes, se eu trabalhava demais durante duas semanas e Jax se esquecia de me pagar, me sentia tentada.

Escaneei meus documentos com dois minutos de sobra. Depois de ultrapassar as barreiras, liberei meu enlace. Os espíritos não gostavam de ser levados para muito longe de seus locais assombrados e não me ajudariam se eu os obrigasse a fazer isso.

Minha cabeça estava latejando. Qualquer que fosse o remédio que Dani bombeara nas minhas veias, estava se esgotando. Uma *hora* no éter... Jaxon realmente estava forçando meus limites.

Na plataforma, um Nixie verde luminoso mostrava os horários dos trens; fora isso, havia pouca luz. A voz gravada de Scarlett Burnish saía pelos alto--falantes:

Este trem para em todas as estações na Coorte I, Seção 4, em direção ao norte. Por favor, deixem seus cartões preparados para inspeção. Observem as telas de segurança para conhecer os boletins desta noite. Obrigada, e tenham uma ótima noite.

Eu não estava tendo uma ótima noite de jeito nenhum. Não comia desde o amanhecer. Jax só me deixava tirar um intervalo de almoço se estivesse de muito bom humor, o que era quase tão raro quanto maçãs azuis.

Uma nova mensagem apareceu nas telas de segurança. TDR: TECNOLOGIA DE DETECÇÃO RADIESTÉSICA. Os outros passageiros nem repararam. Essa propaganda passava o tempo todo.

Em uma cidadela tão populosa quanto Londres, é comum achar que você pode estar viajando ao lado de um indivíduo desnatural. Uma pantomima de silhuetas apareceu na tela, cada uma representando um cidadão. Uma delas ficou vermelha. *As instalações da* SCIOEPEC *estão testando a* TDR *Senscudo no complexo do Terminal de Paddington, assim como no Arconte. Até 2061, nossa meta é ter instalado o Senscudo em oitenta por cento das estações na coorte central, permitindo a redução do emprego de policiais desnaturais no Metrô. Visite Paddington ou peça mais informações a um oficial da* DVD.

As propagandas continuaram, mas essa ficou reverberando na minha cabeça. A TDR era a maior ameaça à sociedade vidente na cidadela. De acordo com Scion, ela podia detectar uma aura a até seis metros de distância. Se não houvesse um grande atraso naqueles planos, seríamos forçados ao confinamento até 2061. Típico dos mime-lordes: nenhum deles pensou em uma solução. Apenas brigavam por isso. E brigavam. E brigavam por causa das brigas.

Auras vibravam na rua acima de mim. Eu era um diapasão, zumbindo com a energia delas. Em busca de uma distração, manuseei minha identidade. Ela trazia minha foto, nome, endereço, impressões digitais, local de nascimento e ocupação. Srta. Paige E. Mahoney, residente naturalizada da I-5. Nascida na Irlanda em 2040. Mudou-se para Londres em 2048 sob circunstâncias especiais. Funcionária de um bar de oxigênio na I-4, com autorização de viagem. Loura. Olhos cinzentos. Um metro e setenta e cinco de altura. Nenhuma característica distintiva além dos lábios escuros, provavelmente devido ao fumo.

Eu nunca tinha fumado na vida.

Uma mão úmida agarrou meu pulso. Pulei de susto.

– Você me deve um pedido de desculpas.

Ergui os olhos e me deparei com um homem de cabelo escuro usando um chapéu-coco e uma gravata branca suja. Eu devia tê-lo reconhecido apenas pelo fedor: Haymarket Hector, um dos nossos rivais menos higiênicos. Estava sempre fedendo a esgoto. Infelizmente, ele também era o Sublorde, o maior mandachuva do sindicato. Seu território era o Devil's Acre.

– Nós ganhamos o jogo. Foi uma disputa justa. – Puxei meu braço. – Você não tem nada para fazer, Hector? Limpar os dentes seria um bom começo.

– Talvez *você* devesse limpar seu jogo, sua pilantrinha. E aprender a respeitar seu Sublorde.

– Não sou trapaceira.

– Ah, acho que você é, sim. – Ele mantinha a voz baixa. – Qualquer que seja a aparência e a graça que aquele seu mime-lorde invente, todas as sete são trapaceiras e mentirosas desagradáveis. Ouvi dizer que você é a mais querida do mercado negro, minha cara Onírica. Mas você vai desaparecer. – Ele tocou um dedo em minha bochecha. – Todas desaparecem no fim.

– Você também vai.

– Veremos. Em breve. – Ele sussurrou as palavras seguintes no meu ouvido: – Tenha uma viagem *bem* segura de volta pra casa, boneca. – E desapareceu no túnel de saída.

Eu tinha que tomar cuidado perto de Hector. Como Sublorde, ele não exercia nenhum poder de verdade sobre os outros mime-lordes – seu único papel era convocar reuniões –, mas contava com muitos seguidores. Ele estava chateado desde que a minha gangue deu uma surra em seus lacaios no *tarocchi*, dois dias antes do leilão de Naylor. O pessoal do Hector não gostou de perder. Jaxon não ajudou nem um pouco, irritando-os. A maioria das pessoas da minha gangue tinha evitado receber a luz verde, ficando fora do caminho deles, mas Jax e eu éramos muito rebeldes. A Onírica Pálida – como eu era conhecida nas ruas – estava em algum ponto da lista de extermínio deles. Se algum dia me encurralassem, eu estaria morta.

O trem chegou com um minuto de atraso. Eu me larguei num assento vago. Só havia outra pessoa no vagão: um homem lendo o *Linhagem Diá-*

ria. Ele era vidente, um médium. Fiquei tensa. Jax não era uma pessoa sem inimigos, e muitos videntes me conheciam como sua concubina. Também sabiam que eu vendia obras de arte que nunca poderiam ter sido pintadas pelo verdadeiro Pieter Claesz.

Peguei meu tablet de dados básico e escolhi minha ficção jurídica preferida. Sem um enlace para me proteger, a única segurança real que eu tinha era parecer o mais normal e amaurótica possível.

Permaneci de olho no homem conforme passava as páginas. Percebi que estava no radar dele, mas nenhum de nós falou nada. Como ele ainda não tinha me agarrado pelo pescoço nem me dado uma surra até eu perder a consciência, imaginei que não devia ser um recém-enganado entusiasta das artes.

Arrisquei dar uma olhada em seu exemplar do *Linhagem*, o único jornal ainda impresso em massa. Era fácil demais fazer uso impróprio do papel; os tablets de dados apenas nos permitiam fazer download da pouca mídia aprovada pelo censor. Vi as mesmas notícias de sempre. Dois jovens enforcados por alta traição, um empório suspeito fechado na Seção 3. Havia um longo artigo rejeitando a ideia "desnatural" de que a Grã-Bretanha estava politicamente isolada. O jornalista chamava Scion de "um império embrionário". Diziam isso desde que eu me entendia por gente. Se Scion ainda era um embrião, eu definitivamente não queria estar ali quando saísse do útero.

Quase dois séculos tinham se passado desde o início de Scion, que foi estabelecido em resposta a uma ameaça percebida contra o império. A *epidemia*, como eles chamavam – uma epidemia de clarividentes. A data oficial era 1901, quando atribuíram cinco assassinatos terríveis a Edward VII. Diziam que o Rei Sangrento havia aberto uma porta que nunca mais poderia ser fechada, que ele trouxera a praga da clarividência para o mundo e que seus seguidores estavam por toda parte, se reproduzindo e matando, extraindo o poder dele de uma fonte de grande maldade.

O que veio a seguir foi Scion, uma república construída para destruir a doença. Ao longo dos cinquenta anos seguintes, se tornou uma máquina de caçar videntes, com todas as principais políticas baseadas nos desnaturais. Os assassinatos sempre eram cometidos pelos desnaturais. A violência aleatória, roubos, estupros, incêndios criminosos: tudo acontecia por causa dos desnaturais. Ao longo dos anos, o sindicato dos videntes se desenvolveu na cidadela, formou um submundo organizado e ofereceu um refúgio aos clarividentes. Desde então, Scion trabalhou com ainda mais afinco para nos eliminar.

Uma vez instalada a TDR, o sindicato desmoronaria, e Scion se tornaria onisciente. Tínhamos dois anos para fazer alguma coisa em relação a isso, mas, com Hector no cargo de Sublorde, eu não achava que seria possível. Seu reinado não trouxe nada além da corrupção.

O trem passou por três paradas sem incidentes. Eu estava no fim do capítulo quando as luzes se apagaram e o trem parou. Percebi o que estava acontecendo um nanossegundo antes do outro passageiro. Ele se empertigou no assento.

– Vão vasculhar o trem.

Tentei falar para confirmar seu medo, mas minha língua parecia um pedaço de pano dobrado.

Desliguei meu tablet de dados. Uma porta se abriu na parede do túnel. O mostruário Nixie do vagão mudou para ALERTA DE SEGURANÇA. Eu sabia o que vinha a seguir: dois Subguardas fazendo a ronda. Havia sempre um chefe, normalmente um médium. Eu nunca havia passado por uma verificação pontual antes, mas sabia que pouquíssimos videntes escapavam.

Meu coração disparou. Olhei para o outro passageiro, tentando analisar sua reação. Ele era um médium, mas não era especialmente poderoso. Eu não fazia ideia de como conseguia identificar, minha antena simplesmente apontava para um certo lado.

– Temos que sair deste trem. – Ele se levantou. – O que você é, querida? Um oráculo?

Não respondi.

– Sei que você é vidente. – Ele puxou a maçaneta da porta. – Venha, querida, não fique só aí sentada. Deve ter um jeito de sair daqui. – Ele secou a testa com a manga. – De todos os dias para uma verificação pontual... o *único dia...*

Não me mexi. Não havia como escapar daquilo. As janelas eram reforçadas, as portas estavam trancadas... e nós não tínhamos tempo. Duas lanternas iluminaram o vagão.

Fiquei imóvel. Subguardas. Eles devem ter detectado um certo número de videntes no vagão, ou não teriam apagado as luzes. Eu sabia que eles conseguiam ver nossas auras, mas precisavam descobrir exatamente que tipo de videntes nós éramos.

Eles estavam no vagão. Um invocador e um médium. O trem continuou a se mover, mas as luzes não se acenderam. Foram primeiro até o homem.

– Nome?

Ele se empertigou.

– Linwood.

– Motivo da viagem?

– Estou voltando de uma visita a minha filha.

– Visita a sua filha. Tem certeza de que não está a caminho de uma sessão espírita, médium?

Aqueles dois estavam querendo briga.

– Tenho os documentos necessários do hospital. Ela está muito doente – disse Linwood. – Tenho permissão para vê-la toda semana.

– Não vai ter permissão para vê-la de jeito nenhum se abrir essa matraca de novo. – Ele virou e gritou para mim: – Você. Cadê seu cartão? – Eu o puxei do bolso. – E a sua autorização de viagem? – Eu a entreguei. Ele parou para ler. – Você trabalha na Seção 4?

– Sim.

– Quem emitiu essa autorização?

– Bill Bunbury, meu supervisor.

– Entendo. Mas preciso verificar outra coisa. – Ele inclinou a lanterna na direção dos meus olhos. – Fique parada. – Não hesitei. – Nada de visão espiritual – observou ele. – Você deve ser um oráculo. Nossa, faz tempo que não ouço falar *disso*.

– Não vejo um oráculo com peitinhos desde os anos quarenta – disse o outro Subguarda. – Eles vão adorar essa daí.

Seu superior sorriu. Ele tinha um coloboma em cada olho, uma marca de visão espiritual permanente.

– Você está prestes a me deixar muito rico, minha jovem – disse ele. – Deixe-me só dar mais uma checada nesses olhos.

– Não sou um oráculo – falei.

– Claro que não é. Agora cale a boca e abra esses refletores.

A maioria dos videntes achava que eu era um oráculo. Um erro comum. As auras eram semelhantes – da mesma cor, na verdade.

O guarda abriu meu olho esquerdo com os dedos. Ele estava examinando minhas pupilas com uma caneta-lanterna, procurando o coloboma que não existia, e o outro passageiro tentou escapar pela porta aberta. Houve um tremor quando ele arremessou um espírito – seu anjo da guarda – nos Subguardas. O reforço deu um gritinho ao ser atingido pelo anjo, que bagunçava seus sentidos como uma batedeira com ovos poché.

O Subguarda 1 era rápido demais. Antes que alguém conseguisse se mexer, ele invocou um enlace de poltergeists.

– Não se mexa, médium.

Linwood o encarou de cima a baixo. Ele era um homem baixinho em seus quarenta anos, magro mas musculoso, o cabelo castanho ficando grisalho nas têmporas. Não consegui ver os poltergeists – ou qualquer outra coisa, por causa da caneta-lanterna –, mas eles me deixaram fraca demais para me mover. Contei três. Eu nunca tinha visto alguém controlar *um* poltergeist, quanto mais três. Um suor frio brotou na minha nuca.

Quando o anjo se preparou para um segundo ataque, os poltergeists começaram a rodear o Subguarda.

– Venha quietinho com a gente, médium – disse ele –, e pediremos aos nossos chefes para não o torturarem.

– Podem fazer o pior, cavalheiros. – Linwood levantou uma das mãos. – Não tenho medo de homem algum, tendo anjos ao meu lado.

– É o que todos dizem, sr. Linwood. Mas parecem se esquecer disso quando veem a Torre.

Linwood arremessou seu anjo pelo vagão. Não consegui ver a colisão, mas ela ferveu meus sentidos rapidamente. Eu me obriguei a levantar. A presença dos três poltergeists estava sugando minha energia. Linwood falava com agressividade, mas eu sabia que ele os sentia, que lutava para fortalecer seu anjo. Enquanto o invocador controlava os poltergeists, o Subguarda 2 estava recitando a trenódia: uma série de palavras que fazia os espíritos morrerem completamente, enviando-os para um reino além do alcance dos videntes. O anjo estremeceu. Precisavam saber seu nome completo para bani-lo, mas, enquanto um deles continuasse cantando, o anjo ficaria fraco demais para proteger seu hospedeiro.

Sangue latejava nos meus ouvidos. Minha garganta se fechou, meus dedos ficaram dormentes. Se eu permanecesse quieta, nós dois seríamos detidos. Eu me vi na Torre, sendo torturada, na forca...

Não era o meu dia de morrer.

Conforme os poltergeists se concentravam em Linwood, alguma coisa aconteceu com a minha visão. Foquei nos Subguardas. As mentes deles latejavam perto da minha, eram dois anéis pulsantes de energia. Ouvi meu corpo atingir o chão.

A minha intenção era apenas desorientá-los, conseguir tempo para escapar. Eu tinha o elemento surpresa. Eles haviam me deixado de lado. Oráculos precisavam de um enlace para serem perigosos.

Eu não.

Uma onda negra de medo me atingiu. Meu espírito voou para fora do meu corpo, indo direto para o Subguarda 1. Antes que eu percebesse o que estava fazendo, *entrei* no plano onírico dele. Não fiquei apenas diante dele – entrei ali, através dele. Puxei seu espírito para o éter, deixando o corpo vazio. Antes que seu colega conseguisse respirar, ele teve o mesmo destino.

Meu espírito voltou para o corpo. A dor explodiu atrás dos meus olhos. Eu nunca tinha sentido uma dor como essa em toda a minha vida; eram facas perfurando meu crânio, fogo no tecido do meu cérebro, tão quente que eu não conseguia ver nem me mexer ou pensar. Eu mal tinha consciência do piso grudento do vagão tocando meu rosto. O que quer que eu tivesse acabado de fazer, não era algo que eu pudesse repetir tão cedo.

O trem balançou. Devia estar perto da próxima estação. Apoiei meu peso nos cotovelos, os músculos tremendo com o esforço.

– Sr. Linwood?

Nenhuma resposta. Engatinhei até onde ele estava deitado. Quando o trem passou por uma luz de serviço, vi seu rosto.

Morto. Os poltergeists tinham esvaziado o espírito dele. Seu documento estava no chão. William Linwood. Quarenta e três anos. Dois filhos, uma com fibrose cística. Casado. Bancário. *Médium.*

Será que a esposa e os filhos sabiam de sua vida secreta? Ou eles eram amauróticos, alheios a isso?

Eu precisava recitar a trenódia, senão ele assombraria aquele vagão para sempre.

— William Linwood – falei –, vá para o éter. Está tudo acertado. Todas as dívidas estão pagas. Você não precisa mais habitar entre os vivos.

O espírito de Linwood estava vagando ali perto. O éter sussurrou enquanto ele e seu anjo desapareciam.

As luzes se acenderam. Minha garganta se fechou.

Havia dois outros corpos no chão.

Usei um corrimão para ficar de pé novamente. Minha palma úmida mal conseguia segurá-lo. A poucos centímetros dali, o Subguarda 1 estava morto, com a surpresa ainda estampada no rosto.

Eu o matei. Matei um Subguarda.

Seu companheiro não teve tanta sorte. Ele estava de costas, com os olhos encarando o teto, um fio de saliva escorrendo pelo queixo. Ele se debateu quando me aproximei. Senti calafrios na espinha e o gosto de bílis queimou minha garganta. Eu não tinha empurrado seu espírito para longe o suficiente. Ele ainda vagava nas partes sombrias da mente: as partes secretas e silenciosas onde nenhum espírito deveria habitar. Ele tinha enlouquecido. Não. *Eu* o tinha enlouquecido.

Meu maxilar ficou tenso. Eu não podia deixá-lo daquele jeito – nem mesmo um Subguarda merecia tal destino. Coloquei as mãos frias nos ombros dele e me preparei para um assassinato misericordioso. O homem soltou um gemido e sussurrou:

— Me mate.

Eu tinha que fazer isso. Devia isso a ele.

Mas não consegui. Simplesmente não consegui matá-lo.

Quando o trem chegou à Estação I-5C, esperei perto da porta. No instante em que os passageiros seguintes encontraram os corpos, era tarde demais para que me alcançassem. Eu já estava à frente deles na rua, com o boné puxado para esconder o rosto.

A mentirosa

Entrei de mansinho no apartamento e pendurei minha jaqueta. O complexo Crescente Dourado tinha um segurança em tempo integral chamado Vic, mas ele estava fazendo a ronda quando eu passei. Ele não viu meu rosto mortalmente pálido nem minhas mãos trêmulas enquanto procurava o cartão-chave.

Meu pai estava na sala. Vi seus pés calçados nos chinelos apoiados na otomana. Ele assistia à ScionEye, a rede de notícias que cobria todos os cidadãos de Scion, e, na tela, Scarlett Burnish anunciava que o Metrô que atravessa a Coorte I tinha acabado de ser fechado.

Eu nunca ouvia a voz dela sem estremecer. Burnish tinha por volta de vinte e cinco anos apenas, a mais jovem Grande Narradora: assistente do Grande Inquisidor, aquele que dava voz e inteligência a Scion. As pessoas a chamavam de prostituta de Weaver, talvez por inveja. Ela tinha pele clara e lábios carnudos e gostava de usar um delineador vermelho com um traço bem marcado. Combinava com o cabelo, que ela usava num coque embutido chique. Seus vestidos de colarinho alto sempre me faziam pensar na forca.

No noticiário estrangeiro, o Grande Inquisidor da República Francesa, Benoît Ménard, vai visitar o Inquisidor Weaver durante as festividades da Novembrália este ano. Faltando oito meses para o evento, o Arconte já está preparando o que parece ser uma visita verdadeiramente revigorante.

– Paige?

Tirei o boné.

– Oi.

– Entre e sente-se.

– Só um minuto.

Fui direto para o banheiro. Eu estava parecendo uma cachoeira de suor.

Eu tinha matado alguém. Realmente tinha *matado* alguém. Jax sempre disse que eu era capaz de fazer isso – assassinato sem sangue –, mas nunca havia acreditado nele. Agora eu era uma assassina. E o pior, tinha deixado uma prova: um sobrevivente. Também tinha perdido meu tablet de dados, que estava com minhas impressões digitais. Eu não ia simplesmente receber um NiteKind – seria fácil demais. Com certeza eu seria torturada e enforcada.

Assim que entrei no banheiro, vomitei até as entranhas no vaso. Depois de expelir tudo, com exceção dos meus órgãos, eu tremia tanto que mal conseguia ficar de pé. Arranquei as roupas e entrei tropeçando no chuveiro. A água escaldante bateu contra a minha pele.

Dessa vez, eu tinha ido longe demais. Pela primeira vez na vida, eu havia *invadido* o plano onírico de outras pessoas. Não apenas tocado nele.

Jaxon ficaria empolgado.

Fechei os olhos. Repassei várias vezes a cena no vagão. Eu não tive a intenção de matá-los, só queria dar um empurrão – apenas o suficiente para eles terem uma enxaqueca, talvez provocar um sangramento no nariz. Uma distração.

Mas alguma coisa me deixou em pânico. Medo de ser encontrada. Medo de me tornar mais uma vítima anônima de Scion.

Pensei em Linwood. Os videntes nunca protegiam um ao outro, a menos que fizessem parte da mesma gangue, mas a morte dele ainda pesava sobre mim. Puxei os joelhos até o queixo e segurei a cabeça dolorida com ambas as mãos. Se pelo menos eu tivesse sido mais rápida. Agora, duas pessoas estavam mortas – e outra, louca –, e, se eu não tivesse muita sorte, seria a próxima.

Eu me encolhi no canto do chuveiro, com os joelhos grudados no peito. Não podia me esconder ali para sempre. Eles sempre acabavam nos encontrando.

Precisava pensar. Scion tinha um procedimento para essas situações. Depois que liberassem a estação e prendessem quaisquer testemunhas possíveis, chamariam um boião – um especialista em drogas etéreas – e administrariam áster azul. Isso restauraria temporariamente as lembranças da minha vítima, permitindo que elas fossem assistidas. Depois de gravar as partes relevantes, eles fariam uma eutanásia no homem e levariam o corpo dele para o necrotério em ii-6. Em seguida, vasculhariam suas lembranças, procurando o rosto do seu assassino. E então me encontrariam.

As prisões nem sempre aconteciam à noite. Às vezes eles pegavam a pessoa de dia, assim que ela colocava os pés na rua. Uma lanterna nos olhos, uma agulha no pescoço, e a pessoa sumia. Ninguém dava queixa do desaparecimento dela.

Eu não estava conseguindo pensar no futuro. Uma nova onda de dor atravessou meu crânio, me trazendo de volta ao presente.

Analisei as opções. Eu podia voltar para os Dials e ficar escondida na nossa caverna por um tempo, mas os Vigilantes talvez estivessem lá fora me procurando. Levá-los até Jax não era uma opção. Além do mais, com as estações fechadas, eu não tinha como voltar à Seção 4. Seria difícil encontrar um táxi pirata, e os sistemas de segurança funcionavam dez vezes melhor à noite.

Eu poderia ficar com uma amiga, mas todas as minhas amigas fora dos Dials eram amauróticas – garotas da escola com quem eu mantinha pouco contato. Elas achariam que eu enlouqueci se lhes dissesse que estava sendo caçada pela polícia secreta por ter matado alguém com meu espírito. Era muito provável que elas me denunciassem também.

Enrolada em uma camisola velha, fui descalça até a cozinha e coloquei uma chaleira com leite no fogão. Sempre fazia isso quando estava em casa; não devia quebrar a rotina. Meu pai havia separado minha caneca preferida, uma grande com a inscrição VIVA PELO CAFÉ. Nunca fui fã de oxigênio aromatizado, ou Floxy, a alternativa de Scion ao álcool. O café era praticamente legalizado. Eles ainda estavam pesquisando se a cafeína desencadeava ou não a clarividência. Mas VIVA PELO OXIGÊNIO AROMATIZADO não teria a mesma vitalidade.

Usar meu espírito tinha mudado alguma coisa na minha cabeça. Eu mal conseguia manter os olhos abertos. Enquanto servia o leite, olhei pela janela. Meu pai tinha um gosto impecável para decoração. O fato de ele ter dinheiro suficiente para pagar os lugares de alto nível de segurança no Condomínio Barbican ajudava. O apartamento era novo e espaçoso, muito bem iluminado. Os corredores cheiravam a *pot-pourri* e linho. Havia grandes janelas quadradas em todos os cômodos. A maior ficava na sala, uma claraboia ampla que cobria a parede virada para oeste, perto das portas francesas que se abriam para a varanda. Quando eu era criança, costumava ver o pôr do sol dessa janela.

Do lado de fora, a cidadela se agitava. Acima do nosso complexo ficavam as três colunas brutalistas do Condomínio Barbican, onde moravam os funcionários de colarinho-branco de Scion. A tela de transmissão da I-5 ficava no topo da Torre Lauderdale. Era nessa tela que eles projetavam os enforcamentos públicos nas noites de domingo. No momento, ela exibia a insígnia estática do sistema de Scion – um símbolo vermelho que lembrava uma âncora – e uma única palavra em letras pretas: SCION, tudo isso num fundo branco absoluto. E o terrível slogan: O LUGAR MAIS SEGURO.

Na verdade, o lugar mais *inseguro*. Pelo menos para nós.

Beberiquei o leite e encarei o símbolo por um tempo, desejando que ele fosse para o inferno. Depois, lavei a caneca, enchi um copo de água e fui para o meu quarto. Eu precisava ligar para Jaxon.

Meu pai me interceptou no corredor.

– Paige, espere.

Parei.

Irlandês de nascença, com a cabeça repleta de um cabelo ruivo, meu pai trabalhava na divisão de pesquisas científicas de Scion. Quando não estava trabalhando, redigia fórmulas em seu tablet de dados e escrevia poesias sobre bioquímica clínica, uma de suas duas formações acadêmicas. Não éramos parecidos em nada.

– Oi – falei. – Me desculpe pelo atraso. Fiz umas horas extras.

– Não precisa se desculpar. – Ele me conduziu até a sala. – Pode deixar que eu pego alguma coisa para você comer. Está parecendo doente.

– Estou bem. É só cansaço.

– Sabe, eu estava lendo sobre o circuito de oxigênio hoje. Um caso terrível na IV-2. Funcionários mal pagos, oxigênio sujo, clientes tendo crises: muito desagradável.

– Os bares centrais estão bem, de verdade. Os clientes esperam qualidade. – Eu o observei arrumar a mesa. – Como está o trabalho?

– Ótimo. – Ele me olhou. – Paige, sobre seu emprego no bar...

– O que tem ele?

Uma filha trabalhando nos escalões mais baixos da cidadela. Nada podia ser mais vergonhoso para um homem em sua posição. Ele devia ficar muito constrangido quando os colegas lhe perguntavam sobre seus filhos, achando que ele devia ter criado uma médica ou advogada. Como deviam cochichar ao descobrirem que eu trabalhava *num* bar, e não *na* Bar, a associação de advogados. A mentira era uma pequena compaixão. Ele nunca teria conseguido lidar com a verdade: que eu era uma desnatural, uma criminosa.

E uma assassina. A ideia me deixou enjoada.

– Sei que não cabe a mim dizer isso, mas acho que você devia pensar em se candidatar para uma vaga na universidade. Esse seu emprego é um beco sem saída. Salário baixo, nenhum futuro. Mas a universidade...

– Não. – Minha voz saiu mais firme do que eu pretendia. – Gosto do meu trabalho. Foi uma escolha minha.

Eu ainda me lembrava da diretora da escola me entregando meu relatório final: "Lamento que você tenha decidido não se candidatar para a universidade, Paige", dissera ela, "mas talvez seja melhor assim. Você ficou muito tempo longe da escola. Isso não é adequado para uma jovem de qualidade." Ela me entregou uma pasta fina encapada em couro com o brasão da escola. "Aqui está uma recomendação de emprego dos seus tutores. Eles perceberam sua aptidão para Educação Física, Francês e História de Scion."

Eu não me importava. Sempre odiei a escola: o uniforme, o dogma. Sair de lá foi o auge dos meus anos de formação.

– Eu poderia conseguir alguma coisa – disse meu pai. Ele queria muito uma filha instruída. – Você poderia se recandidatar.

– Nepotismo não funciona em Scion – falei. – Você devia saber disso.

– Não tive escolha, Paige. – Um músculo pulsou em seu rosto. – Eu não tinha esse luxo.

Eu não queria ter aquela conversa. Não queria pensar no que tínhamos deixado para trás.

– Você ainda está morando com seu namorado? – perguntou ele.

A mentira do namorado sempre foi um erro. Desde que o inventei, meu pai pedia para conhecê-lo.

— Terminei com ele — falei. — Não estávamos bem. Mas está tudo certo. Suzette tem uma vaga no apartamento. Você se lembra dela?

— A Suzy da escola?

— Isso.

Conforme eu falava, uma dor aguda atravessava a lateral da minha cabeça. Eu não poderia esperá-lo preparar o jantar. Tinha que ligar para Jaxon, contar a ele o que aconteceu. Naquele momento.

— Na verdade, estou com um pouco de dor de cabeça — falei. — Você se importa se eu for me deitar mais cedo?

Ele veio até o meu lado e levantou meu queixo com uma das mãos.

— Você sempre tem essas dores de cabeça. Está cansada demais. — Ele passou o polegar pelo meu rosto, pelas minhas olheiras. — Tem um documentário ótimo passando, caso se anime... eu ajeito você no sofá.

— Amanhã, talvez. — Afastei a mão dele com delicadeza. — Você tem algum analgésico?

Depois de um instante, ele fez que sim com a cabeça.

— No banheiro. Vou fazer uma fritada Ulster para nós de manhã, está bem? Quero saber de todas as suas novidades, *seillean*.

Eu o encarei. Ele não preparava café da manhã para mim desde que eu tinha uns doze anos; e não me chamava por esse apelido desde que saímos da Irlanda. Dez anos atrás. Uma vida inteira.

— Paige?

— Está bem — falei. — Vejo você de manhã.

Eu me afastei e fui para o meu quarto. Papai não disse mais nada. Ele deixou a porta entreaberta, como sempre fazia quando eu estava em casa. Ele nunca soube como agir perto de mim.

O quarto de hóspedes estava quentinho como sempre. Meu antigo quarto. Eu me mudei para os Dials assim que terminei a escola, mas meu pai nunca recebeu um inquilino — ele não precisava disso. Oficialmente, eu ainda morava ali. Era mais fácil deixar assim nos registros. Abri a porta da varanda, que se estendia entre o meu quarto e a cozinha. Minha pele tinha passado de fria para queimando — eu sentia uma tensão esquisita nos olhos, como se eu tivesse encarado a luz durante horas. Tudo que eu conseguia ver era o rosto da minha vítima – e o vácuo, a *insanidade,* daquele que deixei vivo.

Esse dano foi causado em segundos. Meu espírito não era apenas um explorador: era uma arma. Jaxon estivera esperando por isso.

Encontrei meu telefone e liguei para o quarto de Jaxon na caverna. Mal chamou antes de ele atender.

– Ora, ora! Achei que você tinha me abandonado no fim de semana. Onde é o incêndio, abelhinha? Desistiu do feriado? Você *realmente* não precisa disso, não é? Achei que não. De jeito nenhum posso ficar sem minha andarilha durante dois dias. Pense bem, querida. Excelente. Estou feliz por você concordar. Aliás, já colocou as mãos em Jane Rochford? Transfiro você mais uns milhares de vezes, se precisar. Só não me diga que aquele canalha esnobe do Didion pegou Anne Naylor *e...*

– Eu matei uma pessoa.

Silêncio.

– Quem? – Jax soou estranho.

– Um Subguarda. Eles tentaram deter um médium.

– E aí você matou o Subguarda.

– Matei um deles.

Ele inspirou fundo.

– E o outro?

– Eu o coloquei na zona hadal.

– Espere aí, você fez isso com seu...? – Como não respondi, ele começou a rir. Eu o ouvia batendo na mesa. – Finalmente. *Finalmente.* Paige, sua *bruxa,* você conseguiu! Está sendo desperdiçada em sessões espíritas, sério. Quer dizer que esse homem, o Subguarda, virou mesmo um vegetal?

– Virou. – Fiz uma pausa. – Estou demitida?

– Demitida? Pelo zeitgeist, boneca, claro que não! Estou esperando há anos você fazer um bom uso dos seus talentos. Você floresceu como a flor divina que é, meu prodígio encantador. – Eu o imaginei dando um trago comemorativo no charuto. – Ora, ora, minha andarilha onírica finalmente entrou em outro plano onírico. E isso só demorou três anos. Agora, me conte: conseguiu salvar o vidente?

– Não.

– Não?

– Eles tinham três poltergeists.
– Ah, fala sério. Nenhum médium conseguiria controlar três poltergeists.
– Bom, esse médium conseguia. Ele achou que eu era um oráculo.
Sua risada foi suave.
– Amadores.
Olhei para a torre pela janela. Uma nova mensagem tinha aparecido: ATENÇÃO! ATRASOS INESPERADOS NO METRÔ.
– Eles fecharam o Metrô – falei. – Estão tentando me encontrar.
– Tente não entrar em pânico, Paige. É prejudicial.
– Bom, é melhor você ter um plano. A rede toda está parada. Preciso sair daqui.
– Ah, não se preocupe com *isso*. Mesmo que eles tentem extrair as lembranças do cara, o cérebro desse Subguarda não passa de uma batata rostie. Tem certeza de que o forçou até a zona hadal?
– Tenho.
– Então eles vão levar pelo menos doze horas para extrair as lembranças dele. Estou surpreso de saber que o miserável ainda está vivo.
– O que você está dizendo?
– Estou dizendo que é melhor você ficar quieta antes de entrar de cabeça em uma caçada humana. Está mais segura com seu papai Scion do que aqui.
– Eles têm o meu endereço. Não posso ficar sentada esperando ser presa.
– Você não vai ser presa, minha querida. Confie no que estou dizendo. Fique em casa, durma para esquecer os problemas, e eu mando Nick com o carro antes do meio-dia. O que acha?
– Não gosto dessa ideia.
– Você não tem que gostar. Vá dormir seu sono da beleza. Não que você precise – acrescentou. – Falando nisso, pode me fazer um favor? Passe na rua Grub amanhã e pegue com Minty aquelas lamentações de Donne, pode ser? Não consigo *acreditar* que o espírito dele voltou, isso é absolutamente...
Desliguei.
Jax era um canalha. Um gênio, é verdade, mas, mesmo assim, um canalha bajulador, de punho firme e coração de pedra, como todos os mime-lordes. Mas a quem mais eu poderia recorrer? Eu ficaria vulnerável e sozinha com um dom como o meu. Jax era o menor de dois males.

Tive que sorrir ao pensar nisso. Jaxon Hall ser o menor de dois males dizia muito sobre o estado do mundo.

Eu não consegui dormir. Tinha que estar preparada. Havia uma pistola de mão em uma das gavetas, escondida sob uma pilha de roupas sobressalentes. A primeira edição de um dos panfletos de Jaxon, *Sobre os méritos da desnaturalidade*, a acompanhava. O texto listava todos os principais tipos de videntes, de acordo com sua pesquisa. Minha cópia estava repleta de anotações dele: novas ideias, telefones de contato de videntes. Depois de carregar a pistola, arrastei uma mochila que ficava embaixo da cama. Meu kit de emergência, guardado ali por dois anos, pronto para o dia em que eu tivesse que fugir. Enfiei o panfleto no bolso da frente. Eles não podiam achar aquilo na casa do meu pai.

Deitei de barriga para cima, totalmente vestida, com a mão apoiada na pistola. Em algum lugar ao longe, na escuridão, trovejou.

Devo ter caído no sono. Quando acordei, algo parecia errado.

O éter estava aberto demais. Videntes no prédio, na escadaria. Não era a velha sra. Heron do andar de cima, que usava um andador e sempre ia de elevador. Aquele barulho vinha das botas de uma unidade de apreensão.

Eles tinham vindo me buscar.

Finalmente tinham vindo.

Fiquei de pé no mesmo instante, joguei uma jaqueta por cima da blusa e calcei os sapatos e as luvas sem dedos, com as mãos trêmulas. Era para isso que Nick tinha me treinado: correr como o diabo. Eu conseguiria chegar à estação se tentasse, mas a corrida levaria minha resistência ao limite. Precisaria encontrar e conseguir um táxi para ir à Seção 4. Os táxis piratas levavam praticamente qualquer pessoa por alguns bobs, fosse vidente fugitivo ou não.

Coloquei a mochila, enfiei a pistola no bolso da jaqueta e abri a porta da varanda. O vento a tinha fechado. A chuva fustigou minhas roupas. Atravessei a varanda, subi no peitoril da janela da cozinha, agarrei a borda do telhado e, com um puxão forte, consegui subir. Quando eles chegaram ao apartamento, eu já tinha começado a correr.

Bang. Lá se foi a porta – sem batida, sem aviso. Um instante depois, um tiro cortou a noite. Eu me obriguei a continuar correndo. Não podia voltar.

Eles nunca matavam amauróticos sem motivo; certamente não um funcionário de Scion. O tiro provavelmente vinha de um tranquilizador, para calar meu pai enquanto eles me prendiam. Mas precisariam de algo muito, muito mais forte para me derrubar.

O condomínio estava tranquilo. Olhei por sobre a borda do telhado, analisando. Nenhum sinal do segurança, ele devia estar fazendo a ronda de novo. Não levei muito tempo para ver o camburão no estacionamento: a van com vidros escuros e faróis brancos brilhantes. Se alguém parasse para observar, teria visto o símbolo de Scion nas portas de trás.

Atravessei um vão e subi num peitoril. Perigosamente escorregadio. Meus sapatos e luvas firmavam bem, mas era melhor tomar cuidado. Apoiei as costas na parede e segui devagar até uma escada de incêndio, a chuva colando meu cabelo no rosto. Subi até uma varanda de ferro batido no andar seguinte, onde forcei a abertura de uma pequena janela. Atravessei correndo o apartamento deserto, desci três lances de escada e saí pela porta da frente do prédio. Precisava chegar à rua, desaparecer num beco escuro.

Luzes vermelhas. A DVN estava estacionada bem do lado de fora, bloqueando minha fuga. Voltei e bati a porta, ativando a trava de segurança. Com as mãos trêmulas, tirei um machado de incêndio de seu nicho, quebrei uma janela do térreo e pulei para um pequeno pátio, arranhando os braços com o vidro. Estava de volta na chuva, escalando calhas e peitoris, mal conseguindo me manter de pé, até chegar ao telhado.

Meu coração parou quando os vi. O exterior do prédio estava infestado de homens usando camisas vermelhas e jaquetas pretas. Várias lanternas se voltaram para mim, iluminando meus olhos. Meu peito subia e descia. Eu nunca tinha visto aquele uniforme em Londres... será que eram de Scion?

– Pare onde está.

O mais próximo deles deu um passo na minha direção. Havia um revólver em sua mão enluvada. Recuei, sentindo uma aura brilhante. O líder daqueles soldados era um médium extremamente poderoso. As lanternas revelaram um rosto esquelético, olhos penetrantes e uma boca larga e fina.

– Não corra, Paige! – gritou ele do outro lado do telhado. – Por que você não sai da chuva?

Fiz uma rápida análise dos arredores. O próximo edifício era um bloco de escritórios abandonado. Seria um grande pulo, talvez de uns seis metros, e além dele havia uma rua movimentada. Era mais distante do que eu já tinha tentado pular – mas, a menos que eu quisesse atacar o médium e abandonar meu corpo, precisava arriscar.

– Não, obrigada – falei, me afastando de novo.

Um grito de alerta veio dos soldados. Desci até uma parte mais baixa do telhado. O médium correu atrás de mim. Eu conseguia ouvir os pés dele batendo no telhado, ecoando atrás dos meus. Fui treinada para perseguições desse tipo. Não podia parar, nem mesmo por um instante. Eu era leve e magra, estreita o suficiente para passar entre as grades e por baixo de cercas, mas meu perseguidor também era. Quando atirei por cima do ombro, ele se abaixou, mas não parou. Sua risada foi arrastada pelo vento, e não consegui ver se ele estava perto.

Enfiei a pistola de volta na jaqueta. Não fazia sentido atirar; eu ia errar todas. Flexionei os dedos, pronta para agarrar a calha. Meus músculos estavam aquecidos; meus pulmões, a ponto de explodir. Uma ardência no tornozelo me alertou para um ferimento, mas eu tinha que continuar. Lutar ou fugir. Correr ou morrer.

O médium pulou o peitoril, ligeiro e fluido como água. A adrenalina corria pelas minhas veias. Minhas pernas dispararam, e a chuva fustigava meus olhos. Pulei canos flexíveis e dutos de ventilação, aumentando o impulso, tentando direcionar meu sexto sentido para o médium. Sua mente era forte e se movia com a mesma rapidez que ele. Eu não conseguia pará-la, não era nem capaz de obter uma imagem dela. Não havia nada que eu pudesse fazer para detê-lo.

Conforme acelerei o passo, a adrenalina abafou a ardência no meu tornozelo. Uma queda de quinze andares me aguardava. Do outro lado do vão havia uma calha, e, além dela, uma escada de incêndio. Se eu conseguisse descer por ali, poderia desaparecer nas veias pulsantes da Seção 5. Poderia escapar. Sim, eu ia conseguir. A voz de Nick estava na minha cabeça, me impulsionando: *Joelhos na direção do peito. Olhos no ponto de pouso.* Era naquele momento ou nunca mais. Dei impulso com os dedos do pé e me joguei no precipício.

Meu corpo colidiu com uma parede sólida de tijolos. O impacto cortou minha boca, mas eu ainda estava consciente. Meus dedos agarraram a calha. Meus pés quicaram na parede. Usei a força que sobrou para me puxar para cima, a calha fazendo cortes mais fundos nas minhas mãos. Uma moeda solta caiu da minha jaqueta na rua escura abaixo.

Minha vitória durou pouco. Enquanto eu me arrastava até a rua, com as palmas das mãos machucadas e ardendo, um raio de dor excruciante percorreu minha coluna. O choque poderia ter me obrigado a soltar, mas uma das mãos ainda estava agarrada ao telhado. Inclinei o pescoço para olhar por sobre o ombro. Um dardo longo e fino estava enterrado na minha lombar.

Flux.

Eles tinham *flux*.

A droga entrou nas minhas veias. Em seis segundos, toda a minha corrente sanguínea estava comprometida. Pensei em duas coisas: primeiro, que Jax ia me matar; depois, que não importava – eu ia morrer de qualquer maneira. Soltei o telhado.

Nada.

3

Confinada

Durou uma vida inteira. Não conseguia me lembrar de quando começou e não via quando ia acabar.

Eu me lembro da movimentação, de um rugido rouco, de ser amarrada a uma superfície dura. Depois, uma agulha, e a dor assumiu o controle.

A realidade tinha sido distorcida. Eu estava perto de uma vela, mas a chama que queimava era do tamanho do inferno. Eu estava presa num forno. O suor saía pelos meus poros como cera. Eu era o fogo. Eu queimava. Eu empolava e tostava – depois estava congelando, desesperada pelo calor, me sentindo à beira da morte. Não havia meio-termo. Apenas uma dor infinita e sem limites.

AUP Fluxion 14 foi desenvolvida como um projeto colaborativo entre as divisões médica e militar de Scion. Produzia um efeito chamado fantasmagoria, apelidado de "praga cerebral" por videntes amargurados: uma série de alucinações vívidas, provocadas por distorções do plano onírico humano. Lutei para atravessar uma visão atrás da outra, gritando quando a dor era intensa demais para suportar em silêncio. Se havia uma definição para o inferno, eu tinha encontrado. Isto era o *inferno*.

Meu cabelo grudou nas lágrimas quando vomitei, tentando em vão expulsar o veneno do corpo. Só queria que tudo acabasse. Fosse o sono, a inconsciência ou a morte, alguma coisa tinha que me tirar daquele pesadelo.

— Pronto, meu tesouro. Não queremos que você morra ainda. Já perdemos três hoje.

Dedos gelados acariciaram minha testa. Arqueei as costas e me afastei. Se não queriam que eu morresse, por que estavam fazendo aquilo comigo?

Flores mortas passaram agitadas diante dos meus olhos. O cômodo se transformou em uma espiral, girando sem parar até eu não ter ideia do que estava em cima ou embaixo. Mordi um travesseiro para conter os gritos. Senti gosto de sangue e soube que tinha mordido outra coisa: o lábio, a língua, a bochecha, quem poderia dizer?

Flux não saía simplesmente do organismo. Não importa quantas vezes a pessoa vomitasse ou urinasse, a droga continuava circulando, sendo carregada pelo sangue, reproduzida pelas próprias células, até que o antídoto fosse aplicado nas veias. Tentei implorar, mas não consegui falar nada. A dor me tomava em inúmeras ondas, uma após a outra, até eu ter certeza de que ia morrer.

Uma nova voz se pronunciou.

— Basta. Precisamos desta viva. Pegue o antídoto, ou darei um jeito de você receber o dobro da dose dela.

O antídoto! Talvez eu sobrevivesse. Tentei enxergar através do véu ondulado de visões, mas não conseguia distinguir nada além da vela.

Estava demorando demais. E o meu antídoto? Não parecia importar. Eu queria dormir o sono mais longo da minha vida.

— Me solte — pedi. — Me deixe sair.

— Ela está falando. Tragam água.

A borda gelada de um copo bateu nos meus dentes. Dei goles profundos e sedentos. Olhei para cima e tentei ver o rosto do meu salvador.

— Por favor — falei.

Dois olhos retribuíram meu olhar. Eles queimavam como chamas.

E, finalmente, o pesadelo acabou. Caí num sono profundo e escuro.

Quando acordei, permaneci deitada.

Eu sentia o suficiente para ter uma boa noção de onde estava: deitada de bruços em um colchão duro. Minha garganta queimava. Era uma dor tão intensa que fui obrigada a recobrar a consciência, nem que fosse só para procurar água. Percebi, surpresa, que estava nua.

Virei de lado, apoiando o peso no cotovelo e no quadril. Podia sentir o gosto de vômito seco nos cantos da boca. Assim que consegui focar, tentei alcançar o éter. Havia outros videntes ali, em algum lugar daquela prisão.

Meus olhos levaram um tempo para se ajustar ao breu. Eu estava em uma cama de solteiro com lençóis frios e úmidos. À direita havia uma janela com barras, sem vidro. O piso e as paredes eram de pedra. Um vento gélido provocou arrepios no meu corpo todo. Minha respiração saía na forma de pequenas nuvens. Puxei os lençóis até os ombros. Quem diabos havia tirado minha roupa?

Uma porta estava entreaberta no canto, e eu podia ver a claridade. Eu me levantei, testando minha força. Quando tive certeza de que não ia cair, segui na direção da luz. Encontrei um banheiro rudimentar. A luz vinha de uma única vela. Havia um vaso sanitário bem antigo e um chuveiro enferrujado, instalado bem no alto da parede. O chuveiro parecia que ia se desmanchar com o toque. Quando virei a torneira mais próxima, um dilúvio de água congelante me envolveu. Tentei girar a torneira para o outro lado, mas a água se recusou a esquentar mais do que meio grau. Decidi alternar os membros, molhando um após o outro sob o chuveiro degradado. Não havia toalhas, então usei os lençóis da cama para me secar, mantendo um deles envolto em mim. Quando tentei abrir a porta principal, descobri que estava trancada.

Minha pele formigava. Eu não tinha ideia de onde estava, por que estava ali ou o que aquelas pessoas iam fazer comigo. Ninguém sabia o que acontecia com os detidos; nenhum deles jamais voltou.

Sentei-me na cama e respirei fundo algumas vezes. Ainda estava fraca por causa das horas de fantasmagoria e não precisava de um espelho para saber que parecia mais um cadáver do que de costume.

Eu não tremia apenas por causa do frio. Estava nua e sozinha em um cômodo escuro com barras na janela e nenhum sinal de rota de fuga. Eles devem ter me levado para a Torre. Também deviam ter pegado minha mochila e o panfleto. Eu me encolhi contra a cabeceira e tentei ao máximo conservar o calor corporal, com o coração acelerado. Um nó grosso se formou na minha garganta dolorida.

Será que iam machucar meu pai? Ele era valioso, sim – uma *commodity* –, mas será que seria perdoado por abrigar uma vidente? Isso era conivência. Mas ele era importante. Tinham que poupá-lo.

Por um instante, perdi a noção do tempo. Caí num cochilo intermitente. Por fim, a porta se abriu de repente, e acordei assustada.

– Levante-se.

Uma lamparina a querosene entrou balançando no quarto. Uma mulher a segurava. Sua pele era brilhante e castanha, e tinha uma estrutura óssea elegante, sendo vários centímetros mais alta do que eu. O cabelo solto cacheado era comprido e preto, assim como seu vestido de cintura alta, cujas mangas iam até a ponta dos dedos enluvados. Era impossível adivinhar sua idade: ela podia ter vinte e cinco ou quarenta anos. Me cobri com o lençol, observando-a.

Percebi três coisas estranhas na mulher. A primeira foi que seus olhos eram amarelos. Não o tipo de âmbar que se poderia considerar amarelo sob certas luzes. Eram amarelos de verdade, quase esverdeados, e cintilavam.

A segunda coisa foi sua aura. Ela era vidente, mas eu nunca tinha encontrado uma daquele tipo. Não consegui identificar por que exatamente a aura dela era estranha, mas não se encaixava muito bem nos meus sentidos.

E a terceira – que me deu calafrios – era seu plano onírico. Exatamente como o que eu tinha sentido na 1-4, aquele que não éramos capazes de identificar. O desconhecido. Meu instinto dizia para atacá-la, mas eu já sabia que não conseguiria invadir aquele tipo de plano onírico, certamente não no estado em que eu estava.

– Aqui é a Torre? – Minha voz estava rouca.

A mulher ignorou minha pergunta. Ela levou a lamparina para perto do meu rosto, analisando meus olhos. Comecei a me perguntar se ainda estava com a praga cerebral.

– Tome isso – disse ela. – Olhei para os dois comprimidos na mão dela. – Tome.

– Não – falei.

Ela me bateu. Senti gosto de sangue. Eu queria revidar, brigar, mas estava tão fraca que mal conseguia levantar a mão. Com dificuldade, devido ao lábio recém-cortado, tomei os comprimidos.

– Cubra-se – ordenou minha captora. – Se me desobedecer de novo, vou me assegurar de que você nunca mais saia deste quarto. Não com carne sobre os ossos. – Ela jogou um monte de roupas em cima de mim. – Pegue isso.

Eu não queria apanhar novamente. Ia cair, desta vez. Com o maxilar travado, as peguei.

– Vista-se.

Olhei para as roupas, com sangue escorrendo dos lábios. Um ponto vermelho apareceu na túnica branca que eu segurava. As mangas eram compridas, e o decote, quadrado. Junto havia um cinto preto que combinava com a calça, as meias e botas, um conjunto de calcinha e sutiã e um colete preto com uma pequena âncora branca bordada. O símbolo de Scion. Eu me vesti com movimentos rígidos, obrigando meus membros gelados a se mexerem. Quando terminei, ela se virou para a porta.

– Venha comigo. Não fale com ninguém.

Estava extremamente frio fora do quarto, e o carpete surrado, que deve ter sido vermelho algum dia, mas agora estava desbotado e manchado de vômito, não ajudava a amenizar a temperatura. Minha guia me conduziu por um labirinto de corredores de pedra, passando por pequenas janelas com barras e tochas incandescentes. Elas pareciam claras e fortes demais em comparação aos postes de luz azul e fria das ruas de Londres.

Será que ali era um castelo? Eu não conhecia nenhum lugar a milhares de quilômetros de Londres que tivesse um castelo – não tínhamos uma monarca desde Vitória. Talvez fosse uma das velhas prisões de Categoria D. A não ser que fosse a Torre.

Arrisquei dar uma olhada lá fora. Estava de noite, mas consegui ver um pátio à luz de várias lamparinas. Eu me perguntei por quanto tempo tinha ficado sob a influência do flux. Será que essa mulher me observou sofrer? Será que ela recebia ordens da DVN, ou eles é que recebiam ordens dela? Talvez ela trabalhasse para o Arconte, mas eles jamais contratariam uma vidente. E, independentemente do que mais ela fosse, definitivamente era uma vidente.

A mulher parou diante de uma porta. Um garoto foi expulso lá de dentro. Era uma criatura magrela com cara de ratazana, com um cabelo louro que mais parecia um esfregão, e tinha todos os sintomas de envenenamento por flux: olhos vidrados, rosto pálido, lábios azuis. A mulher o olhou de cima a baixo.

– Nome?

– Carl – respondeu ele com a voz rouca.

– Como é?

— *Carl.* — Dava para ver que ele estava agonizando.

— Bom, parabéns por sobreviver ao Fluxion 14, Carl. — Ela parecia estar fazendo qualquer coisa, menos lhe dando parabéns. — Essas podem ter sido as últimas horas de sono que você vai ter durante um bom tempo.

Carl e eu trocamos um olhar. Eu sabia que devia estar com uma aparência tão horrível quanto a dele.

Caminhando pelos corredores, recolhemos vários outros videntes capturados. Suas auras eram fortes e distintas; eu podia arriscar um palpite sobre o que todos eram. Um visionário. Uma quiromante – palmista – com cabelo curto pintado de azul extravagante. Um tasseógrafo. Um oráculo com a cabeça raspada. Uma morena magra de lábios finos, provavelmente uma sussurrante, que parecia estar com um braço quebrado. Nenhum deles aparentava mais de vinte anos, nem muito menos de quinze. Todos estavam pálidos e enjoados por causa do flux. No fim, éramos dez. A mulher virou-se para encarar seu grupinho de esquisitos.

— Sou Pleione Sualocin — disse ela. — Serei a guia de vocês no primeiro dia em Sheol I. Hoje à noite, vão participar de um discurso de boas-vindas. Há algumas regras simples que vocês devem cumprir. Não podem olhar nenhum Rephaite nos olhos. Têm que manter a cabeça baixa, como deve ser, a menos que alguém peça que olhem para outro lugar.

A palmista levantou uma das mãos, mantendo o olhar nos pés.

— Rephaite?

— Vocês vão descobrir em breve. — Pleione fez uma pausa. — Uma regra extra: não falem a menos que um Rephaite lhes dirija a palavra. Há alguma dúvida sobre esses assuntos?

— Há, sim. — Era a voz do tásseo. Ele não estava olhando para o chão. — Onde estamos?

— Já vão descobrir.

— Quem te deu o direito de nos gaturar? Eu nem estava mercadejando. Não sou nenhum infrator. Prove que tenho uma aura! Vou voltar direto para a cidade e você não vai...

Ele parou. Duas gotas escuras de sangue escorreram de seus olhos. Ele emitiu um som baixo antes de desabar.

A palmista gritou.

Pleione analisou o corpo do tásseo. Quando olhou para nós, seus olhos estavam azuis como uma chama de gás. Desviei meu olhar.

– Mais alguma pergunta?

A palmista colocou a mão sobre a boca.

Fomos reunidos num cômodo pequeno. As paredes e o piso eram úmidos, e estava escuro como uma cripta. Pleione nos trancou lá dentro e saiu.

Por um minuto, ninguém teve coragem de falar. A palmista soluçava, quase histérica. A maioria dos outros ainda estava fraca demais para dizer alguma coisa. Sentei-me num canto, fora de alcance. Sob as mangas da camisa, minha pele continuava arrepiada.

– Isso aqui ainda é a Torre? – perguntou um áugure. – Parece a Torre.

– Cale a boca – disse alguém. – Só cale a boca.

Alguém começou a rezar para o zeitgeist, por incrível que pareça. Como se isso fosse ajudar. Apoiei o queixo nos joelhos. Eu não queria saber o que iam fazer com a gente. Não sabia quão forte seria caso eles me fizessem passar por uma simulação de afogamento. Tinha ouvido meu pai falar sobre isso, que eles só deixam a pessoa respirar por alguns segundos de cada vez. Ele disse que não era tortura. Era terapia.

Um visionário sentou-se ao meu lado. Era careca e tinha ombros largos. Não conseguia ver muito dele no escuro, mas notei que tinha olhos grandes e muito escuros. Ele estendeu a mão.

– Julian.

Não parecia estar com medo. Só calado.

– Paige – falei. Melhor não usar o nome completo. Pigarreei para limpar minha garganta seca. – Qual é a sua coorte?

– IV-6.

– I-4.

– Esse é o território do Agregador Branco. – Assenti. – Qual parte?

– Soho – respondi. Se eu dissesse que morava nos Dials, ele saberia que eu devia ser uma das mais próximas e mais queridas de Jaxon.

– Que inveja. Eu adoraria ter morado no centro.

– Por quê?

– O sindicato é forte lá. Na minha seção não tem muita ação. – Ele falava baixo. – Você deu algum motivo para eles te prenderem?

– Matei um Subguarda. – Minha garganta doeu. – E você?

— Pequeno desentendimento com um Vigilante. Resumindo, ele não está mais entre nós.

— Mas você é um visionário.

A maioria dos videntes considerava os visionários, uma classe de adivinhos, com desdém. Como todos os adivinhos, eles se comunicavam com os espíritos através de objetos; no caso de um visionário, com qualquer coisa reflexiva. Jax odiava muito os visionários ("*merdo*nários, boneca, chame-os de merdonários"). E os áugures, pensando bem.

Julian pareceu ler meus pensamentos.

— Você acha que os visionários não são capazes de matar.

— Não com espíritos. Você não poderia controlar um enlace grande o suficiente.

— Você conhece bem os videntes. — Ele esfregou os braços. — Está certa. Atirei nele. O que não os impediu de me prenderem.

Não respondi. Água gelada pingava do teto no meu cabelo e escorria pelo meu nariz. A maioria dos outros prisioneiros estava em silêncio. Um garoto se balançava para a frente e para trás nos calcanhares.

— Você tem uma aura estranha. — Julian me olhou. — Não consigo perceber o que você é. Eu diria oráculo, mas...

— Mas?

— Há muito tempo não ouço falar de uma mulher que é oráculo. E acho que você não é uma sibila.

— Sou uma acutimante.

— O que você faz? Espeta as pessoas com uma agulha?

— Mais ou menos isso.

Houve um barulho no lado de fora e um grito terrível. Todo mundo parou de falar.

— É um frenético. — A voz era masculina e demonstrava medo. — Eles não vão colocar um frenético aqui dentro, vão?

— Não existem frenéticos — falei.

— Você nunca leu *Sobre os méritos*?

— Já. Esse é um tipo hipotético.

Ele não pareceu aliviado. Pensar no panfleto me deixou com mais frio do que nunca. Podia estar em qualquer lugar, nas mãos de qualquer pessoa – a primeira edição do panfleto mais subversivo da cidadela, coberto de notas recentes e detalhes de contatos. Eu nunca poderia ter conseguido algo assim sem conhecer quem o escreveu.

– Eles vão nos torturar de novo. – A sussurrante estava protegendo o braço quebrado. – Querem alguma coisa. Não teriam nos soltado por nada.

– Soltado de onde? – perguntei.

– Da Torre, idiota. Onde todos nós passamos os últimos dois anos.

– Dois? – Alguém deu uma risada meio histérica no canto. – Chute nove. Nove anos. – Outra risada, uma risadinha.

Nove anos. Por que nove? Pelo que sabíamos, os detentos tinham duas opções: fazer parte da DVN ou serem executados. Não havia necessidade de *armazenar* pessoas.

– Por que nove? – perguntei.

Nenhuma resposta veio do canto. Depois de um minuto, Julian falou:

– Alguém mais está se perguntando por que não estamos mortos?

– Eles mataram todos os outros. – Uma nova voz. – Fiquei lá durante meses. Os outros videntes na minha ala foram para a corda. – Pausa. – Nós fomos selecionados para outra coisa.

– SCIOEPEC – sussurrou alguém. – Vamos ser cobaias de laboratório, não é? Os médicos querem nos cortar.

– Isso aqui não é SCIOEPEC – falei.

Houve um longo silêncio, interrompido apenas pelas lágrimas amargas da palmista. Parecia que ela não conseguiria parar. Por fim, Carl se dirigiu à sussurrante:

– Você disse que eles devem querer alguma coisa, sibilante. O que poderiam querer?

– Qualquer coisa. Nossa visão.

– Não podem pegar nossa visão – falei.

– Por favor. Você nem tem visão. Eles não vão querer videntes *deficientes*.

Controlei minha vontade de quebrar seu outro braço.

– O que ela fez com o tásseo? – A palmista tremia. – Os olhos dele... ela nem se mexeu!

– Bom, achei que a gente ia morrer com toda a certeza – disse Carl, como se não conseguisse imaginar por que o resto de nós estava tão preocupado. Sua voz saiu menos rouca. – Prefiro qualquer coisa a enfrentar a corda, vocês não?

– A gente ainda pode ir para a corda – lembrei.

Ele ficou em silêncio.

Outro garoto, tão pálido que parecia que o flux tinha queimado o sangue em suas veias, estava começando a hiperventilar. Seu nariz era coberto de sardas. Eu não o havia notado antes; ele não tinha traço de aura.

– O que é este lugar? – Ele mal conseguia pronunciar as palavras. – Quem... quem são vocês?

Julian olhou para ele.

– Você é amaurótico – afirmou. – Por que eles o pegaram?

– Amaurótico?

– Talvez tenha sido um engano. – O oráculo parecia entediado. – Vão matá-lo do mesmo jeito. Que má sorte, garoto.

O rapaz parecia prestes a desmaiar. Ele se levantou e puxou as barras.

– Eu não devia estar aqui. Quero ir pra casa! Não sou desnatural, não sou! – Ele estava quase chorando. – Sinto muito, sinto muito pela pedra!

Tapei a boca dele com a mão.

– Pare. – Alguns dos outros o xingaram. – Você quer que ela ferre com você também?

Ele estava trêmulo. Imaginei que devia ter uns quinze anos, mas era fraco para a idade. Fui obrigada a me lembrar de uma época diferente: de quando eu estava assustada e sozinha.

– Qual é o seu nome? – Tentei soar gentil.

– Seb. S-Seb Pearce. – Ele cruzou os braços, tentando parecer menor. – Vocês... todos vocês são... desnaturais?

– Somos, e vamos fazer coisas desnaturais com seus órgãos internos se você não calar essa boca podre – disse uma voz cheia de desprezo. Seb se encolheu.

– Não vamos, não – falei. – Sou Paige. Esse é Julian.

Julian simplesmente assentiu. Parecia que a tarefa de conversar com o amaurótico tinha ficado para mim.

– De onde você é, Seb? – perguntei.

– Coorte III.

– O anel – disse Julian. – Legal.

Seb desviou o olhar. Seus lábios tremiam de frio. Sem dúvida ele achava que íamos despedaçá-lo e nos banhar em seu sangue num frenesi oculto.

O anel era o nome de uma rua da Coorte III onde eu tinha frequentado o ensino médio.

– Conte pra gente o que aconteceu – pedi.

Ele olhou para os outros. Não conseguia culpá-lo por estar com medo. Desde que nascera e aprendera a falar, ouvia as pessoas dizerem que os clarividentes eram a fonte de todos os males do mundo, e lá estava ele em uma prisão com vários.

– Um dos alunos colocou uma coisa ilegal na minha mochila – contou ele. Provavelmente uma bola de cristal, o númen mais comum no mercado negro. – O diretor me viu tentando devolver o negócio para os outros durante a aula. Ele achou que eu tivesse contrabandeado com um daqueles mendigos. Chamaram os Vigilantes da escola para me analisar.

Definitivamente um garoto de Scion. Se sua escola tinha os próprios Vigis, ele devia ser de uma família astronomicamente rica.

– Levei horas para convencer os caras de que eu tinha caído em uma armadilha. Peguei um atalho para chegar em casa. – Seb engoliu em seco. – Havia dois homens de vermelho na esquina. Tentei ultrapassá-los, mas eles me ouviram. Usavam máscaras. Não sei por quê, mas eu corri. Estava com medo. Aí ouvi um tiro, e... e aí acho que devo ter desmaiado. E depois me senti enjoado.

Fiquei imaginando os efeitos do flux em amauróticos. Fazia sentido os sintomas físicos aparecerem – vômito, sede, pânico inexplicável –, mas não a fantasmagoria.

– Isso é horrível – falei. – Tenho certeza de que é tudo um grande erro.

Eu tinha certeza mesmo. De jeito nenhum um garoto amaurótico bem-nascido como Seb deveria estar ali.

O menino pareceu esperançoso.

Então eles vão me deixar ir para casa?

– Não – respondeu Julian.

Meus ouvidos se aguçaram. Passos. Pleione tinha voltado. Ela abriu a porta com um puxão, agarrou o prisioneiro mais próximo e o levantou com uma das mãos.

– Venham comigo. Lembrem-se das regras.

Saímos do prédio através de uma série de portas duplas, a palmista sendo guiada pela sussurrante. O ar gélido atingia cada centímetro de pele exposta.

Levei um susto quando chegamos à forca – talvez ali *fosse* a Torre –, mas Pleione passou direto. Eu não tinha ideia do que ela havia feito com o tásseo ou o que motivou aquele grito, mas não ia perguntar. Cabeça baixa, olhos abertos. Essa também seria minha regra ali.

Ela nos conduziu por ruas desertas, iluminadas por lamparinas a gás, úmidas depois de uma noite de chuva forte. Julian caminhava ao meu lado. Conforme andávamos, os prédios ficavam maiores – mas não eram arranha-céus. Não chegavam nem perto dessa escala. Nada de estrutura de metal, nem de luz elétrica. Aqueles prédios eram antigos e desconhecidos, construídos em uma época em que a estética era outra. Paredes de pedra, portas de madeira, janelas de chumbo pintadas de vermelho profundo e ametista. Quando viramos a última esquina, fomos recebidos por um cenário do qual eu jamais me esqueceria.

A rua que se estendia à nossa frente era estranhamente larga. Não havia um carro à vista: apenas uma longa fileira de casas caindo aos pedaços, contorcidas de uma ponta a outra. Paredes de compensado apoiavam telhas de metal corrugado. Nos dois lados daquela pequena cidade havia construções maiores. Elas tinham portas de madeira pesadas, janelas altas e ameias, como os castelos da era vitoriana. Isso me fazia lembrar tanto da Torre que precisei desviar o olhar.

A vários metros do barraco mais próximo, havia um grupo de silhuetas esbeltas em um palco ao ar livre. Velas tinham sido posicionadas ao redor, iluminando seus rostos mascarados. Um violino tocava sob as tábuas. Música vidente, do tipo que apenas um sussurrante poderia executar. Havia um grande público assistindo-os. Todos os membros que constituíam esse público usavam uma túnica vermelha e um colete preto.

Como se estivessem aguardando nossa chegada, as silhuetas começaram a dançar. Eram todos clarividentes; na verdade, todo mundo ali era clarividente – os dançarinos, os espectadores, *todo mundo*. Eu nunca tinha visto tantos videntes num só lugar, pacificamente juntos. Devia haver uma centena de observadores agrupada ao redor do palco.

Aquilo não era uma reunião secreta num túnel subterrâneo. Não era o sindicato brutal de Hector. Era diferente. Quando Seb estendeu a mão para pegar a minha, não o afastei.

O espetáculo prosseguiu por alguns minutos. Nem todos os espectadores prestavam atenção. Alguns conversavam entre si, outros zombavam de quem estava no palco. Eu tinha certeza de ter escutado alguém dizer "covardes". Depois da dança, uma garota usando um colante preto subiu em uma plataforma mais alta. Seu cabelo escuro estava preso num coque, e sua máscara era dourada e tinha asas. Ela ficou ali por um instante, imóvel como vidro – depois pulou da plataforma e agarrou duas faixas compridas de tecido vermelho que estavam penduradas no cordame. Enrolando as pernas e os braços ao redor das faixas, ela subiu uns seis metros antes de fazer uma pose. Recebeu aplausos superficiais do público.

Meu cérebro ainda estava prejudicado pelas drogas. Será que aquilo era um tipo de culto vidente? Já tinha ouvido falar de coisas estranhas. Me obriguei a analisar a rua. Uma coisa era certa: ali não era SciLo. Não havia qualquer sinal da presença de Scion. Prédios grandes e velhos, apresentações públicas, lamparinas a gás e uma rua de paralelepípedos – era como se tivéssemos voltado no tempo.

Eu sabia exatamente onde estava.

Todo mundo já tinha ouvido falar da cidade perdida de Oxford. Fazia parte do currículo escolar de Scion. Incêndios haviam destruído a universidade no outono de 1859. O que restou foi classificado como um Setor Restrito Tipo A. Ninguém tinha permissão de ir até lá, temia-se alguma contaminação indefinível. Scion simplesmente a apagou dos mapas. Eu li nos registros de Jaxon que um jornalista ousado do *Garoto do Barulho* tentou ir até lá em 2036, ameaçando revelar o segredo, mas seu carro foi jogado para fora da estrada por franco-atiradores e nunca mais foi visto. O *Garoto do Barulho,* um jornal barato, desapareceu com a mesma rapidez. O veículo tentava com frequência demais revelar os segredos de Scion.

Pleione virou-se para nós. A escuridão tornava difícil ver seu rosto, mas seus olhos ainda queimavam.

– Não é adequado encarar – disse ela. – Vocês não querem se atrasar para o discurso.

Mesmo assim, não conseguimos evitar encarar a dança. Nós a seguimos, mas ela não pôde nos impedir de olhar.

Marchamos atrás de Pleione até chegarmos a um portão enorme de ferro batido, que foi destrancado por dois homens parecidos com nossa guia: mesmos olhos, mesma pele de cetim, mesmas auras. Pleione passou direto por eles. Seb estava começando a ficar verde. Continuei segurando a mão dele enquanto atravessávamos o terreno do prédio. Aquele amaurótico não devia significar nada para mim, mas ele parecia vulnerável demais para ser deixado sozinho. A palmista estava chorando. Só o oráculo, estalando os dedos, parecia não sentir medo. Enquanto andávamos, vários outros grupos de recém-chegados vestindo branco se juntaram a nós. A maioria parecia assustada, mas alguns demonstravam animação. Meu grupo se aproximou conforme nos uníamos aos outros.

Estávamos sendo pastoreados.

Entramos em um salão comprido e grandioso. Prateleiras verde-oliva se estendiam do chão ao teto, repletas de lindos livros antigos. Havia onze janelas de vitral enfileiradas em uma parede. A decoração era clássica, com um piso de pedra talhada posicionado num padrão diagonal. Os presos formaram filas aos tropeços. Fiquei entre Julian e Seb, meus sentidos em alerta vermelho. Julian também estava tenso. Seus olhos iam de um preso vestido de branco a outro, analisando-os. Era uma verdadeira mistura: uma amostra representativa de videntes, desde áugures e adivinhos até médiuns e sensitivos.

Pleione tinha nos deixado. Ela estava de pé em um púlpito elevado com o que eu imaginei serem oito criaturas Rephaim que eram suas colegas. Meu sexto sentido vibrou.

Quando todos estavam reunidos, um silêncio mortal tomou o salão. Uma única mulher deu um passo à frente. E então começou a falar.

4

Um discurso sob a sombra

— Bem-vindos a Sheol I.

A oradora tinha uns dois metros de altura. Suas feições eram perfeitamente simétricas: um nariz longo e reto, bochechas ressaltadas, olhos fundos. A luz das velas refletia no seu cabelo e na sua pele lustrosa. Ela usava preto, como os outros, mas as mangas e as laterais da veste eram enfeitadas com ouro.

— Sou Nashira Sargas. — Sua voz era calma e grave. — Sou a soberana de sangue da Raça dos Rephaim.

— Isso é uma piada? — sussurrou alguém.

— Shh – sibilou outra pessoa.

— Para começar, preciso pedir desculpas pelo início angustiante do período de vocês aqui, especialmente aos que foram inicialmente abrigados na Torre. A grande maioria dos clarividentes tem a impressão de que serão executados quando são trazidos para nossa comunidade. Usamos Fluxion 14 para assegurar que seu transporte para Sheol I seja seguro e direto. Depois de sedados, vocês foram colocados num trem e levados a uma prisão, onde foram monitorados. Suas roupas e pertences foram confiscados.

Enquanto ouvia, analisei a mulher, olhando o éter. A aura dela era diferente de tudo que eu já tinha sentido. Queria poder vê-la. Era como se ela tivesse pegado diversos tipos de aura e forjado todas num campo estranho de energia.

Havia outra coisa também. Uma fronteira gelada. A maioria das auras emitia um sinal suave e quente, como quando se passa diante de um aquecedor, mas aquela me causava calafrios.

– Entendo que estejam surpresos diante desta cidade. Pode ser que vocês a conheçam como Oxford. A existência dela foi condenada pelo seu governo dois séculos atrás, antes de qualquer um de vocês nascer. Supostamente, ela ficou em quarentena após sofrer um grande incêndio. Isso é mentira. Essa cidade foi fechada para que nós, os Rephaim, pudéssemos transformá-la em nosso lar. Chegamos há dois séculos, em 1859. O mundo de vocês tinha alcançado o que chamamos de 'fronteira etérea'.

Ela analisou nossos rostos.

– A maioria de vocês é clarividente. Entendem que espíritos sencientes existem ao nosso redor, covardes ou teimosos demais para encontrar a morte final no centro do éter. Vocês conseguem se comunicar com eles e, em troca, eles os guiam e protegem. Mas essa conexão tem um preço. Quando o mundo corpóreo se torna superpopuloso de espíritos perdidos, eles provocam fissuras profundas no éter. Quando essas fissuras ficam amplas demais, a fronteira etérea se rompe. Assim que a Terra rompeu sua fronteira, ficou exposta a uma dimensão superior chamada de Limbo, onde *nós* residimos. Agora viemos para cá.

Nashira nivelou o olhar com a minha fileira de prisioneiros.

– Vocês, humanos, cometeram muitos erros. Encheram a terra fértil de cadáveres, sobrecarregaram-na com espíritos perdidos. Agora ela pertence aos Rephaim.

Olhei para Julian e vi meu medo refletido com exatidão em seus olhos. Aquela mulher só podia ser louca.

Um silêncio caiu sobre o salão. Nashira Sargas tinha nossa atenção.

– Meu povo, os Rephaim, é todo formado por clarividentes. Não existem amauróticos entre nós. Desde que ocorreu a fissura entre nossos mundos, fomos obrigados a compartilhar o Limbo com uma raça parasita chamada Emim. São criaturas irracionais e bestiais que gostam de carne humana. Se não fosse por nós, eles teriam atravessado a fronteira até aqui. Teriam vindo pegar vocês.

Louca. Ela era louca.

— Todos vocês foram detidos por humanos que trabalham para nós. Eles são chamados de túnicas-vermelhas. — Nashira apontou para uma fileira de homens e mulheres, vestidos de vermelho, nos fundos da biblioteca. — Desde a nossa chegada, colocamos muitos humanos clarividentes debaixo de nossa asa. Em troca de proteção, nós os treinamos para destruir os Emim, para proteger a população 'natural', como parte de um batalhão penal. Esta cidade atua como farol para as criaturas, afastando-as do restante do mundo corpóreo. Quando elas encontram brechas nos muros, os túnicas-vermelhas são chamados para destruí-las. Essas brechas são anunciadas por uma sirene. Existe um alto risco de mutilação.

Existe também um alto risco de que tudo isso seja coisa da minha cabeça, pensei.

— Oferecemos a vocês este destino como alternativa ao que Scion ofereceria: morte por enforcamento ou asfixia. Ou, como alguns já vivenciaram, uma longa e sombria sentença na Torre.

Na fileira atrás de mim, uma garota começou a choramingar. As pessoas de ambos os lados dela fizeram *shhh*.

— É claro que não precisamos trabalhar juntos. — Nashira marchava ao longo da primeira fila. — Quando chegamos a este mundo, nós o encontramos vulnerável. Apenas uma fração de vocês é clarividente, e menos ainda têm habilidades ligeiramente úteis. Podíamos ter deixado os Emim os atacarem. Teria sido justificável, devido ao que vocês fizeram com este mundo.

Seb estava esmagando minha mão. Eu tinha consciência de um zumbido no ouvido.

Aquilo era ridículo. Uma piada de mau gosto. Ou praga cerebral. Sim, devia ser praga cerebral. Scion estava tentando nos fazer pensar que tínhamos enlouquecido. Talvez fosse verdade.

— Mas tivemos piedade. Sentimos pena. Negociamos com seus governantes, começando por esta pequena ilha. Eles nos deram esta cidade, que chamamos de Sheol 1, e nos mandam certa quantidade de clarividentes a cada década. Nossa fonte principal era e continua sendo a cidade capital de Londres. Foi esta cidade que trabalhou durante sete décadas para desenvolver o sistema de segurança de Scion. Scion aumentou muito a nossa chance de reconhecer, transferir e reabilitar clarividentes em uma nova sociedade, longe dos chamados amauróticos. Em troca desse serviço, juramos não destruir o mundo de vocês. Em vez disso, planejamos assumir seu controle.

Eu não tinha certeza se estava entendendo o que ela dizia, mas uma coisa ficou clara: se ela estava falando a verdade, Scion não passava de um governo marionete. Subordinado. E tinha nos vendido.

Não foi uma surpresa, na verdade.

A garota na fileira de trás não conseguiu mais aguentar. Com um grito sufocado, saiu correndo para a porta.

Ela não teve chance contra o tiro.

Gritos surgiram de toda parte. Sangue também. Seb cravou as unhas na minha mão. No caos, um dos Rephaim deu um passo à frente.

– SILÊNCIO.

O barulho parou imediatamente.

O sangue escorria por baixo do cabelo da garota. Seus olhos estavam abertos. Sua expressão se manteve: perturbada, apavorada.

O assassino era humano e vestia vermelho. Ele guardou o revólver no coldre e colocou as mãos nas costas. Dois de seus companheiros, ambos do sexo feminino, pegaram o corpo pelos braços e o arrastaram para fora.

– Sempre uma túnica-amarela – disse uma delas, alto o suficiente para todo mundo escutar.

O piso de mármore estava manchado. Nashira nos olhou sem qualquer traço de emoção.

– Se mais algum de vocês quiser fugir, a hora é agora. Saibam que podemos abrir espaço no túmulo.

Ninguém se mexeu.

No silêncio que se seguiu, arrisquei dar uma olhada nas colunas. Olhei de novo. Um dos Rephaim estava me observando.

Ele devia estar me examinando há algum tempo. Seu olhar estava fixo no meu, como se esperasse que eu retribuísse o olhar, como se procurasse um brilho de discordância. Sua pele era da cor de mel escuro e dourado, realçando seus olhos amarelos com pálpebras pesadas. Ele era o mais alto dos cinco homens, tinha cabelo castanho volumoso e usava uma roupa preta bordada. Ao redor dele havia uma aura estranha e suave, ofuscada pelas outras no salão. Era a coisa mais linda e mais terrível que eu já vira.

Um espasmo rasgou minhas entranhas. Direcionei meu olhar de volta para o chão. Será que eles me matariam só por olhar?

Nashira ainda estava falando, andando de um lado para outro ao longo das fileiras.

– Os clarividentes se fortaleceram muito ao longo dos anos. Vocês estão acostumados a sobreviver. O simples fato de estarem em pé aqui, tendo escapado da captura durante tanto tempo, é um testemunho de sua capacidade coletiva de se adaptar. Seus dons se provaram inestimáveis para manter os Emim acuados. E é por isso que, ao longo de dez anos, recolhemos o maior número possível de vocês, mantendo-os na Torre para esperar sua transição de Scion. Chamamos essas colheitas feitas a cada década de Temporadas dos Ossos. Esta é a Temporada dos Ossos xx.

– Vocês receberão números de identificação na hora certa. Os que são clarividentes receberão agora um guardião Rephaite. – Ela apontou para seus companheiros. – O guardião é seu mestre em todos os assuntos. Ele ou ela testará suas habilidades e estimará seu valor. Se algum de vocês demonstrar covardia, receberá a túnica amarela: a de um covarde. Os amauróticos, ou seja, os poucos de vocês que não têm a menor ideia do que estou falando – acrescentou ela –, vão trabalhar nas nossas residências. Para nos servir.

Seb parecia não estar respirando.

– Se não passarem no primeiro teste ou se receberem a túnica amarela duas vezes, serão deixados sob os cuidados do Capataz, que vai moldá-los para serem artistas. Os artistas estão aqui para nosso entretenimento e daqueles que trabalham para nós.

Tentei pensar nas opções: criatura de circo ou alistamento. Meus lábios tremeram, e minha mão livre se fechou num punho. Eu já havia imaginado muitos motivos para os videntes serem levados, mas nada parecido com aquilo.

Tráfico humano. Não, tráfico de *videntes*. Scion tinha nos mandado para a escravidão.

Algumas pessoas tinham começado a chorar; outras estavam totalmente horrorizadas. Nashira não pareceu notar. Ela nem piscou quando a garota morreu. Ela não piscou em momento algum.

– Os Rephaim não perdoam. Aqueles de vocês que se adaptarem a este sistema serão recompensados. Os que não se adaptarem serão punidos. Nenhum de nós quer que isso aconteça, mas, se nos desrespeitarem, vão sofrer. Esta é a vida de vocês a partir de agora.

Seb desmaiou. Julian e eu o levantamos e o apoiamos entre nós, mas ele ainda era um peso morto.

Os nove Rephaim desceram de seus púlpitos. Mantive a cabeça baixa.

– Esses Rephaim ofereceram seus serviços como guardiões – informou Nashira. – Eles vão decidir quais de vocês desejam assumir.

Sete dos nove começaram a andar pelo salão, entre as fileiras. O último – aquele para quem olhei – ficou com Nashira. Não tive coragem de olhar para Julian, mas sussurrei para ele:

– Isso não pode ser verdade.

– Olhe para eles. – Ele mal mexeu os lábios. Nossa proximidade nos dois lados de Seb era tudo que me permitia ouvi-lo. – Não são humanos. São de outro lugar.

– Você está se referindo a esse tal de Limbo? – Calei a boca quando um Reph passou, depois continuei: – A única outra dimensão é o éter. E *só*.

– O éter existe junto ao plano carnal: ao nosso redor, não fora de nós. Isso é algo mais.

Uma risada frenética borbulhou dentro de mim.

– Scion enlouqueceu.

Julian não respondeu. Do outro lado do salão, uma Rephaite pegou Carl pelo cotovelo.

– xx-59-1 – disse ela. – Eu o reivindico.

Carl engoliu em seco enquanto era levado para um púlpito, mas manteve uma expressão corajosa. Depois que ele foi deixado lá, os Rephaim voltaram ao círculo deles, como ladrões analisando um alvo valioso.

Eu me perguntei como eles estavam nos selecionando. Será que era ruim Carl ter sido escolhido tão rápido?

Os minutos passavam. As fileiras diminuíam. A sussurrante, agora xx-59-2, se juntou a Carl. O oráculo foi com Pleione, aparentemente desinteressado no processo. Um homem com rosto cruel arrastou a palmista para seu púlpito. Ela começou a chorar, arfando "por favor" várias vezes, sem sucesso. Logo Julian foi levado. xx-59-26. Ele me lançou um olhar, assentiu e foi com seu novo guardião para os púlpitos.

Mais doze nomes foram trocados por números. Eles chegaram até o 38. Por fim, sobraram oito de nós: os seis amauróticos, um julco e eu.

Alguém tinha que me escolher. Vários dos Rephaim haviam me analisado, prestando bastante atenção ao meu corpo e aos meus olhos, mas nenhum me reivindicou. O que aconteceria se eu não fosse escolhida?

O julco, um garotinho com tranças embutidas, foi levado por Pleione. 39. Eu era a única vidente que sobrara.

Os Rephaim olharam para Nashira. Ela observou os que tinham sobrado. Minha espinha se enrijeceu como uma corda sendo puxada.

Mas então aquele que estava me observando deu um passo à frente. Ele não falou, apenas se aproximou de Nashira e inclinou a cabeça na minha direção. Os olhos dela moveram-se rapidamente até o meu rosto. Ela levantou a mão e dobrou um dedo comprido. Assim como Pleione, usava luvas pretas. Todos eles usavam.

Seb ainda estava inconsciente. Tentei deslizá-lo até o chão, mas ele se agarrara a mim. Percebendo minha dificuldade, um dos homens amauróticos o tirou dos meus braços.

Todos os olhos estavam em mim conforme eu atravessava o piso de mármore e parava na frente dos dois. Nashira parecia muito mais alta de perto, e o homem tinha uns trinta centímetros a mais do que eu.

– Seu nome?

– Paige Mahoney.

– De onde você é?

– Coorte 1.

– Não originalmente.

Eles devem ter visto meus registros.

– Irlanda – respondi. Um tremor passou pelo salão.

– Scion Belfast?

– Não, da parte livre da Irlanda.

Alguém arquejou.

– Entendo. Um espírito livre, então. – Seus olhos pareciam bioluminescentes. – Estamos intrigados com sua aura. Me diga: o que você é?

– Um enigma – respondi.

Gelei com o olhar fixo dele.

– Tenho boas notícias para você, Paige Mahoney. – Nashira colocou a mão no braço do companheiro. – Você atraiu a atenção do meu consorte de sangue: Arcturus, Mestre dos Mesarthim. Ele decidiu ser seu guardião.

Os Rephaim se entreolharam. Não falaram, mas suas auras pareceram ondular.

– É raro ele se interessar por um humano – disse Nashira, com a voz baixa de quem está contando um segredo muito bem guardado. – Você é muito, muito sortuda.

Eu não me sentia com sorte. Estava enjoada.

O consorte de sangue se abaixou até o meu nível. Desceu um bocado. Não desviei o olhar.

– xx-59-40. – Sua voz era profunda e suave. – Eu a reivindico.

Então aquele homem seria meu mestre. Olhei bem nos seus olhos, apesar de saber que não devia. Eu queria conhecer o rosto do meu inimigo.

O último vidente tinha sido tirado do chão. Nashira levantou a voz para os seis amauróticos.

– Vocês seis vão esperar aqui. Uma escolta será enviada para levá-los até o alojamento. O resto vai com os guardiões até as residências. Boa sorte a todos, e lembrem-se: as escolhas que fazem aqui são somente de vocês. Só espero que façam as certas.

Com isso, ela se virou e se afastou. Dois túnicas-vermelhas a seguiram. Fui deixada com meu novo guardião, entorpecida.

Arcturus foi em direção à porta. Fez um sinal com a mão, me chamando para segui-lo. Como não fui de imediato, ele parou e esperou.

Todos estavam me olhando. Minha cabeça rodava. Vi vermelho, depois branco. E saí atrás dele.

As primeiras cores da alvorada estavam tocando os pináculos. Os videntes seguiam seus guardiões, três ou quatro em cada grupo. Eu era a única com um guardião individual.

Arcturus se posicionou ao meu lado. Perto demais. Minha coluna enrijeceu.

– Você precisa saber que aqui nós dormimos durante o dia. – Não falei nada. – E também precisa saber que não tenho o costume de pegar residentes. – Que palavra simpática para *prisioneiros*. – Se você passar nos testes, vai viver comigo para sempre. Se não passar, serei obrigado a despejá-la. E as ruas aqui não são nada gentis.

Continuei sem dizer nada. Eu sabia que as ruas não eram gentis. Não podiam ser muito piores do que em Londres.

– Você não é muda – disse ele. – Fale.

– Eu não sabia que podia falar sem permissão.

– Eu lhe concedo esse privilégio.

– Não há nada a dizer.

Arcturus me analisou. Seus olhos tinham um calor mortal.

– Moramos na Residência Magdalen. – Ele se virou de costas para o nascer do sol. – Você está forte o suficiente para andar, garota?

– Consigo andar – falei.

– Ótimo.

Então nós andamos. Saímos do prédio para a rua, onde a apresentação sinistra tinha terminado. Vi a contorcionista perto do palco, guardando suas sedas em uma bolsa. Os olhos dela encontraram os meus, depois se desviaram. Tinha a aura delicada de uma cartomante. E as marcas de uma prisioneira.

Magdalen era um prédio magnífico. Era de uma época diferente, de um mundo diferente. Tinha uma capela, torres de sino e janelas de vidro altas que queimavam com a luz feroz de tochas. Um sino tocou cinco vezes quando nos aproximamos e passamos por uma pequena porta. Um garoto de túnica vermelha fez uma mesura quando percorremos uma série de claustros. Segui Arcturus pelas sombras. Ele subiu por uma escada de pedra em espiral e parou diante de uma porta pesada, que destrancou com uma pequena chave de latão.

– Aqui – disse ele. – Este será seu novo lar. A Torre do Fundador.

Olhei para minha prisão.

Atrás da porta havia um grande quarto retangular. Os móveis eram opulentos. As paredes eram brancas e sem adereços. Tudo que havia pendurado nelas era um brasão com três flores em cima, uma estampa em preto e branco embaixo. Um tabuleiro de xadrez oblíquo. Cortinas vermelhas pesadas caíam nos dois lados das janelas, que davam para os pátios. Duas poltronas ficavam diante de uma lareira com madeira queimando, e havia uma *chaise longue* no canto, repleta de almofadas de seda. Um relógio de pêndulo ficava encostado na parede lateral. Um gramofone tocava "Gloomy Sunday" sobre uma escrivaninha de madeira escura, e havia uma mesinha de cabeceira elegante ao lado da opulenta cama com dossel. Sob meus pés, um carpete com estampa luxuosa.

Arcturus trancou a porta. Eu o observei guardar a chave.

– Tenho pouco conhecimento sobre os humanos. Pode ser que você precise me lembrar de suas necessidades. – Ele tamborilou o dedo na mesa. – Aqui dentro há substâncias medicinais. Você deve tomar um comprimido todas as noites.

Não falei nada, mas dei uma olhada em seu plano onírico. Antigo e estranho, endurecido pelo tempo. Uma lanterna mágica no éter.

O desconhecido na I-4 definitivamente era um deles.

Senti os olhos dele lendo além do meu rosto, estudando minha aura, tentando avaliar o que tinha arrumado para si mesmo. Ou que tesouro escondido tinha descoberto. A ideia me provocou outro surto de ódio.

– Olhe para mim.

Era uma ordem. Levantei o queixo e encontrei seu olhar. De jeito nenhum eu ia deixá-lo perceber o medo que provocava em mim.

– Você não tem visão espiritual – observou ele. – Isso vai ser uma desvantagem aqui. A menos que você tenha algum modo de compensar isso, é claro. Talvez um sexto sentido mais forte.

Não respondi. Sempre sonhei em ter pelo menos meia visão, mas eu continuava cega de espírito. Não conseguia ver as luzinhas do éter; só era capaz de senti-las. Jaxon nunca considerou isso um ponto fraco.

– Tem alguma pergunta? – Seus olhos impiedosos vasculharam cada centímetro do meu rosto.

– Onde eu durmo?

– Vou mandar preparar um quarto para você. Por enquanto, vai dormir aqui. – Ele apontou para a *chaise longue*. – Mais alguma coisa?

– Não.

– Amanhã eu estarei fora. Você pode conhecer a cidade na minha ausência. Tem que voltar ao amanhecer todos os dias. Voltará para este quarto imediatamente se ouvir a sirene. Se você roubar, tocar ou meter o nariz em alguma coisa, eu vou saber.

– Sim, senhor.

O *senhor* simplesmente escapou.

– Pegue isto. – Ele me deu um comprimido. – Tome o segundo amanhã à noite, junto com os outros.

Não o peguei. Arcturus serviu um copo d'água do decantador, sem olhar para mim. Depois, me deu o copo e o comprimido. Umedeci os lábios.

– E se eu não tomar?

Houve um longo silêncio.

– Foi uma ordem – disse ele. – Não um pedido.

Meu coração palpitava. Eu o revirei entre os dedos. Tinha uma cor verde-oliva, manchada de cinza. Eu engoli. O gosto era amargo.

Ele pegou o copo.

– Mais uma coisa. – Arcturus segurou minha nuca com a mão livre, virando meu rosto para encará-lo. Um tremor frio percorreu minha espinha. – Você só vai se dirigir a mim pelo meu título cerimonial: Mestre. Entendeu?

– Sim. – Eu me obriguei a responder. Ele olhou diretamente nos meus olhos, fixando a mensagem no meu crânio, antes de me soltar.

– Vamos começar seu treinamento quando eu voltar. – Ele foi em direção à porta. – Durma bem.

Não consegui evitar. Soltei uma risada baixa e amargurada.

Ele virou a cabeça pela metade. Vi seus olhos se esvaziarem. Sem mais uma palavra, ele saiu. A chave virou na tranca.

A indiferente

Um sol vermelho cintilava através da janela. A luz me despertou de um sono profundo. Eu sentia um gosto ruim na boca. Por um instante, achei que tinha voltado para o meu quarto na I-5, longe de Jax, longe do trabalho.

Depois me lembrei. Temporadas dos Ossos. Rephaim. Um tiro e um corpo. Eu definitivamente não estava na I-5.

As almofadas tinham ido parar no chão, jogadas durante a noite. Eu me sentei para analisar ao redor, esfregando meu pescoço teso. Minha nuca doía e a cabeça latejava. Uma das minhas "ressacas", como Nick chamava. Arcturus – o Mestre – não estava à vista.

O gramofone continuava suas lamentações. Reconheci "Danse Macabre", de Saint-Saëns, de imediato e com preocupação: Jax ouvia isso quando estava especialmente perverso, e normalmente enquanto bebia uma taça de vinho envelhecido. Isso sempre me apavorava. Eu o desliguei, afastei as cortinas da janela e olhei para o pátio do lado leste. Havia um guarda Rephaite posicionado ao lado de uma porta de carvalho gigantesca.

Um uniforme limpo tinha sido colocado sobre a cama. Encontrei um bilhete em cima do travesseiro, escrito em uma letra cursiva preta e reforçada.

Espere o sino.

Pensei no discurso. Ninguém tinha mencionado um sino. Amassei o bilhete e o joguei na lareira, onde outros papéis estavam esperando para serem queimados.

Passei alguns minutos explorando o quarto, verificando cada canto. Não havia barras naquelas janelas, mas não era possível abri-las. As paredes não tinham frestas secretas nem painéis deslizantes. Havia mais duas portas, uma das quais estava escondida atrás de cortinas vermelhas grossas – e trancada. A outra levava a um banheiro grande. Sem encontrar nenhum interruptor de luz, peguei uma das lamparinas a óleo lá dentro. A banheira era feita do mesmo mármore preto do piso da biblioteca, cercada por cortinas diáfanas. Um espelho dourado ocupava a maior parte de uma parede. Me aproximei dele primeiro, curiosa para ver se a mutilação da minha vida estava visível no meu rosto.

Não estava. Exceto pelo lábio cortado, eu tinha a mesma aparência de antes de me pegarem. Fiquei sentada no escuro, pensando.

Os Rephaim tinham feito o acordo em 1859, exatamente dois séculos atrás. Era Lorde Palmerston que estava no governo, se me lembro direito das aulas. Foi bem antes do fim da monarquia em 1901, quando a nova República da Inglaterra assumiu o poder e declarou guerra contra a desnaturalidade. A república tinha tomado o país através de quase três décadas de doutrinação e propaganda antes de passar a ser chamada de Scion em 1929. Nessa época, o Primeiro Inquisidor foi escolhido, e Londres se tornou a primeira cidadela Scion. Tudo isso me dava a impressão de que, de alguma forma, a chegada dos Rephaim tinha *dado início* a Scion. Toda aquela mentirada sobre desnaturalidade, só para saciar essas criaturas vindas do nada.

Respirei fundo. Devia ter mais coisa por trás daquilo, tinha que ter. De alguma forma, eu ia entender. Minha prioridade era sair dali. Até conseguir isso, eu ia vasculhar o lugar em busca de respostas. Eu não podia simplesmente ir embora, não agora que sabia para onde os videntes eram enviados. Eu não podia esquecer tudo que tinha visto e ouvido.

Primeiro, eu ia encontrar Seb. Sua amaurose o tornava ignorante e apavorado, mas ele era apenas uma criança. Não merecia isso. Depois de localizá-lo, eu iria atrás do Julian e dos outros detentos da Temporada dos Ossos XX. Queria saber mais sobre os Emim e, até meu guardião voltar, eles eram minha única fonte de informação.

Um sino tocou na torre do lado de fora e foi ecoado por outro toque mais alto ao longe. *Espere o sino.* Deve haver um toque de recolher.

Coloquei a lamparina na beira da banheira. Enquanto molhava o rosto com água fria, considerei as opções que eu tinha. Era melhor obedecer aos Rephaim por enquanto. Se eu sobrevivesse por tempo suficiente, tentaria contatar Jax. Ele viria me buscar. Nunca deixava um vidente para trás. Não um vidente que ele havia contratado, pelo menos. Eu o vira deixar mercadeiros morrerem mais de uma vez.

Estava ficando mais escuro no cômodo. Abri a gaveta do meio da escrivaninha. Ali dentro havia três cartelas de comprimidos. Eu não queria tomá-los, mas tive a sensação de que ele poderia contá-los para ter certeza de que eu os havia tomado. A menos que eu simplesmente os jogasse fora.

Tirei um de cada cartela. Vermelho, branco e verde. Nenhum deles tinha rótulo.

A cidade estava cheia de não humanos, cheia de coisas que eu ainda não entendia. Aqueles comprimidos poderiam estar ali para me proteger de algumas toxinas, radiação – a contaminação sobre a qual Scion nos alertara. Talvez não fosse mentira. Talvez eu devesse tomá-los. No fim, eu teria que tomá-los, quando ele voltasse.

Mas ele não estava ali no momento. Não podia me ver. Joguei os três comprimidos pelo ralo da pia. Que ele e os remédios se danassem.

Quando tentei abrir a porta, descobri que estava destrancada. Desci os degraus de pedra, voltando aos claustros. Aquela residência era enorme. Na porta que levava à rua, uma garota esquelética com nariz cor-de-rosa e cabelo louro sujo tinha substituído o garoto de vermelho. Ela ergueu o olhar do balcão quando me aproximei.

– Olá – disse ela. – Você deve ser nova.

– Sim.

– Bom, você começou sua jornada num ótimo lugar. Bem-vinda a Magdalen, a melhor residência de Sheol 1. Sou XIX-49-33, a porteira da noite. Como posso ajudar?

– Você pode me deixar sair.

– Tem permissão?

– Não sei. – E também não me importava.

— Está bem. Vou conferir para você. – Seu sorriso estava ficando tenso. – Posso saber seu número?

— xx-59-40.

A garota consultou seu livro de registros. Quando encontrou a página certa, me olhou com olhos arregalados.

— Você é a que foi tomada pelo Mestre. – Bom, *tomada* é uma boa forma de dizer. – Ele nunca tinha pegado um residente humano – continuou ela. – Poucos fazem isso aqui em Magdalen. Normalmente são apenas Rephs com poucos assistentes humanos. Você tem muita sorte de estar alojada com ele, sabe.

— Foi o que me disseram – falei. – Tenho algumas perguntas sobre este lugar, se você não se importa.

— Vá em frente.

— Onde consigo comida?

— O Mestre deixou um bilhete sobre isso. – Ela despejou um punhado de agulhas cegas, anéis de lata baratos e dedais na minha mão. – Aqui. São numa. Os hárlis sempre precisam deles. Você pode trocá-los por comida nos boxes lá fora, mas não é o ideal. Tem um tipo de assentamento invasor, sabe? Não é muito bom. Eu esperaria que seu guardião fosse te alimentar.

— Ele costuma fazer isso?

— Talvez.

Que ótimo, agora estava tudo esclarecido.

— Onde fica o assentamento? – perguntei.

— No Agouro. Pegue a primeira à direita saindo de Magdalen, depois a primeira à esquerda. Você vai vê-lo. – Ela virou outra página no livro de registros. – Lembre-se: você não pode se sentar em locais públicos sem permissão nem entrar em nenhuma residência. Não vista nada além do seu uniforme, também. Ah, e você absolutamente *tem que* estar de volta aqui ao amanhecer.

— Por quê?

— Bom, os Rephs dormem durante o dia. Suponho que você saiba que é mais fácil ver espíritos quando o sol se põe.

— E isso facilita o treinamento.

— Exatamente.

Eu realmente não gostava daquela garota.

— Você tem um guardião?

– Tenho, sim. Ele está fora no momento, sabe.

– Fora onde?

– Não sei. Mas tenho certeza de que é para alguma coisa importante.

– Entendi. Obrigada.

– Por nada. Tenha uma boa noite! – Depois, ela acrescentou: – E lembre-se: não vá além da ponte.

Bom, parece que alguém sofreu uma lavagem cerebral. Sorri e peguei minha permissão.

Quando saí da residência, com a respiração já alterada, comecei a me perguntar onde tinha me metido. *O Mestre*. Seu nome era sussurrado como uma oração, uma promessa. Por que ele era diferente dos outros? O que significava *consorte de sangue?* Prometi a mim mesma que ia pesquisar sobre isso depois. Por enquanto, ia comer. Depois ia procurar Seb. Pelo menos eu tinha um lugar para dormir quando voltasse. Ele pode não ter tido tanta sorte.

Uma neblina fina tinha baixado. Parecia não haver eletricidade na cidade. À minha esquerda eu vi uma ponte de pedra, com lamparinas a gás dos dois lados. Aquela devia ser a ponte que eu não podia atravessar. Uma fileira de guardas vestidos de vermelho bloqueavam a rota entre a cidade e o mundo exterior. Como não me mexi, todos os dez apontaram as armas para mim. Armas de Scion. Militares. Com todos os dez olhares treinados voltados para minhas costas, saí para procurar a pequena cidade.

A rua passava ao lado do terreno de Magdalen, separado da residência por um muro alto. Passei por três portas de madeira pesadas, todas protegidas por um humano usando uma túnica vermelha. O muro tinha pontas de ferro no alto. Mantive a cabeça baixa e segui as instruções de 33. A próxima rua estava tão deserta quanto a primeira, sem lamparinas a gás para iluminar o caminho. Quando saí da escuridão, com as mãos doendo de frio, me vi em algum lugar parecido com o centro de uma cidade. Dois edifícios altos assomavam à esquerda. O mais próximo tinha colunas e um frontão decorado, como o Grande Museu na Coorte I. Passei direto por ele, seguindo em direção ao Agouro. Velas brilhavam em todos os degraus e peitoris. O som da vida humana se estendia pela noite.

Boxes instáveis e cabines de comida tinham sido montados no meio da rua, iluminados por lamparinas sujas. Eram esqueléticos e sombrios. Em ambos os lados deles havia fileiras de cabanas, barracos e tendas rudimentares feitos de metal corrugado, madeira compensada e plástico – um bairro miserável no centro de uma cidade.

E a sirene. Um modelo mecânico velho com uma única buzina que parecia estar sempre de boca aberta. Bem diferente dos grupos de sirenes elétricas que pareciam colmeias de abelhas nos postes da DVN, projetadas para serem usadas em uma emergência nacional. Eu esperava nunca ter que ouvir o som que se espalhava a partir de seus rotores. A última coisa de que eu precisava era uma máquina comedora de gente no meu pé.

O cheiro de carne assada me atraiu para o bairro miserável. Meu estômago estava encolhido de fome. Entrei num túnel escuro e apertado, seguindo meu olfato. Os barracos pareciam interligados por uma série de túneis de madeira compensada, coberta com restos de metal e tecido. Havia poucas janelas; em vez disso, a iluminação provinha de velas e lamparinas a querosene. Eu era a única de túnica branca. Todas aquelas pessoas usavam roupas imundas. As cores não ajudavam a melhorar a pele amarelada delas, os olhos injetados de sangue e sem vida. Ninguém parecia saudável. Deviam ser os artistas: humanos que não passaram nos testes e foram condenados a entreter os Rephaim pelo resto da vida e, provavelmente, após a morte também. A maioria era de adivinhos ou áugures, os tipos mais comuns de videntes. Alguns poucos me olharam, mas logo seguiram adiante. Era como se não quisessem me observar por muito tempo.

A fonte do cheiro era um cômodo quadrado grande com um buraco feito no metal corrugado para deixar sair a fumaça e o vapor. Sentei num canto escuro, tentando não chamar atenção. A carne era servida em fatias finas como biscoito wafer, ainda rosada e macia no meio. Os artistas passavam pratos de carne e vegetais e pegavam sopa em terrinas de prata. As pessoas estavam brigando pela comida, enfiando-a na boca, lambendo o molho quente dos dedos. Antes que eu pudesse perguntar, um vidente colocou um prato nas minhas mãos. Ele era muito magro e vestia pouco mais do que trapos. Seus óculos grossos estavam totalmente arranhados.

– Mayfield ainda está no Arcowest?

Ergui uma sobrancelha.

– Mayfield?

— Sim, Abel Mayfield — disse ele, separando as sílabas. — Ele ainda está no Arconte de Westminster? Ainda é o Grande Inquisidor?

— Mayfield morreu anos atrás.

— Quem é, agora?

— Frank Weaver.

— Ah, sim. Você não tem uma cópia do *Linhagem,* tem?

— Eles confiscaram tudo. — Olhei ao redor em busca de outro lugar para me sentar. — Você realmente achava que Mayfield ainda era o Inquisidor?

Era impossível não saber a identidade do Inquisidor. Tirando Scarlett Burnish, Weaver era o coração e a alma de Scion.

— Tudo bem, não fique se sentindo superior. Como eu poderia saber? Só recebemos notícias aqui uma vez a cada década. — Ele agarrou meu braço, me levando para um canto. — Eles conseguiram reviver o *Garoto do Barulho*?

— Não.

Tentei soltar meu braço, mas ele o apertou.

— Sinatra ainda está na lista negra?

— Está.

— Que pena. E o Poeirinha? Conseguiram encontrá-lo?

— Cyril, ela acabou de chegar. Acho que gostaria de alguma coisa para comer.

Alguém tinha percebido minha aflição. Cyril rodeou a pessoa que falou, uma mulher jovem de braços cruzados e queixo erguido.

— Você é uma rabugenta fedorenta de uma figa, Rymore. Tirou o dez de espadas de novo hoje?

— É, quando eu estava pensando em você.

Com um olhar de raiva, Cyril pegou o prato e deu o fora. Tentei agarrar sua camisa, mas ele foi mais rápido que um ladrão. A garota balançou a cabeça. Tinha feições delicadas e sutis, emolduradas por cachos pretos emaranhados. Seu batom vermelho se destacava como uma ferida recente na pele.

— Você ouviu o discurso ontem à noite, irmãzinha. — Sua voz era gutural.

— Seu estômago não aguentaria.

— Comi ontem de manhã — falei.

Eu não sabia se devia rir por ter sido chamada de *irmãzinha* por aquela garota minúscula.

— Confie em mim, é o flux. Ele encalacrou seu cérebro. — Ela olhou ao redor. — Rápido. Venha comigo.

– Para onde?

– Tenho um berço. A gente pode conversar.

Eu não gostava muito da ideia de seguir uma desconhecida, mas precisava conversar com alguém. Fui atrás dela.

Minha guia parecia conhecer todo mundo. Ela cumprimentou várias pessoas, sempre de olho em mim para garantir que eu ainda estava atrás dela. Sua roupa parecia estar em melhores condições do que as dos outros artistas: uma camisa transparente com manga de sino e uma calça curta demais para suas pernas. Ela devia estar congelando. Abriu uma cortina rasgada.

– Rápido – disse ela de novo. – Eles vão ver.

Estava meio escuro atrás da cortina, mas um fogão a querosene mantinha as sombras à margem. Eu me sentei. Uma pilha de lençóis manchados e uma almofada formavam uma cama rudimentar.

– Você sempre traz gente perdida pra casa?

– Às vezes. Sei como é quando a gente chega. – A garota se sentou perto do fogão. – Bem-vinda à Família.

– Faço parte de uma família?

– Agora faz, irmã. E não é como uma seita, se é isso que está pensando. Só uma família formada para nos protegermos. – Seus dedos remexiam no fogão. – Imagino que você tenha vindo do sindicato.

– Talvez.

– Eu não vim. O pessoal do centro não precisava de alguém como eu. – Um sorriso fraco passou pelos seus lábios. – Vim pra cá na última Temporada dos Ossos.

– Há quanto tempo?

– Dez anos. Eu tinha treze anos. – Ela estendeu a mão calejada. Depois de um instante, eu a apertei. – Liss Rymore.

– Paige.

– xx-59-10?

– Isso.

Liss interpretou corretamente minha expressão.

– Desculpe – disse ela. – Força do hábito. Ou talvez eu tenha sofrido uma lavagem cerebral.

Dei de ombros.

– Que número você é?

— xix-49-1.

— Como você sabe o meu?

Ela colocou um pouco de bebida metilada no fogão.

— As notícias correm rápido em uma cidade tão pequena como esta. Não podemos receber informações de fora. Eles não gostam que a gente saiba o que está acontecendo no mundo livre. Se é que podemos chamar Scion de "livre". — Uma chama azul se acendeu. — Seu número está na boca de todo mundo.

— Por quê?

— Você não sabe? Arcturus Mesarthim nunca levou um humano para sua residência. Ele nunca demonstrou interesse *algum* por humanos, na verdade. Essa é uma grande notícia aqui, sinto ter que lhe dizer isso. Acontece quando a gente não pode ler os jornais populares.

— Você sabe por que ele me escolheu?

— Minha aposta é que Nashira está com os holofotes voltados para você. Ele é o consorte de sangue, o noivo dela. Não ficamos no caminho dele. Não que ele costume sair daquela torre. — Ela colocou uma latinha sobre o fogão. — Vou te dar alguma coisa pra comer antes de conversarmos. Desculpa. Faz muitos anos desde a última vez que comemos em mesas, nós, os hárlis.

— Hárlis?

— É como os túnicas chamam os artistas. Eles não gostam muito de nós.

Ela esquentou um pouco de caldo e colocou em uma tigela. Ofereci alguns anéis, mas ela balançou a cabeça.

— É por conta da casa.

Tomei um gole do caldo. Não tinha aroma, era translúcido e o gosto era horrível, mas estava quentinho. Liss me observou raspar a tigela.

— Aqui. — Ela me passou um pedaço de pão velho. — Caldo e toco. Você vai se acostumar com isso. A maioria dos guardiões convenientemente se esquece de que precisamos comer com frequência.

— Tem carne lá. — Apontei para o salão central.

— É só para comemorar a Temporada dos Ossos xx. Fiz esse caldo mais cedo com o suco das carnes. — Ela serviu uma tigela para si. — Contamos com os rotins para não morrermos de fome. Essa porcaria toda vem das cozinhas — disse ela, apontando com a cabeça para o fogão e a latinha. — Eles só podem cozinhar para os túnicas-vermelhas, mas nos dão comida quando conseguem. Por falar nisso, eles ficaram menos dispostos a nos ajudar desde que uma das meninas foi pega.

– O que aconteceu?

– A rotim levou uma surra. O vidente que ela alimentava recebeu quatro dias de privação de sono. Ele estava delirando quando o soltaram.

Privação de sono. Essa era uma punição nova. A mente dos videntes funcionava em dois níveis: vida e morte. Era cansativo. Ser mantido acordado durante quatro dias levaria um vidente à loucura.

– Quem traz a comida para a cidade?

– Não faço ideia. Talvez o trem. Ele circula entre Londres e Sheol I. Ninguém sabe onde ficam as entradas do túnel, obviamente. – Ela arrastou os pés para mais perto do fogão. – Quanto tempo você acha que durou a praga cerebral?

– Muito tempo.

– Foram cinco dias. Eles deixam os novatos passarem pelo inferno durante cinco dias antes de dar o antídoto.

– Por quê?

– Para que aprendam o lugar deles o mais rápido possível. Você não passa de um número aqui, a menos que consiga suas cores. – Liss se serviu de uma tigela de caldo. – Quer dizer que você está em Magdalen.

– Isso.

– Provavelmente está cansada de ouvir isso, mas considere-se sortuda. Magdalen é uma das residências mais seguras para um humano.

– Qual é a quantidade?

– De humanos?

– De residências.

– Ah, sim. Bom, cada residência é um pequeno distrito. Há sete delas para humanos: Balliol, Corpus, Exeter, Merton, Oriel, Queens e Trinity. Nashira mora na Residência dos Suseranos, onde vocês ouviram o discurso. E temos também a Casa, um pouco ao sul, e o Castelo, onde fica o Presídio, e este buraco, o Pardieiro. A rua é chamada de Agouro. A rua paralela é o Caminho de Magdalen.

– E além disso?

– Terreno deserto. Chamamos de Terra de Ninguém. É equipada com minas e armadilhas.

– Alguém já tentou atravessar?

– Já.– Seus ombros ficaram tensos. Tomei mais um gole do caldo. – Como foi na Torre? – Ergui o olhar para ela.

– Não estive na Torre.

– Você nasceu sob uma bênção ou coisa parecida? – Quando franzi a testa, Liss balançou a cabeça. – Eles capturam os videntes para cada Temporada dos Ossos ao longo de dez anos. Alguns ficam na Torre por uma década antes de serem mandados para cá.

– Não brinca. – Isso explicava o pobre garoto que tinha ficado lá por nove anos.

– Não. Eles são muito coquim quando se trata de nos manter domesticados. Conhecem nossos prontos fracos. Sabem como nos abalar. Dez anos na Torre abalam qualquer pessoa.

– O que eles são?

– Não faço ideia, só sei que não são humanos. – Ela mergulhou um pedaço de pão no caldo. – Eles agem como deuses. É assim que gostam de ser tratados.

– E nós somos seus adoradores.

– Não apenas seus adoradores. Devemos nossa vida a eles. Nunca nos deixam esquecer que estão nos protegendo dos Zumbidores, e que essa escravidão é "para o nosso próprio bem". Dizem que é melhor ser escravo do que morrer. Ou ser vitimizado lá fora pelo Inquisidor.

– Zumbidores?

– Os Emim. É assim que nós os chamamos.

– Por quê?

– Sempre os chamamos assim. Acho que os túnicas-vermelhas criaram isso. São eles que têm que lutar para afastá-los.

– Com que frequência?

– Depende da época do ano. Eles atacam muito mais no inverno. Fique atenta para a sirene. Um único toque invoca os túnicas-vermelhas. Se o tom começar a mudar, entre. Significa que estão vindo.

– Ainda não entendi o que eles são. – Parti um pedaço de pão. – São parecidos com os Rephaim de alguma forma?

– Já ouvi histórias. Os túnicas-vermelhas gostam de nos apavorar. – A luz do fogo brincava em seu rosto. – Eles dizem que os Emim assumem diferentes formas. O simples fato de estar perto deles pode matar você. Alguns dizem que eles podem arrancar o espírito do seu corpo. Alguns os chamam de gigantes putrefatos, seja lá o que isso signifique. Outros afirmam que são ossos ambulantes que precisam de pele para se cobrir. Não sei quanto disso é verdade, mas eles definitivamente comem carne humana. São viciados. Não se surpreenda se vir pessoas sem alguns dos membros por aí.

Eu devia ter ficado enjoada; em vez disso, fiquei entorpecida. Simplesmente não parecia real. Liss esticou a mão para ajeitar a cortina, nos escondendo das pessoas lá fora. Uma pilha de seda colorida atraiu meu olhar.

– Você é a contorcionista – falei.

– Acha que mandei bem?

– Muito bem.

– É assim que ganho um guinéu por aqui. Tive sorte de ter aprendido rápido: eu costumava mercadejar perto do teatro poeira. – Ela umedeceu os lábios para limpá-los. – Vi você com Pleione ontem à noite. Sua aura chamava muita atenção.

Não disse nada. Era perigoso falar da minha aura, especialmente porque eu tinha acabado de conhecer aquela garota.

Liss me analisou.

– Você tem visão?

– Não. – Isso era verdade.

– Por que você foi presa?

– Matei uma pessoa. Um Subguarda. – Verdade.

– Como?

– Faca – respondi. – No calor do momento. – Mentira.

Liss ficou bastante tempo me olhando. Ela tinha visão total, típica dos adivinhos. Conseguia ver minha aura vermelha com a mesma clareza com que via meu rosto. Se ela tivesse lido sobre o assunto, saberia qual era a minha categoria.

– Acho que não. – Seus dedos tamborilavam no chão. – Você nunca derramou tanto sangue. – Ela era boa para uma adivinha. – Você não é um oráculo – declarou, mais para si mesma do que para mim. – Já vi oráculos. Você é calma demais para ser uma fúria, e definitivamente não é médium.

Então, você deve ser – o reconhecimento surgiu em seus olhos – uma andarilha onírica. – Seu olhar voltou para o meu. – É isso? – Sustentei o olhar dela. Liss se apoiou nos calcanhares. – Bom, isso resolve o mistério.

– Qual?

– O motivo que levou Arcturus a pegar você. Nashira nunca encontrou um andarilho, e ela *realmente* quer um. Ela quer garantir que você vai ser protegida. Ninguém vai tocar em você se for a humana dele. Se ela acha que existe uma chance ínfima de você ser uma andarilha, ela vai te pegar de uma vez.

– Como?

– Você não vai gostar disso.

Eu duvidava de que alguma coisa ainda pudesse me surpreender.

– Nashira tem um dom – disse Liss. – Você percebeu a aura esquisita que emana dela? – Fiz que sim com a cabeça. – Ela não tem apenas uma habilidade. Ela segue vários caminhos até o éter.

– Isso é impossível. Todos nós temos um dom.

– Sabe a realidade? Esqueça. Sheol I tem suas próprias regras. Aceite isso agora, e tudo será mais fácil. – Ela puxou os joelhos machucados até o queixo. – Nashira tem cinco anjos da guarda. De alguma forma, consegue que eles fiquem com ela.

– Ela é uma agregadora?

– Não sabemos. Ela já deve ter sido uma agregadora, mas sua aura foi corrompida.

– Pelo quê?

– Pelos anjos. – Franzi a testa, e ela suspirou. – Essa é só uma teoria. *Achamos* que ela consegue usar os dons que eles tinham quando estavam vivos.

– Nem os agregadores conseguem fazer isso.

– Exatamente. – Ela olhou para mim. – Se quiser um conselho, mantenha a cabeça baixa. Não dê pistas do que você é. Se ela descobrir que você é uma andarilha, vai virar osso.

Mantive a expressão neutra. Três anos no sindicato tinham me deixado acostumada ao perigo, mas aquele lugar era diferente. Eu teria que aprender a desviar de novas ameaças.

– Como posso impedi-la de descobrir?

– Vai ser difícil. Eles vão testar você até que exponha seu dom. É isso que as túnicas significam. Rosa depois do primeiro teste, vermelho após o segundo.

– Mas você não passou nos testes.
– Por sorte. Agora sou subordinada ao Capataz.
– Quem era seu guardião?
Liss olhou de novo para o fogão.
– Gomeisa Sargas.
– Quem é ele?
– O outro soberano de sangue. Sempre são dois: um homem e uma mulher.
– Mas Arcturus é...
– Noivo de Nashira, sim. Mas ele não é "de sangue" – disse ela, com um tom de aversão. – Só a família Sargas pode receber a coroa. Os soberanos de sangue não podem ser cônjuges; isso seria incestuoso. Arcturus é de outra família.
– Então ele é o príncipe consorte.
– Consorte de sangue. Mesma coisa. Mais caldo?
– Estou satisfeita. Obrigada. – Eu a observei mergulhar a tigela em uma bacia com água engordurada. – Como foi que você fracassou nos testes?
– Eu me mantive humana. – Ela deu um sorrisinho. – Os Rephs não são humanos. Por mais que se pareçam conosco, não são como nós. Eles não têm nada *aqui*. – Ela apontou para o peito. – Se querem que a gente trabalhe para eles, precisam se livrar das nossas almas.
– Como?

Antes que ela pudesse responder, a cortina foi aberta. Um Rephaite macho e magro estava parado à porta.
– Você – rosnou ele para Liss. Ela levou as mãos direto para a cabeça. – Levante-se. Vista-se. Sua porca preguiçosa. E tem *visita*? Você é uma rainha, por acaso?

Liss se levantou. Toda sua força tinha desaparecido, e ela estava pequena e frágil. Sua mão esquerda tremia.
– Sinto muito, Suhail – disse ela. – 40 é nova aqui. Eu queria explicar as regras de Sheol 1.
– 40 já deveria conhecer as regras de Sheol 1.
– Me perdoe.
Ele ergueu a mão enluvada como se fosse bater nela.
– Pegue as sedas.
– Achei que não fosse me apresentar hoje à noite. – Ela recuou para os fundos do barraco. – Você falou com o Capataz?

Dei uma boa olhada no interrogador. Ele era alto e dourado, como os outros Rephaim, mas não tinha aquele olhar vazio dos demais. Cada ruga de seu rosto estava repleta de ódio.

– Não preciso falar com o Capataz, sua marionetezinha. 15 continua indisposto. Os túnicas-vermelhas esperam que a palhaça preferida deles o substitua. – Seus lábios recuaram sobre os dentes. – A menos que queira se juntar a ele no Presídio, você vai se apresentar daqui a dez minutos.

Liss se encolheu. Jogou os ombros para a frente e desviou o olhar.

– Entendi – disse ela.

– Essa é uma boa escrava.

Ele rasgou a cortina ao sair. Ajudei Liss a recolhê-la. O corpo todo dela tremia.

– Quem é esse?

– Suhail Chertan. O Capataz sempre fica meio tenso sob toda aquela graxa; ele responde a Suhail se a gente fizer alguma coisa errada. – Ela secou os olhos com a manga da camisa. – 15 é o que passou pela privação de sono. Jordan. É o outro contorcionista.

Peguei a cortina de suas mãos. A manga da roupa dela estava escura de sangue.

– Você se cortou?

– Não é nada.

– É, sim. – Sangue sempre significa alguma coisa.

– Está tudo bem. – Ela limpou o rosto, deixando manchas vermelhas sob os olhos. – Ele só pegou um pouco do meu brilho.

– Ele o quê?

– Ele se alimentou de mim.

Com certeza eu não tinha escutado direito.

– Ele *se alimentou* de você – repeti.

Liss sorriu.

– Eles se esqueceram de falar que os Rephs se alimentam de aura? Isso sempre é deixado de lado.

Seu rosto tinha um rastro de sangue. Meu estômago se revirou.

– Isso é impossível. A aura não sustenta a vida – falei. – Ela sustenta a vidência. Não...

– Ela sustenta a vida *deles*.

– Mas isso significaria que os Rephs não são apenas clarividentes. Eles teriam que ser a encarnação do éter.

– Talvez sejam. – Liss puxou um lençol esfarrapado e colocou-o sobre os ombros. – É pra isso que nós, hárlis, estamos aqui. Somos apenas máquinas de aura. Alimento de Reph. Mas vocês, túnicas, ninguém se alimenta de vocês. Esse é o seu privilégio. – Ela olhou para o fogão. – A menos que não passe nos testes.

Fiquei calada por um tempo. A ideia de que os Rephaim se alimentavam de *aura* simplesmente não se encaixava. A aura era uma conexão com o éter, exclusiva de cada vidente. Eu não imaginava como eles podiam usá-la para sobreviver.

Mas a notícia foi como uma luz sobre Sheol 1. Era por isso que eles acolhiam os videntes. Por isso os artistas não eram assassinados por não conseguirem lutar contra os Emim. Não queriam apenas que eles dançassem – por que iam querer só isso? Eram distrações idiotas, para impedi-los de ficarem entediados com tanto poder. Não éramos apenas escravos deles, éramos sua fonte de alimento. Por isso nós estávamos pagando pelo erro humano, e não os amauróticos.

E pensar que eu estava em Londres poucos dias antes, levando minha vida em Seven Dials, sem saber que aquela colônia existia.

– Alguém tem que impedi-los – falei. – Isso é loucura.

– Eles estão aqui há duzentos anos. Você não acha que alguém já teria impedido?

Eu me virei, com a cabeça latejando.

– Sinto muito. – Liss olhou para mim. – Não quero apavorar você, mas estou aqui há dez anos. Já vi pessoas lutarem, pessoas que queriam voltar para suas vidas antigas, e todas elas morreram. No fim, você simplesmente para de tentar.

– Você é uma visionária?

Eu sabia que não era, mas queria saber se ela mentiria.

– Agourenta. – Era uma palavra antiga para cartomante, uma gíria da década passada. – Na primeira vez que li as cartas, eles souberam.

– O que você viu?

Por um instante, achei que ela não tinha me escutado. Mas então Liss atravessou o barraco e se ajoelhou ao lado de uma caixinha de madeira. Pegou um baralho de tarô, amarrado com fita vermelha, e me entregou uma carta. O Louco.

– Eu sempre soube que estava destinada a ficar na parte inferior da pirâmide – disse ela. – Estava certa.

– Você pode ler o meu?

– Outra hora. Você tem que ir. – Liss pegou um pedaço de resina do baú. – Venha me ver de novo em breve, irmã. Não posso proteger você, mas estou aqui há uma década. Pode ser que eu consiga impedir que você seja assassinada. – Ela deu um sorriso cansado. – Bem-vinda a Sheol i.

Liss me deu instruções para chegar à Casa Amaurótica, para onde Seb tinha sido levado pelo Guardião Cinza – o Reph que vigiava o pequeno número de trabalhadores amauróticos. Ele se chamava Graffias Sheratan. Ela me deu um pouco de pão e carne para alimentar Seb às escondidas.

– Não deixe Graffias ver você – disse ela.

Aprendi muito durante esses quarenta minutos. A revelação mais perturbadora era que eu estava na mira de Nashira, e eu não me sentia muito disposta a ser sua escrava espiritual pela eternidade. Não ir direto para o coração do éter, o local onde todas as coisas morrem, era algo que eu sempre havia temido. Eu odiava a ideia de ser um espírito inquieto, com um monte de munição de reserva, para os videntes abusarem e negociarem. Mesmo assim, isso nunca me impediu de invocar enlaces de espíritos para me proteger ou de dar um lance em nome de Jax por uma Anne Naylor muito irritada, que era jovem quando foi assassinada.

E o alerta de Liss me deixou perturbada. *No fim, você simplesmente para de tentar.*

Ela estava errada.

A Casa Amaurótica ficava fora da rede principal de residências. Tive que passar por várias ruas abandonadas para chegar lá. Eu tinha visto mapas da cidade em uma edição antiga do *Garoto do Barulho* – mais uma lembrança que Jax havia roubado de Didion Waite – e sabia pelo menos por alto onde ficava a maioria dos pontos de referência. Segui para o norte pela rua principal. Alguns túnicas-vermelhas estavam parados do lado de fora dos prédios, mas eles só me olharam de relance. Devia haver algum tipo de barreira para nos impedir de escapar, além das minas na Terra de Ninguém. Quantos videntes tinham morrido tentando atravessá-la?

Encontrei o prédio em poucos minutos. Era discreto e austero, com uma pequena luneta metálica acima dos portões. Quaisquer que fossem as palavras que estavam ali antes, elas foram substituídas por CASA AMAURÓTICA. Abaixo, havia uma frase em latim: DOMUS STULTORUM. Eu não queria saber o que aquilo significava. Espiei por entre as barras – e encontrei o olhar de um guarda Rephaite. Ele tinha cabelo escuro cacheado, e o lábio inferior era carnudo e petulante. Devia ser Graffias.

– Espero que você tenha um bom motivo para estar perto da Casa Amaurótica – disse ele, com a voz profunda cheia de escárnio.

Toda a razão desapareceu da minha mente. A proximidade daquela criatura me deixou gelada até os ossos.

– Não – falei –, mas tenho isto.

Mostrei meus numa: anéis, dedais, agulhas. Graffias me lançou um olhar cheio de tanto ódio, tanto desprezo, que me encolhi. Eu quase preferia os olhares insensíveis dele.

– Não aceito *subornos*. E também não preciso de bugigangas humanas sem valor para acessar o éter.

Guardei as bugigangas humanas sem valor de volta no bolso. Que ideia idiota. Claro que eles não usavam aquelas coisas malditas. Eram valiosas para mendigos.

– Desculpe – falei.

– Volte para sua residência, túnica-branca, ou vou chamar seu guardião para disciplina-la.

Ele chamou um enlace de espíritos. Virei e me afastei do portão, indo para longe do seu campo de visão, sem olhar para trás. Quando eu estava prestes a seguir correndo até Magdalen, uma voz baixa surgiu de algum lugar acima da minha cabeça.

– Paige, espere!

Uma mão foi esticada para fora das barras de uma janela no segundo andar. Meus ombros relaxaram de alívio. Seb.

– Você está bem?

— Não. — Ele parecia sufocado. — Por favor, Paige... por favor, me tire daqui. D-desculpe por... por ter chamado você de desnatural, me desculpe...

Espiei por sobre o ombro. Ninguém estava olhando na minha direção. Escalei a lateral do prédio, enfiei a mão dentro da minha túnica e passei o pacote de comida para Seb.

— Vou soltar você. — Apertei sua mão gelada através das barras. — Vou fazer o melhor que puder para tirar você daqui, mas preciso de tempo.

— Vão me matar. — Ele abriu o pacote com os dedos trêmulos. — Estarei morto antes de você me tirar daqui.

— O que eles fizeram?

— Eles me obrigaram a esfregar o chão até minhas mãos sangrarem, depois tive que vasculhar cacos de vidro, procurando peças limpas para os ornamentos deles. — Notei que suas mãos tinham muitos cortes. Cortes profundos e sujos. — Amanhã devo começar a trabalhar nas residências.

— Que tipo de trabalho?

— Ainda não sei. Nem quero saber. Eles acham que sou um... que sou um de vocês? — A voz dele estava rouca. — Por que eles me querem?

— Não sei. — Seu olho direito estava inchado e injetado de sangue. — O que aconteceu aí?

— Um deles me bateu. Não fiz nada, Paige, é sério. Ele disse que eu era lixo humano. Disse...

Ele deixou a cabeça tombar, e seu lábio tremia. Era apenas o primeiro dia, e eles já o tinham usado como saco de pancadas. Como ele conseguiria sobreviver por uma semana ou um mês? Ou uma década, como Liss?

— Coma isso. — Coloquei suas mãos ao redor do pacote de comida. — Tente ir até Magdalen amanhã.

— É lá que você mora?

— É. Meu guardião provavelmente não vai estar lá. Você pode tomar um banho, conseguir um pouco de comida, talvez. Está bem?

Seb assentiu. Ele parecia delirante; sem dúvida tinha sofrido uma concussão. Precisava de um hospital, de um médico competente. Mas não havia médicos ali. Ninguém se importava com Seb.

Não havia mais nada que eu pudesse fazer por ele naquela noite. Apertei de leve seu braço antes de pular pela janela, cair de pé e voltar para dentro da cidade.

Comunidade

Eu estava de volta à residência ao amanhecer. O porteiro do dia, vestido de vermelho, me deu uma chave extra para o aposento do Mestre.

– Deixe na escrivaninha dele – disse o homem. – Nem pense em ficar com ela.

Não respondi. Subi a escadaria escura, evitando os dois guardas. Sentia calafrios com a maneira como os olhos deles brilhavam nas passagens, holofotes naturais na escuridão. Aquela supostamente era uma residência segura. Não conseguia imaginar como eram as outras.

Os sinos tocaram na torre, chamando os humanos de volta para suas prisões. Depois de entrar no cômodo, tranquei a porta e deixei a chave na escrivaninha. Nenhum sinal do Mestre. Encontrei uma caixa de fósforos em uma gaveta e os usei para acender algumas velas. Havia três pares idênticos de luvas pretas de couro na mesma gaveta, e um anel largo de prata, incrustado com uma joia de verdade.

Uma cristaleira ficava encostada à parede, feita de pau-rosa escuro. Quando abri as portas de vidro, meu sexto sentido apitou. Havia um conjunto de instrumentos ali dentro. Alguns eu reconhecia do mercado negro. Outros eram numa. A maioria era de inutilidades: um pouco de giz, uma prancheta, uma tábua de espíritos – peças inúteis de equipamentos para sessões espíritas, o tipo de coisa que os amauróticos associavam histericamente à clarividência. Outras, como a bola de cristal, podiam ser usadas por visionários para fazer leituras. Eu não era uma adivinha, então nenhum dos objetos tinha utilidade para mim. Assim como Graffias, eu não precisava de objetos para tocar o éter.

O que eu precisava era de suporte de vida. Até eu conseguir encontrar um aparato de oxigênio, teria que ser cuidadosa com a frequência com que liberava meu espírito. Era assim que eu ampliava minha percepção do éter: empurrava meu espírito de seu lugar natural até os limites mais distantes do meu plano onírico. O problema é que, se eu fizesse isso por muito tempo, meu reflexo respiratório simplesmente morria.

Algo atraiu minha atenção. Uma caixa pequena, retangular, com uma flor de madeira estilizada gravada na tampa. Oito pétalas. Segurei o fecho e o abri. Ali dentro havia quatro frascos selados, cada um contendo um líquido viscoso, de um vermelho tão escuro que mais parecia preto. Eu a fechei. Não queria saber.

Eu sentia pontadas fortes em meu olho. Não encontrei roupas de dormir. Não tinha a menor ideia de por que pensei que acharia isso. Ele não se importava com o que eu vestia nem com a qualidade do meu sono. Sua única preocupação era que eu continuasse viva.

Tirei as botas e me deitei na *chaise longue*. O quarto estava frio como pedra sem fogo, mas eu não tinha coragem de tocar nos lençóis da cama dele. Apoiei o rosto na almofada de veludo.

O golpe do flux tinha me deixado fraca e cansada. Enquanto eu flutuava à margem do sono, meu espírito vagava, entrando e saindo do éter. Passei por planos oníricos, captando ondas de memórias. Sangue e dor eram denominadores comuns. Havia outros Rephs naquela residência, mas suas mentes continuavam impenetráveis. Os humanos eram mais abertos, com as defesas enfraquecidas pelo medo. Seus planos oníricos emitiam uma luz forte e poluída – sinal de sofrimento. Acabei dormindo.

Acordei ao som do piso rangendo. Abri os olhos e vi o Mestre entrar pela porta. Com exceção das duas velas restantes, seus olhos eram a única iluminação. Ele atravessou o quarto na minha direção. Fingi estar dormindo. Fiquei deitada bem quieta. Por fim, depois do que pareceu uma eternidade, ele saiu. Dessa vez, seus passos foram menos cuidadosos, e percebi, pelo padrão, que ele estava mancando. A porta do banheiro bateu com força.

O que poderia machucar uma criatura como um Rephaite?

Ele ficou fora do quarto por alguns minutos. Nesse período, consegui contar cada batida do meu coração. Quando a fechadura virou na porta, escondi minha cabeça atrás dos braços. O Mestre saiu, totalmente nu. Fechei os olhos.

Mantive o fingimento enquanto ele se dirigia à cama com dossel, derrubando uma bola de vidro no chão. Ondas se propagaram pelo éter. Ele puxou com força as cortinas ao redor da cama, ficando fora de visão. Só quando sua mente se acalmou eu abri os olhos e me sentei. Nenhum movimento.

Descalça, me aproximei da cama e deslizei os dedos entre as cortinas, abrindo-as apenas o suficiente para vê-lo. Ele estava deitado de lado, coberto com os lençóis, a pele reluzindo à meia-luz. Seu cabelo castanho volumoso estava emaranhado sobre o rosto. Enquanto eu observava, uma luz fraca se espalhou pela cama, perto de onde estava seu braço direito.

Toquei de leve em seu plano onírico. Algo estava diferente. Não consegui captar muita coisa, mas não era como devia ser. Todos os planos oníricos têm algum tipo de luz invisível: um brilho interno, imperceptível aos sentidos amauróticos. Sua luz vital começou a escapar.

Ele estava tão imóvel quanto um túmulo. Quando olhei para a parte inferior dos lençóis, percebi manchas de líquido amarelo-esverdeado ligeiramente luminoso. Tinha um cheiro metálico fraco. Meu sexto sentido parecia estar sendo arrancado, como se eu estivesse inalando o éter. Puxei as cobertas pesadas.

Uma mordida gotejava na parte interna do braço dele. Engoli em seco. Dava para ver as marcas fracas de dentes, a pele rasgada num frenesi brutal. A ferida pingava gotas de luz. Sangue.

Era o *sangue* dele.

O Mestre deve ter contado aos outros Rephaim que ia a algum lugar. Deviam saber que ele estava fazendo algo perigoso. De jeito nenhum encontrariam evidências para me culpar caso ele morresse.

Mas então me lembrei do que Liss tinha me falado no barraco. *Os Rephs não são humanos. Por mais que se pareçam conosco, eles não são como nós.*

Como se fossem se importar se havia ou não evidências. Eles poderiam fabricar as evidências. Podiam dizer o que quisessem. Se ele morresse naquela cama, poderiam facilmente alegar que eu o tinha sufocado. Isso daria a Nashira uma desculpa para me matar logo.

Talvez eu devesse fazer isso. Era minha chance de me livrar dele. Eu já tinha matado. Podia fazer isso de novo.

Eu tinha três opções: ficar sentada ali e vê-lo morrer, matá-lo ou tentar ajudar. Eu preferia observá-lo morrer, mas sentia que poderia ser melhor salvá-lo. Eu estava razoavelmente segura em Magdalen. A última coisa que eu queria naquela etapa era me mudar.

Ele ainda não tinha me machucado, mas faria isso. Para ser meu dono, ele teria que me subjugar, me torturar, me fazer obedecer a qualquer custo. Se eu o matasse naquele momento, poderia me salvar. Minha mão alcançou um travesseiro. Eu podia fazer isso, podia sufocá-lo. *Sim, vamos lá, mate-o.* Flexionei os dedos e agarrei o algodão. *Mate-o!*

Não consegui. Ele ia acordar. Ele ia acordar e quebrar meu pescoço. Mesmo que não fizesse isso, eu não conseguiria escapar. Os guardas do lado de fora me enforcariam por assassinato.

Eu tinha que salvá-lo.

Algo me disse para não tocar nos lençóis. Eu não confiava naquele líquido. O brilho dizia *radioativo,* e eu não conseguia esquecer os alertas de contaminação de Scion. Fui até a gaveta e peguei um par de luvas. Eram enormes, feitas para as mãos de Rephaite dele. Meus dedos não tinham destreza. Rasguei um dos lençóis mais limpos. Eram frágeis, inúteis para aquecer. Quando consegui algumas tiras compridas, levei-as até o banheiro e mergulhei em água quente. Aquilo podia não funcionar, mas também podia conseguir mais algumas horas para ele acordar e buscar tratamento com outros Rephaim. Se ele tivesse sorte.

De volta ao quarto, enrijeci meus nervos. A morte estava na aparência e nos sentidos do Mestre. O frio passava pelas luvas. A pele dele tinha uma coloração cinza. Puxei o lençol e comecei a cuidar do ferimento. No início eu estava cuidadosa, mas ele não se mexeu. Não ia acordar.

Do lado de fora, através das janelas, o jogo da luz do sol começou a mudar. Espremi água na ferida, limpei o sangue, tirei cascalho da carne desfigurada. Depois do que pareceram horas, finalmente consegui diminuir a bagunça. Podia ver seu peito subir e descer, a agitação suave na sua garganta. Usei mais um lençol para secar a ferida, protegi o curativo improvisado com o cinto da minha túnica e puxei a coberta sobre seu braço. Agora, cabia a ele sobreviver.

Acordei algumas horas depois.

Percebi, pelo silêncio, que o quarto estava vazio. A cama estava feita. Os lençóis tinham sido trocados. As cortinas foram amarradas com faixas bordadas, banhando as paredes com a luz da lua.

O Mestre não estava lá.

As janelas pingavam por causa da condensação. Fui me sentar perto do fogo. Eu não poderia ter imaginado aquele encontro; a menos que ainda estivesse com resquícios de flux – mas eu havia tomado o antídoto. Meu sangue estava limpo. Isso significava que o Mestre, por algum motivo, tinha saído de novo.

Um uniforme limpo fora colocado sobre a cama, com um novo bilhete. Escrito na mesma letra cursiva reforçada, dizia simplesmente:

Amanhã.

Então ele não tinha morrido enquanto dormia. E meu treinamento havia sido adiado por mais um dia.

As luvas sumiram. Ele deve tê-las levado. Fui até o banheiro e esfreguei as mãos com água quente. Coloquei o uniforme, peguei os três comprimidos das cartelas e os joguei no ralo da pia. Eu ia descobrir mais coisas naquele dia. Não me importava com o que Liss tinha dito – a gente não podia simplesmente aceitar aquilo. Eu não ligava se os Rephs estavam ali há duzentos ou dois milhões de anos: não ia deixá-los abusar da minha clarividência. Eu não era um soldado deles, e ela não era seu almoço.

A porteira da noite registrou minha saída da residência. Fui até o Pardieiro e comprei uma tigela de mingau. O gosto era tão ruim quanto a aparência – parecia cimento –, mas me obriguei a comê-lo. A artista sussurrou que Suhail estava rondando por ali; eu não podia me sentar para comer. Em vez disso, perguntei se ela sabia onde eu poderia encontrar Julian, descrevendo-o com o máximo de detalhes que consegui. Ela me disse para procurar nas residências centrais, e me deu seus nomes e localizações antes de voltar para o fogão a querosene.

Fiquei parada em pé num canto escuro. Enquanto comia, observei as pessoas andando ao meu redor. Todas tinham os mesmos olhos sem vida. As roupas alegres delas eram quase ofensivas, como grafites em uma lápide.

– Deixa você enjoada, não é?

Ergui o olhar. Era a sussurrante que tinha sido detida comigo na primeira noite. Estava com um curativo imundo no braço. Olhando para a frente, ela se sentou ao meu lado.

– Tilda.

– Paige – falei.

– Eu sei. Ouvi dizer que você foi parar em Magdalen. – Ela estava com um cigarro de papel na mão. Uma fumaça grossa escapava da ponta, com cheiro de tempero e perfume. Reconheci o buquê do áster púrpura. – Aqui.

– Não uso isso, obrigada.

– Vamos lá, é só um pouco de régio. Melhor do que tincto.

Tincto – laudanum – era o vício favorito dos amauróticos dispostos a arriscar alterar seu estado mental. Nem todos gostavam de Floxy. Às vezes, um amaurótico era preso por suspeita de desnaturalidade, e depois a DVN descobria que ele havia sido intoxicado com tincto. A substância não tinha muito efeito nos videntes; não era forte o suficiente para abalar nossos planos oníricos. Tilda devia usar por causa disso.

– Onde você arranjou? – perguntei. Eu não conseguia imaginar que os Rephs permitissem o uso de drogas etéreas.

– Tem um boião aqui que vende por donops. Ele diz que está aqui desde a Temporada dos Ossos XVI.

– Ele está aqui há quarenta anos?

– Desde que tinha vinte e um. Conversei com ele mais cedo. Parece bem. – Ela me ofereceu o cigarro. – Tem certeza de que não quer um trago?

– Dispenso. – Parei para observá-la fumar. Tilda tinha a mão ágil de uma viciada em áster, ou cortesá, como chamavam a si mesmos; só eles chamavam a libra de donop. Talvez ela pudesse me ajudar. – Por que você não está treinando?

– A guardiã foi para algum lugar. Por que *você* não está treinando?

– Pelo mesmo motivo. Quem é sua guardiã?

— Terebell Sheratan. Ela parece ser meio má, mas não tentou me bater ainda.

— Entendi. — Eu a observei fumar. — Você sabe o que tem nos comprimidos que eles nos dão?

Tilda fez que sim com a cabeça.

— O branquinho é um contraceptivo. Estou surpresa de você nunca ter visto um desses.

— Contraceptivo? Pra quê?

— Para impedir nossa reprodução, é claro. E parar a menstruação. Quer dizer, *você* ia querer parir um rebento neste lugar?

Era um bom argumento.

— O vermelho?

— Complemento de ferro.

— E o verde?

— O quê?

— O terceiro comprimido.

— Não existe um terceiro comprimido.

— É uma cápsula — forcei a barra. — Meio verde-oliva. Tem um gosto amargo.

Tilda balançou a cabeça.

— Não faço ideia, sinto muito. Se você me trouxer um, posso dar uma olhada.

Meu estômago se revirou.

— Vou trazer — falei. Ela estava prestes a tragar um monte de fumaça quando interrompi: — Você foi com Carl, certo? No discurso.

— Não ando com esse vira-casaca. — Ergui uma sobrancelha. Tilda exalou uma fumaça lilás. — Você não soube? Ele virou o nariz. Aquela palmista, Ivy, a de cabelo azul; ele a flagrou contrabandeando comida de um rotim. Entregou a garota para o guardião dela. Você devia ver o que fizeram com ela.

— Continue.

— Deram uma surra. Rasparam o cabelo dela. Não quero falar sobre isso. — Sua mão tremeu, mas só um pouco. — Se é o que temos que fazer pra sobreviver neste lugar, pode me mandar para o éter. Vou quietinha.

O silêncio se estendeu entre nós. Tilda jogou fora o cigarro de áster.

– Você sabe em qual residência Julian está? – perguntei depois de um tempo. – 26.

– O careca? Trinity, acho. Pode dar uma olhada nos portões dos fundos; é lá que os novatos estão treinando, no gramado. Só não deixe nenhum *deles* ver você.

Eu a deixei enquanto ela acendia outro cigarro.

O áster matava. Possivelmente era a planta mais usada nas ruas. O vício era comum em locais como Jacob's Island. Suas flores podiam ser das cores branca, azul, rosa ou púrpura, e cada uma tinha um efeito diferente no plano onírico. Eliza foi viciada em áster branco durante anos; ela me contou tudo sobre a droga. Em comparação com o azul, que restaurava lembranças, o áster branco provocava um efeito que chamávamos de lavagem branca, ou perda de memória parcial. Por um tempo, ela esqueceu o próprio sobrenome. Mais tarde ela se viciou no púrpura, dizendo que ajudava com a arte. Ela me fez jurar nunca encostar em uma droga etérea, e eu não via motivos para quebrar essa promessa.

Eu sentia calafrios ao pensar que recebia um comprimido a mais. A menos que o incomum fosse ter dois como Tilda. Eu teria que perguntar a mais alguém.

A Residência Trinity era vigiada por guardas na parte que dava para a rua. Contornei-a pelos limites do bairro miserável, usando meu conhecimento limitado da cidade para descobrir onde ficaria a parte de trás da residência. Acabei indo parar no lado de fora da cerca que envolvia o terreno gigantesco. Tilda estava certa: havia um grupo de túnicas-brancas no gramado, comandado por uma Reph fêmea. Julian estava entre eles. Usavam maças para empurrar espíritos no ar, trabalhando à luz de lamparinas de gás verde. No início, achei que eram numa: objetos através dos quais o éter fluía, de onde os adivinhos extraíam seu poder, mas eu nunca tinha visto objetos serem usados para *controlar* espíritos.

Deixei meu sexto sentido assumir o controle. Os planos oníricos dos humanos estavam todos embolados no éter, e a Reph agia como um tipo de eixo. Eles eram atraídos para ela como insetos ao redor de uma lanterna pendurada.

A Reph escolheu aquele momento para atormentar Julian. Ela golpeou com a maça, enviando um espírito irritado para cima dele. Julian caiu de costas no chão, atordoado.

– De pé, 26. – Julian não se mexeu. – Levante-se.

Ele não conseguia. Claro que não – havia sido atingido no rosto por um espírito furioso. Nenhum vidente poderia simplesmente *se levantar* depois disso.

A guardiã deu um chute forte na lateral da cabeça dele. Todos os túnicas-brancas cambalearam para trás, como se ela pudesse se voltar contra eles em seguida. A Reph lhes lançou um olhar gelado antes de retornar para a residência, com o vestido preto ondulando atrás. Os humanos trocaram olhares antes de segui-la. Ninguém ficou para ajudar Julian. Ele continuou deitado no gramado, encolhido em posição fetal. Tentei empurrar os portões, mas estavam trancados com uma corrente pesada.

– Julian – chamei.

Ele se debateu, depois ergueu a cabeça. Quando me viu, se forçou a levantar e foi até os portões. Seu rosto brilhava de suor. Atrás dele, as lamparinas se apagaram.

– Ela gosta de mim de verdade – disse ele. Sua boca se contorceu num meio sorriso. – Sou seu pupilo estrela.

– Que tipo de espírito era?

– Só um fantasma velho. – Ele esfregou os olhos feridos. – Desculpe, ainda estou vendo coisas.

– O que você vê?

– Cavalos. Livros. Fogo.

O fantasma tinha deixado uma impressão de sua morte. Era um aspecto desagradável do combate espiritual.

– Qual era aquela Reph? – perguntei.

– O nome dela é Aludra Chertan. Não sei por que ela se voluntariou para ser uma guardiã. Ela nos odeia.

– Todos eles nos odeiam. – Olhei para o gramado. Aludra não havia retornado. – Você consegue sair?

– Posso tentar. – Ele levou a mão à cabeça, fazendo uma careta. – Seu guardião já se alimentou de você?

– Eu mal o vi. – Algo me disse para não mencionar o que tinha acontecido na noite anterior.

– Aludra se alimentou de Felix ontem. Ele não conseguia parar de tremer quando voltou a si. Ela o obrigou a treinar mesmo assim.

– Ele estava bem?

– Apavorado. Não conseguiu sentir o éter durante duas horas.

– São loucos de fazer uma coisa dessas com um vidente. – Olhei por cima do ombro, verificando se havia algum guarda. – Não vou deixar que se alimentem de mim.

– Pode ser que você não tenha escolha. – Ele pegou uma lamparina do portão. – Seu guardião tem uma bela reputação. Você disse que mal o viu?

– Ele sempre sai.

– Por quê?

– Não faço ideia.

Julian ficou me olhando por muito tempo. Nessa proximidade, percebi que ele tinha visão total, como Liss. As pessoas com meia visão podiam desligar e religar a visão espiritual, mas Julian era obrigado a ver as pequenas tramas de energia o tempo todo.

– Espere eu sair – disse ele. – Não como nada desde ontem de manhã. De noite. Sei lá.

– Você consegue permissão?

– Posso pedir.

Eu o observei desaparecer dentro da residência. E me ocorreu que talvez ele nunca saísse.

Esperei por ele perto do Pardieiro. Estava quase desistindo quando um movimento de túnica branca captou meu olhar. Julian surgiu por uma porta pequena, com a mão tapando o rosto. Acenei para ele.

– O que aconteceu?

– O inevitável. – Ele parecia congestionado. – Ela disse que eu podia comer, mas não sentiria o cheiro. Nem o gosto.

Ele afastou a mão do rosto. Respirei fundo. O sangue grosso e escuro escorria por seu queixo. Hematomas começavam a se formar sob seus olhos. O nariz estava vermelho e inchado, cheio de vasos rompidos.

– Você precisa de gelo. – Eu o puxei para trás de uma parede de compensado. – Venha. Os artistas devem ter alguma coisa pra tratar isso.

– Estou bem. Acho que não quebrou. – Ele tocou a ponte do nariz. – Precisamos conversar.

– Vamos conversar comendo.

Quando entrei no Pardieiro com Julian, procurei algum sinal de arma. Até mesmo algo bruto serviria: uma presilha de cabelo pontiaguda, um caco de vidro ou metal. Nada chamou minha atenção. Se os artistas realmente estavam desarmados, não tinham como se defender caso os Emim invadissem a cidade. Os Rephs e os túnicas-vermelhas eram sua única proteção.

Dentro do barraco de comida, obriguei Julian a tomar uma tigela de caldo e comer um pouco de toco, depois entreguei meus últimos numa para um adivinho em troca de um pacote roubado de acetaminofeno. Ele não quis me dizer de quem tinha roubado nem como fez isso, e desapareceu na multidão assim que pegou as agulhas. Devia ser um acutimante de verdade. Levei Julian para um canto escuro.

– Tome isso – falei. – Não deixe ninguém ver.

Julian não disse nada. Pegou dois comprimidos e os engoliu. Encontrei um pano e um pouco de água num barraco vazio. Ele usou para limpar o sangue seco.

– Então – disse ele, meio rouco –, o que sabemos sobre os Emim?

– Nada, da minha parte.

– Descobri algumas coisas sobre como este lugar funciona, se você estiver interessada.

– Claro que estou interessada.

– Os túnicas-brancas aprendem o básico durante alguns dias. Principalmente combate espiritual: mostrar que você consegue fazer enlaces, esse tipo de coisa. Depois você passa pelo primeiro teste. É aí que tem que confirmar seu dom.

– Confirmar?

– Provar que é útil. Os adivinhos têm que fazer uma previsão. Os médiuns têm que incitar uma possessão. Você entendeu como funciona.

– O que eles consideram útil?

– Você precisa fazer algo para provar sua lealdade. Conversei com o porteiro de Trinity sobre isso. Ele não quis falar muito, mas disse que sua previsão fez uma pessoa ser trazida para Sheol I. Você tem que mostrar o que eles querem ver, mesmo que isso coloque outro humano em perigo.

Minha garganta se apertou.

– E o segundo teste?

– Tem algo a ver com os Emim. Acho que você se torna um túnica-vermelha se sobreviver.

Olhei para o outro lado do barraco. Havia um ou dois túnicas-amarelas entre os artistas.

– Olhe – disse Julian, mantendo a voz baixa. – Aquela no canto. Os dedos dela.

Segui sua linha de visão. Uma mulher jovem estava tomando caldo, conversando com um homem de aparência doentia. Três de seus dedos eram cotocos. Quando olhei ao redor do cômodo de novo, percebi outros ferimentos: uma pessoa sem mão, marcas de mordida, cicatrizes de garras em braços e pernas.

– Acho que eles realmente gostam de carne humana – falei. Liss não tinha mentido.

– Parece que sim. – Julian me ofereceu sua tigela. – Quer terminar isto?

– Não, obrigada.

Ficamos sentados em silêncio por algum tempo. Não olhei, mas não conseguia parar de pensar nos ferimentos que aquelas pessoas tiveram que suportar. Tinham sido mastigadas como ossos de galinha, depois jogadas fora com o lixo. Estavam sempre em perigo, naquela favela miserável e desprotegida.

Eu não queria que os Rephaim soubessem o que eu era. Para ser aprovada no primeiro teste, eu teria que mostrar a eles.

Será que eu *queria* ser aprovada naqueles testes? Passei os dedos pelo cabelo, pensando. Eu teria que aguardar para ver o que o Mestre esperava que eu fizesse quando ele voltasse. Ele tinha um grande controle sobre o meu destino.

Depois de alguns minutos observando os artistas, vi um rosto conhecido: Carl. Houve silêncio. Os artistas abriram caminho para ele, com os olhares baixos. Me estiquei para ver sobre as cabeças deles e vi o que estavam olhando: sua túnica rosa. O que ele estava fazendo no Pardieiro?

– Tilda me contou que ele passou no primeiro teste – falei. – O que você acha que ele teve que fazer? Apenas denunciar Ivy?

– Ele é um adivinho. Provavelmente só precisou encontrar a tia morta dele em uma xícara de chá – respondeu Julian.

– Isso é augúrio. E *você* não é um adivinho?

— Eu nunca disse que era de fato um adivinho. — Ele abriu um sorriso fraco para mim. — Você não é a única que tem uma aura enganadora.

Isso me deu tempo para pensar. Adivinhos eram considerados a classe mais inferior de videntes; certamente a mais comum – ele podia achar o rótulo ofensivo. Ou talvez eu não fosse tão boa em identificar videntes quanto Jax dizia que eu era.

Jax. Eu me perguntei o que ele estava fazendo. Se estava ou não preocupado comigo. Mas é claro que ele estava preocupado comigo: eu era sua andarilha onírica, sua concubina. Eu não sabia como ele ia me encontrar. Talvez Dani ou Nick conseguissem. Eles tinham carreiras em Scion. Devia existir um banco de dados de prisioneiros em algum lugar, escondido pelo Arconte.

— Estão tentando suborná-lo. — Julian olhava para dois artistas. Eles ofereciam numa para Carl, conversavam com ele. — Devem achar que ele agora tem influência sobre os Rephs.

Era o que parecia mesmo. Carl fez um gesto para afastá-los, e eles recuaram.

— Julian – falei –, quantos comprimidos você toma?

— Um.

— Como ele é?

— Redondo e vermelho. Acho que é ferro. — Ele engoliu o caldo. — Por quê, você toma quantos?

Claro. Scion produzia uma injeção para contracepção masculina, mas não fazia sentido esterilizar ambos os sexos. Carl me poupou de responder à pergunta.

— Então olhei dentro da pedra – dizia ele para um túnica-branca, sendo observado por vários hárlis – e decidi fazer uma leitura dos *desejos* dela. Parece que ela está muito interessada em encontrar o tal do Agregador Branco e, é claro, assim que vi o rosto dele, soube exatamente onde estava. Parece que ele é o mime-lorde da I-4.

Um frio mortal me atingiu. Era Jaxon.

— Paige? – chamou Julian.

— Estou bem. Só me dê um segundo.

Antes que eu percebesse, estava indo direto até Carl. Seus olhos saltaram quando agarrei sua túnica e o arrastei para um canto.

— O que você viu?

Minha voz saiu num sibilo. Carl me encarou como se eu tivesse duas cabeças.

– O quê?

– O que foi que você disse a ela sobre o Agregador Branco, Carl?

– É xx-59-1.

– Não me importo. Fale o que você viu.

– Não sei por que isso é da sua conta. – Ele olhou para minha túnica branca. – Você não parece ter progredido tão rápido quanto todos achavam que faria. Decepcionou seu guardião especial?

Movi meu rosto até ficarmos a uns cinco centímetros um do outro. Naquela proximidade, ele parecia ainda mais um rato.

– Não estou brincando, Carl – falei, com a voz baixa. – E não gosto de vira-casacas. Me diga o que viu.

As lamparinas mais próximas oscilaram. Ninguém pareceu notar – os artistas já tinham voltado sua atenção para outras coisas –, mas Carl, sim. Havia um brilho de medo em seus olhos.

– Não vi exatamente onde ele estava – admitiu –, mas vi um relógio de sol.

– Você leu isso?

– Li.

– O que ela quer com o Agregador? – Agarrei a túnica dele com mais força.

– Não sei. Só fiz o que ela mandou. – Ele se afastou de mim com um puxão. – Por que você está perguntando tudo isso?

O sangue rugia nos meus ouvidos.

– Nenhum motivo. – Soltei a túnica dele. – Desculpe. Só estou nervosa com os testes.

Carl se acalmou, se sentindo superior.

– Isso é compreensível. Tenho certeza de que você vai conseguir sua próxima cor em breve.

– E o que acontece depois disso?

– Depois do rosa? Nos unimos ao batalhão, é claro! Mal posso esperar para colocar as mãos naqueles Zumbidores canalhas. Serei vermelho em pouco tempo.

Carl já estava sob o feitiço deles. Já era um soldado, um matador em formação. Dei um sorriso forçado e saí.

Ele tinha motivos para estar orgulhoso. Era um bom visionário. Havia usado Nashira para colocar um assunto em foco, para vê-lo na superfície cintilante do númen que ele usava. Esse era o dom dos adivinhos, assim como o de alguns áugures. Eles conseguiam concatenar seus dons com os desejos de outra pessoa – o consulente – para ler seu futuro. Cartomantes e palmistas faziam isso o tempo todo. E, não importava o que Jaxon dizia, às vezes era útil. O éter era como a Scionet: uma rede de planos oníricos, cada um contendo informações que podiam ser acessadas com o clique de um botão. O consulente oferecia um tipo de ferramenta de busca, um modo de ver através dos olhos de espíritos perdidos.

Carl havia encontrado a consulente perfeita em Nashira. Ele não só tinha visto Jax, como também uma pista de sua localização. Um dos seis relógios de sol sobre o pilar.

Eu tinha que avisá-lo. Rápido. Não sabia o que ela queria com Jax, mas não ia deixar que ela o trouxesse.

Julian me seguiu até o lado de fora.

– Paige? – Ele segurou minha manga. – O que foi que ele disse?

– Nada.

– Você está pálida.

– Estou bem. – Só quando vi o toco na mão dele eu me lembrei de Seb. – Vai comer isso?

– Não. Você quer?

– Não é pra mim. Seb.

– Onde você o encontrou?

– Casa Amaurótica.

– Certo. Quer dizer então que eles prendem videntes em Londres e amauróticos aqui?

– Talvez isso faça sentido pra eles. – Guardei o toco no bolso. – Vejo você amanhã. Ao anoitecer?

– Ao anoitecer. – Ele fez uma pausa. – Se eu conseguir sair.

A Casa Amaurótica estava às escuras quando cheguei lá. Até as lamparinas do lado de fora tinham sido apagadas. Eu sabia que não adiantava tentar conversar para passar por Graffias; em vez disso, escalei a calha.

– Seb?

Não havia luz no quarto. Senti o cheiro do ar frio e úmido lá dentro. Seb não respondeu.

Agarrei as barras e me agachei no peitoril.

– Seb – sibilei. – Você está aí dentro?

Mas não estava. Não havia planos oníricos naquele quarto. Até mesmo amauróticos tinham planos oníricos, apesar de serem sem cor. Nenhuma nuance emocional, nenhuma atividade de espírito. Seb havia desaparecido.

Talvez o tivessem levado para trabalhar em uma residência. Podia ser que ele voltasse.

Ou talvez fosse uma armadilha.

Tirei o toco do bolso, enfiei-o entre as barras e desci pela calha. Só me senti em segurança quando estava de volta ao chão firme.

A sensação não durou. Ao me virar na direção do interior da cidade, meu braço foi agarrado pelo que parecia ser um policial. Dois olhos escaldantes, quentes e firmes, se prenderam aos meus.

A isca

Ele estava de pé, imóvel. Usava uma camisa preta de colarinho alto bordado de ouro. As mangas escondiam o braço no qual eu tinha feito um curativo durante o dia.

Inexpressivo, ele baixou o olhar para mim. Umedeci os lábios, tentando pensar em uma desculpa.

– Quer dizer – começou ele, me puxando para perto – que você faz curativos em ferimentos *e* alimenta escravos amauróticos. Que curioso.

Minha reação súbita foi puxar o braço. Ele me deixou fazer isso. Eu poderia lutar contra ele se não estivesse encurralada – mas então vi os outros. Quatro Rephs, dois machos e duas fêmeas. Todos os quatro tinham planos oníricos blindados. Quando assumi uma postura defensiva, eles riram de mim.

– Não seja tola, 40.

– Só queremos falar com você.

– Falem agora – exigi

A voz que saiu não se parecia nem um pouco com a minha.

O Mestre não tirou os olhos do meu rosto. À luz de uma lamparina a gás próxima, aqueles olhos ferveram com uma nova cor. Ele não havia rido com os outros.

Eu era um animal caçado, cercado. Tentar sair daquela situação não seria apenas burrice, seria suicídio.

– Eu vou – falei.

O Mestre assentiu.

– Terebell – disse ele –, vá até a soberana de sangue. Diga a ela que temos xx-59-40 sob custódia.

Sob *custódia*? Olhei para a fêmea. Devia ser a guardiã de Tilda e Carl: Terebell Sheratan. Ela retribuiu meu olhar com olhos amarelos firmes. Seu cabelo era escuro e brilhante e envolvia seu rosto como um capuz.

– Sim, consorte de sangue – disse ela.

Ela guiou o grupo de escolta. Fixei o olhar nas botas.

– Venha – disse o Mestre. – A soberana de sangue está aguardando.

Andamos em direção ao centro da cidade. Os guardas se afastaram, mantendo uma distância respeitosa do Mestre. Seus olhos realmente eram de uma cor diferente: laranja. Ele me flagrou olhando.

– Se tiver alguma pergunta – disse ele –, pode fazer.

– Aonde estamos indo?

– Para o seu primeiro teste. Mais alguma coisa?

– O que mordeu você?

Ele olhou para a frente. Depois disse:

– Retiro seu direito de falar.

Quase mordi a língua. Canalha. Eu tinha passado horas limpando os ferimentos dele. Poderia tê-lo matado. *Devia* tê-lo matado.

O Mestre conhecia bem a cidade. Ele nos conduziu por diversas ruas diferentes até chegarmos aos fundos de outra residência, aquela onde recebemos nosso discurso. Uma placa do lado de fora dizia RESIDÊNCIA DOS SUSERANOS. Os guardas fizeram uma mesura quando passamos por eles, pressionando o punho no peito. O Mestre não cumprimentou nenhum deles.

Os portões se fecharam atrás de nós. O clangor das trancas transformou meus músculos em barras. Meus olhos vaguearam de parede a parede, de canto a fenda, buscando apoios para minhas mãos e meus pés. Plantas trepadeiras cresciam, grossas e selvagens, nos prédios, loniceras, heras e glicínias, mas só até alguns metros acima do nível da terra. Depois disso eram substituídas por janelas. Contornamos um caminho de areia colorida ao redor de um gramado oval, onde havia apenas um poste de luz. Sua luz brilhava através de painéis de vidro vermelho.

No fim do caminho havia uma porta. O Mestre não olhou para mim, mas parou.

— Não fale sobre as feridas — ordenou ele, quase baixo demais para ser ouvido —, ou você terá motivos para se arrepender de ter salvado minha vida.

Ele sinalizou para seu séquito. Dois deles ficaram parados, um de cada lado da porta; o outro, um macho de cabelos cacheados com olhar cativante, se posicionou ao meu lado. Ladeada por guardas, fui empurrada pela porta e para o interior frio do prédio.

O cômodo em que entrei era estreito e decorado, com paredes de pedra marfim. A parede da esquerda parecia ter sido respingada com cores quentes, a luz refratada pelas janelas de vitral, que pareciam beber o brilho da lua. Contei cinco placas de homenagem, mas não tive tempo de parar para ler — eu estava sendo conduzida para o ponto em que a luz brilhava através de um arco. O Mestre me conduziu por três degraus de mármore preto, depois se apoiou num joelho só e fez uma reverência com a cabeça. Fiz a mesma coisa quando o guarda me encarou.

— Arcturus.

Uma mão enluvada levantou o queixo dele. Arrisquei dar uma olhada.

Nashira tinha aparecido. Naquela noite, ela usava um vestido preto que a cobria do pescoço para baixo, ondulando como água sob a luz da vela. Ela pressionou os lábios na testa do Mestre, e ele colocou a mão no abdome dela.

— Estou vendo que trouxe nossa pequena prodígio — disse Nashira, com os olhos em mim. — Boa noite, xx-40.

Ela me olhou de cima a baixo, e tive a sensação de que estava tentando ler minha aura. Levantei algumas barreiras preventivas. O Mestre não se mexeu. Não conseguia ver o rosto dele.

Uma fileira de Rephaim estava em pé atrás dos dois, todos com capuz e capa. Suas auras pareciam encher a capela, competindo com a minha. Eu era a única humana presente.

— Imagino que você saiba por que está aqui — disse Nashira.

Fiquei de boca fechada. Eu sabia que estava encrencada por levar comida para Seb, mas poderia estar encrencada por várias outras coisas: fazer curativo no Mestre, xeretar, ser humana. O mais provável é que Carl tivesse relatado meu interesse pela visão dele.

Ou talvez eles soubessem o que eu era.

– Nós a encontramos do lado de fora da Casa Amaurótica – declarou o guarda. Ele era a imagem cuspida e escarrada de Pleione, até no formato dos olhos. – Xeretando no escuro como um rato de esgoto.

– Obrigada, Alsafi. – Nashira baixou o olhar para mim, mas não me falou para ficar de pé. – Ouvi dizer que você anda contrabandeando comida para um dos ajudantes amauróticos, 40. Tem algum motivo para fazer isso?

– Vocês o estão matando de fome e batendo nele como se fosse um animal. Ele precisa de um médico, de um hospital.

Minha voz ecoou pela capela escura. Os Rephaim encapuzados estavam em silêncio.

– Sinto muito por você pensar desse jeito – disse Nashira –, mas, aos olhos de um Rephaite, os olhos que agora presidem seu país, os humanos e as feras estão no mesmo nível. Não oferecemos médicos para as feras.

Senti meu rosto ficar branco de raiva, mas engoli as palavras que queria dizer em seguida. Isso só faria Seb ser assassinado.

Nashira virou-se para o outro lado. O Mestre se levantou; eu também.

– Pode ser que você se lembre do discurso, 40, quando falamos que gostamos de testar os humanos que reunimos durante as Temporadas dos Ossos. Sabe, nós mandamos nossos túnicas-vermelhas atrás de humanos com aura, mas nem sempre conseguimos identificar as habilidades que essas auras têm. Confesso que cometemos alguns erros no passado. Um caso promissor pode não ser mais empolgante do que um cartomante nômade, mas sem dúvida você será muito mais interessante do que isso. Sua aura a precede. – Ela acenou. – Ande, nos mostre seus talentos.

O Mestre e Alsafi se afastaram de mim. Nashira e eu ficamos frente a frente.

Meus músculos ficaram tensos. Eles obviamente não queriam que eu *lutasse* contra ela. Eu ia perder. Nashira e seus anjos destruiriam meu plano onírico. Eu podia senti-los ao redor dela, esperando para defender sua anfitriã.

Mas então me lembrei do que Liss tinha me contado: que Nashira queria uma andarilha onírica. Pensei rápido. Talvez eu fosse capaz de fazer algo que ela não tivesse poder para deter, talvez houvesse alguma vantagem que eu pudesse usar contra ela.

Pensei no trem. Sem um andarilho onírico ou um oráculo no seu séquito, Nashira não conseguiria afetar o éter. E, a menos que ela, de alguma forma, tivesse consumido o espírito de um ilegível, eu ainda podia deixar meu espírito solto na mente dela.

Eu podia matá-la.

O Plano A foi por água abaixo quando Alsafi retornou. Ele trazia um corpo frágil nos braços, com um saco preto tapando a cabeça. O prisioneiro foi colocado em uma cadeira e algemado ali. Meus dedos ficaram dormentes. Será que era um dos outros? Será que eles tinham encontrado os Dials, encontrado minha gangue?

Mas não senti aura nenhuma. Aquele era um amaurótico. Pensei no meu pai e fiquei enjoada – mas o corpo era pequeno demais, magro demais.

– Acredito que vocês dois se conheçam – disse Nashira.

Arrancaram o saco. Meu sangue gelou.

Seb. Eles o tinham capturado. Seus olhos estavam inchados, do tamanho de ameixas pequenas, o cabelo pendendo em fios ensanguentados ao redor do rosto, e os lábios rasgados e sangrando. O restante de seu rosto estava coberto de sangue seco. Eu já tinha visto pessoas que levaram surras feias, quando as vítimas de Hector iam se arrastando até os Dials para buscar a ajuda de Nick, mas nunca vira nada assim. Eu nunca tinha visto uma vítima tão jovem.

O guarda golpeou mais uma vez o rosto dele. Seb mal estava consciente, mas conseguiu olhar para mim.

– Paige.

Sua voz fraca fez o sangue queimar nos meus olhos. Ataquei Nashira.

– O que vocês fizeram com ele?

– Nada – disse ela –, mas *você* vai fazer.

– O quê?

– Está na hora de ganhar sua próxima túnica, xx-40.

– De que merda você está falando?

Alsafi me deu um soco na cabeça que quase me jogou no chão. Ele me agarrou pelo cabelo e me virou para encará-lo.

– Você *não* vai dizer vulgaridades na presença da soberana de sangue. Segure a língua ou vou costurar sua boca.

— Paciência, Alsafi. Deixe ela ficar com raiva. — Nashira ergueu uma das mãos. — Afinal de contas, ela estava com raiva no trem.

Meus ouvidos zumbiam. Dois rostos queimaram na minha memória. Dois corpos no chão do vagão. Um morto, outro insano. Minhas vítimas. Meus assassinatos.

Esse era o meu teste. Para ganhar minhas novas cores, eu tinha que matar um amaurótico.

Eu tinha que matar Seb.

Nashira devia ter adivinhado o que eu era. Ela havia adivinhado que meu espírito era capaz de sair de seu lugar natural no meu corpo. Que eu era capaz de um assassinato rápido e sem sangue. Ela queria ver isso acontecer. Queria que eu dançasse. Queria saber se esse era um dom que valia a pena roubar.

— Não — falei.

Nashira ficou imóvel.

— Não? — Como fiquei em silêncio, ela continuou: — Recusar não é uma opção. Você vai obedecer ou seremos obrigados a descartá-la. Não tenho dúvida de que o Grande Inquisidor ficaria feliz em corrigir sua insolência.

— Me mate, então — falei. — Por que esperar?

Os treze juízes não disseram nada. Nem Nashira. Ela só olhou para mim, para dentro de mim. Tentando descobrir se eu estava blefando.

Alsafi não fez rodeios. Agarrou meu pulso e me arrastou para a cadeira. Chutei e lutei. Ele envolveu o braço musculoso no meu pescoço.

— Faça — rosnou ele no meu ouvido — ou vou esmagar suas costelas e afogar você no próprio sangue. — Ele me sacudiu com tanta força que minha visão oscilou. — Mate o garoto. Agora.

— Não — falei.

— Obedeça.

— *Não*.

Alsafi apertou com mais força. Enterrei as unhas na sua manga. Meus dedos arranharam a lateral do seu corpo... e encontraram a faca no cinto dele. Uma faca de papel, para abrir envelopes, mas servia. Só precisei dar um golpe para fazê-lo me soltar. Cambaleei até um banco, ainda com a faca na mão.

— Fiquem longe — alertei.

Nashira riu. Os juízes ecoaram a risada. Para eles, afinal, eu era apenas outro tipo de artista. Mais uma humana com a cabeça cheia de confete e fogos de artifício.

Mas o Mestre não riu. Seu olhar estava fixo no meu rosto. Apontei a faca para ele.

Nashira veio na minha direção.

– Impressionante – observou ela. – Gosto de você, xx-40. É corajosa.

Minha mão tremia.

Alsafi olhou para o corte no próprio braço. Um fluido luminoso pingava da sua pele. Quando olhei para a faca, vi o mesmo material cobrindo a lâmina.

Seb estava chorando. Apertei a faca com força, mas minhas mãos estavam úmidas. Eu não podia usar uma faca de papel contra todos aqueles Rephaim. Eu mal conseguiria usar ferros, quanto mais jogar uma faca com precisão.

Exceto pelos cinco anjos ao redor de Nashira, não havia espíritos para fazer um enlace. Eu teria que me aproximar muito mais de Seb para libertá-lo. Depois disso, precisaria descobrir uma maneira de tirar nós dois dali com vida.

– Arcturus, Aludra, desarmem a garota – ordenou Nashira. – Sem espíritos.

Uma das juízas tirou o capuz.

– Com prazer.

Eu a analisei. Era a guardiã de Julian. Uma criatura de aparência dissimulada, cabelo louro liso e olhos felinos. O Mestre se posicionou atrás dela. Avaliei suas auras.

Aludra era uma coisa bestial. Ela podia parecer civilizada, mas senti que estava se controlando para não salivar. Estava alucinada por uma briga, empolgada com a fraqueza de Seb e faminta pela minha aura. Ela queria um pouco de brilho, e queria naquele momento mesmo. O Mestre era mais sombrio, mais frio, suas intenções eram obscuras – mas isso o tornava mais letal. Se eu não conseguisse ler sua aura, não conseguiria prever o que ele podia fazer.

De repente, tive uma ideia. O sangue do Mestre fez eu me sentir mais próxima do éter. Talvez funcionasse de novo. Inspirei, segurando a lâmina perto do rosto. O aroma gelado acelerou meus sentidos. O éter me envolveu como água fria, me afundando. Virando o punho, joguei a faca no rosto de

Aludra, mirando bem entre os olhos. Ela simplesmente se abaixou. Minha precisão tinha melhorado. Muito.

Aludra pegou um candelabro pesado e andou ao meu redor.

– Venha, criança – disse ela. – Dance comigo.

Recuei. Eu não seria útil para Seb se meu crânio estivesse em pedaços.

Aludra atacou. Sua missão era me derrubar e se alimentar do que sobrasse. Se meus sentidos não estivessem aguçados, ela provavelmente teria conseguido. Girei para evitá-la e, em vez de me esmagar, o candelabro arrancou a cabeça de uma estátua. Eu me levantei rapidamente, saltando por cima do altar e correndo pela capela, passando pelos Rephs encapuzados nos bancos.

Aludra recuperou sua arma. Ouvi o assobio do ar quando ela a jogou do outro lado da capela. Seb gritou meu nome quando o objeto passou voando por cima de sua cabeça.

Eu estava indo em direção às portas abertas, mas minha fuga foi interrompida. Um guarda as fechou com força pelo lado de fora, me trancando na capela com minha plateia. Sem tempo para desacelerar, corri e dei de cara nas portas. O impacto tirou o ar dos meus pulmões. Perdi o equilíbrio. Minha cabeça bateu no mármore sólido. Um nanossegundo depois, o candelabro se chocou contra as portas. Mal tive tempo de me mexer antes que ele caísse no chão no local onde minhas pernas tinham estado. O barulho atravessou a capela como o ressoar de um sino.

Senti uma dor forte na parte de trás do crânio, mas eu não tinha tempo para descansar. Aludra havia me alcançado. Seus dedos enluvados agarravam meu pescoço, os polegares apertando minha garganta. Fiquei sufocada. Meus olhos se encheram de sangue, me deixando cega. Ela estava pegando minha aura, *minha* aura. Seus olhos brilharam num tom ardente de vermelho.

– Aludra, pare.

Ela não parecia ouvir. Senti gosto de metal.

A faca estava ao meu lado. Meus dedos se arrastaram até ela, mas Aludra prendeu meu pulso.

– Agora é minha vez.

Eu tinha uma chance de viver. Enquanto ela encostava a faca na minha bochecha, empurrei meu espírito para o éter.

Na forma de espírito, eu via através de outros olhos, num novo plano. Ali eu enxergava. O éter apareceu como um vazio silencioso, salpicado por órbitas parecidas com estrelas, e cada órbita era um plano onírico. Aludra estava fisicamente perto de mim; sua "órbita", consequentemente, também não estava muito distante. Era suicídio tentar invadir sua mente – ela era muito antiga, muito forte –, mas seu desejo tinha enfraquecido suas defesas. Era naquele momento ou nunca. Voei para dentro de sua mente.

Ela não estava preparada, e fui rápida. Alcancei sua zona da meia-noite antes que ela percebesse o que estava acontecendo. Quando se deu conta, fui expulsa com a força de um projétil. Eu estava de volta ao meu corpo antes que pudesse notar, encarando o teto da capela. Aludra estava de joelhos, segurando a cabeça.

– Tirem ela, tirem ela – gritava Aludra. – Ela é andarilha!

Cambaleei e fiquei de pé, ofegando em busca de ar, só para cair de costas em cima do Mestre, que me pegou pelos ombros. Seus dedos enluvados se enterraram na minha pele. Ele não estava tentando me machucar, só me segurar, me conter, mas meu espírito era como uma planta carnívora: reagia ao perigo. Quase contra minha vontade, tentei o mesmo ataque.

Dessa vez, nem alcancei o éter. Eu não conseguia me mexer.

O Mestre. Era ele. Era ele que estava sugando a energia de mim dessa vez, parasitando minha aura. Só pude observar, chocada, enquanto era atraída para ele como uma flor é para o sol.

Então ele parou. Era como se um fio preso entre nós houvesse se rompido. E seus olhos tinham um tom forte de vermelho, como sangue.

Eu os encarei. Ele deu um passo para trás e olhou para Nashira.

O silêncio reinava. Nesse momento, os Rephaim encapuzados se levantaram e aplaudiram. Fiquei sentada no chão, aturdida.

Nashira se ajoelhou ao meu lado e colocou a mão enluvada na minha cabeça.

Lindo. Minha pequena andarilha onírica.

Senti gosto de sangue. Ela sabia.

Nashira se levantou e se virou para Seb, que observava tudo com o máximo de medo que seus ferimentos permitiam. Então, seu olho quase fechado pousou em Nashira, enquanto ela ia para trás da cadeira.

– Obrigada pelos seus serviços. Somos gratos. – Ela colocou as mãos em ambos os lados da cabeça dele. – Adeus.

– Não, por favor, não... *por favor!* Não quero morrer. Paige...!

Ela virou a cabeça dele para o lado. Os olhos dele se arregalaram, e uma golfada escapou por entre seus lábios.

Nashira tinha acabado de matá-lo.

– Não! – A palavra rasgou minha garganta. Eu mal conseguia processar. Não conseguia tirar os olhos dela. – Você... você acabou de...

– Tarde demais. – Nashira soltou a cabeça dele, que caiu. – Você poderia ter feito isso, 40. Sem dor. Se ao menos tivesse feito o que pedi.

Foi o sorriso dela que provocou. Ela estava *sorrindo.* Corri na sua direção, com um calor bruto serpenteando meu sangue. O Mestre e Alsafi agarraram meus braços, me arrastando para trás. Chutei, me debati e lutei até meu cabelo ficar escorregadio de suor.

– Sua vaca! – gritei. – Sua *vaca,* sua vaca maldita! Ele nem era vidente!

– Verdade. Não era mesmo. – Nashira contornou a cadeira. – Mas os espíritos amauróticos são os melhores servos. Você não acha?

Alsafi estava prestes a deslocar meu ombro. Enfiei as unhas no braço do Mestre, o que estava machucado, o que eu tinha tratado. Ele enrijeceu. Não me importava.

– Vou matar vocês – falei, me dirigindo a todos eles. Eu mal conseguia respirar, mas falei. – Vou matar vocês. Juro que vou matar vocês.

– Não precisa jurar, 40. Deixe que nós juramos por você.

Alsafi me jogou no chão. Meu crânio bateu no mármore duro. Minha visão falhou. Tentei me mexer, mas algo me prendeu ao chão. Um joelho nas minhas costas. Meus dedos se arrastaram pelo piso de mármore. Em seguida, veio uma dor ofuscante no ombro, a dor mais agonizante que eu já tinha sentido. Quente, quente demais. Cheiro de carne assada. Não consegui conter o grito.

– Juramos sua obediência eterna aos Rephaim. – Nashira não tirava os olhos de mim. – Juramos com a marca do fogo. xx-59-40, você está ligada para sempre ao Mestre dos Mesarthim. Vai abrir mão de seu nome verdadeiro pelo tempo que viver. Sua vida é nossa.

O fogo estava na minha pele. Não consegui pensar em nada além da dor. Era o fim. Eles tinham matado Seb e agora estavam me matando. A luz refletiu-se em uma agulha.

8

Sobre meu nome

Havia flux demais no meu sangue.

Eu corria em círculos no meu plano onírico. O flux o tinha deformado, feito as formas e as cores se romperem. Meu coração batia com força, o ar queimava minha garganta e meu nariz.

Eles estão me matando. Pensei isso enquanto lutava contra minha mente, vendo-a se esfarelar como madeira em uma lareira. Era o fim. Nashira sabia o que eu era. Ela havia me envenenado, e eu estava morrendo. Não ia demorar muito; afinal, um plano onírico não conseguia manter sua forma em um corpo morto. Então, o pensamento se desfez e escapou, e fiquei vagando pelas partes sombrias da minha mente.

Foi aí que encontrei. Minha zona da luz do sol, onde a beleza habitava. Segurança. Calor. Corri em direção a ela, mas era como correr na areia molhada. As nuvens escuras grudavam em mim, me arrastando de volta para a névoa e as sombras. Lutei contra o flux, chutando e me contorcendo para me libertar de sua influência, e caí como uma semente na luz do sol, no campo de flores.

Todas as pessoas tinham um plano onírico, a bela miragem dentro da mente delas. Até mesmo os amauróticos viam sua zona da luz do sol em sonhos – só que sem muita clareza. Os videntes conseguiam enxergar dentro das próprias mentes, morar lá até morrerem de fome. Minha zona da luz do sol era um campo de flores vermelhas, um campo que ondulava e mudava dependendo do meu humor. Vi flashes do mundo fora do meu corpo, senti a rotação da terra enquanto esvaziava o estômago da minha pequena refeição. Mas, na minha mente, eu estava calma, observando enquanto o flux causava destruição ao meu redor. Deitei sobre as flores e esperei o fim.

Eu estava de volta ao quarto em Magdalen. O gramofone cantarolava ali perto. Outra favorita de Jaxon entre as proibidas: "Did You Ever See a Dream Walking?". Eu estava deitada de bruços na *chaise longue*, nua da cintura para cima. Meu cabelo tinha sido enroscado num nó.

Levei a mão até o rosto. Pele. Pele fria e úmida. Eu estava viva. Com dor, sim, mas viva. Eles não tinham me matado.

Eu estava machucada demais para ficar deitada quieta. Tentei me sentar, mas o peso da minha cabeça me impediu de levantar mais do que alguns centímetros. A parte de trás do meu ombro direito queimava com um ardor feroz. Uma pulsação prolongada na virilha denunciou onde eu tinha recebido a injeção – mas, dessa vez, os danos foram mais profundos.

O flux era uma das poucas drogas que funcionava melhor na artéria do que nas veias. Minha coxa estava quente e inchada. Meu peito oscilava. Eu estava queimando. O Reph que fez isso não tinha sido apenas muito desajeitado, mas também muito cruel. Eu tinha uma vaga memória de Suhail me olhando atravessado antes de as luzes se apagarem.

Talvez eles *tivessem* tentado me matar. Talvez eu estivesse morrendo.

Virei a cabeça para o lado. O fogo estava aceso na lareira. E havia alguém no quarto: meu guardião.

Ele estava sentado na poltrona, encarando as chamas. Olhei para o outro lado do cômodo, odiando-o. Eu ainda sentia suas mãos em mim, me segurando, me impedindo de salvar Seb. Será que ele sentia alguma culpa por aquele assassinato sem sentido? Será que se importava com os escravos indefesos na Casa Amaurótica? Eu me perguntava se ele se importava com qualquer coisa. Até suas interações com Nashira pareciam mecânicas. Será que alguma coisa fazia essa criatura reagir?

Ele deve ter sentido meu olhar, porque se levantou. Fiquei bem parada, com medo de me mexer. Muitas partes do meu corpo doíam. O Mestre se ajoelhou ao lado da *chaise longue*. Quando levantou a mão, eu me encolhi.

Ele pousou a parte de trás dos dedos no meu rosto em chamas. Seus olhos tinham voltado ao tom neutro de dourado.

Minha garganta ardia, febril.

– O espírito dele – forcei a voz. Era uma agonia falar. – Ele saiu?

– Não.

Precisei de todas as minhas forças para disfarçar a dor. Se ninguém tivesse recitado a trenódia, Seb seria obrigado a vagar. Ele ainda estava com medo. Ainda estava sozinho e, pior, ainda era um prisioneiro.

– Por que ela não me matou? – As palavras irritavam minha garganta. – Por que ela simplesmente não terminou o serviço?

O Mestre ignorou a pergunta. Depois de examinar meu ombro, ele pegou um cálice na mesinha de cabeceira. Estava cheio de um líquido escuro. Eu o observei. Ele levou o cálice até meus lábios, segurando minha nuca com uma das mãos. Eu me afastei com força. Um rosnado suave escapou de sua garganta.

– Isso vai aliviar o inchaço da sua perna – disse ele. – Beba. – Afastei a cabeça. O Mestre tirou o cálice dos meus lábios. – Você não quer se curar?

Eu o encarei.

Devia ter sido um acidente o fato de eu ter sobrevivido. Não havia motivo para eles não terem me matado.

– Você foi marcada – avisou ele. – Precisa me deixar tratar o ferimento por alguns dias, ou vai infeccionar.

Eu me virei para olhar meu ombro, cobrindo os seios com o lençol.

– Marcada com... com o quê? – Meus dedos tremeram quando os passei sobre a pele repuxada. xx-59-40. *Não, não!* – Ah... seu *canalha*, seu canalha doente... Vou matar você. Espere só... quando você estiver dormindo...

Minha garganta estava machucada demais. Parei, ofegando. O Mestre passou os olhos pelo meu rosto, como se estivesse tentando decifrar um idioma estrangeiro.

Ele não era burro. Por que estava me olhando daquele jeito? Eles tinham me marcado como um animal. Pior do que um animal. Um número.

O silêncio só foi interrompido pela minha respiração ofegante. O Mestre pousou a mão enluvada no meu joelho. Puxei a perna, provocando uma dor súbita que se estendeu até os dedos do pé.

– Não toque em mim.

– A marca vai parar de doer, com o tempo – disse ele –, mas sua artéria femoral é outro assunto.

Ele deslizou a mão mais para baixo, puxando os lençóis da minha perna. Quando vi minha coxa nua, achei que ia vomitar de novo. Inchada, muito além de seu tamanho normal, manchada com ferimentos que se espalhavam quase até o meu joelho. A área ao redor da virilha estava preta e injetada de sangue. O Mestre aplicou apenas uma leve pressão à minha perna, fraca demais para provocar uma reação. Arfei.

– Esse ferimento não vai se curar sozinho. Nenhuma ferida causada pelo flux pode se curar sem um segundo antídoto, mais forte.

Achei que ia morrer se ele apertasse com mais força.

– Vá para o inferno – soltei.

– Não existe inferno. Só o éter.

Trinquei os dentes, tremendo com o esforço para não chorar. O Mestre tirou a mão da minha perna e se afastou.

Eu não sabia por quanto tempo tinha ficado deitada ali, fraca e delirante. Só conseguia pensar no quanto ele devia adorar aquilo, ver nossos papéis naturais restaurados. Desta vez, ele tinha poder sobre mim, poder para me ver sofrer e suar. E, desta vez, era ele que tinha o remédio.

A aurora irrompeu. O relógio tiquetaqueava. O Mestre apenas ficou sentado na poltrona, remexendo no fogo. Eu não tinha ideia do que ele estava esperando. Se queria que eu mudasse de ideia sobre o remédio, ia ficar ali por muito, muito tempo. Talvez ele simplesmente tivesse recebido ordens para me observar, para garantir que eu não ia me matar. Não posso afirmar que não teria tentado. A dor era excruciante. Minha perna estava rígida e só se movia em espasmos. A pele inchada, esticada e brilhante, como uma bolha prestes a estourar.

Conforme as horas se arrastavam, o Mestre mudava de um lugar para outro: a janela, a poltrona, o banheiro, a escrivaninha, de volta para a poltrona. Como se eu não estivesse lá. Uma vez ele saiu do quarto e voltou com um pão quentinho, mas eu recusei. Queria que ele pensasse que eu estava fazendo greve de fome. Queria meu poder de volta. Queria que ele se sentisse tão pequeno quanto eu.

A dor na minha coxa se recusava a diminuir; na verdade, piorou. Apertei a pele escurecida. Continuei apertando-a, com mais e mais força, até ver estrelas. Esperava que isso me fizesse perder a consciência, para eu poder ter algumas horas de alívio, mas só me fez vomitar de novo. O Mestre me observou cuspir a bílis ácida em uma bacia. Seu olhar estava vazio. Ele estava esperando eu desistir, implorar.

Olhei para a bacia com os olhos embaçados. Eu estava começando a vomitar sangue; coágulos grossos de sangue. Minha cabeça rolou nas almofadas.

Devo ter ficado inconsciente. Já estava escurecendo quando acordei. Julian devia estar se perguntando onde eu estava, supondo que ele tivesse conseguido sair de sua residência. Provavelmente não. Meu cérebro só era capaz de se concentrar nessas coisas porque toda a dor, inexplicavelmente, tinha desaparecido.

E a sensibilidade da minha perna também.

O medo provocou um arrepio na minha coluna. Tentei mover os dedos do pé, girar o tornozelo, mas nada aconteceu.

O Mestre estava ao meu lado.

– Devo mencionar – disse ele – que, se a infecção não for tratada, você provavelmente vai perder a perna. Ou a vida.

Eu teria cuspido nele, mas o vômito me deixou desidratada. Balancei a cabeça. Minha visão estava falhando.

– Não seja idiota. – Ele segurou minha cabeça e me fez encará-lo. – Você precisa das pernas.

Ele me pegou nessa. Tinha razão: eu não podia perder a perna. Precisava correr. Dessa vez, quando ele segurou minha nuca, abri a boca e bebi do cálice. Tinha um gosto nojento, de terra e metal. O Mestre assentiu.

– Ótimo.

Exibi um olhar cheio de ódio, mas o efeito foi enfraquecido pelo alívio quando minha perna formigou. Bebi o líquido nojento até a última gota e sequei a boca com a mão firme.

O Mestre levantou os lençóis de novo. Minha coxa já estava voltando às dimensões normais.

– Agora estamos quites – sussurrei. Minha garganta queimou. – Nada mais. Eu curei você e você me curou.

– Você nunca me curou.

Hesitei.

– Como?

– Eu nunca estive ferido.

– Você não se lembra?

– Não aconteceu.

Não acreditei, nem por um segundo, que eu tinha imaginado a situação toda. Ele ainda estava usando mangas compridas, por isso eu não podia apontar, mas havia acontecido. A negação dele não faria a menor diferença.

– Então devo ter cometido um erro – falei.

O Mestre não desviou os olhos de mim. Estava me olhando com interesse. Um interesse frio e impassível.

– Sim – disse ele. – Você realmente cometeu um erro.

E esse foi meu aviso.

O sino tocou na torre. O Mestre olhou pela janela.

– Você pode ir. Não está em condições de começar a treinar hoje à noite, mas precisa encontrar alguma coisa para comer. – Ele apontou para a urna no consolo da lareira. – Há mais numa ali dentro. Pode pegar o quanto precisar.

– Não tenho roupa nenhuma.

– Isso é porque você recebeu um novo uniforme. – Ele me mostrou uma túnica cor-de-rosa. – Parabéns, Paige. Você foi promovida.

Essa foi a primeira vez que ele usou meu nome.

9

Variedade

Eu tinha que ir embora daquele lugar. Esse foi meu primeiro pensamento quando saí no frio cruel. Sheol 1 estava com a mesma aparência de antes, como se Seb nunca tivesse passado por aquelas ruas – mas eu estava diferente. Em vez de branco, eu vestia uma túnica rosa-clara. No meu novo colete, a âncora era do mesmo tom enjoativo de rosa. Eu estava marcada.

Eu não podia fazer outro teste. Não podia. Se eles tinham matado uma criança no primeiro, o que me obrigariam a fazer no segundo? Quanto sangue seria derramado antes que eu me tornasse uma túnica-vermelha? Eu tinha que ir embora. Devia haver uma saída, mesmo que eu tivesse que dançar para escapar das minas terrestres. Qualquer coisa era melhor do que aquele pesadelo.

Quando encontrei um caminho através do Pardieiro, com a perna direita fraca e pesada, um frio estranho se espalhou pelas minhas entranhas. Toda vez que um artista olhava para mim, sua expressão mudava. Suas feições ficavam vazias. Eles baixavam a cabeça. Minha túnica era um alerta: vira-casaca, traidora. Mantenham distância. Sou uma assassina.

Eu *não* era uma assassina. Nashira tinha matado Seb, não eu – mas os artistas não sabiam disso. Eles deviam desprezar todos que não eram túnicas-brancas. Eu devia ter ficado em Magdalen naquela noite. Mas então teria que ficar com o Mestre, e não conseguia suportar mais um instante na companhia dele. Manquei pelas passagens claustrofóbicas. Eu tinha que encontrar Liss. Ela poderia me ajudar a sair daquele pesadelo. Tinha que haver uma saída.

– Paige?

Parei, com a perna tremendo. O esforço de andar era exaustivo. Liss estava olhando para fora de seu quarto. Ela deu uma olhada na minha túnica rosa e enrijeceu.

– Liss – comecei.

– Você passou. – Seu rosto estava sombrio.

– Sim – falei –, mas...

– Quem você mandou para a prisão?

– Ninguém. – Quando ela pareceu não acreditar, percebi que precisava contar a ela. – Eles tentaram me obrigar a matar... Seb. O amaurótico. – Olhei para o chão. – E agora ele está morto.

Ela estremeceu.

– Entendi – disse ela. – Vejo você mais tarde, então.

– Liss – falei. – Por favor, me escute. Você não...

Ela fechou a cortina com força, me cortando. Deslizei pela parede e me sentei, esgotada. Eu não era um deles.

Seb. Falei seu nome na minha cabeça, tentando atrair seu espírito do local onde eles o tinham escondido, mas nada veio do éter. Nem sequer um espasmo. Mesmo usando seu sobrenome, não houve nada; devia estar faltando um nome. O garoto tinha ficado tão dependente de mim, tão certo de que eu o salvaria, mas ainda era um desconhecido para mim na morte.

A cortina parecia me olhar com raiva. Liss devia pensar que eu era escória pura. Fechei os olhos, tentando ignorar a dor excruciante na coxa. Talvez eu conseguisse encontrar outro túnica-rosa com quem trocar informações – mas eu não queria fazer isso. Não podia confiar neles. A maioria *era* de assassinos. A maioria deles *tinha* delatado alguém. Se eu quisesse conversar com alguma pessoa que não fosse vira-casaca, teria que provar a Liss que ela podia confiar em mim. Com um esforço que me deixou úmida de suor, me ergui e fui até o barraco de comida. Eu poderia encontrar Julian lá. Não que ele fosse querer falar comigo também, mas poderia me dar uma chance.

Uma luz captou meu olhar. Um fogão. Um grupo de artistas estava fumando num alpendre, deitados de lado, curtindo o ar. Áster de novo. Tilda estava com eles, com a cabeça apoiada em uma almofada, a túnica branca imunda e amassada, parecendo um lenço de papel usado. Procurei no meu colete a cápsula verde que eu tinha pegado. O comprimido estava comigo. Tomando cuidado com a perna, me ajoelhei a seu lado.

– Tilda?

Seus olhos se abriram de repente.

– Qual é?

– Trouxe o comprimido.

– Espere aí. Ainda estou regando. Me dê um minuto, boneca. Talvez dois. Ou cinco. – Ela se virou sobre a barriga, dando uma risada silenciosa. – O plano onírico ficou todo púrpura. Você é de verdade?

Esperei o áster se esgotar. Tilda passou um minuto inteiro rindo, ficando vermelha até as raízes do cabelo. Eu sentia a turbulência em sua aura, o modo como ela se sacudia e se movia com a droga. Os outros videntes não deram qualquer sinal de querer despertar. Com as mãos trêmulas, Tilda esfregou o rosto e assentiu.

– Ok, fui destronada. Cadê o comprimido?

Entreguei-o a ela, que o analisou por todos os ângulos. Passou o dedo sobre ele, testando a textura. Dividiu-o ao meio. Esmagou uma metade com os dedos. Sentiu o cheiro do resíduo, provou.

– Sua guardiã saiu de novo – falei.

– Ela sai muito. – Tilda me ofereceu os restos do comprimido. – É herbal. Não sei dizer qual é a erva.

– Você conhece alguém que possa me dizer?

– Tem uma espelunca aqui. O cara que me vendeu o áster pode ser capaz de dizer. A senha é *specchio*.

– Vou falar com ele – E me levantei. – Vou deixar você com o áster.

– Obrigada. Até mais.

Ela caiu de volta na almofada. Eu me perguntei o que Suhail faria se os encontrasse.

Levei algum tempo para achar a espelunca. O Pardieiro tinha muitos cômodos, a maioria era ocupada por grupos de dois ou três. Eles passavam os dias em barracos apertados, reunidos ao redor de um fogão a querosene, e dormiam em lençóis que cheiravam a umidade e urina. Comiam o que conseguiam encontrar. Se não achassem nada, passavam fome. Ficavam juntos por dois motivos: porque não haveria espaço para todos, se não fizessem isso, e por causa do frio cruel da cidade. Não havia instalações para higiene nem suprimentos médicos, exceto o que eles obtinham através do roubo. Era para lá que se ia para morrer.

A espelunca estava escondida atrás de uma série de cortinas grossas. Era preciso saber onde procurar; só encontrei depois de interrogar uma hárli sobre a localização. Ela pareceu relutante em me contar, me alertando sobre a extorsão e os preços altos, mas apontou a direção certa.

O menino julco que eu tinha visto no discurso protegia a loja. Estava sentado em uma almofada, jogando dados. Nenhum sinal de sua túnica branca. Ele deve ter fracassado no teste. Que uso os Rephaim faziam de um julco?

– Olá – falei.

– Oi. – Uma nota pura e suave. Voz de julco.

– Posso ver o penhorista?

– Qual é a senha?

– *Specchio*.

O garoto se levantou. Seu olho direito estava inchado com pus. Infectado. Ele afastou as cortinas, e eu passei.

As espeluncas de Londres costumavam ser lugares pequenos sem licença para funcionar, e ficavam nas partes ruins da coorte central. Havia muitas na Capela, na II-6. Ali não era diferente. O penhorista tinha armado a loja em uma espécie de tenda, feita com o tipo de tecido que Liss usava em suas apresentações. Iluminado por uma única lamparina a querosene, metade do espaço havia sido transformado em uma casa de espelhos. O penhorista estava sentado em uma poltrona de couro surrada, encarando o vidro manchado. Os espelhos entregavam sua especialidade: catoptromancia.

Era um homem grisalho com o estômago cheio demais para ser artista. Quando entrei, ele levou um monóculo até o olho e observou meu reflexo. Tinha os olhos enevoados de um visionário que vira coisas demais.

– Acho que nunca vi você. Nos meus espelhos *nem* na minha loja.

– Temporada dos Ossos XX – falei.

– Entendi. Quem é o seu dono?

– Arcturus Mesarthim.

Eu estava enjoada daquele nome: de ouvi-lo, de dizê-lo.

– Ora, ora. – Ele deu um tapinha na própria barriga. – Quer dizer que *você* é a residente dele.

– Qual é seu nome?

– XVI-19-16.

– Seu nome verdadeiro.

– Não me lembro mais, mas os artistas me chamam de Duckett. Se você preferir usar nomes *verdadeiros*.

– Prefiro.

Eu me inclinei para ver seu estoque. A maioria dos itens era numa: espelhos de mão quebrados, garrafas d'água de vidro, tigelas e copos, pérolas, sacos com ossos de animais, cartas e bolas de cristal. Em seguida, havia as plantas. Áster, urze, salva, tomilho e outras ervas para queimar. Havia itens mais práticos também, essenciais para a sobrevivência. Olhei para a pilha. Lençóis, almofadas macias, fósforos, uma pinça, álcool para fricção, aspirina e oxitetraciclina, latas de Sterno, um frasco com conta-gotas cheio de ácido fusídico, curativos e desinfetantes. Peguei uma caixa antiga que servia de isqueiro.

– Onde você conseguiu tudo isso?

– Por aí.

– Imagino que os Rephs não saibam. – Ele sorriu, apenas de leve. – Então como é que esta loja ilegal funciona?

– Bom, digamos que você seja uma osteomante. Precisaria de ossos para complementar sua clarividência. Se os ossos fossem confiscados, você teria que procurar outros. – Ele apontou para uma sacola com um rótulo que dizia RATO COMUM. – Eu lhe daria uma tarefa. Poderia lhe pedir para trazer mais suprimentos ou levar uma mensagem: quanto mais valioso o item que você precisa, mais perigosa a tarefa. Se você conseguisse, eu a deixaria ficar com os ossos. Para um empréstimo limitado, você teria que me trazer certa quantidade de numa, que eu devolveria quando você trouxesse o item de volta. Um sistema simples, mas eficaz.

Não parecia uma espelunca convencional, que emprestava dinheiro em troca de itens penhorados.

– Quanto você cobra por uma informação?

— Depende da informação que você quer.

Coloquei a metade restante do comprimido na frente dele.

— O que é isso?

Ele deu uma olhada. Deixou o monóculo cair, depois o pegou. Seus dedos grossos tremiam.

— Em troca disso — disse ele — eu lhe dou qualquer coisa que você quiser na loja. Sem cobrar.

Franzi a testa.

— Você quer ficar com isso?

— Ah, sim. É *muito* valioso. — Ele colocou a metade na palma da mão. — Onde conseguiu isso?

— A informação tem um preço, sr. Duckett.

— Se me trouxer mais desses, nunca lhe cobrarei por nada. Pode pegar o que quiser. Um item por comprimido.

— Me diga o que é, ou não faço negócio.

— Dois itens.

— Não.

— A informação é perigosa. Não se pode fixar um preço. — Ele ergueu o comprimido perto da lamparina a querosene. — Posso lhe dizer que é uma cápsula herbal e que é inócua. Isso basta?

Dois itens em troca dos comprimidos. Itens como aqueles poderiam salvar vidas no Pardieiro.

— Três — falei — e fechamos negócio.

— Excelente. Você é uma mulher de negócios perspicaz. — Ele fechou os dedos. — O que mais você é?

— Acutimante.

Era minha mentira padrão. Um teste de competência, de certa forma. Eu gostava de ver se os outros iam acreditar ou não em mim. Duckett deu uma risadinha.

— Você não é uma adivinha. Se eu tivesse visão, acharia que você deveria estar na outra ponta do espectro. Sua aura é quente. Como âmbar. — Ele tamborilou os dedos num espelho. — Podemos ter mais uma temporada interessante este ano.

Fiquei tensa.

— O quê?

– Nada, nada. Só estou falando sozinho. É o melhor jeito de manter a sanidade depois de quarenta anos. – Um sorriso se insinuou em seus lábios. – Me conte... o que você acha do Mestre?

Devolvi o isqueiro antigo para a mesa.

– Achei que era óbvio – falei.

– Nem um pouco. Existe uma variedade de opiniões aqui. – Duckett passou o polegar pela lente do monóculo. – O consorte de sangue é considerado por muitos o mais atraente dos Rephaim.

– Talvez você pense assim. Eu o acho repulsivo. – Sustentei seu olhar. – Vou levar meus itens.

Ele se sentou de volta no seu lugar. Peguei uma lata de Sterno, um pouco de aspirina e o ácido fusílico.

– Foi bom fazer negócio com você – disse ele –, senhorita...?

– Mahoney. Paige Mahoney. – Virei de costas para ele. – Se você preferir usar os nomes verdadeiros.

Saí do esconderijo. Seus olhos perfuraram minhas costas.

As perguntas dele pareceram um interrogatório. Eu não dissera nada errado. Tinha certeza. Dissera exatamente o que eu pensava do Mestre. Não fazia ideia de por que Duckett queria que eu falasse algo diferente.

Na saída, joguei o ácido fusílico para o julco. Ele me olhou com a cabeça inclinada.

– Para o seu olho – falei.

Ele piscou. Continuei andando.

Quando cheguei ao barraco certo, bati as juntas dos dedos no lado de fora da parede.

– Liss? – Nenhuma resposta. Bati de novo. – Liss, é Paige.

Puxaram a cortina. Liss estava segurando uma lamparina pequena.

– Me deixe em paz – pediu ela, com a voz grossa e amargurada. – Por favor. Não falo com rosa nem vermelho. Sinto muito, mas simplesmente não falo. Você vai ter que encontrar outros túnicas, está bem?

– Eu não matei Seb. – Mostrei o Sterno e a aspirina. – Olhe, consegui isso com Duckett. Posso só conversar com você?

Ela olhou dos itens para o meu rosto. Franziu a testa e comprimiu os lábios.

– Bom – disse ela –, é melhor você entrar.

Não chorei quando contei a ela sobre o teste. Eu não podia fazer isso. Jax detestava lágrimas. ("Você é uma malvada e sem coração das ruas, querida. Aja como uma. Isso, minha boneca.") Mesmo ali, onde ele nunca poderia me alcançar, eu sentia que Jax observava cada movimento meu. Ainda assim, pensar no pescoço quebrado de Seb me deixava enjoada. Eu não conseguia esquecer o choque em seus olhos, a voz dele gritando meu nome. Fiquei sentada em silêncio depois de contar a história, mantendo a perna tesa esticada na minha frente.

Liss me entregou um copo soltando vapor.

– Beba isso. Você vai ter que se manter forte se quiser evitar Nashira. – Liss se recostou. – Agora ela sabe o que você é.

Tomei um gole. Tinha gosto de menta.

Meus olhos estavam quentes e minha garganta ainda doía, mas eu não ia chorar por Seb. Parecia desrespeitoso chorar com Liss sentada ao meu lado. O rosto dela estava inchado, o pescoço exibia marcas de dedos, e o ombro tinha sido deslocado – mesmo assim, ela colocou meu bem-estar acima do dela.

– Você agora faz parte da Família, irmã – disse ela, e tratou da minha marca com um emplastro quente, usando apenas uma das mãos.

A queimadura exposta na minha pele estava aliviando, mas Liss disse que definitivamente ia ficar uma cicatriz. Essa era a ideia. Para me lembrar, todos os dias, a quem eu pertencia.

Julian estava dormindo sob um lençol desbotado. Sua guardiã tinha ido se encontrar com a família, os Chertan. Antes que ele adormecesse eu lhe dei um pouco de aspirina. Seu nariz parecia um pouco melhor. Ele fora me procurar quando não apareci ao amanhecer, e Liss o recebera. Os dois tinham feito remendos no barraco do melhor jeito que conseguiram, mas o local ainda era uma geladeira. Mesmo assim, Liss me convidou para passar a noite toda, e eu tinha toda a intenção de fazer exatamente isso. Precisava me afastar de Magdalen.

Liss abriu o Sterno com um velho abridor de latas.

– Obrigada por trazer isso. Eu não via combustível enlatado há algum tempo. – Ela pegou um fósforo e acendeu o álcool em gel. Uma chama azul limpa apareceu. – Você conseguiu isso com Duckett?

– Teve um preço.

— O que você deu a ele?

— Um dos meus comprimidos.

Liss ergueu uma sobrancelha.

— Por que ele ia querer um desses?

— Porque recebo um comprimido que ninguém mais recebe. Não tenho ideia do que seja.

— Se você consegue usá-los pra subornar Duckett, vale a pena mantê-los. As tarefas dele são muito arriscadas. Ele faz as pessoas entrarem nas residências e roubarem para ele. Com muita frequência, elas são pegas.

Liss se encolheu e pôs a mão no próprio ombro. Peguei o Sterno de sua mão e o coloquei entre nós.

— Gomeisa fez isso — falei.

— Ele fica entediado com as cartas depois de um tempo. Nem sempre gosta do que elas mostram. — Liss se deitou de costas, puxando o travesseiro para baixo do pescoço. — Não importa. Não o vejo com frequência. Acho que ele nem fica na cidade pela maior parte do tempo.

— Você foi a única humana dele?

— Uhum. É por isso que ele me odeia. Eu estava exatamente na mesma situação que você, escolhida por um Reph que nunca havia escolhido um humano. Ele achou que eu tinha potencial, achou que eu poderia me tornar uma das melhores escavadoras de ossos de Sheol 1.

— Escavadora de ossos?

— É como a gente chama os túnicas-vermelhas. Ele achou que eu ia conseguir essa cor. Mas eu o decepcionei.

— Como?

— Ele me pediu para fazer uma leitura para um dos hárlis. Achavam que era um traidor, que tinha tentado fugir. Eu sabia que era verdade. A leitura o teria incriminado. Eu me recusei a obedecer.

— Eu não queria fazer aquilo. Mesmo assim, ela viu o que eu era. — Esfreguei a têmpora. — E agora Seb também está morto.

— Os amauróticos morrem o tempo todo aqui. Ele teria virado osso não importa o que você fizesse. — Ela se sentou de novo. — Venha. Vamos comer.

Ela esticou a mão para o baú de madeira. Espiei o que havia lá dentro: um pacote de grãos de café solúvel, latas de feijão, quatro ovos.

— Como você conseguiu isso?

— Encontrei.

— Onde?

— Um dos amauróticos escondeu perto de sua residência. Restos dos suprimentos da Temporada dos Ossos. — Liss pegou uma panela de ferro e a encheu com a água de uma garrafa. — Vamos comer feito rainhas. — Ela colocou a panela em cima do Sterno. — Como você está, Jules?

Nossas vozes devem tê-lo acordado. Ele afastou o lençol e se sentou com as pernas cruzadas.

— Melhor. — Ele apertou o nariz. — Obrigado pelos remédios, Paige.

Assenti.

— Quando é que você vai fazer seu teste?

— Não tenho ideia. Aludra deveria estar nos ensinando sublimação, mas ela passa a maior parte do tempo chutando a gente.

— Sublimação?

— Transformar objetos normais em numa. Aquelas maças que estávamos usando na noite em que você foi me ver... elas eram sublimadas. Qualquer pessoa pode usá-las, não só os adivinhos.

— O que elas fazem?

— Exercem algum tipo de controle sobre os espíritos mais próximos, mas não podem ser usadas para ver o éter.

— Então não são numa de verdade.

— Ainda assim, são perigosas — disse Liss. — Os rotins podem usá-las. A última coisa de que precisamos é de uma arma etérea que Scion possa usar.

Julian balançou a cabeça.

— Scion nunca usaria numa. Eles repudiam os clarividentes.

— Mas não os Rephaim.

— Duvido que Scion goste dos Rephs — falei. — Eles são clarividentes. Scion só não tem escolha além de obedecer, com os Emim na cola deles.

A água ferveu e produziu vapor. Liss a despejou em três copos de papel e misturou com café. Eu não sentia cheiro de café havia dias ou semanas. Havia quanto tempo eu estava naquele lugar?

— Aqui. — Ela entregou um copo para mim e outro para Julian. — Onde é que Aludra mantém você, Jules?

— Num quarto sem luzes. Acho que era uma adega. Dormimos no chão. Felix é claustrofóbico, e Ella sente saudade da família. Eles passam metade do dia chorando, então não durmo.

– Dê um jeito de ser despejado. É difícil aqui fora, mas não tão difícil quanto ter um guardião. Só conseguimos comida se estivermos no lugar errado na hora errada. – Liss tomou um gole do copo. – Algumas pessoas não aguentam. Tive uma amiga que ficava aqui comigo, mas ela implorou por mais uma chance ao seu guardião. Agora ela é uma escavadora de ossos.

Bebemos o café em silêncio. Liss ferveu os ovos, e nós os comemos direto da casca.

– Andei pensando... – disse Julian. – Os Rephs conseguem voltar para o lugar de onde vieram?

Liss deu de ombros.

– Acho que sim.

– Não entendo por que eles ficam aqui. Quer dizer, eles não estão aqui desde sempre. Como conseguiam auras antes de nos encontrarem?

– Pode ter a ver com os Zumbidores – falei. – Nashira disse que era uma 'raça de parasitas', não disse?

Julian fez que sim com a cabeça.

– Você acha que os Zumbidores pegaram alguma coisa deles?

– A sanidade?

Ele bufou.

– É. Ou talvez eles fossem legais até os Zumbidores sugarem tudo deles.

Liss não riu.

– Pode ser a fronteira etérea – falei. – Nashira disse que eles apareceram quando ela se rompeu.

– Acho que nunca saberemos. – Liss parecia tensa. – Até parece que eles vão divulgar isso aos quatro ventos.

– Por que não? Se são tão poderosos, e nós, tão impotentes, qual é a necessidade de guardar segredo?

– Conhecimento é poder – disse Julian. – Eles têm poder. Nós, não.

– Você está errado, irmão. O conhecimento é perigoso. – Liss puxou os joelhos até o queixo. Foi justamente isso que Duckett falou. – Depois que você sabe de uma coisa, não consegue se livrar disso. Tem que carregar a informação. Para sempre.

Julian e eu trocamos um olhar. Liss estava ali havia muito tempo; talvez devêssemos simplesmente aceitar seu conselho. Ou não. Talvez seu conselho acabasse nos matando.

— Liss — falei —, você às vezes pensa em reagir?

— Todo dia.

— Mas não faz isso.

— Penso em arrancar os olhos de Suhail com minhas próprias mãos — disse ela por entre os dentes trincados. — Penso em atirar cem vezes em Nashira, em cada parte do corpo dela. Penso em cortar a garganta de Gomeisa, mas sei que eles me matariam primeiro, por isso não faço essas coisas.

— Mas, se você pensar assim, vai ficar presa aqui pra sempre — disse Julian com delicadeza. — É isso o que você quer?

— Claro que não. Quero ir pra casa. O que quer que isso signifique. — Liss virou o rosto. — Sei o que vocês devem pensar de mim. Que não tenho determinação alguma.

— Liss — falei —, a gente não queria...

— Queriam, sim. Não culpo vocês. Mas me deixe falar uma coisa, se vocês querem tanto assim saber das coisas. Houve uma rebelião aqui na Temporada dos Ossos XVIII, em 2039. Toda a população de humanos de Sheol I se revoltou contra os Rephs. — A dor em seus olhos a envelheceu algumas décadas. — Todos morreram: amauróticos, videntes, todo mundo. Sem os túnicas-vermelhas para lutar contra eles, os Emim entraram e mataram todo mundo. E os Rephs simplesmente permitiram que fizessem isso. — Olhei para Julian, que não tirava os olhos de Liss. — Eles disseram que os humanos mereceram. Pela desobediência. Foi a primeira coisa que nos contaram quando chegamos. — Ela remexeu nas cartas. — Sei que vocês dois são guerreiros, mas não quero vê-los morrerem aqui. Não desse jeito.

Suas palavras me silenciaram. Julian esfregou a cabeça com uma das mãos, olhando para o fogão.

Não voltamos ao assunto da rebelião. Comemos os feijões, raspando as latas. Liss manteve o baralho no colo. Depois de um minuto, Julian pigarreou.

— Onde você morava, Liss? Antes daqui.

— Cradlehall. Fica perto de Inverness.

— Como Scion é lá?

— A mesma coisa, na verdade. As grandes cidades estão todas sob o mesmo sistema, mas com uma força de segurança menor do que em Londres. Eles continuam sob a legislação Inquisidora, como a cidadela.

– Por que você veio para o sul? – perguntei. – Com certeza é mais seguro para os videntes nas Highlands.

– Por que alguém vai para SciLo? Trabalho. Dinheiro. Precisamos comer, da mesma forma que os amauróticos. – Liss colocou um lençol sobre os ombros. – Meus pais morriam de medo de morar no centro de Inverness. Os videntes não são organizados lá, não como o sindicato. Meu pai achou que devíamos tentar a sorte na cidadela. Gastamos nossas economias para chegar a Londres. Nos aproximamos de alguns mime-lordes, mas nenhum deles precisava de adivinhos. Quando o dinheiro acabou, tivemos que mercadejar só para ter onde dormir à noite.

– E você foi pega.

– Meu pai ficou doente demais pra sair. Ele estava com sessenta e poucos anos e pegou todo tipo de bactéria nas ruas. Assumi seu posto habitual. Uma mulher se aproximou de mim e pediu uma leitura. – Ela passou o polegar sobre as partes de cima das cartas. – Eu tinha nove anos. Não percebi que ela era da DVN.

Julian balançou a cabeça.

– Quanto tempo você ficou na Torre?

– Quatro anos. Eles me fizeram passar pela simulação de afogamento algumas vezes, tentaram me forçar a falar onde estavam meus pais. Eu disse que não sabia.

Isso não podia estar fazendo Liss se sentir melhor.

– E você, Julian? – perguntei.

– Morden. IV-6.

– Essa é a menor seção, não é?

– É, por isso o sindicato não se importa com ela. Eu tinha um grupo pequeno, mas não cometíamos mime crimes. Só fazíamos sessões espíritas bizarras.

Senti uma pontada amarga de perda. Eu queria o *meu* grupo.

Julian logo sucumbiu à exaustão. O combustível ficava cada vez mais escasso no Sterno. Liss o observou até chegar ao fim. Fingi dormir, mas só conseguia pensar na Temporada dos Ossos XVIII. Tantas pessoas devem ter morrido. Suas famílias nunca saberiam. Não haveria tribunais nem apelações. A injustiça daquilo me deixou enjoada. Não era à toa que Liss tinha tanto medo de lutar.

Então a sirene tocou.

Julian acordou num pulo. O barulho estalou e chiou, aumentando como foles arquejantes, antes de se soltar como um grito. Meu corpo reagiu imediatamente: um formigamento nas pernas, o coração martelando.

Passos trovejaram nas passagens. Julian afastou a porta feita de retalhos. Três túnicas-vermelhas passaram correndo, um deles carregando uma tocha poderosa. Liss abriu os olhos, totalmente estática.

— Eles estão com facas — disse Julian.

Liss se afastou para o canto do barraco. Pegou o baralho, envolveu os joelhos com um dos braços e baixou a cabeça.

— Vocês têm que ir embora — disse ela. — Agora.

— Venha com a gente — falei. — Entre escondido em uma das residências. Você não está segura em...

— Você *quer* levar uma surra de Aludra? Ou do Mestre? — Ela nos olhou com raiva. — Faço isso há dez anos. Saiam daqui.

Trocamos olhares. Já estávamos atrasados. Eu não sabia o que o Mestre faria comigo, mas nós dois sabíamos como Aludra Chertan era violenta. Ela poderia simplesmente matá-lo dessa vez. Saímos abaixados do barraco e corremos que nem loucos.

A mensagem

As sirenes ainda estavam uivando quando cheguei à residência. XIX-49-33 só abriu a porta quando eu já tinha batido pela milésima vez e gritado meu número mais alto que o barulho. Depois que ela confirmou que eu era humana, me arrastou porta adentro e a bateu com força, jurando que nunca mais ia me deixar entrar se eu fosse tão lenta para cumprir ordens básicas. Deixei-a fechando os ferrolhos da porta, agitada, com os dedos trêmulos.

As sirenes pararam assim que cheguei aos claustros. Os Emim não tinham conseguido invadir a cidade dessa vez. Ajeitei o cabelo, tentando acalmar a respiração. Depois de um minuto, me obriguei a olhar para a porta, para os degraus de pedra em espiral. Eu tinha que fazer isso. Levei mais um instante para me recompor, depois subi a escada até a torre: a torre dele. Fiquei arrepiada só de pensar em dormir no mesmo quarto que ele; em compartilhar seu espaço, seu calor, seu ar.

A chave estava na porta quando cheguei. Eu a virei e pisei nas lajotas em silêncio.

Não fui silenciosa o suficiente. No segundo em que atravessei a porta, meu guardião se pôs de pé. Seus olhos ardiam.

– Onde você estava?

Mantive uma leve guarda mental em ação.

— Lá fora.

— Você recebeu instruções para voltar para cá se a sirene tocasse.

— Achei que você tinha se referido a Magdalen, não a este quarto exatamente. Devia ser mais específico.

Percebi a insolência na minha voz. Seus olhos escureceram, e ele contraiu os lábios, formando uma linha rígida.

— Você vai se dirigir a mim com o devido respeito — disse ele —, ou não terá permissão para sair deste quarto de jeito nenhum.

— Você não fez nada para merecer meu respeito.

Eu o encarei. Ele me encarou de volta. Como não me mexi nem interrompi o contato visual, ele passou por mim com um jeito arrogante e bateu a porta com força. Não me encolhi.

— Quando ouvir essa sirene — disse ele —, pare o que estiver fazendo e volte para este quarto. Está me entendendo?

Eu o encarei. Ele se abaixou, de modo que seu rosto ficou na altura do meu.

— Preciso repetir?

— Prefiro que não — respondi.

Eu tinha certeza de que ele ia me bater. Ninguém, *ninguém* falava com um Reph daquele jeito. Ele apenas se empertigou e voltou para sua altura normal.

— Começamos seu treinamento amanhã — disse ele. — Espero que você esteja pronta quando o sino noturno tocar.

— Treinamento para quê?

— Para sua próxima túnica.

— Não quero — falei.

— Então você vai ter que virar uma artista. Vai ter que suportar pelo resto da vida os túnicas-vermelhas zombando e cuspindo em você. — Ele me olhou de cima. — Quer ser uma palhaça? Uma boba da corte?

— Não.

— Então é melhor fazer o que eu mando.

Minha garganta se fechou. Por mais que eu odiasse essa criatura, tinha bons motivos para ter medo dele. Me lembrei de seu rosto impiedoso na capela escura, quando ele se ergueu sobre mim e se alimentou da minha aura. As auras eram tão vitais para os videntes quanto sangue ou água. Sem aura, eu sofreria um choque espiritual e acabaria morta ou louca, vagando por aí sem qualquer conexão com o éter.

Ele se aproximou das cortinas e as puxou, revelando que a pequena porta atrás estava entreaberta.

– Os amauróticos limparam o andar de cima para você. A menos que eu lhe dê outras instruções, você deve ficar lá o tempo todo. – Ele fez uma pausa. – Também precisa saber que é proibido nós dois termos contato físico, exceto no treinamento. Nem mesmo com luvas.

– Então, se você entrar ferido neste quarto – falei –, devo deixá-lo morrer?

– Sim.

Mentiroso. Não engoli as palavras seguintes com a rapidez necessária:

– Essa é uma ordem que vou ficar feliz de obedecer.

O Mestre apenas me olhou. Quase fiquei com raiva de ver como ele mal notava meu desrespeito. Ele tinha que ter um ponto de pressão. Tudo que ele fez foi abrir a gaveta e pegar meus comprimidos.

– Tome.

Eu sabia que não adiantava discutir. Peguei os comprimidos.

– Beba isso. – Ele me deu um copo. – Vá para o seu quarto. Você precisa estar bem descansada para amanhã.

Minha mão direita se fechou num punho. Eu estava cansada daquelas ordens. Devia tê-lo deixado sangrando. Por que diabo eu tinha cuidado do ferimento? Que tipo de criminosa eu era, fazendo curativos nos meus inimigos? Jax teria rido muito se me visse. "Abelhinha", ele teria dito, "você simplesmente não tem o ferrão." E talvez eu não tivesse. Ainda.

Tomei cuidado para evitar qualquer contato com o Mestre quando passei por ele. Captei seu olhar antes de ir para o corredor escuro. Ele trancou a porta depois que eu entrei.

Outra escadaria em espiral me levou até o andar de cima da torre. Observei minha nova moradia: um quarto grande e vazio. Me fez lembrar do Presídio, com o piso úmido e janelas com barras. Uma lamparina a querosene queimava no peitoril, espalhando pouca luz e menos calor ainda. Ao lado havia uma cama com cabeceira e um colchão irregular. Os lençóis eram modestos, em comparação com as cobertas luxuosas de cetim da cama com dossel do Mestre; na verdade, o cômodo todo cheirava a inferioridade humana – mas qualquer coisa era melhor do que dividir o quarto com ele.

Verifiquei cada canto e fenda do quarto, como tinha feito no andar de baixo. Não havia saída, é claro, mas um banheiro, sim. Ali dentro tinha um vaso sanitário, uma pia e alguns produtos de higiene.

Pensei em Julian em seu porão escuro e também em Liss, tremendo em seu barraco. Ela não tinha uma cama. Ela não tinha nada. Não era agradável ali, mas era bem mais quente e limpo do que o Pardieiro. E mais seguro. Eu tinha paredes de pedra para me proteger dos Emim. Tudo o que ela tinha eram cortinas esfarrapadas.

Como não recebi pijama, tirei a roupa e fiquei de lingerie. Não havia espelho, mas eu percebia que estava perdendo peso. O estresse, a intoxicação por flux e a falta de alimentos nutritivos já cobravam seu preço. Diminuí a luz da lamparina e deslizei para baixo dos lençóis.

Eu não estava me sentindo cansada antes, mas acabei cochilando. E pensando. Pensando no passado, nos dias estranhos que tinham me levado àquele lugar. Pensei na primeira vez que vi Nick. Foi Nick que me colocou em contato com Jax. Nick, o homem que salvou minha vida.

Quando eu tinha nove anos, pouco depois de ter chegado à Inglaterra, meu pai e eu saímos de Londres e fomos em direção ao sul, no que ele chamou de "viagem de negócios". Ele teve que colocar nossos nomes em uma lista de espera para sairmos da cidadela. Depois de meses de espera, finalmente tivemos permissão para visitar Giselle, uma velha amiga do meu pai. Ela morava em uma ladeira íngreme e pavimentada com paralelepípedos, em uma casa rosa-bebê com um telhado que se estendia sobre as janelas. O terreno ao redor me lembrou da Irlanda: aberto, uma beleza suntuosa, natureza selvagem e indomada, tudo que Scion tinha destruído. Durante o pôr do sol, quando meu pai não estava olhando, eu subia no telhado e me encostava na alta chaminé de tijolos. Eu encarava as colinas, as várias árvores sob o céu e me lembrava do meu primo Finn e de outros fantasmas da Irlanda, e sentia tanta saudade dos meus avós que doía. Nunca entendi por que eles não se mudaram conosco.

Mas o que eu queria era o mar aberto. O mar, o mar impressionante, a estrada brilhante que se estendia para as terras livres. Era do outro lado do mar que a Irlanda esperava para me levar para casa – de volta à campina pálida, à árvore partida da música dos rebeldes. Meu pai me prometeu que íamos vê-la, mas ele estava ocupado demais com Giselle. Eles sempre ficavam conversando até tarde da noite.

Eu era muito jovem para entender o que era a vila de verdade. Os videntes podiam estar em perigo na cidadela, mas não conseguiam fugir para aquelas partes idílicas do campo. Longe do Arconte, amauróticos de cidades pequenas ficavam mais nervosos. A suspeita sobre a desnaturalidade impregnava aquelas comunidades tão unidas. Eles tinham o hábito de observar uns aos outros, com os olhos abertos para encontrar uma bola de cristal ou de vidro, esperando para chamar o posto mais próximo de Scion – ou fazer justiça com as próprias mãos. Um vidente de verdade não duraria um dia. Mesmo que durasse, não havia qualquer trabalho. A terra precisava de cuidados, mas não de muitas mãos. Eles tinham máquinas para cuidar das plantações. Só na cidadela os videntes conseguiam ganhar algum dinheiro.

Eu não gostava de me afastar da casa, não sem meu pai. As pessoas falavam demais, olhavam demais, e Giselle falava e devolvia o olhar. Ela era uma mulher séria, magra, com rosto rígido e veias que pareciam barbantes destacando-se nos braços e no pescoço. Eu não gostava dela. Mas, um dia, do telhado, avistei um refúgio: um campo de papoulas, uma piscina vermelha sob o céu de ferro.

Todos os dias, enquanto meu pai achava que eu estava brincando no andar de cima, eu andava até aquele campo e passava horas lendo meu novo tablet de dados, observando as papoulas balançando-se ao meu redor. Foi naquele campo que tive meu primeiro contato real com o mundo espiritual. O éter. Na época, eu não fazia ideia de que era clarividente. A desnaturalidade ainda era uma historinha para uma criança de nove anos, um bicho-papão sem feições definidas. Eu ainda precisava entender aquele lugar. Só sabia o que Finn tinha me contado: que as pessoas más do outro lado do mar não gostavam de garotinhas como eu. Eu não estava mais em segurança.

Naquele dia, descobri o que ele quis dizer. Quando fui até o campo, senti a presença raivosa da mulher. Não a vi. Eu a *senti*. Eu a senti nas papoulas, no vento. Eu a senti na terra e no ar. Estendi a mão, esperando, de alguma forma, descobrir o que era.

E então eu estava no chão. Sangrando. Foi meu primeiro encontro com um poltergeist, um espírito raivoso que podia invadir o mundo corpóreo.

Meu salvador não demorou a aparecer. Um homem jovem, alto e robusto, com cabelo louro-claro e um rosto que parecia amável. Perguntou meu nome. Respondi gaguejando. Quando ele viu meu braço machucado, me envolveu com seu sobretudo e me levou até seu carro. ScionAid estava bordado na sua camisa. Meu corpinho se encheu de pavor quando ele pegou uma agulha.

– Meu nome é Nick – disse ele. – Você está em segurança, Paige.

A agulha penetrou minha pele. Doeu, mas não chorei. O mundo foi gradualmente ficando escuro demais para ver.

Na escuridão, eu sonhei. Sonhei com papoulas lutando contra a poeira. Nunca tinha visto cores enquanto sonhava, mas só estava vendo as flores vermelhas e o sol do fim de tarde naquele momento. Elas me protegiam, espalhando suas pétalas, cobrindo meu corpo febril. Quando acordei, estava deitada em uma cama com lençóis brancos. Meu braço estava enfaixado. A dor tinha sumido.

O homem louro estava ao meu lado. Eu me lembro de seu sorriso; só um sorrisinho, mas me fez sorrir também. Ele parecia um príncipe.

– Oi, Paige – disse.

Perguntei onde eu estava.

– Você está no hospital. Sou seu médico.

– Você não parece velho o suficiente para ser médico – falei. Ou assustador o suficiente. – Quantos anos você tem?

– Tenho dezoito. Ainda estou aprendendo.

– Você não costurou meu braço errado, não é?

Ele riu.

– Bom, fiz o melhor que pude. Você vai ter que me dizer o que acha.

Ele me explicou que tinha avisado ao meu pai onde eu estava, que meu pai vinha me ver. Eu disse que me sentia enjoada. Ele falou que era normal, mas que eu precisava descansar para melhorar. Eu ainda não podia comer, mas ele ia me arranjar alguma coisa gostosa para jantar. Ficou sentado comigo pelo resto do dia, e só saiu para trazer sanduíches e uma garrafa de suco de maçã da cantina do hospital. Meu pai me dissera para nunca falar com estranhos, mas eu não tinha medo daquele garoto gentil e com voz macia.

O dr. Nicklas Nygård, transferido da Cidadela Scion de Estocolmo, me manteve viva naquela noite. Ele cuidou de mim depois do choque de me tornar clarividente de vez. Se não fosse por ele, poderia ter sido demais para eu suportar.

Meu pai me levou de carro para casa poucos dias depois. Ele conhecia Nick de um congresso de médicos. Nick estava treinando na cidade antes de assumir um cargo permanente na scioepec. Ele nunca disse o que estava fazendo no campo de papoulas. Enquanto meu pai me esperava no carro, Nick se ajoelhou na minha frente e pegou minhas mãos. Eu me lembro de pensar em como ele era bonito e como suas sobrancelhas se arqueavam com perfeição sobre os adoráveis olhos invernais.

– Paige – disse ele, bem baixinho –, escute o que vou dizer. Isso é muito importante. Eu falei para o seu pai que você foi atacada por um cachorro.

– Mas foi uma mulher.

– Sim... mas aquela mulher era invisível, *sötnos*. Alguns adultos não acreditam em coisas invisíveis.

– Mas *você* acredita – falei, confiando em sua sabedoria.

– É verdade. Mas não quero que outros adultos riam de mim, então não conto a eles. – Ele tocou minha bochecha. – Você nunca, nunca deve contar a ninguém sobre ela, Paige. Vai ser nosso segredo. Promete?

Concordei com a cabeça. Eu teria prometido o mundo a Nick. Ele havia salvado minha vida. Eu o observei pela janela enquanto meu pai me levava de volta à cidadela. Ele levantou a mão e acenou para mim. Fiquei olhando até virarmos a esquina.

Eu ainda tinha cicatrizes do ataque. Elas se agrupavam no meio da minha palma esquerda. O espírito deixou outros cortes, chegando até meu cotovelo – mas os da mão é que tinham permanecido.

Cumpri minha promessa. Durante sete anos, nunca falei nada. Mantive seu segredo perto do coração, como uma flor noturna, e só pensava nisso quando estava sozinha. Nick sabia a verdade. Nick tinha a chave. Durante todo aquele tempo, me perguntei aonde ele tinha ido parar e se pensava naquela garotinha irlandesa que havia tirado do campo de papoulas. E, depois de sete longos anos, tive minha recompensa: ele me encontrou novamente. Ah, se pelo menos ele pudesse me encontrar agora.

* * *

Não ouvi barulhos vindo do andar de baixo. Conforme as horas passavam, eu prestava atenção caso escutasse um passo ou a melodia ecoante do gramofone. Mas só ouvia o mesmo silêncio pesado.

Caí num sono leve pelas horas restantes de luz do sol. A febre ardia em mim, remanescente do último ataque de flux. Eu acordava num pulo de vez em quando, meus olhos queimando com imagens do passado. Será que eu já tinha usado alguma coisa além daquelas túnicas, daquelas botas? Será que eu já tinha conhecido um mundo onde não havia espíritos nem mortos vagando? Nada de Emim ou Rephaim?

Uma batida na porta me acordou. Eu mal tive tempo de pegar um lençol antes que o Mestre entrasse no quarto.

– Falta pouco para o sino. – Ele deixou um uniforme limpo na beirada da cama. – Vista-se.

Olhei para ele em silêncio. Seu olhar se demorou por um instante antes de ele sair, fechando a porta. Não havia escolha. Eu me levantei, alisei os cachos num coque e me lavei com água gelada. Vesti o uniforme e fechei o zíper do colete até o queixo. Minha perna parecia estar curada.

O Mestre folheava um livro empoeirado quando entrei no cômodo. *Frankenstein*. Scion não permitia esse tipo de literatura fantástica. Nada com monstros ou fantasmas. Nada desnatural. Meus dedos se agitaram, ansiando por virar aquelas páginas. Eu tinha visto esse livro na prateleira de Jaxon, mas nunca tive tempo de ler. O Mestre deixou o livro de lado e se levantou.

– Está pronta?

– Estou – respondi.

– Ótimo. – Ele fez uma pausa, depois perguntou: – Me diga, Paige... como é o seu plano onírico?

A objetividade da pergunta me pegou de surpresa. Entre os videntes, era considerado grosseria perguntar isso.

– Um campo de flores vermelhas.

– Que tipo de flores?

– Papoulas.

Nenhuma resposta. Ele pegou suas luvas e as calçou, depois me conduziu para fora do quarto. O sino noturno não havia tocado, mas o porteiro nos deixou passar sem fazer perguntas. Ninguém questionava Arcturus Mesarthim.

Luz do sol. Algo que eu não via há algum tempo. O sol estava acabando de se pôr, suavizando os contornos dos prédios. Sheol 1 brilhava em uma névoa que ia cedendo. Achei que íamos treinar num local fechado, mas o Mestre me levou para o norte, passando pela Casa Amaurótica e chegando a um território desconhecido.

Todos os prédios nos limites mais distantes da cidade tinham sido abandonados. Estavam em ruínas, com janelas quebradas; algumas das paredes e telhados pareciam queimados. Talvez realmente tenha havido alguns incêndios ali em algum momento. Passamos por uma rua lotada de casas. Era uma cidade fantasma. Não havia ninguém vivo. Eu sentia espíritos por perto: espíritos amargurados que queriam suas casas perdidas de volta. Alguns eram poltergeists fracos. Eu estava preocupada, mas o Mestre não parecia ter medo. Nenhum se aproximou dele.

Chegamos à fronteira da cidade. O ar saía dos meus lábios em forma de fumaça. Uma campina se estendia até onde eu conseguia ver. O gramado estava morto havia muito tempo, e o solo brilhava com a geada. Estranho, para o início da primavera. Uma cerca havia sido erguida ao redor. Tinha pelo menos nove metros de altura, com rolos de arame farpado em cima. Atrás da cerca havia árvores, cobertas com um gelo fino. Elas cresciam nas fronteiras da campina, bloqueando minha visão do mundo que havia além. Um cartaz enferrujado dizia PORT MEADOW. APENAS PARA FINS DE TREINAMENTO. AUTORIZADO O USO DE FORÇA MORTAL. Em pé diante do portão estava a própria força mortal: um Reph macho.

Seu cabelo dourado estava preso num rabo de cavalo apertado. Ao lado dele estava uma figura magra e suja com a cabeça raspada: Ivy, a palmista. Ela usava uma túnica amarela, a marca dos covardes. A roupa tinha sido rasgada a partir do pescoço, expondo seu ombro esquelético ao frio. Vi sua marca. XX 59 24. O Mestre deu um passo à frente, e eu o segui. Ao nos ver, o guardião de Ivy fez uma breve mesura.

— Vejam só, amante real — disse ele. — O que traz você a Port Meadow?

No início, achei que ele estava falando comigo. Eu nunca tinha ouvido Rephs falarem uns com os outros com tanto desprezo. Só depois percebi que ele encarava meu guardião.

— Estou aqui para instruir minha humana. — O Mestre olhava para a campina. — Abra o portão, Thuban.

– Tenha paciência, amante. Está armada?

Ele estava falando de mim. A humana.

– Não – respondeu o Mestre. – Não está.

– Número?

– XX-59-40.

– Idade?

Ele olhou para mim.

– Dezenove – respondi.

– Tem visão?

– Essas perguntas são irrelevantes, Thuban. Não gosto de ser tratado como criança, especialmente não *por uma criança*.

Thuban simplesmente o encarou. Ele tinha vinte e tantos anos, pelas minhas contas, e certamente não era uma criança. O rosto dos dois não demonstrava nenhuma raiva; as palavras bastavam.

– Você tem três horas antes de Pleione trazer o rebanho dela. – Ele empurrou o portão para abri-lo. – Se 40 tentar escapar, levará um tiro imediatamente.

– E se você desrespeitar os mais velhos desse jeito de novo, vai desaparecer imediatamente.

– A soberana de sangue não permitiria isso.

– Ela não precisaria ficar sabendo. Esse tipo de acidente não é difícil de disfarçar. – O Mestre assomou sobre ele. – Não tenho medo do seu sobrenome Sargas. Sou o consorte de sangue e vou exercer o poder que convém à minha posição. Fui claro, Thuban?

Thuban ergueu o olhar para ele, olhos selvagemente azuis.

– Sim – respondeu, num sussurro –, *consorte* de sangue.

O Mestre passou por ele. Eu não fazia ideia do que pensar sobre a conversa dos dois, mas foi bem gratificante ver um Sargas receber uma surra verbal. Quando segui o Mestre e atravessei o portão, Thuban atingiu Ivy no rosto. A cabeça dela virou. Seus olhos estavam secos, mas o rosto estava inchado e sem cor, e ela havia perdido ainda mais peso. Sangue e sujeira manchavam seus braços. Eles a deixavam na própria imundície. Lembrei-me de Seb olhando para mim daquele jeito, como se toda a esperança do mundo tivesse desmoronado.

Por Seb, por Ivy, por aqueles que viriam depois, eu ia fazer aquela sessão de treinamento valer.

Port Meadow era uma campina vasta. O Mestre dava passos largos: largos demais para eu acompanhar. Eu me arrastava atrás dele, tentando avaliar as dimensões da campina. Era difícil com a luz ficando mais fraca, mas eu conseguia ver as cercas feias de ambos os lados dividindo o solo surrado em várias grandes arenas, que haviam sido presas com arames finos de onde pendiam estalactites de gelo. Os postes eram encurvados na parte superior; alguns tinham suportes pesados, cada um com uma lamparina. Havia uma torre de observação a oeste, e eu pude ver um humano – ou Reph – lá dentro.

Passamos por um lago raso. Sua superfície congelada estava lisa como um espelho, perfeita para fazer leituras. Pensando bem, tudo naquela campina era perfeito para o combate espiritual. O chão era sólido, o ar, claro e fresco – e havia espíritos. Eu os sentia em toda parte ao meu redor. Eu me perguntei que tipo de cerca fechava aquela campina. Será que eles tinham descoberto um jeito de *prender* os espíritos?

Não. Os espíritos às vezes podiam escapar para o plano carnal, mas não eram sujeitos a restrições físicas. Apenas os agregadores conseguiam prendê-los. A ordem deles – a quinta ordem – era capaz de dobrar os limites entre o plano carnal e o éter.

– As cercas não são elétricas. – O Mestre percebeu para onde eu estava olhando. – Elas usam energia etérea.

– Como isso é possível?

– Baterias etéreas. Uma fusão do conhecimento Rephaite e humano, criado em 2045. Seus cientistas vêm trabalhando na tecnologia híbrida desde o início do século xx. Nós apenas substituímos a energia química em uma bateria por um poltergeist cativo, um espírito capaz de interagir com o mundo corpóreo. Isso cria um campo de repulsão.

– Mas poltergeists conseguem escapar de seus enlaces – falei. – Como vocês capturaram um?

– Usando um poltergeist voluntário, é claro.

Encarei as costas dele. As palavras *poltergeist* e *voluntário* eram tão opostas quanto guerra e paz.

– Nossa união também levou à invenção do Fluxion 14 e da Tecnologia de Detecção Radiestésica – disse ele –, que ainda é experimental. Pelos últimos relatórios, ouvimos dizer que Scion está perto de aperfeiçoá-la.

Cerrei o punho. Claro que os Rephaim eram responsáveis pela TDR. Dani sempre se perguntou como eles tinham conseguido.

Depois de um tempo, o Mestre parou. Havíamos chegado a uma elipse de concreto com três metros de comprimento. Uma lamparina a querosene se acendeu ali perto.

– Vamos começar – disse ele.

Esperei.

Sem avisar, ele mirou um soco falso no meu rosto. Eu me abaixei. Quando ele golpeou com o outro punho, eu o bloqueei com o braço.

– De novo.

Dessa vez, ele foi mais rápido, tentando fazer com que eu me defendesse depressa, de todos os ângulos. Mantive as mãos abertas e bloqueei todos os golpes.

– Você aprendeu a lutar nas ruas.

– Talvez – comentei.

– De novo. Tente me impedir.

Dessa vez, ele fingiu que ia agarrar meu pescoço, colocando ambas as mãos no alto do meu decote. Um ladrão tinha tentado isso comigo uma vez. Girei o corpo para a esquerda e joguei o braço direito na mesma direção, afastando as mãos dele da minha garganta. Senti a força nas mãos do Mestre, mas ele soltou. Levei meu cotovelo até seu rosto, um movimento que tinha derrubado o ladrão na sarjeta. Ele estava me deixando ganhar.

– Excelente. – O Mestre deu um passo para trás. – Poucos humanos chegam aqui preparados para fazer parte de um batalhão penal. Você está vários passos à frente da maioria, mas não vai conseguir aplicar esse tipo de golpe num Emite. Sua qualidade mais importante é a capacidade de afetar o éter.

Avistei o brilho prateado. Havia uma lâmina na mão dele. Meus músculos ficaram rígidos.

– Pelo que tenho visto, seu dom é ativado pelo perigo. – Ele apontou a lâmina para o meu peito. – Demonstre.

Meu coração martelava na ponta de sua lâmina.

– Não sei como.

– Entendo.

Virando o punho, ele colocou a lâmina no meu pescoço. Meu corpo zumbia com a adrenalina. O Mestre se inclinou para muito perto de mim.

– Esta lâmina tem sido usada para extrair sangue humano – disse ele, muito baixinho. – Sangue como o do seu amigo Sebastian. – Estremeci. – Ela está pedindo mais. – A lâmina deslizou pelo meu pescoço. – Ela nunca saboreou o sangue de uma onírica.

– Não tenho medo de você. – O tremor na minha voz revelava a mentira. – Não toque em mim.

Mas ele tocou. A lâmina traçou meu pescoço, subiu até o queixo e encostou nos meus lábios. Levantei o punho e empurrei sua mão. Ele abaixou a lâmina, segurou meus pulsos com uma das mãos e os prendeu ao concreto. Sua força era incrível: eu não conseguia mexer um músculo sequer.

– Estou pensando. – Ele usou a faca para levantar meu queixo. – Se eu cortar seu pescoço, quanto tempo vai levar para você morrer?

– Você não faria isso – falei, provocando.

– Ah, faria, sim.

Tentei acertar a virilha dele com o joelho, mas ele agarrou minha coxa, forçando minha perna para baixo. Aquela perna ainda estava fraca, então foi fácil. Ele estava me fazendo parecer impotente. Quando libertei uma das mãos, ele girou meu braço para as minhas costas. Não com força o bastante para doer, mas suficiente para me imobilizar.

– Desse jeito, você vai perder sempre – disse ele no meu ouvido. – Jogue com seus pontos fortes.

Não havia nenhum ponto fraco naquela criatura? Pensei em todos os pontos vulneráveis de um humano: olhos, rins, plexo solar, nariz, virilha – nada ao meu alcance. Eu teria que me mover e correr. Joguei o peso para trás, bem entre suas pernas, e rolei de volta para ficar de pé num só movimento. No instante em que ele conseguiu se levantar, disparei em uma corrida pela campina. Se ele me quisesse, poderia muito bem vir me pegar.

Não havia para onde correr. Ele estava se aproximando de mim. Pensando nas sessões de treinamento com Nick, mudei de direção. Em seguida, voltei a correr, para a escuridão, para longe da torre de observação. Tinha que haver um ponto fraco em uma cerca como aquela, algum lugar por onde eu conseguisse me espremer por entre os arames. Então eu teria que enfrentar Thuban. Mas eu tinha meu espírito. Podia fazer isso. *Podia fazer isso.*

Para alguém com excelente acuidade visual, eu podia ser incrivelmente míope. Um minuto depois eu estava perdida. Longe da elipse de concreto e das lamparinas, fiquei tropeçando pela vastidão da campina. E o Mestre estava ali perto, me caçando. Corri em direção a uma lamparina a querosene. Meu sexto sentido estremecia enquanto eu me aproximava da cerca. Quando estava a dois metros de distância, me senti enjoada, meus membros ficaram fracos e pesados.

Mas eu tinha que tentar. Agarrei o arame congelado.

Não consigo descrever totalmente a sensação que tomou meu corpo. Minha visão escureceu, depois ficou branca e, por último, vermelha. Meu corpo todo se arrepiou. Centenas de memórias piscaram diante dos meus olhos, memórias de um grito no campo de papoulas; e memórias novas também – as memórias do geist. Ele tinha sido vítima de assassinato. Um barulho ensurdecedor abalou todos os meus ossos. Senti meu estômago se revirar violentamente. Caí no chão com ânsias de vômito.

Devo ter ficado ali por um minuto, assolada por imagens de sangue num carpete bege. Aquela pessoa tinha sido assassinada com uma arma de fogo. Seu crânio se abrira, espalhando massa cerebral e ossos despedaçados. Meus ouvidos zumbiam. Quando recuperei os sentidos, meu corpo estava descoordenado. Eu me arrastei pelo chão, piscando para afastar as visões sangrentas. Uma queimadura branco-prateada retalhou minha palma. A marca de um poltergeist.

Alguma coisa passou voando pelo meu ouvido. Ergui os olhos e vi outra torre de observação, e o guarda em pé lá dentro.

Dardo de flux.

Outro dardo foi lançado na minha direção. Levantei tropeçando, me virei para leste e corri – mas logo cheguei a outra torre de observação, e mais um tiro me fez correr para o sul. Só quando vi a elipse percebi que estava sendo conduzida de volta para o Mestre.

O dardo seguinte me atingiu no ombro. A dor foi instantânea e excruciante. Levantei a mão e arranquei o negócio. O sangue escorreu da ferida, e uma onda de náusea desnorteante me abalou. Fui rápida o suficiente para impedir a droga – levava uns cinco segundos para se autoinjetar –, mas a mensagem era clara: volte para a elipse ou atiramos em você. O Mestre estava me esperando.

– Bem-vinda de volta.

Sequei o suor da testa.

– Quer dizer que não tenho permissão para correr.

– Não. A menos que você queira ser presenteada com uma túnica amarela, que só damos aos covardes.

Corri para cima dele, cega de raiva, e golpeei seu abdome com o ombro. Por causa de seu tamanho, nada aconteceu. Ele simplesmente me agarrou pela túnica e me jogou longe. Caí com força em cima do mesmo ombro.

– Você não pode lutar comigo desarmada. – Ele rondava o limite da elipse. – Nem pode correr de um Emite. Você é uma *andarilha onírica,* garota. Tem o poder de viver e morrer como quiser. Destrua meu plano onírico. Me enlouqueça!

Parte de mim se dividiu. Meu espírito voou e atravessou o espaço entre nós. Cortou o anel externo da mente dele, como uma faca atravessando seda retesada. Entrei na parte mais sombria de seu plano onírico, forçando barreiras impossivelmente poderosas, mirando no caminho distante de luz que era sua zona da luz do sol, mas não foi tão fácil quanto tinha sido no trem. O centro de seu plano onírico estava muito longe, e meu espírito já estava sendo expulso. Como um elástico esticado demais, retornei para minha própria mente. O peso do meu espírito me derrubou. Minha cabeça raspou no concreto.

As lamparinas a querosene voltaram ao foco. Eu me ergui e me apoiei nos cotovelos, com as têmporas latejando. O Mestre ainda estava de pé. Eu não o tinha deixado de joelhos, como fiz com Aludra, mas havia alterado sua percepção. Ele passou a mão no rosto e sacudiu a cabeça.

– Bom – disse ele. – Muito bom.

Eu me levantei. Minhas pernas tremiam.

– Você está tentando me deixar com raiva – falei. – Por quê?

– Parece funcionar. – Ele apontou para a lâmina. – De novo.

Olhei para ele, tentando recuperar o fôlego.

– De novo?

– Você pode fazer melhor do que isso. Mal tocou nas minhas defesas. Quero que você faça um buraco.

– Não posso fazer isso de novo. – Pontos pretos ocupavam minha visão. – Não funciona assim.

– Por que não?

– Porque me impede de respirar.

– Você nunca nadou?

– O quê?

– Um humano mediano consegue prender a respiração por pelo menos trinta segundos sem causar danos duradouros. Isso é tempo mais do que suficiente para atacar outra mente e voltar para o seu corpo.

Eu nunca tinha pensado nisso daquele jeito. Nick sempre garantiu que eu tivesse suporte de vida quando sentia o éter a certa distância.

– Pense no seu espírito como um músculo, se estendendo de seu local natural – disse o Mestre. – Quanto mais você o usa, mais forte e mais rápido ele vai ficar, e melhor seu corpo vai lidar com as repercussões. Você vai ser capaz de pular rapidamente de um plano onírico para outro... antes de seu corpo cair no chão.

– Você não sabe de nada – falei.

– Nem você. Suspeito que o incidente no trem tenha sido a primeira vez em que você entrou em outro plano onírico. – Ele não mexeu a faca. – Entre no meu. Eu a desafio.

Analisei seu rosto. Ele estava me convidando para entrar em sua mente, para ferir sua sanidade.

– Você não se importa de verdade. Só está me treinando – falei. Começamos a andar em círculos, um diante do outro. – Nashira pediu para você me escolher. Sei o que ela quer.

– Não. Eu escolhi você. E pedi para ser seu instrutor. E a última coisa que quero – ele deu um passo na minha direção – é que você me envergonhe com sua incompetência. – Seus olhos estavam duros como rochas. – Me ataque de novo. E faça direito desta vez.

– Não. – Eu ia arriscar. Deixá-lo passar vergonha. Deixá-lo ficar tão mortificado comigo como meu pai. – Não vou me matar só pra você conseguir uma estrela dourada de Nashira.

– Você quer me machucar – afirmou ele, com mais suavidade. – Você me odeia. Tem raiva de mim. – Ele levantou a faca. – Me destrua.

No início, não fiz nada. Depois me lembrei das horas que passei limpando seu braço e de como ele tinha me ameaçado. Me lembrei de como ele ficou ali observando Seb morrer. Joguei meu espírito nele.

No tempo que passamos naquela campina, eu mal toquei seu plano onírico. Mesmo quando ele baixou a maior parte de suas defesas, não conseguia ir além de sua zona hadal – sua mente era simplesmente forte demais. Ele me incitava o tempo todo, me dizia que eu era fraca, patética, uma desgraça para todos os clarividentes. Que não era de surpreender que os humanos só servissem para a escravidão. Por acaso eu queria morar em uma jaula, como um animal? Ele adoraria me obrigar a isso. No início, a provocação funcionou, mas, quanto mais as horas passavam, menos os insultos me incitavam. No fim, eram apenas frustrantes, e não bastavam para obrigar meu espírito a sair.

Então ele jogou a lâmina. Mirou bem longe de mim, mas a visão da faca voando foi suficiente para soltar meu espírito. Todas as vezes que eu fazia isso, meu corpo caía. Quando meu pé deslizava um pouco para fora da elipse, um dardo de flux vinha assobiando na minha direção. Não demorei a aprender a prever o som e a me abaixar antes que a agulha conseguisse me atingir.

Realizei cinco ou seis pulos para fora do meu corpo. A cada vez, era como se minha cabeça se partisse. Finalmente não aguentei mais. Minha visão ficou dupla e uma enxaqueca atingiu a parte de cima do meu olho esquerdo. Eu me dobrei na altura da cintura, sedenta por ar. *Não demonstre fraqueza. Não demonstre fraqueza.* Meus joelhos estavam prestes a ceder.

O Mestre se ajoelhou diante de mim e envolveu um braço na minha cintura. Tentei empurrá-lo para longe, mas meus braços pareciam barbantes.

– Pare – disse ele. – Pare de resistir.

Ele me levantou em seus braços. Eu nunca tinha vivenciado aqueles pulos de tiro rápido; não sabia se meu cérebro ia aguentar. O fundo dos meus olhos latejava. Eu não conseguia olhar para a lamparina.

– Você foi bem. – O Mestre olhou para mim. – Mas poderia ter se saído muito melhor.

Não consegui responder.

– Paige?

– Estou bem. – Minha voz estava arrastada.

Ele pareceu aceitar minha palavra. Ainda me segurando, seguiu em direção ao portão.

O Mestre me colocou de pé outra vez após um tempo. Andamos em silêncio e voltamos à entrada, onde Thuban tinha deixado seu posto. Ivy estava sentada contra a cerca, com o rosto nas mãos, os ombros sacudindo. Quando nos aproximamos da passagem protegida, ela se levantou e abriu o cadeado. Ao passarmos, o Mestre olhou para ela.

– Obrigada, Ivy.

Ela levantou o olhar. Havia lágrimas em seus olhos. Quando tinha sido a última vez que ela fora chamada pelo nome verdadeiro?

O Mestre ficou em silêncio enquanto andávamos pela cidade fantasma. Eu só estava meio acordada. Se estivesse com Nick, ele teria me obrigado a descansar na cama durante horas, além de me repreender.

Só quando passamos da Casa Amaurótica o Mestre falou de novo:

– Você costuma tentar sentir o éter a distância?

– Não é da sua conta – respondi.

– Seus olhos exibem morte. Morte e gelo. – Ele se virou para me encarar. – Estranho, porque eles queimam ardentemente quando você está com raiva.

Encontrei seu olhar.

– Seus olhos também mudam.

– Por que você acha que isso acontece?

– Não sei. Não sei nada sobre você.

– Isso é bem verdade. – O Mestre me olhou de cima a baixo. – Me mostre sua mão.

Após um instante, mostrei minha mão direita. A queimadura tinha assumido uma aparência feia, iridescente. Ele pegou um pequeno frasco de líquido do bolso, inclinou-o com os dedos enluvados e espalhou o conteúdo sobre a marca. Diante dos meus olhos, ela derreteu, sem deixar traços. Puxei minha mão de volta.

– Como você fez isso?

– Isso se chama amaranto. – Ele guardou o frasco de volta e olhou para mim. – Me diga, Paige... você tem medo do éter?

– Não – respondi. Minha palma da mão formigou.

– Por que não?

Era mentira. Eu *tinha* medo do éter. Quando eu forçava demais meu sexto sentido, corria o risco de morrer ou, no mínimo, de sofrer uma lesão cerebral. Jax me disse, desde o início, que, se eu fosse trabalhar para ele, provavelmente ia diminuir minha expectativa de vida em cerca de trinta anos, talvez mais. Tudo dependia da sorte.

– Porque o éter é perfeito – falei. – Não há guerra. Não há morte, porque tudo lá já está morto. E não há som. Apenas o silêncio. E segurança.

– Nada é seguro no éter. E nem mesmo o éter está livre da guerra e da morte.

Analisei seu perfil enquanto ele olhava para o céu preto. Sua respiração não saía em forma de fumaça no frio, não como a minha. Mas, por um instante – só por um breve instante –, havia algo de humano em seu rosto. Algo meditativo, quase amargo. Então, ele se virou para me encarar de novo, e isso tinha desaparecido.

Havia algo errado do lado de fora do Pardieiro. Um grupo de túnicas-vermelhas estava agachado nos paralelepípedos, sendo observado por hárlis silenciosos, conversando em vozes rápidas e sussurradas. Olhei para o Mestre para ver se ele estava preocupado. Se estava, não demonstrou. Ele andou até o grupo, fazendo a maioria dos hárlis se espremer de volta para seus barracos.

– O que está havendo?

Um dos túnicas-vermelhas ergueu os olhos, viu quem tinha falado e rapidamente voltou o olhar para o chão. Sua túnica estava coberta de lama.

– Estávamos na floresta – explicou ele, com a voz rouca. – Nos perdemos. Os Emim... eles...

O Mestre levou a mão até seu antebraço.

Os túnicas-vermelhas estavam reunidos ao redor de um garoto que devia ter cerca de dezesseis anos. Sua mão direita inteira estava faltando, e não era apenas sua túnica que estava vermelha. Cerrei os dentes. A mão dele tinha sido rasgada e virada, como se tivesse ficado presa em uma máquina. O Mestre analisou a cena sem emoção alguma.

– Você falou que se perderam – disse ele. – Qual guardião estava com vocês?

– O herdeiro de sangue.

O Mestre baixou o olhar para o chão.

– Eu devia ter imaginado.

Meus olhos queimaram em suas costas. Ele estava simplesmente *parado* ali. O túnica-vermelha tremia descontroladamente, o rosto brilhando de suor. Ele ia morrer se ninguém fizesse um curativo no cotoco ou, pelo menos, colocasse um cobertor sobre ele.

– Levem o garoto para Oriel. – O Mestre virou-se de costas para o grupo. – Terebell vai cuidar dele. Os outros, voltem para suas residências. Os amauróticos vão cuidar de suas feridas.

Olhei para suas feições severas, buscando uma pista de algo caloroso. Não encontrei nada. Ele não se importava. Eu não sabia por que continuava procurando.

Os túnicas-vermelhas levantaram o amigo e cambalearam na direção de um beco, deixando um rastro de sangue.

– Ele precisa de um hospital – me forcei a dizer. – Você não tem ideia de como...

– Alguém vai cuidar dele.

Em seguida, ele ficou em silêncio, e seus olhos endureceram mais. Acho que isso significava que eu tinha ultrapassado um limite.

Mas eu estava começando a me perguntar até onde exatamente ia esse limite. O Mestre nunca me batia. Ele me deixava dormir. Usava meu nome verdadeiro quando estávamos sozinhos. Tinha até me deixado atacar sua mente, se permitindo ficar vulnerável ao meu espírito – um espírito que podia destruir sua sanidade. Eu não entendia por que ele assumia esse risco. Até Nick tomava cuidado com meu dom. ("Pode chamar isso de um respeito saudável, *sötnos*.")

Enquanto nos encaminhávamos para a residência, soltei meu cabelo do coque. Quase saí do corpo de novo quando a mão de outra pessoa apareceu, puxando os cachos úmidos sobre meus ombros.

– Ah, xx-40. É um prazer revê-la. – A voz estava repleta de humor. Um tom agudo, para um homem. – Devo parabenizá-lo, Mestre. Ela está ainda mais encantadora de túnica.

Eu me virei para encarar o homem atrás de mim. Precisei me esforçar para não me encolher.

Era o médium que havia me perseguido em cima dos telhados da I-5 – mas naquela noite ele não estava carregando uma arma de flux. Usava um uniforme estranho com as cores de Scion. Até seu rosto combinava com o código de cores: boca vermelha, sobrancelhas pretas, rosto coberto com óxido de zinco. Provavelmente tinha trinta e tantos anos, e carregava um chicote de couro pesado. Eu estava certa de ter visto sangue naquilo. Devia ser o Capataz, o homem que mantinha os hárlis sob controle. Atrás dele estava o oráculo da primeira noite. Ele me observou com seus olhos desconcertantes: um, escuro e penetrante; o outro, castanho-claro. Sua túnica era da mesma cor que a minha.

O Mestre baixou o olhar para eles.

– O que você quer, Capataz?

– Perdoe minha intromissão. Eu só queria ver a onírica de novo. Tenho observado o progresso dela com muito interesse.

– Bom, agora você já a viu. Ela não é uma artista. Seu progresso não é para ser observado.

– É verdade. Mas ela é uma visão encantadora. – Ele me lançou um sorriso. – Permita que eu lhe dê pessoalmente as boas-vindas a Sheol I. Sou Beltrane, o Capataz. Espero que meu dardo de flux não tenha deixado uma cicatriz nas suas costas.

Reagi. Não consegui evitar.

– Se você machucar meu pai...

– Não lhe dei permissão para falar, xx-40.

O Mestre me olhou de cima. O Capataz riu e me deu um tapinha no rosto. Eu me afastei dele.

– Pronto. Seu pai está bem e em segurança. – Ele fez um sinal no peito. – Juro.

Eu deveria ter ficado aliviada, mas só senti raiva da ousadia dele. O Mestre olhou para o homem mais jovem.

– Quem é esse?

– Este é xx-59-12. – O Capataz colocou a mão no ombro dele. – Ele é um servo *muito* fiel a Pleione. Se saiu excepcionalmente bem nos estudos ao longo das últimas semanas.

– Entendo. – Os olhos do Mestre passaram rapidamente por ele, avaliando sua aura. – Você é um oráculo, garoto?

– Sim, Mestre. – 12 fez uma mesura.

— A soberana de sangue deve estar feliz com seu progresso. Não temos oráculos desde a Temporada dos Ossos XVI.

— Em breve espero estar entre os que servem a ela, Mestre. — Havia traços característicos do norte em seu sotaque.

— Você estará, 12. Vai se sair muito bem contra seu Emite, acho. 12 está prestes a fazer o segundo teste – disse o Capataz. – Aliás, estávamos voltando a Merton para nos juntarmos ao restante de seu batalhão. Pleione e Alsafi vão liderá-los.

— Os Sualocin sabem do túnica-vermelha machucado? – perguntou o Mestre.

— Sabem. Eles estão caçando o mesmo Emite que o mordeu.

A expressão do Mestre vacilou.

— Muito boa sorte para você nesse empreendimento, 12 – disse ele.

12 fez mais uma reverência.

— Mas tenho outro motivo para interromper, antes de irmos – acrescentou o Capataz. – Estou aqui para fazer um convite à andarilha onírica. Se me permite. – O Mestre se virou para encará-lo. O Capataz interpretou seu silêncio como uma permissão para prosseguir: – Estamos organizando uma comemoração muito especial em homenagem a esta Temporada dos Ossos, XX-40. A *vigésima*. – Ele apontou para o Pardieiro. – Nossos melhores artistas. Um banquete para os sentidos. Uma saturnália de música e dança para apresentar todos os nossos meninos e meninas.

— Você está falando do Bicentenário – disse o Mestre.

Era a primeira vez que eu ouvia aquela palavra.

— Exatamente. – O Capataz sorriu. – A cerimônia em que a Grande Lei Territorial será assinada.

Isso não parecia bom. Antes que eu pudesse ouvir mais alguma coisa, fiquei cega por causa de uma visão.

Por ser um oráculo, Nick conseguia enviar imagens sem som através do éter. Ele as chamava de *khrēsmoi*, uma palavra grega. Eu nunca consegui pronunciá-la, então simplesmente chamava de "fotografias". 12 tinha o mesmo dom. Vi um relógio, com os dois ponteiros apontando para o doze, seguido de quatro pilares e um lance de escadas. Um instante depois, pisquei, e as imagens sumiram. Abri os olhos e o vi me encarando.

Tudo tinha acontecido num segundo.

– Estou sabendo da Lei – dizia o Mestre. – Vá direto ao ponto, Capataz. 40 está exausta.

O Capataz não hesitou com o tom do Mestre. Devia estar acostumado a ser desprezado. Em vez disso, ele me ofereceu um sorriso doce como mel.

– Eu gostaria de convidar 40 para se apresentar conosco no dia do Bicentenário. Fiquei impressionado com a força e agilidade dela na noite em que a capturei. Tenho muito prazer em convidá-la para ser minha artista principal, com XIX-49-1 e XIX-49-8.

Eu estava prestes a recusar, de um jeito que me custaria uma punição grave, quando o Mestre falou:

– Como guardião dela – disse ele –, eu proíbo. – Olhei para ele. – Ela não é uma artista e, a menos que não passe nos testes antes do Bicentenário, continua sob minha guarda. – O Mestre encarou diretamente o Capataz. – 40 é uma andarilha onírica. A andarilha onírica que *você* foi contratado para trazer para esta colônia. Não vou permitir que ela desfile diante de emissários de Scion como uma visionária comum. Isso é tarefa para os seus humanos. Não para a minha.

O Capataz não estava mais sorrindo.

– Muito bem. – Ele fez uma mesura, sem olhar para mim. – Venha, 12. Seu desafio o aguarda.

12 me lançou um olhar rápido, com uma sobrancelha erguida, em dúvida. Assenti. Ele se virou e seguiu o Capataz de volta ao Pardieiro, andando tranquilamente. Não parecia temer o que estava prestes a enfrentar.

Os olhos do Mestre queimaram meu rosto.

– Você conhece o oráculo?

– Não.

– Ele não tirou os olhos de você.

– Me perdoe, *senhor* – falei –, mas não tenho permissão para falar com outros humanos?

Ele não desviou os olhos de mim. Eu me perguntei se os Rephs entendiam sarcasmo.

– Sim – respondeu ele. – Você tem permissão.

Ele passou por mim sem mais nenhuma palavra.

Sobre o choro

Não dormi bem. Minha cabeça doía demais, uma dor que latejava na têmpora esquerda. Fiquei deitada em meio aos lençóis e observei a vela queimar até se extinguir.

O Mestre não havia me mandado para o meu quarto imediatamente. Ele me ofereceu um pouco de comida e água, que aceitei por pura desidratação. Depois ele se sentou perto do fogo, encarando as chamas. Levei uns bons dez minutos para perguntar se podia me recolher, e ele respondeu com uma breve afirmativa.

O andar de cima era frio. As janelas pareciam papel, e havia um vazamento. Eu me enrolei nos lençóis finos, trêmula. Depois de um tempo, acabei cochilando. As palavras do Mestre repercutiam nos meus ouvidos – que meus olhos exibiam morte e gelo. As imagens de xx-12 voltavam em intervalos de alguns minutos, ainda estampadas no meu plano onírico. Eu já tinha visto algumas imagens oraculares. Nick uma vez me mostrou uma fotografia minha caindo de um telhado baixo e quebrando o tornozelo, o que aconteceu na semana seguinte. Nunca mais questionei suas previsões climáticas.

xx-12 tinha me chamado para encontrá-lo à meia-noite. Não vi motivos para não ir.

Quando acordei, o relógio marcava onze horas. Eu me lavei e me vesti antes de descer para o cômodo do Mestre. Estava tudo em silêncio. As cortinas foram deixadas abertas, recebendo a luz da lua. Pela primeira vez em vários dias, encontrei um de seus bilhetes na escrivaninha.

Descubra o que puder sobre os Emim.

Um tremor gelado passou por debaixo da minha pele. Se eu tinha que pesquisar sobre os Zumbidores, isso significava que eu estava destinada a enfrentá-los. O que também queria dizer que eu estava livre para encontrar 12. De certo modo, eu estaria seguindo ordens. 12 tinha acabado de enfrentar seu segundo teste. Eu me perguntei o que ele tinha visto durante aquela noite. Finalmente teria alguns fatos sólidos sobre os Emim, se 12 não tivesse sido comido, é claro.

Pouco antes da meia-noite, desci a escadaria, fechando a porta do quarto. Estava na hora de fazer meu dever de casa.

Passei pela porteira da noite. Ela não me cumprimentou. Quando pedi mais numa, ela me entregou, mas manteve o nariz empinado. Ainda estava chateada por causa do incidente com a sirene.

Estava frio lá fora, o ar nublado com a chuva. Andei até o Pardieiro e peguei o café da manhã: caldo num copo de papel. Em troca, abri mão de algumas agulhas e anéis. Depois que me obriguei a tomar um gole ou dois, fui em direção ao prédio que os hárlis chamavam de Hawksmoor: o edifício que guardava a biblioteca e seu pátio.

12 estava esperando atrás de um dos pilares, vestindo uma túnica vermelha limpa. Havia um corte em sua bochecha. Quando viu meu copo, ele ergueu uma sobrancelha.

— Você *come* isso?

Tomei um gole.

— Por quê, o que você come?

— O que meu guardião me dá.

— Nem todos nós somos escavadores de ossos. Falando nisso, parabéns.

Ele estendeu a mão, e eu a apertei.

— David.

— Paige.

— Paige. — Seu olho escuro se fixou no meu rosto. O outro parecia menos focado. — Se não tem nada melhor pra fazer com seu tempo, eu gostaria de levá-la pra dar uma volta.

– Como um cachorro?

Ele riu sem mover os lábios.

– Por aqui – disse ele. – Se alguém perguntar, estou levando você pra ser interrogada sobre um incidente.

Caminhamos juntos por uma rua estreita, em direção à Residência dos Suseranos. David era uns cinco centímetros mais alto do que eu, com braços compridos e torso largo. Ele não estava passando fome, ao contrário dos hárlis.

– Meio arriscado, não? – perguntei.

– O quê?

– Falar comigo. Você é um túnica-vermelha agora.

Ele sorriu.

– Não achei que você seria fácil. Já está caindo na armadilha deles, não está?

– O que você quer dizer?

– Segregação, 40. Está vendo que sou um túnica-vermelha e pensa que eu não deveria falar com você. Seu guardião lhe disse isso?

– Não. Simplesmente é assim.

– Aí é que está. Essa é a questão toda deste lugar: fazer uma lavagem cerebral na gente. Fazer com que a gente se sinta inferior. Por que você acha que eles deixam as pessoas na Torre por anos a fio? – Como não respondi, ele balançou a cabeça. – Vamos lá, 40. Simulação de afogamento, isolamento, dias sem comida. Depois disso, até um lugar como este parece um pedaço do céu. – Ele estava certo. – Você tinha que ouvir o Capataz. Ele acha que os Rephs deviam nos liderar, que deviam ser a nova monarquia.

– Por que ele acharia isso?

– Porque foi doutrinado.

– Há quanto tempo ele está aqui?

– Só desde a Temporada dos Ossos XIX, pelo que entendi, mas ele é fiel como um cão. Tem tentado arrancar os bons videntes do sindicato.

– Então ele é um aliciador.

– Mas não é muito bom. Nashira quer um novo. Alguém que consiga sentir o éter num nível mais alto.

Eu estava prestes a fazer mais perguntas quando parei. Através da fina névoa cinza, vi um prédio circular com uma grande abóbada. Ocupava uma praça deserta, enorme e desajeitado, em frente à Residência dos Suseranos. Uma luz âmbar fraca escapava pelas janelas.

– O que é aquilo? – Levantei o olhar para o prédio.

– Os hárlis chamam de Salão. Tenho tentado descobrir pra que serve, mas ninguém parece gostar de falar sobre isso. Humanos não têm permissão.

Ele seguiu em frente sem nem olhar para o prédio. Dei uma corridinha para alcançá-lo.

– Você disse que ele tem tentado tirar os videntes do sindicato – falei. – Por quê?

– Não faça muitas perguntas, 40.

– Achei que esse era o objetivo do nosso encontro.

– Talvez. Ou talvez eu simplesmente tenha gostado da sua aparência. Chegamos.

Nosso destino era uma igreja antiga. Deve ter sido magnífica em certa época, mas no momento estava caindo aos pedaços. As janelas não tinham vidros e o campanário era esquelético, com tábuas de madeira bloqueando a entrada ao sul. Ergui uma sobrancelha.

– É mesmo uma boa ideia?

– Já fiz isso antes. Além do mais – ele se abaixou sob uma tábua –, pelo que o Capataz me diz, você está acostumada com estruturas nada seguras. – Ele olhou por sobre meu ombro. – Rápido. Guardião Cinza.

Deslizei por entre as tábuas. Bem na hora: Graffias passou pela entrada, conduzindo três amauróticos subnutridos. Segui David pela igreja. Grande parte do teto tinha caído na capela. Vigas de madeira e concreto tinham achatado os bancos, e havia vidro estilhaçado pelo chão. Passei com cuidado pelos destroços.

– O que aconteceu aqui?

David não respondeu.

– Cento e vinte e quatro degraus até lá em cima – disse ele. – Está disposta?

Ele desapareceu antes que eu pudesse responder. Eu o segui até a escadaria. Estava acostumada com subidas. Tinha subido centenas de prédios na Coorte 1. A maioria dos degraus ainda estava intacta; pareceu passar pouco tempo até chegarmos ao topo. Um vento forte soprou meu cabelo, jogando-o no rosto. O aroma de fogo era intenso e pesado. David apoiou os braços em uma balaustrada de pedra.

– Gosto deste lugar. – Ele pegou um cigarro de papel branco na manga e usou um fósforo para acendê-lo. – Terreno alto.

Ficamos em pé em uma sacada, logo abaixo do campanário em ruínas. Parte da balaustrada estava faltando, e outro sinal alertava para a estrutura instável. Olhei para as estrelas.

– Você passou no seu segundo teste – falei. – Se quiser conversar, me fale dos Emim.

Com os olhos fechados, ele exalou fumaça. Seus dedos estavam manchados.

– O que você quer saber exatamente?

– O que eles são.

– Não faço ideia.

– Você deve ter visto um deles.

– Não muito. A floresta é escura. Sei que parecia humano: tinha cabeça, braços e pernas, pelo menos, mas se movia como um animal. E fedia como uma fossa. E fazia barulhos de uma fossa, também.

– Como é possível fazer barulhos de uma fossa?

– Como moscas, 40. Bzzzz.

Zumbidor.

– E a aura? – Forcei a barra. – Ele tinha?

– Não que eu conseguisse ver. Ele dava a impressão de que o éter estava em colapso – explicou. – Como se houvesse um buraco negro ao redor de seu plano onírico.

Não parecia o tipo de coisa que eu queria enfrentar. Olhei para a cidade abaixo.

– Você o matou?

– Tentei. – Ao ver meu rosto, ele deu um trago no cigarro de áster azul. – Colocaram vários de nós lá, todos túnicas-rosa. Dois grupos. Dois vermelhos foram com a gente: 30 e 25. Eles nos deram uma faca e nos disseram para rastrear o Zumbidor com o que conseguíssemos encontrar. 30 disse logo de cara que as facas só estavam lá pra fazer a gente se sentir bem. A melhor maneira de rastrear a coisa era usar o éter.

"Um dos túnicas-rosa era rabdomante, então fizemos alguns ramos com pequenos galhos. 30 nos deu um frasco de sangue de um cara que teve a mão arrancada; desse jeito, ele podia ser usado como consulente. Passamos o sangue nos galhos e o rabdomante os jogou. Eles apontaram para oeste. Continuamos formando ramos e mudando de direção. Evidentemente, o Zumbidor também estava se movimentando, então não chegamos a lugar algum. 21 sugeriu que o atraíssemos até nós. Fizemos uma fogueira e uma sessão espírita, chamando os espíritos da floresta.

– São muitos?

– Aham. Todos os idiotas que tentaram escapar pelo campo minado, de acordo com os vermelhos.

Reprimi um tremor.

– Ficamos sentados lá por alguns minutos. Os espíritos desapareceram. Ouvimos barulhos. Moscas começaram a sair da floresta, subindo pelos meus braços. E então aquela coisa surgiu do nada: aquela *coisa* gigantesca e inchada. Dois segundos depois, a coisa está com o cabelo de 19 na boca. Quase arrancou a pele dela também – acrescentou. – Ela gritou, e a coisa ficou confusa. A coisa arrancou um tufo do cabelo dela e foi atrás de 1.

– Carl?

– Não sei os nomes deles. De qualquer maneira, ele gritou como um porquinho e tentou esfaquear a coisa. Nada aconteceu. – Ele examinou a ponta acesa do cigarro. – O fogo estava se extinguindo, mas eu ainda via a coisa. Tentei usar uma imagem nela. Pensei em uma luz branca e tentei grudá-la no plano onírico do Zumbidor para cegá-lo. Mas então percebi que minha cabeça de repente ficou pesada e tive a impressão de que houve um vazamento de óleo no éter. Tudo ficou escuro e morto. Todos os espíritos na área tentaram fugir da confusão. 20 e 14 saíram correndo. 30 gritou que eles se tornariam túnicas-amarelas, mas os dois estavam assustados demais para voltar. 10 lançou uma faca e atingiu 5. Ele caiu. O Zumbidor surgiu em cima dele dois segundos depois. O fogo se apagou. Estava escuro como breu. 5 começou a gritar por socorro.

"Todos estavam cegos. Usei o éter para descobrir onde a coisa estava. 5 estava sendo comido. Já estava morto. Agarrei o pescoço da coisa e a tirei de cima dele. Toda aquela pele morta e úmida ficou nas minhas mãos. Ele se virou contra mim. Vi os olhos brancos dele no escuro, simplesmente me encarando. A próxima coisa que percebi é que estava voando pelo ar, sangrando como um porco esfaqueado.

Ele puxou a gola da túnica e tirou um curativo. Embaixo havia quatro sulcos profundos. A pele ao redor tinha um tom de cinza ensanguentado e leitoso.

— Parecem feridas de poltergeist — falei.

— Eu não saberia dizer. — Ele recolocou o curativo sobre os ferimentos. — Não conseguia me mexer. A coisa estava vindo na minha direção, pingando sangue em mim. 10 estava tentando ajudar 5, mas então ele se levantou. Tinha um anjo da guarda, o único espírito que não fugiu do confinamento. Ele o jogou no Zumbidor. Nesse mesmo instante, enviei outra imagem para seu plano onírico. Ele gritou. Gritou de verdade. Começou a engatinhar para longe, fazendo um barulho horrível, arrastando um pedaço de 5. A essa altura, 21 ateou fogo num galho. Ele o jogou atrás do Zumbidor. Senti cheiro de carne queimada. Depois disso, desmaiei. Acordei em Oriel, coberto de curativos.

— E todos vocês receberam túnicas vermelhas.

— Menos 20 e 14. Eles receberam amarelas. E tiveram que recolher o que sobrou de 5.

Ficamos parados em silêncio por alguns minutos. Eu só conseguia pensar em 5 sendo comido vivo na floresta. Não sabia o nome verdadeiro dele, mas esperava que alguém tivesse recitado a trenódia. Que jeito horrível de morrer.

Estendi o olhar para o campo. Ao longe, percebi um ponto de luz, pouco mais do que uma chama de vela vista de onde estou.

— O que é aquilo?

— Fogueira.

— Para quê?

— Cadáveres de Zumbidores. Ou cadáveres humanos, dependendo de quem ganhou. — Ele jogou o cigarro fora. — Acho que eles usam os ossos para algum tipo de augúrio.

Cinzas passaram diante dos meus olhos no momento em que ele falou isso. Peguei uma centelha na mão. Os áugures alcançavam o éter através de símbolos do mundo natural: o corpo, a vida selvagem, os elementos. Uma das ordens mais inferiores, aos olhos de Jaxon.

– Talvez o fogo os atraia – falei. – Eles disseram que esta cidade era um farol.

– É um farol *etéreo*, 40. Muitos videntes, espíritos e Rephs juntos. Pense em como o éter funciona.

– Como diabo você sabe tanto sobre isso? – Eu me virei para encará-lo. – Você não é do sindicato. Então, quem é?

– Um enigma. Exatamente como você.

Fiquei em silêncio, rangendo o maxilar inferior.

– Você tem mais perguntas – disse ele, após um breve silêncio. – Tem certeza de que quer fazê-las?

– Não comece.

– Começar o quê?

– A me dizer o que quero saber. Quero respostas. – As palavras saíram rápidas e quentes. – Quero saber tudo sobre o lugar onde supostamente devo morar pelo resto da vida. Você não consegue entender isso? – Olhando por sobre a balaustrada, observamos o Salão lá embaixo. Por medo de ela se desmanchar sob meu toque, tentei não colocar muito peso na pedra. Acabei dizendo: – Posso fazer as perguntas?

– Isso não é um jogo de salão, 40. Não estou aqui pra jogarmos Master juntos. Eu te trouxe aqui pra ver se você realmente era uma andarilha onírica.

– Em carne e osso – falei.

– Nem sempre, pelo que parece. Às vezes você pula pra fora dessa carne. – Ele me olhou de cima a baixo. – Eles pegaram você na coorte central. No santuário interno do sindicato. Você deve ter sido descuidada.

– Descuidada, não. Azarada. – Eu o encarei. – Qual é a preocupação deles com o sindicato?

– Manter todos os bons videntes para si. Esconder todos os agregadores, andarilhos oníricos e oráculos; todas as ordens superiores, aquelas que Nashira quer na sua colônia. Essa é a preocupação deles com o sindicato, 40. É por isso que vão assinar essa nova Lei.

– O que ela diz?

– Nashira tem se esforçado pra conseguir ficar com os videntes decentes. Todos eles são protegidos por gangues. Até descobrirem como extinguir os mime-lordes de Londres, eles não têm escolha além de se expandir pra conseguir os melhores. A Lei garante que um Sheol II será criado em dois anos, com Scion Paris como sua cidadela de colheita. – Ele passou o dedo pelas feridas no peito. – E quem vai impedi-los, com os Emim aqui pra nos matar se tentarmos?

Uma sensação estranha e gelada me tomou.

Nashira considerava o sindicato uma ameaça. Isso era novidade para mim. Eu sabia que os mime-lordes eram um bando de egoístas caluniadores autocentrados – pelo menos os principais eram assim. A Assembleia Desnatural não se reunia havia anos; os mime-lordes tinham permissão para fazer o que quisessem em suas próprias áreas, pois Hector estava ocupado demais com prostitutas e jogos para cuidar delas. Mesmo assim, ali em Sheol I, a soberana de sangue dos Rephaim temia a ralé fora da lei.

– Você é um dos seguidores fiéis dela agora. – Olhei para sua túnica vermelha. – Vai ajudá-los?

– Não sou fiel, 40. Isso é o que digo a eles. – Ele me olhou. – Você já viu um Reph sangrar? – Eu não sabia o que dizer. – O sangue deles é chamado de ectoplasma. É a maior obsessão de Duckett. Os Rephs são como o éter em carne e osso. O sangue deles é o éter liquefeito. Se você vir o ectoplasma, vê o éter. Se você bebê-lo, se torna o éter. Como eles.

– Isso não significaria que os amauróticos poderiam usar o éter? Tudo o que precisariam fazer é encostar em um pouco de ectoplasma.

– Isso. Para os rotins, em teoria, o ecto agiria como um tipo de aura substituta. No curto prazo, é claro. Os efeitos colaterais só duram uns quinze minutos. Mesmo assim, se fizermos alguma adaptação científica e resolvermos alguns problemas, estou disposto a apostar que poderíamos vender uma pílula de "clarividência instantânea" daqui a alguns anos. – Ele olhou para a cidade abaixo. – Isso vai acontecer um dia, 40. Nós é que vamos fazer testes nesses canalhas, e não o contrário.

Os Rephs tinham sido tolos em transformar aquele homem num túnica-vermelha. Estava claro que ele os desprezava.

– Mais uma pergunta – disse David.

– Tudo bem. – Fiz uma pausa, depois pensei em Liss. – O que você sabe sobre a Temporada dos Ossos XVIII?

– Eu estava me perguntando se você ia tocar nesse assunto. – Ele colocou mais uma tábua de lado, expondo uma janela quebrada. – Venha. Vou te mostrar.

Eu o segui.

Havia espíritos naquele cômodo. Eu queria poder ver quantos eram; diria que uns oito ou nove. O ar era bolorento, com um cheiro enjoativo de flores morrendo. Um santuário havia sido montado no canto. Uma elipse de metal cortada sem precisão, cercada de oferendas humildes: cotocos de vela, hastes de incenso quebradas, um raminho de tomilho, etiquetas com nomes. No centro de tudo, havia um pequeno buquê de ranúnculos e lírios. Eram os lírios que espalhavam o cheiro. Estavam frescos. David pegou uma lanterna no bolso.

– Dê uma olhada nas ruínas da esperança.

Olhei mais de perto. Havia palavras riscadas no metal.

PARA OS CAÍDOS
28 DE NOVEMBRO DE 2039

– 2039 – falei. – Temporada dos Ossos XVIII.

Um ano antes de eu nascer.

– Houve uma rebelião nesse dia, na Novembrália. – David manteve a lanterna apontada para o santuário. – Um grupo de Rephs se rebelou contra os Sargas. A maioria dos humanos ficou do lado deles. Tentaram matar Nashira e evacuar os humanos pra Londres.

– Quais Rephs?

– Ninguém sabe.

– O que aconteceu?

– Um humano os traiu. XVIII-39-7. Um elo fraco na base e tudo desmoronou. Nashira torturou os Rephs criminosos. Deixou cicatrizes neles. Todos os humanos foram massacrados pelos Emim. Os boatos dizem que só houve dois sobreviventes, além de Duckett: o traidor e a criança.

– Criança?

– Duckett me contou tudo. Ele foi poupado porque era túnica-amarela demais pra se rebelar. Implorou de joelhos para ser poupado. Ele me contou que uma criança foi trazida para cá naquele ano. Tinha uns quatro ou cinco anos. XVIII-39-0.

– Por que diabo trariam uma criança pra cá? – Uma onda gelada se assentou no meu estômago. – Crianças não podem lutar contra Zumbidores.

– Não faço ideia. Ele acha que estavam tentando descobrir se ela ia sobreviver.

– Claro que ela não ia sobreviver. Uma criança de quatro anos não poderia morar naquela favela.

– Exatamente.

Minhas entranhas começaram a se revirar.

– Ela morreu.

– Duckett jura que o corpo dela não foi encontrado. Ele teve que recolher os cadáveres – disse David. – Parte do combinado pela sua sobrevivência. Ele diz que nunca encontrou a menininha, mas isso aqui mostra o contrário.

Apontou a lanterna para uma das oferendas. Um ursinho imundo com olhos de botão. Ao redor do pescoço, um bilhete. Eu o ergui até a luz de David.

XVIII-39-0
Uma vida bem vivida nunca é perdida

O silêncio se instalou, sendo interrompido por um sino distante. Coloquei o urso de volta entre as flores.

– Quem fez tudo isso? – Minha voz doía. – Quem fez esse santuário?

– Os hárlis. Os cicatrizados. E os Rephs misteriosos que se rebelaram contra Nashira.

– Eles ainda estão vivos?

– Ninguém sabe. Mas eu apostaria que não. Por que Nashira os deixaria andar pela cidade, sabendo que são traidores?

Meus dedos tremeram. Eu os escondi sob as mangas.

– Já vi o suficiente – falei.

David caminhou comigo de volta a Magdalen. Ainda faltavam algumas horas até o amanhecer, mas eu não queria ver mais ninguém. Não naquela noite.

Quando a torre estava à vista, me virei para encarar David.

– Não sei por que você falou comigo – comecei –, mas obrigada.

– Pelo quê?

– Por me mostrar o santuário.

– Sem problemas. – Seu rosto estava escondido nas sombras. – Eu vou te dar mais uma pergunta. Se puder respondê-la em menos de um minuto.

Pensei no assunto. Eu ainda tinha tantas perguntas, mas uma delas me incomodava havia alguns dias.

– Por que eles chamam de Temporada dos Ossos?

Ele sorriu.

– Não sei se você sabe, mas, séculos atrás, *osso* costumava significar "bom" ou "próspero". Você ainda pode ouvir essa palavra sendo usada com esse significado nas ruas. Foi por isso que eles deram o nome: a Temporada Boa, a Temporada da Prosperidade. Eles a veem como uma colheita de sua recompensa, a grande condição de sua barganha com Scion. É claro que os humanos veem de outra forma. Para eles, *osso* significa apenas isto: ossos. Fome. Morte. É por isso que nos chamam de *escavadores de ossos*. Porque ajudamos a levar as pessoas até sua morte.

A essa altura, meu corpo todo estava gelado. Antes, parte de mim queria ficar ali. Mas naquele momento eu quis ir embora.

– *Como* você sabe tudo isso? – perguntei. – Os Rephs não podem ter te contado.

– Acabaram as perguntas, sinto muito. Já falei demais.

– Você pode estar mentindo.

– Não estou.

– Eu poderia contar aos Rephs sobre você. – Fiquei firme. – Poderia contar a eles o que você sabe.

– E então teria que contar a eles que você também sabe. – Ele sorriu para mim, e eu sabia que tinha perdido. – Você pode ficar me devendo um favor pelas informações. A menos que queira me pagar agora mesmo.

– Como?

A resposta veio quando ele tocou meu rosto. Sua mão pressionou meu quadril. Fiquei tensa.

– Assim, não – falei.

– Vamos lá. – Sua mão subia e descia na minha cintura, e seu rosto se aproximou do meu. – Você toma seu comprimido?

– Ah, então você quer um pagamento? – Eu o empurrei com força. – Vá pro inferno, túnica-vermelha.

David não tirou os olhos de mim.

– Me faça um favor – disse ele. – Encontrei isto em Merton. Veja se consegue descobrir alguma coisa. Você é mais esperta do que eu pensava. – Ele colocou algo na minha mão. Um envelope. – Bons sonhos, 40.

Ele foi embora. Fiquei parada ali por um instante, rígida e fria, antes de me recostar na parede. Eu não devia ter ido àquele lugar com ele. Sabia que não devia andar com desconhecidos por ruas escuras. Onde estavam meus instintos?

Aprendi muita coisa em uma única noite. Liss nunca falara que Rephs – *Rephs* – tinham sido parcialmente responsáveis pela rebelião na Temporada dos Ossos XVIII. Talvez ela não soubesse.

Os cicatrizados. Eu devia procurá-los, aqueles que tinham nos ajudado. Ou talvez eu devesse manter a cabeça baixa e seguir com minha nova vida. Isso era seguro. Era fácil.

Eu queria Nick. Queria Jax. Queria minha antiga vida de volta. Sim, eu era uma criminosa, mas também estava entre amigos. Eu escolhera estar com eles. Minha posição de concubina me protegia de pessoas como David. Ninguém ousava tocar em mim no meu território.

Mas este não era meu território. Aqui eu não tinha poder algum. Pela primeira vez, eu queria a proteção que havia dentro das paredes de pedra de Magdalen. Eu queria a proteção que a presença do Mestre me garantia, mesmo odiando isso. Guardei o papel no bolso e fui em direção à porta.

Quando voltei para a Torre do Fundador, esperava achar um quarto vazio. O que encontrei foi sangue.

Sangue de Reph.

12

Uma febre

O quarto estava uma bagunça. Vidro estilhaçado, instrumentos quebrados, uma cortina meio arrancada do trilho e pingos de amarelo-esverdeado brilhoso no chão de lajota absorvidos pelas fibras do tapete. Passei por cima do vidro. A vela sobre a escrivaninha tinha sido consumida, e as lamparinas a querosene também. Eu estava morrendo de frio. Sentia o éter em toda parte. Mantive minha guarda levantada, pronta para jogar meu espírito sobre um agressor em potencial.

As cortinas ao redor da cama estavam fechadas. Havia outro plano onírico atrás delas. *Reph*, pensei.

Fui em direção à cama. Quando estava quase alcançando as cortinas, tentei pensar racionalmente no que ia fazer. Eu sabia que o Mestre estava ali atrás, mas não tinha ideia de seu estado. Ele poderia estar ferido, dormindo, morto. Não tinha certeza de que queria descobrir.

Segurei os nervos. Meus dedos se flexionaram antes de agarrarem o tecido pesado. Puxei a cortina.

Ele estava jogado na cama, imóvel como um cadáver. Subi nas cobertas e o sacudi.

– Mestre?

Nada.

Sentei na cama. Ele havia me dito explicitamente que eu não tinha permissão para tocá-lo, que eu não devia ajudá-lo se isso acontecesse, mas daquela vez o estrago parecia muito, muito pior. Sua camisa estava ensopada. Tentei virá-lo, mas ele era um peso morto. Eu estava verificando sua respiração quando a mão dele agarrou subitamente meu pulso.

– Você. – A voz estava pesada e rouca. – O que está fazendo aqui?

– Eu estava...

– Quem viu você entrar?

Fiquei parada, bem quieta.

– A porteira da noite.

– Mais alguém?

– Não.

O Mestre apoiou seu peso no cotovelo. Levou a mão ainda enluvada direto para o ombro.

– Já que você está aqui – disse ele –, pode ficar e me ver morrer. Vai gostar disso.

Ele estava tremendo. Tentei pensar em algo desprezível para dizer, mas o que saiu foi bem diferente:

– O que aconteceu com você?

Ele não respondeu. Devagar, estendi a mão para sua camisa. Ele apertou meu pulso com mais força.

– Você precisa arejar as feridas – falei.

– Eu sei.

– Então faça isso.

– *Não* me diga o que fazer. Posso estar morrendo, mas não estou sujeito às suas ordens. Você é que está sujeita às minhas.

– Quais são suas ordens?

– Me deixe morrer em paz.

Mas aquela era uma ordem fraca. Puxei sua mão enluvada do ombro, revelando uma nojeira de carne mastigada.

Zumbidor.

Seus olhos se incendiaram como se um produto químico volátil tivesse reagido dentro deles. Por um instante, achei que ele ia me matar. Meu espírito pressionou minha mente, se preparando para atacar.

Mas então seus dedos enfraqueceram ao redor do meu pulso. Analisei seu rosto.

– Me traga água. – A voz mal era audível. – E... e sal. Procure no armário.

Eu não tinha muita escolha a não ser obedecer. Com seus olhos nas minhas costas, destranquei o armário antigo e abri as portas. Peguei um saleiro de madeira resistente, uma tigela dourada, uma jarra de água e uma pilha de tecido também. O Mestre rasgou as amarras no topo da camisa. Seu peito estava molhado de suor.

– Tem um par de luvas na gaveta – disse ele, apontando com a cabeça para a escrivaninha. – Coloque-as.

– Por quê?

– Apenas obedeça.

Travei o maxilar, mas fiz o que ele mandou.

Na gaveta, ao lado das luvas, sua faca de cabo preto repousava embainhada e limpa. Essa visão me fez parar. Virei de costas para ele e calcei as luvas. Eu nem ia deixar impressões digitais. Com o dedão, tirei a faca da bainha.

– Eu não tentaria isso.

O som de sua voz me fez parar.

– Os Rephaim são difíceis de matar – disse ele baixinho. – Se você enfiasse essa faca no meu coração, ele não ia parar de bater.

O silêncio ficou pesado.

– Não acredito em você – falei. – Eu poderia cortar sua garganta. Está fraco demais pra fugir.

– Se quiser se arriscar, fique à vontade. Mas faça a si mesma a seguinte pergunta: por que permitimos que os túnicas-vermelhas carreguem armas? Se as armas deles pudessem nos matar, por que seríamos tão tolos a ponto de armar nossos prisioneiros? – Seus olhos queimaram minhas costas. – Muitos já tentaram. Eles não estão mais aqui.

Um formigamento gelado se iniciou ao longo da parte de trás do meu braço. Devolvi a faca para a gaveta.

– Não vejo por que eu deveria ajudá-lo – falei. – Você não ficou muito agradecido na última vez.

– Vou esquecer que você ia me matar.

O relógio de pêndulo tiquetaqueava com a minha pulsação. Por fim, olhei por sobre o ombro. Ele retribuiu meu olhar, com a luz dos olhos enfraquecendo.

Atravessei o quarto devagar e coloquei os itens sobre a mesinha de cabeceira.

– O que fez isso? – perguntei.

– Você sabe. – O Mestre apoiou as costas na cabeceira, com o maxilar rígido. – Fez a pesquisa.

– Emite.

– Isso.

A confirmação congelou meu sangue. Trabalhando em silêncio, misturei o sal com a água na tigela. O Mestre me observou. Depois de encharcar e espremer um pedaço de tecido, me inclinei em direção a seu ombro esquerdo. A visão e o cheiro da ferida me fizeram dar um pulo para trás.

– Isso está necrosado – falei.

A ferida havia escurecido até ficar cinza e purulenta. A pele estava quente como carvão. Achei que sua temperatura devia estar mais ou menos duas vezes mais alta que a temperatura normal de um humano; estava tão quente que eu podia sentir através das luvas. A carne ao redor da mordida começava a morrer. Eu precisava de um antipirético. Eu não tinha quinina, que era o que Nick normalmente usava para baixar nossas temperaturas. Era fácil pegar escondido nos bares de oxigênio – eles usavam para dar fluorescência –, mas eu duvidava de que pudesse encontrar isso ali. A solução salina e a sorte teriam que resolver.

Espremi um pouco de água no ferimento. Os músculos de seu braço enrijeceram, e os tendões da mão repuxaram.

– Desculpe – falei, mas depois me arrependi. Ele não se desculpou quando me observou ser marcada a ferro nem quando Seb morreu. Ele não se arrependia de nada.

– Fale – disse ele.

Olhei para ele.

– O quê?

– Estou com dor. Alguma distração idiota ajudaria.

– Como se você estivesse interessado em alguma coisa que eu diga. – As palavras saíram antes que eu conseguisse impedi-las.

– Estou – disse ele. Estava absurdamente calmo, considerando sua condição. – Estou interessado em saber sobre a pessoa com quem divido o quarto. Sei que você é uma assassina – fiquei tensa –, mas deve haver mais coisas em você. Se não, fiz uma péssima escolha ao solicitá-la.

– Nunca te pedi pra me solicitar.

– Mas solicitei assim mesmo.

Continuei colocando água na ferida, pressionando com bastante força. Eu não tinha motivo para ser delicada com ele.

– Nasci na Irlanda – falei –, em uma cidade chamada Clonmel. Minha mãe era inglesa. Ela fugiu de Scion. – Ele assentiu, mas de um jeito fraco. Continuei: – Eu morava com meu pai e meus avós no Golden Vale, no distrito leiteiro ao sul. Era lindo lá. Não se parecia com as cidadelas Scion. – Espremi o tecido e o molhei novamente. – Mas então Abel Mayfield ficou ganancioso. Ele queria Dublin. Foi nesse momento que começaram os Protestos de Molly. O Massacre de Mayfield.

– Mayfield – repetiu o Mestre, olhando pela janela. – Sim, eu me lembro dele. Uma pessoa desagradável.

– Você o conheceu?

– Conheci todos os líderes de Scion desde 1859.

– Mas isso significa que você tem pelo menos duzentos anos.

– Exato.

Tentei não vacilar no meu trabalho.

– Achávamos que estivéssemos seguros – continuei –, mas, no fim, a violência se espalhou para o sul. Tivemos que sair de lá.

– O que aconteceu com sua mãe? – O Mestre mantinha os olhos nos meus. – Ela foi deixada para trás?

– Ela morreu. Ruptura de placenta. – Eu me afastei um pouco. – Onde foi a outra mordida?

Ele abriu a camisa. A ferida rasgava seu peito. Não consegui identificar se tinha sido feita por dentes, garras ou outra coisa. Seus músculos travaram quando pinguei água na pele dilacerada.

– Continue – disse ele.

Então eu não era uma humana tão entediante.

– Nos mudamos para Londres quando eu tinha oito anos – falei.

– Por escolha?

– Não. Meu pai foi recrutado para a scioepec naquele ano. – Pelo silêncio dele, entendi que não conhecia a abreviatura. – Scion: Organização Especial para Pesquisa e Ciência.

– Eu sei. Por que ele foi recrutado?

– Ele era um patologista forense. Costumava fazer vários trabalhos pra Gardaí. Scion mandou que ele desenvolvesse uma explicação científica para as pessoas se tornarem clarividentes. E por que os espíritos vagavam depois da morte. – Eu parecia amargurada, até para os meus ouvidos. – Ele acha que é uma doença. Acha que pode ter cura.

– Então ele não sente sua clarividência.

– Ele é amaurótico. Como poderia sentir?

Ele não fez nenhum comentário.

– Você nasceu com o seu dom?

– Não totalmente. Eu sentia auras e espíritos desde que era bem pequena. Então fui tocada por um poltergeist. – Recuei para secar a testa. – Quanto tempo você ainda tem?

– Não tenho certeza. O sal protela o inevitável, mas não por muito tempo. – Ele estava indiferente em relação a isso. – Quando foi que você desenvolveu a habilidade de deslocar seu espírito?

A conversa estava me acalmando. Decidi falar a verdade, no mínimo porque ele provavelmente já sabia tudo sobre mim. Nashira sabia que eu era da Irlanda; eles deviam ter todo tipo de registro. O Mestre podia estar me testando, vendo se eu ia mentir.

– Depois que o poltergeist me tocou, comecei a ter o mesmo sonho; pelo menos, eu achava que era um sonho. – Joguei mais água no ombro dele. – Eu sonhava com um campo de flores. Quanto mais eu corria pelo campo, mais escuro ficava. Toda noite eu ia um pouco mais longe, até que um dia eu estava na fronteira e pulei, e em seguida comecei a cair. – Voltei a cuidar da ferida dele. – Eu estava caindo no éter, saindo do meu corpo. Acordei na ambulância. Meu pai disse que eu tinha ido como uma sonâmbula até a sala, depois simplesmente parei de respirar. Disseram que eu devia estar em coma.

– Mas você sobreviveu.

– Sim. E não sofri danos cerebrais. A hipoxia cerebral é um risco na minha... condição – confessei. Eu não gostava de falar de mim mesma para ele, mas achei que era melhor ele saber. Se me forçasse a entrar no éter por muito tempo sem suporte de vida, meu cérebro podia ser danificado sem chance de conserto. – Tive sorte.

O Mestre me observava limpar a ferida no ombro dele.

– Isso me sugere que você não entra no éter com muita frequência, por segurança – disse ele –, mas parece à vontade com ele.

– Instinto. – Afastei os olhos dos dele. – Sua febre não vai baixar sem um medicamento.

Em certo sentido, eu não estava mentindo. Meu dom *era* instintivo, mas eu não ia contar a ele que tinha sido criada e treinada por um mime-lorde que me mantinha ligada a aparelhos de suporte de vida.

– O poltergeist – disse ele. – Deixou cicatrizes?

Tirei uma das luvas e estendi a mão esquerda. Ele olhou para as marcas. Deixei que fizesse isso. Era incomum uma vidente em desenvolvimento ser tão violentamente exposta ao éter.

– Acho que já havia uma rachadura em mim, alguma coisa que deixava o éter entrar – falei. – O poltergeist só... me abriu.

– É assim que você vê? – perguntou ele. – O éter invadindo você?

– Como você vê?

– Não farei comentários sobre a minha opinião. Mas muitos clarividentes se veem invadindo o éter, e não o contrário. Eles se veem perturbando os mortos. – Ele não esperou resposta. – Já vi isso acontecer. As crianças são vulneráveis a mudanças súbitas na clarividência. Se elas são expostas ao éter antes de a aura ter sido totalmente desenvolvida, podem se tornar instáveis.

Puxei a mão de volta.

– Não sou instável.

Seu dom é.

Eu não tinha como argumentar. Já havia matado com meu espírito. Se isso não era instabilidade, eu não sabia o que era.

– Tem um tipo de necrose nas minhas feridas – declarou o Mestre –, mas só afeta os Rephaim. O corpo humano consegue combater. – Esperei que ele concluísse. – A necrose Rephaite pode ser destruída com sangue humano. Desde que a corrente sanguínea não esteja comprometida, um humano consegue sobreviver à mordida. – Ele apontou para o meu pulso. – Cerca de meio litro do seu sangue salvaria minha vida.

Minha garganta se contraiu.

– Você quer beber o meu sangue.

– Isso.

– O que você é, um vampiro?

– Nunca pensei que uma moradora de Scion lesse sobre vampiros.

Fiquei tensa. Droga. Só um alto membro do sindicato teria acesso a literatura que envolvesse vampiros ou qualquer outra criatura sobrenatural. No meu caso, foi um terror barato, *Os vampiros de Vauxhall*, escrito por um médium anônimo da rua Grub. Ele contava todo tipo de história para compensar a falta de literatura interessante disponível em Scion, usando contos do folclore do mundo do além. Suas histórias tinham títulos como *Chá com um tásseo* e *O fiasco de Fay*. O mesmo escritor tinha inventado algumas porcarias sobre videntes, como *Os mistérios de Jacob's Island*. Naquele momento, eu desejava nunca ter lido aquilo.

O Mestre pareceu interpretar meu silêncio como sinal de preocupação.

– Não sou um vampiro nem nada sobre o que você já tenha lido – disse ele. – Não me alimento de carne nem de sangue. Não sinto prazer em pedir isso. Mas estou morrendo, e acontece que seu sangue, nesta ocasião, devido à natureza dos meus ferimentos, pode me recuperar.

– Você não tem a aparência nem a voz de quem está morrendo.

– Confie em mim. Estou.

Eu não queria saber como eles tinham descoberto que sangue humano podia combater aquela infecção. Eu nem sabia se era verdade.

– Por que eu deveria confiar em você? – perguntei.

– Porque eu a poupei da humilhação de se apresentar na trupe de tolos do Capataz. Se você quiser apenas um motivo.

– E se eu precisar de dois?

– Vou ficar te devendo um favor.

– Qualquer favor?

– Qualquer coisa, menos sua liberdade.

A palavra morreu nos meus lábios. Ele tinha antecipado meu pedido. Eu devia saber que liberdade era pedir demais – mas um favor dele poderia ser inestimável.

Peguei um caco de vidro no chão, parte de um frasco, e fiz um corte no pulso. Quando o ofereci, ele estreitou os olhos.

— Tome — falei. — Antes que eu mude de ideia.

O Mestre ficou me olhando por bastante tempo, analisando meu rosto. Depois, pegou meu pulso e o levou à boca.

Sua língua deslizou pela ferida aberta. Houve uma leve pressão quando seus lábios se fecharam sobre ela, quando ele apertou meu braço para expulsar o sangue. Sua garganta se mexia enquanto ele bebia. Assumiu uma cadência constante. Não houve sede de sangue nem frenesi. Ele tratava aquilo como um procedimento médico: clínico, objetivo — nada mais, nada menos.

Quando ele soltou meu pulso, me recostei na cama. Rápido demais. O Mestre me guiou para os travesseiros.

— Devagar.

Ele foi até o banheiro; já estava forte outra vez. Quando voltou, carregava um copo com água gelada. Deslizou um braço sob minhas costas e me ergueu até eu me sentar, me segurando com a dobra do cotovelo. Eu bebi. Tinha sido adoçada.

— Nashira sabe disso? — perguntei.

Sua expressão ficou sombria.

— Ela pode questionar você sobre minhas ausências. E meus ferimentos — respondeu ele.

— Então ela não sabe.

Nenhuma resposta. Ele me recostou em almofadas pesadas de veludo, garantindo que minha cabeça ficasse apoiada. O enjoo estava passando, mas meu pulso ainda pingava sangue. Ao ver isso, o Mestre estendeu a mão para a mesinha de cabeceira e pegou um rolo de gaze. Minha gaze. Reconheci o elástico que usei para prendê-la. Ele deve tê-la tirado da minha mochila. Fiquei gelada ao pensar na minha mochila nas mãos dele. Lembrei-me do panfleto desaparecido. Será que estava com ele? Ele o havia lido?

O Mestre segurou meu pulso. Suas enormes mãos enluvadas foram delicadas, envolvendo o corte com o tecido branco estéril. Seu jeito de me agradecer, imaginei. Depois que o sangue parou de escapar pela gaze, ele prendeu o curativo com um alfinete e colocou meu braço sobre meu peito. Mantive os olhos no rosto dele.

— Pelo visto, estamos empatados — disse ele. — Você tem talento para me encontrar em situações delicadas. Eu esperava que você se deleitasse nos meus momentos de fraqueza, mas em vez disso me dá seu sangue. Limpa minhas feridas. O que a leva a fazer isso?

– Posso precisar de um favor. E não gosto de ver coisas morrendo. Não sou como você.

– Está julgando com muita facilidade.

– Você ficou só olhando enquanto ela o matava. – Eu devia ter medo de dizer essas palavras, mas não estava dando a mínima. – Ficou só *olhando*. Você devia saber o que ela ia fazer.

O Mestre não teve reação. Virei o rosto para o outro lado.

– Talvez eu seja um sepulcro caiado – comentou ele.

– Um o quê?

– Um hipócrita. Gosto do efeito dessa frase – disse ele. – Talvez você ache que sou mau, mas cumpro minhas promessas. Você cumpre as suas?

– Aonde você quer chegar?

– O que aconteceu esta noite nunca deve sair deste quarto. Quero saber se você vai guardar segredo.

– Por que deveria?

– Porque contar não seria bom para você.

– Isso me livraria de você.

Tive a impressão de que seus olhos mudaram.

– É. Você se livraria de mim – disse ele –, mas sua vida não ia melhorar. Se você não fosse jogada nas ruas, poderia arrumar outro guardião, e nem todos são liberais como eu. Por direito, eu deveria ter batido em você até a morte por algumas das coisas que me disse nos últimos dias. Mas entendo seu valor. Outros, não.

Abri a boca para retrucar, mas as palavras murcharam. Eu mal poderia alegar que ele havia abusado de mim. Nunca sequer tinha levantado um dedo para mim.

– Então você quer que eu guarde seu segredo. – Esfreguei o pulso. – E em troca?

– Vou tentar mantê-la em segurança. Existem infinitas maneiras de você morrer aqui, e você não evita nenhuma.

– Vou acabar morrendo um dia. Sei o que Nashira quer comigo. Você não pode me proteger.

– Talvez não, mas imagino que você queira sobreviver aos testes.

– Qual é a questão?

– Pode provar a ela como é forte. Você não é uma túnica-amarela. Você pode aprender a lutar.

– Não quero lutar.

– Quer, sim. Lutar faz parte da sua natureza.

O relógio no canto tocou.

Ter um aliado Reph era errado. Ao mesmo tempo, aumentaria significativamente minhas chances de sobrevivência. Ele poderia me ajudar a arranjar suprimentos, a sobreviver. Talvez por tempo suficiente até que eu conseguisse escapar daquele lugar.

– Está bem – falei. – Não vou contar a ninguém. Mas você ainda me deve um favor. – Levantei o pulso. – Pelo sangue.

Assim que eu disse isso, a porta se abriu de repente. Uma mulher Reph entrou apressada no quarto: Pleione Sualocin. Ela olhou primeiro para o estado do quarto, depois para mim e, finalmente, para o Mestre. Sem dizer uma palavra, jogou um Vacutainer para ele. O Mestre o pegou com uma das mãos. Olhei para o frasco.

Sangue. Sangue humano. Estava rotulado com um pequeno triângulo cinza. E um número: AXIV. Amaurótico 14.

Seb.

Olhei para o Mestre. Ele inclinou a cabeça, como se compartilhássemos um segredinho. Uma repulsa visceral me dominou. Eu me levantei, ainda fraca por causa da perda de sangue, e subi os degraus até minha prisão.

A foto dele

Conheci Nick Nygård quando tinha nove anos. Quando o vi de novo, eu estava com dezesseis.

Era o verão de 2056 e, na Escola para Garotas de Qualidade da III-5, nós, do décimo primeiro ano, tínhamos entrado no período mais importante de nossas vidas. Podíamos ficar na escola por mais dois anos, durante os quais nos prepararíamos para a Universidade, ou então sairíamos para arranjar um emprego. Num esforço para convencer as indecisas, a Diretora havia organizado uma série de aulas com palestrantes inspiradores: agentes da DVD, narradores de mídia – até um político do Arconte, o Ministro da Migração. Aquele dia seria voltado para as ciências médicas. Reuniram duzentas de nós no auditório, vestidas com ternos pretos, laços vermelhos e blusas brancas. A srta. Briskin, professora de química, subiu ao palanque.

– Bom dia, meninas – disse ela. – É muito bom ver vocês todas tão cedinho. Muitas expressaram interesse em se profissionalizar em pesquisa científica – eu não era uma dessas –, então esta deve ser uma das nossas palestras mais instigantes. – Uma salva de palmas. – Nosso palestrante tem uma carreira muito empolgante. – Eu não estava convencida. – Ele pediu transferência da Universidade de Scion em Estocolmo em 2046, terminou os estudos em Londres e agora trabalha para a scioepec, a maior instalação de pesquisas da coorte central. Estamos muito honradas em tê-lo aqui hoje. – Houve um estardalhaço de empolgação nas fileiras da frente. – Por favor, uma salva de palmas para dar as boas-vindas ao nosso palestrante: dr. Nicklas Nygård.

Ergui a cabeça depressa. Era ele.

Nick.

Não tinha mudado nada. Estava exatamente como eu me lembrava: alto, com feições suaves, bonito. Ainda jovem, apesar de seus olhos carregarem o peso de uma vida adulta agitada. Vestia um terno preto e uma gravata vermelha, como todos os oficiais de Scion. O cabelo havia sido alisado para trás com pomada, um estilo popular em Estocolmo. Quando ele sorriu, as monitoras se empertigaram.

– Bom dia, senhoritas.

– Bom dia, dr. Nygård.

– Obrigado por me receberem aqui hoje. – Ele empilhou seus papéis com as mesmas mãos que haviam costurado meu braço ferido quando eu tinha nove anos. Olhou diretamente para mim e sorriu. Atrás das minhas costelas, meu coração estremeceu. – Espero que esta conversa seja esclarecedora, mas não vou ficar ofendido se vocês dormirem.

Risos. A maioria dos oficiais não era tão engraçada. Não consegui tirar os olhos dele. Passara sete anos me perguntando onde Nick poderia estar, e ele simplesmente apareceu na minha escola. Uma imagem na minha memória. Ele falou sobre sua pesquisa das causas da desnaturalidade e sobre suas experiências como aluno em duas cidadelas Scion diferentes. Fez piadas e estimulou a participação do público, fazendo perguntas com a mesma frequência com que as respondia. Ele até conseguiu que a Diretora sorrisse. Quando o sinal tocou, fui a primeira a sair dali, indo para o corredor nos fundos do auditório.

Eu precisava encontrá-lo. Durante sete anos, eu tentara entender o que tinha acontecido no campo de papoulas. Não havia cão algum. Ele era o único que podia me dizer o que tinha deixado as cicatrizes geladas na minha mão. O único que podia me dar respostas.

Segui pelo corredor, passando depressa pelas alunas do oitavo ano que estavam conversando. Lá estava ele, do lado de fora da sala dos funcionários, apertando a mão da Diretora. Quando me viu, seus olhos se iluminaram.

– Oi – disse ele.

– Dr. Nygård... – Eu mal conseguia dizer as palavras. – Seu discurso foi... muito inspirador.

– Obrigado. – Ele sorriu de novo, e seus olhos perfuraram os meus. Ele sabia. Ele se lembrava. – Qual é seu nome?

Sim, ele sabia. Minhas palmas formigaram.

– Esta é Paige Mahoney – disse a Diretora, dando ênfase ao meu sobrenome. Meu sobrenome bem irlandês. Ela me olhou de cima a baixo, percebendo o laço frouxo e o blazer desabotoado. – Você tem que voltar para a aula, Paige. A srta. Anville tem andado muito decepcionada com suas faltas, ultimamente.

Um calor subiu pelo meu rosto.

– Tenho certeza de que a srta. Anville pode liberar Paige por alguns minutos. – Nick mostrou um sorriso cativante para a Diretora. – Eu adoraria passar algum tempo com ela.

– É muita gentileza de sua parte, dr. Nygård, mas Paige tem passado muito tempo com a enfermeira. Ela precisa ir a *todas* as aulas. – Ela se virou para ele, baixando a voz: – Garota irlandesa. Esses brogues muitas vezes decidem por conta própria o quanto precisam trabalhar.

Minha visão se afunilou. Uma pressão empurrou a parte interna do meu crânio, como se estivesse prestes a explodir. Um rastro de sangue escapou do nariz da Diretora.

– Seu nariz está sangrando, senhorita – falei.

– O quê? – Quando ela olhou para baixo, o sangue pingou na sua blusa. – Ah... olhe o que eu fiz. – Ela tapou o nariz. – Não fique aí parada *encarando*, Paige. Vá pegar um lenço para mim.

Minha cabeça latejou. Uma teia cinza surgiu diante dos meus olhos, fortalecendo minha visão. Nick me encarou e entregou a ela um pacote de lenços de papel.

– Talvez você deva se sentar, Diretora. – Ele colocou a mão nas costas dela. – Vou me juntar a você daqui a um instante.

Assim que a Diretora saiu, Nick se virou para mim.

– As pessoas costumam sangrar pelo nariz perto de você?

Sua voz estava baixa. Depois de um instante, fiz que sim com a cabeça.

– Elas perceberam?

– Até hoje, nunca me chamaram de desnatural. – Procurei seu olhar. – Você sabe por que isso acontece?

Ele olhou por sobre o ombro.

– Talvez – respondeu ele.

– Me diga. Por favor.

– Dr. Nygård? – A srta. Briskin colocou a cabeça para fora da sala dos funcionários. – Os governantes gostariam de falar com você.

– Já estou indo. – Assim que ela sumiu, Nick disse no meu ouvido: – Volto daqui a alguns dias. *Não* se inscreva para a Universidade, Paige. Ainda não. Confie em mim.

Ele apertou minha mão. Depois, com a mesma rapidez com que chegou, foi embora. Fiquei abraçada com os livros, que estavam apoiados no meu peito. Meu coração martelava, meu rosto estava quente, e as mãos, suadas. Não se passara um dia sequer sem que eu pensasse em Nick, e ele tinha voltado. Eu me recompus e fui para a aula, ainda com dificuldade de ver ou pensar. Ele se lembrava do meu nome. Sabia que eu era aquela garotinha que ele salvara.

Não achei que ele fosse voltar. Eu não podia ser tão importante assim para ele, não agora que Nick tinha se dado bem no mundo. Mas, dois dias depois, ele estava me esperando do lado de fora dos portões da escola. Uma coisa estranha acontecera naquela manhã: eu tinha sonhado acordada com um carro prateado. A imagem chegou até mim durante a aula de francês, me deixando enjoada. Vi o mesmo carro do lado de fora, e Nick estava no banco do motorista, usando óculos escuros. Fui andando feito uma sonâmbula até a janela, me distanciando das outras garotas. Ele se inclinou para fora.

– Paige?

– Não achei que você fosse voltar – falei.

– Por causa do sangramento no nariz.

– É.

– É por isso que estou aqui. – Ele afastou os óculos até a ponta do nariz, e pude ver seus olhos cansados. – Se quiser saber mais, posso lhe dizer, mas não pode ser aqui. Você vem comigo?

Olhei por sobre o ombro. Nenhuma das alunas estava prestando atenção.

– Está bem – falei.

— Obrigado.

Nick me tirou da escola. Conforme dirigia para a coorte central, ele às vezes me olhava de relance. Fiquei quieta. Quando me olhei no retrovisor, percebi que estava corada. Eu queria muito falar com ele, mas não conseguia obrigar minha língua a formar uma frase coerente. Depois de alguns minutos, Nick falou:

— Você algum dia contou ao seu pai o que aconteceu no campo?

— Não.

— Por quê?

— Você me disse para não contar.

— Ótimo. Isso é um bom começo. — Suas mãos apertaram o volante. — Vou dizer várias coisas que você não vai entender, Paige. Você não é como era antes daquele dia, e precisa saber por quê.

Mantive os olhos na rua. Ele não precisava me contar. Eu já sabia que era diferente antes do campo de papoulas; mesmo quando criança eu era sensível às pessoas. Às vezes eu sentia tremores quando elas passavam por mim, como se meus dedos tivessem encostado num fio desencapado. Mas as coisas haviam mudado desde aquele dia. Eu não apenas podia sentir as pessoas; eu era capaz de machucá-las. Eu podia fazer com que sangrassem, fazer suas cabeças doerem e seus olhos ficarem enevoados. Eu dormia na sala de aula e acordava com a pele encharcada de suor frio. A enfermeira me conhecia melhor do que todo mundo na escola.

Alguma coisa estava emergindo de dentro de mim, saindo para o mundo. No fim das contas, o mundo ia ver.

— Posso te ajudar a controlar isso — disse ele. — Posso te manter em segurança.

Ele já havia me deixado em segurança uma vez.

— Ainda posso confiar em você? — Observei seu rosto, aquele que eu nunca tinha esquecido. Nick olhou para mim.

— Sempre — respondeu ele.

Fomos a uma lanchonete barata na rua Silk e bebemos café. Foi a primeira vez que experimentei e, no fundo, achei que tinha gosto de lama. Ficamos um tempo conversando sobre a minha vida. Contei a ele da escola, do emprego do meu pai, mas não era por isso que estávamos ali, e nós dois sabíamos.

– Paige – disse ele –, você já ouviu falar de desnaturalidade. Não quero te assustar, mas você tem dado sinais disso.

Minha garganta se fechou. Ele trabalhava para Scion.

– Não se preocupe. – Ele colocou a mão sobre a minha. Meu pulso ficou quente. – Não vou te denunciar. Vou te ajudar.

– Como?

– Quero que você venha conversar com um amigo meu.

– Quem é?

– Alguém em quem confio. Alguém que está muito interessado em você.

– Ele é...

– Sim. Também sou. – Ele apertou minha mão. – Você sonhou acordada mais cedo. Viu meu carro. – Eu o encarei, perplexa. – Esse é o meu dom, Paige. Posso enviar imagens. Consigo fazer as pessoas verem coisas.

– Eu... – Minha boca estava seca. – Vou encontrar seu amigo.

Deixei uma mensagem com a secretária do meu pai, avisando que ia chegar tarde em casa. Nick me levou de carro até um pequeno restaurante francês em Vauxhall. Esperando por nós havia um homem alto, de porte delicado, perto dos quarenta anos. Seus olhos eram vivos e exibiam uma espécie de inteligência agitada. Ele tinha pele branca como cera e uma cabeleira extensa e escura, e os lábios eram pálidos e petulantes. Dava para apontar lápis nos ossos da maçã do rosto dele. Usava uma gravata dourada e um colete preto bordado, com um relógio de bolso.

– Você deve ser Paige – disse ele, com uma voz profunda e levemente divertida. – Jaxon Hall.

Ele me estendeu uma mão ossuda. Eu a apertei.

– Olá – falei.

Seu aperto era frio e firme. Sentei. Nick sentou-se ao meu lado.

Quando o servente chegou, Jaxon Hall não pediu comida, só um copo de mecks, um vinho sem álcool. Coisa cara. Ele tinha um gosto refinado.

– Tenho uma proposta para você, srta. Mahoney. – Jaxon Hall tomou um grande gole de mecks. – O dr. Nygård conversou comigo ontem. Ele me contou que você pode infligir certas... anormalidades médicas em outras pessoas. Isso está correto?

Olhei de relance para Nick.

– Pode falar. – Ele me deu um sorriso. – Ele não é de Scion.

— Não me insulte. — Jaxon tomou um golinho de mecks. — Estou mais distante do Arconte do que um berço do túmulo. Não que esses dois estágios sejam tão distantes, mas você entendeu o que quero dizer.

Eu não tinha certeza se entendia. Ele certamente não *agia* como um oficial de Scion.

— Você está falando dos sangramentos de nariz — comentei.

— Isso, os sangramentos. Fascinante. — Suas mãos estavam entrelaçadas sobre a mesa. — Mais alguma coisa?

— Dores de cabeça. Às vezes, enxaquecas.

— E como *você* se sente quando isso acontece?

— Cansada. Enjoada.

— Entendo. — Seus olhos percorreram meu rosto. Eram frios e analíticos, e pareciam ver além de mim. — Quantos anos você tem?

— Dezesseis — respondi.

— Está quase na hora de você terminar os estudos. A menos que — acrescentou ele — alguém te peça para entrar na Universidade.

— Isso é improvável.

— Excelente. Mas os jovens têm dificuldade de encontrar emprego na cidadela. — Seus dedos tamborilavam na mesa. — Eu gostaria de te oferecer um emprego para toda a vida.

Franzi a testa.

— Que tipo de emprego?

— O tipo que paga bem. O tipo que vai te proteger. — Jaxon me examinou. — Você tem alguma ideia do que significa clarividência?

Clarividência. A palavra proibida. Olhei à minha volta no restaurante, mas ninguém estava olhando. Nem ouvindo, pelo que parecia.

— Desnaturalidade — falei.

Jaxon deu um sorriso suave.

— É assim que o Arconte chama. Mas você sabe o que a *palavra* significa? Vem do francês.

— Visão clara. Um tipo de percepção extrassensorial. Saber coisas que estão escondidas.

— E onde estão escondidas?

Hesitei.

— No inconsciente?

– Às vezes, sim. Mas, outras vezes – ele soprou a vela no centro da mesa –, no éter.

Olhei para a fumaça, atraída por ela. Um arrepio se espalhou pelo meu peito.

– O que é o éter?

– O infinito. Nós viemos de lá, vivemos dentro dele e, quando morremos, voltamos para lá. Mas nem todos estão dispostos a se separar do mundo físico.

– Jax – disse Nick, mantendo a voz baixa –, isto deveria ser uma introdução, e não uma série de aulas. Ela tem dezesseis anos.

– Quero saber – insisti.

– Paige...

– Por favor. – Eu *tinha* que saber.

Sua expressão se suavizou. Ele se recostou e tomou um gole d'água.

– A escolha é sua.

Jaxon, que nos olhava com sobrancelhas erguidas, pressionou os lábios antes de continuar:

– O éter é um plano superior de existência – disse ele. – Existe em paralelo com o plano corpóreo. Os clarividentes, pessoas como nós, têm a capacidade de recorrer ao éter.

Eu estava sentada num restaurante com dois desnaturais.

– Como? – perguntei.

– Ah, existe um número infinito de maneiras. Passei quinze anos tentando categorizá-las.

– Mas o que *significa* "recorrer ao éter"? – Fazer perguntas sobre clarividência me fazia sentir uma emoção pecaminosa.

– Significa que você pode se comunicar com espíritos – esclareceu Nick. – Os mortos. Cada vidente faz isso de maneira diferente.

– Então o éter é como a vida após a morte?

– Purgatório – respondeu Jaxon.

– Vida após a morte – disse Nick.

– Desculpe o dr. Nygård... ele está tentando ser delicado. – Jaxon tomou um golinho de mecks. – Infelizmente, a morte não é delicada. Eu gostaria de te ensinar o que a clarividência é de fato, ao contrário da perspectiva tristemente deturpada de Scion sobre essa condição. É um milagre, e não uma perversão. Você precisa entender isso, querida, ou eles vão destruir esse brilho adorável.

Os dois ficaram em silêncio quando o servente trouxe minha salada. Olhei para Jax.

– Conte mais.

Jaxon sorriu.

– O éter é a "fonte" da qual Scion ocasionalmente parece falar – disse ele. – O reino dos mortos inquietos. A fonte que o Rei Sangrento supostamente acessou durante uma sessão espírita, levando-o a cometer cinco assassinatos medonhos e provocar uma epidemia de clarividência no mundo. Tudo bobagem, é claro. O éter é simplesmente o plano espiritual, e os clarividentes são aqueles que têm habilidade para acessá-lo. Não houve epidemia alguma. Nós sempre estivemos aqui. Alguns de nós são bons, outros, maus, se é que existe o mal, mas, independentemente do que somos, não somos uma doença.

– Então Scion mentiu.

– Sim. Aprenda a conviver com essa ideia. – Jaxon acendeu um charuto. – Edward pode muito bem ter sido Jack, o Estripador, mas duvido muito que ele fosse clarividente. Era desastrado demais.

– Não sabemos por que eles atribuíram tudo à clarividência – disse Nick. – É um mistério que só o Arconte entende.

– Como funciona? – Minha pele estava quente e formigava. Eu podia ser desnatural. Podia ser um *deles*.

– Nem todos os espíritos vão pacificamente para o coração do éter, onde achamos que há algum tipo de morte final – explicou Jaxon. Ele estava saboreando aquilo, dava para perceber. – Em vez disso, ficam por aí, vagando entre os planos corpóreo e espiritual. Quando estão nesse estágio, nós os chamamos de perdidos. Eles ainda têm personalidade, e a maioria pode ser contatada. Têm apenas certo grau de liberdade e normalmente ficam felizes em ajudar videntes.

– Está falando de *pessoas* de verdade, mortas – constatei. – Você simplesmente puxa as cordinhas e elas dançam?

– Exatamente.

– Por que iam querer fazer isso?

– Porque isso significa que elas podem permanecer com seus entes queridos. – Ele fungou, como se não entendesse o conceito. – Ou com pessoas que gostariam de assombrar. Elas sacrificam o livre-arbítrio em troca de um tipo de imortalidade.

Peguei um pouco de salada e mastiguei. Era como mastigar um pedaço de algodão molhado.

– É evidente que elas não começam como espíritos. – Jaxon deu um tapinha nas costas da minha mão. – Você tem um corpo feito de carne. Pode andar pelo plano corpóreo. Mas você também tem uma conexão particular com o éter. Nós chamamos isso de plano onírico. O panorama da mente humana.

– Espera aí. Você fica dizendo "nós" – falei. – Quem exatamente é *nós*? Clarividentes?

– Isso. É uma comunidade muito vibrante. – Nick me lançou um sorriso caloroso. – Mas muito secreta.

– É possível identificar os videntes pela aura deles. Foi assim que Nick reconheceu você – disse Jaxon. Meu interesse crescente pareceu animá-lo. – Todo mundo tem um plano onírico, sabe. Uma ilusão de segurança, um tipo de *locus amoenus*. Você entende, não é? – Eu não tinha certeza se entendia. – Os videntes têm planos oníricos coloridos. O do resto das pessoas é preto e branco. Eles veem seus planos oníricos quando sonham. Os amauróticos, consequentemente, têm sonhos monocromáticos. Os videntes, por outro lado...

– ... sonham colorido?

– Videntes não *sonham*, minha querida. Não do mesmo jeito que os amauróticos. Esse prazer despreocupado é só para eles. Mas a cor de um clarividente brilha através de sua forma corpórea, criando uma aura. Pessoas com o mesmo tipo de vidência tendem a ter auras muito semelhantes. Você vai aprender a agrupá-los.

– Posso ver auras?

Eles trocaram olhares. Nick levantou a mão e tirou duas lentes transparentes dos olhos. Senti calafrios percorrerem minha coluna.

– Olhe nos meus olhos, Paige.

Ele não precisou falar duas vezes. Eu me lembrava daqueles olhos como se tivesse sido ontem. Aquele verde-acinzentado intenso, as linhas delicadas irradiando da íris. O que eu não tinha notado era o pequeno defeito no formato de uma fechadura na pupila direita.

– Alguns videntes têm um tipo de terceiro olho. – Ele se recostou. – Eles conseguem ver auras e também espíritos perdidos. Você pode ter meia visão, como eu, com apenas um coloboma, ou visão total, como Jax.

Jaxon puxou totalmente as pálpebras para eu poder ver. Ele tinha o defeito em ambos os olhos.

– Não tenho isso – falei. – Quer dizer que sou clarividente, mas não tenho um terceiro olho?

– A falta de visão é bem comum nas ordens mais altas. Seu dom não exige que você veja espíritos. – Jaxon lançou um olhar satisfeito para mim. – Você consegue sentir auras e espíritos perdidos, mas não os percebe visualmente.

– Não é uma desvantagem, na verdade. – Nick deu um tapinha na minha mão. – Seu sexto sentido será muito mais afiado sem a ajuda visual.

Apesar de o restaurante estar aquecido, o frio se espalhava pelo meu corpo todo. Olhei para os dois homens, para seus rostos diferentes.

– Que tipo de clarividente eu sou?

– É isso que queremos descobrir. Ao longo dos anos, classifiquei sete ordens de clarividência. Acredito que você, minha querida, pertença à ordem mais alta, o que a torna uma das clarividentes mais raras do mundo moderno. Se eu estiver certo – ele puxou um folheto de sua bolsa cara de couro –, gostaria que você assinasse um contrato de trabalho. – Seus olhos pousaram nos meus. – Posso escrever uma variedade infinita de números neste cheque, Paige. Do que vou precisar para manter você?

Meu coração martelava nas costelas.

– De um drinque, pra começar.

Jaxon se recostou.

– Nick – disse ele –, peça um pouco de mecks para essa jovem. Ela veio pra ficar.

O nascer do sol

Nas noites seguintes, o Mestre e eu não nos falamos; também não treinamos. Todas as noites eu saía assim que o sino tocava, sem olhar para ele ao passar. Ele observava, mas nunca me impedia. Eu quase desejava que me impedisse, só para poder botar a raiva pra fora.

Uma noite, tentei ver Liss. Estava chovendo lá fora, e eu ansiava pelo calor do fogão dela. Mas não consegui. Não depois do que acontecera com o Mestre. Após ter ajudado de novo o inimigo, eu não conseguiria olhar nos olhos dela.

Logo encontrei um novo refúgio, um lugar para chamar de meu: uma passagem arqueada escondida nos degraus do Hawksmoor. Devia ter sido uma estrutura majestosa, mas atualmente sua grandiosidade a tornava trágica: era fria e pesada, estava desmoronando nas bordas, esperando uma época que talvez nunca voltasse. Aquele lugar se tornou meu esconderijo. Eu ia para lá todas as noites. Às vezes, quando não havia escavadores de ossos em serviço, eu entrava escondida na biblioteca e levava uma pilha de livros para a passagem arqueada. Eles tinham tantos romances ilegais que comecei a me perguntar se era para lá que Scion enviava todos eles. Jax venderia a própria alma para colocar as mãos nesses livros. Se ele tivesse uma alma para vender.

Quatro noites se passaram desde a flebotomia. Eu ainda não entendia por que o havia ajudado. Que tipo de jogo sujo ele estava fazendo? A ideia do meu sangue dentro dele me enojava. Eu não aguentava pensar no que tinha feito.

A janela estava entreaberta. Eu ouviria se viessem me procurar. Não permitiria que me dedurassem, como fizeram na 1-5. Eu tinha descoberto um livro chamado *A volta do parafuso* escondido nas prateleiras. A chuva estava pesada, então decidi ficar em um espaço fechado, na biblioteca. Deitei de barriga para baixo sob uma mesa e acendi uma pequena lamparina a óleo para ver as páginas. Do lado de fora, o Agouro estava em silêncio. A maioria dos hárlis começava a ensaiar para a comemoração do bicentenário. Os boatos diziam que o Grande Inquisidor ia comparecer. Ele precisava ficar impressionado com o modo como estávamos vivendo, caso contrário poderia não autorizar a continuação do *acordo especial*. Não que ele tivesse muitas opções. Mesmo assim, precisávamos mostrar que éramos úteis, no mínimo para entretenimento. Que valíamos um pouco mais do que custaria para nos dar um NiteKind.

Peguei o envelope que David tinha me dado. Dentro dele havia um fragmento de texto retirado de um caderno, rasgado e amarelado. Eu o analisei várias vezes. Parecia que uma vela havia caído nele: os cantos estavam endurecidos com cera, e um grande buraco fora queimado bem no meio. Havia um desenho borrado no canto da página, alguma coisa que devia ter sido um rosto, mas agora parecia desbotado e desfigurado. Só consegui decifrar algumas palavras.

Os Rephaim são... criaturas. No... chamado... dentro... dos limites... capazes de... períodos ilimitados de tempo, mas... nova forma, que... fome, incontroláveis e... energia ao redor da suposta... flor vermelha, o... método único... natureza de... e só então pode...

Tentei de novo unir as palavras, encontrar um padrão. Não era difícil juntar os fragmentos sobre fome e energia, mas não consegui imaginar o que significava a *flor vermelha*.

Havia mais uma coisa no envelope. Um daguerreótipo desbotado. A data, 1842, tinha sido rabiscada no canto. Passei bastante tempo olhando para ela, mas não consegui identificar nada além de manchas brancas sobre o preto. Guardei o envelope de volta na túnica e mordisquei um pouco de toco velho. Quando meus olhos ficaram cansados, apaguei a lamparina a óleo e me enrosquei em posição fetal.

Minha mente era um emaranhado de fios soltos. O Mestre e seus ferimentos. Pleione trazendo o sangue de Seb para ele. David e seu interesse no meu bem-estar. E Nashira, com seus olhos que tudo veem.

Eu me obriguei a pensar apenas no Mestre. Continuava sentindo gosto de bílis quando pensava no sangue de Seb, engarrafado e rotulado, pronto para ser consumido. Tive esperanças de que houvessem coletado quando ele ainda estava vivo, e não de seu corpo morto. E havia Pleione. Ela trouxera o sangue para o Mestre, portanto devia saber que ele ia ter necrose ou, pelo menos, que *poderia* ter. Ela deve ter dado um jeito de levar sangue humano antes que fosse tarde demais. Como ela se atrasou, ele bebeu meu sangue. O que quer que ele estivesse fazendo, ela sabia.

O Mestre tinha um segredo. Eu também. Estava escondendo meu vínculo com o submundo, o que Nashira sem dúvida queria destruir. Eu podia viver com seu silêncio se ele conseguisse viver com o meu.

Passei a mão pelo meu braço enfaixado. A ferida ainda se recusava a curar. Para mim, era tão feia quanto a marcação a ferro. Se ficasse uma cicatriz, jamais me esqueceria da vergonha e do medo que senti quando fiz aquilo. Assim como o medo que senti na primeira vez que encontrei o mundo espiritual. Medo do que eu era. Do que eu poderia ser.

Devo ter adormecido. Uma dor aguda na bochecha me trouxe de volta à realidade.

– Paige!

Liss me sacudia. Meus olhos estavam vermelhos e inchados.

– Paige, que diabo você está *fazendo* aqui dentro? O amanhecer já passou. Escavadores de ossos estão procurando você.

Olhei para cima, grogue.

– Por quê?

– Porque o Mestre *mandou* que a procurassem. Você devia estar em Magdalen há uma hora.

Ela tinha razão: o céu estava ficando dourado. Liss me puxou para que eu ficasse de pé.

– Tem sorte de não terem encontrado você aqui. É proibido.

– Como me encontrou?

– Eu também costumava vir aqui. – Ela agarrou meus ombros e me olhou fundo nos olhos. – Você tem que implorar pelo perdão do Mestre. Se implorar, pode ser que ele esqueça a punição.

Quase ri.

– Implorar?

– É o único jeito.

– Não vou implorar por nada.

– Ele vai bater em você.

– Mesmo assim, não vou implorar. Eles vão ter que me levar até ele. – Olhei de relance pela janela. – Você vai ficar encrencada se me encontrarem no seu berço?

– É melhor do que se a encontrarem aqui. – Ela agarrou meu pulso. – Venha. Vão procurar aqui em breve.

Chutei a lamparina a óleo e o livro para baixo de uma prateleira, escondendo as evidências. Descemos correndo as escadarias de pedra escura, voltando ao céu aberto. O ar estava com um cheiro fresco como chuva.

Liss me impediu de sair até a área estar livre. Escapamos pelo pátio, sob a passagem arqueada úmida, e voltamos ao Agouro. O sol brilhava sobre os prédios. Liss forçou dois painéis de madeira compensada, afastando-os, e nos agachamos para dentro do Pardieiro. Ela me guiou em meio a grupos de artistas. As posses espalhadas deles atulhavam as passagens, como se seus barracos tivessem sido revirados. Um garoto estava apoiado na parede, com sangue escorrendo dos olhos. Eles sussurravam quando nos viam passar.

Eu me agachei e entrei no berço. Julian estava esperando com uma tigela de caldo equilibrada no joelho. Ele levantou o olhar quando entramos agachadas no barraco.

– Bom dia.

Eu me sentei.

– Feliz em me ver?

– Acho que sim. – Ele me deu um sorriso. – No mínimo pra me lembrar de que preciso urgentemente arranjar um despertador.

– *Você* não devia estar recolhido?

– Eu estava quase saindo, mas agora que você está aqui, eu ia sentir como se estivesse perdendo a festa.

– Vocês dois! – Liss nos olhou com raiva. – Eles levam o toque de recolher muito a sério, Jules. Vocês dois vão receber uma surra.

Passei os dedos pelo meu cabelo úmido.

– Quanto tempo até nos encontrarem?

– Não muito. Eles vão verificar os quartos de novo em breve. – Ela se sentou. – Por que vocês simplesmente não vão embora?

Todos os músculos do corpo dela estavam tensionados.

– Tudo bem, Liss – falei. – Aguento o tranco.

– Os escavadores de ossos são brutais. Eles não vão ouvir. E estou dizendo, o Mestre vai matar você se...

– Não me importo com ele. – Liss apoiou a cabeça na mão. Olhei para Julian. Sua roupa branca tinha sumido, trocada por uma túnica rosa. – O que você teve que fazer?

– Nashira me perguntou o que eu era – respondeu ele. – Eu disse que era um palmista, mas obviamente não consegui ler nada em suas mãos. Ela levou uma amaurótica para o cômodo e a amarrou em uma cadeira. Eu me lembrei de Seb e perguntei se ela me deixaria usar água como método de leitura.

– Você é um hidromante?

– Não, mas não quero que ela saiba o que sou. Foi a primeira coisa que consegui pensar. – Ele esfregou a cabeça. – Ela encheu uma tigela dourada e me disse para procurar uma pessoa chamada Antoinette Carter.

Franzi a testa. Antoinette Carter tinha sido uma celebridade irlandesa no início dos anos 2040. Eu me lembrava dela como alguém de meia-idade e magra, tão frágil quanto enigmática. Ela teve um programa de TV, *Verdades de Toni*, que passava toda quinta à noite. Ela encostava na mão das pessoas e dizia ver o futuro, proclamando-os em sua voz profunda e comedida. O programa foi cancelado depois da Incursão de 2046, quando Scion tomou a Irlanda, e Carter se escondera. Ela ainda publicava um panfleto ilegal, *Jack Avarento*, que depunha contra as atrocidades de Scion.

Por motivos que desconhecíamos, Jaxon pedira a um bulista chamado Leon – um especialista em mandar mensagens para fora de Scion – para entrar em contato com ela. Eu nunca soube o resultado. Leon era um bom bulista, mas levava tempo para ultrapassar os sistemas de segurança de Scion.

– Ela é uma fugitiva – falei. – Morava na Irlanda.

– Bom, ela não está na Irlanda agora.

– O que foi que você viu? – Não gostei da expressão dele. – O que disse a ela?

– Você não vai ficar feliz. – Quando viu minha expressão, ele suspirou. – Eu disse que tinha visto o relógio de sol. Eu me lembrava de Carl ter dito que fez uma previsão com eles, e pensei que seria verossímil se eu repetisse o que ele falou.

Desviei o olhar. Nashira estava procurando Jaxon. Mais cedo ou mais tarde ela ia descobrir onde ficavam esses ponteiros.

– Sinto muito. Eu me arrependi. – Julian esfregou a testa. – Por que os relógios são tão importantes?

– Não posso dizer. Desculpe. Mas, não importa o que aconteça – olhei para a entrada do barraco –, Nashira nunca mais deve ouvir falar desses relógios. Isso vai colocar alguns amigos meus em perigo.

Liss puxou um lençol ao redor dos ombros.

– Paige – disse ela –, acho que seus amigos têm tentado entrar em contato com você.

– O que você quer dizer?

– Gomeisa me levou para o Castelo por um tempo. – Sua expressão endureceu. – Eu estava no meu quartinho, mexendo no baralho para fazer a leitura, quando fui atraída pelo Enforcado. Quando a peguei, a carta estava invertida. Vi o éter. O rosto de um homem. Ele me fazia lembrar da neve.

Nick. Os adivinhos sempre faziam esse comentário quando o viam: que ele parecia a neve.

– O que foi que ele mandou?

– A imagem de um telefone. Acho que ele está tentando descobrir onde você está.

Um telefone. Claro... ele não sabia onde eu estava. A gangue não sabia que eu fora levada por Scion, se bem que já deviam ter sentido que havia alguma coisa errada. Nick queria que eu ligasse para ele para dizer que estava bem.

Ele deve ter levado dias para encontrar o caminho certo através do éter. Se tentasse de novo, em uma sessão espírita, podia conseguir me mandar uma mensagem. Não entendi por que ele mandou aquilo para Liss. Ele conhecia minha aura, devia ser muito mais fácil para ele encontrá-la. Talvez fossem os comprimidos ou algum tipo de interferência dos Rephs, mas não importava. Ele tinha tentado entrar em contato comigo. Não ia desistir.

A voz de Julian interrompeu meus pensamentos:

– Você realmente conhece outros saltadores, Paige? – Quando o olhei, ele deu de ombros. – Achei que a sétima ordem era a mais rara.

Saltadores. Uma palavra cheia de carga. Uma ordem de videntes, como adivinhos e áugures. Era a categoria na qual eu me encaixava: os videntes que conseguiam afetar ou entrar no éter. Jax tinha começado a grande classificação dos videntes nos anos 2030, quando estava mais ou menos com a minha idade. Começou com *Sobre os méritos da desnaturalidade,* que se espalhara como uma praga pelo submundo vidente. Ali, ele havia identificado as sete ordens de clarividência: adivinhos, áugures, médiuns, sensitivos, fúrias, guardiões e saltadores. Os três últimos, escreveu ele, eram muito superiores aos outros. Era um novo jeito de ver a clarividência, que nunca tinha sido categorizada – mas as ordens "inferiores" não reagiram bem. As consequentes guerras de gangues duraram dois anos sangrentos. Os editores de Jax finalmente recolheram o panfleto, mas o rancor continuou.

– Sim – respondi. – Só um. Ele é um oráculo.

– Você deve ocupar uma posição bem alta no sindicato.

– Bastante alta.

Liss me serviu uma tigela de caldo. Se ela tinha uma opinião sobre o panfleto, não a expressou.

– Julian – chamou ela –, você me dá alguns minutos com Paige?

– Claro – respondeu ele. – Vou ficar de olho nos vermelhos.

Ele saiu do barraco. Liss olhou para o fogão.

– Tem alguma coisa errada? – perguntei.

Ela puxou mais o lençol ao seu redor.

– Paige – disse –, estou com medo por você.

– Por quê?

– Só estou com um pressentimento ruim sobre a comemoração... você sabe, o Bicentenário. Posso não ser um oráculo, mas vejo coisas. – Ela pegou o baralho. – Posso fazer sua leitura? Tenho necessidade de ler certas pessoas.

Hesitei. Eu só tinha usado cartas para *tarocchi.*

– Se você quiser.

– Obrigada. – Ela colocou o baralho entre nós. – Alguém já leu suas previsões? Um adivinho ou um áugure?

– Não.

Muitas vezes me perguntaram se eu queria uma leitura, mas nunca me convenci de que dar uma olhada no futuro era uma boa ideia. Nick às vezes me dava pistas, mas eu normalmente não o deixava elaborar.

— Está bem. Me dê sua mão.

Estendi a mão direita. Liss a pegou. Uma expressão de intensa concentração dominou seu rosto enquanto seus dedos mergulhavam no baralho. Ela tirou sete cartas e as colocou viradas para baixo no chão.

— Uso a elipse de sete cartas. Leio sua aura, depois pego sete cartas e as interpreto. Nem todos os agourentos dão a mesma interpretação para uma carta específica, então não fique muito irritada se ouvir alguma coisa de que não goste. — Ela soltou minha mão. — A primeira vai indicar seu passado. Vou ver parte das suas memórias.

— Você *vê* memórias?

Liss se permitiu um sorriso fraco. Isso era uma coisa que ainda a deixava orgulhosa.

— Os leitores de cartas podem usar objetos, mas não nos encaixamos bem em nenhuma categoria. Até mesmo o *Sobre os méritos* reconheceu. Vejo isso como uma coisa boa.

Ela virou a primeira carta.

— Cinco de Copas — disse ela. Seus olhos se fecharam. — Você perdeu algo quando era muito pequena. Tem um homem de cabelo castanho. São as taças dele que foram derramadas.

— Meu pai — falei.

— Sim. Você está em pé atrás dele, falando com ele. Mas seu pai não responde. Ele encara uma imagem. — Sem abrir os olhos, Liss virou a próxima carta. Estava de cabeça para baixo. — Este é o presente — disse ela. — Rei de Paus invertido. — Ela franziu os lábios vermelhos. — Ele controla você. Mesmo agora, não consegue escapar dele.

— O Mestre?

— Acho que não. Ainda assim, ele tem poder. Suas expectativas em relação a você são altas demais. Você tem medo dele.

Jaxon.

— A próxima é o futuro. — Liss virou a carta. E inspirou fundo. — O Diabo. Esta carta representa uma força de desesperança, restrição, medo... mas você atraiu isso para si mesma. Tem uma sombra que o Diabo representa, mas não consigo ver o rosto. Qualquer que seja o poder que essa pessoa exerce sobre você, *vai* conseguir escapar disso. Eles vão fazer você pensar que está presa pra sempre, mas você não vai ficar. Apenas vai pensar que está.

– Está falando de um parceiro? – Meu peito estava frio. – Um namorado? Ou *esse* é o Mestre?

– Pode ser. Não sei. – Ela forçou um sorriso. – Não se preocupe. A próxima carta vai lhe dizer o que fazer quando chegar a hora.

Olhei para baixo, para a quarta carta.

– Os Amantes?

– Isso. – Sua voz tinha ficado monótona. – Não consigo ver muita coisa. Há uma tensão entre o espírito e a carne. Bem grande. – Seus dedos deslizaram até a próxima carta. – Influências externas.

Eu não sabia se ia aguentar muito mais. Até então, só uma coisa havia sido positiva, e mesmo isso seria doloroso. Mas eu certamente não esperava os Amantes.

– Morte invertida. A Morte é uma carta normal para os videntes. Ela costuma aparecer nas posições de passado ou presente. Mas aqui, invertida... não tenho certeza. – Seus olhos tremeram sob as pálpebras. – A essa altura, minha visão fica embaçada. As coisas são vagas. Sei que o mundo vai mudar ao seu redor, e você vai fazer tudo o que estiver ao seu alcance pra resistir. A Morte em si vai funcionar de maneiras diferentes. Ao adiar a mudança, você vai prolongar seu sofrimento. A sexta carta. Suas esperanças e medos. – Ela a pegou e passou o polegar sobre a carta. – Oito de Espadas.

A carta mostrava uma mulher presa num círculo de espadas viradas para cima. Ela estava de olhos vendados. A pele de Liss brilhava com o suor.

– Estou vendo você. Está com medo. – Sua voz tremeu. – Vejo seu rosto. Você não pode ir a lugar algum. Só pode ficar num local, presa, ou sentir a dor das espadas. – Aquela devia ser a leitura de cartas mais negativa que ela já fizera. Eu não ia aguentar ver a última carta. – E o resultado final. – Liss pegou a última carta. – A conclusão dos outros.

Fechei os olhos. O éter estremeceu.

Não vi a carta. Três pessoas entraram de repente no barraco, surpreendendo Liss. Os escavadores de ossos tinham me encontrado.

– Ora, ora, ora! Parece que encontramos nossa fugitiva. E sua cúmplice. – Um deles pegou Liss pelo punho, puxando-a para que ficasse de pé. – Está fazendo uma leitura de cartas para a sua visita?

– Eu só estava...

– Você *só* estava usando o éter. Em particular. – A voz era de uma mulher, cheia de maldade. – Só pode ler para o seu guardião,1.

Eu me levantei.

– Acho que sou eu que vocês querem.

Todos os três se viraram para me olhar. A garota parecia um pouco mais velha do que eu, com cabelos compridos e bagunçados e uma testa proeminente. Os dois homens jovens se pareciam tanto que só podiam ser irmãos.

– Verdade. É *você* que nós queremos. – O garoto mais alto empurrou Liss para longe. – Vem sem reagir, 40?

– Depende de para onde vocês querem me levar – respondi.

– Para Magdalen, sua oxigenada. Já amanheceu.

– Vou andando.

– Vamos escoltá-la. São as ordens. – A garota me lançou um olhar de nojo. – Você quebrou as regras.

– Vai me impedir?

Liss balançou a cabeça, mas eu a ignorei. Encarei a garota. Os dentes dela trincaram.

– Faça as honras, 16.

16 era o mais baixo dos dois garotos, mas era musculoso. Ele estendeu a mão e agarrou meu pulso. Com a velocidade de um relâmpago, contorci o braço para a direita. Seus dedos escaparam. Dei um soco na base do seu pescoço, empurrando-o para o irmão.

– Eu disse que vou andando.

16 apertou a garganta. O outro garoto disparou para cima de mim. Abaixei para escapar de seu braço, levantei a perna e chutei seu abdome exposto. Minha bota afundou na gordura macia, fazendo-o se contorcer. A garota me pegou de surpresa: agarrou meu cabelo e o puxou. Minha cabeça bateu com força na parede de metal. 16 ria e respirava com dificuldade enquanto seu irmão me prendia ao chão.

– Acho que você precisa aprender a respeitar – disse ele. E colocou a mão sobre a minha boca, ofegando. – Seu guardião não vai se importar se eu te der uma lição rápida. Ele nunca está por perto.

Sua mão livre tateou em busca do meu peito. Ele estava contando com uma presa fácil, uma garota indefesa. Não com uma concubina. Bati a cabeça direto no seu nariz. Ele xingou. A garota agarrou meus braços. Mordi seu pulso, e ela soltou um gritinho agudo.

– Sua vagabundazinha!

– Saia de cima dela, Kathryn! – Liss a agarrou pela túnica, tirando-a de cima de mim. – O que *aconteceu* com você? Kraz a fez ficar tão cruel assim?

– Cresci. Não quero ser como você e viver na minha própria sujeira. – Kathryn cuspiu nela. – Você é patética. Escória hárli patética.

Meu agressor estava sangrando muito pelo nariz, mas não ia desistir. O sangue dele pingava no meu rosto. Ele puxou minha túnica, rasgando uma costura. Empurrei seu peito, meu espírito prestes a explodir. Lutei contra a vontade de atacar; lutei com tanta força que meus olhos ficaram marejados.

Mas então Julian apareceu. Seu olho estava injetado de sangue, o rosto recém-cortado. Eles devem tê-lo sovado só para chegar ao barraco. Ele envolveu o pescoço do garoto com o braço.

– É assim que vocês, escavadores, ficam satisfeitos? – Era a primeira vez que eu o via com raiva. – Só gostam delas quando lutam?

– Você vai virar osso, 26. – Meu agressor estava sendo sufocado. – Espere até sua guardiã saber disso.

– Conte para ela. Duvido que faça isso.

Ajeitei minha túnica, com as mãos trêmulas. O vermelho levantou os braços para se proteger. Julian o socou no maxilar com um único golpe brutal. O sangue se espalhou pela túnica do garoto, deixando-a com uma mancha de um tom mais escuro. Um pedaço de dente escapou de sua boca.

Kathryn avançou. As costas de sua mão atingiram a bochecha de Liss, arrancando um grito de seus lábios. O grito me assustou. Era o grito de Seb, de novo – mas, desta vez, não era tarde demais. Empurrei meu corpo para sair do chão, na intenção de atacar Kathryn, mas 16 me puxou para baixo pela cintura. Ele era um médium, mas não estava usando espíritos. Ele queria sangue.

– Suhail – rosnou ele.

A confusão tinha atraído um grupo de hárlis. Um túnica-branca estava entre eles. Eu o reconheci: o garoto com tranças, o julco.

– Vá buscar Suhail, seu danista – soltou Kathryn. Ela estava segurando Liss pelos cabelos. – Chame ele *agora*!

O garoto ficou parado. Tinha olhos grandes e escuros com cílios longos. Nenhum deles estava inficcionado. Balancei a cabeça para ele.

– Não – disse ele.

16 soltou um urro.

– Traidor!

Alguns dos artistas desapareceram ao ouvir a palavra. Quando ataquei 16, o suor escorria sob minha túnica. Havia um brilho no canto da minha visão.

O fogão. Encarei as chamas crepitando nas tábuas.

Liss se soltou de Kathryn. Ela empurrou 16. Julian o arrastou para longe de nós.

Uma névoa fina de fumaça encheu o barraco. Liss começou a recolher suas cartas, juntando o baralho com os dedos. Kathryn empurrou a cabeça dela para baixo, mantendo-a parada. Ela deixou um grito abafado escapar.

– Ei, olhe. – Kathryn me mostrou uma carta. – Acho que esta é pra você, xx-40.

A imagem mostrava um homem deitado de bruços, golpeado por dez espadas. Liss tentou pegá-la de volta.

– Não! *Não* era essa...

– Cale a porcaria da boca! – Kathryn prendeu-a no chão. Lutei contra 16, mas ele estava me segurando com uma gravata. – Sua vaca mentirosa e inútil. Você acha que teve uma vida difícil? Acha que é muito *difícil* dançar pra eles enquanto estamos lá fora, sendo comidos pelos Zumbidores?

– Você não precisava voltar lá, Kathy...

– Cale a boca! – Kathryn bateu a cabeça dela no chão. Estava brava demais para se preocupar com o fogo. – Toda noite estou na floresta vendo pessoas saírem com braços arrancados, tudo pra impedir os Emim de entrarem aqui e rasgar seu pescoço inútil. Tudo pra você poder se sentar na sua cidadezinha e brincar com cartas e tecidos. Nunca mais vou ser como você, está me ouvindo? Os Rephs viram MAIS em mim!

Julian arrastou 16 para fora. Tentei pegar as cartas, mas Kathryn chegou primeiro.

– Boa ideia, 40 – disse ela, quase histérica de raiva. – Vamos ensinar uma lição a essa escória de túnicas-amarelas.

Ela jogou o baralho inteiro no fogo.

O resultado foi instantâneo. Liss soltou um grito terrível, agonizante. Eu nunca tinha ouvido um humano emitir um som como aquele. Fiquei de cabelo em pé. As cartas queimaram como folhas secas. Ela tentou pegar uma, mas segurei seu pulso.

— Tarde demais, Liss!

Mas ela não me ouviu. Enfiou os dedos no fogo, sufocando e dizendo "não, não" repetidas vezes.

Com pouco combustível, além da parafina derramada, o fogo logo se extinguiu. Liss foi deixada de joelhos, com as mãos vermelhas e brilhantes, encarando os restos chamuscados. Seu rosto estava manchado de cinza, os lábios, de roxo. Ela soltava soluços sofridos, se embalando sobre os calcanhares. Eu a abracei, encarando os restos do fogo, entorpecida. Seu corpinho oscilava.

Sem suas cartas, Liss não conseguiria mais se conectar ao éter. Ela teria que ser forte para sobreviver ao choque.

Kathryn agarrou meu ombro.

— Isso não teria acontecido se você tivesse vindo conosco. — Ela limpou o nariz ensanguentado. — Levante-se.

Olhei para Kathryn e empurrei uma pontinha do meu espírito para sua mente. Ela se encolheu para longe de mim.

— Afaste-se — falei.

A fumaça queimava meus olhos, mas não desviei o olhar. Kathryn tentou rir, mas seu nariz estava começando a sangrar.

— Você é um monstro. O que você é, algum tipo de fúria?

— Fúrias não conseguem afetar o éter.

Ela parou de rir.

Um grito abafado veio do lado de fora. Suhail abriu caminho à força até o barraco, passando pelos artistas apavorados. Ele observou tudo: a fumaça, a confusão. Kathryn se apoiou em um joelho e baixou a cabeça.

Fiquei bem parada. Suhail estendeu uma das mãos, me agarrou pelos cabelos e puxou meu rosto com violência até o dele.

— Você — disse ele — vai morrer hoje.

Seus olhos ficaram vermelhos.

Foi quando percebi que ele estava falando sério.

Queda de um muro

O porteiro do dia ficou observando Suhail passar, me arrastando pelo pulso. Minha garganta estava doendo, meu rosto, manchado de sangue. Ele me puxou escada acima e bateu com força na porta do Mestre.

— Arcturus!

Um zumbido abafado chamou minha atenção. Liss dissera que o Mestre me mataria por perder a alvorada. O que ele faria por eu ter resistido à prisão?

A porta se abriu. O Mestre estava lá, uma silhueta enorme contrastando com o aposento mal iluminado. Seus olhos eram dois círculos de luz. Eu estava enraizada ali. Ter a aura minada provocou em mim uma espécie de ataque. Eu não conseguia sentir o éter. Nada. Se ele tentasse me matar naquele momento, eu não poderia fazer nada para impedi-lo.

— Nós a encontramos. — Suhail me puxou para a frente. — Escondida no Pardieiro. Aquela magrela subversiva tentou provocar um incêndio.

O Mestre olhou para nós dois. As evidências eram claras como vidro: os olhos de Suhail, meu rosto manchado de sangue.

— Você se alimentou dela — disse ele.

— Tenho o *direito* de me alimentar de humanos.

— Não dessa. Você pegou demais. A soberana de sangue não vai ficar feliz com sua falta de limites.

Não consegui ver o rosto de Suhail, mas imaginei que ele exibia um olhar de desprezo.

No silêncio que se seguiu, tossi: uma tosse seca e entrecortada. Eu estava completamente trêmula. O Mestre direcionou o olhar para o rasgo na minha túnica.

– Quem fez isso? – Fiquei em silêncio. O Mestre se abaixou até ficar da minha altura. – Quem fez isso? – Sua voz provocou um arrepio gelado no meu peito. – Um túnica-vermelha? – Fiz que sim com a cabeça, com o mínimo de movimento. O Mestre olhou para Suhail. – Você permite que os túnicas-vermelhas violem outros humanos à vontade no seu turno?

– Não me importo com os métodos deles.

– Não queremos que eles se *reproduzam*, Suhail. Não temos tempo nem meios para lidar com uma gravidez.

– Os comprimidos os deixam estéreis. Além do mais, a fornicação deles é assunto do Capataz.

– Você vai fazer o que eu mandar.

– Sem dúvida. – Suhail baixou o olhar para mim com aqueles olhos vermelhos arrepiantes. – Mas, voltando aos negócios. Peça perdão ao seu mestre, 40.

– Não – falei.

Ele me deu uma bofetada. Caí para o lado e me apoiei na parede. Um filme de prisioneiro passou diante dos meus olhos.

– Peça *perdão* ao seu mestre, XX-59-40.

– Você vai ter que me bater com muito mais força do que isso.

Ele levantou a mão para obedecer. Antes que conseguisse bater, o Mestre bloqueou seu braço.

– Vou cuidar dela em particular – disse ele. – Não é da sua alçada puni-la. Acorde o Capataz e resolva a confusão. Não quero que as horas de luz do sol sejam perturbadas por esse incidente.

Os dois se encararam. Suhail soltou um leve rosnado, se virou e foi embora. O Mestre o observou se afastar. Depois de um instante, ele me pegou pelo ombro e me conduziu até o quarto.

Seu aposento estava como sempre: cortinas abertas, fogo na lareira. O gramofone tocando "Mr. Sandman". A cama parecia tão quentinha. Eu queria me deitar, mas não ia demonstrar fraqueza na frente dele. Eu tinha que ficar de pé. O Mestre trancou a porta e se sentou na poltrona. Esperei, ainda instável por causa da bofetada.

— Venha cá.

Eu não tinha escolha. O Mestre ergueu o olhar para mim, só um pouco. Mesmo sentado, ele era quase da minha altura. Seus olhos estavam turvos e nítidos, como o licor *chartreuse*.

— Você tem desejo de morrer, Paige? — Não respondi. — Não ligo para o que pensa de mim, mas há certas regras que você tem de obedecer nesta cidade. Uma delas é o toque de recolher. — Continuei sem falar. Ele não ia desfrutar da satisfação de me deixar com medo. — O túnica-vermelha — disse ele. — Como ele era?

— Cabelo louro-escuro. Com vinte e poucos anos. — Minha voz estava rouca. — Havia um garoto que se parecia um pouco com ele: 16. E uma garota, Kathryn.

Um espasmo gelado torturou meu estômago enquanto eu falava. Dedurar para um Reph parecia criminoso. Mas então pensei no rosto de Liss, no sofrimento dela, e fiquei mais determinada.

— Eu os conheço. — O Mestre olhou para o fogo. — Os garotos são irmãos, os dois são médiuns. XIX-49-16 e 17. Chegaram aqui bem mais novos que você. — Ele entrelaçou as mãos. — Vou garantir que nunca mais tenham permissão para machucá-la de novo. — Eu deveria ter agradecido a ele, mas não fiz isso. — Sente-se. Sua aura vai se recuperar sozinha. — Afundei na poltrona em frente à dele. Minhas costelas começavam a doer, e minhas pernas também estavam doloridas. O Mestre me observou.

— Está com sede?

— Não — respondi.

— Com fome?

— Não.

— Você deve estar com fome. A gororoba que os artistas cozinham faz mais mal do que bem.

— Não estou com fome.

Não era verdade. O caldo era pouco mais do que água, e meu estômago ansiava por alguma coisa consistente e quentinha.

— Que pena. — O Mestre apontou para a mesinha de cabeceira. — Eu preparei uma coisa para você.

Eu tinha visto o prato no instante em que entrei. Achei que era para ele, mas depois me lembrei do que ele se alimentava. Claro que não era para ele.

Como não me movi, o Mestre se mexeu. Colocou o prato no meu colo, junto aos talheres pesados de prata. Olhei para a refeição. A visão fez minha cabeça girar e minha garganta doer. Ovos cozidos, abertos para liberar uma gema dourada. Um prato de vidro com cevada em grãos, misturada com castanhas e feijões-pretos inchados que brilhavam como gotas de ônix. Uma pera descascada, afogada em conhaque. Um cacho de uvas vermelhas. Pão integral com manteiga.

– Coma.

Fechei os punhos.

– Você tem que comer, Paige.

Eu queria muito desafiá-lo, jogar o prato nele, mas minha cabeça estava leve, e a boca, sedenta. Tudo que eu queria era comer aquela maldita comida. Peguei a colher e comi um punhado de cevada. Os feijões estavam quentes, a castanha, macia e doce. Um alívio tomou meu corpo, e a dor no meu abdome começou a ceder.

O Mestre voltou a se sentar. Observou em silêncio eu me alimentar. Senti o peso de seu olhar, penetrante e iluminado. Quando terminei, coloquei o prato no chão. A queimação do conhaque se prolongou na minha língua.

– Obrigada – falei.

Eu não queria dizer aquilo, mas tinha que falar alguma coisa. Seus dedos tamborilavam no braço da poltrona.

– Quero continuar seu treinamento amanhã à noite – disse ele. – Você tem alguma objeção?

– Não tenho escolha.

– E se tivesse?

– Não tenho – falei –, então não importa.

– Estou falando hipoteticamente. Mas, se você tivesse opção, se pudesse controlar seu destino, continuaria o treinamento comigo ou faria o próximo teste sem treinar?

Meus lábios estavam formando uma resposta desagradável quando mordi a língua para impedi-la.

– Não sei – falei.

O Mestre remexeu no fogo.

– Deve ser um dilema. Sua moral diz "não", mas seu instinto de sobrevivência diz "sim".

– Já sei lutar. Sou mais forte do que pareço.

– É, sim. Sua fuga do Capataz foi um testemunho de força. E, é claro, seu dom é uma grande vantagem. Nem os Rephaim esperam que um segundo espírito invada o plano onírico deles. Você tem o elemento surpresa a seu lado. – O fogo dançava em seus olhos. – Mas primeiro precisa superar seus limites. Há um motivo para você achar tão difícil sair do seu corpo. Cada movimento seu é controlado. Seus músculos estão constantemente tensionados, prontos para correr, como se você percebesse perigo até no ar que respira. É doloroso de assistir; pior do que ver um cervo sendo caçado. O cervo, pelo menos, pode fugir para seu rebanho. – Ele se inclinou para a frente. – Onde fica seu rebanho, Paige Mahoney?

Eu não tinha ideia de como responder. Entendia o que ele estava querendo dizer, mas meu rebanho, meu grupo, era Jax e o resto da gangue. E eu não podia dar nenhuma pista da existência deles.

– Não preciso de um – falei. – Sou um lobo solitário.

Ele não caiu nessa.

– Quem treinou você para escalar prédios? Quem a ensinou a atirar? Quem a ensinou a ver mais longe no éter, a tirar seu espírito do lugar natural?

– Aprendi sozinha.

– Mentirosa.

Ele colocou a mão embaixo da poltrona. Senti um aperto no peito. Minha mochila de emergência. Uma das alças estava pendurada por um fio.

– Você podia ter morrido na noite em que fugiu do Capataz. O único motivo para isso não ter acontecido foi que, quando você ficou inconsciente, essa mochila se prendeu num varal, impedindo sua queda. Quando ouvi essa história, fiquei pessoalmente interessado em você.

Ele abriu o zíper da mochila. Meu queixo travou. Ali dentro estavam as *minhas* coisas, não as dele.

– Quinina – listou o Mestre, repassando o conteúdo. – Adrenalina, misturada com Dexedrina e cafeína. Suprimentos médicos básicos. Remédios para dormir. Até mesmo uma arma de fogo. – Ele exibiu minha pistola. – Você estava impressionantemente bem-equipada naquela noite, Paige. Nenhum dos outros estava.

Um arrepio percorreu a parte de trás das minhas costelas. Nenhum sinal do panfleto. Ou ele o escondera em algum lugar ou o panfleto fora parar em outras mãos.

– Sua identidade diz que você trabalha como ósteon, servente num bar de oxigênio. Pelo que o Capataz me conta das cidadelas Scion, o salário para essa classe de emprego é baixo. Isso me leva a acreditar que você não comprou esses suprimentos sozinha. – Ele fez uma pausa. – Então, quem comprou?

– Não é da sua conta.

– Você os roubou do seu pai?

– Não vou dizer mais nada. Minha vida antes deste lugar não é sua.

O Mestre pareceu pensar nisso antes de nivelar seu olhar com o meu.

– Você está certa – disse ele –, mas sua vida é minha agora.

Cravei as unhas na poltrona.

– Se você estiver aberta ao conceito geral de sobrevivência, vamos recomeçar o treinamento amanhã. Mas teremos um segundo aspecto no seu ensinamento. – Ele apontou com a cabeça para minha poltrona. – Todas as noites, você vai passar pelo menos uma hora nessa poltrona e vai conversar comigo.

As palavras saltaram da minha língua:

– Prefiro morrer.

– Ah, você pode muito bem morrer. Soube que, se você fumar áster púrpura demais, vai ficar presa em seu plano onírico e seu corpo vai murchar por falta de água. – Ele apontou com a cabeça para a porta. – Vá agora, se quiser. Morra. Nunca mais olhe para mim. Não vejo motivos para prolongar seu sofrimento.

– A soberana de sangue não vai ficar com raiva?

– Talvez.

– Você se importa?

– Nashira é minha noiva, não minha guardiã. Ela não influencia em como trato meus humanos.

– E como você planeja me tratar?

– Como minha aluna. E não minha escrava.

Virei a cabeça para o outro lado, com o maxilar tenso. Eu não queria ser aluna dele. Não queria me tornar como ele, virar as costas para minha espécie, jogar no campo dele.

Eu estava começando a sentir o éter de novo. Um formigamento fraco nos sentidos.

— Se me tratar como aluna — falei —, quero tratar você como meu mentor, não meu senhor.

— Uma troca justa. Mas mentores devem ser respeitados. Espero isso de você. E espero que você fique comigo, me fazendo companhia educadamente, durante uma hora todas as noites.

— Por quê?

— Você é capaz de andar entre o éter e o mundo corpóreo à vontade — disse ele. — Mas, se não aprender a ficar quieta, mesmo na presença de seus inimigos, vai achar isso difícil. E não vai viver por muito tempo nesta cidade.

— E você não quer isso.

— Não. Acho que é um desperdício terrível de uma vida tão diferente. Você tem muito potencial, mas precisa de um mentor.

Suas palavras se reviraram no meu estômago. Eu *tinha* um mentor. Eu tinha Jaxon Hall.

— Quero pensar no assunto até amanhã — falei.

— Claro. — Ele se levantou, e percebi de novo como era alto. Eu não batia nem no ombro dele. — Tenha em mente que você tem outras opções. Mas aconselho, como mentor, que você pense em quem lhe deu isto. — Com um movimento do pulso, ele jogou a mochila pesada em mim. — Será que eles iam querer que você morresse por nada, ou será que iam querer vê-la lutar?

Pedras de granizo esmagavam o telhado da torre. Esfreguei as mãos na lamparina a querosene, com os lábios e os dedos dormentes de frio.

Eu tinha que considerar a oferta do Mestre. Não queria trabalhar com ele, mas precisava aprender a sobreviver naquele lugar — pelo menos por tempo suficiente até descobrir como voltar para Londres. Voltar para Nick, para Jax. Voltar para fugir de Vigis, para o mime-crime. Voltar para enganar espíritos de Didion Waite, provocando Hector e seus garotos. Era isso que eu queria. Aprender sobre meu dom poderia simplesmente me ajudar a escapar daquele lugar.

Jaxon sempre disse que havia mais em ser uma andarilha onírica além de ter um sexto sentido aguçado. Eu tinha potencial para ir a qualquer lugar, até mesmo a outros planos oníricos. Provara isso matando aqueles dois

Subguardas. O Mestre talvez pudesse me mostrar ainda mais – mas eu não o queria como professor. Ele e eu éramos inimigos naturais, não havia motivo para fingir o contrário. Mesmo assim, ele tinha observado tantas coisas em mim: o modo como eu me portava, minha tensão, meu estado de alerta. Jax sempre me falou para relaxar, para me permitir flutuar. Mas isso não significava que eu podia confiar no homem que me mantinha trancada naquele quarto frio e escuro.

À luz fraca da lamparina, esvaziei a mochila. A maioria dos meus pertences ainda estava ali: as seringas, o equipamento, até minha arma. Sem munição, é claro, e as seringas estavam todas vazias. Meu celular tinha sido confiscado. Só mais uma coisa estava faltando: *Sobre os méritos da desnaturalidade.*

Um formigamento gelado percorreu todos os meus músculos. Se ele o tivesse dado para Nashira, ela já teria me interrogado a essa altura. Os Rephaim deviam ter visto o panfleto antes, mas nunca tinham visto minha cópia.

Deitei de costas no colchão, tomando cuidado com meus machucados, e puxei os lençóis até o pescoço. As molas quebradas espetavam meus ombros. Eu tinha levado três pancadas na cabeça num intervalo de minutos e estava cansada. Olhei para o mundo pelas barras da janela, desejando que a resposta brilhasse através delas. Mas é claro que nada aconteceu. Só o crepúsculo inevitável.

O sino noturno tocou quando o sol se pôs. Eu já considerava aquilo normal, como um despertador. Depois que me vesti, tomei uma decisão delicada. Eu tentaria treinar com ele de novo, se conseguisse aguentar. Havia uma hora de conversa para suportar, mas eu conseguiria lidar com isso. Podia ocupar essas horas com mentiras.

O Mestre estava me esperando na porta. Ele me olhou de cima a baixo.

– Já decidiu?

Mantive distância.

– Sim – respondi. – Vou treinar com você. Se concordar que não é meu senhor.

– Você é mais esperta do que imaginei. – Ele me deu uma túnica preta com faixas cor-de-rosa nas mangas. – Vista isso. Você vai precisar para o próximo teste.

Vesti e abotoei. O tecido era grosso e quente. O Mestre estendeu a mão. Na palma estavam os três comprimidos. Não os peguei.

– Pra que serve o verde?

– Não se preocupe com isso.

– Quero saber pra que serve. Ninguém mais recebe esse.

– Isso é porque você é diferente deles. – Ele não afastou a mão. – Sei que não está tomando seus comprimidos. Não tenho problemas em obrigá-la a tomá-los.

– Eu gostaria de ver você tentar fazer isso.

Seus olhos analisaram meu rosto. Minha pele formigou.

– Não quero chegar a esse ponto – disse ele.

Eu ia perder a briga. Pode chamar de instinto criminoso. Era como Didion e Anne Naylor de novo – mais um dia no mercado negro. Havia algumas coisas que o Mestre podia deixar passar, mas aquela não era uma delas. Prometi a mim mesma que levaria o comprimido verde do dia seguinte para Duckett.

Tomei os comprimidos com um copo d'água. O Mestre segurou meu queixo com a mão enluvada.

– Existem motivos.

Puxei meu queixo para longe. Ele me olhou por um instante, depois abriu a porta. Eu o segui descendo a escada em espiral, chegando aos claustros. Figuras grotescas feitas de pedra observavam o pátio. A temperatura tinha caído, cobrindo-as com uma fina camada de gelo. Cruzei os braços para preservar um pouco do calor. O Mestre me levou para fora da residência – mas não até a rua. Em vez disso, me conduziu para o outro lado de Magdalen, através de um portão de ferro batido, e atravessamos uma passarela sobre um rio azul-esverdeado. O reflexo nítido da lua brilhava na superfície. A chuva de granizo tinha parado, deixando o chão coberto de gelo.

Enquanto percorríamos um caminho sujo, o Mestre enrolou a manga da camisa. A primeira ferida que ele sofreu estava gotejando. Começava a formar uma cicatriz, mas ainda não estava totalmente curada.

– Eles são venenosos? – perguntei. – Os Zumbidores.

– Os Emim carregam uma infecção chamada meio-desejo, que provoca loucura e morte se não for tratada. Eles comem qualquer tipo de carne: fresca ou podre.

Enquanto eu observava, a ferida começava a curar.

– Como você faz isso? – perguntei, me entregando à curiosidade. – Está curando.

– Estou usando sua aura.

Fiquei tensa.

– O quê?

– A essa altura, você já deve saber que os Rephaim se alimentam de aura. É mais fácil eu me alimentar quando o hospedeiro não tem consciência disso.

– Você acabou de se alimentar de mim?

– Isso. – Ele analisou meu rosto. – Você parece estar com raiva.

– A aura não é sua, você não pode pegá-la. – Eu me afastei dele, enojada. – Você já tomou minha liberdade. Não tem direito à minha aura.

– Não peguei o suficiente para prejudicar seu dom. Eu me alimento de humanos em doses pequenas, dando tempo para a regeneração. Outros não são tão educados. E, pode escrever minhas palavras – ele desenrolou a manga –, você não quer que eu contraia meio-desejo na sua presença.

Olhei para seu rosto. Ele estava parado, aceitando meu exame minucioso.

– Seus olhos. – Olhei diretamente para eles, hipnotizada e enojada ao mesmo tempo. – É por isso que eles mudam.

Ele não negou. Seus olhos não estavam mais amarelos, e sim de um tom vermelho-escuro com um brilho suave. A cor da minha aura.

– Não quis ofender – disse ele –, mas tem que ser assim.

– Por quê? Só porque você está dizendo?

Sem responder, ele continuou andando. Eu o segui. Fiquei enjoada ao saber que ele podia se alimentar de mim.

Depois de vários minutos andando, o Mestre parou. Uma névoa fina e azul nos envolveu. Virei meu colarinho para cima.

– Você sentiu – disse o Mestre. – O frio. Já se perguntou por que tem gelo aqui no início da primavera?

– Estamos na Inglaterra. Faz frio.

– Não tão frio. Sinta. – Ele pegou minha mão e tirou uma das luvas. Meus dedos queimaram no ar congelante. – Tem um ponto gélido aqui perto.

Peguei a luva de volta.

– Ponto gélido?

– Isso. Eles se formam quando um espírito morou no mesmo lugar por muito tempo, criando uma abertura entre o éter e o mundo corpóreo. Você nunca percebeu como fica frio quando há espíritos por perto?

– Acho que sim.

Espíritos me provocavam arrepios, mas eu nunca tinha pensado muito no assunto.

– Os espíritos não deveriam morar nos dois mundos. Eles extraem a energia do calor para se sustentar. Sheol 1 está cercada de pontos gélidos: a atividade etérea aqui é muito maior que na cidadela. É por isso que os Emim se sentem atraídos por nós, e não pela população amaurótica em Londres. – O Mestre apontou para o trecho de terra árida na nossa frente. – Como você acha que consegue encontrar o epicentro de um ponto gélido?

– A maioria dos videntes poderia ver os espíritos – falei. – Eles têm o terceiro olho.

– Mas você não tem.

– Não.

– Existem maneiras para os que não têm visão fazerem isso. Você já ouviu falar de rabdomancia?

– Ouvi dizer que é inútil – falei. Jax tinha repetido isso para mim várias vezes. – Os rabdomantes dizem que conseguem encontrar o caminho de volta de qualquer lugar. Afirmam serem capazes de lançar numa quando se perdem, e que os espíritos apontam a direção certa. Não funciona.

– Isso pode ser verdade, mas não é "inútil". Nenhum tipo de clarividência é inútil.

Minhas bochechas ficaram quentes. Eu não acreditava de verdade que os rabdomantes eram inúteis, mas Jax sempre falou que eram. Não era possível trabalhar para Jaxon Hall sem compartilhar suas opiniões sobre esses assuntos.

– Por que é útil, então? – perguntei. O Mestre olhou para mim. – Você devia estar me ensinando. Me ensine.

– Muito bem. Se você quer aprender... – O Mestre começou a andar. – A maioria dos rabdomantes acredita que, quando seus numa caem, eles apontam na direção de casa, na direção de tesouros enterrados, na direção de qualquer coisa que querem encontrar. No fim, isso os enlouquece. Porque os numa não apontam para o ouro, mas para o epicentro do ponto gélido mais próximo. Às vezes eles andam por quilômetros e não encontram o que procuram. Mas eles acham algo: um portal secreto. O que não sabem é como abri-lo. – Ele parou. Eu tremia. O ar estava escasso e frio. Respirei mais fundo, com mais força. – Para os vivos, é difícil ficar perto de um ponto gélido. Aqui. – Ele me deu um cantil de prata com tampa de rosca. Olhei para o recipiente. – É só água, Paige.

Bebi. Estava com sede demais para recusar. Ele pegou o cantil de volta e o guardou. A água clareou minha mente.

O chão que pisávamos havia congelado, como se estivéssemos no auge do inverno. Firmei meus dentes, que batiam. O espírito responsável pelo ponto gélido estava flutuando por perto. Como ele não se aproximou de nós, o Mestre se agachou na borda do gelo, sacou uma faca e a apoiou no braço. Dei um passo à frente.

– O que você está fazendo?

– Abrindo a porta.

Ele fez um corte no próprio pulso. Três gotas de ectoplasma caíram no gelo. O ponto gélido rachou ao meio, e o ar ficou branco. Formas se reuniram ao meu redor. Vozes. *Onírica, onírica.* Coloquei as mãos nos ouvidos, mas isso não as bloqueou. *Onírica, não vá em frente. Volte.* Olhei para cima, e a escuridão me cercou novamente.

– Paige?

– O que aconteceu? – Minha cabeça estava confusa e dolorida.

– Abri o ponto gélido.

– Com seu sangue.

– Isso.

Seu pulso já tinha parado de pingar. O tom vermelho persistia em seus olhos. Minha aura ainda trabalhava em suas feridas.

– Quer dizer que dá para "abrir" um ponto gélido? – perguntei.

– Você não consegue. Eu, sim.

– Porque os pontos gélidos levam ao éter. – Fiz uma pausa. – É possível usá-los pra chegar ao Limbo?

– É. Foi assim que viemos para cá. Imagine que existem dois véus entre o éter e o seu mundo: o mundo dos vivos. No meio desses véus fica o Limbo, um estado intermediário entre a vida e a morte. Quando os rabdomantes encontram um ponto gélido, acham o meio de se movimentar entre os véus. Para entrar no meu lar, o reino dos Rephaim.

– Humanos podem ir lá?

– Tente.

Ergui o olhar para ele. Quando fez um sinal com a cabeça para o ponto gélido, dei um passo na direção do gelo. Nada aconteceu.

– Nenhuma matéria corpórea consegue sobreviver além do véu – disse o Mestre. – Seu corpo não consegue ultrapassar o portal.

– E os rabdomantes?

– Eles ainda são de carne.

– Por que abri-lo agora, então?

O sol tinha desaparecido.

– Porque é a hora certa – explicou ele – de você encarar o Limbo. Você não vai entrar. Mas vai ver.

O suor começou a se acumular na minha testa. Dei um passo para fora do gelo. Eu estava começando a sentir espíritos por toda parte.

– A noite é a hora dos espíritos. – O Mestre ergueu os olhos para a lua. – Os véus estão mais finos agora. Pense nos pontos gélidos como fendas no tecido.

Observei o ponto gélido. Algo nele perturbava meu espírito.

– Paige, você tem duas tarefas hoje à noite – disse ele, virando-se para me encarar. – Ambas vão testar os limites da sua sanidade. Você acreditaria em mim se eu dissesse que isso vai ajudá-la?

– Não muito – falei –, mas vamos em frente.

A obrigação

O Mestre não me disse aonde íamos. Ele me conduziu por outra trilha, até os campos abertos de Magdalen. Eu sentia espíritos em toda parte: no ar, na água – espíritos dos mortos que tinham passado por ali. Não conseguia ouvi-los, mas, com um ponto gélido aberto a menos de dois quilômetros dali, eu os sentia com tanta força quanto se fossem presenças vivas.

Fiquei perto do Mestre apesar de não querer. Se algum daqueles espíritos fosse maligno, eu imaginava que ele seria capaz de repeli-lo com mais eficiência do que eu.

A escuridão ficou mais profunda enquanto caminhávamos pelos campos, para longe das lamparinas de Magdalen. O Mestre continuou em silêncio conforme atravessávamos uma campina molhada onde os gramados tinham sido substituídos por ervas e grama na altura do joelho.

– Aonde estamos indo? – perguntei. Minhas botas e meias já estavam encharcadas.

O Mestre não respondeu.

– Você disse que eu era sua aluna, não sua escrava – falei. – Quero saber aonde estamos indo.

– Para os campos.

– Por quê?

Sem resposta de novo.

A noite estava ficando mais fria, anormalmente fria. Depois do que pareceram horas, o Mestre parou e apontou.

– Ali.

No início, não enxerguei. Quando meus olhos se ajustaram, o contorno de um animal apareceu à luz fraca da lua. A criatura tinha quatro patas e pelo sedoso. Seu pescoço era branco como neve, e o focinho, comprido e estreito; tinha olhos escuros e um pequeno nariz preto. Eu me perguntei qual de nós parecia mais surpreso.

Uma corça. Eu não via uma desde que morava na Irlanda, quando meus avós me levaram para as Montanhas Galtee. Uma onda de empolgação infantil me dominou.

– Ela é linda – falei.

O Mestre deu um passo em direção à corça. O animal estava amarrado a um poste.

– O nome dela é Nuala.

– Esse nome é irlandês.

– Sim, apelido de Fionnuala. Significa *ombros brancos*, ou *ombros claros*.

Olhei de novo. Havia dois pontos brancos em cada lado de seu pescoço.

– Quem deu esse nome a ela?

Em Scion, era arriscado dar nomes irlandeses a animais de estimação ou crianças. A pessoa podia ser acusada de simpatizar com os manifestantes de Molly.

– Fui eu.

Ele soltou a coleira do pescoço do bicho. Nuala o cutucou com o nariz. Esperei que ela corresse, mas só ficou ali parada, olhando para o Mestre. Ele falava com ela em uma língua estranha, acariciando seu pescoço branco, e ela parecia realmente ouvir. Estava hipnotizada.

– Quer dar comida a ela? – O Mestre pegou uma maçã vermelha na manga. – Ela tem uma queda especial por maçãs. – Ele me jogou a fruta. Nuala voltou seu olhar para mim, mexendo o nariz. – Com carinho. Ela se assusta com facilidade. Especialmente com um ponto gélido por perto.

Eu não queria assustá-la, mas, se o Mestre não a assustava, como eu poderia? Estendi a mão, apresentando a maçã. A corça cheirou a fruta. O Mestre disse alguma coisa, e ela a pegou de repente.

– Perdoe-a. Está com muita fome. – Ele deu um tapinha no pescoço dela e lhe ofereceu outra maçã. – Eu raramente tenho chance de vê-la.

– Mas ela mora em Magdalen.

– Sim, mas preciso tomar cuidado. Não é permitido ter animais dentro dos limites da cidade.

– Então, por que você a mantém?

– Para ter companhia. E para você.

– Pra mim – repeti.

– Ela está esperando por você. – Ele se sentou em uma pedra lisa, deixando Nuala ir até as árvores. – Você é uma andarilha onírica. O que isso significa para você?

Ele não tinha me trazido até ali para alimentar uma corça.

– Estou sintonizada com o éter – respondi.

– Fale mais.

– Consigo sentir outros planos oníricos ao longe. E a atividade etérea em geral.

– Exatamente. Esse é seu dom de nascença, o ponto principal: uma sensibilidade aguçada em relação ao éter, uma consciência que a maioria dos outros clarividentes não tem. Isso vem do seu cordão de prata, que é flexível. Ele permite que você desloque seu espírito do centro do seu plano onírico, que amplie sua percepção do mundo. Fazer isso enlouqueceria a maior parte dos clarividentes. Mas, quando treinamos na campina, eu a encorajei a empurrar seu espírito para o meu plano onírico. A atacá-lo. – Seus olhos ardiam na escuridão. – Você tem potencial para fazer mais do que apenas sentir o éter. Consegue afetá-lo. Você é capaz de afetar outras pessoas. – Não respondi. – Talvez, quando era mais nova, até conseguisse machucar as pessoas. Talvez conseguisse pressionar o plano onírico delas. E, pode ser que isso tivesse consequências: sangramentos do nariz, visão distorcida...

– Sim.

Ele já sabia. Não havia motivo para negar.

– Algo mudou no trem – continuou ele. – Sua vida estava em perigo. Você ficou com medo de ser presa. E, pela primeira vez, esse poder dentro de você... esse poder emergiu.

– Como você descobriu?

— Recebemos um relatório de que um Subguarda tinha sido assassinado... sem sangue, sem armas, sem uma única marca no corpo. Nashira soube, imediatamente, que havia sido trabalho de um andarilho onírico.

— Podia ter sido um poltergeist.

— Os poltergeists sempre deixam marcas. Você devia saber disso.

As cicatrizes na minha mão pareciam ter diminuído um pouquinho.

— Nashira queria você viva — disse o Mestre. — A DVN faz prisões violentas e desajeitadas, assim como muitos dos nossos túnicas-vermelhas. Cerca de metade dessas prisões terminam em morte. Isso não podia acontecer no seu caso. Você tinha que estar intacta. Foi por isso que Nashira mandou o Capataz, seu aliciador especial de clarividentes.

— Por quê?

— Porque ela quer descobrir seu segredo.

— Não existe segredo. É o que eu sou.

— É o que Nashira também quer ser. Ela anseia por dons raros como o seu.

— Por que ela não o pega, então? Poderia ter me matado quando assassinou Seb. Por que esperar?

— Porque ela quer entender a extensão total de suas habilidades. Mas Nashira não vai esperar para sempre.

— Não vou me apresentar pra você — falei. — Ainda não sou uma hárli.

— Não pedi que se apresentasse para mim. Qual é a necessidade? Vi sua habilidade na capela. Você forçou seu espírito para dentro da mente de Aludra. Vi na campina, quando você entrou na minha mente. Mas me diga — ele se inclinou para mim, os olhos vermelhos e quentes na escuridão —, você poderia ter *possuído* algum de nós?

Houve um silêncio tenso, interrompido apenas pelo grito agudo de uma coruja. O som me fez olhar para cima. Vi a lua, envolta por uma nuvem em forma de xícara fumegante. Por um breve instante, fui levada de volta ao escritório de Jax, para quando abordamos o assunto da possessão pela primeira vez.

"Minha querida", dissera ele, "você tem sido uma estrela. Não, um corpo luminoso. Você absoluta e indubitavelmente veio pra ficar, é um Selo feito pra explodir, mas agora eu gostaria de te dar uma nova tarefa. Uma tarefa que vai testar, mas também *completar* você." Ele me pediu para forçar minha mente para dentro da dele, com a intenção de ver se eu conseguia assumir o controle de seu corpo. A ideia me abalou. Até tentei sem muito entusiasmo, mas a complexidade de sua mente tinha sido demais para que eu compreendesse. "Ah, sim!", exclamara ele, dando um trago no charuto. "Valeu a tentativa, minha adorada. Pode ir agora. Há campos a semear, jogos a jogar."

Talvez eu devesse ter feito. Talvez, se eu realmente quisesse, eu pudesse ter tomado o corpo de Jax e arrancado aquele maldito charuto, mas era justamente essa habilidade que me assustava. Controlar alguém era uma responsabilidade muito grande, grande demais para mim. Mesmo com a promessa de um aumento no salário. Eu vagaria pelas mentes de Londres, mas nunca assumiria o controle delas. Nem por todo o dinheiro do mundo.

– Paige?

Acordei de repente das minhas memórias.

– Não – falei. – Eu não poderia ter possuído Aludra. Nem você.

– Por que não?

– Porque não consigo possuir pessoas. E definitivamente não consigo possuir Rephs.

– Gostaria de fazer isso?

– Não. Você não pode me obrigar.

– Não tenho intenção de forçá-la. Estou apenas apresentando uma oportunidade de "ampliar seus horizontes", como dizem por aí.

– Provocando dor.

– Se a possessão for bem realizada, não deve causar nenhuma dor. Não espero que você possua um humano. Certamente não hoje à noite.

– Então, o que você quer? – Ele olhou para o campo. Segui sua linha de visão. A corça estava arrastando os cascos sobre algumas flores, observando-as se dobrarem. – Nuala – falei.

– Sim.

Observei a corça baixar a cabeça e fungar um canteiro de grama. Eu nunca tinha pensado em praticar possessão em animais. As mentes deles eram muito diferentes das humanas – menos complexas, menos conscientes –, mas isso poderia dificultar tudo. Podia nem ser possível encaixar meu espírito humano num corpo animal. Será que eu pensaria como humana quando tivesse um plano onírico animal? E ainda havia outras preocupações: isso poderia machucar a corça? Será que ela ia lutar contra minha infiltração ou me deixaria entrar direto?

– Não sei – falei. – Ela é grande demais. Posso não ser capaz de controlá-la.

– Vou encontrar alguma coisa menor.

– O que exatamente você quer com isso? – Como ele não respondeu, continuei: – Você é muito controlador pra alguém que diz estar me dando uma *oportunidade*.

– Quero que você aproveite essa oportunidade. Não vou negar.

– Por quê?

– Porque quero que você sobreviva.

Sustentei seu olhar por um instante, tentando interpretá-lo. Não consegui. Havia algo no rosto dos Rephaim que desestimulava a adivinhação emocional.

– Está bem – concordei. – Um animal menor. Um inseto, um roedor, talvez um pássaro. Alguma coisa com senciência limitada.

– Muito bem.

Ele estava prestes a se virar, mas parou. Dando uma olhadela na minha direção, tirou uma coisa do bolso: um pingente em uma corrente fina.

– Use isto – disse ele.

– Por quê?

Mas ele tinha ido embora. Sentei na beirada de uma rocha pequena, lutando contra um tremor de expectativa. Jax aprovaria isso, mas não tenho certeza sobre Nick.

Olhei para o pingente. Era mais ou menos do comprimento do meu dedão, entrelaçado na forma de asas. Quando corri o dedo por ele, houve um pequeno tremor no éter. Devia estar sublimado. Passei a corrente por cima da cabeça.

Nuala voltou depois de um tempo, provavelmente entediada com a grama. Eu estava aninhada na pedra, com as mãos bem no fundo dos bolsos da minha túnica. Estava extraordinariamente frio, e minha respiração saía em nuvens brancas.

– Oi – falei.

Nuala cheirou meu cabelo como se estivesse tentando descobrir o que era, depois dobrou as pernas e se aninhou ao meu lado. Ela pousou a cabeça no meu colo e soltou uma espécie de bufada feliz. Tirei as luvas e acariciei suas orelhas. Seu pelo tinha um cheiro almiscarado. Eu sentia seus batimentos cardíacos, pesados e fortes. Nunca tinha ficado tão perto de um animal selvagem. Tentei imaginar como seria *ser* aquela pequena corça: me apoiar em quatro patas, viver solta na floresta.

Mas eu não era selvagem. Tinha morado em uma cidadela Scion por mais de uma década. Toda a selvageria havia desaparecido de mim. Foi por isso que me uni a Jax, acho. Para me agarrar ao que ainda existia do meu antigo eu.

Após um instante, decidi sondar o terreno. Fechei os olhos e deixei meu espírito flutuar. Nuala tinha um plano onírico permeável, fino e frágil como uma bolha. Os humanos construíam camadas de resistência ao longo dos anos, mas os animais não tinham tantas armaduras emocionais. Em teoria, eu poderia controlá-la. Dei uma leve cutucada em seu plano onírico.

Nuala soltou um guincho de alerta. Acariciei suas orelhas, fazendo-a se calar.

– Desculpe – falei. – Não vou fazer isso de novo.

Depois de um instante, ela pousou a cabeça no meu colo outra vez, mas estava tremendo. Não sabia que fora eu que a machucara. Passei os dedos sob seu queixo, coçando delicadamente.

Quando o Mestre retornou, eu estava quase dormindo. Ele me acordou com um tapinha no rosto. Nuala olhou para cima, mas o Mestre a acalmou com uma palavra, e ela logo voltou a cochilar.

– Venha – disse ele. – Encontrei um novo corpo para você.

Ele se sentou na rocha. Fiquei impressionada com sua aparência sob a lua: perfeitamente delineado, com feições fortes e a pele brilhante.

– O que é? – perguntei.

– Veja com seus próprios olhos.

Suas mãos formavam uma jaula, a ponta dos dedos mal se tocando. Olhei para um inseto frágil: uma borboleta ou mariposa. Difícil distinguir na escuridão.

– Estava parada quando a encontrei – disse ele. – Ainda está letárgica. Achei que assim seria mais fácil.

Uma borboleta, então. Ela estava se debatendo nas mãos dele.

– Os pontos gélidos assustam os animais. – Sua voz era um rugido suave.
– Eles conseguem sentir um canal aberto para o Limbo.

– *Por que* você o abriu?

– Você vai ver. – Ele levantou o olhar para encontrar o meu. – Está disposta a tentar uma possessão?

– Vou tentar – falei.

Seus olhos brilharam mais quentes, como carvões.

– Você provavelmente já sabe disso – falei –, mas meu corpo vai cair quando eu sair dele. Seria bom se você pudesse me segurar.

Tive que obrigar as palavras a saírem. Detestava pedir um favor a ele, mesmo uma coisa tão pequena e óbvia.

– Claro – disse o Mestre.

Interrompi o contato visual primeiro.

Depois de respirar fundo, expulsei meu espírito. Meus sentidos imediatamente ficaram enevoados, e vi meu plano onírico. Eu já conseguia sentir o éter. Ele se fortalecia à medida que eu andava em direção à fronteira do campo de papoulas, onde estava escuro. O éter estava ali, esperando por mim.

Pulei.

Eu conseguia ver meu cordão de prata saindo do meu plano onírico, me oferecendo um jeito de voltar. O plano onírico do Mestre estava próximo. A borboleta era apenas um pontinho ao lado dele, como um grão de areia ao lado de uma bola de gude. Não houve um salto de reação nem pânico súbito na minha hospedeira.

Eu me vi num mundo de sonhos. Um mundo de cores coberto por uma luz ocre. A borboleta passava os dias se alimentando de flores, e suas cores opulentas formavam todas as suas memórias. Aromas deliciosos vinham de toda parte: lavanda, grama e rosas. Caminhei pelo plano onírico orvalhado, indo em direção à parte mais clara. O pólen caía das árvores repletas de flores, grudando no meu cabelo. Eu nunca tinha me sentido tão livre. Não houve resistência alguma, nem mesmo a mais leve hesitação de um mecanismo de defesa. Era tão indolor, tão fácil e bonito, como se eu tivesse me soltado de algemas pesadas. A sensação era *natural*. Isso era o que meu espírito ansiava fazer: passear em terras desconhecidas. Ele não aguentava ficar preso em um único corpo o tempo todo. Tinha desejo de viajar.

Quando cheguei à zona da luz do sol, dei uma espiada: o espírito era um fio cor-de-rosa finíssimo. Comprimi os lábios e soprei, e ele deslizou para as partes mais escuras.

A partir de então começaria o teste de verdade. Se eu tivesse feito isso direito – e se Jax estivesse certo quando me explicou –, entrar na zona da luz do sol me permitiria assumir o controle do meu novo corpo.

Assim que entrei no círculo, uma luz forte inundou todo o plano onírico: uma luz dourada, rolando sobre mim, enchendo meus olhos, minha pele e meu sangue. Ela me cegou. O mundo se tornou um diamante estilhaçado, um asterisco luminoso.

Por algum tempo, não houve nada. Meu corpo desapareceu, e eu não sentia nada. Mas então acordei.

O pânico foi a primeira sensação que registrei. Onde estavam meus braços, minhas pernas? Por que eu não conseguia enxergar? Espere, eu *conseguia* enxergar – mal –, mas tudo estava coberto de púrpura-vívido, e o verde da grama era claro demais para os meus olhos. Um espasmo assolou meus membros frágeis. Era como a praga cerebral, só que muito pior. Eu estava esmagada, sufocada, gritando sem lábios nem voz. E o que eram aquelas coisas presas em ambos os lados? Tentei me mexer e as coisas se agitaram, como se eu estivesse nos espasmos finais da morte.

Antes que eu me desse conta, pulei para fora da borboleta e voltei para o meu corpo. Eu estava trêmula, ofegando em busca de ar. Deslizei da pedra e caí de quatro no chão.

– Paige?

Tive ânsia de vômito. Um gosto amargo e ácido encheu minha boca, mas nada saiu.

– N-nunca vou repetir isso – falei.

– O que aconteceu?

– Nada. Foi... foi muito *fácil*, m-mas depois... – Abri a túnica, com o peito oscilando. – Não consigo fazer isso.

O Mestre ficou em silêncio. Ele me observou secar o suor da testa, tentando não hiperventilar.

– Você conseguiu, sim – disse ele. – Mesmo sendo doloroso, você conseguiu. As asas dela se moveram.

– Senti que eu estava *morrendo* quando fiz isso.

– Mas você conseguiu.

Eu me recostei na rocha.

– Quanto tempo durou?

– Talvez meio minuto.

Melhor do que eu esperava, mas, ainda assim, era patético. Jaxon teria quebrado uma costela de tanto rir.

– Me desculpe por decepcioná-lo – falei. – Talvez eu não seja tão boa quanto outros andarilhos oníricos.

Seu rosto estava sério.

– Sim – disse ele –, você é. Mas, se não acreditar nisso, não vai atingir seu potencial completo.

Ele abriu a mão, e a borboleta saiu voando na escuridão. Ainda viva. Eu não a tinha matado.

– Você está com raiva – falei.

– Não.

– Então por que está com essa cara?

– Que cara? – Seus olhos estavam frios.

– Nenhuma – falei.

Ele pegou um feixe de madeira seca que estava apoiado na rocha. Observei enquanto raspava duas pedras para acender uma pequena fogueira, usando a madeira como lenha. Virei para o outro lado. Ele que se esforçasse. Eu não estava ali para usar a fauna como marionete.

– Vamos descansar aqui por algumas horas. – O Mestre não olhou para mim. – Você precisa dormir antes da próxima parte do teste.

– Isso significa que eu passei na primeira metade?

– Claro que passou. Você possuiu a borboleta. Foi a única coisa que pedi para fazer. – Ele observou as chamas. – Nada mais. – Abriu uma mochila e estendeu um saco de dormir preto e simples. – Tome. Tem uma coisa que preciso fazer. Você vai ficar em segurança aqui por um tempo.

– Você vai voltar pra cidade?

– Vou.

Eu não tinha muita escolha além de obedecer, apesar de não gostar da ideia de dormir ali – não com tantos espíritos no ar. Havia mais ainda naquele momento e estava ficando mais frio. Tirei as botas e meias molhadas, coloquei-as para secar ao lado das chamas e me fechei no saco de dormir. Mesmo com minha túnica e meu colete, não era quente, mas era melhor do que nada.

O Mestre tamborilou com os dedos no joelho, encarando a escuridão. Seus olhos eram dois carvões vivos, vigiando o perigo. Virei de lado e olhei para a lua. Como o mundo estava escuro... Muito escuro e muito frio.

17

O desejo

— Corra, Pip. Venha.

Meu primo Finn puxou meu braço com mais força. Eu tinha seis anos, e nós estávamos no centro congestionado de Dublin, cercados de pessoas gritando.

— Finn, não consigo ir junto – falei, mas ele me ignorou. Era a primeira vez que meu primo não me escutava.

Devíamos estar no cinema naquele dia: uma manhã fria de fevereiro de 2046, quando o sol do inverno despejava ouro branco no rio Liffey. Eu estava passando as férias escolares na casa da tia Sandra. Ela disse a Finn para tomar conta de mim enquanto estava no trabalho, pois ele não tinha aula. Eu queria ver um filme e almoçar no Temple Bar, mas Finn disse que tínhamos que fazer outra coisa: ver a estátua de Molly Malone. Era importante, dissera ele. Importante demais para perder. Um dia muito especial.

— Vamos fazer história, Pip – comentara ele, apertando minha mão pequena coberta com uma luvinha.

Franzi um pouco o nariz quando ele me falou isso. História era coisa da escola. Eu amava Finn – ele era alto, engraçado e inteligente, e comprava doces para mim quando tinha algum trocado sobrando –, mas eu já vira Molly centenas de vezes. E sabia toda a letra da sua música de cor.

Todo mundo estava cantando quando nos aproximamos da estátua. Olhei para as pessoas de rosto corado, parecendo meio assustadas e meio empolgadas. Finn estava gritando a música com elas, e eu acompanhei, apesar de não entender por que todos nós estávamos cantando. Talvez fosse uma festa de rua.

Segurei a mão de Finn enquanto ele conversava com seus amigos do Trinity College. Todos usavam verde e seguravam cartazes enormes. Eu sabia ler o suficiente para entender a maioria das palavras, mas havia uma que eu não conhecia: SCION. Estava em todos os cartazes, que passavam por mim em flashes, erguidos no alto, misturando irlandês e inglês. ABAIXO MAYFIELD! ÉIRE GO BRÁCH! DUBLIN DIZ NÃO! Puxei a manga de Finn.

– Finn, o que está acontecendo?

– Nada, Paige, fique quietinha um minuto. FORA SCION! CAIA SCION! QUEREMOS SCION FORA DE DUBLIN!

Estávamos perto da estátua, sendo empurrados pela multidão. Eu sempre gostei de Molly. Achava que tinha um rosto delicado. Mas ela estava diferente naquele dia. Alguém havia colocado um saco em sua cabeça e uma corda em seu pescoço. Lágrimas escapavam dos meus olhos.

– Finn, não estou gostando disso.

– FORA SCION! CAIA SCION! QUEREMOS SCION FORA DE DUBLIN!

– Quero ir pra casa.

A namorada de Finn franziu a testa para mim. Kay. Sempre gostei dela. Tinha um cabelo lindo, castanho-escuro, que brilhava como cobre e se enroscava como molas, e seus braços eram pálidos e cheios de sardas. Finn tinha dado a ela um anel *claddagh*, que ela usava com o coração direcionado para a palma. Ela estava vestida toda de preto, e tinha pintado as bochechas de verde, branco e laranja.

– Finn, isso pode ficar violento – disse ela. – Não é melhor levar Paige pra casa? – Como ele não respondeu, ela bateu no namorado. – Finn!

– O quê?

– Leve Paige de volta pra casa! Cleary tem bombas caseiras no carro, pelo amor de Deus...

– De jeito nenhum. Não vou perder isso por nada. Se esses canalhas entrarem, nunca vamos conseguir expulsá-los daqui.

– Ela tem seis anos. Não devia ver isso. – Kay agarrou minha mão. – Vou levá-la pra casa, já que você não vai fazer isso. Sua mãe teria vergonha de você.

– Não. Quero que ela veja tudo.

Ele se ajoelhou na minha frente e tirou o boné. Seu cabelo estava bagunçado. Finn parecia o meu pai, mas seu rosto era afetuoso e sincero, e seus olhos eram azuis como o céu de verão. Ele colocou as mãos nos meus ombros.

– Paige Eva – disse ele, num tom de voz muito sério –, você sabe o que está acontecendo? – Balancei a cabeça. – Pessoas más estão vindo do outro lado do mar. Elas vão nos trancar na nossa cidade e nunca vão nos deixar sair, e vão transformar este lugar em uma cidade-prisão como a deles. Não vamos mais poder cantar nossas canções nem visitar pessoas fora da Irlanda. E gente como você, Pip... não gostam de vocês.

Olhei nos olhos de Finn e entendi o que ele queria dizer. Finn sempre soube que eu conseguia ver coisas. Eu sabia onde todos os fantasmas de Dublin moravam. Isso me tornava má?

– Mas por que Molly está com um saco na cabeça, Finn? – perguntei.

– Porque as pessoas más fazem isso quando não gostam de outras pessoas. Colocam sacos na cabeça delas e cordas no pescoço.

– Por quê?

– Para matá-las. Até mesmo menininhas como você.

Comecei a tremer. Meus olhos doíam. Um nó apertava minha garganta, mas não chorei. Fui corajosa, como Finn.

– Finn – chamou Kay –, estou vendo eles!

– FORA SCION! CAIA SCION!

Meu coração estava acelerado demais. Finn secou minhas lágrimas e colocou seu boné na minha cabeça.

– QUEREMOS SCION FORA DE DUBLIN!

– Eles estão vindo, Paige, e temos que impedi-los. – Ele agarrou meus ombros. – Você vai me ajudar com isso?

Fiz que sim com a cabeça.

– Finn, ai, meu Deus, Finn, eles têm tanques!

Nesse momento, meu mundo explodiu. As pessoas más ergueram as armas e miraram os dardos de fogo na multidão.

* * *

Acordei com o som de tiros.

Minha pele estava escorregadia e gelada, mas por dentro eu fervia. A lembrança tinha queimado meu corpo todo. Eu ainda via Finn, seu rosto rígido de ódio – Finn, que costumava me chamar de Pip.

Chutei o saco de dormir. Ainda ouvia os tiros, treze anos depois. Ainda via Kay de olhos abertos, fixos com o choque da morte. O sangue na sua blusa. Um tiro no coração. Foi isso que fez Finn correr em direção aos soldados, me deixando para trás, agachada debaixo do carrinho de mão de Molly. Eu gritei e gritei para chamá-lo, mas ele não voltou.

Nunca mais o vi.

Não me lembro de muita coisa depois disso. Sei que alguém me levou para casa. Sei que chorei por Finn até minha garganta doer. E que meu pai nunca mais deixou tia Sandra me ver, só no funeral. Depois disso, não chorei mais. Lágrimas não eram capazes de trazer as pessoas de volta. Sequei o suor do rosto com a blusa. Eu ainda devia estar no terreno de Magdalen. Virei de lado, com tanto frio que não sentia mais os pés, e me encolhi como uma bola.

O fogo devia ter se apagado. Chovia, mas eu não estava molhada. Levantei a mão. Meus dedos roçaram em algum tipo de cobertura de lona, um abrigo temporário dos elementos da natureza. Puxei o capuz da minha túnica e saí um pouco dali de baixo.

– Mestre?

Não havia sinal dele. Nem da corça. Ou da fogueira.

Eu estava tremendo de frio, e o tremor só piorou. Aonde ele tinha ido? Com certeza ainda devia estar em Sheol 1. Não tínhamos saído de Sheol 1, Magdalen e seu terreno faziam parte do sistema de residências. Só havíamos nos afastado um quilômetro e meio do ponto gélido, no máximo.

O vento estava ficando mais forte. Eu me aconcheguei debaixo do abrigo. Não havia motivo para ele me deixar sozinha, nenhum motivo mesmo. Talvez eu não tivesse dormido por muito tempo. Calcei as meias e as botas e vasculhei o saco de dormir. Para minha surpresa, encontrei alguns suprimentos: um par de luvas, uma agulha hipodérmica de adrenalina e uma lanterna prateada fina enfiada no forro, junto de um envelope pardo. Meu nome estava escrito na frente. Reconheci a letra do Mestre e o rasguei.

Bem-vinda à Terra de Ninguém. Seu teste é simples: voltar para Sheol I no menor tempo possível. Você não tem comida, água, nem mapa. Use seu dom. Confie em seus instintos.

E me faça um favor: sobreviva à noite. Tenho certeza de que você prefere não ser resgatada.

Boa sorte.

Fiquei segurando o bilhete por um tempo, depois o rasguei.

Eu ia mostrar a ele. Ia mostrar naquele instante mesmo. Ele estava tentando me assustar, mas eu não ia aceitar isso. "Sobreviva à noite"? O que isso significava? Ele devia me considerar muito fraca para achar que eu não conseguiria aguentar um pouco de vento e chuva. Se eu podia lidar com as ruas sórdidas de SciLo, conseguiria enfrentar uma floresta escura. Quanto aos alimentos, por que precisaria deles? O Mestre não tinha me largado no meio do nada. Não é?

Quando olhei para fora da tenda, encontrei uma caixa com o símbolo de ScionIde, o braço militar do governo: duas linhas formando um ângulo reto, como uma forca, com três linhas mais curtas cortando a marca vertical. Dentro da caixa, havia outro bilhete.

Cuidado com os dardos. Caso se quebrem, o ácido que está dentro deles vai provocar uma parada cardíaca em você. Use o sinalizador em caso de emergência. Isso vai convocar um esquadrão de túnicas-vermelhas.

Não vá para o sul.

Acendi a lanterna para ver o conteúdo da caixa: uma pistola de cano longo, um sinalizador, um isqueiro Zippo antigo, uma faca de caça e três dardos prateados pressurizados. Os símbolos de veneno e corrosão estavam impressos na lateral, junto das palavras ÁCIDO FLUORÍDRICO (HF).

Uma arma tranquilizante e um punhado de dardos com ácido. Por que ele simplesmente não deixou a minha pistola? Bom, eu tinha que começar por algum lugar, a menos que quisesse ficar naquela clareira a noite toda. Enrolei o saco de dormir, compactando-o em uma sacola pequena, mas deixei o abrigo onde estava. Eu poderia usá-lo como ponto de referência para ter certeza de que não estava andando em círculos.

Havia alguma coisa ao redor do acampamento. Uma circunferência de minúsculos cristais brancos. Eu me ajoelhei e afundei os dedos neles, levando-os até a boca para experimentar.

Sal.

O acampamento tinha sido montado num círculo de sal.

Fiquei bem parada. Havia boatos entre os videntes de que o sal podia repelir os espíritos – eles chamavam de halomancia –, mas não era verdade. Certamente não afastava poltergeists. Será que ele só estava tentando me assustar ao deixar sal espalhado por toda parte?

Com o capuz sobre a cabeça e a túnica fechada até o queixo, guardei meus suprimentos limitados. Coloquei os dardos e a pistola na sacola, protegendo-os com o saco de dormir, e enfiei o sinalizador no cinto. Deixei a faca dentro da bota; a seringa, na túnica. Coloquei as luvas.

Mal podia esperar para voltar e encará-lo, aquele caspa. Eu conseguia visualizá-lo, observando o relógio, contando os minutos até eu voltar. Sentado ao lado de sua bela fogueira quentinha.

Eu ia mostrar a ele. Não seria ignorada. Eu era a Onírica Pálida, e ele ia ver por quê. Ia entender o motivo de Jax ter me escolhido: porque, contra todas as probabilidades, *eu tinha sobrevivido.*

Fechei os olhos tentando captar atividade etérea, mas não havia nada. Nenhum plano onírico. Eu estava sozinha. Quando abri os olhos, o céu chamou minha atenção. Tive sorte de ter acordado naquela hora: as estrelas estavam prestes a ser engolidas pelas nuvens e, sem o sol, eu não tinha outra forma de me orientar. Sem sinal de Sirius, procurei o Cinturão de Órion. Eu sabia, pelas palestras apaixonadas de Nick sobre astronomia, que, onde quer que o Cinturão estivesse, o norte estava mais ou menos na direção oposta. Eu também sabia onde ele estava em relação a Sheol 1. Localizei as três estrelas e me virei devagar para seguir meu caminho. Encontrei na minha frente um terreno denso de floresta: escuro, fechado e com um matagal alto.

Meu coração martelava no peito. Nunca tive medo de escuro, mas eu precisaria confiar no meu sexto sentido para detectar qualquer agitação. Provavelmente, essa era a ideia. Me testar.

Olhei por sobre o ombro. A floresta também estava escura do outro lado da clareira. Aquele caminho me levaria para o sul, para longe da colônia.

Não vá para o sul.

Eu conhecia o jogo dele. Estava confiando que eu ia obedecer, como uma boa humana. Por que eu deveria ir para o norte, quando o norte me levaria de volta à escravidão – de volta ao Mestre, que havia me deixado ali? Eu não precisava provar nada para ele. Virei para encarar o Cinturão. Ia para o sul. Iria embora daquele fim de mundo.

O vento soprou através das folhas, arrepiando minha pele molhada. Era naquele momento ou nunca mais. Se ficasse pensando no que poderia ou não estar à espreita, eu não teria coragem de me mexer. Cerrei o maxilar e segui para a floresta.

Tudo preto. Às cegas. A chuva tinha amaciado a terra, deixando-a esponjosa e úmida. Meus pés não faziam som algum enquanto eu caminhava entre os carvalhos, andando depressa, às vezes dando uma leve corridinha, usando as mãos para sentir os galhos no caminho. No facho estreito da lanterna, percebi uma névoa indistinta envolvendo o tronco das árvores e formando uma coberta fina sobre o solo, ocultando minhas botas. Não havia luz natural. Rezei para que minha lanterna não se apagasse. Ela tinha sido marcada com o símbolo de Scion, provavelmente era uma peça emprestada dos equipamentos da DVN. O que foi um pequeno alívio: itens feitos em Scion não costumavam parar de funcionar.

Me ocorreu que eu devia estar fora da fronteira normal de Sheol I. Aquele lugar era chamado de Terra de Ninguém por um motivo: não pertencia a ninguém. Talvez fosse propriedade de Scion, talvez não. Eu não fazia ideia de onde aquele caminho ia me levar, mas sabia que Oxford ficava ao norte de Londres. Eu estava indo na direção certa. Minha túnica e minha calça eram escuras o suficiente para me esconderem de olhos observadores, e meu sexto sentido estava mais afiado do que nunca. Eu conseguiria passar por qualquer guarda dos Rephs. Seria capaz de escalar uma cerca com a mesma facilidade que conseguia passar por baixo dela. E, se alguém me atacasse, eu poderia usar meu dom. Eu os sentiria antecipadamente.

Mas então me lembrei do que Liss dissera sobre aquele lugar logo que cheguei: "Terreno deserto. Chamamos de Terra de Ninguém." Isso poderia ter me encorajado se não fosse pelo que ela falara em seguida, quando perguntei se alguém já havia tentado fugir pela rota do sul. "Sim", foi tudo o que ela respondera. Apenas *sim*. Uma confirmação clara de que aquele caminho era perigoso. Outros videntes tinham ido por ali e morrido. Talvez eles também tivessem sido testados desse jeito. Será que o teste era simplesmente resistir à tentação de fugir? Comecei a suar só de pensar nisso. Minas terrestres, armadilhas – tudo isso existia ali. Imaginei câmeras nas árvores, observando cada movimento meu, esperando que eu pisasse em uma mina. A ideia me fez desacelerar.

Não, não. Eu tinha que continuar. Ia conseguir sair dali. Eles estavam confiando que eu pensaria dessa forma, que eu consideraria a segurança. Quase virei para o norte, mas a determinação me impulsionava para a frente. Contra minha vontade, imaginei o Mestre, David e o Capataz perto do fogo, brindando com suas taças enquanto me viam seguir na direção de uma mina.

"Bom, cavalheiros, este é para a andarilha onírica", diria o Capataz. "A maior idiota que já trouxemos para Sheol I."

E o que eles colocariam na minha lápide? Será que esculpiriam PAIGE MAHONEY ou apenas XX-59-40? Supondo que restasse o suficiente de mim para pôr no túmulo, é claro.

Parei e me apoiei em uma árvore. Aquilo era loucura. Por que eu estava imaginando aquelas coisas? O Mestre não suportava o Capataz. Fechei os olhos com força e visualizei outro grupo: Jaxon, Nick e Eliza. Eles estavam na cidadela, me esperando, me procurando. Se eu pelo menos conseguisse sair daquela floresta, conseguiria chegar até eles.

Depois de um instante, abri os olhos. E encarei o que estava empilhado no chão.

Ossos. Ossos humanos. Um esqueleto vestindo uma túnica branca rasgada, sem pernas do joelho para baixo. Recuei e quase caí, tropeçando nos meus pés. Alguma coisa foi esmagada debaixo de mim. Um crânio.

Havia uma sacola perto da carcaça. A mão do seu dono ainda agarrava a alça. Com um triturar de osso seco, eu a soltei. Moscas rastejavam pela carne restante: moscas gigantescas com pelos pretos, inchadas de tanta carne morta. Elas voaram quando peguei a sacola. Minha lanterna iluminou o conteúdo: um pedaço de pão podre e uma garrafa vazia.

Minha pele ficou fria e úmida. Direcionei a lanterna para a direita. A alguns centímetros, uma cratera se estendia entre as folhas, meio afogada pela chuva. Estilhaços de osso e cápsula de mina se espalhavam pelo chão.

Realmente havia um campo minado.

Recostei-me no tronco de um carvalho. Não conseguiria andar por um campo minado no escuro. Eu me afastei da árvore, pulando o esqueleto. *Está tudo bem, Paige.* Com as pernas tremendo, virei para o norte e retomei o caminho pela trilha. Eu não tinha me afastado muito da clareira. Ia conseguir. Depois de me distanciar um pouco dos ossos, tropecei em uma raiz e caí no chão. Fiquei tensa, com o coração acelerado, mas não houve explosão.

Apoiei o peso nos cotovelos, enfiei a mão na túnica e peguei o Zippo, abrindo-o com o dedão. Uma chama rosa limpa. Uma rota para o éter. Eu não era uma áugure – o fogo não era meu protetor –, mas podia usá-lo para fazer uma pequena sessão espírita.

– Preciso de um guia – sussurrei. – Se tem alguém aí, venha até a chama.

Durante muito tempo, não houve nada. A chama se encolhia e piscava. Então, meu sexto sentido despertou, e um jovem espírito surgiu das árvores. Ergui o corpo e fiquei de pé.

– Preciso chegar ao meu acampamento. – Apontei o isqueiro para ele. – Você pode me guiar?

Eu não o ouvia falar, mas ele começou a se mover em direção ao local de onde eu tinha vindo. Senti que era o espírito do túnica-branca morto e comecei a correr. Ele não tinha motivos para me guiar pelo caminho errado.

O círculo de sal logo apareceu. A chuva apagou o isqueiro, mas o espírito continuou perto de mim. Levei alguns minutos para me recompor. Era difícil ceder, mas eu não tinha escolha a não ser ir para o norte. Verifiquei se meus pertences ainda estavam ali, depois parti em direção às árvores novamente, com a lanterna em uma das mãos e o Zippo na outra, e o espírito logo atrás de mim.

Depois de cerca de meia hora de caminhada, com o espírito agarrado aos meus ombros como uma corda, parei para verificar se o Cinturão de Órion tinha ficado para trás. Redefini um pouco minha rota antes de mergulhar de novo na escuridão. Meus ouvidos e meu nariz ardiam, e meu sexto sentido provocava tremores na minha pele. Eu mal sentia os dedos do pé. Parei e segurei os joelhos, respirando fundo para estabilizar os nervos. Assim que inspirei, senti um cheiro. Eu reconhecia aquele odor: morte.

O facho da minha lanterna estava instável. O fedor de carne pútrida ia ficando mais forte. Caminhei por mais um minuto antes de encontrar a fonte. Mais um corpo.

Devia ter sido uma raposa. Tufos de pelo marrom-avermelhado, cobertos de sangue seco, a órbita dos olhos repleta de vermes. Tapei o nariz e a boca com a manga da roupa. O cheiro era horrível.

O que quer que tenha feito aquilo com ela estava ali na floresta comigo. *Vá em frente, Paige. Vá em frente.* A lanterna piscou. Eu mal tinha começado a andar quando um galho estalou.

Será que eu havia imaginado isso? Não, claro que não. Minha audição funcionava bem. Eu ouvia o sangue latejando nos ouvidos. Recostei-me em uma árvore, tentando não fazer muito barulho ao respirar.

Um guarda. Um túnica-vermelha em patrulha noturna. Então ouvi passos pesados; pesados demais para um humano. Desliguei a lanterna e a coloquei no bolso. Não havia motivos para ficar com ela na mão: acendê-la denunciaria minha posição.

O silêncio fazia pressão nos meus ouvidos. Eu não conseguia ver nada, mas ouvi outro passo, mais perto. E o barulho de dentes revirando a carcaça. Alguma coisa tinha encontrado a raposa.

Ou voltado para pegá-la.

Coloquei a mão em volta do isqueiro. Meu coração estava fazendo coisas esquisitas. Eu não sabia se ele tinha se acelerado e passado a produzir um único zumbido ou se simplesmente não estava batendo mais. Atrás de mim, o espírito estremeceu.

Os minutos passavam. Esperei. Eu tinha que me mexer em algum momento, mas eu sabia, eu *sabia* que havia alguma coisa por perto.

Três cliques guturais.

Todos os músculos do meu corpo se retesaram. Respirei pelo nariz, mantendo os lábios bem fechados. Eu não sabia o que era aquele som, mas de jeito nenhum havia sido emitido por um humano. Eu tinha ouvido os Rephs fazerem barulhos estranhos, mas nunca um som tão horrível e visceral.

Um vento súbito apagou o isqueiro. Meu guia espiritual fugiu.

Por um minuto, um medo gelado congelou meus dedos. Nesse momento, me lembrei da pistola guardada na sacola. Seria loucura atirar no meu perseguidor, mas eu poderia distraí-lo. Conseguir algum tempo para me locomover. Pensei em subir em uma árvore, mas desisti da ideia. Árvores não eram meu forte. Seria melhor encontrar um novo lugar para me esconder. Mesmo assim, achar um terreno mais alto parecia uma ideia sensata. Se eu conseguisse chegar a um lugar seguro, poderia apontar a lanterna para a criatura e ver o que era. Guardei o isqueiro e enfiei a mão na sacola.

Com a pistola na mão, comecei a pegar um dardo. Todos os movimentos que eu fazia pareciam barulhentos: cada expiração, cada farfalhada da túnica. Por fim, senti o cilindro frio e liso de um dardo nos dedos. Eu sabia carregar uma arma normal, mas levei alguns minutos para equipar a arma desconhecida no escuro, com as mãos úmidas, tentando ao máximo não fazer barulho. Estando pronta, levantei os braços, mirei e atirei.

Assim que o dardo atingiu o alvo, a criatura chiou como gordura quente em uma panela. Ela correu em direção à fonte do barulho. Tinha seu próprio som. Um zumbido. Moscas.

Não era um animal.

Um enjoo tomou meu corpo. Eu tinha ouvido tantas coisas sobre os Emim, mas nunca havia realmente imaginado encarar um deles. Mesmo depois do que escutei no discurso, mesmo depois de o túnica-vermelha ter perdido a mão, quase passei a acreditar que eles não existiam. Até aquele momento.

Eu mal conseguia ficar de pé. Minhas mãos e meus lábios tremiam. Eu não era capaz de respirar, nem pensar. Será que ele ouvia minha pulsação? Será que sentia o cheiro do meu medo? Será que já estava salivando pela minha carne, ou eu precisava me aproximar mais para que me detectasse?

Carreguei mais um dardo na arma. O Zumbidor fungou no lugar em que eu atirei. Fechei os olhos e tentei alcançar o éter.

Havia alguma coisa errada. Muito errada. Todos os espíritos locais tinham fugido, como se estivessem com medo, mas por que os espíritos temeriam uma criatura do mundo físico? Eles não podiam morrer de novo. Qualquer que fosse o caso, não havia nada para enlaçar.

Percebi que não conseguia mais ouvir o Zumbidor. Minhas mãos estavam escorregadias de suor. Eu mal era capaz de segurar a arma. Poderia morrer a qualquer momento. Carne morta.

A coisa toda só podia ter sido uma armação. Nashira nunca quis que eu conquistasse minhas cores. Ela só queria que eu morresse.

Hoje não, pensei. *Hoje não, Nashira.*

Saí correndo de trás da árvore. Minhas botas esmurravam o chão, meu coração golpeava o peito. Onde ele estava? Será que já tinha me visto?

Alguma coisa me atingiu entre as omoplatas. Eu me senti leve por um instante, suspensa na escuridão. Depois, caí no chão. Meu pulso virou para trás e estalou. Abafei um grito meio segundo tarde demais.

A arma tinha sumido. Não havia chance de encontrá-la. Eu ouvia a criatura – estava perto de mim, estava *em cima* de mim. Enfiei a mão que não estava machucada na bota e encontrei a faca de caça.

Esqueci o meu espírito. Esfaqueei a carne macia. Algo molhado escorreu pelo meu pulso. *Bzzz.* Outra facada, duas facadas. *Bzzz. Bzzz.* Coisas atingiam repetidamente meu rosto: eram pequenas e redondas. Pisquei para afastá-las dos olhos, tossi para expulsá-las da boca. Dedos agarraram meu pescoço, e senti o fedor de um hálito quente no meu rosto. Facada, facada. *Bzzz.* Dentes se fecharam perto da minha orelha. Esfaqueei para cima, de novo na carne, e puxei para baixo. A lâmina rasgou músculos e cartilagens.

E então ele sumiu. Eu estava livre. Minhas mãos ficaram cobertas até o pulso de um líquido melado e fedorento. A bílis subiu pela minha garganta, queimando minha boca e meu nariz.

A lanterna estava a uns três metros de distância. Rastejei até ela, com o pulso quebrado aninhado no peito. Eu já havia quebrado o pulso: estava latejando pra caramba. Eu me arrastei num só braço, segurando a faca entre os dentes, ensopada de suor azedo. O cheiro do cadáver fez meu estômago se revirar, provocando espasmos dolorosos que subiam pela minha garganta.

Agarrei a lanterna e a apontei para trás de mim. Eu via formas escuras entre as árvores. Mais passos. Mais Zumbidores. *Não.*

Minha cabeça estava latejando. Minha visão ficou borrada. *Não quero morrer.* Possuir a borboleta tinha me deixado muito mais fraca do que eu esperava. *Corra.* Enfiei a mão na túnica e peguei a seringa. Meu último recurso. O sinalizador não era um recurso. Eu não ia usá-lo. Não ia perder o jogo.

Adrenalina Autoinjetável ScionAid. Muito mais forte que o coquetel diluído de drogas que Jax usava para me manter acordada. Enfiei a agulha através da calça, direto na coxa.

Uma dor aguda. Xinguei, mas mantive a agulha na carne. Um choque automático de adrenalina penetrou meu músculo. A adrenalina de Scion era feita para despertar o corpo todo; não apenas ajudá-lo a funcionar, mas acabar com a dor e deixar a pessoa mais forte. Os Vigis ficavam o tempo todo ligados com esse negócio. Meus músculos ficaram flexíveis. Minhas pernas se fortaleceram. Ergui o corpo do chão e saí correndo. A adrenalina não tinha efeito sobre meu sexto sentido, mas facilitava a concentração no éter.

O Zumbidor tinha um plano onírico escuro e cavernoso, um buraco negro no éter. Eu não chegaria muito longe se tentasse entrar nele. Mesmo assim, tentei, quase sem sair do meu corpo.

Uma nuvem preta me envolveu. Meu plano onírico ficou escuro, e os cantos da minha visão se agruparam. Eu precisava repeli-lo. Um pulo de tiro rápido deveria afastá-lo. Meu espírito saiu voando do corpo, rompendo a fronteira do plano onírico da criatura, que deu um grito terrível. Seus passos pararam. Ao mesmo tempo, uma dor ofuscante me fez voltar de repente para o meu plano onírico. Minhas palmas atingiram o chão. Cambaleei para me levantar de novo, ofegante.

A floresta deu lugar a uma campina. Dava para ver as agulhas da torre da Casa. A cidade. A *cidade*.

A adrenalina corria pelas minhas veias, disparando pelos músculos, me impulsionando com mais rapidez. Meu pulso pendia ao lado do corpo, enquanto eu corria como uma pecadora penitente em direção à minha prisão. Melhor ser um pássaro engaiolado do que um presunto.

O Zumbidor gritou. Seu urro ecoou por todas as células do meu corpo. Pulei uma cerca de correntes e atingi o chão correndo.

Havia uma torre de observação no topo da Casa. Devia ter um túnica-vermelha armado lá. Ele poderia subjugar o Zumbidor, matá-lo. O suor ensopava minha roupa. Por enquanto, não. Eu ainda não sentia a dor, mas sabia que tinha torcido um músculo. Passei por uma placa enferrujada que dizia AUTORIZADO O USO DE FORÇA MORTAL. Ótimo. Eu nunca tinha precisado tanto de uma força mortal. Conseguia ver a torre de observação. Estava prestes a gritar por socorro, a puxar o sinalizador, quando me vi imobilizada.

Uma rede. Em cima de mim: uma rede grossa de arame.

— Não, não, mate a coisa — gritei com toda a força dos meus pulmões.

Lutei como uma isca na linha. Por que eles tinham me pegado? Eu não era o inimigo! *Claro que era,* disse uma voz na minha cabeça, mas eu não estava mais ouvindo. Precisava me livrar daquela rede. O Zumbidor estava chegando. Ele ia me rasgar em pedaços, do mesmo jeito que fizera com a raposa.

Um rasgo. Uma voz falando meu nome.

– Paige, se acalme, está tudo bem, você está em segurança agora.

Mas eu não confiava naquela voz. Era a voz que eu temia. Usei as unhas para sair da rede e tentei correr de novo. Mas nesse momento alguém me agarrou e me puxou para trás.

– Paige, concentre-se! Use seu medo, *use-o*!

Não conseguia me concentrar. Eu estava selvagem de tanto medo. Meu coração batia rápido demais, eu não conseguia acompanhar. Minha visão piscava, sumindo e voltando. Minha boca ficou seca. Eu ainda estava de pé?

– Paige, à sua direita! Ataque-o!

Olhei para a direita. Não consegui distinguir o que era, mas não era humano. Meu medo alcançou o pico absoluto. Voei para o éter. Para o nada. E depois para algo.

A última coisa que vi foi meu corpo caindo no chão. Mas não através dos meus olhos. Pelos olhos de uma corça.

O bom amanhã

Há certas coisas na vida que nunca se esquece. Coisas profundas, que se aninham na zona hadal. Dormi pesado, esperando que meu cérebro bloqueasse o terror da floresta.

O sono real era minha salvação, o intervalo silencioso entre despertar e andar pelo plano onírico. Jax e os outros nunca entenderam isso, por que eu amava tanto dormir. Quando eu queria descansar depois de horas no éter, Nadine sempre ria.

"Você é louca, Mahoney", diria ela. "Ficou roncando por horas, e agora quer dormir mais? Não tem a menor chance de isso acontecer. Não com o salário que você recebe."

Nadine Arnett, a essência da compaixão. Ela era o único membro da gangue de quem eu não sentia falta.

Quando me recuperei, já era noite. Meu pulso estava envolvido em uma estrutura de metal que mais parecia uma aranha. Eu estava coberta por uma manta de veludo.

Eu estava na cama do Mestre. Por que eu estava na cama dele?

Os pensamentos se arrastavam. Eu não conseguia me lembrar muito bem do que tinha acontecido antes disso. Sentia-me exatamente como no dia em que Jaxon me deixou provar um vinho de verdade. Olhei para minha mão. A estrutura me impedia de mexer o pulso. Eu queria me levantar – sair daquela cama –, mas estava aconchegada e me sentindo pesada demais para me mexer. *Sedativo,* pensei. E isso não era um problema. Estava tudo bem.

Quando meus olhos se abriram de novo, eu estava mais alerta. Consegui ouvir uma voz conhecida. O Mestre estava de volta... e tinha companhia. Eu me arrastei até as cortinas e as afastei.

O fogo crepitava na lareira. O Mestre estava em pé de costas para mim, falando num idioma que eu não conhecia. As palavras deslizavam em tom grave, ressoante como música num salão de concertos. Em pé na frente dele estava Terebell Sheratan. Ela segurava um cálice e ficava apontando para a cama... para mim. O Mestre sacudiu a cabeça. Eu ouvi.

O *que* era aquela linguagem?

Entrei em sintonia com os espíritos mais próximos: fantasmas que já tinham morado ali. Eles quase dançavam ao ritmo da conversa do Mestre com Terebell. Era exatamente o que acontecia quando Nadine tocava piano ou quando um julco entoava uma canção nas ruas. Os julcos – poliglotas, para usar a palavra adequada – conseguiam falar e entender uma linguagem que só os espíritos conheciam, mas o Mestre e Terebell não eram julcos. Nenhum dos dois tinha aura de poliglota.

Eles uniram as cabeças, examinando alguma coisa. Quando olhei com mais atenção, fiquei paralisada.

Meu telefone.

Terebell o virou na mão, passando o dedo sobre as teclas. A bateria havia acabado há muito tempo.

Se eles estavam com o meu telefone e minha mochila, deviam ter o panfleto. Será que estavam tentando descobrir quais números eu tinha? Deviam suspeitar que eu conhecia o autor do panfleto. Se descobrissem o número de Jax, poderiam rastreá-lo até Seven Dials – e, de repente, a visão de Carl faria sentido.

Eu tinha que pegar o telefone.

Terebell o guardou na camisa. O Mestre disse alguma coisa a ela, que encostou a própria testa na dele antes de sair do quarto, trancando a porta pesada ao passar. O Mestre ficou onde estava por um instante, olhando pela janela, antes de voltar sua atenção para a cama. Para mim.

Ele puxou as cortinas e se sentou na beirada das cobertas.

– Como está se sentindo? – perguntou ele.

– Vá se foder.

Seus olhos queimaram.

– Melhor, pelo que estou vendo.

– Por que Terebell está com meu telefone?

– Para Nashira não encontrá-lo. Os túnicas-vermelhas dela conseguiriam extrair informações de contato dos seus amigos no sindicato.

– Não tenho amigos no sindicato.

– Tente não mentir para mim, Paige.

– Não estou mentindo.

– Mais uma mentira.

– Porque você é sempre tão verdadeiro. – Eu o encarei. – Você me deixou lá com aquela coisa. Você me deixou sozinha, no escuro, com um Zumbidor.

– Você sabia que isso ia acontecer. Sabia que ia ter que enfrentar um Emite. De qualquer maneira, eu avisei.

– Como diabo você me avisou?

– Pontos gélidos, Paige. É assim que eles viajam.

– Então você deixou um deles sair?

– Você não estava em perigo. Sei que sentiu medo, mas eu precisava que você possuísse aquela corça.

Ele fixou os olhos nos meus. Minha boca ficou seca.

– Você fez tudo aquilo só para que eu conseguisse possuir Nuala. – Umedeci os lábios. – Você armou tudo quando abriu o ponto gélido. – Ele confirmou com a cabeça. – Libertou o Zumbidor. – Ele fez que sim de novo. – E me deixou com tanto medo que eu...

– Sim. – Ele não estava envergonhado. – Suspeitei que seu dom era ativado por emoções fortes: raiva, ódio, tristeza... e medo. O medo é seu verdadeiro gatilho. Ao forçá-la ao limite absoluto do pavor mental, eu a obriguei a possuir Nuala, fazendo-a pensar que ela era o Zumbidor que tinha perseguido você pela floresta. Mas eu nunca teria colocado sua vida em perigo.

– Ele podia ter me matado.

– Tomei algumas precauções. Repito: você nunca esteve em perigo imediato.

– Isso é uma enganação. Se acha que um círculo de *sal* é uma precaução, você não está batendo bem. – Eu estava começando a usar a gíria das ruas, mas não me importava. – Deve ter adorado isso: me ver dançar...

– Não, Paige. Estou tentando ajudá-la.

– Vá para o inferno.

– Eu já existo num certo nível de inferno.

– Exista num nível que não seja perto do meu.

– Não. Você e eu fizemos um acordo, e não quebro acordos. – Ele sustentou meu olhar. – Espero você daqui a dez minutos. Está me devendo uma hora de conversa agradável.

Eu poderia ter cuspido nele, mas um limite tinha sido traçado. Saí do quarto e fui para o segundo andar.

Eu não ia contar mais nada a ele sobre mim mesma. O Mestre já sabia demais sobre a minha vida pessoal – e não podia descobrir nada a respeito do meu envolvimento com Jax. Nashira já estava procurando a gangue. Se ela descobrisse que eu era uma das aliadas mais próximas de Jax, provavelmente me faria prendê-lo com minhas próprias mãos. Eu simplesmente ia fingir que estava traumatizada por causa do Zumbidor, fingir que mal conseguia falar.

Eu ainda podia ouvi-lo, a respiração atravessando sua garganta. Fechei os olhos. A lembrança enfraqueceu.

Um robe fino tinha sido colocado por cima das minhas roupas imundas. Elas fediam a suor e morte. Fui até o banheiro e as rasguei. Um uniforme rosa novo estava me esperando. Esfreguei a pele com sabão e água bem quente. Queria remover todas as lembranças daquele cheiro.

Ao me olhar no espelho, percebi que ainda estava usando o pingente. Eu o tirei. Ele me fez um bem danado.

Quando voltei ao quarto, o Mestre estava sentado em sua poltrona favorita. Ele fez um sinal na direção do assento à sua frente.

– Por favor.

Eu me sentei. A poltrona parecia enorme.

– Você me sedou?

– Você teve um tipo de surto depois da possessão. – Ele me observou. – Você tentou possuir o Emite?

– Eu queria ver o plano onírico dele.

– Entendo. – O Mestre estendeu a mão para sua taça. – Aceita um drinque?

Fiquei tentada a pedir alguma coisa ilegal – vinho de verdade, talvez –, mas não tive energia para continuar forçando a barra.

– Café – respondi.

Ele puxou uma borla escarlate. Estava conectada a um antiquado puxador de sino.

– Alguém já vai trazer – disse ele.

– Um amaurótico?

– Isso.

– Quer dizer que vocês os tratam como mordomos?

– Escravos, Paige. Não vamos ser delicados.

– Mas o sangue deles é valioso.

Ele tomou um gole da taça. Eu me sentei com os braços cruzados, esperando que o Mestre começasse a conversa.

O gramofone tinha sido ligado de novo. Reconheci a música: "I Don't Stand a Ghost of a Chance with You", a versão de Sinatra. Estava na lista negra de Scion só porque continha a palavra *fantasma* no título, ainda que tivesse pouco ou nada a ver com fantasmas. Ah, como eu sentia falta daqueles olhos azuis.

– Todos os discos da lista negra chegam até você? – perguntei, fazendo um esforço supremo para soar casual.

– Não, eles vão para a Casa. Vou até lá de vez em quando e pego um ou dois para o meu gramofone.

– Você gosta da nossa música?

– De algumas. Principalmente as do século xx. Acho as linguagens de vocês interessantes, mas não gosto da maioria das produções musicais modernas.

– Culpe o censor. Se não fossem vocês, não haveria um.

Ele levantou a taça.

– Touché.

Eu tinha que perguntar.

– O que é isso?

– Essência da flor de amaranto, misturada com vinho tinto.

– Nunca ouvi falar de amaranto.

– Essa variedade não cresce na Terra. Ela cura a maioria das feridas espirituais. Se você tivesse tomado amaranto depois do encontro com o poltergeist, a ferida talvez não deixasse uma cicatriz tão profunda. Também curaria parte do dano sofrido pelo seu cérebro, se você usasse seu espírito com muita frequência sem suporte de vida.

Ora, ora. Uma cura para o meu cérebro. Jaxon nunca me deixaria voltar a dormir se ficasse sabendo desse amaranto.

– Por que você bebe isso?

– Velhas feridas. O amaranto alivia a dor.

Houve um breve silêncio. Minha vez de falar.

– Isso é seu. – Ofereci o pingente.

– Fique com ele.

– Não quero.

– Eu insisto. Pode não repelir os Emim, mas é capaz de salvar sua vida contra um poltergeist.

Eu o deixei no braço da poltrona. O Mestre olhou para o pingente, depois desviou o olhar para captar o meu.

Houve uma leve batida à porta. Um garoto entrou, mais ou menos da minha idade, talvez mais velho. Usava uma túnica cinza e seus olhos estavam injetados de sangue. Apesar disso, ele era bonito, como se tivesse saído de um quadro. Tinha o cabelo dourado, cortado ao redor do rosto esculpido, e os lábios e bochechas eram rosados como pétalas. Tirando a vermelhidão, seus olhos eram de um tom claro e líquido de azul. Tive a impressão de ter detectado traços instáveis de uma aura ao redor dele.

– Café, por favor, Michael – disse o Mestre a ele. – Quer açúcar, Paige?

– Não, obrigada – respondi. Michael fez uma mesura e saiu. – Então ele é seu escravo *pessoal*?

– Michael foi um presente da soberana de sangue.

– Que romântico.

– Não especialmente. – O Mestre olhou para as janelas. – Há pouca coisa que se pode fazer com Nashira quando ela quer alguma coisa. Ou alguém.

– Posso imaginar.

– Pode?

– Sei que ela tem cinco anjos.

– Tem, mesmo. Mas eles são tanto seu ponto fraco quanto seu ponto forte. – Ele tomou mais um gole do drinque. – A soberana de sangue sofre a influência de seus supostos anjos.

– Tenho certeza de que os anjos se arrependem.

– Eles a desprezam.

– Não diga.

– Digo, sim. – Ele claramente se divertia com meu desdém. – Só estamos conversando há dois minutos, Paige. Tente não desperdiçar todo o seu sarcasmo de uma só vez.

Eu queria matá-lo. Só que não podia.

O garoto voltou com uma chaleira de café. Colocou a bandeja em cima da mesa com um prato generoso de castanhas cozidas cobertas de canela. O aroma doce fez minha boca se encher de água. Havia um vendedor perto da Blackfriars Bridge que as vendia nos meses de inverno. Mas aquelas pareciam ainda melhores que as dele, com casca marrom rachada e o interior branco aveludado. Também havia frutas: pedaços de pera, cerejas brilhantes, porções de maçã vermelha macia.

O amaurótico fez um sinal, e o Mestre balançou a cabeça.

– Obrigado, Michael. Isso é tudo.

O garoto fez outra mesura antes de sair. Senti vontade de gritar com ele por ser tão *submisso*.

– Quando você diz 'supostos' anjos – falei, me obrigando a ficar calma –, o que exatamente quer dizer?

O Mestre fez uma pausa.

– Coma – pediu ele. – Por favor.

Peguei uma castanha do prato, ainda quente do fogão. Tinha gosto de calor e inverno.

– Tenho certeza de que você sabe o que é um anjo: uma alma que morreu para salvar uma pessoa e retorna a este plano para protegê-la – disse o Mestre. – Sabemos que existem anjos e arcanjos, e suponho que alguns dos videntes das ruas também saibam. – Confirmei com a cabeça. – Nashira consegue comandar um terceiro nível de anjos.

– Ahn?

– Ela é capaz de prender certos tipos de espíritos.

– Então ela é uma agregadora.

– Mais do que apenas uma agregadora, Paige. Se ela decide matar um clarividente, não só consegue prender seu espírito, como usá-lo. Enquanto esse espírito estiver preso, sua presença afeta a aura dela. É essa desonestidade que permite que Nashira tenha vários dons ao mesmo tempo.

Pingou café no meu colo.

– Ela tem que matá-los com as próprias mãos?

– Sim. Nós os chamamos de "anjos caídos". – Ele me observou. – E seu destino é ficar ligado para sempre ao seu assassino.

Eu me levantei.

– Você é mau. – A xícara se estilhaçou aos meus pés. – Como espera que eu converse com você, trate você como se fosse humano, quando sua noiva pode fazer uma coisa dessas? Como você consegue olhá-la nos olhos?

– Por acaso falei que eu mesmo tinha invocado um anjo caído?

– Mas você já matou pessoas.

– Você também.

– Essa não é a questão.

A expressão do Mestre tinha mudado. Não havia mais traços de zombaria.

– Não sei o que posso fazer por este mundo – disse ele –, mas não vou deixar nenhum mal atingir você.

– Não preciso que me proteja. Apenas se livre de mim. Me passe para outra pessoa. Não quero mais ser sua aluna. Quero trocar de guardião. Quero ficar com Thuban. Me mande para Thuban.

– Você não quer um guardião Sargas, Paige.

– Não me diga o que eu quero. Quero...

– Você quer se sentir segura de novo. – Ele se levantou, deixando a mesa de centro entre nós. – Você quer que eu a trate como Thuban e os outros tratam seus humanos, porque assim sentiria que tem todo direito de odiar os Rephaim. Mas, como não a machuco e tento entendê-la, você foge. Sei por quê, é claro. Você não entende meus motivos. Se pergunta, de vez em quando, por que eu quero ajudá-la e não chega a conclusão alguma. Mas isso não significa que não *existe* uma conclusão, Paige. Significa que você ainda tem que descobri-la.

Afundei de volta na poltrona. O café escaldante tinha ensopado minha calça. Ao notar isso, ele disse:

– Vou encontrar outra roupa para você.

Ele foi até o armário. Meus olhos estavam ardendo de raiva. Quase conseguia ouvir Jax me repreendendo. "Você é mesmo uma boba. Olhe para você, com gotas de orvalho no olho. Levante a cabeça, minha adorada! O que você quer... compaixão? Pena? Não vai receber isso dele, da mesma forma que não recebeu de mim. O mundo é um matadouro, minha concubina. Levante seus ferros rugentes, agora. Quero ver você mandá-lo para o inferno."

O Mestre me mostrou uma túnica preta comprida.

– Espero que caiba. – Ele me entregou a túnica. – Parece um pouco grande, mas deve mantê-la aquecida.

Assenti. O Mestre se virou de costas. Vesti a túnica. Ele estava certo: ela batia nos meus joelhos.

– Pronto – falei.

– Você vai se sentar?

– Como se eu tivesse escolha.

– Estou lhe dando uma escolha.

– Não sei o que você quer que eu diga.

– O que eu gostaria mesmo era que me dissesse quem foi tão cruel com você no passado a ponto de fazê-la achar que não pode confiar em ninguém. – O Mestre voltou para sua poltrona. – Mas sei que você não vai me contar isso. Quer proteger seus amigos.

– Não sei do que você está falando.

– Claro que não.

Não me aguentei.

– Tudo bem, sim, tenho amigos videntes. Todos os videntes têm amigos videntes, não é?

– Não. O sindicato de Londres se fortaleceu ao longo dos anos. Os videntes que capturamos são principalmente de fora... aqueles que vivem sozinhos ou nas ruas, porque não conseguem controlar os próprios poderes. Ou as famílias deles os expulsaram. É por isso que tantos ficam felizes em nos servir: eles foram maltratados pela própria espécie. E, apesar de os Rephaim os tratarem como cidadãos de segunda classe, ainda lhes dão a chance de acessar o éter. Nós os agrupamos, fazemos com que voltem a pertencer a uma estrutura social. – Ele apontou para a porta. – Michael era um poliglota... acho que sua espécie os chama de 'julcos'. Seus pais tinham tanto medo do modo como ele se expressava que tentaram exorcizá-lo. Seu plano onírico entrou em colapso. Depois disso, ele mal conseguia falar.

Minha voz desapareceu. Eu já tinha ouvido falar de planos oníricos entrando em colapso; isso aconteceu com um dos garotos da gangue: Zeke. Era assim que nos tornávamos ilegíveis. O plano onírico criava uma camada de armadura em cima da outra, impedindo todos os ataques espirituais.

— Os túnicas-vermelhas o pegaram dois anos atrás. Ele estava morando nas ruas de Southwark. Era um ilegível sem dinheiro nem comida. Eles o colocaram na Torre como suspeito de ser desnatural, mas eu o trouxe para cá prematuramente. Apesar de ser tratado como amaurótico, ele ainda tem uma aura. Eu o ensinei a falar de novo. Espero que encontre o éter um dia, e que possa voltar a cantar como antes. Com as vozes dos mortos.

— Espere aí — falei. — Você ensinou a ele?

— Sim.

— Por quê? — O silêncio preencheu cada canto do quarto. O Mestre estendeu a mão para a taça. — Quem *é* você? — perguntei. Ele ergueu o olhar para mim. — Você é o consorte de sangue de uma soberana Sargas. Tem manipulado um governo desde 1859. Apoiou o tráfico de videntes, observou um sistema inteiro se desenvolver ao redor disso. Você os ajudou a disseminar mentiras, ódio e medo. Por que está ajudando humanos?

— Isso eu não posso dizer. Assim como você não me conta quem são seus amigos, não conto quais são meus motivos velados.

— Você me contaria se descobrisse quem são meus amigos?

— Talvez.

— Você contou a Michael?

— Uma parte. Ele é muito fiel a mim, mas não posso confiar totalmente nele por estar em um estado mental frágil.

— Você pensa o mesmo de mim?

— Sei muito pouco sobre você para poder confiar, Paige. Mas isso não significa que você não possa *conquistar* minha confiança. Na verdade — ele se recostou na cadeira —, terá uma oportunidade hoje mesmo.

— O que quer dizer com isso?

— Você vai ver.

— Deixe-me adivinhar. Você matou um adivinho e roubou o poder dele, então agora pensa que pode ver meu futuro.

— Não sou ladrão de dons. Mas conheço Nashira muito bem, o suficiente para adivinhar os movimentos dela. Sei quando ela gosta de atacar.

O relógio de pêndulo tocou uma vez. O Mestre olhou para o objeto.

– Bom, nossa hora chegou ao fim – avisou ele. – Você está livre para ir. Talvez devesse visitar sua amiga, a cartomante.

– Liss está em choque espiritual – falei. Ele ergueu o olhar. – Os túnicas-vermelhas jogaram as cartas dela no fogo. – Minha garganta estava fechada. – Eu não a vejo desde então.

Peça ajuda a ele. Tentei me conter. *Pergunte se ele pode substituir as cartas. Vai fazer isso. Ele ajudou Michael.*

– Uma pena – disse ele. – Ela é uma artista talentosa.

Forcei as palavras a saírem:

– Você pode ajudá-la?

– Não tenho cartas. Ela precisa de um vínculo com o éter. – Ele encontrou meu olhar. – Amaranto também seria necessário.

Fiquei onde estava, observando-o estender a mão para uma pequena caixa em cima da mesa de centro. Parecia uma caixa de rapé antiquada, feita com madrepérola e lascas de ouro. No centro da tampa estava a flor de oito pétalas, como uma das caixas de frascos que ele tinha. O Mestre a abriu e pegou um pequeno frasco de óleo, tingido de azul.

– Isso é extrato de áster – falei.

– Muito bem.

– Por que você tem isso?

– Uso pequenas doses da flor-estrela para ajudar Michael. Isso o ajuda a se lembrar do plano onírico dele.

– Flor-estrela?

– É o nome Rephaite para o áster. Uma tradução literal do nosso idioma: Glossolalia, ou Gloss.

– É esse idioma que os julcos falam?

– É. A antiga linguagem do éter. Michael não consegue mais falar, mas ele entende. Os sussurrantes também.

Quer dizer então que os julcos eram capazes de ouvir o que os Rephaim diziam. Interessante.

– Você está planejando dar áster a ele... agora?

– Não. Eu só queria organizar minha coleção de drogas pleiteadas – disse ele. Eu não tinha ideia se estava sendo engraçadinho ou não. Provavelmente não. – Algumas delas, como a anêmona de papoula, podem ser usadas para nos fazer mal. – Ele pegou uma flor vermelha da caixa. – Certos venenos devem ficar longe das mãos humanas. – Seus olhos estavam fixos nos meus. – Não queremos que sejam usados, digamos, para que consigam se infiltrar na Casa. Isso colocaria em perigo nossos suprimentos mais secretos.

Flor vermelha. Eu me lembrei do bilhete de David. *O único método.*

O único método de matar os Rephaim?

– Não – falei. – Não queremos isso.

O Pardieiro estava em silêncio, e eu não via Liss desde que Suhail me acompanhara até Magdalen; não havia tido a chance de ver como ela estava, se tinha sobrevivido à perda do baralho.

Ela estava consciente, mas não presente. Seus lábios estavam pálidos, e os olhos, perdidos, sem foco. Ela estava sob o efeito do choque espiritual.

Julian e o artista de óculos do primeiro dia – Cyril – tinham assumido a missão de cuidar dela. Eles a alimentavam, penteavam seu cabelo, tratavam suas mãos queimadas e conversavam com ela. Liss não fazia nada além de ficar deitada lá, imóvel e gelada, murmurando sobre o éter. Agora que ela não podia mais se conectar a ele, sua vontade natural era abandonar o corpo e se juntar ao éter. Cabia a nós reprimir essa vontade. Mantê-la conosco.

Troquei dois comprimidos por um Sterno, alguns fósforos e uma lata de feijões na espelunca de Duckett. Não havia cartas com ele. Todas tinham sido confiscadas por uma túnica-vermelha: Kathryn, para garantir que Liss sofresse. Ela tinha sorte de o Mestre tê-la proibido de me ver.

Quando voltei à barraca, Julian ergueu o olhar, com os olhos vermelhos de exaustão. Sua túnica rosa tinha sido substituída por uma camisa rasgada e uma calça de pano.

– Paige, você andou sumida.

– Estive fora. Depois eu explico. – Eu me ajoelhei ao lado de Liss. – Ela tem comido?

– Consegui fazê-la tomar um pouco de caldo ontem, mas ela vomitou tudo.

– E as queimaduras?

– Estão ruins. Precisamos de Silvadene.

– Vamos tentar alimentá-la de novo. – Acariciei os cachos molhados e apertei a bochecha dela. – Liss?

Seus olhos estavam abertos, mas ela não reagia. Acendi o Sterno. Cyril tamborilava os dedos no joelho.

– Vamos *lá,* Rymore – disse ele para Liss, irritado. – Você não pode ficar longe das sedas por tanto tempo.

– Um pouco de compaixão não faria mal – disse Julian.

– Não temos tempo para compaixão. Daqui a pouco, Suhail vai procurar Liss. Ela devia estar se apresentando comigo.

– Eles ainda não descobriram?

– Nell tem substituído Liss. Elas se parecem quando estão fantasiadas, com máscaras: mesma altura, mesma cor de cabelo. Mas Nell não é tão boa. Ela cai. – Cyril olhou para Liss. – Rymore nunca cai.

Julian colocou o feijão na lata. Encontrei uma colher e passei o braço em volta de Liss. Ela balançou a cabeça.

– Não.

– Você precisa comer alguma coisa, Liss.

Julian agarrou o pulso frio dela, que não reagiu.

Quando o feijão estava quente, Julian virou a cabeça dela para trás. Eu a alimentei com a colher, mas ela mal conseguia engolir. O feijão escorreu pelo seu queixo. Cyril agarrou a lata e raspou com as próprias mãos o que sobrara. Eu me agachei e observei Liss afundar nos lençóis.

– Isso não pode continuar assim.

– Mas não podemos *fazer* nada. – Julian cerrou o punho. – Mesmo que a gente encontre um baralho, não temos garantia de que vai funcionar. Seria como se ela recebesse um novo braço ou perna. Ela pode rejeitar.

– Temos que tentar. – Olhei para Cyril. – Há outros cartomantes por aqui?

– Muitos.

– Mesmo que ele esteja errado, não podemos pegar o baralho de outra pessoa – disse Julian, muito baixinho. – Isso é pior do que assassinato.

– Então vamos roubar dos Rephs – falei. O crime *era* o meu forte. – Vou invadir a Casa. Eles devem ter suprimentos lá.

– Você vai morrer – afirmou Cyril, sem demonstrar qualquer estresse.

– Já sobrevivi a um Zumbidor. Vou ficar bem.

Julian ergueu os olhos.

– Você viu um deles?

— Eles moram na floresta. O Mestre me deixou com um.

— Isso significa que você passou nos testes? — Percebi uma suspeita no seu rosto. — Você é uma túnica-vermelha?

— Não sei. Achei que fosse, mas — mostrei minha túnica — isso aqui não parece vermelho.

— Isso é reconfortante. — Julian fez uma pausa. — Como ele era? O Zumbidor.

— Rápido. Agressivo. Não vi muita coisa. — Olhei para as roupas novas dele. — Você não viu um?

Ele deu um sorriso fraco.

— Aludra me expulsou só porque perdi o toque de recolher. Agora sou um simples hárli, sinto dizer.

Cyril tremia.

— A mordida deles é a morte — sussurrou ele. — Você não devia voltar lá.

— Pode ser que eu não tenha escolha — falei. Cyril apoiou a cabeça nos braços. — Jules, me passe um lençol.

Ele obedeceu. Eu o coloquei ao redor de Liss. Ela não parava de tremer. Esfreguei seus braços gelados, tentando aquecê-los. Seus dedos tinham bolhas.

— Paige — disse Julian —, você está falando sério? Sobre invadir a Casa?

— O Mestre disse que eles têm suprimentos lá. Depósitos secretos, coisas que não devemos ver. Talvez haja Silvadene.

— Já parou para pensar que o depósito pode ser protegido? Ou que o Mestre pode estar mentindo?

— Vou arriscar.

Ele suspirou.

— Duvido que eu seja capaz de impedir você. E se conseguir entrar?

— Vou roubar o máximo de coisas que conseguir, tudo que eu puder usar para me defender, depois vou sair. Quem quiser ir comigo é bem-vindo. Senão, vou sozinha. Não importa o que aconteça, não vou ficar apodrecendo aqui pelo resto da vida.

— Não faça isso — pediu Cyril. — Vai morrer. Como os que morreram antes. Os Zumbidores também os comeram. E vão comer você.

— Por favor, Cyril, já basta. — Julian não desviou o olhar de mim. — Vá até a Casa, Paige. Vou tentar reunir uma tropa.

— Tropa?

— Sem essa. — A chama se movimentava em seus olhos. — Você não vai sair sem uma briga, vai?

Ergui as sobrancelhas.

— Uma briga?

— Você não vai entrar lá e depois fingir que nada aconteceu. Scion faz isso há dois séculos, Paige. Não vai acabar. O que impede os caras de arrastarem você de volta para cá assim que chegar em SciLo?

Ele tinha um bom argumento.

— O que você sugere?

— Uma fuga. Todo mundo foge. Deixamos os Rephs sem videntes pra se alimentar.

— Há mais de duzentos humanos aqui. Não podemos simplesmente sair. Além do mais, há minas terrestres na floresta. — Puxei os joelhos até o queixo. — Você sabe o que aconteceu na Temporada dos Ossos XVIII. Não quero todas essas mortes na minha consciência.

— Elas não ficarão na sua consciência. As pessoas *querem* ir embora, Paige... só não têm coragem suficiente, por enquanto. Se conseguirmos causar uma distração grande o suficiente, podemos fazê-las cruzar a floresta. — Ele colocou a mão no meu braço. — Você é do sindicato. Da Irlanda. Não acha que já está na hora de mostrarmos aos Rephs que eles não estão no comando? Que não podem simplesmente continuar tirando tudo de nós? — Como não respondi, ele apertou meu braço. — Vamos mostrar a eles. Que, mesmo depois de duzentos anos, ainda têm o que temer.

Eu não via mais o rosto dele. Eu via Finn naquele dia em Dublin, me dizendo para lutar.

— Talvez você tenha razão — falei.

— Sei que tenho. — Seu rosto se ergueu num sorriso cansado. — De quantas pessoas você acha que precisamos?

— Comece com aquelas que têm bons motivos para odiar os Rephaim. Os hárlis. Os túnicas-amarelas. Os amauróticos. Ella, Felix e Ivy. Depois fale com os túnicas-brancas.

— O que devo dizer a eles?

— Por enquanto, nada. Apenas faça algumas perguntas. Descubra se tentariam fugir.

Julian olhou para Cyril.

– Não. – Cyril balançou a cabeça. Por trás dos óculos destruídos, seus olhos brilhavam e estavam fervendo de medo. – Não vou. De jeito nenhum, cara. Eles vão matar a gente. São imortais.

– Eles não são imortais. – Observei o Sterno queimar até ficar com uma chama baixa. – Podem se machucar. O Mestre me contou.

– Ele pode estar *mentindo* – reforçou Julian. – Estamos falando do noivo de Nashira. O consorte de sangue. O braço direito dela. Por que você confia no que ele diz?

– Porque acho que ele já se rebelou contra ela. Acho que ele é um dos cicatrizados.

– Um o quê?

– Um grupo de Rephs que começou a rebelião da Temporada dos Ossos XVIII. Eles foram torturados. Marcados com cicatrizes.

– Onde foi que você ouviu isso?

– De um escavador de ossos. XX-12.

– Você confia em escavadores de ossos?

– Não, mas ele me mostrou o santuário que fizeram para as vítimas.

– E você acha que o Mestre é um desses "cicatrizados" – disse ele. Fiz que sim com a cabeça. – Já viu as cicatrizes, então?

– Não. Acho que ele esconde.

– Você *acha,* Paige. Isso não é suficiente.

Antes que eu pudesse responder, alguém entrou de repente no barraco. Fiquei paralisada.

O Capataz.

– Ora, ora, ora. – Suas sobrancelhas pintadas saltaram. – Parece que temos uma impostora entre nós. Quem tem se apresentado nas sedas, se XIX-1 ficou aqui esse tempo todo?

Eu me levantei. Julian também.

– Ela está em choque espiritual – falei. Olhei bem nos olhos do Capataz. – Não pode se apresentar nessas condições.

O Capataz se ajoelhou ao lado de Liss e colocou a mão na testa dela, que se encolheu ao toque.

– Caramba, caramba. – Ele passou os dedos pelo cabelo dela. – Isso é terrível. Uma péssima notícia. Não posso perder 1. Minha especial 1.

Liss começou a emitir sons agudos. Os barulhos saíam dela em espasmos pesados e trêmulos.

– Saia daqui – disse ela, arquejando. – Saia daqui!

Julian pegou o Capataz pelo ombro e deu um empurrão nele.

– Não toque nela.

Fui para o lado de Julian. Cyril se balançava sobre os calcanhares. De início, o Capataz pareceu chocado, até mesmo horrorizado; depois, começou a rir. Ele se levantou, batendo palmas de prazer.

– Isso é um vislumbre de rebelião, crianças? Será que deixei dois lobos famintos se aproximarem do meu rebanho?

Virando o punho, ele pegou o chicote. Uma ferramenta destinada a lidar com animais.

– Não vou permitir que corrompam 1. Nem ninguém da minha ninhada. – Ele estalou o chicote na minha direção. – Você pode ainda não ser uma artista, 40, mas vai ser. Volte para o seu guardião.

– Não.

– Nenhum de nós vai voltar. – Uma nova onda de determinação surgiu no rosto de Julian. – Não vamos deixar Liss.

O Capataz atacou. Julian cambaleou. Sangue escorria da nova ferida em seu rosto.

– Você é um dos meus agora, garoto, e é melhor se lembrar disso. – Plantei os pés na linha dos meus ombros. O sorrisinho dele lampejou na minha direção. – Não há necessidade disso, 40. Vou cuidar de 1.

– Você não pode me obrigar a sair. Estou sob a proteção de Arcturus. – Eu me mantive firme. – Eu pagaria pra ver você explicar a ele por que me bateu.

– Não tenho a intenção de bater em você, andarilha. Tenho a intenção de *arrebanhá-la*.

O chicote veio zunindo na minha direção de novo. Julian deu um soco no Capataz, fazendo o golpe dele sair torto. Aquilo parecia a repetição da briga com os escavadores de ossos. Mas daquela vez nós íamos vencer.

O descontrole aumentou dentro de mim. Corri para cima do Capataz. Meu punho atingiu seu maxilar, e sua cabeça virou para o lado. Julian chutou as pernas dele, derrubando-o. Sua mão se afrouxou no chicote. Tentei agarrá-lo, mas o Capataz segurou firme. Ele me mostrou os dentes: um sorriso que também era rosnado. Julian travou o braço ao redor do pescoço dele. Peguei o chicote, levantei a mão para dar o golpe, mas o chicote foi tirado de mim. Uma bota esmagou minha barriga, me jogando na parede.

Suhail. Eu devia ter imaginado. Aonde quer que o Capataz fosse, seu superior estava sempre por perto. Exatamente como nas ruas: o fortão e o chefe.

– Achei que poderia encontrar você aqui, magrela. – Ele me agarrou pelos cabelos. – Causando confusão de novo, não é?

Cuspi nele. Ele me bateu com tanta força que vi estrelas.

– Não ligo para *quem* é o seu guardião, sua vira-lata. O amante não me assusta. O único motivo para eu não cortar seu pescoço é que a soberana de sangue está chamando você.

– Aposto que ela ia adorar ouvir você chamá-lo de "amante", Suhail. – Forcei a voz. – Devo contar a ela?

– Conte o que quiser. A palavra de um humano tem menos significado do que a saliva incoerente de um cão.

Ele me jogou sobre o ombro. Eu me debati e gritei, mas não quis arriscar usar meu espírito. O Capataz golpeou a cabeça de Julian com a lateral da mão, jogando-o no chão. A última coisa que vi foi Julian e Liss, ambos à mercê de um homem contra quem eu não podia mais lutar.

A flor

A Residência dos Suseranos parecia muito mais fria e escura do que no dia do discurso. Eu estava sozinha com Suhail, e provavelmente também ficaria sozinha com Nashira. Eu estava sem meu guardião, não tinha proteção. Pequenos espasmos começaram a subir e descer pelas minhas pernas.

Suhail não me levou para o salão do discurso nem para a capela. Em vez disso, fui arrastada pelos corredores e empurrada para uma sala com pé-direito alto e janelas em forma de arco. O cômodo era iluminado por uma lareira enorme e um candelabro de ferro coberto de velas. A luz se movimentava no teto, formando sombras nos arcos de gesso.

No centro da sala havia uma longa mesa de jantar. E, na cabeceira da mesa, sentada em uma cadeira vermelha estofada, estava Nashira Sargas. Ela usava um vestido preto de gola alta: escultural, um modelo geométrico.

– Boa noite, 40.

Não respondi. Ela fez um sinal com a mão.

– Suhail, pode nos deixar a sós.

– Sim, soberana de sangue. – Suhail me empurrou na direção dela. – Até a próxima – sussurrou ele no meu ouvido –, vira-lata.

Ele voltou para a porta e saiu. Fui deixada na sala sombria, encarando a mulher que queria me matar.

– Sente-se – ordenou ela.

Pensei em pegar a cadeira na ponta mais distante da mesa, a uns bons três metros e meio de distância, mas Nashira indicou uma mais perto dela, à sua esquerda, no lado mais distante da lareira. Contornei a mesa e me abaixei até me sentar, com a cabeça latejando a cada movimento. Suhail não tinha economizado nem um pouco no último soco.

Nashira não tirava os olhos de mim. Verdes, como absinto. Eu me perguntei de quem ela havia se alimentado naquela noite.

– Você está sangrando.

Havia um guardanapo ao lado dos talheres, preso por um anel pesado de ouro. Limpei o lábio inchado com ele, manchando de sangue o tecido marfim. Eu o dobrei, escondendo a mancha, e o coloquei no colo.

– Imagino que deva estar assustada – disse Nashira.

– Não.

Eu devia. E estava. Aquela mulher controlava tudo. O nome dela era sussurrado nas sombras, seu comando acabava com tantas vidas. Seus anjos caídos flutuavam por perto, nunca se afastando muito da aura dela.

O silêncio aumentou. Eu não sabia se devia ou não olhar para Nashira. Pelo canto do olho, vi alguma coisa refletindo a luz do fogo: uma campânula de vidro. Estava bem no meio da mesa. Sob o vidro havia uma flor murcha, as pétalas marrons e enrugadas, apoiada por um arame delicado. Não importava que tipo de flor havia sido em vida, estava irreconhecível na morte. Não consegui pensar em por que ela deixaria uma flor morta no meio da mesa de jantar – mas, por outro lado, aquela *era* Nashira. Ela mantinha várias coisas mortas ao seu redor.

A soberana de sangue percebeu meu interesse.

– Algumas coisas ficam melhores mortas – disse ela. – Concorda?

Não consegui tirar os olhos da flor. Eu não tinha certeza, mas achei que meu sexto sentido tremeu.

– Sim – respondi.

Nashira ergueu os olhos. Havia rostos de gesso enfileirados sobre as janelas, pelo menos cinquenta em cada uma das paredes mais compridas. Analisei melhor o mais próximo, atraída por ele. Era um rosto feminino relaxado, com um sorriso suave. A mulher parecia em paz, como se estivesse dormindo.

Um enjoo pesado se formou nas minhas entranhas. Era *L' Inconnue de la Seine,* a famosa máscara mortuária francesa. Jax tinha uma réplica na caverna. Ele dizia que a mulher era linda, que tinha sido uma obsessão boêmia no fim do século XIX. Eliza o havia obrigado a cobri-la com um lençol, para desgosto dele. Ela dizia que ficava apavorada.

Olhei lentamente ao redor da sala. Todos os rostos – as pessoas – eram *máscaras mortuárias*. Eu mal consegui evitar uma ânsia de vômito. Nashira não só colecionava espíritos de videntes, como seus rostos também.

Seb. E se Seb estivesse ali? Eu me obriguei a olhar para baixo, mas meu estômago estava revirado.

– Você não me parece bem – disse Nashira.

– Estou ótima.

– Fico feliz de ouvir isso. Odiaria se você ficasse doente nessa etapa crucial de sua estadia em Sheol I. – Ela traçou o contorno da faca com um dedo enluvado, ainda olhando para mim. – Meus túnicas-vermelhas vão se juntar a nós daqui a alguns minutos, mas eu queria falar com você primeiro. Uma conversinha de coração aberto. – Fiquei fascinada por ela achar que tinha um coração. – O consorte de sangue tem me mantido informada sobre seu desenvolvimento. Ele me contou que tentou ao máximo fazer seu dom vir à tona – disse ela –, mas você não conseguiu possuir totalmente um plano onírico, nem mesmo o de um animal. Isso é verdade?

Ela não sabia.

– É verdade – falei.

– Que pena. Mesmo assim, você enfrentou um Emim e sobreviveu, até feriu a criatura. Por esse motivo, Arcturus acredita que você deva se tornar uma túnica-vermelha.

Eu não sabia o que dizer. Por algum motivo, o Mestre não tinha contado a ela sobre a borboleta. Nem sobre a corça. Isso significava que ele não queria que ela soubesse das minhas habilidades – mas *queria* que eu fosse uma túnica-vermelha. O que estava aprontando, desta vez?

– Você está muito quieta – observou Nashira. Seus olhos estavam glaciais. – Não estava tão tímida assim durante o discurso.

– Disseram que eu só devia falar quando alguém mandasse.

– Estou mandando agora.

Eu queria dizer a ela aonde devia enfiar suas ordens. Eu tinha sido insolente com o Mestre; não devia pensar duas vezes antes de fazer a mesma coisa com ela, mas sua mão ainda estava na faca, e seu olhar não demonstrava escrúpulos. Por fim, tentando parecer adequadamente humilde, falei:

– Estou feliz que o consorte de sangue ache que sou digna de uma túnica vermelha. Dei o melhor de mim nos testes.

– Sem dúvida. Mas não vamos ser complacentes. – Ela se recostou na cadeira. – Tenho algumas perguntas para você. Antes do seu banquete de posse.

– Posse?

– Sim. Parabéns, 40. Você agora é uma túnica-vermelha. Será apresentada a seus novos colegas, todos eles leais a mim. Até mais do que a seus guardiões.

O sangue latejava nos meus ouvidos. Túnica-vermelha. Escavadora de ossos. Eu tinha alcançado o escalão mais alto de Sheol i, o círculo interno de Nashira Sargas.

– Quero falar com você sobre Arcturus. – Nashira olhou para o fogo. – Você está dividindo o quarto com ele.

– Tenho meu próprio quarto. No andar de cima.

– Ele pede para você sair de lá?

– Só pra treinar.

– Mais nada? Talvez para conversar um pouco?

– Ele não tem interesse em conversar comigo – respondi. – Nada do que eu possa dizer despertaria a curiosidade do consorte de sangue.

– Esse é um bom argumento.

Mordi a língua. Ela não fazia ideia do quanto ele se interessava por mim, do quanto me ensinou bem debaixo do nariz dela.

– Imagino que você tenha explorado os aposentos dele. Há alguma coisa na Torre do Fundador que a incomode? Alguma coisa extraordinária?

– Ele tem uns extratos de plantas que não conheço.

– Flores.

Quando assenti, ela pegou alguma coisa na mesa. Um broche, bastante manchado com o passar dos anos, com o formato da flor na caixa de rapé dele.

– Você já viu esse símbolo na Torre do Fundador?

– Não.

– Parece ter muita certeza.

– Tenho certeza. Nunca vi.

Ela olhou bem para mim, direto nos meus olhos. Tentei sustentar seu olhar.

Uma porta se fechou ao longe. Uma fileira de túnicas-vermelhas entrou na sala, escoltada por um Reph macho que eu não reconhecia.

– Bem-vindos, meus amigos. – Nashira acenou para eles. – Por favor, sentem-se.

O Reph pressionou o punho no próprio peito e saiu da sala. Analisei os rostos humanos. Vinte escavadores de ossos, todos bem-alimentados e muito limpos. Eles deviam entrar em grupos. Os veteranos da Temporada dos Ossos xix vinham na frente. Kathryn estava lá, assim como 16 e 17. No fim da fileira, vi Carl, vestindo uma túnica vermelha, com o cabelo penteado e repartido. Ele me encarou com olhos arregalados e acusadores. Nunca devia ter visto uma túnica-rosa à mesa da soberana de sangue.

Todos se sentaram. Carl foi obrigado a ocupar a única cadeira disponível: à minha frente. David se sentou alguns lugares depois. Havia um corte recente na sua cabeça, protegido por várias fitas de esparadrapo enfileiradas. Ele olhou para as máscaras mortuárias com as sobrancelhas erguidas.

– Estou feliz por vocês terem conseguido se reunir comigo hoje à noite. Graças a seus esforços contínuos, não houve ataques notáveis dos Emim esta semana. – Nashira olhou para cada um. – Dito isso, não devemos nos esquecer da ameaça constante das criaturas. Não há cura para a brutalidade delas, e, por causa da fronteira destruída, não temos como aprisioná-las no Limbo. Vocês são a única barreira entre os caçadores e suas presas.

Eles assentiram. Todos acreditavam naquilo. Bom, talvez David não. Ele estava olhando para uma das máscaras com um leve sorriso.

Captei o olhar de Kathryn do outro lado da mesa. Um hematoma enorme marcava um lado de seu rosto. 16 e 17 nem olharam para mim. Ótimo. Se fizessem isso, eu poderia não ser capaz de me segurar antes de atirar uma faca neles. Liss ainda estava lá fora, morrendo, tudo por causa deles.

– 22 – Nashira se virou para olhar para o escavador à sua direita –, como está 11? Soube que ele continua em Oriel.

O jovem pigarreou.

– Está um pouco melhor, soberana de sangue. Nenhum sinal de infecção.

– A bravura dele não passou despercebida.

– Ele ficará honrado de ouvir isso, soberana de sangue.

Sim, soberana de sangue. Não, soberana de sangue. Os Rephs gostavam de um bom afago no ego.

Nashira bateu palmas de novo. Quatro amauróticos entraram por uma porta pequena, cada um carregando uma bandeja com o aroma envolvente de ervas. Michael estava entre eles, mas não fez contato visual comigo. Trabalhando com rapidez, colocaram a refeição magnífica sobre a mesa, tudo ao redor da campânula de vidro. Um deles serviu vinho branco gelado nas nossas taças. Um nó bloqueou minha garganta. As bandejas estavam repletas de comida. Um belo corte de frango, macio e suculento, com pele crocante dourada, recheio de sálvia e cebola, um molho grosso de cheiro adocicado, molho de cranberry, vegetais cozidos no vapor, batatas assadas e salsichões enrolados em bacon – um banquete digno do Inquisidor. Quando Nashira fez um sinal com a cabeça, os escavadores de ossos atacaram a comida. Eles comiam depressa, mas sem a urgência selvagem da fome.

Meu estômago doía. Eu queria comer. Mas então pensei nos hárlis, vivendo de gordura e pão duro nos barracos. Tanta comida ali e tão pouca lá fora. Nashira percebeu meu desconforto.

– Coma.

Era uma ordem. Coloquei algumas fatias de frango e vegetais no prato. Carl engoliu o vinho como se fosse água.

– Cuidado, 1 – disse uma das garotas. – Você não quer vomitar de novo.

Os demais riram. Carl sorriu.

– Ah, pare com isso, aquilo foi só uma vez. Eu ainda era um rosa.

– É, pare com isso, deixe o 1. Ele merece o vinho. – 22 lhe deu um soco camarada no braço. – Ele ainda é novato. Além do mais, todos nós tivemos dificuldade com nosso primeiro Zumbidor.

Houve murmúrios de consentimento.

– Eu desmaiei – admitiu a mesma garota. Uma demonstração altruísta de solidariedade. – Na primeira vez que vi um, quer dizer.

Carl sorriu.

– Mas você é ótima com espíritos, 6.

– Obrigada.

Fiquei observando a camaradagem deles em silêncio. Era repugnante, mas não estavam fingindo. Carl não só gostava de ser um túnica-vermelha, era mais do que isso: ele fazia parte daquele estranho mundo novo. De certo modo, eu conseguia entender. Era como eu havia me sentido quando comecei a trabalhar para Jaxon. Talvez Carl nunca tenha encontrado um lugar no sindicato.

Nashira os observava. Ela devia sentir prazer com aquela farsa semanal. Humanos estúpidos e doutrinados, rindo dos testes pelos quais ela os fazia passar – todos sob seu comando, comendo sua comida. Ela devia se sentir muito poderosa. E vaidosa.

– Você ainda é uma rosa. – Uma voz aguda chamou minha atenção. – *Você* já lutou contra um Zumbidor?

Levantei o olhar. Todos estavam me encarando

– Ontem à noite – respondi.

– Nunca vi você. – 22 ergueu as sobrancelhas densas. – Em qual batalhão você luta?

– Não faço parte de nenhum batalhão. – Eu estava curtindo aquilo.

– Você tem que fazer – disse outro garoto. – É uma rosa. Quais outros humanos estão na sua residência? Quem é seu guardião?

– Meu guardião só tem um humano. – Abri um sorriso rápido para 22. – Você deve tê-lo visto por aí. Ele é o consorte de sangue.

O silêncio se estendeu pelo que pareceram horas. Tomei um gole de vinho. Por não estar acostumada a beber, o álcool pareceu afiado na minha língua.

– É ótimo que o consorte de sangue tenha escolhido uma residente humana tão valiosa quanto 40 – comentou Nashira, dando uma risada forçada. O riso dela era desconcertante, como ouvir um sino tocando a nota errada. – Ela conseguiu lutar sozinha contra o Zumbidor, sem seu guardião.

Mais silêncio. Imaginei que nenhum deles tinha estado na floresta sem a companhia de um Reph, quanto mais tentando lutar sozinho contra um Zumbidor. 30 aproveitou a oportunidade para dizer exatamente o que eu estava pensando:

– Quer dizer que *ele* não luta contra os Emim, soberana de sangue?

– O consorte de sangue está proibido de ter contato com os Emim. Como meu futuro marido, seria inadequado que ele fizesse o trabalho dos túnicas-vermelhas.

– Claro, soberana de sangue.

Nashira estava olhando para mim. Eu sentia isso. Continuei comendo minhas batatas.

O Mestre *tinha* lutado contra os Emim. Eu mesma havia limpado suas feridas. Ele desobedecera Nashira, e ela não fazia a menor ideia ou, se fazia, era apenas uma suspeita.

Durante vários minutos, apenas o tilintar dos talheres perturbou o silêncio. Comi meus vegetais e o molho de carne, ainda pensando nas interações secretas do Mestre com os Emim. Ele nunca precisou arriscar a própria vida, mas ainda assim tinha *escolhido* ir lá e lutar contra eles. Devia haver um motivo.

Os túnicas-vermelhas conversavam em voz baixa. Perguntavam uns aos outros sobre suas residências, encantados com a beleza dos prédios antigos. Às vezes eles menosprezavam os hárlis ("Na verdade, são uns covardes, até mesmo os legais"). Kathryn brincava com a comida, se encolhendo quando mencionavam o Pardieiro. 30 ainda estava corado, enquanto Carl mastigava com força demais, alternando garfadas com sua segunda taça de vinho. Só quando todos os pratos estavam limpos é que os amauróticos voltaram para tirar a mesa, nos deixando com três bandejas de sobremesas. Nashira esperou os túnicas-vermelhas se servirem antes de voltar a falar.

— Agora que já comeram e beberam, meus amigos, vamos nos divertir um pouco.

Carl limpou o melado da boca com o guardanapo. Uma trupe de hárlis encheu a sala. Entre eles, havia um sussurrante. Quando Nashira fez um sinal com a cabeça, ele levou o violino até o ombro e começou a tocar uma música delicada e alegre. Os outros deram início à apresentação de graciosos números de acrobacia.

— Aos negócios, então — disse Nashira. Ela nem olhou para a apresentação. — Se algum de vocês já conversou com o Capataz, deve saber o que ele faz para se sustentar. Ele é meu aliciador para as Temporadas dos Ossos. Nas últimas décadas, tenho tentado aliciar clarividentes valiosos do sindicato do crime de Scion Londres. Não tenho dúvida de que muitos de vocês sabem disso; alguns podem até ter sido parte disso.

30 e 18 se ajeitaram na cadeira. Não reconheci nenhum dos dois do sindicato, mas meu trabalho se limitava à I-4 e, ocasionalmente, à I-1 e à I-5. Havia mais trinta e três outras seções de onde eles poderiam ter vindo. Carl estava boquiaberto.

Ninguém olhava para os artistas. Eles estavam apresentando sua arte com perfeição, e ninguém se importava.

— Sheol I busca *qualidade,* não apenas quantidade. — Nashira ignorou os olhares baixos de metade de seu público. — Nas últimas décadas, tenho notado uma queda constante na diversidade entre os clarividentes que capturamos. Todas as habilidades de vocês são respeitadas e valorizadas pelos Rephaim, mas há muitos talentos de que ainda precisamos para enriquecer esta colônia. Todos devemos aprender uns com os outros. Não adianta nada só recebermos leitores de cartas e palmistas.

"xx-59-40 é o tipo de clarividente que estamos buscando agora. Ela é nossa primeiríssima andarilha onírica. Também precisamos de sibilas e frenéticos, agregadores e invocadores, e mais um ou dois oráculos; todas as raças de clarividentes que possam trazer um novo olhar para nossos soldados.

Kathryn olhou para mim com os olhos roxos. Agora ela sabia que eu não era uma fúria.

– Acho que todos nós podemos aprender muito com 40 – disse David, erguendo sua taça. – Estou disposto a isso.

– Excelente atitude, 12. E nós realmente temos a intenção de aprender muito com 40 – disse Nashira, dirigindo o olhar para mim. – É por isso que vou mandá-la para uma missão externa amanhã. – Os veteranos trocaram olhares. Carl ficou vermelho como a charlote de morango. – Também vou enviar xx-59-1. E você, 12 – continuou Nashira. Nesse momento, Carl pareceu alegre. David sorriu com a boca ainda tocando a taça. – Vocês irão com um veterano da Temporada dos Ossos xix, que vai ficar de olho no desempenho de todos. 30, suponho que eu possa contar com você para isso. Ele fez que sim com a cabeça.

– Fico honrado, soberana de sangue.

– Ótimo.

Carl estava sentado na beirada da cadeira.

– Qual será a missão, soberana de sangue?

Temos uma situação delicada para resolver. Como 1 e 12 estão cientes, tenho pedido à maioria dos túnicas-brancas para fazer leituras sobre o paradeiro de um grupo chamado Sete Selos. Eles fazem parte do sindicato do crime de clarividentes. – Não tive coragem de erguer o olhar. – Os Sete Selos são conhecidos por terem diversos tipos raros de clarividentes, incluindo um oráculo e um agregador. Na verdade, o chamado "Agregador Branco" é o principal membro do grupo. Nas tentativas mais recentes de leitura, deduzimos que eles vão se encontrar em Londres depois de amanhã. O lugar se chama Trafalgar Square, na Coorte 1, e a reunião está marcada para uma da madrugada.

Os detalhes que eles tinham reunido eram incríveis. Mas, com tantos videntes sendo usados para fazer leituras ao mesmo tempo, concentrando todas as energias em uma seção do éter, eu não deveria ter ficado surpresa. Isso só podia produzir um efeito semelhante a uma sessão espírita.

– Algum de vocês sabe alguma coisa sobre os Sete Selos? – Como ninguém respondeu, Nashira olhou para mim. – 40. Você deve ter se envolvido com o sindicato. Se não tivesse, não teria conseguido ficar escondida em Londres pelo tempo que ficou. – Dava para ver pelos seus olhos que ela não estava brincando. – Diga o que você sabe.

Pigarreei.

– As gangues são muito discretas – falei. – Existem fofocas, mas...

– Fofocas – repetiu ela.

– Boatos – esclareci. – Disse-me-disse.

– Elabore.

– Todo mundo sabe os nomes falsos deles.

– E quais seriam?

– Agregador Branco, Visão Vermelha, Diamante Negro, Onírica Pálida, Musa Martirizada, Fúria Enjaulada e Sino Silencioso.

– Eu conhecia a maioria desses nomes. Mas Onírica Pálida, não. – Ótimo. – O que quer dizer que existe outra andarilha onírica. Isso não é uma coincidência? – Ela tamborilava os dedos na mesa. – Você sabe onde fica a base deles?

Eu não podia negar. Ela tinha visto minha identidade.

– Sei – respondi. – Na I-4. Eu trabalho lá.

– Não é incomum duas andarilhas oníricas morarem tão perto uma da outra? Com certeza eles também devem ter contratado você.

– Eles não sabiam. Fui discreta – falei. – A onírica é a concubina da I-4, a protegida do Agregador. Ela teria me matado se achasse que tinha uma rival. As gangues dominantes não gostam de concorrência.

Ela estava brincando comigo, eu tinha certeza. Nashira não era burra. Ela deve ter juntado tudo: o panfleto, a Onírica Pálida, os Sete Selos trabalhando na I-4. Sabia exatamente quem eu era.

– Se a Onírica Pálida é uma andarilha onírica, então o Agregador Branco pode estar escondendo alguns dos clarividentes mais cobiçados da cidadela – concluiu ela. – É raro termos uma oportunidade de acrescentar joias tão preciosas à nossa coroa. Sua competência nessa missão é vital, 40. Se alguém pode reconhecer a andarilha onírica dos Sete Selos, esse alguém é outra andarilha onírica.

– Sim, soberana de sangue – falei, com um nó na garganta –, mas... por que os Sete Selos vão se reunir nesse horário?

– Como eu disse, 40, essa é uma situação delicada. Parece que vários clarividentes da Irlanda estão tentando fazer contato com o sindicato de Londres. Uma fugitiva irlandesa chamada Antoinette Carter é a líder. Os Sete Selos vão se encontrar com ela.

Quer dizer então que Jax havia conseguido. Eu me perguntei como Antoinette conseguira entrar na cidadela. Era praticamente impossível atravessar o Mar da Irlanda. Videntes já tinham tentado sair do país, a maioria seguiu em direção à América, mas poucos tiveram sucesso. Não dava para atravessar o oceano num barquinho. Mesmo que alguém *tivesse* conseguido, Scion nunca nos deixaria saber disso.

– É fundamental que não se forme um sindicato do crime análogo em Dublin. Consequentemente, essa reunião deve ser impedida. Sua meta é capturar Antoinette Carter. Acredito que ela também pode ser um tipo raro de clarividente, e pretendo descobrir exatamente qual poder ela esconde. A segunda meta é capturar os Sete Selos. O Agregador Branco é um alvo crítico. – Jaxon. Meu mime-lorde. – Vocês serão supervisionados pelo consorte de sangue e a prima dele. Espero resultados. Vou responsabilizar todos vocês se Carter conseguir voltar para a Irlanda. – Nashira olhou para cada um de nós: 30, David, Carl e eu. – Entenderam?

– Sim, soberana de sangue – responderam 30 e Carl. David girou o vinho na taça.

Não falei nada.

– Sua vida aqui está prestes a mudar, 40. Você vai poder usar seu dom, e muito bem, nessa missão. Espero que demonstre gratidão pelas longas horas que Arcturus dedicou ao seu treinamento. – Nashira desviou o olhar do fogo e me encarou. – Você tem muito potencial. Se não tentar atingir esse potencial, farei com que nunca mais volte para as paredes protegidas de Magdalen. Você pode apodrecer do lado de fora com os outros idiotas.

Não havia emoção em seu olhar, mas havia anseio. Nashira Sargas estava perdendo a paciência.

Um pequeno mundo

O quinto e o sexto membros do nosso grupo foram encontrados no início de 2057, um ano depois que me uni a eles.

Eles chegaram durante uma onda de calor especialmente cruel. Um dos mensageiros de Jaxon relatou a presença de dois novos clarividentes na I-4. O casal tinha vindo com um grupo de turistas para a conferência anual de verão na Universidade, que era sempre um grande sucesso. Jovens turistas ávidos eram trazidos de centenas de países não Scion, prontos para serem mandados de volta como defensores das políticas anticlarividentes. Tais programas já existiam em algumas partes da América, onde as opiniões a respeito de Scion estavam divididas havia décadas. O mensageiro bem-intencionado tinha avistado duas auras e corrido direto até seu mime-lorde, só para descobrir que os recém-chegados não eram residentes permanentes da I-4. Os dois não faziam ideia de que o sindicato existia. Talvez nem soubessem que eram videntes.

O mensageiro relatou que tinha quase certeza de que um dos dois turistas – a jovem mulher – era uma sussurrante. Jax não ficou impressionado. Ele me contou que os sussurrantes eram um tipo de sensitivo: compartilhavam os movimentos do éter, os cheiros, sons e ritmos dos espíritos. Ouviam as vozes e vibrações deles, e até os usavam para tocar instrumentos.

– Um belo dom – disse ele –, mas não é inovador de forma alguma.

Os sensitivos eram mais raros que os médiuns, mas não muito. A quarta ordem de clarividência. Mesmo assim, não havia um grande número deles na cidadela, e Jaxon gostava de raridades.

Era a outra metade do casal que lhe interessava. O mensageiro tinha relatado uma aura incomum, entre o laranja e o vermelho. A aura de um fúria.

Jax vinha vasculhando as ruas em busca de um fúria havia anos, mas aquele era seu primeiro caso provável. Não conseguia acreditar na própria sorte. Ele tinha uma visão, um projeto. Jaxon Hall não queria apenas uma gangue – ah, não. Ele queria uma caixa de joias, o *crème de la crème* da sociedade vidente. Ele queria que a Assembleia Desnatural o invejasse acima de todos os outros mime-lordes.

– Vou convencer os dois a ficar – dissera ele, apontando sua bengala para mim. – Pode esperar, minha concubina.

– Eles têm vidas no próprio país, Jax. Famílias. – Eu não estava convencida. – Não acha que vão precisar de tempo pra pensar sobre isso?

– Não temos esse tempo, minha querida. Depois que forem embora, nunca mais vou conseguir trazê-los de volta. Eles *precisam* ficar.

– Nos seus sonhos.

– Eu não sonho. Mas quer apostar? – Ele estendeu a mão. – Se você perder, vai fazer duas missões sem receber por elas. E vai ter que polir meu espelho antigo.

– E se eu ganhar?

– Vou pagar o dobro pelas mesmas missões. E você não vai ter que polir meu espelho antigo.

Apertei a mão dele.

Jaxon tinha o dom da oratória. Eu sabia exatamente o que meu pai teria dito sobre ele: "Esse é um homem que beijou Blarney Stone."

Havia alguma coisa em Jaxon que fazia as pessoas terem vontade de agradá-lo, de ver aquele brilho selvagem no olhar dele. Jax sabia que ia fazer o casal ficar. Depois de localizar o hotel dos dois e pagar a um mercadeiro para conseguir seus nomes, ele mandou um convite para um "evento especial" em uma cafeteria elegante em Covent Garden. Eu mesma o entreguei ao porteiro, num envelope endereçado à srta. Nadine L. Arnett e ao sr. Ezekiel Sáenz.

Eles nos responderam com suas informações pessoais. Meio-irmãos. Ambos residentes de Boston, a capital reluzente de Massachusetts. No dia da entrevista, Jaxon nos manteve atualizados por e-mail.

Fabuloso. Ah, isso é fabuloso.

Ela definitivamente é uma sibilante. Muito eloquente. Fantasticamente arrogante, também.

O irmão me intriga. Não consigo identificar sua aura. Irritante.

Nick, Eliza e eu esperamos por mais uma hora para recebermos as palavras preciosas:

Eles vão ficar. Paige, o espelho precisa de um trabalho pesado.

Essa foi a última vez que fiz uma aposta com Jaxon Hall.

Dois dias se passaram. Enquanto Eliza arrumava espaço na caverna para os recém-chegados, fui com Nick buscá-los na rua Gower. A ideia era que eles simplesmente desaparecessem do radar, como se tivessem sido sequestrados e assassinados. Deixaríamos pistas: algumas roupas ensanguentadas, um ou dois fios de cabelo. Scion ia adorar. Poderiam usar isso para anunciar mais crimes desnaturais – porém, o mais importante era que eles não iriam atrás dos irmãos desaparecidos.

– Você realmente acha que Jax os convenceu a ficar? – perguntei enquanto caminhávamos.

– Sabe como ele é. Jax poderia convencer alguém a pular de um penhasco se a pessoa o ouvisse por tempo suficiente.

– Mas eles devem ter famílias. E Nadine é estudante.

– Pode ser que eles não se deem muito bem por lá, *sötnos*. Pelo menos em Scion os videntes podem aprender sobre quem são. Lá, devem apenas achar que os dois são malucos. – Ele colocou os óculos escuros. – Nesse aspecto, Scion é uma bênção.

Ele estava certo, por um lado. Não havia política oficial para clarividentes fora de Scion; eles não tinham reconhecimento jurídico, nem status de minoria – só apareciam na ficção. Mesmo assim, devia ser melhor do que ser sistematicamente caçado e morto, como éramos. Eu não conseguia entender por que eles queriam ficar.

Os dois estavam esperando do lado de fora da Universidade. Nick levantou a mão para o mais próximo deles.

– Oi. Zeke? – O desconhecido fez que sim com a cabeça. – Sou Nick.

– Paige – falei.

Os olhos de Zeke pareciam chá preto, encaixados num rosto fino e irrequieto. Ele devia ter uns vinte e poucos anos, era magro para sua altura, com punhos frágeis e pele acostumada a tomar sol.

– Vocês estão com Jaxon Hall, certo? – Sua voz trazia um sotaque que não me era familiar.

Ele usou a mão livre para secar o suor da testa, e com isso pude ver de relance uma cicatriz vertical.

– Estamos, mas não diga o nome dele de novo. A DVD pode estar em qualquer lugar. – Nick sorriu. – E você deve ser Nadine.

Ele estava olhando para a sussurrante. Ela tinha os olhos do irmão e feições impacientes, mas as semelhanças acabavam aí. O cabelo dela era pintado de vermelho e parecia ter sido cortado com uma régua. As cidadelas Scion costumavam usar a moda e a gíria da década em que foram estabelecidas; todo mundo em SciLo usava roupas neutras, no estilo vitoriano – mas a blusa amarela, a calça jeans e os saltos altos de Nadine gritavam que ela era "turista" e "diferente".

– Até onde eu sei, sim – respondeu ela.

Nick estreitou um pouco os olhos para Zeke. Eu também estava me esforçando para classificar sua aura. Ao perceber isso, Nadine se aproximou do irmão.

– O que foi?

– Nada. Desculpe – disse Nick. Ele olhou por cima da cabeça dos dois, observando a Universidade, antes de encarar cada um deles. – Temos que ser rápidos. Imagino que vocês dois já tenham pensado sobre isso, porque, depois que se afastarem desse prédio, não tem mais volta.

Zeke olhou para a irmã. Ela fitou os próprios sapatos, com os braços cruzados.

– Temos certeza – disse ele. – Já tomamos nossa decisão.

— Então vamos.

No fim da rua, nós quatro nos empilhamos num táxi pirata. Nadine vasculhou a bolsa e pegou um par de fones de ouvido. Sem mais uma palavra, ela os colocou e fechou os olhos. Seus lábios pareciam tremer.

— Rua Monmouth, por favor – disse Nick ao motorista.

O carro deu a volta. Felizmente para nós, os táxis piratas não tinham licença. Eles se beneficiavam muito com a clientela clarividente.

Jax morava na rua Monmouth: uma casinha de três andares em cima de uma pequena butique. Muitas vezes eu passava a noite lá e dizia ao meu pai que estava na casa de amigos. Não era exatamente uma mentira. Durante meses eu tinha aprendido como a sociedade clarividente funcionava: a estrutura das gangues, os nomes de seus líderes, a etiqueta e a inimizade entre as seções. Agora Jaxon estava testando meu dom, me ensinando a ser um deles.

Poucas semanas depois de começar no novo emprego, eu tinha conseguido conscientemente deslocar meu espírito. Parei imediatamente de respirar. Jax e Eliza entraram em pânico, pensando que haviam me matado. Nick, sempre o médico, tinha me reanimado com uma seringa de adrenalina no coração, e, apesar do meu peito ter ficado dolorido por uma semana, eu estava mais do que orgulhosa. Nós quatro tínhamos ido ao Chateline comemorar, e Jax encomendou um suporte de vida para a próxima vez.

Eu me dava bem com aquelas pessoas. Elas entendiam a estranheza do meu mundo, que eu estava apenas começando a descobrir. Tínhamos criado um pequeno universo em Seven Dials, de crime e cor. Mas, no momento, havia um estranho no nosso meio. Possivelmente dois, se Nadine acabasse sendo interessante.

Tentei sentir o plano onírico dos dois. O de Nadine não era incomum, mas o de Zeke – bom, o dele *era* interessante. Uma presença sombria e pesada no éter.

— Então, Zeke – disse Nick –, de onde você é?

Zeke ergueu os olhos.

— Nasci no México – respondeu ele –, mas agora moro com Nadine.

Ele não deu mais qualquer explicação. Olhei por sobre o ombro.

— Você já esteve em uma cidadela Scion?

— Não. Eu não sabia se era uma boa ideia.

– Mas você veio.

– Nós só queríamos escapar por um tempo. A faculdade de Nadine estava oferecendo vagas para a conferência. Eu tinha curiosidade sobre Scion. – Ele olhou para as próprias mãos. – Estou feliz por termos decidido vir. Nós nos sentimos diferentes há anos, mas... bom, o sr. Hall nos disse por quê.

Nick pareceu intrigado.

– Qual é a posição oficial sobre a clarividência nos Estados Unidos?

– Eles chamam de PES: percepção extrassensorial. Só dizem que é uma doença reconhecida pelas leis de Scion e que o CCPD está investigando. Eles não querem se comprometer com nenhuma posição em relação a esse assunto. Acho que nunca vão fazer isso.

Eu queria perguntar sobre as famílias deles, mas algo me disse para deixar para depois.

– Jaxon está muito feliz por vocês se juntarem a nós. – Nick sorriu. – Espero que gostem daqui.

– Vocês vão se acostumar – falei. – Eu odiava quando cheguei. Ficou melhor quando Jaxon me contratou. O sindicato vai cuidar de vocês.

Zeke levantou o olhar.

– Você não é inglesa?

– Irlandesa.

– Eu achava que poucos irlandeses tinham escapado dos Protestos de Molly.

– Eu consegui.

– Foi uma grande tragédia. A música irlandesa é tão linda – acrescentou ele. – Você conhece a canção dos manifestantes?

– Sobre Molly?

– Não, a outra. A que eles cantaram no fim dos protestos, quando choraram os mortos.

– Você está falando de "Manhã em brasas".

– Sim, essa mesma. – Ele fez uma pausa. – Você pode cantar um pouco? – Nick e eu rimos ao mesmo tempo. Zeke ficou vermelho até a ponta das orelhas. – Desculpem... isso foi esquisito – disse ele. – É que eu adoraria ouvi-la sendo cantada da maneira correta. Se não for muito incômodo para você. Eu gostava de ouvir Nadine, mas... bom, ela não toca mais.

Nick captou meu olhar. Uma sussurrante que não tocava música. Jaxon não ia ficar nada feliz. Percebi que Zeke ainda estava me olhando, esperando uma resposta.

Eu não sabia se conseguia cantá-la. Músicas irlandesas eram proibidas em Scion, especialmente as rebeldes. Eu conhecia bem o ritmo irlandês quando era criança, mas, por medo de espalhar a hibernofobia em Scion, eu o abandonei quando nos mudamos. Já aos oito anos, sentia os olhares esquisitos que as pessoas lançavam para mim quando eu pronunciava alguma coisa de um jeito estranho demais para o gosto delas. Costumava passar horas na frente do espelho imitando repórteres, até que cultivei um sotaque claro de escola pública inglesa. Mesmo assim, eu ainda era bem impopular – fui chamada de "Molly Mahoney" durante anos –, mas, por fim, um grupo de garotas me aceitou, provavelmente porque meu pai patrocinou o baile da escola.

Talvez, em memória ao meu primo, eu devesse me lembrar. Olhei pela janela e me ouvi recitar a música.

Meu amor, aquela era uma manhã em brasas
Quando outubro estava nascendo.
O fogo chorava na campina de mel.
Venha, fantasma do vale,
Estou de pé sobre as cinzas, onde você vagueia.
Erin quer trazê-lo para casa.

Meu coração, eu vi uma chama no céu
Quando a manhã amarga de outubro se aproximava.
A fumaça sufocava a campina de mel.
Escute, espírito do sul,
Estou esperando perto da árvore rachada,
Agora o coração da Irlanda está dividido pelo mar.

Havia mais versos, mas parei de repente. Eu me lembrei da minha avó cantando isso para Finn durante o funeral, o que fizemos escondido no Vale. Apenas seis de nós. Sem corpo para enterrar. Foi naquele momento que meu pai anunciou sua transferência, deixando meus avós sozinhos para enfrentar a ocupação militar do sul. Zeke estava sério.

Quando chegamos à rua Monmouth, fazia um calor insuportável no táxi. Coloquei algumas notas na mão do motorista. Ele me devolveu uma. Depois de um instante, Nick apertou minha mão.

– Pela música linda – disse o taxista. – Muitas bênçãos, amor.

– Obrigada.

Mas eu a deixei no assento. Não aceitaria dinheiro por uma memória.

Ajudei Nick a descarregar as malas. Nadine saiu do táxi e tirou os fones de ouvido. Ela lançou um olhar desanimado para o prédio. Sua mala chamou minha atenção: era de um designer de Nova York. Teríamos que nos livrar daquilo. Itens americanos vendiam como água no Garden. Eu esperava que ela tivesse um estojo de instrumento, mas não havia nada. Talvez ela não fosse uma sussurrante. Havia pelo menos três outras classes de sensitivos nas quais Nadine poderia se encaixar.

Usei minhas chaves para abrir a porta vermelha, que tinha uma placa dourada dizendo AGÊNCIA LENORMAND. Para o mundo exterior, éramos uma respeitável agência de artes. Lá dentro, não éramos tão honestos.

No alto da escada estava Jax, vestido para impressionar: colete de seda, colarinho branco engomado, relógio de bolso reluzente e charuto aceso. Tinha uma pequena xícara de café na mão. Tentei, mas não consegui descobrir como charuto e café formavam um par compatível.

– Zeke, Nadine. Bom ver vocês de novo.

Zeke apertou a mão dele.

– Igualmente, sr. Hall.

– Bem-vindos a Seven Dials. Como vocês sabem, sou o mime-lorde deste território. E agora vocês são membros do meu grupo de elite. – Jax olhava para o rosto de Zeke, mas eu sabia que seu foco estava na leitura da aura do rapaz. – Suponho que tenham deixado a rua Gower de maneira furtiva.

– Ninguém nos viu. – Zeke ficou tenso. – Aquilo é um... espírito, ali?

Jax olhou para trás.

– Sim, aquele é Pieter Claesz, um pintor vanitas holandês. Uma das nossas musas mais prolíficas. Morreu em 1660. Pieter, venha conhecer nossos novos amigos.

– Zeke pode fazer as honras. Estou cansada. – Nadine não estava olhando para Pieter, que ignorou as ordens. Ela não tinha visão. – Quero um quarto só meu. Não divido meu espaço – disse ela, olhando para Jax com seriedade. – Só para deixar claro.

Esperei para ver como Jax ia reagir. Seu rosto não estava muito expressivo, mas as narinas se expandiram. Não era um bom sinal.

– Você terá o que lhe for oferecido – disse ele.

Nadine se enfureceu. Prevendo um confronto, Nick colocou um braço sobre os ombros dela.

– É claro que você vai ter um quarto só seu – disse ele, me lançando um olhar cansado por sobre a cabeça dela. Teríamos que deixar Zeke com um sofá. – Eliza está ajeitando tudo. Posso pegar alguma coisa pra você beber?

– Pode, sim. – Ela ergueu as sobrancelhas para Jax. – Estou vendo que *alguns* europeus sabem como tratar uma mulher.

Jaxon parecia ter levado um tapa dela. Nick a conduziu para a pequena cozinha.

– Não sou – disse ele, com os dentes cerrados – *europeu*.

Não consegui evitar um sorriso.

– Vou dar um jeito de ninguém incomodá-lo.

– Obrigado, Paige. – Ele se empertigou. – Venha comigo até meu escritório, Zeke. Vamos conversar.

O rapaz subiu o próximo lance de escadas, ainda encarando Pieter, que estava flutuando em frente a seu novo quadro. Antes que eu pudesse falar, Jaxon me pegou pelo braço.

– O plano onírico dele – falou Jax baixinho. – Como é?

– Sombrio – respondi – e...

– Excelente. Não precisa dizer mais nada.

Ele quase subiu correndo as escadas, com o charuto no canto da boca. Fiquei na companhia de três malas e um artista morto e, por mais que eu gostasse de Pieter, ele não era de falar muito.

Verifiquei o relógio. Onze e meia. Eliza ia voltar em poucos minutos. Fiz um café fresco e fui me sentar na sala de estar, onde havia uma tela de John William Waterhouse em posição de destaque: uma mulher de cabelo escuro num vestido vermelho esvoaçante, olhando para uma bola de cristal. Jax tinha pagado muito dinheiro a um negociante por três pinturas de Waterhouse que estavam na lista negra. Havia uma tela de Edward vii também, em seus trajes de gala. Abri a janela e me ajeitei para ler o novo panfleto no qual Jaxon estava trabalhando: *Sobre as maquinações dos mortos itinerantes*. Até o momento, ele tinha me falado sobre quatro tipos de espírito: anjo da guarda, fantasma, musa e psicopompo. Eu ainda não tinha lido sobre poltergeists.

Eliza chegou ao meio-dia depois de deixar os espíritos, como de costume. Ela me entregou uma caixa de macarrão chinês da rua Lisle.

– Oi. Pelo visto, você ainda não convenceu Pieter a pintar *Violino e bola de vidro* de novo, não é?

Eliza Renton era a médium de transe de Jax, quatro anos mais velha que eu. Sua área de especialidade era a mime-arte. Nascida a uma distância impressionante de Bow Bells, tinha trabalhado num teatro do submundo da The Cut até os dezenove anos, quando respondeu ao panfleto de Jaxon e foi contratada. Ela era a principal fonte de renda dele desde então. Tinha uma pele morena clara e olhos verdes, e mantinha os cachos do cabelo dourado bem definidos. Ela sempre tinha admiradores – até os espíritos a amavam –, mas Jax tinha uma política de "não compromisso" que ela cumpria.

– Ainda não. Acho que ele está com bloqueio criativo. – Deixei o panfleto de lado. – Conheceu os recém-chegados?

– Acabei de conhecer Nadine. Mal falou "oi" para mim. – Eliza se deixou cair ao meu lado. – Temos *certeza* de que ela é uma sibilante?

Abri a caixa de macarrão quentinho.

– Não vi nenhum instrumento com ela, mas talvez. Você já conheceu Zeke?

– Dei uma espiada no escritório. A aura dele é meio laranja-escuro.

– Então ele é um fúria.

– Ele não *parece* ser um fúria. Não acho que ele assustaria um fantasma. – Ela equilibrou o biscoito sabor camarão no joelho. – Bom, se Pieter está sendo teimoso, eu oficialmente tenho um espaço na minha agenda. Quer tentar flutuar de novo?

– Não até Jax conseguir o suporte de vida.

– Claro. Acho que o respirador deve chegar terça. Vamos pegar leve até lá. – Ela me entregou um caderno de desenho e um lápis. – Eu queria perguntar: você consegue desenhar seu plano onírico?

Eu peguei os materiais.

– Desenhar?

– É. Não as flores nem nada, só a forma básica de vista aérea. Estamos tentando descobrir o formato do plano onírico humano, mas é difícil porque nenhum de nós consegue sair da zona da luz do sol. Achamos que existem pelo menos três zonas, mas precisamos que você detalhe a imagem para podermos ver se nossas teorias se comprovam. Você pode fazer isso?

Fui dominada por um sentimento de determinação. Eu estava provando ser realmente útil no grupo.

– Claro – respondi.

Eliza ligou a TV. Comecei a trabalhar no desenho, fazendo um ponto rodeado por quatro anéis.

A música de fundo da ScionEye saía da TV. Scarlett Burnish estava lendo as notícias do meio-dia. Eliza apontou para a tela, mastigando os biscoitos.

– Você acha que ela na verdade é mais velha que Weaver, mas fez tantas cirurgias plásticas que as rugas não se formam mais?

– Ela sorri demais pra isso. – Continuei a desenhar. Já tinha algo mais parecido com um alvo, com cinco seções. – Então, estabelecemos que esta – indiquei o centro do círculo – é a zona da luz do sol.

– Isso. A zona da luz do sol é onde os espíritos têm que ficar para ter uma mente saudável. O cordão de prata é como uma rede de segurança. Ele impede que a maioria dos videntes saia dessa zona.

– Mas não eu.

– Exatamente. Essa é sua peculiaridade. Digamos que a maioria de nós tem pouco mais de uns dois centímetros de cordão entre o corpo e o espírito – disse ela, medindo com os dedos. – Você tem quase dois quilômetros. É capaz de ir até o anel externo do seu plano onírico, o que significa que consegue sentir o éter por uma distância muito maior do que nós. Você também pode sentir planos oníricos. Nós só sentimos espíritos e auras, e a uma pequena distância. Não estou conseguindo sentir Jaxon e os outros agora.

Eu conseguia.

– Mas tenho um limite.

– É por isso que precisamos tomar cuidado. Ainda não conhecemos seus limites. Você pode ou não ser capaz de deixar seu corpo. Teremos que ver.

Assenti. Jaxon tinha me falado várias vezes sobre sua teoria dos andarilhos oníricos, mas Eliza era uma professora muito melhor.

— O que aconteceria se a pessoa tentasse sair da sua zona da luz do sol? Em teoria.

— Bom, achamos que a segunda zona é onde ocorrem os "pesadelos" dos amauróticos. O cordão às vezes permite que a gente alcance essa distância quando estamos estressados ou nervosos. Além disso, começamos a sentir algo nos puxando com força de volta para o centro. Se alguém passasse da zona do crepúsculo, começaria a enlouquecer.

Ergui uma sobrancelha.

— Sou realmente uma aberração, não sou?

— Não, não, Paige. Não ouse pensar assim. Nenhum de nós é uma aberração. Você é um milagre. Uma saltadora. — Ela pegou o caderno de desenhos da minha mão. — Vou pedir para Jax dar uma olhada nisso quando ele tiver terminado. Ele vai adorar. Você vai ficar com seu pai hoje à noite? Não ia ficar com ele às sextas?

— Tenho que trabalhar. Didion acha que encontrou William Terriss.

— Ah, porra. Nem precisa falar mais nada. — Ela se virou para me encarar. — Ei, você sabe o que eles dizem sobre o sindicato. Depois que você entra, nunca mais sai. Tem certeza de que ainda está feliz com isso?

— Nunca estive mais feliz.

Eliza sorriu para mim. Um sorriso estranho, quase melancólico.

— Está bem — disse ela. — Estarei lá em cima. Preciso acalmar Pieter.

Sacudindo as pulseiras, ela se esgueirou para fora da sala. Comecei a sombrear os anéis do meu desenho, fazendo cada um mais escuro que o anterior.

Algumas horas mais tarde, eu continuava trabalhando quando Jax desceu do segundo andar. Estava quase na hora do pôr do sol. Eu teria que sair para encontrar Didion em breve, mas queria transferir meu desenho para o computador. O mime-lorde parecia quase febril.

— Jax?

— Ilegível — sussurrou ele. — Ó, minha adorada, adorada Paige. Nosso querido sr. Sáenz é um *ilegível*.

21

Um navio queimado

Nunca vou me esquecer do rosto do Mestre quando ele me viu com a túnica vermelha. Foi a primeira vez que vi medo em seus olhos.

Durou apenas uma fração de segundo. Mas eu vi, só por um instante, um traço de insegurança, mais suave do que a chama de uma vela. Ele me observou ir para o meu quarto.

– Paige.

Parei.

– Como foi seu banquete de posse?

– Esclarecedor. – Passei o dedo pela âncora do colete. – Você estava certo. Ela realmente me fez algumas perguntas sobre você.

Houve um silêncio breve e tenso. Todos os músculos de seu rosto ficaram rígidos.

– E você as respondeu. – A voz dele estava fria, mais fria do que eu já tinha ouvido. – O que você disse a ela? Preciso saber.

Ele não ia implorar. O Mestre era orgulhoso. Seu maxilar estava travado, os lábios pressionados, formando uma linha fina. Eu me perguntei o que estava passando pela cabeça dele. Quem alertar, para onde fugir. O que fazer em seguida.

Por quanto tempo eu poderia fazê-lo sofrer?

— Ela disse uma coisa que chamou minha atenção. — Eu me sentei na *chaise longue*. — Que o consorte de sangue é proibido de ter contato com os Emim.

— Ele é. Absolutamente proibido. — Seus dedos tamborilavam no braço da poltrona. — Você contou a ela sobre os ferimentos.

— Não contei nada a ela.

A expressão dele mudou. Depois de um instante, ele despejou amaranto do decantador em uma taça.

— Então eu lhe devo minha vida — disse ele.

— Você bebe muito amaranto — comentei. — É para as cicatrizes?

O Mestre ergueu o olhar de repente.

— Cicatrizes.

— Sim, as cicatrizes.

— Tenho meus próprios motivos para beber amaranto.

— Quais motivos?

— De saúde. Já falei. Ferimentos antigos. — Ele colocou a taça de volta na mesa. — Você preferiu não contar a Nashira que fui desobediente. Estou intrigado para saber por quê.

— Trair as pessoas não faz realmente meu estilo. — Sua evasão não me passou despercebida. Cicatrizes e ferimentos antigos são a mesma coisa.

— Entendo. — O Mestre olhou para a lareira vazia. — Quer dizer que você omitiu informações de Nashira, mas recebeu uma túnica vermelha.

— Você recomendou.

— Sim, mas eu não sabia se ela ia concordar. Acredito que ela tenha motivos velados.

— Tenho uma missão externa amanhã.

— A cidadela — conjecturou ele. — Isso é surpreendente.

— Por quê?

— Depois de todo o esforço que ela fez para tirar você da cidadela, parece estranho mandar você de volta.

— Nashira quer que eu atraia uma das gangues de Londres: os Sete Selos. Ela acha que eles têm uma andarilha onírica e que eu conseguiria reconhecer uma semelhante. — Esperei, mas ele não reagiu. Será que ele suspeitava de mim? — Vamos amanhã à noite com três túnicas-vermelhas e um Rephaite.

– Quem?

– Sua prima.

– Ah, sim. – Ele pressionou os dedos unidos. – Situla Mesarthim é a mercenária de maior confiança de Nashira. Você e eu devemos tomar cuidado perto dela.

– Quer dizer que você vai me tratar como sua escrava de novo.

– Uma situação necessária, mas temporária. Situla não é minha amiga. Ela foi convocada para ficar de olho em mim.

– Por quê?

– Antigas transgressões. – Ele captou meu olhar. – É melhor que você não saiba de nada. Tudo que precisa saber é que eu não mato a menos que seja absolutamente necessário.

Antigas transgressões. Ferimentos antigos. Isso só podia significar uma coisa, e nós dois sabíamos, mas ainda não garantia que ele era confiável. Mesmo que ele *fosse* um cicatrizado.

– Preciso dormir um pouco – falei. – Nos encontraremos na residência dela amanhã ao anoitecer.

O Mestre confirmou com a cabeça, sem olhar para mim. Peguei minhas botas e fui para o meu quarto, deixando-o com seu remédio.

Durante a maior parte do dia, enquanto eu deveria estar dormindo, pensei em todos os possíveis cenários que poderiam ocorrer quando chegássemos a Londres. O plano, de acordo com as instruções dadas depois do jantar, era esperar até Carter chegar à base da Coluna de Nelson, onde ela se encontraria com um representante dos Selos. Nós os cercaríamos, depois atacaríamos com tudo o que tínhamos. Ela parecia achar que íamos simplesmente entrar lá, atirar em Carter, pegar uns prisioneiros e voltar para Sheol I a tempo do sino diurno.

Eu sabia que não seria assim. Conhecia Jax. Ele protegia seus investimentos. Nunca mandaria um representante se encontrar sozinho com Antoinette – a gangue toda estaria lá. Vigilantes inspecionariam as ruas durante a noite, e eles sabiam usar o básico do combate espiritual. Nós também teríamos que lidar com o povo e, com videntes nas ruas, poderíamos acabar tendo uma luta enorme nas nossas mãos. Uma luta na qual eu estaria vestida para um lado, mas torcendo pelo outro.

Virei de lado, irrequieta. Aquela era minha chance de fugir, ou, pelo menos, de espalhar a notícia. De algum jeito, eu teria que alcançar Nick, se ele não me matasse antes. Nem me cegasse com suas visões. Era minha única oportunidade.

Acabei desistindo de dormir. Fui até o banheiro, molhei o rosto e prendi o cabelo num coque alto. Ele tinha crescido alguns centímetros, chegando aos ombros. A chuva batia nas janelas. Eu estava usando o mesmo uniforme, a túnica vermelha da traição, e desci para os aposentos. O relógio de pêndulo me informou que eram quase sete da noite. Sentei-me ao lado do fogo. Quando chegou a hora, o Mestre apareceu na porta com o cabelo e as roupas encharcados de chuva.

– Está na hora.

Fiz que sim com a cabeça. Ele me conduziu porta afora, trancou-a e desceu os degraus de pedra junto comigo.

– Não cheguei a agradecer – disse ele quando passamos pelos claustros. – Pelo seu silêncio.

– Não me agradeça ainda.

As ruas estavam silenciosas. Pedras de granizo derretidas eram esmagadas pelas minhas botas. Quando chegamos à residência, dois Rephs nos escoltaram até a biblioteca, onde Nashira esperava. Ela e o Mestre encenaram seu ritual de cumprimento: a mão dele na barriga dela, os lábios dela na testa dele. Dessa vez, notei algumas coisas: a rigidez dos movimentos dele, o fato de que não fazia contato visual com ela, o modo como ela passou os dedos pelo cabelo dele sem olhar para o noivo. Isso me fez pensar num cachorro com sua dona.

– Estou feliz por vocês dois terem conseguido se juntar a nós hoje à noite – disse ela. Como se tivéssemos escolha. – 40, esta é Situla Mesarthim.

Situla era quase tão alta quanto seu primo. Dava para ver a semelhança da família: o mesmo cabelo castanho-acinzentado, a mesma pele cor de mel, as mesmas feições fortes e os mesmos olhos profundos. Ela fez um sinal com a cabeça para o Mestre, que ainda estava ajoelhado.

– Primo. – O Mestre inclinou a cabeça. Situla direcionou os olhos para mim. Azuis. – XX-59-40, você deve me tratar como sua segunda guardiã hoje à noite. Espero que isso esteja claro.

Fiz que sim com a cabeça. O Mestre se levantou e olhou para a noiva.

– Onde estão os outros humanos?

– Aprontando-se, é claro. – Ela se virou de costas para ele. – Você deve fazer o mesmo, meu fiel.

A aura dele ficou enevoada, como se uma tempestade estivesse se formando em seu plano onírico. Ele se virou e seguiu em direção às pesadas cortinas vermelhas. Uma garota amaurótica se apressou atrás dele, carregando um monte de roupas.

– Você vai fazer par com 1 – disse Nashira para mim. – Vocês dois vão com Arcturus. Situla vai ficar com 30 e 12.

David surgiu de trás das cortinas, usando calça, botas e um colete leve à prova de balas. Vê-lo me fez dar um pulo de susto. Ele estava exatamente igual ao Capataz na noite em que atirou em mim.

– Boa noite, 40 – disse ele.

Fiquei de boca calada. David sorriu e balançou a cabeça, como se eu fosse uma criança engraçadinha. Um amaurótico se aproximou de mim.

– Suas roupas.

– Obrigada.

Sem olhar para David, levei minha pilha até as cortinas. Atrás delas havia uma tenda, um tipo de vestiário. Tirei o uniforme e vesti o novo: primeiro, uma camisa vermelha de manga comprida, depois, o colete à prova de balas – marcado com a âncora vermelha, assim como o colete de tecido – e uma túnica preta com uma faixa vermelha em uma das mangas. Em seguida, as luvas sem dedo e a calça, ambas de tecido preto flexível, e minhas botas de couro robustas. Eu podia correr, escalar e lutar com aquela roupa. Havia uma seringa de adrenalina na túnica, assim como uma arma de flux. Para caçar videntes.

Depois de me equipar, voltei para onde os outros três humanos tinham se reunido. Carl sorriu para mim.

– Oi, 40.

– Carl – falei.

– O que está achando da sua nova túnica?

– Ela cabe em mim, se é disso que está falando.

– Não, quero saber o que você está achando de ser uma túnica-vermelha.

Todos os três passaram a me encarar.

– Ótimo – respondi, depois de uma pausa.

Carl assentiu.

– É ótimo mesmo. Talvez eles tenham acertado ao dar tantos privilégios a você.

– Ou talvez tenham errado – disse 30, puxando o cabelo volumoso do colarinho. Ela era mais alta que eu, com quadris e ombros largos. – Vamos descobrir nas ruas.

Dei mais uma olhada em 30. Pela aura dela, imaginei que provavelmente fosse uma adivinha, mas um tipo menos comum, talvez uma espécie de cleromante. Não muito rara. Ela deve ter tido dificuldade para subir nos escalões.

– É – falei. – Veremos.

Ela fungou.

O retorno do Mestre causou um efeito impressionante no comportamento de 30. Ela fez uma breve reverência, murmurando "consorte de sangue". Ao lado dela, Carl se abaixou com uma mesura. Eu simplesmente fiquei ali parada com os braços cruzados. O Mestre deu uma olhada em seu fã-clube, mas não retribuiu nenhuma das homenagens. Em vez disso, olhou para o outro lado do salão: para mim, 30 pareceu decepcionada. Pobre 30.

As roupas novas tinham transformado o meu guardião. No lugar do traje de gala antiquado dos Rephaim, ele estava usando as roupas de um morador rico de Scion, do tipo que nenhum ladrão esperto tentaria sisar.

– Vocês serão levados à Coorte I em dois veículos de apreensão – disse Nashira. – O tráfego estará livre para vocês. Devem retornar para cá antes do toque do sino diurno.

Nós, os quatro humanos, concordamos. O Mestre ajeitou o casaco e se virou para a porta.

– xx-40, xx-1 – chamou ele.

Carl passava a impressão de que a Novembrália tinha chegado mais cedo. Ele correu atrás do Mestre, enfiando sua arma de flux na túnica ao caminhar. Eu estava prestes a segui-lo quando Nashira pegou meu braço com a mão enluvada. Fiquei totalmente parada, resistindo à vontade de puxar o braço.

– Sei quem você é – disse ela, perto do meu rosto. – Sei de onde veio. Se não trouxer uma andarilha onírica, vou supor que estou correta e que *você* é a Onírica Pálida. Essa percepção terá consequências para todos nós. – Com um olhar que me deixou gelada, deu as costas para mim e foi em direção à porta. – Boa viagem, XX-59-40.

Dois veículos com vidros fumê estavam esperando na ponte. Eles vendaram nós quatro antes de nos trancar no carro. Eu me sentei no escuro com Carl, ouvindo o motor. Deviam ter um medo danado de que descobríssemos o caminho para sair da colônia.

Uma equipe de Vigilantes tinha sido despachada para nos escoltar pela fronteira, mas o procedimento para deixar as pessoas saírem de Sheol I era complicado. A cidade era uma colônia penal, e era tão inconveniente quanto se prisioneiros saíssem em liberdade condicional. Eles enfiaram chips de rastreamento sob nossa pele em uma das subestações externas de Scion, só para o caso de tentarmos fugir, e nossas impressões digitais e auras foram analisadas. Tiraram um tubo de sangue meu, deixando uma mancha roxa na dobra do cotovelo. Finalmente atravessamos a última fronteira e chegamos em Scion Londres. De volta ao mundo real.

– Podem tirar as vendas – disse o Mestre.

Não consegui tirar a minha rápido o suficiente.

Ah, minha cidadela. Passei a mão pelo vidro da janela, as luzes azuis brilhando diante dos meus olhos. O carro estava passando por White City, na II-3, pelo complexo de compras monumental. Nunca pensei que sentiria saudade das ruas sujas, mas eu sentia. Sentia falta de apostar com espíritos, jogar *tarocchi* e escalar prédios com Nick para ver o sol se pôr. Eu queria sair do carro e me jogar no coração envenenado de Londres.

Carl ficou nervoso durante a viagem, dobrando o joelho e remexendo na arma de flux, mas acabou dormindo na estrada. Ele me disse que 30 se chamava Amelia, e que o guardião dela era Elnath Sarin. Como imaginei, ela era uma cleromante, com um dom especial para dados. Levei algum tempo para me lembrar da palavra exata: *astragalomante*. Eu estava ficando enferrujada. Antes Jax me interrogava diariamente sobre as sete ordens de clarividência.

Olhei de novo para Carl. Seu cabelo precisava ser lavado. Pelas olheiras, eu sabia que ele estava tão cansado quanto eu – mas ele não tinha mais machucados. Outras traições devem ter ajudado a conquistar sua segurança. Como se sentisse meu olhar, ele abriu os olhos.

– Não tente fugir – sussurrou Carl. Como não respondi, ele se aproximou de mim. – Eles não vão permitir. Ele não vai. – Olhou para o Mestre através do vidro. – Sheol I é seguro para nós. Por que você ia *querer* fugir?

– Porque não pertencemos àquele lugar.

– É o único lugar ao qual *realmente* pertencemos. Podemos ser clarividentes lá. Não precisamos nos esconder.

– Você não é idiota, Carl. Sabe que aquilo é uma prisão.

– E a cidadela não é?

– Não. Não é.

Carl olhou de novo para a própria arma. Voltei a olhar pela janela.

Parte de mim entendia o que ele queria dizer. Claro que a cidadela era uma prisão – Scion nos mantinha trancados como animais –, mas não ficávamos parados lá olhando os outros serem espancados nem deixávamos as pessoas morrerem nas ruas.

Recostei a cabeça no vidro. Isso não era verdade. Hector deixava. Jaxon deixava. Todos os mime-lordes e mime-rainhas da cidadela deixavam. Eles não eram melhores do que os Rephaim. Só recompensavam os que eram úteis. Jogavam o resto no lixo para apodrecer.

Mas a gangue era como minha família. Eu não precisava baixar a cabeça para ninguém na cidadela. Era concubina da I-4. Eu tinha um nome.

Logo chegamos a Marylebone. Enquanto o Mestre olhava para o território desconhecido da cidadela, eu me perguntei se ele já estivera em Londres. Provavelmente sim, pois tinha conhecido os Inquisidores anteriores. Senti calafrios por saber que os Rephs estavam nas ruas ao mesmo tempo que eu. Eles estiveram no Arconte. Até mesmo na I-4.

O motorista era um homem quieto e robusto que usava óculos de armação de metal e um terno com bolso e gravata de seda vermelha. Ele estava com um Dictaphone no ouvido esquerdo, que apitava de vez em quando. Era morbidamente fascinante ver como organizavam tudo. Todas as bases de Scion estavam cobertas: ninguém tinha como descobrir sobre Sheol I. Era uma cidade totalmente protegida.

O Mestre fez sinal para o motorista parar em uma esquina. O homem assentiu e saiu do carro. Quando voltou, ele carregava uma grande sacola de papel. O Mestre a passou para mim pela janela.

– Acorde-o. – Ele indicou Carl, que estava dormindo de novo.

Dentro da sacola havia duas caixas quentes da Brekkabox, a rede de fast-food favorita da cidadela. Cutuquei Carl.

– Acorde.

Carl despertou num pulo. Abri minha caixa e encontrei um wrap de café da manhã, um guardanapo e um pote de mingau. Captei o olhar do Mestre pelo espelho retrovisor, e ele fez um breve sinal afirmativo com a cabeça para mim. Desviei o olhar.

O carro entrou na Seção 4. Minha seção. Meu couro cabeludo formigou com o suor. Meu pai morava a apenas vinte minutos dali, e nós estávamos chegando perto de Seven Dials – perto demais. Eu meio que esperava receber alguma coisa de Nick, mas o silêncio no éter era absoluto. Várias centenas de planos oníricos pressionaram o meu, me distraindo do plano carnal. Quando me concentrei nos mais próximos, não senti nada incomum, nenhuma onda nova de emoção. Aquelas pessoas não tinham a menor ideia da existência dos Rephaim nem da colônia penal. Eles não se importavam para onde os desnaturais iam, desde que estivessem fora de vista.

Nosso carro parou na rua Strand, onde um Vigilante estava nos esperando. Todos os que eles colocavam em serviço tinham mais ou menos a mesma aparência: altos, ombros largos, normalmente eram médiuns. Evitei os olhos do homem ao sair do carro, deixando as caixas vazias do café da manhã debaixo do assento.

O Mestre, por ser importante e formidável, não estava nem um pouco nervoso.

– Boa noite, Vigilante.

– Mestre. – O Vigilante levou três dedos à testa, um no meio e os outros sobre cada olho, depois levantou a mão num cumprimento. Era um sinal oficial de clarividência, de seu terceiro olho. – Posso confirmar que está com a custódia de Carl Dempsey-Brown e Paige Mahoney?

– Confirmado.

– Números de identificação?

– XX-59-1 e 40, respectivamente.

O Vigi anotou. Eu me perguntei o que o tinha feito se voltar contra a própria espécie. Um mime-lorde cruel, talvez.

– Vocês dois devem se lembrar de que estão sob custódia. Estão aqui para ajudar os Rephaim. Serão enviados de volta para Sheol 1 assim que a missão terminar. Se algum de vocês tentar transmitir a localização de Sheol I, levará um tiro. Se algum de vocês tentar fazer contato com as pessoas em geral ou com qualquer membro do sindicato, levará um tiro. Se algum de vocês tentar machucar seu guardião ou um Vigilante, levará um tiro. Fui claro?

Bom, ele tinha deixado bem claro que, se fizéssemos qualquer coisa, levaríamos um tiro.

– Entendemos – falei.

Mas o Vigilante não tinha terminado. Ele tirou um tubo prateado e um par de luvas de látex do cinto de suprimentos. Não havia agulha.

– Você primeiro. – Ele me agarrou pelo pulso. – Abra a boca.

– O quê?

– Abra. A. Boca.

Eu queria olhar para o Mestre, mas percebi, pelo seu silêncio, que ele não fazia objeção ao procedimento. Antes que eu pudesse obedecer, o Vigi abriu minha boca. Eu queria morder aquele canalha. Ele passou a ponta de plástico nos meus lábios, cobrindo-os com algo frio e amargo.

– Feche.

Sem escolha, fechei a boca. Quando tentei abri-la de novo, não consegui. Meus olhos se arregalaram. *Merda!*

– Só uma gota de adesivo cutâneo. – O Vigi puxou Carl para mais perto. – O efeito passa em duas ou três horas. Não vamos correr risco algum, já que vocês, sindis, se conhecem.

– Mas não sou... – começou Carl.

– Cale a boca.

E, por fim, Carl foi obrigado a ficar quieto.

– XIX-49-30 não está colada. Procurem-na para receber ordens – disse o Vigi. – Caso contrário, concentrem-se em seus objetivos.

Pressionei os lábios com a língua, mas eles não cederam. Aquele Vigi devia adorar se vingar de ex-membros do sindicato.

Depois de selar nossas bocas, o Vigi saudou o Mestre antes de voltar para o prédio cinza austero de onde tinha saído. Havia uma placa do lado de fora: CIDADELA SCION DE LONDRES – POSTO DE COMANDO DA DVN – COORTE I, SEÇÃO 4, com um mapa da área que aquele posto cobria. Notei o marcador no shopping center em Covent Garden, o ponto sob o qual o mercado negro fervilhava. Se ao menos eu conseguisse chegar lá. Talvez ainda conseguisse.

Carl engoliu em seco. Apesar de vermos essas placas há anos, elas ainda eram intimidadoras. Olhei para o Mestre.

– Situla e seus humanos vão se aproximar da praça pelo lado oeste – informou ele. – Vocês estão prontos?

Não sei como ele esperava que respondêssemos. Carl fez que sim com a cabeça. O Mestre enfiou a mão na túnica e tirou duas máscaras.

– Aqui – disse ele, dando uma para cada um de nós. – Isso vai disfarçar a identidade de vocês.

Aquelas não eram máscaras comuns. Tinham feições uniformes, inexpressivas, com pequenos buracos para os olhos e fendas sob o nariz para respirar. Quando coloquei a minha, ela grudou na pele. Aquilo não chamaria a atenção dos moradores agitados de Scion, mas me impediria de ser reconhecida pela gangue e, com os lábios selados, eu não poderia pedir socorro.

Tudo era tão *inteligente*.

O Mestre olhou para mim por um instante, antes de colocar a própria máscara. Uma luz horripilante brilhava nos buracos dos olhos. Pela primeira vez, eu estava feliz por lutar ao lado dele.

Andamos em direção à Coluna de Nelson. Assim como os Dials, o Monumento e a maioria das outras colunas, ela ficava vermelha ou verde dependendo da situação de segurança. No momento, estava verde, assim como as fontes. Uma equipe de Vigis fazia a ronda, parando em intervalos regulares ao longo da rua Strand. Provavelmente tinha sido chamada para nos dar apoio caso fosse necessário. Os Vigis nos lançaram olhares discretos quando passamos, mas nenhum se mexeu. Todos carregavam carabinas m4. A dvn não anunciava seu verdadeiro objetivo na cidade, mas todo mundo sabia que eles eram mais do que policiais. Não era possível se aproximar de um Vigi com uma reclamação, não como se pode aproximar de um oficial da dvd. As pessoas só os abordavam em circunstâncias desesperadoras, e nunca se fossem videntes. Nem os amauróticos gostavam de chegar perto deles. Afinal, eram desnaturais.

Carl não parava de remexer os dedos nos bolsos. Como eu conseguiria sair dessa sem matar ninguém da minha gangue? Devia haver um jeito de eu conseguir mostrar a eles quem eu era. Eu tinha que avisá-los, ou iam se juntar a mim na colônia penal. Eu não podia deixar Nashira pegá-los.

A Trafalgar Square era uma praça com iluminação artificial, mas estava escura o suficiente para permanecermos imperceptíveis. Situla, Amelia e David se aproximavam pelo outro lado. Os três desapareceram atrás de uma das quatro estátuas de leão em bronze que protegiam a Coluna de Nelson. O Mestre se abaixou até ficar da minha altura.

– Carter vai chegar em breve – disse ele, mantendo o tom de voz baixo. – Temos algum tempo até ela fazer contato com os Selos. Não se deixem ser capturados sob nenhuma circunstância. – Carl assentiu. – Depois que a área estiver livre, a DVN vai nos escoltar de volta até o veículo. Vocês vão parar e desistir se os Selos saírem dos limites da Coorte I.

Eu estava começando a suar. Seven Dials ficava bem no meio da Coorte I. Se a gangue tentasse voltar para a base, eles poderiam ser rastreados até lá.

O Big Ben ia tocar em dois minutos. O Mestre mandou Carl ir se sentar nos degraus da coluna – como adivinho, ele era o menos ostensivo. Quando ele se posicionou, o Mestre me conduziu, passando pela fonte, até uma das colunas de apoio da estátua. Havia sete delas: uma para cada pessoa que tinha facilitado o estabelecimento e a continuação de Scion: Palmerston, Salisbury, Asquith, MacDonald, Zettler, Mayfield, Weaver. A sétima coluna de apoio sempre tinha a aparência do atual Inquisidor, e exibia também seu slogan.

O Mestre parou atrás de uma estátua. Ele analisou meu rosto mascarado.

– Me perdoe – disse ele. – Eu não sabia que você seria silenciada.

Não dei sinal de tê-lo escutado. Precisava me concentrar em respirar pelo nariz.

– Não olhe ainda. Carter está esperando na base da coluna, conforme planejado.

Eu não queria fazer aquilo. Queria tirar Antoinette dali. Queria entrar no plano onírico dela e fazê-la fugir.

Então eu os senti.

Eram eles, sem dúvida. Vinham se aproximando de todas as direções. Jax deve ter mobilizado a gangue inteira, todos os seis Selos remanescentes. Será que ele reconheceria minha aura imediatamente, ou apenas suporia que havia outra andarilha onírica – uma chance minúscula – nas proximidades?

– Estou sentindo um médium – disse o Mestre. – E um sussurrante.

Eliza e Nadine. Olhei para a base da Coluna de Nelson. E, sim, lá estava Antoinette.

Ela usava um sobretudo e um chapéu preto de aba larga. Fios de cabelo vermelho ficando grisalho passavam de suas orelhas. Pelo pouco que eu conseguia ver de seu rosto, pude notar rugas que tinham sido editadas no programa de TV. Entre seus dedos havia uma piteira em que se encaixava um cigarro que parecia de áster púrpura. Ela era ousada. Ninguém fumava drogas etéreas em público.

Só a ideia de lutar contra Toni Carter bastava para me deixar enjoada de nervoso. No programa de TV, ela muitas vezes tinha um surto violento antes de fazer uma previsão, um hábito que fizera a audiência subir absurdamente. Eu nem conseguia imaginar como ela devia lutar. Nick rejeitava a possibilidade de ela ser um oráculo; os oráculos nunca perdiam o controle daquele jeito.

Nadine chegou primeiro. Usava um blazer de risca de giz largo. Sem dúvida escondia um conjunto de ferros. Todos os outros apareceram, um por um, mas não deram pistas de que se conheciam. Só suas auras os conectavam. Quando vi Nick, achei que ia explodir: em lágrimas, em risadas, em música. Ele estava bem disfarçado. Tinha que estar, devido a sua brilhante carreira em Scion. Seu cabelo estava coberto por uma peruca escura e um chapéu, e ele usava óculos escuros. A alguns metros de distância, Jax batia de leve sua bengala. Ao meu lado, o Mestre continuava em silêncio. Os olhos dele se escureceram quando um de seus alvos se aproximou de Antoinette. Eliza tinha sido escolhida para ir na frente. Pouco atrás dela estava Dani, com a boca tensa formando uma linha cruel. Ela também estava disfarçada.

Se fosse eu, teria usado uma das minhas "cutucadas" para fazer contato inicial com Antoinette, de forma que pudesse conferir se a área estava livre, mas Eliza não tinha esse poder. O éter fazia pressão nela, e não o contrário. Ela ergueu quatro dedos da mão direita, três da esquerda, e depois os passou pelo cabelo, como se estivesse procurando nós. Antoinette entendeu. Ela deu um passo em direção a Eliza e estendeu a mão. Eliza a apertou.

Situla atacou primeiro. Mais rápido do que consegui registrar, ela estava em cima de Antoinette, enforcando-a. O Mestre foi até Zeke assim que Carl mandou um espírito próximo empurrar Eliza. Devia ser Nelson, o mais poderoso espírito da praça: Eliza se encolheu contra um dos leões, apertando o peito, e gritou com uma voz esganada:

— Não posso comandar os ventos e o clima, nem a mim mesma na morte!

Em seguida, Amelia voou para cima dela, mas foi atacada por um Nick enfurecido, que tinha visto a dor de Eliza antes de qualquer outra coisa. David pegou Jax; ou *tentou* pegar Jax. Dani balançou o punho para ele, fazendo um esguicho de sangue sair de sua boca. Em menos de dez segundos, eu era a única que ainda não tinha saído para brigar.

Isso me convinha. Não convinha a Jaxon.

Ele me viu imediatamente, mais um inimigo mascarado. Fez um enlace de seis e o jogou na minha direção. Eu tinha que me mexer – e rápido –, os espíritos da Trafalgar podiam ser uma séria ameaça. Atirei um dardo de flux nele, mas mirei bem acima da cabeça. Jax se abaixou mesmo assim, fazendo o enlace se espalhar por todo o lugar. *Desista,* pensei. *Não me obrigue a atacar você.*

Mas Jaxon nunca desistia. Ele estava lívido. Tínhamos estragado seus planos. Ele se jogou na minha direção, manejando a bengala. Tentei dar um chute em seu estômago, empurrá-lo para trás, mas não usei força suficiente. Ele agarrou meu tornozelo e, flexionando os braços, o torceu. Dor. *Se mexa, se mexa.*

Não fui rápida o bastante. Jax levou a bota com ponteira de aço até a lateral do meu corpo, me chutando para que eu me virasse de costas. Seu joelho atingiu meu peito. Seu punho voou – um borrão – e algo sólido atingiu a parte desprotegida do meu rosto. Soco-inglês. E, de novo, nas costelas. Alguma coisa estalou, e doía. E mais uma vez. Levantei o braço para bloquear o quarto soco. Seus olhos estavam cintilando, ardendo com sua sede de sangue. Jax ia me matar.

Eu não tive escolha. Com o corpo preso ao chão, usei meu espírito.

Ele não estava esperando por isso. Não estava concentrado na minha aura. A pancada em seu plano onírico o fez cair. A bengala quicou no chão. Usei as mãos em garra para me levantar. Meu rosto latejava, as costelas queimavam, e meu olho direito não funcionava como deveria. Agarrei os joelhos, puxando o ar pelo nariz. Nunca imaginei que Jax pudesse ser tão violento.

Um berro chamou minha atenção. Perto de uma das fontes, Nadine tinha abandonado o combate espiritual e prendido Amelia ao chão. Peguei a seringa na minha túnica, abri com os dedos ensanguentados e enfiei a agulha no meu pulso. Depois de alguns segundos, a dor diminuiu. Minha visão não voltou ao normal, mas não estava incapacitante. Eu ainda conseguia enxergar bem com o olho esquerdo.

A luz vermelha de uma arma pairou no meu peito. Devia haver atiradores de tocaia nos prédios.

Tinha que haver um jeito de sair dessa.

Com a força renovada, corri em direção às fontes, onde Amelia estava chutando descontroladamente. Por mais que eu quisesse que Nadine vencesse, não podia simplesmente observar outro humano morrer. Eu a ataquei, derrubando-a pela cintura para a fonte. A água ficou vermelha quando as luzes de segurança mudaram. Nadine emergiu na superfície meio segundo depois de mim. Seus dentes estavam trincados, e os músculos do seu pescoço, retesados. Recuei.

– Tire essa máscara, sua vaca – gritou ela para mim.

Apontei minha arma de flux para ela.

Nadine começou a me rondar. Abriu o casaco e tirou uma faca. Ela sempre preferiu o aço aos espíritos.

Eu sentia minha pulsação em toda parte, até na ponta dos dedos. Nadine raramente errava com uma faca, e meu colete à prova de balas só me garantiria certa proteção: se ela me atingisse acima do peito, eu estaria morta. David escolheu esse momento para aparecer. Quando Nadine estava prestes a jogar a faca, ele a atingiu bem no meio dos ombros com um dardo de flux. Os olhos dela ficaram úmidos. Ela cambaleou, oscilou e caiu na borda da fonte. David a arrastou para fora da água e segurou a cabeça dela entre as mãos. Nos disseram para não matar, mas, no calor do momento, ele pareceu ter se esquecido. Que importância poderia ter uma sibilante?

Não parei para pensar: joguei meu espírito. Zeke nunca me perdoaria se eu deixasse a irmã dele morrer. Estava na hora de um pulo de tiro rápido.

Fui longe demais. Durante o segundo que passei na cabeça de David, afastei suas mãos de Nadine. Um instante depois eu estava de volta ao meu corpo, correndo na direção dele. Joguei todo o meu peso contra a sua lateral, e nós dois caímos no chão.

Minha visão escureceu. Eu tinha acabado de possuir David. Só por uma fração de segundo, mas consegui mexer o braço dele.

Eu finalmente tinha possuído um humano.

David levou as mãos à cabeça. Eu não havia sido delicada. Esforcei-me para ficar de pé, piscando para afastar um turbilhão de estrelas brancas. Antoinette e Situla tinham desaparecido.

Deixei Nadine perto de David e corri para longe da fonte, com as roupas encharcadas. Escalei um leão e analisei a cena. Os dois grupos haviam se espalhado pela praça. Zeke não era de briga e tinha espertamente abandonado o barco – *malditos espíritos de marinheiros* – ao ver o Mestre indo na direção dele. Depois de vestir a balaclava, ele estava trocando socos com Amelia. Em outro local, o Mestre voltou a atenção para Nick, que tinha surpreendido Carl com um enlace. Achei que meu coração ia parar enquanto observava os dois. Meu guardião e meu melhor amigo. Pulei de volta para o chão, morrendo de medo. Eu precisava ajudar Nick. O Mestre poderia matá-lo...

Então Eliza apareceu lá enfurecida. Espíritos voavam na minha direção vindos de toda parte. Eles sempre ficavam do lado dos médiuns. Três marinheiros franceses entraram no meu plano onírico. Cambaleei, ofuscada pelas memórias deles: ondas se assomando, golpes de mosquetes, o fogo enfurecido no deque do *Achille* – gritos, caos –, e nesse momento Eliza me deu um empurrão, me fazendo cair. Levantei todas as minhas defesas mentais, tentando expulsar os invasores.

Por um instante, fiquei incapacitada. Eliza tentou me prender ao chão com os joelhos.

– Fiquem aí dentro, pessoal!

Meu plano onírico estava lotado. Bolas de canhão o atravessavam. Madeira em chamas caía diante dos meus olhos. Eliza esticou as mãos para tirar minha máscara.

Não, não! Ela não podia me ver. A DVN ia matá-la. Com um esforço enorme, forcei os espíritos a saírem e a chutei para trás, atingindo seu maxilar com a bota. Ela gritou de dor. A culpa gelou meu estômago. Girei bem a tempo de encontrar a bengala de Jax com minha arma de flux.

– Ora, ora. Uma andarilha de uniforme – disse ele baixinho. – Onde foi que encontraram você? Onde estava se escondendo? – Ele se aproximou de mim, encarando dentro dos buracos dos olhos da máscara. – Você não pode ser a minha Paige. – A bengala forçou meu braço para trás. Meus músculos ficaram tensos. – Então, quem é você?

Antes que eu pudesse fazer alguma coisa, Jax foi jogado para trás por um enlace gigantesco, maior do que qualquer humano conseguiria fazer. O Mestre. Eu me levantei, estendendo a mão para a arma, mas Jax balançou cegamente a bengala. O instinto jogou minha cabeça para a esquerda. Devagar demais. Minha orelha ardeu: um calor agudo e limpo. *Lâmina.* Consegui pegar a arma, mas o segundo golpe de Jax a tirou da minha mão. A lâmina da bengala rasgou meu braço, atravessando a túnica e fazendo um corte fundo na pele. Um grito abafado rasgou minha garganta. A dor explodiu pelo meu braço.

– Vamos lá, andarilha, use seu espírito! – Jaxon apontou a lâmina para mim, rindo. – Use a dor. Deixe suas feridas para trás.

Amelia jogou outro enlace em Jax. Eu a tinha salvado, por isso, ela estava me salvando. Nick revidou o ataque, e Amelia se agachou atrás de um leão. Zeke estava deitado no chão, sem se mexer. *Não esteja morto,* pensei. *Não deixe que peguem você.*

Um lampejo de cabelo vermelho. Antoinette estava de volta. Seu chapéu tinha voado, o que não era uma surpresa: ela estava num tipo de transe de batalha. Seus olhos estavam selvagens, as narinas, dilatadas, e seu espírito era uma labareda viva. Ele imitava os postes de luz azul da cidadela, aqueles que foram feitos para acalmar as mentes revoltadas. Punhos, pernas e espíritos voaram para Situla em uma saraivada, sem permitir que ela conseguisse entrar na briga. Situla arremessou um fantasma nela. Antoinette escapou do alcance dele.

Assim, sem qualquer aviso, ela foi embora. O Mestre a viu se afastar das pessoas histéricas.

– Pegue-a! – gritou ele.

Para mim. Corri atrás de Antoinette. Aquela era minha chance de escapar.

Um Vigilante me deixou passar quando viu meu uniforme, mas segurou uma amaurótica. Um homem agarrou minha túnica – um sussurrante –, mas eu estava correndo rápido demais, e ele soltou. Minha mente era um facho de pura luz. Antoinette estava indo na direção do Arconte de Westminster. Ela não estava raciocinando direito para seguir naquela direção, mas eu não me importava com seus motivos: ela estava me dando uma oportunidade inestimável. Havia uma estação de metrô em frente ao Arconte. Estava sempre cheia de Subguardas, mas também de pessoas indo e vindo do trabalho. Se eu tirasse a máscara e a túnica, poderia passar despercebida pelas barreiras e desaparecer na multidão. As colunas do lado de fora me abrigariam da DVN, e eu só teria que ficar no trem por uma parada, até o Green Park. Eu conseguiria chegar aos Dials dali. Se não desse certo, iria para o Tâmisa. Ia nadar. Faria qualquer coisa para escapar.

Eu ia conseguir. Eu *ia* conseguir.

Minhas pernas estavam agitadas. A dor no meu braço era brutal, mas eu não podia parar. O transe de Antoinette parecia ter acelerado sua velocidade. Nenhum ser humano conseguia correr daquele jeito, a menos que estivesse sendo guiada por espíritos. Tentei manter suas auras ao alcance enquanto abria caminho em meio a uma multidão de pessoas e carros.

Um táxi freou na frente de Antoinette. Ela e Situla ficaram uma de cada lado do táxi, caindo direto numa horda de pedestres. Peguei o caminho mais reto: continuei correndo, bem na frente do carro e subindo em seu teto, e desci deslizando no outro lado. Antoinette passou num flash. Segundos atrás dela, Situla ultrapassava os obstáculos humanos. As pessoas gritaram. Uma morreu. Eu não podia parar. Se eu parasse por um instante, Antoinette e Situla ficariam fora de alcance. Por fim, quando achei que meus pulmões iam estourar, alcançamos o fim da rua Whitehall.

Aquele era o centro da cidadela, de acordo com o mapa: Coorte 1, Seção 1. Os videntes evitavam aquela área como evitavam a praga. Levantei o olhar para o Arconte de Westminster, sangue pingando dos meus dedos. A face do relógio ardia em vermelho, os ponteiros e dígitos pretos contrastavam com a luz. Era ali que as marionetes de Frank Weaver dançavam. Se eu estivesse em uma situação que ameaçasse menos a minha vida, ia gostar de deixar alguns grafites especiais nas paredes.

Corri em direção ao Arcowest. Situla estava logo na minha frente. Quando ela chegou à ponte, Antoinette se virou para encarar a inimiga. Sua pele parecia esticada sobre os ossos, como uma camada fina de tinta, e seus lábios estavam franzidos e brancos.

— Você está cercada, oráculo. — Situla deu um passo em direção a ela. — Entregue-se.

— Não me chame de "oráculo", criatura. — Antoinette levantou a mão. — Fique e descubra o que eu sou.

O ar congelou.

Situla se mostrou indiferente à ameaça; não tinha nada a temer de uma mera humana. Ela seguiu em direção a Antoinette. Antes que pudesse tentar alguma coisa, foi erguida do chão e jogada para trás, quase para fora da ponte. Dei um pulo. Espírito. Uma esguia. Tentei alcançar o éter para identificá-la. Era algo como um anjo da guarda, muito antigo e poderoso.

Arcanjo. Um anjo que ficava com a mesma família por gerações, mesmo depois que a pessoa que ele salvou morria. Eram notoriamente difíceis de exorcizar. A trenódia não os bania por muito tempo.

Situla voltou a ficar de pé.

– Fique parada. – Ela deu mais um passo. – Deixe-nos descobrir o que você é.

Ela alcançou um espírito que estava passando – depois outro, e outro, até conseguir um enlace assustador. Antoinette manteve a mão esticada para a frente, mas seu rosto se contorceu quando Situla começou a se alimentar dela. Seus olhos ficaram num tom terrível, quase vermelho. Por um instante, achei que Antoinette fosse cair. Uma gota de sangue escorreu de seu olho esquerdo. Então, ela jogou o braço na direção de Situla, e o arcanjo se atirou para ela. O enlace se reuniu para encontrá-lo. Quando o éter se abriu em uma explosão, eu corri.

A maioria dos Vigis tinha visão. Eles se distraíram com a colisão entre os espíritos. Não iam me ver. Não podiam. Eu *tinha* que voltar para os Dials. Corri para a Estação I-IA.

Sob minhas botas, a ponte tremeu com a energia. Não parei. Vi o painel acima da estação do outro lado da rua. Tirei a túnica e o colete à prova de balas. Isso me faria ir mais rápido e, assim que eu arrancasse aquela maldita máscara, não ia parecer uma túnica-vermelha. Apenas uma garota de camisa vermelha. Examinei os prédios, procurando apoios para os pés. Se eu não conseguisse entrar na estação, escalaria para sair daquela situação. Se pelo menos eu conseguisse chegar aos telhados, ficaria em segurança.

Então tomei consciência de mais uma coisa.

Dor.

Não parei, mas de repente ficou mais difícil correr. Não podia ser um machucado tão ruim. O arcanjo não havia se aproximado de mim. Ele estava preocupado com Situla, a ameaça era ela. Eu devia ter distendido um músculo.

Em seguida, um calor grudento surgiu abaixo das minhas costelas. Quando baixei o olhar, minha camisa vermelha estava ganhando um tom diferente da mesma cor, e havia um buraco pequeno e redondo acima do meu quadril.

Eles tinham atirado em mim. Do mesmo modo como atiraram nos estudantes irlandeses.

Eu precisava continuar correndo. Joguei o corpo para a frente, em direção à rua, onde o tráfego ainda vinha apressado da estação de Embankment. *Vamos lá, Paige, vamos lá. Corra.* Nick poderia me consertar. Eu só tinha que conseguir chegar aos Dials. Já dava para ver a estação. Deram outro tiro, mas erraram. Eu precisava sair do alcance. Eu me obriguei a seguir em frente, mas a dor estava aumentando, e eu não conseguia colocar peso no lado direito. Minha passada cambaleante começou a me fazer mancar. Havia colunas do lado de fora da estação. Se pelo menos eu conseguisse chegar até elas, poderia estancar o sangue e desaparecer.

Corri atrás de um ônibus, usando-o para me acobertar, e alcancei a primeira coluna do outro lado da rua. Toda a energia se esgotou dos meus ossos. Tentei continuar em movimento, mas uma dor aguda surgiu acima do meu quadril. Meus joelhos cederam.

A morte se esgueirava rapidamente sobre mim. Como se estivesse esperando há anos. O mundo físico virou uma névoa. Luzes passavam piscando. Os sons da briga continuavam próximos, mas estavam no éter, e não na rua.

Adeus, andarilha onírica.

Eu não tinha muito tempo. Eles podiam atirar de novo em mim. Eu me arrastei para trás de uma das colunas, ficando fora da visão da entrada da estação, onde os pedestres estavam tentando descobrir a fonte de todo aquele barulho. Me encolhi atrás do muro. Sangue jorrava do meu pequeno ferimento. Coloquei as mãos trêmulas sobre ele. Meus lábios se esforçaram para abrir.

Eu não ia chegar aos Dials. Mesmo que eu entrasse num trem, acabaria sendo presa do outro lado. O sangue nas minhas mãos não passaria despercebido.

Pelo menos eu não tinha morrido em Sheol I. Isso teria sido insuportável. Pelo menos ali Nashira não poderia me alcançar.

De repente, surgiu alguém ao meu lado, pegando meu braço. Senti o cheiro. Cânfora.

Nick.

Ele não me reconheceu. Não podia. Puxou meu queixo para trás, expondo meu pescoço ao seu canivete.

– Sua traidora maldita.

Nick. A ferida queimava. A manga da minha camisa estava encharcada de sangue.

– Vamos ver o seu rosto – disse Nick. Ele estava mais calmo, arrependido. – Independentemente do que você seja, é uma vidente. Uma saltadora. Talvez se lembre disso quando vir a última luz. – Ele tirou a máscara do meu rosto. Quando me viu, algo se partiu dentro dele. – Paige. – Ele engasgou. – Paige, ah, não, *förlåt mig.* – Suas mãos pressionaram meu tórax, tentando conter o sangramento. – Sinto muito, sinto muito mesmo, achei... Jaxon me pediu... – É claro. Jaxon queria a andarilha onírica. Nick havia atirado em mim, não Scion. – O que fizeram com você? – Sua voz estremeceu. Fiquei com o coração partido ao vê-lo tão devastado. – Você vai ficar bem, eu prometo. Paige, olhe para mim. Olhe para mim!

Estava ficando difícil olhar para qualquer coisa. Minhas pálpebras estavam muito pesadas. Levei os dedos até a camisa dele. Nick abraçou minha cabeça, apoiando-a no seu peito.

– Está tudo bem, minha querida. Para onde levaram você?

Balancei a cabeça. Nick acariciou meu cabelo molhado de suor. Isso me acalmou. Eu queria ficar. Não queria que me levassem de volta para aquele lugar.

– Paige, não ouse fechar os olhos. Me diga para onde aqueles canalhas levaram você.

Balancei a cabeça de novo. Eu não tinha como contar a ele. Não sem minha voz.

– Vamos, *sötnos.* Você precisa me contar onde é. Para que eu possa encontrá-la de novo, como fiz antes. Lembra?

Eu precisava contar a ele. Ele tinha que saber. Eu não podia morrer sem contar a ele onde eu tinha estado. Eu precisava salvar os outros, os outros videntes na cidade perdida. Mas agora estava vendo uma silhueta, o contorno de um homem. Não era um homem.

Rephaite.

Meus dedos estavam cobertos de sangue. Estendi a mão para o muro e desenhei as três primeiras letras. Nick olhou para o que eu fiz.

– Oxford – disse ele. – Eles te levaram pra *Oxford*?

Deixei minha mão cair. O homem sem rosto estava vindo da escuridão. Nick ergueu os olhos.

– Não. – Seus músculos ficaram tensos. – Vou levar você para casa – disse ele, começando a me erguer. – Não vou deixar que levem você para lá de novo.

Ele sacou uma pistola da túnica. Passei o braço pelo seu pescoço. Eu queria que ele tentasse correr, que me salvasse de outro campo de papoulas – mas ele ia morrer se eu o deixasse fazer isso. Nós dois íamos morrer. A sombra seguiria nossos passos até os Dials. Puxei a camisa dele, balançando a cabeça, mas ele não entendeu. A sombra surgiu no nosso caminho. Nick apertou a arma com mais força, os nós dos seus dedos ficaram brancos, e ele puxou o gatilho. Uma vez, duas. Gritei por trás dos meus lábios selados. *Nick, corra!* Ele não conseguia me ouvir, não tinha como saber. A arma caiu de sua mão, e todo o sangue sumiu de seu rosto. Uma mão enluvada gigantesca agarrou seu pescoço. Num último esforço, tentei afastá-la.

– Ela vem comigo. – Era o Mestre, e ele parecia demoníaco. – Corra, oráculo.

Eu estava deixando minha vida escapar. Ouvi o coração de Nick no meu ouvido, senti seus dedos se fecharem nas minhas costas. A luz diminuiu. A morte tinha chegado.

22

O triplo tolo

O tempo se tornou uma série de momentos, entremeados por espaços vazios. Às vezes havia luzes. Outras vezes, vozes. Por um instante, tive a sensação de estar num carro, um tipo de movimento oscilante.

Tive consciência de alguém cortando minha camisa. Tentei empurrar as mãos intrusivas, mas meu corpo se rebelou. Reconheci a névoa densa das drogas. Quando tomei alguma consciência de novo, estava deitada e coberta na cama do Mestre, virada para o lado esquerdo. Meu cabelo estava molhado. Cada parte do meu corpo parecia quebrada.

– Paige?

A voz parecia vir de debaixo d'água. Emiti um som fraco: meio gemido, meio resmungo. Meu peito estava em chamas. Meu braço também. *Nick.* Estendi a mão, às cegas.

– Michael, rápido. – Uma mão agarrou a minha. – Aguente firme, Paige.

Devo ter desmaiado de novo. Quando acordei, me senti tão pesada, confusa e sem forma quanto um edredom. A maior parte do meu braço direito estava dormente. Respirar doía, mas eu conseguia abrir a boca. Meu peito subia e descia.

Eu me apoiei no cotovelo, erguendo o corpo para a esquerda, e passei a língua nos dentes. Todos presentes e corretos.

O Mestre estava em sua poltrona, olhando para o gramofone. Eu queria esmagar aquilo. Aquelas vozes não tinham o direito de estar tão animadas. Quando o Mestre me viu mexer, ele se levantou.

– Paige.

Vê-lo provocou uma forte dor no meu peito. Eu me apoiei na cabeceira, me lembrando de seus olhos terríveis na escuridão.

– Você o matou? – Sequei o suor do lábio superior. – Você... você matou o oráculo?

– Não. Ele ainda está vivo.

Devagar, observando meu rosto, ele me ajudou a sentar. O movimento forçou uma agulha intravenosa na minha mão.

– Não consigo enxergar direito. – Minha voz estava rouca, mas pelo menos eu conseguia falar.

– Você está com um hematoma periorbital.

– O quê?

– Olho roxo.

Passei o dedo pela pele macia da minha bochecha. Jax realmente tinha acabado comigo. Todo o lado direito do meu rosto estava inchado.

– Então – falei –, estamos de volta.

– Você tentou fugir.

– Claro que tentei fugir. – Não consegui afastar a amargura da minha voz. – Você acha que eu *quero* morrer aqui e assombrar Nashira pelo resto da eternidade? – O Mestre apenas me olhou. Um nó surgiu na minha garganta. – Por que não me deixou ir pra casa?

Uma mancha verde fraca estava desaparecendo dos olhos dele. O Mestre devia ter se alimentado de Eliza.

– Existem motivos – respondeu ele.

– Desculpas.

Ele ficou bastante tempo calado. Quando falou, não foi para me contar por que tinha me arrastado de volta para aquela fossa de cidade.

– Você tem uma coleção impressionante de ferimentos. – Ele me apoiou nos travesseiros. – Jaxon Hall é bem mais cruel do que imaginávamos.

– Enumere-os para mim.

– Olho roxo, duas costelas quebradas, lábio rachado, orelha rasgada, hematomas, laceração no braço direito, ferimento de tiro no torso. Acho incrível que você tenha conseguido correr até a ponte depois da primeira leva de ferimentos.

– Adrenalina. – Eu me concentrei no rosto dele. – Você foi atingido?

– Um arranhão.

– Só eu fui usada como saco de pancadas, então.

– Você encontrou um grupo de clarividentes extremamente poderosos e sobreviveu, Paige. Não é vergonhoso ser forte.

Mas era, sim, vergonhoso. Eu tinha sido dominada por Eliza, tinha levado um tiro de Nick e recebera uma surra de Jax. Isso não era ser forte. O Mestre levou um copo d'água até os meus lábios. Relutante, tomei um gole.

– Nashira sabe que tentei fugir?

– Ah, sim.

– O que ela vai fazer comigo?

– Sua túnica vermelha foi cancelada. – Ele colocou o copo na mesinha de cabeceira. – Você agora é uma túnica-amarela.

A cor dos covardes. Consegui dar uma risada sarcástica, mas isso fez minhas costelas doerem.

– Eu não poderia me importar menos com a túnica que ela vai me dar. Ela ainda quer me matar, sendo uma túnica-vermelha ou não. – Dei de ombros. – Apenas me leve até ela. Acabe logo com isso.

– Você está cansada e ferida, Paige. As coisas podem não parecer tão desanimadoras quando você estiver bem.

– Quando vai ser isso?

– Você vai poder sair da cama amanhã, se quiser.

Franzi a testa, mas parei quando todos os músculos do meu rosto protestaram.

– Amanhã?

– Pedi que o motorista pegasse scimorfina e medicamentos anti-inflamatórios nas instalações da scioepec antes de sairmos de Londres. Você vai estar totalmente recuperada em dois dias.

Scimorfina. Esse negócio era exorbitante.

– Você viu meu pai na scioepec?

– Não entrei lá. Apenas alguns políticos do Arconte sabem da nossa existência.

Ele voltou a atenção para a agulha intravenosa na minha mão. Seus dedos, sempre envoltos em couro, verificaram se o esparadrapo ainda estava grudado.

– Por que você usa essas luvas? – Uma fagulha de raiva queimava dentro de mim. – Os humanos são nojentos demais para tocar?

– É uma ordem dela.

Minhas bochechas ficaram quentes sob os hematomas. Contudo, por mais que eu não gostasse dele, o Mestre devia ter passado horas cuidando de mim.

– O que aconteceu com os outros? – perguntei.

– 1 e 12 não se feriram. Situla ficou latente, mas já se recuperou. – Ele fez uma pausa. – 30 está morta.

– Morta? Como?

– Afogada. Nós a encontramos na fonte.

A notícia me deixou arrepiada. Eu não gostava especificamente de Amelia, mas ela não merecia morrer. Eu me perguntei quem da gangue tinha feito isso.

– E Carter?

– Ela escapou. Um veículo a pegou na ponte antes que ela pudesse ser capturada.

Pelo menos Carter tinha escapado. Independentemente de qual fosse seu poder, eu não queria que Nashira o conseguisse.

– E os Selos?

– Eles escaparam. Nunca vi Nashira tão furiosa.

Senti um enorme alívio. Eles estavam bem. A gangue conhecia a I-4 muito bem, todos os cantos secretos e esconderijos; devia ter sido fácil para todos eles desaparecerem, mesmo com Nadine e Zeke feridos. Todos os videntes daquela seção se reportavam a Jax. Os dois devem ter sido carregados pelos seus mensageiros. Olhei para o Mestre.

– Você me salvou.

Seus olhos percorreram meu rosto.

– Sim.

– Se você tiver colocado um *dedo* no oráculo...

– Não o machuquei. Deixei que ele escapasse.

– Por quê?

– Porque eu sabia que ele era seu amigo. – O Mestre se sentou na beirada da cama. – Eu sei, Paige. Sei que você é o Selo perdido. Só um tolo não teria percebido isso.

Sustentei o olhar dele.

– Você vai contar a Nashira?

Ele ficou me olhando por muito, muito tempo. Foram os segundos mais longos da minha vida.

– Não – disse ele –, mas ela não é tola. Há muito tempo ela suspeita de quem você é. Ela vai saber. – Meu estômago se revirou de nervoso. O Mestre se levantou e foi em direção à lareira. – Houve uma complicação. – Ele encarou as chamas. – Nós salvamos um ao outro da primeira morte. Estamos presos por uma dívida de vida. Uma dívida dessas tem consequências.

– Dívida de vida? – refleti, me esforçando para superar o que restava da morfina. – Quando foi que salvei a *sua* vida?

– Três vezes. Você limpou minhas feridas, o que me deu tempo para buscar ajuda na primeira noite. Você me deu seu sangue, evitando que eu contraísse o meio-desejo. E, quando Nashira a chamou até a mesa dela, você me protegeu. Se tivesse contado a verdade, eu teria sido executado. Cometi muitos crimes carnais, e a penalidade para isso é a morte.

Eu não sabia o que era um *crime carnal*, mas não perguntei.

– E você salvou a minha bem agora.

– Salvei sua vida em várias ocasiões.

– Quando?

– Prefiro não compartilhar essa informação. Mas confie em mim: você me deve sua vida por mais de três ocasiões. Isso significa que você e eu não somos mais apenas guardião e aluna, nem mestre e escrava.

Eu me vi balançando a cabeça.

– O quê?

Ele apoiou um braço no consolo da lareira, encarando as chamas.

– O éter deixou sua marca em nós dois. Reconheceu nossa tendência de proteger um ao outro, e agora temos a obrigação de fazer isso para sempre. Estamos unidos por um cordão de ouro.

Eu queria rir do tom sério dele, mas tive a sensação de que não estava brincando. Rephs não faziam piadas.

– Cordão de ouro.

– Isso.

– Tem alguma coisa a ver com o cordão de prata?

– Claro que sim. Esqueci esse detalhe. Acho que tem alguma ligação, sim, mas o cordão de prata é algo pessoal, exclusivo do indivíduo. O cordão *de ouro* é formado entre dois espíritos.

– Que diabo é isso?

– Também não sei direito. – Ele serviu o conteúdo escuro de um frasco na sua taça. – Pelo que eu sei, o cordão de ouro é um tipo de sétimo sentido, formado quando dois espíritos salvam um ao outro pelo menos três vezes da primeira morte. – Ele levantou a taça e tomou um gole. – A partir de agora você e eu sempre saberemos um do outro. Onde quer que você esteja no mundo, eu serei capaz de encontrá-la. Através do éter. – Ele fez uma pausa. – Sempre.

Levou apenas alguns segundos para que eu absorvesse suas palavras.

– Não – falei. – Não, isso... isso não é possível. – Quando ele tomou um gole do amaranto, ergui a voz: – Prove. Prove que esse "cordão de ouro" existe.

– Já que você insiste. – O Mestre pousou a taça sobre o consolo da lareira. – Vamos imaginar, por um instante, que voltamos a Londres. É noite, e estamos na ponte. Mas, desta vez, fui eu que levei o tiro. Vou lhe pedir ajuda.

Esperei.

– Isso é simplesmente... – comecei, mas parei quando senti uma coisa. Um zumbido suave nos ossos, apenas uma vibração mínima. Provocou arrepios por toda a minha pele. Duas palavras se materializaram na minha mente: *ponte, ajuda.*

– Ponte, ajuda – repeti baixinho. – Não.

Aquilo já era demais. Virei para olhar para o fogo. Agora ele tinha sua própria corda de sino espiritual para me invocar. Depois de um minuto, o choque virou raiva. Eu queria esmagar todos os seus frascos, socar a cara dele – *qualquer coisa* menos compartilhar um vínculo com ele. Se o Mestre podia me rastrear no éter, eu nunca mais ia me livrar dele.

E a culpa era minha. Minha, por tê-lo salvado.

– Não sei quais outros efeitos isso pode ter sobre nós dois – disse o Mestre. – Você pode ser capaz de sugar poder de mim.

— Não quero seu poder. Se livre disso. Quebre o vínculo.

— É necessário mais do que uma palavra para quebrar os vínculos do éter.

— Você sabia como me chamar com ele. — Havia um leve tremor na minha voz. — Deve saber como quebrá-lo.

— O cordão é um enigma, Paige. Não tenho ideia.

— Você fez isso de propósito. — Eu me afastei dele, enjoada. — Salvou minha vida para formar esse cordão. Não foi?

— Como eu poderia ter arquitetado isso se eu não tinha ideia se você um dia sonharia em salvar minha vida em troca? Você despreza os Rephaim. Por que tentaria salvar um deles?

Era uma boa pergunta.

— Não pode me culpar por ser paranoica — falei.

Afundei na cama, com a cabeça nas mãos. Ele veio se sentar ao meu lado de novo. Teve o bom senso de não encostar em mim.

— Paige — disse ele —, você não tem medo de mim. Acho que me odeia, mas não tem medo de mim. Apesar disso, você tem medo do cordão.

— Você é um Rephaite.

— E você me julga por isso. Por ser noivo de Nashira.

— Ela tem sede de sangue e é má. Você a escolheu mesmo assim.

— Será?

— Você consentiu, então.

— Os Sargas escolhem seus cônjuges. O resto de nós não tem esse privilégio. — Sua voz virou um murmúrio suave. — Se quer saber, eu a desprezo. Cada respiração dela é repulsiva para mim.

Olhei para ele, analisando seu rosto. Sua expressão estava pesada, como se mostrasse arrependimento. Ele percebeu meu olhar e desviou os olhos.

— Entendo — falei.

— Você não entende. Nunca entendeu.

Ele virou o rosto. Esperei. Como ele não se mexeu, quebrei o silêncio.

— Eu gostaria de entender.

— Não sei se posso confiar em você. — O brilho em seus olhos sumiu. — Eu a considero confiável. Você claramente é fiel às pessoas com quem mais se importa. Seria lamentável compartilhar um cordão de ouro com alguém em quem não posso confiar e que não confia em mim.

Então ele queria confiar em mim. E estava me pedindo para confiar nele. Uma troca. Uma trégua. Eu podia pedir qualquer coisa a ele, qualquer coisa mesmo, e ele faria.

– Me deixe entrar no seu plano onírico – falei.

Aparentemente, ele não pareceu surpreso.

– Você quer ver meu plano onírico.

– Não só ver. Andar nele. Se eu souber o que está na sua mente, posso conseguir confiar em você. Posso enxergar você.

Eu queria ver dentro do plano onírico de um Rephaite. Devia haver alguma coisa que valesse a pena ser vista por trás de toda aquela fachada.

– Isso exigiria o mesmo nível de confiança da minha parte. Eu teria que confiar que você não vai danificar minha sanidade.

– Exatamente.

Ele pareceu refletir sobre o assunto.

– Tudo bem – decidiu ele.

– Sério?

– Se você estiver se sentindo forte o suficiente, sim. – Ele se virou para me encarar. – A morfina vai afetar seu dom?

– Não. – Me ajeitei para me sentar. – Pode ser que eu machuque você.

– Eu aguento.

– Já matei pessoas andando nos planos oníricos delas.

– Eu sei.

– Então, como você sabe que não vou matar você?

– Não sei. Vou arriscar.

Mantive minhas feições cuidadosamente inexpressivas. Aquela era a minha chance de acabar com ele, de esmagar seu plano onírico como se fosse uma mosca na parede.

E, além de tudo, eu estava curiosa, mais do que curiosa. Eu nunca tinha realmente visto outro plano onírico, só em flashes, relances através do éter. Mas o jardim iridescente da borboleta... eu queria aquilo de novo. Eu queria estar *imersa*. E ali estava o Mestre, me oferecendo sua mente.

Seria fascinante ver um plano onírico que teve milhares de anos para se desenvolver. E, depois de sua confissão súbita sobre Nashira, eu queria saber mais sobre seu passado. Queria saber como era Arcturus Mesarthim por dentro.

– Está bem – falei.

Ele se sentou ao meu lado. Sua aura tocou na minha, abalando meu sexto sentido.

Olhei em seus olhos. Amarelos. Daquela distância, percebi que ele não tinha coloboma. Ele certamente tinha visão.

– Por quanto tempo você pode ficar? – perguntou ele.

A pergunta me pegou desprevenida.

– Não muito – respondi. – A menos que você tenha uma BVM automatizada por perto. – Ele semicerrou os olhos. – BVM é uma espécie de máscara de oxigênio. Oferece uma respiração artificial quando meu corpo para.

– Entendo. E, se você tiver esse dispositivo, pode ficar "flutuando" por um período maior de tempo?

– Em teoria. Nunca tentei fazer isso num plano onírico. Só no éter.

– Por que eles a obrigam a fazer isso?

Estava claro para nós dois quem eram *eles*. Meu instinto foi não dizer nada, mas ele sabia que eu trabalhava para Jaxon Hall.

– Porque é assim que o sindicato funciona – respondi. – Os mime-lordes esperam um pagamento em troca de proteção.

A aura dele estava mudando.

– Entendo. – O Mestre ia derrubando as próprias defesas para mim, se abrindo. – Estou pronto.

Usei os travesseiros para me apoiar. Fechei os olhos, respirei fundo e fui para o meu plano onírico.

O campo de papoulas era uma pintura borrada. Tudo estava derretendo, suavizado pela morfina no meu sangue. Atravessei as flores, seguindo em direção ao éter. Quando cheguei à fronteira final, empurrei as mãos para ultrapassar, observando a ilusão do meu corpo se esvair diante dos meus olhos. Você só se parece consigo mesmo no plano onírico se sua mente perceber a si mesma desse jeito. No instante em que saí, assumi minha forma espiritual. Fluida, amorfa. Um brilho sem rosto.

Eu já tinha visto o plano onírico do Mestre de fora, e isso ainda me causava arrepios. Parecia um mármore preto, quase imperceptível na escuridão silenciosa do éter. Quando me aproximei, uma onda de propagação atravessou a superfície. Ele estava baixando toda a guarda que acumulara ao longo dos séculos. Deslizei pelas paredes e entrei na sua zona hadal. Eu tinha chegado até ali durante as sessões de treinamento, mas só em explosões rápidas. Naquele momento, porém, eu podia ir além. Andei pela escuridão que definhava, indo em direção ao centro de sua mente.

Cinzas passaram flutuando diante do meu rosto. Enquanto eu me aventurava em território desconhecido, meu corpo imaginário se encolheu. O silêncio era absoluto na mente do Mestre. Normalmente, os anéis externos eram cheios de miragens, alucinações dos medos ou arrependimentos da pessoa, mas ali não havia nada. Só o silêncio.

O Mestre estava me esperando na zona da luz do sol, se é que se podia chamar de luz do sol – parecia mais uma luz da lua. Ele estava coberto de cicatrizes, e sua pele não tinha cor. Era dessa forma que ele via a si mesmo. Eu me perguntei como era minha aparência. Eu estava no plano onírico dele, jogando de acordo com as regras dele. Percebi que minhas mãos eram iguais, mas tinham um brilho suave. Minha nova forma onírica. Mas será que ele estava vendo meu rosto real? Eu podia ter qualquer aparência: submissa, insana, ingênua, cruel... Eu não tinha ideia do que ele pensava de mim, e nunca descobriria. Não havia espelhos nos planos oníricos. Eu jamais veria a Paige que ele criou.

Entrei no canteiro árido de areia. Eu não sabia o que estava esperando, mas não era aquilo. O Mestre inclinou a cabeça.

– Bem-vinda ao meu plano onírico. Perdoe a ausência de decoração – disse ele, andando sem rumo. – Não costumo receber visitas.

– Não tem nada. – Minha respiração saía em forma de vapor no frio. – Nada mesmo.

Não era exagero.

– Nossos planos oníricos são onde nos sentimos mais seguros – disse o Mestre. – Talvez eu me sinta mais seguro quando não penso em nada.

– Mas também não há nada nas partes escuras.

Ele não respondeu. Entrei um pouco mais na névoa.

– Não há nada para ver. Isso me sugere que não há nada dentro de você. Nenhum pensamento, nenhuma consciência. Nenhum medo. – Virei para encará-lo. – Todos os Rephaim têm planos oníricos vazios?

– Não sou um andarilho onírico, Paige. Só posso imaginar como são os outros planos oníricos.

– O que você é?

– Consigo fazer as pessoas sonharem com suas memórias. Posso uni-las, criar uma ilusão. Vejo o éter pelas lentes do plano onírico e através da erva onírica.

– Oneiromante. – Eu não conseguia tirar os olhos dele. – Você é um fornecedor de sonhos.

Jax sempre disse que eles deviam existir. Oneiromantes. Jaxon os categorizara vários anos atrás, muito depois de *Sobre os méritos,* mas nunca encontrou um para provar sua teoria: um tipo de vidente que conseguia atravessar o plano onírico, recolher memórias e uni-las no que os amauróticos chamavam de sonhos.

– Você tem me feito sonhar. – Respirei fundo. – Tenho revivido memórias desde que vim para cá. Como me tornei uma andarilha onírica, como Jaxon me encontrou. Era *você*. Você me fez sonhar com essas coisas. Foi assim que descobriu, não foi?

Ele encontrou meu olhar.

– Foi o terceiro comprimido – disse ele. – Continha uma erva chamada sálvia, que fazia você sonhar com suas lembranças. A erva que me ajuda a alcançar o éter. Meu númen, correndo no seu sangue. Depois de vários comprimidos, eu conseguia acessar suas memórias à vontade.

– Você me manteve drogada – eu mal conseguia fazer as palavras saírem – para entrar na minha mente.

– Sim. Do mesmo jeito que você observava planos oníricos para Jaxon Hall.

– É diferente. Eu não ficava sentada ao lado da minha lareira e *observava* memórias como... como se fosse um filme. – Eu me afastei lentamente dele. – Essas memórias são minhas. São particulares. Você olhou até... você deve ter visto tudo! Até como me sentia em relação... em relação a...

– Nick. Você o amava.

– Cale a boca. Cale a porra da boca.

Ele obedeceu.

Minha forma onírica estava se desintegrando. Antes que eu pudesse sair por conta própria, fui expulsa do plano onírico do Mestre como uma folha no vento forte. Quando acordei no meu próprio corpo, coloquei a palma das mãos no peito dele e o empurrei.

– Saia de perto de mim.

Minha cabeça latejava. Eu não conseguia olhar para ele, quanto mais ficar perto dele. Quando tentei me levantar, a agulha intravenosa repuxou em minha mão.

– Sinto muito – disse ele.

Uma chama de raiva queimou meu rosto. Eu tinha dado a ele um *centímetro* de confiança, menos de um centímetro, e ele tinha levado tudo de mim. Ele pegara sete anos de memória. Pegara Finn. Pegara Nick.

O Mestre continuou ali por um minuto. Talvez esperasse que eu dissesse mais coisas. Eu gostaria de gritar com ele até ficar rouca, mas não conseguia. Só queria que fosse embora. Como não me mexi, ele fechou as cortinas pesadas ao redor da cama, me enclausurando em uma pequena caverna escura.

Antiquário

Fiquei horas sem dormir. Eu o ouvia na escrivaninha, escrevendo, separado de mim apenas pelas cortinas.

Meus olhos e meu nariz doíam, minha garganta estava tão fechada quanto um punho. Pela primeira vez em anos, eu queria que tudo desaparecesse. Queria que tudo voltasse ao normal, como quando eu era pequena, antes de ter sido invadida pelo éter.

Olhei para a abóbada. Não importava quanto eu às vezes desejasse, não havia *normal*. Nunca houve. "Normal" e "natural" eram as maiores mentiras que tínhamos criado. Nós, humanos, com nossas mentes pequenas. E talvez ser normal não se adequasse a mim.

Só comecei a sentir sono quando ele ligou o gramofone. Não fiquei no plano onírico dele por muito tempo, mas fiz isso sem suporte de vida. Acabei cochilando. As vozes estaladas se misturaram.

Devo ter dormido por um bom tempo. Quando acordei, a agulha intravenosa tinha desaparecido. No lugar dela havia um pequeno emplastro.

O sino diurno tocou. Sheol 1 dormia durante o dia, mas pelo visto eu não ia dormir. Não havia nada a fazer a não ser me levantar e encará-lo.

Eu o odiava tanto que doía. Queria esmagar o espelho, sentir o vidro se quebrar nos meus dedos. Nunca devia ter tomado aqueles comprimidos.

Talvez *fosse* a mesma coisa que eu fazia. Eu também espionava as pessoas – mas não olhava o passado delas. Eu só via o que elas imaginavam ser, não o que eram de fato. Eu via relances das pessoas: as fronteiras e os cantos, o brilho fraco de um plano onírico distante. Não igual a ele. O Mestre agora sabia tudo sobre mim, cada pedacinho que tentei manter escondido. Ele sempre soube que eu era um dos Sete Selos. Sabia desde a primeira noite.

Mas não tinha contado a Nashira. Assim como ele tinha escondido a borboleta e a corça dela, também não revelou minha verdadeira identidade. Ela podia ter adivinhado que eu fazia parte do sindicato, mas não descobriu isso por causa dele.

Afastei as cortinas. A luz dourada do sol invadia a torre, cintilando nos instrumentos e livros. Perto da janela, Michael – o amaurótico – estava arrumando o café da manhã em uma mesa pequena. Ele levantou o olhar e sorriu.

– Oi, Michael.

Ele assentiu.

– Onde está o Mestre?

Michael apontou para a porta.

– O gato comeu a sua língua?

Ele deu de ombros. Sentei. Ele empurrou uma pilha de panquecas na minha direção.

– Não estou com fome – falei. – Não quero esse café da manhã cheio de culpa. – Michael suspirou, envolveu minha mão num garfo e o espetou nas panquecas. – Está bem, mas vou culpar você se eu vomitar tudo isso.

Ele fez uma careta. Só para agradá-lo, joguei açúcar mascavo em cima das panquecas.

Michael manteve um olhar aguçado em mim enquanto andava pelo quarto, ajeitando as roupas de cama e as cortinas. As panquecas despertaram uma fome castigada. Acabei comendo a pilha toda e mais dois croissants com geleia de morango, uma tigela de cereal, quatro torradas quentes com manteiga, um prato de ovos mexidos, uma maçã vermelha crocante, três xícaras de café e mais de meio litro de suco de laranja bem gelado. Só quando eu não conseguia mais comer, Michael me entregou um envelope pardo selado.

– Confie nele.

Foi a primeira vez que eu o ouvi falar. Sua voz mal passava de um sussurro.

– *Você* confia nele?

O amaurótico fez que sim com a cabeça, limpou a mesa do café e saiu. E, apesar de ser dia claro, deixou a porta destrancada. Abri o sinete do envelope e desdobrei a folha grossa de papel que tirei de dentro. Tinha uma borda de ouro rebuscada. *Paige,* começava:

Lamento tê-la deixado chateada. Mas, mesmo que você esteja com raiva de mim, saiba que eu só quis entendê-la. Não pode me culpar pela sua recusa em ser compreendida.

Que belo pedido de desculpas. Mesmo assim, continuei a ler:

Ainda é dia. Vá até a Casa. Você vai encontrar coisas lá que eu não posso fornecer.
Seja rápida. Se for pega, diga aos guardas que está recolhendo um novo lote de áster para mim.
Não julgue com tanta rapidez, pequena onírica.

Amassei a carta e a joguei na lareira. Só por escrevê-la, o Mestre já estava exibindo sua recém-descoberta confiança em mim. Eu poderia ter levado a carta direto para Nashira. Ela reconheceria a letra dele, tenho certeza. Mas eu não queria ajudar Nashira de jeito nenhum. Eu odiava o Mestre por me manter naquele lugar, mas precisava entrar na Casa.

Fui até o andar de cima e vesti meu novo uniforme: a túnica amarela com âncora amarela no colete. Um tom de amarelo forte como a luz do sol, visível a mais de um quilômetro. 40, a covarde. 40, a derrotista. De certo modo, eu gostava disso. Mostrava que eu tinha contrariado as ordens de Nashira. Nunca quis ser vermelha.

Voltei para o quarto dele – devagar, pensando. Ainda não sabia se queria organizar uma fuga, mas queria ir embora. Ia precisar de suprimentos para a jornada até em casa. Comida, água. Armas. Ele não dissera que a flor vermelha era capaz de machucá-los?

A caixa de rapé estava em cima da mesa, com a tampa aberta. Ali dentro havia amostras de várias plantas: ramos de louro, folhas de plátano e carvalho, frutinhas de visco, áster azul e branco e um pacote de folhas secas rotuladas de SALVIA DIVINORUM. O númen dele. Embaixo dali havia um frasco selado de pó preto-azulado macio escondido no canto da caixa de rapé. O rótulo dizia: ANEMONE CORONARIA. Tirei a rolha, liberando um cheiro pungente. Pólen da flor vermelha. Aqueles doces grãozinhos poderiam me manter em segurança. Fechei o frasco e o enfiei no colete.

Devia haver guardas posicionados durante o dia, mas eu podia passar despercebida por eles. Conseguia dar meu jeito. E, não importava como Nashira Sargas tinha me classificado, eu não era uma túnica-amarela. Eu era a Onírica Pálida.

Estava na hora de mostrar a ela.

Treinei a fala sobre recolher áster para o meu guardião, e que era para confirmar isso com ele caso houvesse algum problema. O novo porteiro do dia não gostou muito dessa ideia: quase me jogou na rua quando leu no livro de registros quem era meu guardião. Ele nem mencionou a mochila nos meus ombros. Ninguém queria irritar Arcturus Mesarthim.

Era estranho ver a cidade à luz do dia. Imaginei que o Agouro devia estar vazio – não havia os sons e aromas de sempre –, mas tinha uma coisa que eu precisava fazer antes de chegar à Casa. Andei pelas passagens do Pardieiro. A água escorria por todas as fendas e costuras, consequência de uma tempestade. Encontrei o barraco certo e afastei a cortina surrada. Julian dormia com o braço ao redor de Liss, mantendo-a aquecida. A aura dela estava se esgotando, como uma vela no fim do pavio. Eu me agachei ao lado deles e esvaziei a mochila. Coloquei um pacote de comidas de café da manhã na dobra do braço livre de Julian, onde nenhum guarda que passasse por ali pudesse ver, e cobri os dois com lençóis brancos limpos. Deixei uma caixa de fósforos no baú.

Ver aquela imundície me fez ter certeza de que eu estava fazendo a coisa certa. Eles precisavam de mais coisas além das que eu tinha conseguido na Torre do Fundador. Precisavam do que estava na Casa.

O choque espiritual era um processo lento. A pessoa tinha que lutar para atravessá-lo, lutar com cada centímetro de si. Só os fortes sobreviviam.

Exceto por alguns instantes passageiros de lucidez, Liss não havia recobrado a consciência depois de suas cartas terem sido destruídas. Se ela não se recuperasse em breve, ia perder a aura e sucumbir à amaurose. Sua única esperança era se unir a um baralho de cartas e, mesmo assim, não havia garantia alguma de que conseguiria se conectar a ele. Eu vasculharia a Casa até encontrar um baralho para ela.

Não havia guardas visíveis na rua, mas eu sabia que eles deviam ter vigias. Por segurança, escalei um dos prédios e segui pelos telhados, usando peitoris e pilastras para me esgueirar pela cidade. Avancei com o maior cuidado que pude, mas estava lenta: meu braço direito estava rígido como o de um manequim, e a maior parte do meu corpo ainda latejava com os machucados.

A Casa era visível a um quilômetro e meio de distância. Seus dois pináculos se erguiam sobre a névoa. Desci em uma viela quando cheguei perto; o espaço até o próximo muro era grande demais para pular. Do outro lado ficava a única residência onde apenas a entrada de Rephaim era permitida.

Fiquei bastante tempo olhando para o muro. O Mestre estava envolvido demais para me trair agora. Por algum motivo, ele estava me ajudando – e, pelo bem de Liss, eu tinha que aceitar. Além do mais, se eu me metesse em encrenca, poderia mandar uma mensagem para ele através do cordão de ouro. Se eu conseguisse descobrir como fazer isso. Se eu fosse capaz de suportar. Escalei o muro, joguei a perna por cima dele e desci na grama alta.

Como muitas das residências, aquela instalação tinha sido construída ao redor de uma série de pátios. Quando atravessei o primeiro, fiz uma lista mental do que eu precisava para atravessar a Terra de Ninguém. Armas eram fundamentais, devido ao que se escondia atrás das árvores, mas suprimentos médicos seriam uma vantagem extra. Se eu desse um passo errado no campo minado, ia precisar de um torniquete. E de antisséptico. Era um pensamento horrível, mas eu tinha que encará-lo. Adrenalina era valiosa: eu não só poderia usá-la para aumentar minha energia e diminuir a dor, como também para me ressuscitar caso precisasse sair do meu corpo. Mais pólen de anêmona poderia ser útil, e quaisquer outras substâncias que eu conseguisse encontrar: flux, áster, sal – talvez até ectoplasma.

Passei por alguns prédios, mas nenhum deles era adequado para procurar. Tinham cômodos demais. Foi só quando me afastei dos pátios centrais, chegando ao limite da residência, que um alvo melhor chamou minha atenção: um prédio com janelas grandes e diversos apoios para os pés. Atravessei uma passagem arqueada e o vi pelo outro lado. Hera vermelha crescia na fachada. Contornei o prédio, tentando achar uma janela aberta. Não havia nenhuma. Eu teria que invadir. Espere... tinha uma, sim: uma janela pequena, com apenas uma fenda aberta, no primeiro andar. Ergui meu corpo até um muro baixo e, de lá, segurei na calha. A janela estava bem firme, mas eu a abri fazendo força com um braço. Desci num quarto minúsculo, provavelmente um armário de vassouras, coberto de poeira. Abri ligeiramente a porta.

Eu estava em um corredor de pedra. Vazio. Essa ida à Casa não poderia ter sido melhor. Quando examinei as portas procurando um sinal do que poderia haver atrás delas, fiquei tensa. Meu sexto sentido estremeceu: duas auras. Estavam atrás de uma porta diretamente à minha direita. Parei de repente.

– ... *saber* alguma coisa! Por favor...

Houve um barulho abafado. Pressionei o ouvido na porta.

– A soberana de sangue não vai ouvir seus apelos. – A voz era masculina. – Nós sabemos que você viu os dois juntos.

– Vi os dois uma vez, *uma vez* na campina! Eles só estavam treinando. Não vi mais nada, juro! – Essa voz estava aguda de pânico. Eu a reconheci: Ivy, a palmista. Ela estava quase entalando com as palavras. – Por favor, de novo não, de novo não, eu não aguento...

Um grito horroroso.

– Não haverá mais dor quando nos disser a verdade. – Ivy estava soluçando. – Vamos lá, 24. Você deve ter *alguma coisa* para mim. Só uma informaçãozinha. Ele tocou nela?

– Ele... ele a levou para fora da c-campina. Ela estava cansada. Mas ele usava luvas...

– Tem certeza?

Sua respiração acelerou.

– Eu... eu não me lembro. Desculpe. Por favor... já chega... – Passos. – Não, *não*!

Seus gritos comoventes fizeram meu estômago revirar. Eu queria invadir o espírito do torturador dela, mas o risco de ser pega era muito grande. Se eu não conseguisse aqueles suprimentos, não poderia salvar ninguém. Travei o maxilar, ouvindo, tremendo de raiva. O que ele estava fazendo com ela?

Os gritos de Ivy continuaram por muito tempo. Senti ânsia de vômito quando ela parou.

– Já chega, *por favor*. – Ivy se sufocava com os próprios soluços. – Essa é a verdade! – Seu torturador estava em silêncio. – Mas... mas ele a alimenta. Eu sei que ele a alimenta, e ela... ela sempre parece estar limpa. E... as pessoas dizem que ela consegue possuir videntes, e ele deve estar... deve estar escondendo isso da s-soberana de sangue. Caso contrário, ela já estaria m-morta.

O silêncio era incriminatório. Em seguida, houve uma pancada pesada, e então passos e uma porta se fechando.

Durante muito tempo, fiquei paralisada. Depois, empurrei a porta pesada e a abri. Havia uma única cadeira de madeira ali dentro. O assento estava manchado de sangue, assim como o chão.

Minha pele ficou úmida e fria. Passei a manga no lábio superior. Por um instante, fiquei agachada contra a parede, com a cabeça apoiada nas mãos. Ivy estava falando de mim.

Eu não podia pensar nisso naquele momento. O torturador dela ainda devia estar no prédio. Devagar, eu me levantei e encarei a sala mais próxima. A chave estava na porta. Espiei o interior. Havia armas enfileiradas nas paredes: espadas, facas de caça, uma balestra, um estilingue com munição de aço. Devia ser ali que armazenavam as armas que distribuíam aos túnicas-vermelhas. Peguei uma faca. Uma âncora cintilava perto do cabo. Feita por Scion. Weaver enviava armas enquanto ele e seus ministros ficavam sentados no Arconte, longe do farol etéreo.

Julian estava certo. Eu não podia simplesmente ir embora. Eu queria deixar Frank Weaver com medo. Queria que ele experimentasse o medo que todos os prisioneiros videntes que ele já havia transportado sentiram.

Fechei a porta e a tranquei. Quando olhei para cima, me vi encarando um mapa grande e amarelado. Dizia: COLÔNIA PENAL DE SHEOL I. TERRITÓRIO OFICIAL DO SUSERANO. Eu o analisei. Sheol I tinha sido construída ao redor das grandes residências centrais, se afunilando em direção à campina e às árvores. Todos os pontos de referência conhecidos estavam lá: Magdalen, a Casa Amaurótica, a Residência dos Suseranos, o Hawksmoor – e Port

Meadow. Tirei o mapa da parede e o estudei. As letras impressas tinham sido laceradas, mas consegui decifrá-las.

Trem.

Meus dedos apertaram as bordas do mapa. O trem. Isso não havia nem passado pela minha cabeça. Todos nós tínhamos sido trazidos para cá num trem – por que não poderíamos ir embora nele?

Meu cérebro estava trabalhando intensamente. Como, *como* eu não tinha pensado nisso? Eu não precisava atravessar a Terra de Ninguém. Não precisava andar por quilômetros nem passar pelos Emim para chegar à cidadela. Eu só precisava achar o trem. Poderia levar mais gente comigo: Liss, Julian, todo mundo. O trem mediano de Scion comportava quase quatrocentas pessoas, mais ainda se fossem em pé. Eu poderia tirar todos os prisioneiros daquela cidade e ainda sobraria espaço para mais gente.

Ainda assim, precisaríamos de armas. Mesmo que conseguíssemos escapar para a campina na luz do dia, saindo em grupos pequenos, os Rephaim iriam atrás de nós. Além do mais, a entrada podia estar protegida. Peguei uma faca com bainha e a guardei na mochila. Em seguida, encontrei algumas armas de fogo. A pistola de palma, um modelo semelhante ao meu, seria útil: era pequena, fácil de esconder, e eu sabia usá-la. Remexi em alguns papéis ilegíveis em cima de uma caixa de metal. Nick tinha tentado em vão atirar no Mestre na cidadela. Tiros funcionariam contra os fiéis túnicas-vermelhas, mas precisaríamos de mais do que armas de fogo para derrubar os Rephs. Eu estava alcançando uma caixa de balas quando o som de passos chegou aos meus ouvidos.

Sem parar, fui até um grupo de estantes e me escondi atrás delas. Bem na hora: a chave caiu da fechadura, e dois Rephs entraram.

Eu devia ter pensado nisso. Minha saída estava bloqueada. Se eu me arrastasse até a janela, teria que me expor, e todo mundo conhecia o meu rosto. Olhei por entre as prateleiras.

Thuban.

Ele disse alguma coisa em Gloss. Eu me inclinei para mais perto do buraco por onde espreitava, tentando identificar quem estava com ele. Foi nesse momento que Terebell Sheratan surgiu no meu campo de visão.

Nenhuma de nós se mexeu. Eu não ouvia meu coração. Esperei ela chamar Thuban ou enfiar uma lâmina nas minhas entranhas. Meus dedos se arrastaram até o pólen, escondido no meu colete, mas pensei melhor. Mesmo que eu derrubasse Terebell, Thuban ia me estripar.

Mas Terebell me surpreendeu. Em vez de acusar minha presença, ela desviou o olhar para as armas de fogo.

– As armas amauróticas *são* intrigantes – disse ela. – Não chega a surpreender que eles destruam uns aos outros com tanta frequência.

– Vamos falar na língua caída agora?

– Gomeisa nos mandou manter nossa fluência em inglês. Não vejo mal em praticar um pouco.

Thuban pegou a balestra da parede.

– Se quiser sujar nossas línguas com isso, tudo bem. Podemos homenagear a época em que você tinha poder sobre mim. Isso faz muito, muito tempo. – Ele passou os dedos enluvados pelo arco. – A onírica devia ter matado Jaxon Hall quando teve a chance. Seria mais agradável do que a morte que ele vai ter agora.

Minha garganta se fechou.

– Duvido que ele seja assassinado – disse Terebell. – Além do mais, Nashira está mais interessada em Carter.

– Ela vai ter que impedir Situla.

– Sem dúvida. – Terebell passou os dedos por uma lâmina. – Me lembre: o que havia nesta sala antes dos armamentos?

– Com seu interesse blasfemo pelo mundo caído, achei que você saberia exatamente onde todos os recursos eram guardados.

– Acho que "blasfemo" é um pouco melodramático.

– Não acho. – Ele pegou um punhado de estrelas de arremesso. – O que estava aqui antes, você quer saber. Suprimentos médicos. Extratos de plantas. Sálvia, áster. Outras folhas fedorentas.

– Para onde foram levados?

– Você se esqueceu de *tudo* nos últimos minutos, delinquente? Você é tão burra quanto o amante.

Era preciso tirar o chapéu para Terebell: ou ela era imune à atitude dele ou muito boa em esconder suas emoções. Se é que tinha alguma.

– Desculpe minha curiosidade – disse ela.

– Minha família não perdoa. As cicatrizes nas suas costas deveriam lembrá-la disso todos os dias. – Os olhos dele estavam cheios da aura de Ivy.

– É por isso que você quer saber. Está tentando roubar amaranto, *não está*, Sheratan?

Cicatrizes.

Terebell estava séria.

– Para onde levaram os suprimentos?

– Não estou gostando do seu interesse. Isso é suspeito. Você está tramando com o amante de novo?

– Já faz quase vinte anos, Thuban. Muito tempo pelos padrões humanos, não acha?

– Não me importo com os padrões humanos.

– Uma coisa é você querer usar o passado contra mim. Mas acho que a soberana de sangue não ia gostar da sua atitude em relação ao consorte dela. Nem de suas descrições questionáveis sobre o papel dele.

Sua voz estava mais firme. Thuban pegou uma lâmina da parede e apontou para ela. Parou a dois centímetros do pescoço de Terebell. Ela não se encolheu.

– Mais uma palavra sua – disse ele, num sussurro –, e vou invocá-*lo*. E, desta vez, ele não estará tão calmo.

Terebell ficou um tempo em silêncio. Achei que tinha visto alguma coisa em seu rosto: dor, medo. Eles deviam estar falando de um dos Sargas. Gomeisa, talvez.

– Sim. Acho que lembro onde estão os suprimentos. – A voz dela estava baixa. – Como eu poderia me esquecer da Torre Tom?

Thuban deu uma risada que mais parecia um rosnado. Absorvi a informação, da mesma forma que o sangue absorve o flux.

– Ninguém poderia esquecer. – Ele sussurrou as palavras no ouvido dela. – Nem o som do sino. Ele toca nas suas memórias, Sheratan? Você se lembra de como gritou pedindo piedade?

Meus membros estavam começando a doer, mas eu não tinha coragem de me mexer. Sem perceber, Thuban estava me ajudando. A Torre Tom devia ser a que ficava acima da entrada, a torre do sino.

– Não gritei pedindo piedade – disse Terebell –, e sim por justiça.

Um resmungo áspero escapou dele.

– Tola. – Ele levantou a mão para bater nela, depois parou de repente. Deu uma fungada. – Sinto uma aura. – Ele fungou de novo. – Vasculhe a sala, Sheratan. Sinto cheiro de humano.

– Não estou sentindo nada. – Terebell ficou onde estava. – A sala estava trancada quando chegamos.

– Existem outras maneiras de entrar em uma sala.

– Agora você está parecendo paranoico.

Mas Thuban não pareceu convencido. Ele vinha na direção do meu esconderijo, com as narinas dilatadas, os lábios puxados para trás para deixar os dentes à mostra. Um pensamento repugnante me ocorreu: ele era um farejador, capaz de sentir cheiro de atividade espiritual. Se me farejasse, eu estaria mais do que morta.

Seus dedos se moveram até a caixa que estava me escondendo. Ao longe, em outra sala, alguma coisa explodiu.

Num instante, Thuban saiu em disparada pelo corredor. Terebell o seguiu, mas, na porta, virou-se para mim.

– Corra – disse ela. – Vá até a torre.

E sumiu.

Sem esperar para questionar minha sorte, coloquei a mochila nas costas e saltei para o peitoril. Quase caí pela hera, arranhando os braços e as mãos.

O sangue latejava nas minhas veias. Todas as sombras se pareciam com Thuban. Quando passei correndo por um conjunto de claustros, indo em direção ao pátio principal, tentei arrancar alguns pensamentos racionais da minha mente. Terebell estava me ajudando. Ela me manteve escondida. Parecia até que alguém tinha causado uma distração por mim. Ela sabia que eu iria até lá, sabia o que eu estava procurando, e só começou a falar em inglês depois de me ver. Ela era um deles. Os cicatrizados. Eu precisava saber mais sobre aquela história, descobrir o que estava acontecendo – mas primeiro eu tinha que invadir a Torre Tom, pegar os suprimentos e voltar para o Mestre.

A explosão fez um grupo de escavadores de ossos passar correndo pela entrada, se distanciando da torre do sino. Parei em uma passagem arqueada escura. Bem na hora – eles vieram correndo até os claustros, exatamente para onde eu estava prestes a correr.

– 28, 14, protejam o Prédio da Campina – gritou um deles. – 6, venha comigo. O resto deve cobrir os pátios. Chamem Kraz e Mirzam.

Eu não tinha muito tempo. Levantei e corri para o pátio principal.

A Casa era ampla, conectada por uma série de passagens abertas e fechadas. *Um rato num labirinto.* Não tive coragem de parar. Segurei as alças da mochila ao redor do torso. Tinha que haver um jeito de entrar na Torre Tom. Será que havia uma porta perto da entrada principal? Eu precisava ser rápida: Kraz e Mirzam eram nomes Rephs, e a última coisa de que eu precisava eram quatro Rephs, sendo que pelo menos três eram hostis, na Casa e no meu rastro. Duvidava de que o Mestre tivesse muitos amigos como Terebell.

Parei no limite do pátio. Era vasto, com um laguinho ornamental no centro. Havia uma estátua no meio do laguinho. Eu não tinha escolha a não ser me expor. A velocidade teria que ser mais importante que o disfarce.

Disparei em uma corrida atravessando o gramado. Senti uma dor aguda nas costelas. Quando cheguei ao laguinho, corri pela água rasa e me agachei atrás da fonte. Fiquei bem abaixada, de modo que a água batia na minha cintura. Quando ergui o olhar, levei um susto. Nashira estava me encarando de volta. Nashira, esculpida em pedra.

Não havia ninguém no pátio. Eu conseguia sentir uma aura, mas estava distante demais para representar uma ameaça. Pulei para fora da fonte e corri em direção à torre do sino. Vi imediatamente a passagem arqueada e estreita. Devia levar ao sino. Disparei escada acima, rezando para nenhum Reph aparecer – a passagem era tão estreita que eu não teria chance. Quando cheguei ao topo, contemplei a vista.

Era um tesouro. Jarras de vidro cintilavam em centenas de prateleiras, mergulhadas na luz do sol. Lembrei-me de alguns doces da infância: cores fortes e vítreas, reluzindo como estrelas. Havia líquidos iridescentes, pós de cores brilhantes, plantas exóticas mergulhadas em líquidos – tudo lindo e diferente. A sala estava cheia de cheiros: alguns fortes, alguns ruins, outros doces e agradáveis. Vasculhei as prateleiras em busca de suprimentos médicos. A maioria dos frascos tinha rótulos com o símbolo de Scion, escritos em inglês, mas outros haviam sido rotulados com hieróglifos estranhos. Também havia numa, provavelmente confiscados. Vi uma bola de cristal, várias sortes – e um único baralho de cartas. Aquele era para Liss. Dei uma olhada rápida nas cartas, analisando as ilustrações. Era um baralho de Toth – diferente do de Liss –, mas, mesmo assim, podia ser usado para cartomancia.

Enfiei o baralho na mochila. Peguei Silvadene, parafina e antisséptico. Havia outra porta, que provavelmente levava ao sino, mas não passei por ela. Aquele seria meu último contrabando: a mochila estava quase pesada demais para carregar. Coloquei as alças nos ombros, me virei para a escada... e encontrei o olhar de um Reph.

Todas as minhas funções vitais pareceram parar. Dois olhos amarelos fumegaram por debaixo de um capuz.

– Ora, ora – disse ele. – Uma traidora na torre.

Ele veio em minha direção. Larguei a mochila e escalei a prateleira mais próxima num piscar de olhos.

– Você deve ser a andarilha onírica. Sou Kraz Sargas, herdeiro de sangue dos Rephaim. – Ele fez uma mesura zombeteira. Conseguia distinguir Nashira nas feições dele; no cabelo volumoso e exagerado e nas pálpebras fundas. – Foi Arcturus que mandou você? – Eu não disse uma palavra. – Então ele deixa seu tributo à soberana de sangue sair vagando por conta própria. Ela não vai gostar disso. – Ele estendeu a mão enluvada. – Venha, andarilha onírica. Vou escoltá-la de volta a Magdalen.

– E vamos simplesmente fingir que isso nunca aconteceu? – Fiquei onde estava. – Você vai me levar para Nashira.

Ele perdeu a paciência.

– Não me obrigue a esmagá-la, túnica-amarela.

– Nashira não me quer morta.

– Não sou Nashira.

Era tudo ou nada. Se ele não me matasse, ia me arrastar direto para a Residência dos Suseranos. Meu olhar pousou em uma jarra de áster branco. Eu poderia apagar a memória dele.

Não tive essa sorte. Com uma única flexão do braço, Kraz jogou a prateleira inteira no chão. Garrafas e frascos se quebraram. Rolei para evitar ser esmagada, cortando a bochecha num caco de vidro. Um grito escapou dos meus lábios. Minhas costelas fraturadas arderam.

Não me levantei com a rapidez necessária. Os ferimentos me deixavam mais lenta. Não havia espíritos ali dentro; nada que eu pudesse usar para repeli-lo. Kraz me pegou pelo colete e me esmagou contra a parede. Quase desmaiei. As costelas estavam rasgando meu peito. Ele agarrou meu cabelo, puxou minha cabeça para trás e inspirou – profundamente, como se estivesse tentando inalar mais do que o ar. Percebi o que estava acontecendo quando meus olhos se encheram de sangue. Chutei, arranhei e me contorci, arfando em busca do éter. Ele já estava fugindo do meu alcance.

Kraz estava faminto. Ele ia respirar meu brilho.

Meu braço direito estava preso, mas o esquerdo continuava livre. Na onda da adrenalina, fiz o que meu pai sempre me ensinou a fazer: enfiei o dedo no olho de Kraz. Assim que ele soltou meu cabelo, peguei o frasco no bolso. Flor vermelha.

Kraz fechou a mão no meu pescoço, deixando os dentes à mostra. Se eu tentasse atacar a mente dele, meu corpo ficaria danificado para sempre. Eu não tinha escolha. Esmaguei o frasco no rosto dele.

O cheiro era abominável. Podre. Uma podridão doce que ardia. Kraz soltou um grito desumano. O pólen tinha caído direto nos olhos dele, que estavam escuros e pingando. Seu rosto ganhava um tom de cinza horrível e sarapintado.

– Não – disse ele. – Não, você... *não...*

Suas próximas palavras foram em Gloss. Minha visão falhou. Será que era uma reação alérgica? A bílis subiu pela minha garganta. Vasculhei minha mochila, peguei o revólver e apontei para a cabeça dele. Kraz caiu de joelhos.

Mate-o.

A palma da minha mão estava escorregadia. Mesmo depois do que eu fizera com o Subguarda no trem, o crime que me trouxera para cá, eu não tinha ideia se conseguiria fazer aquilo. Se conseguiria tirar mais uma vida. Mas então Kraz afastou as mãos do rosto, e eu soube que ele não tinha salvação. Nem hesitei.

Puxei o gatilho.

24

O sonho

Corri pelos telhados, passei pela velha igreja e percorri a longa estrada em direção a Magdalen. Quando cheguei à residência, um braço saiu de uma janela e me puxou para dentro.

O Mestre. Ele estava me esperando. Sem dizer uma palavra, me puxou por uma porta. Em direção ao pátio leste. Para as passagens vazias. Percorrendo os claustros, subindo as escadas. Não ousei falar. Assim que chegamos à torre, deslizei para o chão perto da lareira. Meus dedos deixaram cair pólen no tapete. Parecia ferrugem.

Sem parar, o Mestre trancou a porta, desligou o gramofone e fechou as cortinas de ambos os lados do cômodo. Ele ficou alguns minutos observando por uma fenda na janela leste, de olho na rua. Deixei a mochila cair no chão. As alças tinham cortado meus ombros.

— Eu o matei.

Ele olhou para mim.

— Quem?

— Kraz. Atirei nele. — Eu estava tremendo toda. — Matei um Sargas... ela vai me matar. *Você* vai me matar...

— Não.

— Por que não, afinal?

– Um Sargas não representa uma perda para mim. – Ele voltou a olhar pela janela. – Você tem certeza absoluta de que ele está morto?

– Claro que ele está morto. Dei um tiro na cara dele.

– Tiros não nos matam. Você deve ter usado pólen.

– É. – Tentei acalmar minha respiração. – Eu usei.

Ele passou bastante tempo sem falar. Fiquei sentada ali em evidência, meus pulmões quase explodindo.

– Se um Sargas foi assassinado por um humano – disse ele finalmente –, a última coisa que Nashira vai querer é que a notícia se espalhe pela cidade. Nossa imortalidade não deve ser questionada.

– Vocês não são realmente imortais?

– Não somos indestrutíveis. – Ele se agachou na minha frente e me olhou nos olhos. – Alguém viu você?

– Não. Quer dizer, sim... Terebell.

– Terebell vai guardar seu segredo. Se ela foi a única, não temos nada a temer.

– Thuban também estava lá. Houve uma explosão. – Olhei para ele. – Você sabe alguma coisa sobre isso?

– Senti que você estava em perigo. Eu tinha uma pessoa de olho na Casa. Eles provocaram uma distração. Tudo que Nashira vai ouvir é que alguém deixou uma vela perto demais de um vazamento de gás.

A notícia não me consolou muito. Eu tinha tirado três vidas, sem contar as que não consegui salvar.

– Você está sangrando.

Olhei no espelho do banheiro, visível através da porta aberta. Um corte longo e raso atravessava minha bochecha. Apenas profundo o suficiente para trazer o sangue à superfície.

– É – falei.

– Ele machucou você.

– Foi só um caco de vidro. – Toquei o corte dolorido. – Você vai descobrir o que aconteceu?

Ele fez que sim com a cabeça, ainda olhando para o meu rosto. Havia alguma coisa nos olhos dele que me impressionou: uma escuridão, uma tensão. O Mestre estava pensando em outra coisa. Não fazia contato visual comigo; a ferida o deixou paralisado.

– Vai deixar uma cicatriz se não for tratado. – Seus dedos enluvados seguraram meu maxilar. – Vou trazer alguma coisa para limpar isso.

– E vai descobrir o que aconteceu com Kraz.

– Sim.

Nossos olhares se encontraram por um instante muito breve. Minha sobrancelha se arqueou, e meus lábios formaram uma pergunta.

No fim, acabei não perguntando.

– Vou voltar assim que puder. – Ele se levantou. – Recomendo que você se limpe. Há roupas ali dentro.

Ele apontou para o armário. Olhei para o meu uniforme. O colete estava coberto de pólen: uma evidência condenatória das minhas transgressões.

– Certo – falei.

– E mantenha essa ferida limpa.

Ele já tinha ido embora antes que eu pudesse responder.

Eu me levantei e me aproximei do espelho. O machucado era um choque lívido na minha pele. Será que o Mestre ficava incomodado ao me ver daquele jeito, mesmo depois do que Jax tinha feito? Será que via meu rosto e pensava nas próprias cicatrizes – as que ele tinha nas costas, as que mantinha escondidas?

Um cheiro enjoativo vinha do meu cabelo. O pólen. Tranquei a porta do banheiro, tirei a roupa e preparei um banho fumegante. Minhas pernas tremiam. Eu tinha arranhado o joelho enquanto escalava. Afundei na água quente e lavei o cabelo. Antigos hematomas latejaram sob a pele, enquanto os novos se formavam por cima deles. Durante alguns minutos, deixei o calor penetrar meus músculos tensionados, depois peguei uma barra de sabão nova e esfreguei para tirar o suor, o sangue e o pólen. Meu corpo pálido e surrado não parecia ter melhorado. Só comecei a me sentir calma depois que a água escoou.

Será que eu devia falar com o Mestre sobre o trem? Ele poderia tentar me impedir. Ele tinha me trazido de volta, quando podia ter me deixado escapar. Por outro lado, eu precisava saber se o trem era ou não vigiado e em que lugar da campina eu encontraria a entrada. Não me lembrava de nada da sessão de treinamento: de nenhum alçapão, nenhuma porta. Devia estar escondido.

Quando voltei para o quarto, encontrei o uniforme amarelo limpo no armário. O pólen tinha sido varrido do carpete. Afundei na *chaise longue*.

Eu tinha despachado Kraz Sargas, herdeiro de sangue dos Rephaim, com um único tiro no meio dos olhos. Até aquele momento, eu achava que eles eram fortes demais para serem mortos. Deve ter sido o pólen – a bala apenas completou o serviço. Ao deixar a torre, vi o cadáver apodrecendo diante dos meus olhos. Alguns grãos de pólen o putrificaram.

Quando a porta se abriu, pulei de susto. O Mestre estava de volta. Seu rosto continha todas as sombras do quarto.

Ele foi se sentar ao meu lado. Pegou um pano, mergulhou-o em uma jarra de líquido âmbar e secou o sangue na minha bochecha. Olhei para ele em silêncio, esperando seu julgamento.

– Kraz está morto – disse ele, sem demonstrar emoção. Meu rosto se contorceu com calor. – Ele era o primeiro na linha de sucessão da soberana de sangue. Você seria torturada em público se descobrissem. Eles sabem sobre os suprimentos desaparecidos, mas você não foi vista. O porteiro do dia sofreu uma lavagem branca.

– Alguém suspeita de mim?

– Em segredo, talvez, mas eles não têm provas. Felizmente, você não usou seu espírito para matá-lo, senão sua identidade estaria óbvia.

Meu tremor se intensificou. Bem típico de mim: matar alguém tão importante sem nem saber quem era. Eu ia acabar como uma máscara mortuária se Nashira ficasse sabendo disso. Ergui os olhos para ele.

– O que o pólen fez com Kraz? Os olhos dele... o *rosto*...

– Não somos o que parecemos, Paige. – Ele sustentou meu olhar. – Quanto tempo se passou entre a aplicação do pólen e o tiro?

O tiro. Não o assassinato. Ele disse *o tiro*, como se eu fosse uma espectadora.

– Talvez uns dez segundos.

– O que foi que você viu nesses dez segundos?

Tentei pensar. O ambiente ficara denso com vapores, e eu tinha batido a cabeça.

– Foi como... como se o rosto dele estivesse... apodrecendo. E os olhos dele estavam brancos. Como se tivessem perdido toda a cor. Olhos mortos.

– Aí está.

Não imaginava o que ele queria dizer. *Olhos mortos.*

O fogo crepitava, aquecendo o quarto. Aquecendo demais. O Mestre ergueu meu queixo, expondo o corte à luz.

– Nashira vai ver isso – falei. – Ela vai saber.

– Isso pode ser remediado.

– Como?

Nenhuma resposta. Todas as vezes que eu perguntava *como* ou *por quê*, ele parecia ficar entediado com a conversa. O Mestre foi até a escrivaninha e pegou um cilindro de metal, pequeno o bastante para caber em um bolso. A palavra Scionaid estava impressa em vermelho na lateral. Ele desembalou três tiras estéreis adesivas. Fiquei parada enquanto ele as aplicava.

– Dói?

– Não.

Ele afastou a mão do meu rosto. Toquei nas tiras.

– Vi um mapa na Casa – falei. – Sei que tem um trem em Port Meadow. Preciso saber onde fica a entrada para o túnel.

– E por que você precisaria saber isso?

– Porque quero ir embora. Antes que Nashira me mate.

– Entendo. – O Mestre voltou para sua poltrona. – E você supõe que vou deixá-la ir embora.

– Sim, suponho. – Ergui a caixa de rapé dele. – Ou você pode seguramente *supor* que isto vai dar um jeito de chegar até Nashira.

O símbolo captou a luz. Os dedos do Mestre tamborilavam na poltrona. Ele não tentou negociar, apenas olhou para mim, com os olhos ardendo suavemente.

– Você não pode pegar o trem – disse ele.

– Está duvidando?

– Você me entendeu mal. O trem só pode ser ativado pelo Arconte de Westminster. Está programado para ir e vir em datas específicas, em épocas específicas. Esses períodos não podem ser alterados.

– O trem deve trazer comida.

– Ele é usado apenas para transporte humano. A comida é entregue por mensageiros.

– Então ele não vai voltar até – fechei os olhos – a próxima Temporada dos Ossos.

Em 2069. Meu sonho de uma fuga fácil chegou ao fim. Eu teria que atravessar o campo minado, no final das contas.

– Insisto para que não tente atravessar a pé – disse ele, como se tivesse lido meus pensamentos. – Os Emim usam a floresta como território de caça. Mesmo com seu dom, você não vai durar muito tempo. Não contra uma matilha deles.

– Não posso esperar. – Agarrei o braço da poltrona até os nós dos meus dedos ficarem brancos. – Eu *tenho* que ir embora. Você sabe que ela vai me matar.

– Claro que vai. Agora que seu dom amadureceu, Nashira está louca por ele. Não vai demorar muito para ela atacar.

Fiquei tensa.

– Amadureceu?

– Você possuiu 12 na cidadela. Eu vi. Ela estava esperando você atingir seu potencial total.

– Você contou para ela?

– Ela vai descobrir, mas não por mim. O que é dito neste quarto não sai daqui.

– Por quê?

– Uma introdução à confiança mútua.

– Você vasculhou minhas memórias. Por que devo confiar em você?

– Não lhe mostrei meu plano onírico?

– Mostrou – respondi. – Seu plano onírico frio e vazio. Você não é nada além de uma casca vazia, não é?

Ele se levantou de repente, foi até a estante e pegou um livro antigo e enorme. Meus músculos ficaram tensos. Antes que eu pudesse dizer mais uma palavra, ele pegou um panfleto fino de dentro do exemplar e o jogou em cima da mesa. Não consegui tirar os olhos do panfleto. *Sobre os méritos da desnaturalidade*. Minha cópia, repleta de evidências do sindicato. Estivera com ele o tempo todo.

– Meu plano onírico pode não ser mais como antigamente, mas não vejo as pessoas em escalões, ao contrário do autor desse panfleto. Não existe oneiromante aí. Nem Rephaim. Não vejo as coisas sob esse ponto de vista. – Ele olhou diretamente para mim. – Já faz meses que estou morando com você. Conheço sua história, apesar de tê-la descoberto contra sua vontade. Eu não tive a intenção de invadir sua privacidade, mas queria ver como você era. Eu queria *conhecer* você. Não queria tratá-la como uma mera humana: inferior, indigna.

Aquilo foi inesperado.

— Por que não? — perguntei, sem desviar os olhos dele. — Por que você se importa?

— Isso é problema meu.

Peguei *Sobre os méritos* e o apertei contra o peito, como uma criança seguraria um brinquedo. Parecia que eu tinha salvado a vida de Jaxon. O Mestre ficou me observando.

— Você realmente se importa com seu mime-lorde — disse ele. — Você quer voltar para aquela vida. Para o sindicato.

— Jaxon é muito mais do que este panfleto.

— Imagino que sim.

Ele foi se sentar ao meu lado na *chaise longue*. Ficamos em silêncio por alguns minutos. Uma humana e um Rephaite, tão diferentes como a noite e o dia — presos na nossa própria campânula de vidro, como a flor murcha. Ele pegou a caixa de rapé e tirou um vidrinho de amaranto de dentro dela.

— Você se sente sozinha. — Ele o esvaziou num cálice. — Estou sentindo. Sua solidão.

— Estou sozinha.

— Você sente saudade de Nick.

— Ele é meu melhor amigo. Claro que sinto saudade dele.

— Ele era mais do que isso. Suas lembranças dele são extraordinariamente detalhadas... cheias de cor, cheias de vida. Você o adorava.

— Eu era jovem. — Minha voz estava entrecortada. Ele parecia determinado a continuar cutucando meu ponto mais fraco.

— Você ainda é jovem. — Ele não ia deixar isso de lado. — Não vi todas as suas memórias. Está faltando algo.

— Não faz sentido remoer as coisas.

— Discordo.

— Todo mundo tem lembranças ruins. Por que você está interessado nas minhas?

— A memória é minha corda de segurança. Minha rota até o éter, assim como os planos oníricos são a sua. — Ele encostou um dedo enluvado na minha testa. – Você pediu para me conhecer através do meu plano onírico. Em troca, peço suas memórias.

O toque dele me deixou arrepiada. Recuei. O Mestre ficou me olhando por um tempo, analisando minha reação, antes de se levantar e puxar a corda do sino.

– O que está fazendo? – perguntei.

– Você precisa comer.

Ele ligou o gramofone e encarou a rua.

Michael apareceu antes que desse para dizer *mesa giratória*. Ele ouviu as ordens que o Mestre lhe deu. Dez minutos depois, voltou com uma bandeja, que colocou no meu colo. Havia apenas o suficiente para me deixar com mais energia: uma xícara de chá com leite, um açucareiro, sopa de tomate e pão quente.

– Obrigada – falei.

Ele me deu um breve sorriso antes de fazer uma série complicada de sinais para o Mestre, que assentiu. Michael fez uma mesura e saiu. O Mestre olhou para mim, observando para ver se eu ia comer sem ser coagida. Tomei um gole do chá. Lembrei-me da minha avó me dando chá quando eu era muito pequena, sempre que eu ficava doente. Ela acreditava muito no poder do chá. Dei algumas mordidas no pão. Será que o Mestre estava me lendo naquele momento, lendo minhas emoções? Será que ele conseguia sentir a lembrança me acalmando? Tentei me concentrar nele, usar o cordão de ouro, mas não senti nada.

Quando terminei, ele pegou a bandeja e a colocou sobre a mesa de centro antes de se sentar ao meu lado de novo. Pigarreei.

– O que Michael disse?

– Que Nashira convocou os Sargas restantes para sua residência. Ele é bom em ouvir escondido – acrescentou, num tom levemente divertido. – Ele me traz muitas informações dos corredores dela. A suposta amaurose dele a deixa cega para suas idas e vindas.

Então Michael tinha boa vontade para espionar. Eu me lembraria disso.

– Ela vai contar a eles sobre Kraz. – Coloquei os dedos nas têmporas. – Não tive a intenção de matá-lo. Eu só...

– Ele teria matado você. Kraz nutria um ódio terrível pelos humanos. Ele planejava, quando chegasse o dia da nossa exposição, atrair crianças humanas para nossas cidades de controle. Tinha uma queda pelos ossos pequenos e finos delas. Pela cleromancia.

Senti um enjoo no fundo do estômago. A cleromancia envolvia o uso de objetos ou *sortes*, que os espíritos arrumavam para formar imagens ou empurravam para uma direção específica. Todos os tipos de *sortes* eram usados: agulhas, dados, chaves. Um grupo chamado de osteomantes usava ossos, mas esqueletos muito antigos normalmente eram deixados de lado por respeito aos mortos. Se Kraz tinha roubado os ossos de crianças para praticar cleromancia, eu ficava feliz por tê-lo matado.

– Sou grato por ele estar morto – disse o Mestre. – Ele era uma praga terrível neste mundo.

Não respondi.

– Você sente culpa – declarou ele.

– Medo.

– Medo do quê?

– Do que eu posso fazer. Continuo... – Balancei a cabeça, exausta. – Continuo matando. Não quero ser uma arma.

– Seu dom é volátil, mas a mantém viva. Age como seu escudo.

– Não é um escudo. É como uma arma de fogo. Eu vivo com o dedo no gatilho. – Olhei para a estampa do carpete. – Machuco as pessoas. Esse é o meu dom.

– Não deliberadamente. Você nem sempre soube o que podia fazer.

Dei uma gargalhada vazia.

– Ah, eu sabia que podia fazer essas coisas. Não sabia *como*, mas sabia quem fazia as pessoas sangrarem. Eu sabia quem causava dores de cabeça às pessoas. Sempre que alguém zombava de mim, sempre que falavam dos Protestos de Molly, simplesmente *sentiam dor*. Tudo porque eu dava um empurrão mental nessas pessoas. Eu gostava disso, de certo modo – admiti. – Mesmo quando tinha dez anos, eu gostava. Gostava de revidar. Era o meu segredinho. – Ele manteve os olhos fixos em mim. – Não sou como os sensitivos ou os médiuns. Não uso os espíritos apenas para autodefesa ou para ter companhia. Sou um deles. Entendeu? Posso morrer quando eu quiser, me tornar um espírito quando quiser. Isso faz as pessoas terem medo de mim. E me faz ter medo delas.

– Você é diferente delas, sim. Mas isso não significa que você deva ter medo.

– Significa, sim. Meu espírito é perigoso.

– Você não tem medo do perigo, Paige. Acho que você prospera com ele. Concordou em trabalhar para Jaxon Hall, sabendo que isso reduziria significativamente sua expectativa de vida. Sabendo do risco de ser pega.

– Eu precisava do dinheiro.

– Seu pai trabalha para Scion. Você não precisava do dinheiro. Duvido que tenha tocado no dinheiro alguma vez. O perigo a leva para mais perto do éter – disse ele. – É por isso que você aproveita todas as oportunidades para vivê-lo.

– Não foi isso. Não sou uma viciada em adrenalina. Eu queria estar com outros videntes. – Uma nova raiva tomou minha voz. – Eu não queria viver como uma estudante de Scion que sofreu lavagem cerebral. Queria fazer parte de alguma coisa. Queria *fazer a diferença*. Você não consegue entender isso?

– Essas não eram as únicas razões. Você pensou em uma pessoa específica.

– Não diga isso. – Meus lábios tremiam.

– Você pensou em Nick. – O olhar dele estava rígido. – Você o amava. Você o teria seguido para qualquer lugar.

– Não quero falar sobre isso.

– Por que não?

– Porque é coisa minha. É particular. Vocês, oneiromantes, têm *alguma* noção de privacidade?

– Você manteve isso em segredo por tempo demais. – Ele não encostou em mim, mas seu olhar era quase íntimo. – Não posso arrancar a memória de você enquanto estiver acordada. Mas, no instante em que você cair no sono, vou ler as imagens na sua mente, e você vai sonhar com elas, como fez antes. Esse é o dom do oneiromante. Criar um sonho compartilhado.

– Aposto que você nunca fica entediado. – Minha voz estava repleta de desprezo. – Fica vendo a lavagem de roupa suja das pessoas.

Ele ignorou a cutucada.

– Você pode aprender a me deixar de fora, é claro, mas teria que conhecer meu espírito quase tão bem quanto conhece o seu. E um espírito antigo como o meu é difícil de conhecer. – Ele fez uma pausa. – Ou pode se poupar do esforço e me deixar ver dentro de você.

– O que vai resultar de bom disso?

– Essa memória é uma barreira. Eu a senti dentro de você, enterrada no fundo do seu plano onírico. – Os olhos dele continuavam fixos nos meus. – Supere-a, e você estará livre dela. Seu espírito ficará livre dela.

Respirei fundo. A oferta não deveria ser tentadora.

– Eu só preciso dormir?

– Sim. Posso ajudar com isso. – Ele pegou um punhado de folhas marrons secas da caixa de rapé. – Era isso que estava nas pílulas. Se eu preparar uma infusão, você toma?

Dei de ombros.

– Que diferença faz mais uma dose?

O Mestre ficou me olhando por alguns instantes.

– Muito bem – disse ele.

E saiu do quarto. Imaginei que havia uma cozinha lá embaixo, onde Michael trabalhava.

Apoiei a cabeça nas almofadas. Um tremor lento e frio se infiltrou no meu peito, preenchendo o espaço atrás das costelas. Eu tinha odiado o Mestre com uma intensidade violenta, odiado pelo que ele era e porque parecia me entender. Eu havia progredido nesse ódio. Mas lá estava eu prestes a mostrar a ele minha lembrança mais particular. Pensei que eu sabia o que era, mas não tinha certeza. Eu teria que sonhar.

Quando o Mestre voltou, uma certeza desafiadora tinha se instalado dentro de mim. Peguei o copo de vidro das mãos dele. Estava cheio até a borda com um líquido ocre-claro, como mel diluído. Três folhas flutuavam na superfície.

– Tem um gosto amargo – alertou ele –, mas vai me permitir ver as memórias com mais clareza.

– O que você já viu?

– Fragmentos. Períodos de silêncio. Depende de como você se sentia em cada momento específico, a força com que você o sentia. Quanto essa parte da memória ainda perturba você.

Olhei para o chá.

– Acho que não vou precisar disso, então.

– Vai facilitar as coisas para você.

Ele provavelmente estava certo. O simples pensamento de confrontar uma memória como aquela já estava fazendo minhas mãos tremerem. Sentindo como se eu estivesse prestes a abrir mão da minha vida de novo, levei o copo aos lábios.

– Espere. – Parei. – Paige, você não precisa me mostrar essa lembrança. Pelo seu bem, espero que mostre. Espero que consiga. Mas você pode dizer não. Vou respeitar sua privacidade.

– Eu não seria tão cruel – falei. – Não tem nada pior do que uma história sem fim. – Antes que ele pudesse responder, bebi o chá.

O Mestre tinha mentido: aquele negócio não era apenas amargo. Era a coisa mais nojenta que eu já tinha provado, como uma colherada de fragmentos de metal. Decidi, num piscar de olhos, que preferia beber cloro a tocar num chá de sálvia novamente. Engasguei. O Mestre pegou meu rosto nas mãos.

– Engula o líquido, Paige. Engula!

Tentei. Uma parte voltou para o copo, mas a maioria desceu.

– E agora? – Eu tossi.

– Espere.

Não precisei esperar por muito tempo. Eu arqueei as costas, tremendo enquanto ondas de enjoo me atingiam. O gosto era tão penetrante que achei que nunca fosse sair da minha boca.

Então as luzes se apagaram. Caí de costas nas almofadas e afundei.

A dissolução

Estávamos de pé num círculo, como se estivéssemos em uma sessão espírita. Seis dos sete Selos.

Nadine ia matar alguém. Eu podia ver isso em cada centímetro do rosto dela. No meio do círculo estava Zeke Sáenz, amarrado com fitas de veludo a uma cadeira, com a cabeça entre as mãos da irmã. Estávamos atacando a mente dele havia horas, mas, não importava quanto ele lutasse e gemesse, Jax não aliviava. Se o dom dele pudesse ser aprendido, seria uma vantagem para a gangue: a capacidade de resistir a todas as influências externas, tanto de espíritos quanto de outros videntes. Então Zeke ficou sentado na cadeira, fumando um charuto, esperando que um de nós conseguisse baixar sua guarda.

Jax tinha estudado Zeke por muito tempo. O resto de nós fora esquecido, abandonados aos nossos próprios truques criminais. Mesmo depois de uma rigorosa investigação, ele não havia previsto que nosso ilegível sentiria tanta dor quando o atacássemos. O plano onírico dele era resiliente e opaco, impenetrável para os espíritos. Enviamos enlace atrás de enlace na direção dele, sem sucesso. Sua mente os fazia ricochetear pelo ambiente todo, como água no mármore. Como seu novo nome: Diamante Negro.

– Vamos lá, vamos *lá*, seus miseráveis – rosnou Jax. O punho dele atingiu a mesa. – Quero ouvi-lo gritar três vezes mais alto do que isso!

Jax tocara "Danse Macabre" e bebera vinho o dia todo: isso nunca era um bom sinal. Eliza, com o rosto vermelho pelo esforço de controlar tantos espíritos, lançou um olhar sério para ele.

– Acordou do lado errado da *chaise longue,* Jaxon?

– De novo.

– Ele está com dor – afirmou Nadine, ruborizada de raiva. – Olhe para ele! Não aguenta mais!

– *Eu* estou com dor, Nadine. Atormentado pela sua teimosia. – Sutil como a morte. – Não me façam levantar, crianças. Repitam.

Houve um breve silêncio. Nadine agarrou os ombros do irmão, seu cabelo caindo no rosto. Estava castanho-escuro e mais curto. Chamava menos atenção, mas ela odiava isso. Odiava a cidadela. Acima de tudo, nos odiava.

Como ninguém se mexeu, Eliza chamou um de seus espíritos ajudantes: JD, uma musa do século XVII. Quando ela saiu de seu plano onírico e entrou no éter, as luzes piscaram.

– Vou tentar com JD. – Suas sobrancelhas estavam arqueadas. – Se um espírito mais antigo não funcionar, acho que nada mais vai servir.

– Um poltergeist, talvez? – sugeriu Jax, totalmente sério.

– Nós *não* vamos usar um poltergeist nele!

Jax continuou fumando.

– Que pena.

Do outro lado do cômodo, Nick fechou as persianas. Estava horrorizado com o que estávamos fazendo, mas não podia impedir.

Zeke não aguentava o suspense. Seus olhos febris encaravam o espírito.

– O que eles estão fazendo, Dee?

– Não sei. – Nadine fixou um olhar frio em Jaxon. – Ele precisa descansar. Se você jogar esse espírito nele, eu vou...

– Você vai o quê? – A fumaça saía em espiral da boca de Jaxon. – Tocar uma música irritada? Por favor, fique à vontade. Gosto de música que vem da alma.

Ela ergueu o queixo, mas não mordeu a isca. Sabia qual era a punição por desobedecer a Jaxon. Nadine não tinha mais para onde ir, nenhum lugar para levar o irmão.

Zeke estremeceu encostado nela. Como se fosse mais novo, e não dois anos mais velho do que ela.

Eliza olhou de relance para Nadine, depois para Jaxon. Sob o comando silencioso de Eliza, a musa seguiu em frente. Eu não a vi, mas senti – e, pelo grito de agonia de Zeke, ele também sentiu. Sua cabeça caiu para trás, e os músculos do seu pescoço se retesaram. Os lábios de Nadine se fecharam enquanto ela o envolvia com os braços.

– Sinto muito. – Ela apoiou o queixo na cabeça dele. – Sinto muito mesmo, Zeke.

Velho e determinado, JD era naturalmente obstinado. Disseram-lhe que Zeke ia machucar Eliza, e ele tinha toda a intenção de impedir que isso acontecesse. O rosto de Zeke brilhava com suor e lágrimas. Ele estava quase sufocando.

– Por favor – disse ele. – Já chega...

– Jaxon, pare – pedi. – Não acha que ele já aguentou o suficiente?

Suas sobrancelhas se ergueram quase até a linha do cabelo.

– Você está me questionando, Paige?

Minha coragem diminuiu.

– Não.

– No sindicato, espera-se que vocês mereçam o que ganham. Sou o mime-lorde de vocês. Seu protetor. Seu empregador. O homem que impede que morram de fome, como os desgraçados dos mercadeiros! – Ele jogou um maço de dinheiro no ar, fazendo o rosto de Frank Weaver flutuar sobre o carpete. Weaver nos encarava de cada nota. – Ezekiel só vai ter aguentado o "suficiente" quando eu disser... quando eu decidir liberá-lo pelo resto do dia. Vocês acham que Hector ia parar? Acham que Jimmy ou o Abade iam simplesmente *parar*?

– Não trabalhamos para eles. – Eliza parecia abalada. Ela fez um sinal para o espírito. – Pode voltar, JD. Estou em segurança.

O espírito fugiu. Zeke segurou a própria cabeça com as mãos trêmulas.

– Estou bem. – Ele conseguiu dizer. – Estou bem. Só... só preciso de um minuto.

– Você *não* está bem. – Nadine se virou para Jaxon, que acendia outro charuto. – Você nos explorou. Sabia da operação e fingiu que ia fazer melhor. Você disse que iria consertá-lo. *Prometeu* que iria consertá-lo!

– Eu disse que ia tentar. – Jaxon estava impassível. – Que eu ia fazer experimentos.

– Você é um mentiroso. Você é exatamente como...

– Se este lugar é tão terrível, então vá embora, querida. A porta está sempre aberta. – Sua voz ficou um pouco mais grave. – A porta para as ruas frias e escuras. – Ele soprou uma nuvem de fumaça cinza na direção dela. – Eu me pergunto quanto tempo vai levar para a DVN... transformar vocês em fumaça.

Nadine tremia de raiva.

– Vou ao Chat's. – Ela pegou sua jaqueta de renda. – Ninguém está convidado a me acompanhar.

Ela pegou os fones de ouvido e a bolsa antes de sair pisando firme e bater a porta.

– Dee – começou Zeke, mas isso não a deteve.

Eu a ouvi chutar alguma coisa ao descer a escada. Pieter veio voando através da parede, furioso por ser perturbado, e foi para o canto ficar de cara feia.

– Acho que está na hora de ir para casa, capitão – disse Eliza com firmeza. – Estamos fazendo isso há horas.

– Espere. – Jax apontou um dedo comprido para mim. – Ainda não testamos nossa arma secreta. – Quando franzi a testa, ele inclinou a cabeça. – Ah, vamos lá, Paige. Não se faça de boba. Entre no plano onírico dele por mim.

– Já conversamos sobre isso. – Eu estava começando a sentir dor de cabeça. – Não faço invasões.

– Você não *faz*. Entendo. Eu não sabia que você tinha uma descrição de cargo. Ah! Espere, estou me lembrando... eu não lhe dei uma. – Ele esmagou o charuto no cinzeiro. – Somos clarividentes. Desnaturais. Você achou que seríamos como seu papai, sentados nos nossos escritórios das nove às cinco, bebericando *chá* em copinhos de isopor? – De repente, ele parecia enojado, como se não conseguisse tolerar o modo de ser dos amauróticos. – Alguns de nós não querem copinhos de isopor, Paige. Alguns de nós querem prata, cetim, ruas sólidas e *espíritos*.

Não pude deixar de encará-lo. Ele tomou um grande gole de vinho, os olhos fixos na janela. Eliza balançou a cabeça.

– Ok, isso está ficando ridículo. Talvez a gente devesse apenas...

– Quem te paga?

Ela suspirou.

– Você, Jaxon.

– Correto. Eu pago, você obedece. Agora, seja a santa que você é, corra até o andar de cima e me traga Danica. Quero que ela veja a mágica.

Com os lábios franzidos, Eliza saiu da sala. Zeke me lançou um olhar exausto de desespero. Eu me obriguei a falar de novo:

– Jax, não estou disposta a isso agora. Acho que todos nós precisamos descansar.

– Vocês têm algumas horas de folga amanhã, abelhinha. – Ele parecia distraído.

– Não consigo invadir planos oníricos. Você sabe disso.

– Ah, faça-me o favor. Tente. – Jaxon se serviu de mais vinho. – Estou esperando por isso há *anos*. Uma andarilha onírica contra um ilegível. O encontro etéreo definitivo. Nunca conseguiria conceber uma casualidade mais perigosa e ousada.

– Você ainda está falando inglês?

– Não – disse Nick. Todas as cabeças se viraram na direção dele. – Ele está falando como um louco.

Depois de um breve silêncio, Jaxon ergueu a taça.

– Excelente diagnóstico, doutor. Saúde.

Ele bebeu. Nick desviou o olhar.

Foi na repercussão tensa daquele momento que Eliza voltou com uma seringa de adrenalina. Danica Panić estava com ela, o último membro do nosso septeto. Ela havia crescido na Cidadela Scion de Belgrado, mas foi transferida para Londres para trabalhar como engenheira. Nick foi quem a descobriu, depois de espiar sua aura num coquetel para novos recrutas. Ela se orgulhava muito do fato de que nenhum de nós conseguia pronunciar seu nome. Nem seu sobrenome. Era resistente como um tijolo, usava o cabelo ruivo cacheado preso num coque baixo, e tinha os braços marcados por cicatrizes e queimaduras. Seu único ponto fraco eram os coletes.

– Danica, minha querida. – Jaxon acenou para ela. – Venha dar uma olhada nisso, sim?

– O que vou ver? – perguntou ela.

– Minha arma.

Troquei um olhar com Dani. Só fazia uma semana que ela estava conosco, mas já sabia como Jax era.

– Parece que vocês estão fazendo uma sessão espírita – observou ela.

– Hoje não. – Ele acenou com a mão. – Comece.

Tive que morder a língua para não dizer a ele onde enfiar aquela mão. Ele sempre mimava os recém-chegados. Dani tinha uma aura iluminada e hiperativa que ele não havia conseguido identificar – mas, como sempre, estava convencido de que ela seria valiosa.

Sentei. Nick limpou meu braço e enfiou a seringa.

– Ande logo – disse Jax. – Leia o ilegível.

Esperei um minuto para o meu sangue absorver a mistura de drogas, depois fechei os olhos e senti o éter. Zeke se preparou. Eu não podia invadi-lo – apenas roçar em seu plano onírico, sentir as nuances fracas de sua superfície –, mas a mente dele era tão sensível que até uma cutucada poderia machucá-la. Eu teria que ser cuidadosa.

Meu espírito se mexeu. Registrei os cinco planos oníricos na sala, tocando e tremendo como sinos de vento. O de Zeke era diferente. Ele tocava uma nota mais sombria, um acorde menor. Tentei captar um vislumbre dele: uma lembrança, um medo... mas não havia nada. Onde eu normalmente via um brilho de imagens, como um filme antigo distorcido, só consegui identificar um breu. Suas lembranças eram seladas.

Saí do éter quando uma mão agarrou meu ombro. Zeke estava tremendo, tapando os ouvidos.

– Basta. – Nick estava atrás de mim, me fazendo levantar. – Já chega. Ela não vai fazer isso, Jaxon. Não me importa o quanto você me paga, está pagando em diamantes de sangue. – Ele abriu a janela com um empurrão. – Venha, Paige. Você vai fazer um intervalo.

Eu estava exausta, mas nunca negaria um pedido de Nick. Os olhos de Jaxon me fuzilaram pelas costas. Ele estaria bem no dia seguinte, depois que tivesse terminado com o vinho. Saí pela janela e fui para a calha, com a visão borrada.

Assim que os pés de Nick atingiram o telhado, ele começou a correr. Estava correndo rápido e com força naquele dia. Felizmente, ainda havia adrenalina nas minhas veias, senão eu nunca teria conseguido acompanhá-lo.

Fazíamos isso com frequência. Um *dérive* pela cidade. Em teoria, Londres era tudo o que eu detestava: enorme, cinza e austera, chuvosa em nove de dez dias. Ela bramia, se agitava e latejava como um coração humano. Mas, depois de dois anos treinando com Nick, aprendendo a andar pelos telhados, a cidadela se tornou meu porto seguro. Eu podia voar por sobre o tráfego e as cabeças da DVN. Podia correr como o sangue nas veias pela malha de ruas e vielas. Sentia-me preenchida, cheia de vida. Ali fora, diferente dos outros lugares, eu era livre.

Nick desceu para a rua. Corremos ao longo da avenida movimentada até chegarmos à esquina da Leicester Square. Sem parar para recuperar o fôlego, Nick começou a escalar o prédio mais próximo, bem ao lado do Cassino Hippodrome. Havia vários apoios para os pés, peitoris, saliências e coisas parecidas, mas eu duvidava de que conseguiria acompanhá-lo. Nem mesmo adrenalina seria capaz de diminuir meu cansaço.

– O que você está fazendo, Nick?

– Preciso clarear minhas ideias. – Ele parecia cansado.

– Num cassino?

– Em cima dele. – Nick estendeu a mão. – Venha, *sötnos*. Você parece prestes a cair no sono.

– É, bom, eu não sabia que ia esgotar meu espírito *e* meus músculos hoje. – Deixei ele me puxar até o primeiro peitoril, recebendo um olhar de uma garota fumando um cigarro. – Até onde vamos subir?

– Até o topo deste prédio. Se você aguentar – acrescentou.

– E se eu não aguentar?

– Tudo bem. Pule em mim. – Ele colocou meus braços ao redor do seu pescoço. – E qual é a regra de ouro?

– Não olhar pra baixo.

– Correto – disse ele, imitando Jax. Eu ri.

Chegamos ao topo sem incidentes nem ferimentos. Nick escalava prédios desde que aprendera a andar; ele encontrava apoios para os pés onde não parecia existir nenhum. Pouco tempo depois, estávamos de volta aos telhados, as ruas muito abaixo de nós. Meus pés pisaram em grama artificial. À minha esquerda havia uma pequena fonte – sem água – e, à direita, um canteiro de flores murchas.

– Que lugar é esse?

— Telhado verde. Faz algumas semanas que descobri este lugar. Nunca o vi sendo usado, então achei que podia transformá-lo no meu novo porto seguro. – Nick se apoiou na balaustrada. – Desculpe tê-la arrancado daquele jeito, *sötnos*. Os Dials podem ficar meio claustrofóbicos.

— Só um pouco.

Não conversamos sobre o que havia acabado de acontecer. Nick ficava muito frustrado com as táticas de Jaxon. Ele jogou uma barra de cereal para mim. Observamos o horizonte rosa-escuro, quase como se estivéssemos esperando navios.

— Paige – disse ele –, você já se apaixonou?

Minhas mãos tremeram. Engolir pareceu muito difícil: minha garganta estava fechada.

— Acho que sim. – Pequenos arrepios frios subiam e desciam pelas laterais do meu corpo. Apoiei as costas na balaustrada. – Quer dizer... talvez. Por que você está perguntando isso?

— Porque quero perguntar como é. Para tentar descobrir se estou apaixonado ou não.

Assenti, tentando passar a impressão de que eu estava calma. Na realidade, alguma coisa lenta e perturbadora estava acontecendo com o meu corpo: eu via pontos pretos minúsculos, minha cabeça estava leve como uma pluma, sentia as palmas úmidas e meu coração batia acelerado.

— Me conte – pedi.

Os olhos dele continuaram fixos no pôr do sol.

— Quando você se apaixona por alguém – começou ele –, sente que deve proteger essa pessoa?

Aquilo era estranho por dois motivos. Um, porque eu estava apaixonada por Nick. Fazia muito tempo que eu sabia disso, apesar de não ter feito nada a respeito. E dois, porque Nick tinha vinte e sete anos, e eu, dezoito. Era como se nossos papéis estivessem invertidos.

— Sim. – Baixei o olhar. – Pelo menos, acho que sim. Eu sentia... eu *sinto* que devo protegê-lo.

— Você sente vontade de simplesmente... tocar nessa pessoa?

— O tempo todo – admiti, um pouco tímida. – Ou... mais como se... eu quisesse que *ele* tocasse em *mim*. Mesmo que seja só para...

— ... segurar você.

Concordei com a cabeça, sem olhar para ele.

– Porque eu sinto como se entendesse essa pessoa, e quisesse que ela fosse feliz. Mas não sei *como* fazê-la feliz. Na verdade, eu sei que, só por amá-la, vou torná-la extremamente infeliz. – Sua testa se enrugou como papel. – Não sei nem se devo arriscar contar à pessoa, porque sei quanta tristeza isso vai causar. Ou *acho* que sei. Isso é importante, Paige? Ser feliz?

– Como você pode achar que não é importante?

– Porque não sei se sinceridade é melhor do que felicidade. Será que a gente sacrifica a sinceridade para ser feliz?

– Às vezes. Mas é melhor ser sincero, eu acho. Senão, você vai viver uma mentira.

Ponderei as palavras, estimulando-o a me contar, tentando ignorar o ruído alto do sofrimento na minha cabeça.

– Porque você tem que confiar nessa pessoa.

– Sim.

Meus olhos ardiam. Tentei respirar devagar, mas, na minha cabeça, uma realidade terrível surgia. Nick não estava falando de mim.

Claro que ele nunca tinha dito nada que sugerisse que se sentia do mesmo jeito que eu. Nem uma palavra. Mas o que dizer de todos os toques casuais, todas as horas de atenção... todas as vezes que corremos juntos? E os dois últimos anos da minha vida, quando passei quase todos os dias e noites na companhia dele?

Nick estava encarando o céu.

– Ei, olhe.

– O quê?

Ele apontou para uma estrela.

– Arcturus. Eu nunca a vi brilhando tão forte.

A estrela era laranja, enorme e reluzente. Eu me senti pequena o suficiente para desaparecer.

– Então – falei, tentando soar casual –, quem é? Por quem você acha que se apaixonou?

Nick levou a mão à cabeça.

– Zeke.

No início, não tive certeza se tinha escutado.

– Zeke. – Virei a cabeça para olhar para ele. – Zeke Sáenz?

Nick assentiu.

– Você acha que realmente não há esperança? – perguntou ele baixinho. – De ele me amar?

Meu rosto estava perdendo a sensibilidade.

– Você nunca me disse nada – comecei. Eu sentia um peso no peito. – Eu não sabia...

– Você não tinha como saber. – Ele passou a mão no rosto. – Não consigo evitar, Paige. Sei que poderia simplesmente encontrar outra pessoa, mas não consigo nem começar a procurar. Eu não saberia por onde começar. Acho que ele é a pessoa mais linda do mundo. No início, achei que era a minha imaginação, mas já faz um ano que ele está com a gente. – Nick fechou os olhos. – Não posso negar. Gosto dele de verdade.

Não era eu. Fiquei sentada ali em silêncio, sentindo como se alguém estivesse bombeando um agente paralisador nas minhas artérias. Não era eu quem ele amava.

– Acho que posso ajudá-lo. – Havia uma verdadeira paixão em sua voz. – Eu poderia ajudá-lo a enfrentar o passado. Poderia ajudá-lo a se lembrar das coisas. Antes ele era um sussurrante... eu poderia ajudá-lo a voltar a ouvir vozes.

Desejei poder ouvir vozes. Desejei poder ouvir espíritos, para escutá-los em vez de escutar aquilo. Eu tinha que me concentrar para não chorar. Não importava o que fosse acontecer naquela noite, eu não podia, eu *não ia* chorar. Eu não ia chorar de jeito nenhum. Nick tinha todo o direito de amar outra pessoa. Por que não? Eu nunca dissera uma palavra sequer a ele sobre como me sentia. Devia ficar feliz por ele. Mas uma parte pequena e secreta de mim sempre teve esperança de que ele pudesse sentir o mesmo – de que ele pudesse estar esperando o momento certo para me contar. Um momento como aquele.

– O que você viu no plano onírico dele? – Nick estava olhando para mim, esperando uma resposta. – Alguma coisa?

– Só escuridão.

– Talvez eu pudesse tentar. Talvez eu pudesse mandar uma imagem para ele. – Nick deu um sorriso fraco. – Ou apenas conversar, como uma pessoa normal.

— Ele ouviria – falei. – Se você contasse a ele. Como sabe que ele não se sente do mesmo jeito?

— Acho que ele já tem que lidar com coisas demais. Além disso, você conhece as regras. Nada de compromisso. Jaxon teria um ataque se soubesse.

— Dane-se Jaxon. Não é justo você ter que guardar isso.

— Já aguentei um ano, *sötnos*. Posso aguentar mais.

Eu estava com um nó na garganta. Ele tinha razão, é claro. Jaxon não nos deixava assumir um compromisso. Ele não gostava de relacionamentos. Mesmo que Nick me amasse, não poderíamos ficar juntos. Mas, naquele momento, eu estava encarando a verdade – o sonho tinha acabado –, e eu mal conseguia respirar. Aquele homem não era meu. Nunca tinha sido. E, não importava quanto eu o amasse, ele *nunca* seria meu.

— Por que você nunca me falou? – Agarrei a balaustrada. – Quer dizer... sei que não é da minha conta, mas...

— Eu não queria deixar você preocupada. Você tinha seus problemas pra resolver. Eu sabia que Jax estaria interessado em você, mas ele já a arrastou até o inferno e a trouxe de volta. Ainda trata você como um brinquedinho novo e reluzente. Fico triste de tê-la trazido para cá.

— Não. Não, não pense assim. – Eu me virei para Nick e apertei a mão dele com força demais. – Você me salvou, Nick. Mais cedo ou mais tarde eu teria perdido a cabeça. Eu tinha que saber, ou sempre me sentiria excluída. Você me fez sentir parte de alguma coisa, parte de muitas coisas, na verdade. Nunca vou poder te pagar por isso.

Uma expressão de choque surgiu no rosto dele.

— Parece que você vai chorar.

— Não vou. – Soltei a mão dele. – Olhe, tenho que ir. Vou me encontrar com uma pessoa.

Não ia.

— Paige, espere. Não vá. – Ele agarrou meu pulso e me puxou de volta. – Eu te deixei chateada, não foi? O que aconteceu?

— Não estou chateada.

— Está, sim. Por favor, espere um segundo.

— Eu realmente preciso ir, Nick.

— Você nunca teve que ir embora quando eu precisava de você.

– Sinto muito. – Fechei mais o blazer. – Se quiser um conselho meu, você deveria voltar à base e contar a Zeke como se sente. Se ele tiver um mínimo de sanidade sobrando, vai dizer sim. – Olhei para ele com um sorriso triste. – Sei que eu diria.

Então eu vi. Primeiro, confusão, depois, descrença, em seguida, espanto. Ele sabia.

– Paige – começou Nick.

– Está tarde. – Eu me joguei sobre a balaustrada, com as mãos trêmulas. – Vejo você segunda, está bem?

– Não, Paige, espere. *Espere.*

– Nick. Por favor.

Ele fechou a boca, mas os olhos ainda estavam arregalados. Desci do prédio, deixando-o para trás sob a lua. Foi só quando cheguei ao chão que as primeiras e únicas lágrimas surgiram. Fechei os olhos e respirei o ar noturno.

Não sei exatamente como cheguei à I-5. Talvez tenha pegado o metrô. Talvez eu tenha ido andando. Meu pai ainda estava no trabalho; não esperava por mim. Entrei no apartamento vazio e olhei para a claraboia. Pela primeira vez desde a infância, desejei ter mãe, irmã ou até mesmo uma amiga – uma amiga que não fosse dos Sete Selos. Mas eu não tinha nenhuma dessas coisas. Eu não tinha ideia do que fazer, do que sentir. O que uma garota amaurótica faria na minha situação? Passaria uma semana na cama, provavelmente. Mas eu não era uma garota amaurótica, e não era como se eu tivesse terminado com alguém. Havia sido só um sonho. Um sonho infantil.

Pensei nos tempos do colégio, quando eu era a única vidente entre os amauróticos. Suzette, uma das minhas únicas amigas, tinha terminado com o namorado no nosso último ano. Tentei me lembrar do que ela havia feito. Ela não passou uma semana na cama, pelo que eu me lembrava. O que ela havia feito? Espere. Lembrei. Suzette me mandou uma mensagem de texto, me chamando para ir a uma boate com ela. *Quero dançar para esquecer os problemas,* dissera ela. Inventei uma desculpa, como sempre fazia.

Aquela seria a minha noite. Eu ia dançar para esquecer os problemas. Ia esquecer que aquilo tinha acontecido. Ia me livrar daquela dor.

Tirei a roupa, tomei uma chuveirada, sequei e alisei meu cabelo. Passei batom, rímel e lápis de olho. Coloquei um pouco de perfume nos pontos de pulsação. Belisquei as bochechas para deixá-las cor-de-rosa. Quando terminei, coloquei um vestido preto de renda, calcei sandálias de salto alto e saí do apartamento.

O guarda me olhou esquisito quando passei.

Peguei um táxi. Havia uma casa de flash no East End que Nadine frequentava, onde serviam mecks baratos (e, às vezes, álcool de verdade, ilegal) durante a semana. Ficava em uma área perigosa da II-6, conhecida por ser um dos únicos lugares seguros para os videntes frequentarem: nem os Vigis gostavam de ir lá.

Um segurança enorme protegia a porta, usando terno e chapéu. Ele acenou para eu entrar.

Estava escuro e quente lá dentro. O espaço era pequeno, apertado, cheio de corpos suados. Havia um bar ao longo de uma das paredes, servindo oxigênio e mecks de diferentes origens. À direita do bar havia uma pista de dança. A maioria das pessoas era amaurótica, hipsters usando calça de tweed, chapéus minúsculos e gravatas de cores chamativas. Eu não tinha ideia do que estava fazendo ali, vendo amauróticos pulando ao som de uma música ensurdecedora, mas era aquilo que eu queria: ser espontânea, me esquecer do mundo real.

Passei nove anos adorando Nick. Eu ia acabar com aquilo de repente. Não ia me permitir continuar com aquele sentimento.

Fui até o bar de oxigênio e me empoleirei num banco. O bartender me olhou, mas não falou comigo. Ele era vidente, um visionário – não ia querer conversar. Mas não demorou muito para outra pessoa me notar.

Havia um grupo de garotos na outra ponta do bar, provavelmente alunos da USL. Todos amauróticos, é claro. Poucos videntes chegavam até a Universidade. Eu estava prestes a pedir um shot de Floxy quando um deles me abordou. Tinha dezenove ou vinte anos, barba bem-feita e estava um pouco bronzeado. Deve ter passado o ano de folga em outra cidadela. Scion Atenas, talvez. Ele usava um boné por cima do cabelo escuro.

– Oi – disse ele, mais alto que a música. – Está sozinha aqui? – Fiz que sim com a cabeça. Ele se sentou ao meu lado. – Reuben – falou ele, se apresentando. – Posso pagar um drinque para você?

– Mecks – falei. – Se você não se importar.

– Nem um pouco. – Ele acenou para o bartender, que claramente o conhecia. – Blood mecks, Gresham.

A sobrancelha do bartender estava arqueada, mas ele ficou em silêncio enquanto servia o blood mecks para mim. Era o mais caro dos substitutos do álcool, feito com cerejas, uvas pretas e ameixas. Reuben se inclinou para perto do meu ouvido.

– Então – disse ele –, por que você está aqui?

– Nenhum motivo real.

– Você não tem namorado?

– Talvez. – *Não.*

– Acabei de terminar com a minha namorada. E estava pensando, quando você entrou... bom, pensei coisas que provavelmente não devia quando uma garota bonita entra num bar. Mas aí imaginei que uma garota tão bonita como você devia estar com um namorado. Estou certo?

– Não – respondi. – Estou sozinha.

Gresham deslizou meu mecks pelo balcão do bar.

– Isso vai custar dois – disse ele. Reuben lhe deu duas moedas de ouro. – Devo supor que você tem dezoito anos, senhorita?

Mostrei minha identidade e ele voltou a limpar os copos, mas ficou de olho em mim enquanto eu bebericava o drinque. Eu me perguntei o que o incomodava: minha idade, minha aparência, minha aura? Provavelmente as três coisas.

Voltei à realidade quando Reuben se aproximou de mim. O hálito dele tinha cheiro de maçã.

– Você está na faculdade? – perguntou ele.

– Não.

– O que você faz?

– Bar de oxigênio.

Ele assentiu e tomou um gole do seu drinque.

Eu não sabia como fazer aquilo. Dar o sinal. Havia um sinal? Olhei direto nos olhos do garoto, rocei a ponta do meu sapato na perna dele. Pareceu funcionar. Ele olhou para os amigos, que tinham voltado para o jogo de shots.

– Quer ir pra outro lugar? – Sua voz estava baixa e rouca.

Era naquele momento ou nunca mais. Fiz que sim com a cabeça.

Reuben entrelaçou os dedos nos meus e me conduziu pela multidão. Gresham me observou. Provavelmente pensando que eu era uma vagabunda.

Percebi que Reuben não estava me levando para o canto escuro que imaginei. Estava me levando para os toaletes. Pelo menos, foi para onde achei que estava indo, até ele me conduzir por outra porta, para o estacionamento dos funcionários. Era um espaço retangular minúsculo, onde só cabiam seis carros. Tudo bem, ele queria privacidade. Isso era bom. Não era? Pelo menos, significava que não estava só se exibindo para os amigos.

Antes que eu conseguisse respirar, Reuben me empurrou para a parede de tijolos suja. Senti cheiro de suor e cigarros. Para minha surpresa, ele começou a desafivelar o cinto.

– Espere – falei. – Eu não queria...

– Ei, vamos lá. Só um pouco de diversão. Além do mais – ele tirou o cinto –, não estamos traindo ninguém.

Ele me beijou. Seus lábios eram firmes. Uma língua molhada se enfiou na minha boca, e senti um gosto artificial. Eu nunca tinha sido beijada. Não sabia ao certo se tinha gostado.

Ele tinha razão. Só um pouco de diversão. Claro que sim. O que poderia dar errado? As pessoas normais faziam aquilo, não é? Bebiam, faziam coisas idiotas por impulso, faziam sexo. Era exatamente do que eu precisava. Jax nos permitia fazer isso: só não podíamos assumir compromissos. Eu não ia me comprometer. Sem laços. Eliza fazia isso.

Minha cabeça me mandou parar. Por que eu estava fazendo isso? Como foi que eu tinha ido parar ali, no escuro, com um desconhecido? Aquilo não ia provar nada. Não ia acabar com a dor. Ia piorar. Mas Reuben já estava de joelhos, puxando meu vestido até a cintura. E deu um beijo na minha barriga nua.

– Você é tão linda. – Não me sentia assim. – Você não me disse seu nome.

Ele passou o dedo pela borda da minha calcinha. Estremeci.

– Eva – respondi.

A ideia de fazer sexo com ele era repugnante. Eu não o conhecia. Eu não o queria. Mas pensei que era porque ainda amava Nick e tinha que parar de amá-lo. Agarrei o cabelo de Reuben e esmaguei meus lábios nos dele. Ele fez um ruído e puxou minhas pernas ao redor de si.

Um pequeno tremor me tomou. Eu nunca tinha feito aquilo. Não devia ser especial, a primeira vez? Mas eu não podia parar. Precisava fazer aquilo.

O poste brilhava com uma luz intermitente, me cegando. Reuben colocou as mãos na parede de tijolos. Eu não tinha ideia do que esperar. Era excitante.

Então uma dor. Uma dor explosiva, estonteante. Como se um punho tivesse atingido minha barriga de baixo para cima.

Reuben não tinha ideia do que acabara de acontecer. Esperei passar, mas isso não aconteceu. Ele percebeu minha tensão.

– Você está bem?

– Estou ótima – sussurrei.

– Essa é sua primeira vez?

– Não, claro que não.

Ele inclinou a cabeça para o meu pescoço, me beijando do ombro até a orelha. Antes que ele tentasse se mexer, a dor surgiu de novo, pior desta vez, uma dor cruel e torturante. Reuben se afastou.

– É, sim – disse ele.

– Não importa.

– Olhe, acho que eu não devia...

– Ótimo. – Eu o empurrei. – Só... só me deixe sozinha, então. Não quero você. Não quero ninguém.

Eu me afastei da parede e cambaleei de volta para a casa de flash, puxando o vestido para baixo. Consegui chegar ao toalete bem na hora de vomitar. A dor me atingiu nas coxas e na barriga. Eu me encolhi ao redor do vaso sanitário, tossindo e soluçando. Nunca tinha me sentido tão idiota na vida.

Pensei em Nick. Em todos os anos que eu havia passado pensando nele, me perguntando se algum dia ele ia voltar para mim. E pensei nele naquele momento, em como cuidava de mim, imaginei seu sorriso, e foi inútil: eu só queria ele. Apoiei a cabeça nos braços e chorei.

Mudança

A intensidade da memória me deixou derrubada por muito tempo. Eu tinha revivido cada detalhe daquela noite, até o tremor mais fraco. Acordei na escuridão total, sem saber que horas ou que dia era. "It's a Sin to Tell a Lie" tocava suavemente no gramofone.

Havia tantas memórias que eu podia ter mostrado a ele. Eu tinha sobrevivido aos Protestos de Molly, ao luto do meu pai, aos anos de crueldade nas mãos das alunas de Scion – mas acabei mostrando a ele a noite em que fui rejeitada pelo homem que eu amava. Parecia tão pequeno e insignificante, mas era minha única lembrança normal, *humana*. A única vez que eu tinha me entregado a um desconhecido. A única vez em que meu coração tinha sido partido.

Eu não acreditava em corações. Acreditava em planos oníricos e espíritos. Era isso que importava. Isso que me dava dinheiro. Mas meu coração tinha sido partido naquele dia. Pela primeira vez na vida, fui obrigada a reconhecer meu coração e a sua fragilidade. Ele podia ser partido. Podia me humilhar.

Eu estava mais velha. Talvez tivesse mudado. Talvez tivesse crescido, ficado mais forte. Eu não era mais aquela garota ingênua, desesperada para me relacionar, para encontrar alguém em quem me apoiar. Aquela garota tinha desaparecido havia muito tempo. Agora eu era uma arma, uma marionete para as maquinações de outras pessoas. Eu não conseguia decidir o que era pior.

Uma língua de fogo ainda atormentava as brasas da lareira. Ela iluminava a silhueta perto da janela.

– Bem-vinda de volta.

Não respondi. O Mestre olhou por sobre o ombro.

– Vá em frente – falei. – Você deve ter alguma coisa a dizer.

– Não, Paige.

Um instante se passou em silêncio.

– Você acha que foi burrice. Tem razão. – Olhei para as minhas mãos. – Eu só... eu queria...

– Ser vista. – Ele olhou para o fogo. – Acho que entendo por que essa lembrança a afeta tão profundamente. Ela está no centro do seu maior medo: que não haja nada além do seu dom. Além da andarilha onírica. Essa é a parte que você vê como sendo verdadeiramente valiosa: seu meio de vida. Você perdeu as outras partes na Irlanda. Agora se apoia em Jaxon Hall, que a trata como uma mercadoria. Para ele, você não passa da carne que envolve um fantasma; um dom inestimável em uma embalagem humana. Mas Nick Nygård lhe mostrou mais do que isso. – Agora eu estava olhando para ele. – Aquela noite abriu os seus olhos. Quando ficou sabendo que Nick amava outra pessoa, você enfrentou seu maior medo: de nunca ser reconhecida como humana, como soma de todas as suas partes. Apenas como uma curiosidade. Você não teve escolha a não ser provar a si mesma o contrário. Ao encontrar a primeira pessoa que ficaria com você, alguém que não soubesse nada da andarilha onírica. Era tudo o que havia lhe restado.

– Nem pense em ter pena de mim – falei.

– Não tenho pena de você. Mas sei como é. Ser desejado apenas pelo que você é.

– Não vai acontecer de novo.

– Mas a sua solidão não a manteve em segurança. Não foi?

Desviei o olhar. Odiava o fato de ele saber. Odiava ter deixado ele me desvendar. O Mestre foi se sentar ao meu lado na cama.

– A mente de um amaurótico é como água: insípida, inodora, transparente. Suficiente para manter a vida, mas só isso. Só que a mente de um clarividente se parece mais com o óleo, é mais rica, de todas as formas. E, assim como óleo e água, as duas nunca podem se misturar.

– Você está dizendo isso porque ele era amaurótico...

– Sim.

Pelo menos não havia nada de errado com o meu corpo. Eu nunca tivera coragem suficiente para ir a um médico por causa daquela noite. Os médicos de Scion eram frios e implacáveis com esses assuntos.

Uma coisa me ocorreu.

– Se as mentes dos clarividentes são como óleo – ponderei as palavras –, como são as mentes de vocês?

Por um instante, achei que ele não fosse responder. Por fim, num tom pesado e aveludado, ele disse uma palavra:

– Fogo.

Essa única palavra provocou um tremor na minha pele. Pensei no que óleo e fogo faziam juntos: explodiam.

Não. Eu não podia pensar no Mestre daquele jeito. Ele não era humano. Se me entendia ou não, era irrelevante. Ele ainda era meu guardião. Ainda era um Rephaite. Continuava sendo tudo que fora no início.

O Mestre se virou para me encarar.

– Paige – disse ele –, eu vi outra memória. Antes de você desmaiar.

– Que memória?

– Sangue. Muito.

Balancei a cabeça, cansada demais para pensar no assunto.

– Provavelmente foi quando minha clarividência se revelou. O poltergeist tinha lembranças com muito sangue.

– Não. Eu já vi essa memória. Havia muito mais sangue na que estou falando. Ao seu redor, sufocando-a.

– Não tenho ideia do que você está falando. – E não tinha. Não tinha mesmo.

O Mestre ficou me observando por um tempo.

– Durma mais um pouco – disse ele finalmente. – Quando acordar amanhã, tente pensar em coisas melhores.

– Como o quê?

– Como fugir desta cidade. Quando chegar a hora, você precisa estar preparada.

— Quer dizer que você vai me ajudar. — Como ele não respondeu, perdi a paciência. — Eu já mostrei tudo meu: minha vida, minhas lembranças. Ainda não faço a menor ideia de quais são os seus motivos. O que você quer?

— Enquanto Nashira tiver nós dois sob seu comando, é melhor você saber o mínimo possível. Desse jeito, se ela a interrogar novamente, você pode afirmar com segurança que não tem conhecimento do assunto.

— Que "assunto"?

— Você é muito persistente.

— Por que você acha que ainda estou viva?

— Porque se acostumou com o perigo. — Ele colocou as mãos nos joelhos. — Não posso revelar meus motivos, mas vou contar um pouco sobre a flor vermelha, se você quiser.

A oferta me pegou de surpresa.

— Pode falar.

— Você conhece a história de Adonis?

— Eles não ensinam os clássicos nas escolas de Scion.

— Claro. Me perdoe.

— Espere. — Pensei nos livros roubados de Jax. Ele adorava mitologia. Chamava de *deliciosamente ilícito.* — Ele era um deus?

— O amor de Afrodite. Era um caçador jovem, lindo e mortal. Afrodite ficou tão encantada com a beleza dele que preferia sua companhia até mesmo à dos outros deuses. A lenda diz que seu amante, Ares, o deus da guerra, ficou com tanto ciúme do casal que se transformou num javali e matou Adonis. Ele morreu nos braços de Afrodite, e seu sangue manchou a terra.

"Enquanto aninhava o corpo do amado, Afrodite passou néctar no sangue dele. E do sangue de Adonis surgiu a anêmona: uma flor perene, de vida curta e um tom tão vermelho quanto o próprio sangue. Então, o espírito de Adonis foi enviado, como todos os outros, para apodrecer no mundo subterrâneo. Zeus ouviu Afrodite chorando por seu amor, e com pena da deusa concordou em deixar Adonis passar metade do ano vivo e metade morto.

O Mestre olhou para mim.

— Pense nisso, Paige. Monstros podem não existir, mas mesmo assim há alguns fragmentos de verdade nos mantos da mitologia.

— Não me diga que vocês são *deuses*. Acho que eu não aguentaria a ideia de Nashira ser sagrada.

– Somos muitas coisas, mas "sagrados" não é uma delas. – Ele fez uma pausa. – Já falei demais. Você precisa descansar.

– Não estou cansada.

– Mesmo assim, você precisa dormir. Tenho uma coisa para lhe mostrar amanhã à noite.

Eu me recostei nos travesseiros. Na verdade, me sentia cansada.

– Isso não significa que confio em você – falei. – Só significa que estou tentando.

– Então não posso lhe pedir mais nada. – Ele ajeitou as cobertas. – Durma bem, pequena onírica.

Eu não conseguia mais aguentar. Virei de lado e fechei os olhos, ainda pensando em flores vermelhas e deuses.

Acordei com o som de uma batida. O céu lá fora estava rosado, ensanguentado. O Mestre estava em pé perto do fogo, com a mão no consolo da lareira. Seu olhar disparou na direção da porta.

– Paige – chamou ele –, se esconda. Rápido.

Saí da cama e segui direto para a porta atrás das cortinas. Deixei-a entreaberta, puxando o veludo vermelho por cima da abertura, e fiquei escutando. Ainda conseguia ver a lareira.

A porta do quarto foi destrancada e aberta. Nashira apareceu sob a luz do fogo. Ela devia ter uma chave daquela torre. O Mestre se ajoelhou, mas não completou o ritual. Ela passou os dedos pela cama.

– Onde ela está?

– Dormindo – respondeu o Mestre.

– No quarto dela?

– Sim.

– Mentiroso. Ela dorme aqui. Os lençóis têm o cheiro dela. – Os dedos nus de Nashira agarraram o queixo dele. – Você realmente quer insistir nisso?

– Não entendo o que está querendo dizer. Não penso em nada nem ninguém além de você.

– Talvez. - Ela apertou os dedos. – As correntes ainda estão penduradas. Não pense, nem por um instante, que vou hesitar em mandá-lo de volta para a Casa. Não pense, nem por um instante, que a Temporada dos Ossos XVIII vai se repetir. Se isso acontecer, não vou poupar nem uma vida. Nem mesmo a sua. Não desta vez. Está me entendendo? – Como ele não respondeu, ela bateu no rosto dele com força. Eu me encolhi. – Responda.

– Tive vinte anos para refletir sobre minha estupidez. Você estava certa. Não se pode confiar nos humanos.

Houve um breve silêncio.

– Fico feliz de ouvir isso. – A voz dela estava mais calma. – Tudo vai ficar bem. Em breve, teremos esta torre só para nós. Você pode cumprir a promessa que me fez.

Ela era louca. Como conseguia dar esse tipo de abertura depois de dar um tapa nele?

– Devo entender – disse o Mestre – que o tempo de 40 se esgotou?

Fiquei totalmente imóvel, ouvindo.

– Ela está pronta. Sei que possuiu 12 na cidadela. Sua prima me contou. – Nashira passou o dedo debaixo do queixo dele. – Você alimentou bem o dom dela.

– Por você, minha soberana. – Ele ergueu o olhar para ela. – Vai reivindicá-la nas sombras? Ou vai mostrar a Scion inteira seu grande poder?

– Tanto faz. Eu *finalmente* vou ter a capacidade de andar por planos oníricos. Finalmente vou ter o poder de invadir, de possuir. Tudo graças a você, meu amado Arcturus. – Ela colocou um pequeno frasco no console da lareira, e sua voz ficou gélida de novo. – Esta será sua última dose de amaranto até o Bicentenário. Acho que você precisa de tempo para refletir sobre suas cicatrizes. Para lembrar por que deve olhar para o futuro. Não para o passado.

– Sofrerei o que você me pedir.

– Você não vai ter que sofrer por muito tempo. Em breve teremos nosso êxtase. – Ela se virou na direção da porta. – Cuide bem dela, Arcturus.

A porta se fechou.

O Mestre se levantou. Por um instante, eu não sabia ao certo o que ele ia fazer. Então ele levantou o punho e esmagou o pote de vidro em cima do console da lareira. Fui para a minha cama e fiquei ouvindo o silêncio.

Ele não era meu inimigo. Não o inimigo que eu pensava que era.

Ela dissera que o mandaria de volta para a Casa. Era uma prova de que ele estava envolvido na Temporada dos Ossos XVIII. Prova da traição dele.

Era isso que Thuban queria dizer quando ameaçou Terebell. Eles tinham tentado nos ajudar e foram punidos por isso. Escolheram o lado errado. O lado que perdeu.

Fiquei me revirando na cama durante horas. Não conseguia parar de pensar na conversa dos dois. Como ela bateu nele. Como ela o fez ficar de joelhos. E como, muito em breve, ela planejava se livrar de mim. Chutei os lençóis e fiquei deitada no escuro com os olhos abertos. Eu tinha demorado muito para descobrir, mas enfim eu entendia. O Mestre estava do meu lado.

Pensei nas cicatrizes nas costas de Terebell, as que Thuban Sargas mencionou com aquele toque de crueldade. Ele e sua família tinham deixado cicatrizes nela. Terebell e o Mestre eram os cicatrizados. Algo terrível havia acontecido na Casa depois daquele dia, a Novembrália de 2039. Eu não conhecia Terebell, mas ela havia salvado a minha vida; eu tinha uma dívida com ela. E com o Mestre, por cuidar de mim.

Se havia uma coisa que eu não suportava era ter uma dívida com alguém. Mas, quando ele falasse de novo comigo, eu ia ouvir. Ia escutá-lo. Sentei na cama. Não, *não* quando ele falasse de novo comigo – naquele momento. Eu tinha que falar com ele. Confiar nele era minha única chance. Eu não ia morrer ali. Eu precisava saber, de uma vez por todas, o que Arcturus Mesarthim queria. Eu tinha que saber se ele ia me ajudar.

Saí da cama e fui para o quarto dele. Vazio. Do lado de fora, a chuva trovejava em nuvens pretas. O relógio de pêndulo marcava quatro horas da manhã. Peguei o bilhete sobre a escrivaninha.

Fui até a capela. Estarei de volta antes do amanhecer.

Dane-se o sono. Eu já estava cheia dos jogos, de discutir com ele. Calcei as botas e saí da torre.

O vento uivava lá fora. Havia uma guarda nos claustros. Esperei ela passar antes de correr. O trovão e a escuridão me acobertaram, permitindo que eu passasse despercebida. Mas, acima da chuva, um novo som se destacava: música. Eu o segui até outra passagem, onde uma porta ampla estava entreaberta. Atrás dela havia uma pequena capela, separada do resto do prédio por um painel de pedra elaborado. A luz de uma vela oscilava na escuridão.

Havia alguém lá em cima, tocando o órgão. O som ecoou nos meus ouvidos, através do meu peito.

Havia uma pequena porta aberta no painel. Passei por ela, subindo os degraus. No topo ficava o órgão. O Mestre estava sentado no banco, de costas para mim. A música ressoava por fileiras de tubos, chegando até o teto: um som que subia pela capela, acima dela. Um som repleto de um terrível arrependimento. Ninguém conseguia tocar aquilo sem algum tipo de sentimento.

A música parou. Ele virou a cabeça. Como não disse nada, me sentei no banco ao lado dele. Ficamos sentados no escuro, a única iluminação vinha de seus olhos e da vela.

– Você devia estar dormindo.

– Já dormi o suficiente. – Toquei nas teclas. – Eu nem imaginava que os Rephaim sabiam tocar.

– Passamos a dominar a arte da imitação ao longo dos anos.

– Aquilo não era uma imitação. Era você.

Houve um longo silêncio.

– Você veio falar sobre sua liberdade – disse ele. – É isso o que você quer.

– É.

– Claro que é. Pode não acreditar, mas é o que eu mais desejo no mundo. Este lugar me atormentou com uma terrível vontade de viajar. Desejo seu fogo, as paisagens que você viu. Apesar disso, aqui estou eu, duzentos anos depois de ter chegado. Ainda um prisioneiro, apesar de fingir que sou rei.

No mínimo, eu sentia empatia pela vontade que ele tinha de viajar.

– Fui traído uma vez. Na véspera da Novembrália, quando a revolta da Temporada dos Ossos XVIII estava para começar, um humano decidiu trair todos nós. Em troca da liberdade, o traidor sacrificou todos nesta cidade. – Ele olhou para mim. – Entende por que Nashira não se sente ameaçada por uma segunda rebelião? Ela acredita que vocês todos são egoístas demais para se unir.

Eu entendia. Ter planejado tanta coisa pela liberdade humana, só para nos ver virar as costas para quem lutava por nós – não surpreende o fato de ele não ter confiado em mim. Não surpreendia que fosse tão frio.

– Mas você, Paige... você a ameaça. Ela sabe que você é um dos Sete Selos, que é a Onírica Pálida. Você tem o poder de trazer o espírito do sindicato para esta cidade. Ela teme esse espírito.

– Não há nada a temer no sindicato. Está cheio de criminosos insignificantes e traidores.

– Isso depende dos líderes. Um sindicato tem potencial para se tornar algo muito maior.

– O sindicato existe por causa de Scion. Scion existe por causa dos Rephaim – falei. – Vocês criaram o próprio inimigo.

– Reconheço que há certa ironia nisso. Nashira também. – Ele se virou para me encarar. – A Temporada dos Ossos XVIII se rebelou porque os prisioneiros estavam acostumados a serem organizados. Havia força e solidariedade entre eles. Precisamos ressuscitar essa força. E, desta vez, não podemos falhar. – Ele olhou pela janela. – Eu não posso falhar.

Não falei nada. Pensei em pegar a mão dele, que estava a centímetros da minha sobre as teclas.

No fim, preferi não arriscar.

– Quero ir embora – falei. – Isso é tudo o que eu quero. Voltar para a cidadela com o máximo de pessoas possível.

– Então nossos objetivos são diferentes. Se quisermos ajudar um ao outro, precisamos reconciliar essa diferença.

– O que *você* quer?

– Atacar os Sargas. Mostrar a eles o que significa ter medo.

Pensei em Julian. Pensei em Finn. E também em Liss, escorregando para a amaurose.

– Como você sugere que a gente faça isso?

– Tenho uma ideia. – Seu olhar baixou até o meu. – Eu gostaria de lhe mostrar uma coisa, se estiver disposta.

Quis responder, mas não o fiz. Seus olhos amarelo-esverdeados ficaram mais afetuosos quando ele olhou para mim. Eu estava perto o suficiente para sentir seu calor.

– Quero confiar em você – disse ele.

– Você pode.

– Então venha comigo.

– Para onde?

– Encontrar Michael. – Ele se levantou. – Há um prédio abandonado ao norte do Grande Pátio. Os guardas não devem nos ver.

Agora ele tinha minha atenção. Concordei com a cabeça.

Eu o segui ao sair da capela. O Mestre olhou pelos arcos, procurando os guardas. Nenhum apareceu.

Ele fez um sinal com a mão. Um fantasma próximo veio na direção dele e correu pela passagem, apagando as tochas. Conforme a escuridão aumentava, ele segurou a minha mão. Quase tive que correr para acompanhar seus passos largos. Ele me conduziu por uma passagem arqueada até sairmos num caminho de cascalho.

O prédio abandonado era tão intimidador quanto os outros. Na luz fraca da aurora, vi uma série de arcos, janelas retangulares com grades e um tímpano com um anel esculpido. O Mestre me conduziu pelos arcos, pegou uma chave na manga e abriu uma porta caindo aos pedaços.

– O que é este lugar? – perguntei.

– Um abrigo.

Ele entrou. Eu o segui, puxando a porta para fechá-la. O Mestre a trancou. Estava um breu dentro do abrigo. Os olhos do Mestre emitiam uma luz suave nas paredes.

– Isso já foi uma adega de vinhos – disse ele enquanto andávamos. – Passei anos tirando tudo daqui. Como o Rephaite de posição mais alta nesta residência, eu podia proibir a entrada em qualquer prédio que eu quisesse. Só um pequeno grupo de indivíduos tem acesso a este abrigo. Inclusive Michael.

– Quem mais?

– Você sabe quem.

Os cicatrizados. Estremeci. Aquele era o abrigo deles, o lugar onde se reuniam. Ele abriu um portão na parede. Havia uma abertura logo atrás, pouco mais do que um espaço onde dava para engatinhar.

– Entre.

– O que tem lá dentro?

– Alguém que pode ajudá-la.

– Achei que *você* ia me ajudar.

– Os humanos desta cidade nunca confiariam num Rephaite para organizá-los. Eles pensariam que é uma pegadinha, como você sempre achou que fosse. Tem que ser você.

– Você já nos liderou.

O Mestre desviou o olhar.

– Vá – disse ele. – Michael está esperando.

Sua expressão estava pesada. Eu me perguntei quantos anos de trabalho tinham desabado ao seu redor.

– Pode ser diferente desta vez – falei.

Ele não respondeu. Seus olhos estavam sombrios, e sua pele tinha um brilho suave. A falta do amaranto já estava cobrando seu preço.

Sem ter muita escolha, engatinhei para dentro de um túnel frio e escuro. O Mestre fechou o portão atrás de nós.

– Continue.

Obedeci. Quando cheguei ao fim, uma mão magra agarrou a minha. Ergui o olhar e vi Michael, seu rosto iluminado por uma vela. O Mestre saiu do túnel.

– Mostre a ela, Michael. O trabalho é seu.

O amaurótico assentiu novamente, acenando para mim. Eu o segui pela escuridão. Ele ligou um interruptor e uma luz se acendeu, revelando um enorme salão subterrâneo. Olhei para a luz por um instante, tentando descobrir por que parecia tão estranha. Então me dei conta.

– Eletricidade. – Não conseguia tirar os olhos dela. – Não há energia aqui. Como foi que você...?

Michael estava sorrindo.

– Oficialmente, a energia só pode ser restaurada em uma das residências: Balliol. É lá que os túnicas-vermelhas se reúnem com o Arconte de Westminster durante as Temporadas dos Ossos – disse o Mestre. – Aquele prédio tem fiação elétrica moderna. Felizmente, Magdalen também tem.

Michael me levou para o canto, onde uma cortina de veludo cobria um objeto largo e retangular. Quando ele afastou a cortina, fiquei encarando. O orgulho e a alegria dele se resumiam a um computador. Terrivelmente ultrapassado, talvez de 2030, mais ou menos, mas mesmo assim era um *computador*. Uma ligação com o mundo exterior.

– Michael o roubou de Balliol – contou o Mestre. A sombra de um sorriso surgiu em seus lábios. – Ele conseguiu restaurar a eletricidade neste prédio e estabelecer uma conexão com a constelação de satélites de Scion.

– Parece que você é meio gênio, Michael. – Eu me sentei na frente do computador. Ele se permitiu um sorriso tímido. – Para que você o usa?

– Não arriscamos restaurar a eletricidade com frequência, mas nós o usamos para monitorar o progresso da Temporada dos Ossos xx.

– Posso ver?

Michael se inclinou por cima do meu ombro. Ele acessou um arquivo chamado MAHONEY, PAIGE EVA, 07-MAR-59. Um vídeo feito de um helicóptero. A câmera deu zoom no meu rosto. Corri pelos telhados e pulei a beirada de um prédio. O espaço que eu tinha para pular parecia impossível – percebi que eu estava prendendo a respiração –, mas a garota na tela conseguiu. O piloto deu um grito:

– Flux nela!

Caí uns quinze metros, e a linha se prendeu entre meu corpo e a mochila. Minha forma inconsciente ficou pendurada como um presunto. O câmera da DVN riu, sem fôlego.

– Pelos bigodes de Weaver – disse ele. – Essa deve ser a piranha mais sortuda que eu já vi.

E isso foi tudo.

– Encantador – falei.

Michael deu um tapinha no meu ombro.

– Ficamos decepcionados quando você não conseguiu escapar deles – disse o Mestre –, mas aliviados por ter sobrevivido.

Ergui uma sobrancelha.

– Você convidou seus amigos para assistir ao espetáculo?

– Pode-se dizer que sim.

Ele se levantou e andou pelo porão.

– O que você quer que eu faça? – perguntei.

– Estou lhe dando a opção de pedir ajuda. – Quando olhei para o Mestre, ele disse: – Ligue para os Sete Selos.

– Não. Nashira vai pegá-los – falei. – Ela quer Jaxon. Não vou trazê-lo para lugar algum aqui perto.

A expressão de Michael desabou.

– Pelo menos diga a eles onde você está – disse o Mestre. – Para o caso de tudo dar errado.

– Para o caso do *quê* dar errado?

– Sua fuga.

– Minha fuga.

– Sim. – O Mestre se virou para me encarar. – Você me perguntou sobre o trem. Na noite do Bicentenário, ele vai trazer um grande grupo de emissários de Scion da cidadela. E também vai levá-los de volta a Londres.

Registrei suas palavras.

– Podemos ir pra casa – falei. A ideia era difícil de processar. – Quando?

– Na véspera do dia primeiro de setembro. – O Mestre se sentou num dos barris. – Se você não entrar em contato com os Sete Selos, pode pelo menos usar esta sala para fazer seus planos. Têm que ser melhores do que os meus, Paige. Você precisa se lembrar das lições do sindicato. – Ele olhou diretamente nos meus olhos. – Cometi um erro da última vez. Planejamos atacar os Sargas durante o dia, quando a maior parte da cidade estaria adormecida. Graças ao traidor, eles estavam preparados para nós, mas, mesmo que não tivéssemos sido traídos, teriam sentido nossa movimentação pelo éter. Precisamos atacar quando já houver muita atividade acontecendo, quando os Sargas estiverem distraídos. E a capacidade deles de revidar estiver limitada pela necessidade de manter a aparência de controle. Que melhor hora do que o Bicentenário?

Eu me vi concordando com a cabeça.

– Podemos assustar alguns oficiais de Scion nesse processo.

– Exatamente. – Ele sustentou meu olhar. – Este é seu abrigo, agora. No computador tem mapas detalhados de Sheol I para você planejar seu caminho para longe do centro da cidade. Se der para chegar à campina a tempo, vai conseguir pegar o trem para Londres.

– Que horas ele vai sair?

– Ainda não sei. Não posso fazer muitas perguntas, mas Michael tem escutado atrás das portas. Vamos descobrir.

Ergui o olhar para ele.

– Você disse que nossos objetivos são diferentes. Você quer mais alguma coisa.

– Scion acredita que somos poderosos demais para destruir. Que não temos pontos fracos. Quero que você prove que eles estão errados.

– Como?

– Faz muito tempo que suspeito que Nashira vai tentar matá-la no Bicentenário. Reivindicar seu dom. Há um jeito simples de humilhá-la. – Ele colocou os dedos sob meu queixo, erguendo-o. – Impeça-a.

Analisei o rosto dele. Seus olhos estavam suaves, apagados.

– Se eu fizer isso – falei –, quero exigir meu favor.

– Estou ouvindo.

– Liss. Não consigo chegar até ela. Estou com as cartas, mas ela pode não aceitá-las. Preciso... – Um espasmo fechou minha garganta. Tive que forçar as palavras seguintes: – Preciso da sua ajuda.

– Sua amiga está em choque espiritual há muito tempo. Ela vai precisar de amaranto para se recuperar.

– Eu sei.

– Você sabe que Nashira interrompeu meu suprimento.

Não desviei o olhar.

– Você tem a última dose.

O Mestre se sentou ao meu lado. Eu tinha consciência do que estava pedindo. Ele dependia do amaranto.

– Eu me pergunto, Paige. – Seus dedos tamborilavam no joelho. – Você não quer trazer seus amigos para cá. Mas, se eu lhe oferecesse sua liberdade agora, você aceitaria, mesmo que isso significasse deixar Liss?

– Isso é uma oferta?

– Talvez.

Eu sabia por que ele estava me perguntando aquilo. Estava me testando, vendo se eu era egoísta o suficiente para deixar para trás alguém tão vulnerável.

– O risco que eu corro é grande – disse ele. – Se algum dos humanos informar aos Sargas, serei severamente punido por ajudar um humano. Porém, se você estiver disposta a ficar um pouco mais, a se arriscar por mim e pela sua espécie, farei o mesmo por ela. Essa é a barganha que lhe ofereço.

Cheguei a pensar no assunto. Por um instante aterrorizante, cogitei a hipótese de abandonar Liss, de aproveitar minha liberdade. De voltar para Londres e deixar aquele lugar para trás, sem nunca relembrar o passado. Mas então a vergonha aumentou dentro de mim, de forma rápida e intensa. Fechei os olhos.

– Não – falei. – Quero que você ajude Liss.

Eu podia sentir o olhar dele.

– Então vou ajudá-la – concordou o Mestre.

* * *

Um pequeno grupo de hárlis tinha se reunido no barraco. Cinco deles se aninharam juntos no frio, com as cabeças baixas e os dedos entrelaçados. Cyril e Julian estavam entre eles. A chuva pingava pelos tecidos que haviam enfiado nas frestas entre as tábuas.

Liss estava em choque espiritual fazia tempo demais para se recuperar. Tudo o que eles podiam fazer era manter uma vigília silenciosa em sua cabeceira. Se ela vivesse, seria uma casca amaurótica de seu eu anterior. Se morresse, um deles recitaria a trenódia. Para bani-la do alcance de seus captores. De qualquer maneira, eles perderiam sua artista mais amada: Liss Rymore, a garota que nunca caía.

Quando o Mestre chegou, comigo e Michael ao seu lado, eles recuaram. Alguns sussurraram de medo. Cyril se encolheu no canto, com um olhar selvagem. Os outros só ficaram observando. Por que o consorte de sangue, o braço direito de Nashira, estava ali? Por que ele estava perturbando a vigília da morte?

Apenas Julian não se mexeu.

– Paige?

Levei um dedo aos lábios.

Liss estava deitada em cima das colchas, coberta por lençóis imundos. Pedaços de seda tinham sido trançados no cabelo dela, amuletos para dar sorte e esperança. Julian agarrou a mão da amiga, sem tirar os olhos do intruso.

O Mestre se ajoelhou ao lado de Liss. Seu maxilar estava travado, mas ele não mencionou a própria dor.

– Paige – disse ele –, o amaranto.

Dei o frasco a ele. O último frasco. Sua última dose.

– As cartas – disse o Mestre. Estava completamente concentrado na sua função. Entreguei as cartas a ele. – E a lâmina.

Michael me passou uma faca de cabo preto. Eu a tirei da bainha e a entreguei ao Mestre. Mais sussurros. Julian segurou a mão de Liss no próprio colo, os olhos fixos em mim.

– Confie em mim – falei baixinho.

Ele engoliu em seco.

O Mestre tirou a rolha do vidro de amaranto. Pingou algumas gotas nos próprios dedos enluvados e passou o óleo nos lábios e no filtro labial dela. Julian continuou apertando a mão de Liss com força, apesar dos dedos frios dela não reagirem. O Mestre passou um pouco de amaranto nas têmporas dela, depois colocou a rolha no frasco e me deu. Ele pegou a faca pela lâmina e a estendeu para Julian.

– Faça um furinho nos dedos de Liss.

– O quê?

– Preciso do sangue dela.

Julian olhou para mim. Assenti. Com mãos firmes, ele pegou o cabo da faca.

– Desculpe, Liss – disse.

Ele pressionou a ponta da faca na ponta de todos os dedos dela. Gotas minúsculas de sangue surgiram nos locais perfurados. O Mestre fez um sinal de positivo com a cabeça.

– Paige, Michael... espalhem as cartas.

Juntos, fizemos isso. Arrumamos o novo baralho num semicírculo. O Mestre pegou a mão de Liss e passou os dedos dela pelas cartas, manchando as imagens de sangue.

O Mestre limpou a lâmina com um pano. Ele tirou a luva esquerda e cerrou o punho ao redor da faca. Alguém arfou. Os Rephs nunca tiravam as luvas. Será que tinham mãos? Tinham, sim. A mão dele era grande, com cicatrizes nos nós dos dedos. Arfaram novamente quando ele passou a ponta afiada da faca na própria pele, rasgando a palma da mão.

Seu sangue escorria do corte, embaçando minha percepção. Ele estendeu o braço e deixou algumas gotas de ectoplasma pingarem em cada carta. Assim como Afrodite pingou néctar no sangue de Adonis. Eu podia sentir os espíritos reunidos ali: atraídos pelas cartas, por Liss, pelo Mestre. Eles formavam um triângulo, uma fenda no éter. Ele estava abrindo a porta.

O Mestre colocou a luva, pegou as cartas e as rearrumou em uma pilha. Ele as colocou no decote nu de Liss, para que tocassem em sua pele, e apoiou as mãos dela sobre as cartas.

– E, do sangue de Adonis – disse ele –, veio a vida.

Liss abriu os olhos.

O aniversário

Primeiro de setembro de 2059. Duzentos anos desde que uma estranha tempestade de luzes cruzou o céu. Duzentos anos desde que Lorde Palmerston selou o acordo com os Rephaim. Duzentos anos desde que a inquisição contra os clarividentes começou. E, mais importante, duzentos anos desde a instalação de Sheol I e a grande tradição da Temporada dos Ossos.

Uma garota estava de pé na minha frente, me observando pelo espelho dourado. Suas bochechas eram fundas, o maxilar estava travado com força. Eu ainda me surpreendia com o fato de que aquele rosto frio e sério era o meu.

Meu corpo estava coberto por um vestido branco, com mangas na altura do cotovelo e gola quadrada. O tecido elástico formava um decote com o pouco corpo que me restava. Apesar de o Mestre ter me alimentado o máximo que pôde, nem sempre havia comida para dar, e ele se arriscaria a levantar suspeitas se fizesse isso. No resto do tempo, eu me alimentava de caldo e toco com os hárlis.

Nashira não tinha me convidado para outro banquete.

Alisei meu vestido. Eu tinha recebido uma folga especial do amarelo para participar da cerimônia. Nashira dissera que era uma prova de boa vontade. Eu sabia que não era. Estava indo preparada. Escondera no decote o pingente que o Mestre tinha me dado, que ficara intocado durante semanas, mas poderia ser útil naquela noite. Havia uma pequena faca escondida em uma das minhas botas brancas de cano baixo. Eu mal conseguia andar com o sapato, mas os Rephaim queriam que parecêssemos fortes – não arrasados nem fracos. Eles queriam que ficássemos firmes naquela noite.

O quarto estava em silêncio, iluminado por uma vela. O Mestre tinha ido com os outros Rephaim dar boas-vindas aos emissários. Ele me deixou um bilhete apoiado no gramofone. Sentei na escrivaninha e passei os dedos pela tinta.

Chegou a hora. Encontre-me no Salão da Guilda.

Joguei o papel nas brasas do fogo. Sob a luz fraca, dei corda no gramofone e coloquei a agulha sobre o disco. Aquela seria a última vez que eu o ouviria tocar. Não importava o que acontecesse naquela noite, eu jamais voltaria à Torre do Fundador.

Vozes suaves e ecoantes preencheram os aposentos. Olhei o nome do disco: "I'll Be Home". Sim, eu iria para casa. Se tudo saísse conforme o planejado, eu estaria em casa pela manhã. Não aguentava mais ver os hárlis na pobreza, nem ter que chamá-los de "hárlis". Não aguentava mais ver Liss comer gordura e pão velho porque ela não tinha mais nada com o que se alimentar. Não aguentava mais os túnicas-vermelhas nem os Emim. Não aguentava mais ser chamada de 40. Não aguentava mais todo aquele maldito lugar e todos que estavam ali. Eu não conseguiria durar mais uma noite.

Ouvi um barulho de papel se arrastando no tapete. Eu me ajoelhei perto da porta e peguei o bilhete que tinha sido passado por baixo.

Os bilhetes do Mestre haviam me dado uma ideia. Encorajei Julian a organizar um grupo de mensageiros, como o que Jax tinha na cidadela, e a manter as pessoas das residências informadas por meio de bilhetes enviados pelos amauróticos.

Orpheus conseguiu. Tudo pronto.
Lucky

Eu me permiti um sorriso. Felix. Eu o fiz usar um nome falso para as entregas. Orpheus era Michael.

Não foi difícil convencer Duckett a nos transmitir sua experiência. Depois de ameaçar revelar seu pequeno antro de drogas para Nashira ("Ah, não, por favor, tenham pena de um pobre velho!"), Julian e eu o obrigamos a armar uma surpresa para os túnicas-vermelhas. Alguma coisa que os deixaria com as reações lentas quando atacássemos os Rephaim. Apesar de ter demorado de propósito, ele cumpriu o combinado ("Vocês nunca vão escapar dessa! Serão cortados em pedaços como o primeiro grupo!"). Áster púrpura em pó misturado com comprimidos para dormir. Perfeito.

Usei um pouco do áster branco do próprio Duckett para apagar sua memória assim que ele terminou. Eu não gostava de covardes.

Demos a mistura para Michael. Ele ficou feliz de temperar o vinho que seria servido para os túnicas-vermelhas no banquete pré-Bicentenário. Se tudo corresse bem, nenhum deles estaria apto a se defender.

Olhei pela janela. Os emissários tinham chegado às oito, vestindo suas melhores roupas, escoltados por Vigilantes armados. Aqueles homens e mulheres de Scion tinham vindo para ser testemunhas de um novo acordo: a Grande Lei Territorial. Ela permitia que os Rephaim estabelecessem uma cidade de controle em Paris, a primeira fora da Inglaterra. Sheol II.

Scion não seria mais um império embrionário. Ia nascer. Ia viver.

Aquilo era apenas o começo. Se os Rephaim trancassem todos os videntes em colônias penais, o resto da humanidade jamais conseguiria lutar contra eles. O éter era nossa única arma. Se ninguém pudesse usá-lo, viraríamos alvos fáceis. Todos nós.

Mas eu não estava preocupada com isso naquela noite. Estava preocupada em voltar para Seven Dials. Para o sindicato corrupto. Para a minha gangue. Para Nick. Naquele momento, aquilo era tudo o que eu queria no mundo.

O gramofone continuou tocando. Eu me sentei em frente à escrivaninha, olhando para a lua pela janela. Não estava cheia, mas pela metade. Não havia nenhuma estrela.

Liss, Julian e eu tínhamos passado as últimas semanas espalhando sementes da discórdia pela cidade, usando o abrigo como nosso esconderijo. Suhail e o Capataz não conseguiam nos ouvir ali. Liss estava totalmente recuperada do trauma, e, com uma nova determinação para sobreviver, tomou parte em reunir os hárlis. Ela ainda estava nervosa, mas certa noite se deu por vencida: "Não consigo mais viver assim", dissera. "E não posso impedir sua rebelião. Vamos fazer isso."

Então nós fizemos.

A maioria dos túnicas e dos artistas concordou em nos ajudar. Aqueles que viram o Mestre curar Liss estavam mais confiantes, certos de ter algum apoio Reph. Ao longo das semanas, reunimos nossos suprimentos e os escondemos em pontos de controle designados. Alguns hárlis tinham roubado Duckett depois da lavagem branca, privando-o de fósforos e latas de Sterno. Uma dupla corajosa de túnicas-brancas tentara se aventurar na Casa, mas a segurança havia aumentado desde que Kraz foi encontrado morto. Ninguém podia se aproximar. Em vez disso, tivemos que vasculhar as ruas. Não tínhamos muitas armas de fogo, mas não precisávamos de armas para matar.

Apenas Julian, Liss e eu sabíamos onde estava o trem. Não tínhamos mencionado isso para mais ninguém. Era arriscado demais. Todos os outros sabiam que haveria uma rota de fuga. Um sinalizador seria disparado para marcar o local.

Joguei as pernas para fora da cama. Através da porta do banheiro, eu podia ver o espelho. Eu parecia uma boneca de porcelana, mas poderia estar pior. Poderia estar com a aparência de Ivy. A última vez que a vi, ela estava andando atrás de Thuban com outro humano, tão suja e magra que mal a reconheci. Mas ela não estava chorando. Só andando. Em silêncio. Fiquei surpresa por estar viva, depois do que aconteceu na Casa.

O Mestre não me deixou acabar daquele jeito. Ele foi ficando cada vez mais reticente conforme setembro se aproximava. Imaginei que fosse medo. Medo de que a rebelião fracassasse, como a última. Às vezes era mais do que medo. Cheguei a pensar que ele estava com raiva. Raiva porque ia me perder. Perder a luta contra Nashira.

Afastei esse pensamento. O Mestre só queria proteger meu dom, como todos os outros.

Não havia sentido em protelar. Eu tinha que enfrentar o Salão da Guilda. Levantei-me e dei corda no gramofone outra vez. De alguma forma, me sentia reconfortada porque a música continuaria tocando, não importava o que acontecesse do lado de fora, a música preencheria os aposentos vazios por um tempo. Fechei a porta da torre depois de sair.

A porteira da noite tinha acabado de começar seu turno. Seu cabelo estava arrumado num coque brilhoso, e ela usava um batom rosado.

– xx-40 – disse ela. – Estão esperando você no Salão da Guilda em dez minutos.

– Sim, obrigada. Eu sei. – Como se o Capataz não viesse repetindo isso de tempos em tempos.

– Pediram para que eu a lembrasse de suas instruções para hoje à noite. Você não tem permissão para falar com os embaixadores nem com os responsáveis por Scion, a menos que esteja acompanhada por um Rephaite. O espetáculo começa às onze. Você estará no palco depois da peça.

– No palco?

– Ah, hum... – Ela olhou de novo para o livro de registros. – Não. Desculpe. Essa mensagem era para outra pessoa.

Tentei olhar, mas ela escondeu.

– Sério?

– Boa noite.

Ergui os olhos. David. Ele usava um terno e uma gravata vermelha, e sua barba tinha sido muito bem-feita. Meu estômago se revirou. David não parecia drogado. Michael devia ter feito aquilo, ele *devia* ter feito.

– Fui enviado para levá-la até o Salão da Guilda. – Ele me estendeu o braço. – A soberana de sangue quer você lá agora.

– Não preciso de escolta.

– Eles acham que sim.

Ele não embolou as palavras. Não devia ter tocado na mistura de Duckett. Passei apressada por ele, ignorando seu braço estendido, e segui pela rua. Não era um bom começo.

Um caminho de lamparinas fora aceso ao longo da cidade. O Salão da Guilda ficava perto da Casa, e foi nomeado em homenagem à sede da DVN de Londres. Os videntes convidados para o Bicentenário foram aqueles que haviam conseguido túnicas cor-de-rosa ou vermelhas ou eram hárlis especialmente talentosos. Nashira tinha anunciado isso como uma recompensa por bom comportamento. Eles teriam permissão para comer e dançar com outros humanos. Em troca, precisariam deixar claro que eles não só gostavam de passar tempo com seus guardiões, mas que também eram muito agradecidos por sua "reabilitação". Que gostavam de ficar escondidos da sociedade em uma colônia penal imunda. Que gostavam de ter os membros arrancados pelos Emim.

A maioria nem precisaria fingir. Carl estava feliz. Todos os túnicas-vermelhas estavam felizes. Eles tinham encontrado um lugar naquela colônia, mas eu jamais encontraria. Eu ia cair fora daquele inferno.

– Belo truque – disse David. – Com o vinho.

Não ousei olhar para ele.

– Seu garoto exagerou na dose. Conheço régio pelo cheiro. Mas não se preocupe... funcionou com a maior parte deles. Longe de mim estragar a surpresa.

Dois hárlis vieram correndo pela rua. Pareciam sem fôlego e carregavam rolos de tecido. Eles escorregaram para a rua entre a velha igreja e a Residência dos Suseranos. Aquela era a rota que seguiriam para botar fogo no Salão. Deviam estar colocando fósforos lá. Fósforos e parafina.

Julian tinha sugerido incendiar os prédios no centro da cidade. Acabamos descobrindo que ele era um excelente estrategista. Os hárlis provocariam uma distração, deixando outras ruas livres para irmos para o norte, em direção à campina. Eles fariam isso de madrugada, quando os emissários estivessem ficando cansados.

– Eles não vão para casa muito depois das duas horas – dissera Julian. – Se realizarmos isso à meia-noite, teremos tempo suficiente para fazer tudo funcionar. Estaremos no controle. E é melhor cedo do que tarde demais.

Eu não tinha do que reclamar. Tudo estava correndo conforme o planejado... mas o túnica-vermelha danista ao meu lado tinha o poder de destruir tudo.

– Pra quem você contou? – perguntei a David.

– Deixe eu lhe perguntar uma coisa – disse ele, ignorando minha questão. – Você acha que Scion *gosta* de receber ordens dos Rephaim?

– Claro que não.

– Mas você acredita em Nashira quando ela diz que estão sob o controle dela. Não acha que alguma pessoa na história de Scion teria pensado em lutar contra eles?

– Aonde você quer chegar?

– Apenas responda à pergunta.

– Eles não fariam isso. Têm medo demais dos Emim.

– Talvez você esteja certa. Ou talvez ainda haja um fragmento de bom senso no Arconte.

– O que isso significa? – Como ele não respondeu, parei na sua frente. – Que diabo o Arconte tem a ver com alguma coisa?

– Tudo. – Ele passou por mim. – Pode continuar com sua fuga, princesa das ruas. Não se preocupe comigo.

Ele saiu do meu campo de visão antes que eu pudesse responder, cruzando o salão de entrada vitoriano e se misturando à multidão. Minha espinha formigou. Eu não precisava de um túnica-vermelha ardiloso por perto, especialmente não de alguém tão enigmático quanto David. Ele podia alegar que odiava os Rephaim, mas também não parecia gostar de mim. Ele podia contar a Nashira sobre o vinho. Ela farejaria um traidor imediatamente. Muitos e muitos traidores.

Milhares de velas estavam acesas dentro do Salão da Guilda. Assim que passei pela entrada, Michael e um túnica-branca me fizeram subir depressa um lance de escadas, deixando David ir atrás dos outros escavadores de ossos. A tarefa que os Rephs deram a Michael era garantir que ninguém parecesse machucado ou sujo – um pretexto perfeito para uma última reunião. Quando chegamos à galeria, me virei para encará-los.

– Prontos?

– E esperando – disse o túnica-branca. Charles, um criomante que pertencia a Terebell. Ele indicou o salão, onde os Rephaim se misturavam aos emissários. – Os escavadores de ossos já estão ficando fracos. Os Rephs não vão perceber até que seja tarde demais.

– Ótimo. – Respirei fundo para me acalmar. – Muito bem, Michael.

Michael usava um terno cinza simples. Ele sorriu.

– Você pegou minha mochila?

Ele apontou. Minha mochila, repleta de remédios, estava embaixo dos bancos da galeria. Eu não podia pegá-la naquele momento, mas os hárlis sabiam que estava ali, caso precisassem dela. Era um dos muitos estoques de suprimentos.

– Paige – disse Charles –, a que horas os sinalizadores vão ser disparados?

– Ainda estou esperando pra saber. Vou acender um assim que encontrarmos um caminho.

Charles assentiu. Olhei de novo para o salão.

Tantas pessoas estavam prestes a arriscar a vida. Liss, que estava com tanto medo. Julian, que tinha feito tanto para me ajudar. Os hárlis. Os túnicas-brancas.

E o Mestre. Agora eu entendia o que confiar em mim significava para ele. Se eu o traísse, como o último humano, ele não seria apenas um cicatrizado – seria assassinado. Aquela era sua última chance.

Mas tínhamos que agir enquanto ainda havia uma centelha de compaixão entre os Rephaim. Se os cicatrizados morressem, essa esperança se perderia.

A porta da galeria se abriu com força. Suhail surgiu na entrada. Ele agarrou Charles pela túnica e o arrastou de volta para a escada.

– A soberana de sangue não gosta de esperar, magrela – disse ele para mim. – Vocês estão proibidos de ficar na galeria. Desçam.

Com a mesma rapidez que chegou, ele saiu. Michael olhou para a porta.

– Está na hora – falei. Apertei a mão dele. – Boa sorte. Lembre-se de ser discreto e procurar o sinalizador.

Michael concordou com a cabeça.

– Sobreviva – foi tudo o que ele disse.

Mantive a cabeça baixa enquanto atravessava o primeiro andar do Salão da Guilda. Ninguém me viu entrar.

O sistema de Scion era usado por nove países europeus, incluindo a Inglaterra. No entanto, diferentemente da Inglaterra, os outros não tinham para onde enviar seus clarividentes. Mesmo assim, todos os nove governos haviam enviado emissários. Até Dublin, a mais jovem e controversa cidade de Scion, mandou um delegado: Cathal Bell, um velho amigo do meu pai. Ele era um homem nervoso e indeciso, encarquilhado pelas responsabilidades de sua função. Uma excitação fez meu peito estremecer assim que o vi – talvez ele pudesse nos ajudar –, mas depois me lembrei: ele não me via desde que eu tinha cinco ou seis anos. Não me reconheceria, e eu não tinha um nome ali. Além do mais, Bell era fraco. O partido dele havia perdido Dublin.

O Salão da Guilda estava espetacular. Tinha um teto de gesso ornamental, com candelabros pendurados, e um amplo espaço livre no chão. A escuridão tremeluzia com a luz das velas e Chopin. Os delegados receberam todo tipo de cortesia. Eles estavam livres para se empanturrar de todo tipo de comidas deliciosas e conversar uns com os outros enquanto bebiam mecks. A amaurose deles era um privilégio, um direito. A comida era servida a eles por escravos amauróticos, incluindo Michael, os quais, de propósito, passavam a impressão de serem participantes voluntários do programa de reabilitação. Os outros amauróticos deviam estar subnutridos demais para aparecer.

Bem acima de alguns dançarinos estava Liss, pendurada nas sedas, fazendo poses como uma bailarina aérea. Ela contava apenas com a própria força para não cair e morrer.

Dei uma olhada no salão, tentando localizar Weaver. Ele não estava à vista. Talvez estivesse atrasado. Outros países seriam perdoados por não enviarem seus Inquisidores, mas a Inglaterra, não. Vi outros oficiais de Scion reconhecíveis, incluindo o Comandante de Vigilância, Bernard Hock. Era um homem enorme e careca, com músculos superdesenvolvidos no pescoço; muito bom em farejar videntes – na verdade, sempre suspeitei de que ele fosse um farejador. Mesmo naquele momento, suas narinas estavam dilatadas. Fiz uma anotação mental para matá-lo, se pudesse.

Um amaurótico me ofereceu uma taça de mecks branco. Recusei. Eu tinha acabado de localizar Cathal Bell.

Bell tinha uma taça na mão e ficava o tempo todo ajeitando a gravata. Ele estava tentando conversar com Radmilo Arežina, Primeiro-Ministro de Migração da Sérvia. Sorri para mim mesma. Arežina havia autorizado estupidamente a transferência de Dani para Londres. Fui até eles.

– Sr. Bell?

Ele deu um pulo, derramando vinho.

– Sim?

Olhei para Arežina.

– Desculpe interromper, Ministro, mas posso falar com o sr. Bell por um instante?

Arežina me olhou de cima a baixo. Seu lábio superior se arqueou.

– Com licença, sr. Bell – disse ele. – Acho melhor voltar para o meu grupo.

Ele foi para a segurança de seu grupo. Fiquei encarando Bell, que estava limpando a mancha vermelha do paletó.

– O que você quer, desnatural? – gaguejou ele. – Eu estava no meio de uma conversa muito importante.

– Bom, agora o senhor pode ter outra. – Peguei a taça dele e tomei um gole. – Lembra-se da Incursão, sr. Bell?

Ele congelou.

– Se você está falando da Incursão de 2046, sim. Claro que sim. – Seus dedos tremiam. Os nós estavam arroxeados, inchados por causa da artrite. – Por que está perguntando? Quem é você?

– Meu primo foi preso naquele dia. Quero saber se ele ainda está vivo.

– Você é irlandesa?

– Sou.

Ele olhou de relance para mim.

– Qual é seu nome?

– Meu nome não importa. O do meu primo, sim. Finn McCarthy. Ele estava no Trinity College. Conhece?

– Sim. – A resposta foi imediata. – McCarthy estava em Carrickfergus com os outros líderes estudantis. Foi sentenciado à forca.

– E isso aconteceu?

– Eu... eu não fiquei sabendo dos detalhes, mas...

Algo sombrio e violento cresceu dentro de mim. Eu me inclinei para perto dele e sussurrei no seu ouvido:

– Se meu primo tiver sido executado, sr. Bell, vou responsabilizá-lo. Foi o *seu* governo que perdeu a Irlanda. O seu governo que desistiu.

– Não eu – arfou Bell. O nariz dele estava começando a sangrar. – Não me machuque...

– Não o senhor, sr. Bell. Apenas a sua raça.

– Sua desnatural – cuspiu ele. – Vá embora.

Eu me misturei à multidão, deixando-o para estancar o nariz sangrento.

Senti que estava tremendo. Peguei outra taça de mecks e a bebi num único gole. Sempre achei que Finn devia estar morto, mas uma pequena parte de mim se agarrava à sua lembrança, à ideia de que ele ainda podia estar vivo. Talvez estivesse, mas eu não ia descobrir isso com Cathal Bell.

Vi Nashira em pé atrás de um palanque. Ao lado dela estava o Mestre, ocupado conversando com um emissário grego. Depois do sino noturno, ele tinha recebido seu primeiro amaranto em meses; algumas gotas o haviam transformado. Ele usava preto e dourado, com jacinto no pescoço, e seus olhos estavam tão iluminados quanto lâmpadas. Reconheci as pessoas mais próximas de Nashira: sua guarda de elite. Uma delas me viu – a substituta de Amelia – e, pelo movimento de seus lábios, imaginei que ela havia informado à sua chefe.

Nashira olhou por cima da cabeça de sua guarda. Uma risada suave escapou de seus lábios. Ao ouvi-la, o Mestre se virou. Seus olhos ficaram ardentes muito depressa.

Nashira acenou para mim. Eu me aproximei, entregando minha taça vazia para um amaurótico.

– Senhoras e senhores – disse ela para os que estavam reunidos ao seu redor –, eu gostaria de lhes apresentar xx-59-40. Ela é uma das nossas clarividentes mais talentosas. – Houve um murmúrio entre os delegados; intrigados, enojados. – Este é Aloys Mynatt, Grande Narrador da França. E Birgitta Tjäder, Chefe de Vigilância da Cidadela Scion de Estocolmo.

Mynatt era um homem pequeno, com postura rígida, sem características marcantes. Ele assentiu.

Tjäder apenas me encarou. Tinha uns trinta e poucos anos, um cabelo louro volumoso e olhos como azeite de oliva. Nick sempre chamou aquela mulher de Magpie – seu reinado infernal em Estocolmo era notório. Percebi que ela não aguentava ficar perto de mim: seus lábios pálidos estavam repuxados sobre os dentes, como se ela estivesse prestes a morder. Eu também não estava exatamente curtindo sua presença.

– Não a quero perto de mim – disse Tjäder, confirmando minha suspeita.

– Mas você não prefere que eles estejam aqui, com a gente, do que nas suas ruas? – perguntou Nashira. – Eles não podem fazer nenhum mal aqui, Birgitta. Não permitimos. Depois que Sheol III estiver estabelecida, você nunca mais vai ter que olhar para um clarividente.

Uma *terceira* colônia penal? Será que eles também tinham planos para Estocolmo? Eu nem queria imaginar Sheol III com Magpie como sua aliciadora.

Tjäder não tirava os olhos de mim. Ela não tinha aura, mas eu conseguia perceber o ódio em cada centímetro de seu rosto.

– Mal posso esperar – disse ela.

O pianista parou de tocar, suscitando uma salva de palmas. Os casais que dançavam se separaram. Nashira olhou para cima, na direção de um relógio enorme.

– Está chegando a hora. – Sua voz estava muito suave.

– Com licença – disse Tjäder.

Ela se virou e seguiu em direção aos suecos, deixando um espaço entre mim e o Mestre. Não tive coragem de fazer contato visual com ele.

– Preciso falar com os emissários. – Nashira olhou para o palco. – Arcturus, fique com 40. Vou precisar dela na hora certa.

Quer dizer que Nashira realmente planejava me matar em público. Olhei para o espaço entre os dois. O Mestre inclinou a cabeça.

– Sim, minha soberana. – Ele segurou meu braço com força. – Venha, 40.

Antes que ele pudesse me levar para longe, a cabeça de Nashira se virou depressa. Ela agarrou meu pulso, me puxando para perto.

– Você se machucou, 40?

Os curativos no meu rosto já tinham sido removidos havia muito tempo, mas ainda restava uma cicatriz muito fina causada pelo vidro quebrado.

– Eu bati nela. – O Mestre continuava apertando meu braço. – Ela me desobedeceu. Eu a puni.

Fiquei parada como uma boneca de pano, com um braço na mão de cada um deles. Os dois se entreolharam por cima da minha cabeça.

– Ótimo – disse Nashira. – Depois de todos esses anos, você está aprendendo o que significa ser meu consorte.

Ela se virou de costas para ele e seguiu em direção à multidão, separando os emissários.

O músico, quem quer que fosse, começou a tocar alguns acordes de piano bem selecionados, acompanhados por vocais fantasmagóricos. Eu tinha certeza de que conhecia aquela voz, mas não consegui identificá-la. O Mestre me levou para a lateral do salão, para o longo espaço sob a galeria, e se inclinou para me olhar.

– Está tudo pronto?

Fiz que sim com a cabeça.

O músico realmente tinha uma voz linda, um tipo de falsete delicado. Tive outra onda vaga de reconhecimento.

– Meus companheiros e eu fizemos uma sessão espírita ontem à noite – disse o Mestre, com a voz quase inaudível. – Haverá espíritos para comandar. Espíritos humanos, as vítimas da Temporada dos Ossos XVIII. Eles vão ficar do lado de vocês diante dos Rephaim.

– E a DVN? Eles estão aqui?

– Eles não têm permissão para entrar no Salão da Guilda a menos que sejam chamados. Estão posicionados perto da ponte.

– Quantos são?

– Trinta.

Assenti outra vez. Todos os emissários tinham pelo menos um guarda--costas, mas eram da DVD. Não queriam ser protegidos por desnaturais. Felizmente para nós, a DVD não sabia usar o combate espiritual.

O Mestre ergueu os olhos para o teto, onde Liss estava subindo pelas sedas.

– Liss parece ter se recuperado.

– Sim.

– Então estamos quites. Está tudo certo.

– Todas as dívidas estão pagas – falei.

A trenódia. Isso me fez pensar no que ainda estava por vir. E se Nashira conseguisse me matar?

– Tudo vai correr conforme o planejado, Paige. Você não deve abrir mão da esperança. – Ele olhou para o palco. – Esperança é a única coisa que ainda pode salvar a todos nós.

Segui o olhar dele. A campânula de vidro e a flor sem vida estavam sobre um pedestal coberto.

– Esperança de quê?

– Mudar.

A música terminou e aplausos vieram das laterais da pista de dança. Eu queria olhar, descobrir quem estava tocando, mas não conseguia ver por cima da cabeça dos emissários.

Um túnica-vermelha subiu ao palco. 22. Seus passos instáveis revelavam quanto ele tinha bebido da mistura de Duckett.

– Senhoras e senhores – disse ele –, a... a grande Suserana, Nashira Sargas, soberana de sangue da... Raça dos Rephaim.

Ele gaguejava. Consegui evitar um sorriso. No mínimo era um túnica--vermelha a menos com quem lidar.

Nashira subiu ao palanque ao som de aplausos contínuos do público. Ela olhou para nós. O Mestre retribuiu seu olhar.

– Senhoras e senhores – começou ela, sem interromper o contato visual com o Mestre –, bem-vindos à capital Scion de Sheol I. Eu gostaria de estender nosso agradecimento pela presença de todos na nossa comemoração hoje à noite.

"Já se passaram duzentos anos desde nossa chegada à Grã-Bretanha. Progredimos muito, muito desde 1859. Como vocês podem ver, fizemos o melhor possível para transformar nossa primeira cidade de controle num lugar bonito, de respeito e, acima de tudo, *compaixão*. Nosso sistema de reabilitação permite que jovens clarividentes venham para a nossa cidade e tenham a melhor qualidade de vida possível. – Como animais num jardim zoológico. – A clarividência, como sabemos, não é culpa das vítimas. Como uma doença, ela ataca os inocentes, afligindo-os com a desnaturalidade.

"Sheol I comemora duzentos anos de bom trabalho hoje. Como podem ver, tem sido um empreendimento bem-sucedido, a primeira das muitas sementes que queremos plantar. Em troca da compreensão de vocês, nós não apenas proporcionamos um meio humano de remover os clarividentes da sociedade comum, como evitamos centenas de ataques dos Emim à cidadela. Somos um farol para onde eles são atraídos. – Os olhos dela eram seus próprios faróis nas sombras. – Mas o número de Emim aumenta a cada dia. Esta colônia não será mais um meio suficiente de proteção. Emim foram vistos na França, na Irlanda e, mais recentemente, na Suécia.

Irlanda. Era por isso que Cathal Bell tinha vindo. Era por isso que ele estava tão nervoso, tão assustado.

– É fundamental criarmos Sheol II, acendermos mais uma chama – continuou Nashira. – Nosso método foi testado e aprovado. Com a ajuda e as cidades de vocês, esperamos que a flor da nossa aliança possa finalmente desabrochar.

Aplausos. O maxilar do Mestre estava travado. Sua expressão era terrível de ver. Irritada. Brutal. Assassina.

Eu nunca o tinha visto daquele jeito.

– Faltam alguns minutos para a peça, escrita pelo nosso Capataz humano. Nesse meio-tempo, eu gostaria de apresentar meu parceiro, o segundo soberano de sangue, que deseja fazer um breve anúncio. Senhoras e senhores: Gomeisa Sargas.

Ela estendeu a mão. Antes que eu sequer pudesse registrar que havia mais alguém ali, a soberana de sangue havia dado sua mão a alguém maior.

Prendi a respiração.

Ele estava usando uma túnica preta com um colarinho que chegava ao topo das orelhas. Era alto e magro, tinha cabelo dourado e feições abatidas. Os lábios eram repuxados para baixo, como se caíssem com o peso das pedras do tamanho de olhos que havia ao redor de seu pescoço. Parecia mais velho que os outros Rephaim, devido a alguma coisa no porte e na massa transparente de seu plano onírico. Eu sentia o plano onírico dele como um muro bloqueando meu crânio. Era a coisa mais antiga e mais terrível que eu já sentira no éter.

– Boa noite.

Gomeisa nos olhou com a expressão Rephaite neutra: a do observador indiferente. Sua aura era como uma mão tapando o sol. Não era de surpreender que Liss sentisse tanto medo dele. Ela estava enrolada nos tecidos, em silêncio e parada. Depois de um instante, desceu para a galeria.

– Aos humanos que residem em Sheol 1, peço desculpas pelos meus longos períodos de ausência. Sou o principal emissário dos Rephaim para o Arconte de Westminster. Como tal, passo muito tempo na capital com o Inquisidor, discutindo a melhor maneira de aumentar a eficácia desta colônia penal.

"Como Nashira disse, hoje comemoramos um novo começo. Uma nova era está surgindo: uma era de perfeita colaboração entre os humanos e os Rephaim, duas raças que ficaram separadas por tempo demais. Comemoramos o fim de um velho mundo, onde a ignorância e as trevas reinaram. Prometemos compartilhar nossa sabedoria com vocês, assim como vocês compartilharam seu mundo conosco. Prometemos protegê-los, assim como vocês nos abrigaram. E eu lhes prometo, amigos: não vamos permitir que nosso acordo fracasse. Aqui, a pureza governa com mão de ferro. E a flor da transgressão vai continuar murcha para sempre.

Olhei de relance para a flor murcha na campânula de vidro. Ele a vislumbrou como se olhasse para uma lesma.

– Agora – disse ele –, já chega de honrarias. Que comece a peça.

A proibição

O Capataz apareceu, vestido para ofuscar. Usava um manto vermelho comprido, fechado até o pescoço, que cobria seu corpo todo. Ele fez uma mesura.

– Saudações, senhoras e senhores, e calorosas boas-vindas a Sheol I! Sou o Capataz, Beltrame. Cuido da população humana da cidade. Boas-vindas especiais àqueles de vocês que vieram de partes não convertidas do Continente. Não têm nada a temer! Depois do espetáculo, terão a chance de transformar suas cidades em cidadelas Scion, como aconteceu com muitas outras cidades. Nosso programa permite que os governos excluam e seguem clarividentes enquanto ainda são jovens, sem a necessidade dispendiosa da execução em massa.

Tentei não ouvir. Nem todos os países usavam NiteKind para executar clarividentes. Muitos preferiam a injeção letal, um pelotão de fuzilamento ou coisa pior.

– Já fizemos planos para que Sheol II seja estabelecida em associação com as Cidadelas Scion de Paris e Marselha, que se tornarão as primeiras cidades-satélite francesas. – Aplausos. Mynatt sorriu. – Hoje à noite, esperamos identificar locais com potencial para pelo menos mais duas cidades de controle no Continente. Mas, antes de tudo isso, temos uma pequena peça para apresentar a vocês, para mostrar que muitos dos nossos clarividentes usam as habilidades que têm para fazer o bem. Nossa peça vai nos lembrar dos dias sombrios antes da chegada dos Rephaim, quando o Rei Sangrento ainda estava no poder. O rei que construiu a própria casa com sangue.

O relógio soou. Observei os artistas entrarem enfileirados: vinte deles. Iam encenar a história da vida de Edward VII, desde a compra de uma mesa de sessão espírita, até os cinco assassinatos a faca em seus aposentos e sua fuga da Inglaterra com o resto da família. O início da chamada epidemia e um testemunho de por que Scion precisava existir. Liss estava lá em cima, em pé nos fundos. De um dos lados dela, Nell – a garota que a substituiu quando ela estava em choque espiritual –, e, do outro, um visionário que eu achava que se chamava Lotte. Os três estavam vestidos como algumas das vítimas do Rei Sangrento.

No centro do palco, o Capataz tirou o manto e revelou uma roupa de gala. As joias eram um deboche. Ele ia interpretar o papel de Edward na época em que era o primeiro da linha de sucessão da Rainha Vitória, enfeitado com peles e joias.

A primeira cena parecia acontecer no quarto dele, onde um órgão celta a vapor tocava "Daisy Bell". O ator hárli mais próximo do público se apresentou como Frederick Ponsonby, Primeiro Barão Sysonby, que era secretário particular de Edward. A peça seria vista através do ponto de vista dele.

– Vossa Alteza – disse ele ao Capataz –, vamos dar uma volta lá fora?

– Está com seu paletó curto, Ponsonby?

– Apenas um fraque, Vossa Alteza.

– Achei que *todos* deviam saber – rugiu o Capataz, com um sotaque inglês aristocrático risível – que um paletó curto é sempre usado com um chapéu de seda em uma aparição particular pela manhã. E essas calças são as mais horríveis que eu já vi na vida!

Zombando. Assobiando. Aquela besta imoral tinha a coragem de se intitular herdeiro de Vitória. Ponsonby virou de costas para o público.

– Foi depois de um longo despertar de aflições, por exemplo, com meu fraque e minhas pobres calças – risadas – que o príncipe se cansou do seu refinamento. Naquela mesma tarde, me pediu para acompanhá-lo em um passeio. Ah, meus amigos! O sofrimento humano nunca foi maior do que o da rainha, vendo o filho trilhar o caminho em direção ao mal.

Olhei por cima do ombro para ver a reação do Mestre, mas não o encontrei lá.

O diálogo entre Edward e Ponsonby continuou por um tempo. Cada cena tinha sido arquitetada para mostrar Edward como um idiota cruel e lascivo, além de um fracasso para a mãe. Eu me vi assistindo, fascinada. Exageraram o papel que ele teve na morte do Príncipe Albert a um nível ridículo, até mesmo acrescentando um duelo. A viúva Rainha Vitória fez uma aparição, usando sua pequena coroa de diamantes e um véu.

– Eu nunca poderei nem conseguirei olhar para ele sem tremer – admitiu ela para o público. – Ele é tão anormal para mim quanto um filho trocado. – Aplausos. Ela era um bastião da bondade, a última monarca imaculada antes da praga. Enquanto os emissários se encantavam com a atriz, eu ficava de olho no relógio. Quase meia hora tinha se passado, e eu ainda não sabia que horas o trem ia partir.

Em seguida, o ponto crucial da peça: a sessão espírita. Lamparinas vermelhas foram trazidas para o cenário. Quando olhei de novo para o palco, tive que conter uma risada. O Capataz realmente estava levando seu papel a sério.

– O poder terreno não é suficiente – afirmou ele, quase ofegando com a pura maldade de seu personagem. A mesa de sessão espírita estava ali, e ele traçava círculos com os braços sobre ela. – Era vitoriana, eles dizem? Mas qual será a era de Edward? Que rei pode verdadeiramente se erguer quando está preso pelas algemas da mortalidade? – Ele se inclinou por cima da mesa, balançando-a com as mãos. – Sim, apareçam. Saiam das sombras. Surjam pelo portal, espíritos dos mortos. Venham para mim e meus seguidores! Procriem no sangue da Inglaterra!

Enquanto ele falava, as lamparinas vermelhas foram removidas do palco, carregadas por atores vestidos de preto, os quais representavam os espíritos desnaturais. Eles se espalharam pelo salão, agarrando as pessoas, fazendo-as gritarem. Eram a praga da desnaturalidade.

A música e as risadas dos atores eram barulhentas demais. Minha cabeça estava girando. O Capataz rugiu seus encantamentos. No escuro e na confusão, o Mestre pegou meu braço.

– Rápido. – Sua voz foi um zumbido no meu ouvido. – Venha comigo.

* * *

Ele me levou para o fosso do cenário: o espaço pequeno e escuro debaixo do palco, empilhado até o alto com caixotes. A única luz era a que entrava por entre as tábuas. Vermelha, como as lamparinas. Cortinas de veludo densas pendiam na extensão de um dos lados do ambiente, nos escondendo do salão acima. Não era fácil, naquele espaço escuro, pensar no que eu em breve poderia enfrentar lá em cima.

Ali estava mais silencioso. Os atores dançavam acima de nós, mas o som era abafado pelas tábuas. O Mestre se virou para me encarar.

– Você vai ser a última cena da peça. O ato final. – Seus olhos estavam ardentes. – Eu a ouvi conversando com Gomeisa.

Minha pele formigou.

– Nós sabíamos que isso estava para acontecer.

– É.

Eu sabia desde o início que Nashira ia me matar, mas ouvir isso da boca dele tornava tudo mais real. Parte de mim tinha esperança de que ela pudesse aguardar – esperar alguns dias, me dando a chance de fugir com os outros no trem –, mas Nashira era cruel. É claro que ela queria fazer aquilo em público, diante de Scion. Ela não ia correr o risco de me deixar viva.

A luz dos olhos do Mestre aprofundava as sombras. Havia algo diferente neles: alguma coisa bruta, volátil.

Tremores gelados percorreram minhas pernas e meu abdome. Afundei num caixote.

– Não consigo lutar contra ela – falei –, seus anjos...

– Não, Paige. Pense. Ela esperou meses, ganhando tempo até que você conseguisse possuir outro corpo. Se você não exibisse essa habilidade, havia o risco de ela não herdá-la de você. Ela a transformou em uma túnica-amarela para garantir que sua vida nunca mais fosse ameaçada pelos Emim. Colocou você sob a proteção de seu próprio consorte. Por que ela faria tantas coisas para protegê-la se você não tivesse um dom que ela não apenas deseja, mas teme?

– Você me ensinou a fazer tudo isso. Todo aquele treinamento na campina. A borboleta e a corça. Exercitar meu espírito. Você me levou à minha morte.

– Fui designado por ela a preparar você. Foi por isso que ela permitiu que eu a levasse para Magdalen – disse ele –, mas não quero que ela fique com você. Eu me comprometi a desenvolver seu dom... mas por *você*, Paige. Não por ela.

Não respondi. Não havia nada a dizer.

O Mestre rasgou uma das cortinas. Com um toque suave, ele começou a remover minha maquiagem. Eu deixei. Meus lábios estavam anestesiados, minha pele parecia gelo. Eu poderia estar morta nos minutos seguintes, flutuando ao redor de Nashira num estado de servidão irracional. Quando terminou, o Mestre afastou meu cabelo do rosto. Deixei que fizesse isso. Eu não conseguia me concentrar.

– Não ouse – disse ele. – Não ouse deixar que ela veja. Você é mais do que isso. É mais do que o que ela quer que você faça.

– Não estou com medo.

Seu olhar percorreu meu rosto.

– Devia estar – retrucou ele. – Mas não demonstre. Por nada.

– Vou mostrar a ela o que eu quiser. Você não está em posição de me dar ordens. – Soltei minha cabeça das mãos dele. – Você devia simplesmente ter me deixado fugir. Devia ter deixado Nick me levar de volta para os Dials. Isso era tudo o que você precisava fazer. Eu poderia estar em casa agora.

Ele se abaixou para nivelar nossos rostos.

– Eu a trouxe de volta – disse ele – porque não conseguiria encontrar forças para lutar contra ela sem você. Mas, pelo mesmo motivo, vou fazer tudo o que estiver ao meu alcance para que você chegue à cidadela em segurança.

O silêncio se instalou. Não interrompi o contato visual com ele.

– Seu cabelo precisa estar preso. – Sua voz saiu diferente, mais baixa.

Ele colocou um pente ornamental na minha mão. O pente estava frio. Meus dedos tremeram.

– Acho que não consigo. – Respirei fundo e devagar. – Você pode fazer isso?

Ele não disse nada, mas pegou o pente. Como se estivesse lidando com o mais fino dos tecidos, jogou meu cabelo para um lado do pescoço e o uniu num coque. Não um coque alto, como eu costumava fazer: um penteado elaborado, trançado, que terminava na nuca. Seus dedos calejados percorreram meu couro cabeludo, ajeitando o pente. Um tremor muito sutil desceu pelas minhas costas. O Mestre soltou meu cabelo, que ficou preso.

Seu toque provocou uma sensação estranha. Mais quente. Só percebi quando vi suas mãos. Ele não estava usando luvas.

Levei a mão ao cabelo, contornando o penteado intrincado. Mãos tão grandes quanto as dele jamais poderiam atingir tamanha complexidade.

– O trem vai partir à uma hora em ponto – disse ele no meu ouvido. – A entrada é sob a área de treinamento. Exatamente onde estávamos.

Esperei tanto tempo por aquelas palavras.

– Se ela me matar, você vai ter que avisar aos outros. – Um nó subiu pela minha garganta. – Você tem que liderá-los.

Seus dedos roçaram a parte de trás do meu braço.

– Não vou precisar fazer isso.

Meu corpo tremia todo – mas não como eu esperava. Quando virei a cabeça para olhar o Mestre, ele ajeitou um fio solto atrás da minha orelha. A outra mão pousou no meu abdome, pressionando minhas costas no peito dele. Seu calor era reconfortante.

E eu sentia sua fome. Não pela minha aura, mas por mim.

Ele aninhou a cabeça contra o meu rosto. Seus dedos contornaram minha clavícula. Seu plano onírico estava próximo, sua aura entrelaçada com a minha. Meu sexto sentido ficou mais aguçado, percebendo-o.

– Sua pele é fria – comentou ele com a voz rouca. – Eu nunca... – Ele parou.

Meus dedos se entrelaçaram entre os nós dos dedos nus dele. Mantive os olhos abertos.

Seus lábios foram até o meu maxilar. Guiei sua mão para a minha cintura. A sedução do toque dele era uma tortura; eu não podia recuar. Não podia recusá-lo. Eu queria aquilo antes do fim. Queria ser tocada, vista – ali naquele cômodo escuro, naquele silêncio vermelho. Levantei o queixo, e os lábios dele se fecharam nos meus.

Eu sempre soube que não havia paraíso algum. Jax tinha repetido isso para mim várias vezes. Até o Mestre havia falado isso. Havia apenas uma luz branca, a última luz: um descanso final na fronteira da consciência, o local onde todas as coisas chegam ao fim. Além disso, ninguém sabia. Mas, se havia um paraíso, devia ser assim. Tocar o éter com minhas mãos nuas. Eu nunca poderia ter previsto aquilo, não com ele. Nem com ninguém. Agarrei suas costas com força, puxando-o contra mim. Ele segurou minha nuca. Senti cada calo de suas palmas.

A respiração dele era quente. O beijo foi lento. *Não pare, não pare.* Eu não conseguia pensar em mais nada além destas palavras: *não pare.* Suas mãos subiram pelas laterais do meu corpo, pelas minhas costas, e me prenderam. Ele me ergueu para cima de outro caixote. Coloquei a mão no seu pescoço. Senti sua pulsação pesada. Seu ritmo. Meu ritmo.

Minha pele queimava. Eu não podia parar. Nunca tinha sentido nada como aquilo na vida – a urgência em meu peito, a necessidade do toque. Seus lábios separaram os meus. Meus olhos se abriram. *Pare. Pare, Paige.* Comecei a afastar a cabeça. Uma palavra escapou dos meus lábios: talvez tenha sido "não", talvez "sim". Talvez o nome dele. O Mestre envolveu meu rosto, contornou meus lábios. Ele roçou os polegares nas minhas bochechas. Nossas testas se tocaram. Meu plano onírico ardia. Ele incendiou as papoulas. *Não pare, não pare.*

Apenas um instante se passou. Olhei para ele, ele olhou para mim. Um instante. Uma escolha. Minha escolha. A escolha dele. Então ele me beijou de novo, dessa vez com força. Eu deixei. Seus braços me envolveram, me erguendo. E eu queria aquilo. Queria. Muito. Demais. Minhas mãos estavam no seu cabelo, agarrando seu pescoço. *Não pare.* Seus lábios estavam na minha boca, nos meus olhos, nos meus ombros e no meu pescoço. *Não pare.* Ele passou as mãos nas minhas coxas. Carícias firmes e ousadas, cheias de certeza. Despertando.

Abri a camisa dele. Meus dedos deslizaram pelo seu peito. Beijei seu pescoço agitado, e ele agarrou uma mecha grossa do meu cabelo. *Não pare.* Eu nunca tinha tocado a pele do Mestre. Era quente e macia e me fez desejar o resto dele. Minhas mãos foram para baixo da sua camisa, encontraram suas costas. Cicatrizes sob meus dedos. Marcas extensas e cruéis. Eu sempre soube que estavam ali. As cicatrizes de um traidor. Ele ficou tenso com o meu toque.

– Paige – disse ele suavemente, mas eu não parei. Ele fez um barulho baixo com a garganta, e seus lábios voltaram aos meus.

Eu não ia traí-lo. A Temporada dos Ossos XVIII era passado, e não se repetiria.

Duzentos anos eram mais do que suficientes.

Meu sexto sentido me sacudiu e me tirou do devaneio. Eu me afastei do Mestre, que manteve as mãos na minha cintura, me prendendo contra si.

Nashira estava lá, meio escondida nas sombras. Meu coração deu uma batida doentia.

Corra, disse meu cérebro entorpecido, mas não consegui. Ela vira tudo. Estava vendo tudo *naquele momento*. Minha pele brilhando de suor, meus lábios inchados, meu cabelo selvagemente desfeito. As mãos dele ainda segurando meus quadris. A camisa dele aberta. Meus dedos ainda transgredindo na pele dele.

Eu não conseguia mexê-los. Não conseguia nem desviar o olhar.

O Mestre me escondeu atrás de si.

– Eu a obriguei – disse ele, com a voz grossa e rouca.

Nashira não disse nada.

Ela apareceu na luz fraca filtrada pelas cortinas. E havia algo em suas mãos: a campânula de vidro. Olhei para o recipiente, com os ouvidos zumbindo. Ali dentro havia uma flor. Uma flor totalmente desabrochada, estranha e linda, suas oito pétalas molhadas de néctar. A flor que antes estava morta.

– Não pode haver piedade – disse ela – para *isto*.

Por um instante, o Mestre olhou a flor com os olhos incandescentes. Seu olhar se desviou para encontrar o dela.

Nashira largou a campânula. O vidro se espatifou no chão, me arrancando da paralisia.

Eu tinha acabado de destruir tudo.

– Arcturus Mesarthim, você é meu consorte de sangue. Você é o Mestre dos Mesarthim. Mas isso não pode acontecer de novo. – Nashira deu um passo na nossa direção. – Só existe um jeito de acabar com a traição: fazer dos traidores um exemplo. Vou pendurar seu corpo nos muros desta cidade.

O Mestre não se mexeu.

– Melhor lá do que ser usado para os seus prazeres.

– Sempre tão destemido. Ou imprudente. – Ela levou os dedos até o rosto dele. – Vou dar um jeito de fazer com que todos os seus antigos companheiros sejam destruídos.

– Não. – Saí de trás dele. – Você não pode...

Não tive tempo de me mexer. O golpe que ela me deu me tirou do chão. A beirada de um caixote raspou na minha cabeça, abrindo um corte acima do meu olho. Minhas mãos foram direto para o vidro quebrado. Ouvi o Mestre dizer meu nome, com a voz repleta de raiva. Então Thuban e Situla apareceram, os servos confiáveis de Nashira, aqueles que não o soltariam. Thuban pegou a base de sua faca e a usou para atingir a cabeça do Mestre. Mas ele não caiu. Ele não se ajoelharia diante dos Sargas daquela vez.

– Vou lidar com suas ofensas mais tarde, Arcturus. Retiro sua posição como consorte de sangue. – Nashira se afastou dele. – Thuban, Situla... levem-no para a galeria.

– Sim, minha soberana – disse Thuban. Ele segurou o Mestre pelo pescoço. – Hora de pagar suas dívidas, traidor.

Situla cravou os dedos no ombro dele. Com vergonha do primo traidor. Ele não disse uma palavra.

Não, não. Não podia terminar daquela forma, não como a Temporada dos Ossos XVIII. Ele não era mais o consorte de sangue. Estava arruinado. Eu tinha apagado o último raio de luz. Procurei o olhar do Mestre, desesperada por algo que me desse esperança, que pudesse salvar – mas seus olhos estavam paralisados e escuros, e eu só consegui sentir seu silêncio. Thuban e Situla o arrastaram para longe.

Nashira andou por cima do vidro quebrado. Fiquei onde estava, no chão, nos destroços. Um calor amargo subiu até meus olhos. Eu era uma idiota. Em que eu estava pensando? O que eu estava *fazendo*?

– Sua hora chegou, andarilha onírica.

– Finalmente. – O sangue escorria do ferimento na minha cabeça. – Você esperou muito.

– Você devia ficar feliz. Pelo que sei, os andarilhos oníricos anseiam pelo éter. Hoje à noite você pode se unir a ele.

– Você nunca vai ter este mundo. – Eu estava olhando para cima, e meu corpo tremia: de raiva, não de medo. – Pode me matar. Pode me reivindicar. Mas não pode *nos* reivindicar. Os Sete Selos estão esperando. Jaxon Hall está esperando. O sindicato inteiro está esperando por você. – Ergui o queixo e a encarei. – Boa sorte.

Nashira me levantou pelos cabelos. Seu rosto se aproximou do meu.

— Você poderia ter sido mais — disse ela. — Muito mais. Pelo visto, em breve não vai ser nada. Tudo o que você foi vai ser meu. — Com um empurrão, ela me jogou para o aperto forte de um Rephaite. — Alsafi, leve este saco de ossos para o palco. Chegou a hora de ela entregar o espírito.

Não parei para pensar enquanto Alsafi me conduzia escada acima. Havia um saco na minha cabeça. Meus lábios estavam inchados, e meu rosto, quente. Eu não conseguia respirar nem pensar direito.

O Mestre tinha ido embora. Eu o perdera. Meu único aliado Reph, e deixei que ele fosse pego. Nashira não ia apenas matá-lo, não depois de ele ter descido a ponto de tocar um humano com as mãos nuas. Isso era mais do que traição. Ao me beijar, me abraçar, o consorte de sangue tinha humilhado toda a sua família. Ele não era mais um candidato digno. Não era nada.

Alsafi me segurava com força pelo braço. Eu estava prestes a morrer. Em menos de dez minutos, me juntaria ao éter, como todos os outros espíritos. Meu cordão de prata se romperia. Eu nunca conseguiria voltar para o meu corpo, o que habitei por dezenove anos. A partir de então, eu teria que servir a Nashira.

O saco foi tirado da minha cabeça. Eu estava na lateral do palco, assistindo ao fim da peça. Dois Rephs — Alsafi e Terebell — estavam um de cada lado meu. Terebell se inclinou até ficar da minha altura.

— Onde está Arcturus?

— Eles o levaram para a galeria. Thuban e Situla.

— Vamos lidar com eles. — Alsafi soltou meu braço. — Você precisa atrasar a soberana de sangue, andarilha onírica.

Eu sabia que Terebell era uma das colaboradoras do Mestre, mas não sabia de Alsafi. Ele não parecia um simpatizante, mas o Mestre também não.

O Capataz saiu correndo do palco, a roupa ensopada de sangue artificial, deixando sua faca para trás. Seus gritos por piedade ecoaram pelo Salão da Guilda. Os emissários aplaudiram enquanto um grupo de atores o perseguia até as ruas, todos usando uniformes de Scion. Os aplausos eram ensurdecedores. E continuaram quando Nashira subiu os degraus, voltando ao palco.

— Obrigada, senhoras e senhores, pela sua gentileza. Fico feliz por vocês terem gostado da produção. — Ela não parecia feliz. — Para terminar a noite, também fico feliz de dar a vocês uma breve demonstração de nosso sistema de justiça aqui em Sheol I. Uma de nossas clarividentes foi tão desobediente que não deve mais ter permissão de viver. Assim como o Rei Sangrento, ela deve ser banida para além do alcance da população amaurótica, onde não poderá mais fazer mal.

"XX-59-40 tem um histórico de deslealdade. Ela veio do condado rural de Tipperary, no interior da Irlanda, uma região há muito tempo associada a protestos. – Cathal Bell se remexeu, desconfortável. Alguns emissários murmuraram. – Depois de vir para a Inglaterra, ela logo se envolveu com o sindicato do crime de Londres. Na noite de sete de março, assassinou dois de seus camaradas clarividentes, ambos Subguardas a serviço de Scion. Foi um caso cruel, a sangue-frio. Nenhuma das vítimas de 40 morreu rapidamente. Naquela mesma noite, ela foi trazida para Sheol I. – Nashira andava de um lado para outro do palco. – Tínhamos esperança de conseguir educá-la, ensiná-la a controlar seu dom. Sofremos quando perdemos jovens clarividentes. Eu também sofro ao admitir que nosso esforço para reabilitar 40 fracassou. Ela retribuiu nossa compaixão com insolência e brutalidade. Não sobrou opção para 40, a não ser enfrentar o julgamento do Inquisidor.

Olhei para trás de Nashira. Não havia uma guilhotina no palco; nenhuma maca, nenhum cadafalso. Mas havia uma espada.

Meu sangue parou de correr nas veias. Aquela não era uma espada comum. Lâmina de ouro, cabo preto. Era a Ira do Inquisidor, a espada que decapitava traidores políticos. Só a usavam quando espiões clarividentes eram descobertos no Arconte de Westminster. Eu era filha de um cientista proeminente de Scion. Uma traidora nos escalões dos naturais.

Alsafi e Terebell desapareceram sob o palco. Fui deixada encarando Nashira. Ela virou a cabeça.

– Aproxime-se, 40.

Não hesitei.

Houve um silêncio quando saí de trás das cortinas.

– Traidora – gritou Cathal Bell, seguido de vaias dos emissários.

Apesar disso, não olhei para eles. Era sério Bell *me* chamar de traidora.

Caminhei com a cabeça erguida, me obrigando a olhar apenas para Nashira. Não olhei para os emissários. Não olhei para a galeria, para onde o Mestre tinha sido levado. Parei a alguns centímetros de distância. Nashira me rondou lentamente. Quando ela não estava no meu campo de visão, eu olhava direto para a frente.

— Vocês podem se perguntar como lidamos com a justiça aqui. Com o laço, talvez, ou com o fogo de antigamente. Aqui está a espada do Inquisidor, que foi trazida da cidadela. — Ela apontou para a Ira. — Porém, antes de utilizá-la, eu gostaria de exibir mais uma coisa: o grande dom dos Rephaim. — Houve um murmúrio. — Edward VII era um homem curioso. Todos sabemos muito bem que ele se intrometia em coisas que não deveriam ser mexidas. Ele tentou controlar um poder que estava além do conhecimento humano. Um poder que nós, Rephaim, conhecemos muito bem.

Birgitta Tjäder encarava o palco com o cenho franzido. Vários emissários olhavam para seus guarda-costas da DVD, incluindo Bell.

— Imaginem o tipo de energia mais poderoso da Terra. — Nashira estendeu a mão para uma lamparina próxima. — Eletricidade. Ela movimenta os estilos de vida de vocês. Ilumina suas cidades e casas. Permite que se comuniquem. O éter, a Fonte, a força vital dos Rephaim, é bem parecido com a eletricidade. É capaz de levar luz à escuridão, conhecimento à ignorância. — A lamparina brilhou com uma luz súbita. — Mas, quando usada incorretamente, pode destruir. Pode matar. — A luz se apagou. — Tenho um dom que se provou muito útil ao longo dos dois últimos séculos. Alguns humanos clarividentes apresentam habilidades especialmente erráticas. Eles canalizam o éter, o reino dos mortos, de maneiras que podem resultar em loucura e violência. O Rei Sangrento tinha uma habilidade como essa, o que resultou no seu trágico surto de assassinatos. Eu consigo anular essas mutações perigosas do dom. — Ela apontou para mim. — A clarividência, assim como a energia, não pode ser destruída, apenas transferida. Quando 40 morrer, outro clarividente vai acabar desenvolvendo seu dom. Mas, ao mantê-lo dentro de mim, vou garantir que nunca mais seja usado.

— Você gosta de inventar coisas, não é, Nashira? — falei, antes de registrar o pensamento. Ela se virou para me encarar. Seus olhos reluziam.

— Você não vai mais falar. — Sua voz estava suave.

Arrisquei um olhar de relance para a galeria. Vazia. Abaixo de mim, Michael enfiou a mão na túnica. Ele estava com uma das armas.

Nos fundos do Salão da Guilda, uma porta se abriu. Terebell, Alsafi e o Mestre. Encontrei o olhar dele por cima das cabeças dos emissários. O cordão de ouro estremeceu. Vi uma imagem da faca, a que estava no chão, a que o Capataz tinha deixado para trás. Estava a poucos centímetros de Nashira. Quando ela se virou de novo para o público, meu espírito disparou no espaço entre nós duas. Com cada pitada de força que consegui reunir, entrei em sua zona hadal. Ela não estava esperando o ataque. Eu me imaginei em uma forma onírica gigantesca, um mamute, grande o suficiente para derrubar todas as barreiras.

O éter reverberou. Espíritos voavam pelo Salão da Guilda, indo para cima de Nashira de todos os cantos. Eles se uniram a mim nas fronteiras do plano onírico dela, destruindo sua antiga armadura. Os cinco anjos tentavam defendê-la, mas então vinte, cinquenta, depois duzentos espíritos a atacavam, e os muros estavam começando a ceder. Não perdi tempo. Abri caminho por entre as sombras e me joguei no coração de seu plano onírico.

Eu via através de seus olhos. O salão era um borrão giratório de cor e escuridão, luz e fogo, um espectro de coisas que eu nunca tinha visto. Será que era assim que os Rephs viam? Havia auras por toda parte. Eu tinha visão, mas agora estava cega, e seus olhos se recusavam a enxergar. Eles não queriam que eu visse. Aqueles não eram os meus olhos. Eu os forcei a abrir e olhei para minha mão. Grande demais, enluvada. Minha visão se fechou. Ela estava lutando contra mim. *Rápido, Paige.*

A faca. A faca estava lá. *Rápido.* Estendi a mão para pegá-la. O simples ato de mover minha mão era como tentar levantar um haltere. *Mate-a.* Meus ouvidos zumbiam com gritos e sons novos estranhos, vozes, milhares de vozes. *Mate-a.* Meus novos dedos se fecharam ao redor do cabo.

A faca. Estava lá. Dobrei o braço e, com uma única punhalada, enfiei a lâmina no meu peito. Os emissários gritaram. Minha visão se afunilou de novo. Tudo oscilou. Virei a faca com minha nova mão, arrastando-a no que quer que fosse que formava o corpo de Nashira. Nenhuma dor. Ela era imune aos ferimentos de uma lâmina amaurótica. Apunhalei de novo, desta vez à esquerda, mirando onde ficaria o coração num humano. Ainda sem dor. Mas, quando levantei o braço pela terceira vez, fui expulsa do corpo dela.

Espíritos se espalharam pelo salão, apagando todas as velas. O Salão da Guilda virou um caos. Quando minha visão voltou, não consegui ver nada. Meus ouvidos estavam repletos de gritos.

As velas recuperaram a vida. Nashira estava deitada sobre as tábuas. Ela não se mexia. A faca estava enfiada no seu peito até o cabo.

– Soberana de sangue! – gritou um Reph.

Os emissários tinham se calado. Minhas mãos tremiam enquanto eu me arrastava pelas tábuas até Nashira. Olhei para o rosto dela, seus olhos sem brilho. Os espíritos da Temporada dos Ossos XVIII ainda flutuavam ao seu redor, como se estivessem esperando que ela se unisse a eles no éter.

Mas então um brilho fraco encheu os olhos dela. Devagar, ela virou a cabeça. Senti que eu estava tremendo incontrolavelmente quando ela levantou o corpo todo.

– Muito esperta – disse ela. – Muito, muito *esperta*.

Continuei me movendo, arranhando os dedos nas tábuas. Eu a observei puxar a faca do peito. O público arfou.

– Mostre-nos mais. – Gotas de luz escorreram como lágrimas. – Não tenho qualquer objeção.

Com um movimento rápido da mão de Nashira, a faca estava no ar. Ficou pendurada ali por um instante, num fio invisível, depois veio voando na minha direção. Atingiu minha bochecha, me ferindo de raspão. As velas derretiam.

Um dos anjos dela era um poltergeist. Era raro eles conseguirem erguer matéria física, mas eu já tinha visto isso acontecer. Aporte, era como Jaxon chamava. Espíritos movendo objetos. Uma película de suor frio cobriu minha pele. Eu não devia ter medo. Já tinha enfrentado um poltergeist. Meu espírito estava maduro, eu podia me defender.

– Já que você insiste – falei.

Daquela vez, eu não ia conseguir pegá-la desprevenida. Nashira ergueu todas as camadas de armadura que tinha no seu plano onírico. Como se duas portas gigantescas tivessem se fechado na minha frente, fui jogada de volta para o meu corpo. Meu coração se agitou. A pressão na minha cabeça se intensificou. Ouvi uma voz conhecida, mas ela se perdeu em meio a um som demorado e agudo nos meus ouvidos.

Movimentar. Eu tinha que me movimentar. Ela não ia parar. Nunca ia parar de caçar meu espírito. Eu me apoiei nos cotovelos, tentando encontrar a faca. A silhueta de Nashira apareceu, vindo na minha direção.

– Parece estar cansada, Paige. Desista. O éter está chamando você.

– Devo ter perdido esse chamado – me forcei a falar.

Eu não estava preparada para o que aconteceu em seguida. Todos os seus cinco anjos formaram um enlace e voaram na minha direção.

Como uma onda negra, eles atravessaram minhas defesas. Fora do meu plano onírico, minha cabeça bateu com força nas tábuas do piso. Dentro dele, os espíritos abriram caminho através de tudo, espalhando pétalas vermelhas. Imagens passaram em lampejos diante dos meus olhos. Cada pensamento, cada lembrança foi destruída. Sangue, fogo, sangue. Um campo moribundo. Uma mão gigantesca parecia pressionar o meu peito, me prendendo no lugar. Em uma caixa, em um caixão. Eu não conseguia me mexer nem respirar nem pensar. Os cinco espíritos me atravessaram como se fossem uma espada, arrancando pedaços da minha mente, da minha alma. Virei de lado, me contorcendo como um inseto esmagado.

Pequenos músculos se contraíam nos meus braços e nas minhas pernas. Abri os olhos. A luz os queimou. Eu só conseguia ver Nashira, com a mão estendida, a lâmina iluminada pelas velas. Então ela sumiu.

Com um esforço que fez brotar lágrimas nos meus olhos, levantei a cabeça do chão. Michael tinha se jogado nas costas dela, distraindo-a. Havia uma faca na mão dele. O amaurótico apunhalou o pescoço dela, errando por centímetros. Movendo rapidamente o braço, Nashira o jogou para fora do palco. Ele caiu em cima de um hárli, derrubando-o no chão.

Ela ia se virar para mim de novo num instante. Daquela vez, acabaria comigo. Seu rosto apareceu acima de mim, e seus olhos ficaram vermelhos. Suas feições se suavizaram como uma névoa. Ela estava me deixando fraca, garantindo que eu não conseguisse usar meu espírito de novo. Rompendo minha conexão com o éter. Eu estava morta. Ela se ajoelhou ao meu lado e levantou minha cabeça até a dobra do seu braço.

Obrigada, Paige Mahoney. – A ponta da faca pressionava meu pescoço. – Não vou desperdiçar este dom.

Era o fim. Eu nem tive um último pensamento. Consegui, com o resto de energia que tinha, olhar nos olhos dela.

Então o Mestre apareceu. Ele a empurrou para trás usando enlaces imensos, com os quais formava escudos, como um comedor de fogo com tochas. Se eu tivesse visão, pensei vagamente, devia ser uma imagem magnífica. Terebell e Alsafi estavam com ele; e outros também – era Pleione ali? As silhuetas deles correram juntas. Meu plano onírico enviou miragens estranhas pelo meu campo de visão. Nesse momento, alguém me pegou nos braços e me tirou do palco.

O mundo veio em flashes. Havia uma tempestade no meu plano onírico: lembranças escorrendo por fendas que pareciam raios, flores destruídas por um vento forte. Minha mente tinha sido saqueada.

Eu tinha apenas um pouco de consciência do mundo exterior. O Mestre estava lá. Identifiquei seu plano onírico, uma presença conhecida. Ele estava me carregando para a galeria, para longe do que tinha acontecido nos poucos minutos em que estive inconsciente. Quando me colocou no chão, senti o sangue secando no meu rosto. Mal conseguia me lembrar de onde estava.

– Paige, lute contra isso. Você *precisa* lutar contra isso.

Ele passou a mão no meu cabelo. Observei seu rosto, tentando fazer as linhas pararem de ficar borradas.

Outro par de olhos apareceu. Achei que era Terebell de novo. Fiquei um tempo apagada e depois acordei com um rugido oco nos ouvidos. O barulho pressionava minhas têmporas. Quando a dor me obrigou a voltar para o plano carnal, o Mestre estava olhando para mim. Estávamos na galeria, acima do clamor no salão.

– Paige – disse ele. – Está me ouvindo?

Aquilo parecia uma pergunta. Confirmei com a cabeça.

– Nashira. – Não consegui fazer com que minha voz saísse mais do que um sussurro.

– Ela está viva. Mas você também.

Ainda estava viva. Nashira ainda estava lá. Senti a agitação sutil do pânico, mas meu corpo estava fraco demais para reagir. Aquilo ainda não tinha acabado.

O som de um tiro ecoou lá de baixo. Exceto pelos olhos dele, estava tudo escuro.

– Havia... – O Mestre se aproximou dos meus lábios para me ouvir. – Havia um poltergeist. Ela tem um... poltergeist.

– Sim. Mas você veio preparada. – Ele contornou meu pescoço com o dedo. – Eu não disse que isso podia salvar sua vida?

O pingente captou a luz dos olhos dele; o objeto sublimado, feito para repelir poltergeists. O que o Mestre havia me dado. O que tentei recusar e poderia não ter usado. Ele me ergueu até seu peito, mantendo a mão na minha nuca.

– A ajuda está vindo – disse o Mestre, muito suavemente. – Eles vieram por você, Paige. Os Selos vieram por você.

Houve mais um ponto cego, durante o qual o barulho se intensificou. Meu plano onírico se esforçava para se curar. O dano tinha sido grave; ele só ia começar a se recuperar em alguns dias. Poderia não começar nunca. De qualquer maneira, eu não podia me mexer, e o tempo estava se esgotando – eu tinha que chegar até a campina, encontrar a saída. Eu ia para casa. Eu *precisava* ir para casa.

Quando voltei a abrir os olhos, uma luz cruel os queimou. Não era luz de velas. Tentei bloqueá-la, com o peito oscilando.

– Paige. – Alguém pegou minha mão estendida. Não era o Mestre. Outra pessoa. – Paige, querida.

Eu conhecia aquela voz.

Ele não podia estar ali. Devia ser uma aparição, uma imagem do meu plano onírico danificado. Mas, quando pegou minha mão, eu soube que ele era real. Minha cabeça ainda estava apoiada no colo do Mestre.

– Nick – consegui dizer.

Ele estava usando o terno preto e a gravata vermelha.

– Sim, *sötnos,* sou eu.

Olhei para os meus dedos. Estavam ficando cinzentos. Minhas unhas tinham tons escuros de roxo-azulado.

– Paige – disse Nick, com a voz baixa e urgente –, mantenha os olhos abertos. Fique conosco, querida. Vamos lá.

– V-você precisa ir embora. – Minha voz estava rouca.

– Eu vou. Você também.

– Rápido, Visão. Não temos tempo a perder. – Outra voz. – Vamos tratar da nossa pequena Onírica perdida quando chegarmos à cidadela.

Jaxon.

Não, não. Por que eles tinham vindo? Nashira ia vê-los.

– Será tarde demais. – A mesma luz cruel brilhou nos meus olhos. – Sem reação pupilar. Hipoxia cerebral. Ela vai morrer se não fizermos isso. – Uma mão afastou meu cabelo do rosto molhado. – Onde diabo está Danica?

Eu não conseguia entender por que o Mestre não falava nada. Ele estava lá, eu sentia.

Outro apagão. Quando minha visão voltou, havia alguma coisa sobre o meu nariz e minha boca. Reconheci o cheiro de plástico: PVS², um semelhante portátil do sistema de suporte de vida de Dani. Havia mais planos oníricos por perto, reunidos ao meu redor. Nick me aninhava na dobra do seu braço, mantendo a máscara em cima da minha boca. Absorvi o oxigênio extra, com os olhos pesados. Nunca tinha me sentido tão completamente esgotada.

– Não está funcionando. O plano onírico dela está quebrado.

– O trem não vai esperar por nós, Visão. – A voz de Jaxon estava tensa. – Carregue-a. Estamos indo.

As palavras se espalharam pelo meu cérebro. Pela primeira vez em vários minutos, o Mestre falou:

– Posso ajudá-la.

– Não se aproxime dela – disse Nick.

– Não há tempo a perder. A DVN deve estar a caminho, vindo da ponte. Eles vão ver sua aura imediatamente, dr. Nygård. Sua reputação em Scion estará perdida. – O Mestre olhou para eles. – Paige vai morrer se vocês não fizerem nada. O plano onírico danificado pode ser consertado, mas só se agirmos depressa. Você quer perder sua andarilha onírica, Agregador Branco?

– Como você sabe meu nome? – soltou Jaxon.

Eu não conseguia vê-lo no escuro, mas senti a mudança súbita no plano onírico dele, as defesas se erguendo.

– Temos nossas maneiras.

Suas palavras eram como uma sequência de padrões, impossível de decifrar. Eu não conseguia ver o sentido delas. Nick se abaixou, exalando ar quente no meu rosto.

– Paige – disse ele no meu ouvido –, este homem diz que pode curá-la. Posso confiar nele?

Confiar. Reconheci aquela palavra. Uma flor banhada de sol na fronteira da percepção, me chamando para um mundo diferente. Uma vida diferente, antes do campo de papoulas.

– Sim.

Assim que falei isso, o Mestre veio na minha direção. Por cima do ombro dele, eu via Pleione.

– Paige, preciso que você derrube todas as defesas mentais que conseguir – disse ele. – Pode fazer isso?

Como se eu ainda tivesse algum fragmento de defesa.

O Mestre pegou um frasco da mão enluvada de Pleione. Um frasco de amaranto, quase vazio. *Cicatrizada*. Deviam estar estocando, economizando cada gota que conseguiam. Ele colocou um pouco debaixo do meu nariz e um pouco mais nos meus lábios. Um calor se infiltrou sob minha pele. Parecia que o éter estava me chamando, me pedindo para abrir minha mente. Uma onda de calor surgiu, costurando os rasgos do meu plano onírico. O Mestre esfregou o polegar na minha bochecha.

– Paige? – Pisquei. – Você está bem?

– Sim – respondi. – Acho que sim.

Sentei e depois tentei me levantar. Nick me ajudou a ficar de pé. Nenhuma dor. Esfreguei os olhos e pisquei, tentando me ajustar à escuridão.

– Como você chegou aqui? – perguntei, agarrando seus braços. Eu não conseguia tirar os olhos dele. Ele era real, estava ali.

– Com o grupo de Scion. Explico depois. – Ele me envolveu com os braços, me apertando no seu peito. – Venha. Estamos indo embora.

Jaxon estava a poucos centímetros de distância, segurando a bengala com ambas as mãos. Danica e Zeke estavam de pé a seu lado. Todos estavam vestidos nas cores de Scion. Do outro lado da galeria, Nadine atirava nos emissários com sua pistola. Os dois Rephaim me observavam.

– Mestre, quanto... – respirei fundo – quanto tempo temos?

Cinquenta minutos. Vocês precisam ir.

Menos de uma hora. Quanto mais rápido chegássemos ao trem, mais rápido eu poderia usar o sinalizador para avisar aos outros videntes.

– Estou confiando que você ainda sabe a quem deve fidelidade, Paige – disse Jaxon. Ele me olhou de cima a baixo. – Você quase me fez duvidar, minha concubina, com aquele teatrinho em Londres.

– Jaxon, há pessoas morrendo, *videntes* morrendo neste lugar. Será que podemos simplesmente deixar aquele incidente de lado e nos concentrar em dar o fora daqui?

Ele não teve chance de responder. Um grupo de Rephs entrou de repente na galeria, empunhando grandes enlaces. O Mestre e Pleione se colocaram na nossa frente.

— Vão — ordenou o Mestre.

Eu estava dividida. Jaxon já estava descendo as escadas, sendo seguido pelos outros.

— Paige, *venha* — pressionou Nick.

Pleione bloqueou um enlace. O Mestre se virou para me encarar.

— Corra. Vá até Port Meadow — disse ele. — Encontro vocês lá.

Eu não tinha escolha; não podia obrigá-lo a vir comigo — só podia fazer o que ele mandava e ter esperança de que estava fazendo a coisa certa. Nick agarrou meu braço e corremos escada abaixo, até o vestíbulo do Salão da Guilda. Não havia tempo para parar.

Os hárlis e os Rephs tinham se espalhado pelas ruas. Emissários em pânico e seus guardas da DVN corriam pelo vestíbulo. Nick os seguia. Parei quando o éter tremeu.

Eu me virei para encarar o salão. Havia alguma coisa errada, eu tinha certeza. Antes de perceber o que estava fazendo, corri de volta para os degraus de pedra. Jaxon gritou atrás de mim:

— E você está indo para *onde*?

— Vá para o trem, Jaxon.

Não ouvi a resposta dele. Nick veio atrás de mim e pegou meu braço.

— Aonde você vai?

— Vá com Jaxon.

— Nós *temos* que ir embora. Se a DVN vir minha aura...

Ele parou de falar quando chegamos ao salão deserto.

A escuridão preenchia cada canto do local. A maioria das velas tinha se apagado, mas três lamparinas vermelhas ainda brilhavam no lugar em que tinham caído. As cortinas onde Liss se apresentara haviam despencado e virado duas pilhas de tecido dobrado. Fui em direção a elas, sentindo o brilho fraco de um plano onírico. Atravessei correndo o piso de mármore e caí de joelhos.

— Liss. — Agarrei sua mão. — Liss, vamos lá.

O que a levara a voltar para as sedas? Seu cabelo estava emaranhado com sangue. Ela não podia estar morta, não depois de termos salvado sua vida.

Não depois de tudo pelo que trabalhamos juntos. Ela não podia morrer. Seb havia morrido; por que tinha que acontecer o mesmo com Liss? Ela abriu os olhos, mas só um pouco. Ainda vestida como vítima do rei. Seus lábios formaram um sorrisinho quando ela me viu.

– Ei. – Sua respiração falhou. – Desculpe... eu me atrasei.

– Não. Não se atreva a morrer, Liss. Vamos lá. – Apertei sua mão. – Por favor. Achamos que tínhamos perdido você antes. Não nos faça perder você de novo.

– Estou feliz por alguém se importar. – Havia lágrimas nos meus olhos: lágrimas frias e trêmulas que não caíam. Escorria sangue de sua boca. Eu não conseguia identificar onde terminava o sangue cenográfico e começava o dela. – V-vá embora – disse ela, com a voz fraca. – Faça o que eu não c-consegui... simplesmente não consegui. Eu só queria... queria ver a minha casa.

Sua cabeça virou para o lado. Os dedos afrouxaram nos meus, e seu espírito escapou para o éter.

Por um minuto, fiquei ali sentada, olhando para o corpo. Nick baixou a cabeça e puxou um pedaço de tecido para cima do rosto dela. *Liss se foi.* Eu me obriguei a pensar nisso. *Liss se foi, assim como Seb. Você não os salvou. Eles se foram.*

– Você devia recitar a trenódia – murmurou Nick. – Não sei o nome dela, *sötnos*.

Ele tinha razão. Liss não ia querer ficar ali, em sua prisão.

– Liss Rymore – esperei que esse fosse seu nome completo –, vá para o éter. Está tudo acertado. Todas as dívidas estão pagas. Você não precisa mais habitar entre os vivos.

O espírito dela desapareceu.

Não consegui olhar para o corpo. Não era Liss – o corpo, a casca, a sombra no mundo que ela deixou para trás.

O sinalizador estava em sua mão fria. Era tarefa dela dispará-lo. Tirei-o delicadamente de sua mão.

– Ela não ia querer que você desistisse. – Nick me observou verificar se havia munição no sinalizador. – Não ia querer que você morresse por ela.

– Ah, acho que ia, sim.

Eu conhecia aquela voz. Não conseguia ver Gomeisa Sargas, mas sua voz ecoou pelo salão inteiro.

– Você matou Liss, Gomeisa? – Eu me levantei. – Ela é boa o suficiente pra você agora que está morta?

O silêncio era uma maldição.

Uma voz baixa surgiu por trás de mim.

– Você não devia se esconder nas sombras, Gomeisa.

Observei. O Mestre tinha entrado no salão, e seus olhos estavam fixos na galeria.

– A menos que você tenha medo de Paige – continuou ele. – A cidade está queimando lá fora. Sua ilusão de poder já foi dissolvida.

Uma risada. Fiquei tensa.

– Não tenho medo de Scion. Eles entregaram o próprio mundo em uma bandeja de prata, Arcturus. Agora vamos jantar.

– Vá para o inferno – falei.

– Também não tenho medo de você, 40. O que podemos temer da morte, quando nós *somos* a morte? Além do mais, ser desalojada desse mundo caído, seu mundinho de flor e corpo, bom, isso seria quase uma bênção. Se ao menos não houvesse muito mais a ser feito com ele. – Passos. – Você não pode matar a morte. Que tipo de fogo pode escaldar o sol? Quem pode afogar o oceano?

– Tenho certeza de que podemos dar um jeito – falei.

Minha voz estava firme, mas eu tremia. Não consegui mais identificar se era de raiva ou medo. Atrás do Mestre, outro Reph macho tinha aparecido. Ao lado dele estava Terebell.

– Eu gostaria que vocês dois imaginassem uma coisa. Especialmente você, Arcturus. Diante do que tem a perder.

O Mestre não disse nada. Tentei identificar de onde vinha a voz. De algum lugar acima de mim. A galeria.

– Eu gostaria que vocês imaginassem uma borboleta. Imaginem: suas asas coloridas, iridescentes. É linda. Adorada. E agora pensem na mariposa. Ela tem a mesma forma, mas vejam as diferenças! A mariposa é pálida, fraca e feia. Uma coisa miserável e autodestrutiva. Ela não é capaz de se controlar, pois, quando vê o fogo, deseja o calor. E, quando encontra a chama, ela queima. – Sua voz ecoava por toda parte. Nos meus ouvidos, na minha cabeça. – É assim que vemos seu mundo, Paige Mahoney. Uma caixa de mariposas, só esperando para ser queimada.

O plano onírico dele estava muito próximo. Preparei meu espírito. Eu não me importava com quanto dano ia provocar. Ele tinha matado Liss; então eu ia matá-lo. O Mestre agarrou meu pulso.

– Não faça isso – disse. – Vamos cuidar dele.

– Eu quero cuidar dele.

– Você não pode vingá-la, andarilha onírica. – Pleione não tirava os olhos do inimigo. – Vá para a campina. O tempo é curto.

– Sim, vá para a campina, 40. Pegue o *nosso* trem para a *nossa* cidadela. – Gomeisa surgiu de trás das pilastras. Seus olhos estavam frescos de aura: a última que ele tirara de Liss Rymore. – O que há de tão terrível aqui, 40? Nós lhe oferecemos nosso santuário, nossa sabedoria; um novo lar. Você não era desnatural aqui; inferior, sim, mas você tinha um lugar. Para Scion, você é um sintoma da praga. Uma coceira na pele superficial deles. – Ele estendeu a mão enluvada. – Lá você não tem nenhum lar, andarilha onírica. Fique conosco. Veja o que há escondido aqui.

Meus músculos estavam estirados até o limite. Ele olhou diretamente para mim – dentro dos meus olhos, dentro do meu plano onírico, dentro das minhas partes mais sombrias. Sabia que suas palavras faziam sentido. Conhecia bem sua lógica distorcida; tinha confiado nela durante dois séculos, usando-a para provocar os fracos. Antes que eu pudesse responder, o Mestre me pegou pelo braço, me tirando do chão. Uma lâmina curva veio cantando por cima do ombro dele, acima da minha cabeça. Eu não a tinha visto na escuridão. Quando atingi o chão, ele correu em direção a Gomeisa. Terebell e o macho foram atrás do Mestre, ambos reunindo enlaces, emitindo sons terríveis. Nick me levantou de novo, mas eu não sentia as mãos dele. Eu só sentia o éter, onde os Rephaim estavam dançando.

O ar ao meu redor enfraqueceu até virar uma névoa prateada. Não consegui ver os quatro Rephs, mas sentia a agitação deles. Cada músculo flexionado, cada movimento e passo provocava uma onda de choque no éter. Eles estavam dançando na fronteira da vida. Uma dança de gigantes, a *danse macabre*.

Os espíritos da Temporada dos Ossos ainda estavam no salão. O enlace de Terebell voou atravessando as pilastras: trinta espíritos, todos entrelaçados e se erguendo, convergindo no plano onírico dele. Nenhum vidente conseguiria sobreviver se fosse atingido por tantos ao mesmo tempo. Esperei o golpe.

A risada de Gomeisa subiu até o teto. Com um aceno da mão, ele dissolveu o enlace. Feito cacos de vidro de um espelho, os espíritos se espalharam por todo o salão. O corpo frouxo de Terebell foi jogado em uma pilastra. O som dos ossos no mármore estalou pelo ar frio. Quando o outro Reph o atacou, Gomeisa simplesmente levantou a mão. O movimento jogou o agressor no palco. As tábuas cederam com o peso dele, fazendo-o cair no fosso.

Eu recuei, com as botas escorregando no sangue. Será que Gomeisa era algum tipo de *poltergeist*? Ele sabia usar o aporte: mover coisas sem encostar nelas. A descoberta fez meu coração bater com força e rapidez nas costelas. Ele podia me esmagar contra o teto por puro capricho.

Só sobrara o Mestre. Ele se virou para encarar o inimigo, terrível à meia-luz.

– Venha, Arcturus – chamou Gomeisa, abrindo bem os braços. – Pague pela sua generosidade.

Foi nesse momento que o palco explodiu.

29

A separação

A rajada de calor me jogou para o outro lado do salão, me deixando surda. Caí com força sobre o meu lado direito, batendo o quadril. Senti Nick agarrar meu pulso, me puxando para ficar de pé, me tirando do caminho e me levando para o vestíbulo. Mal conseguimos chegar até a porta antes que as chamas subissem. Eu me joguei no chão e cobri a cabeça com os braços. O fogo explodia no Salão da Guilda, quebrando as janelas. Continuei abaixada, me movimentando o mais rápido possível. O sinalizador ainda estava na minha mão.

Nenhum dos hárlis tinha o tipo de munição que poderia causar tamanha explosão. Julian deve ter me escondido alguma coisa. Onde será que ele tinha encontrado uma mina, quando teve tempo para implantá-la? Será que ele a havia pegado na Terra de Ninguém? E que tipo de mina provocava tantas chamas num prédio?

Na fumaça densa, Nick segurou meu cotovelo e me ergueu. Caía vidro do meu cabelo. Tossi, com os olhos ardendo.

– Espere. – Eu me afastei da mão de Nick. – O Mestre...

Ele não podia estar morto. Nick gritava alguma coisa, mas soava distante. Tentei usar o cordão de ouro. Ver, sentir, ouvir. Nada.

Do lado de fora, as sirenes soavam, e um incêndio desenfreado lançava fumaça na rua seguinte. O Salão expelia chamas e uma nuvem preta. Uma...

não, duas residências estavam queimando. Uma delas era Balliol, o único prédio com eletricidade. Os emissários agora teriam dificuldade para se comunicar com a cidadela. *Obrigada, Julian,* pensei. *Onde quer que você esteja, obrigada.*

Nick me levantou nos braços.

– Temos que ir – disse, com a voz áspera. Ele olhou para a cidade desconhecida, o rosto afundado no estresse. – Paige, não conheço este lugar... como vamos encontrar o trem?

– Vá andando para o norte. – Tentei descer, mas ele me agarrou com força demais. – Eu consigo correr, caramba!

– Você acabou de sobreviver a uma explosão e a um poltergeist! – gritou Nick para mim. Seu rosto estava vermelho de raiva. – Não vim até aqui para você acabar sendo assassinada, Paige. Pela primeira vez na *vida,* simplesmente deixe alguém carregar você.

Sheol I estava em estado de guerra. Como o Salão da Guilda tinha sido destruído, os rebeldes haviam se espalhado pelas ruas, onde lutavam com tudo o que tinham contra os Rephaim. Os emissários de Scion fugiam para todo lado, seguindo seus guarda-costas, que tinham aberto fogo contra os videntes. A unidade de Julian, que estava encarregada do incêndio, havia cumprido o desafio com um entusiasmo assassino – eles já tinham incendiado a maior parte do Pardieiro. Eu queria ficar, lutar, mas precisava disparar o sinalizador. Eu salvaria mais vidas desse jeito.

Nick pegou o caminho mais seguro, afastado das brigas, seguindo por uma rua estreita. Vi outro combate. Os hárlis lutando ao lado dos amauróticos e dos túnicas, se unindo para enfrentar Rephs individualmente – até Cyril tinha se juntado à batalha.

Um grito penetrante alcançou meus ouvidos. Olhei por cima do ombro de Nick. Nell. Suas mãos estavam sendo contidas por dois Rephs.

– Você não vai a lugar algum, 9. Precisamos nos alimentar.

Um deles puxou a cabeça dela para mais perto, segurando-a pelos cabelos.

– Não! Tirem as mãos de mim! Vocês nunca mais vão se alimentar de mim, seus parasitas!

Os gritos foram interrompidos quando seu guardião colocou a mão sobre sua boca.

– Nick! – gritei.

Ele ouviu a tensão frenética na minha voz. Seus braços me soltaram. Cheguei ao chão já correndo, indo direto até Nell. Eu não estava armada – mas tinha meu dom. Que não era mais minha maldição. Naquela noite eu ia salvar uma vida, e não tirá-la.

Joguei meu espírito no Reph maior. Empurrei o plano onírico dele, abrindo caminho à força até sua zona hadal, e voltei depressa para o meu corpo. Retornei a tempo de jogar as mãos para a frente, impedindo que meu queixo batesse no chão. Sem fazer a menor ideia do que tinha acontecido, Nell puxou as mãos, se libertou dos Rephs e esfaqueou o que estava à direita, apunhalando com força a lateral do corpo dele. Ao mesmo tempo, ela pegou um espírito do nada e o jogou na cara dele. O Rephaite emitiu um rosnado terrível. Seu companheiro ainda estava cambaleando por causa do meu ataque. Nell pegou seus suprimentos, que tinham caído, e correu para salvar a própria vida.

Os dois Rephs estavam feridos, mas ainda eram uma ameaça. O que eu ataquei olhou para mim, e seus olhos – laranja – se concentraram. Ele tirou uma lâmina da bainha em seu braço.

– Volte para o éter, andarilha onírica.

A lâmina disparou na direção do meu rosto. Não me abaixei rápido o suficiente: ela pegou no meu braço. Nick atirou. A bala atingiu o Reph no peito – sem sucesso. Enviei meu espírito para o plano onírico dele. O segundo ataque o enfraqueceu. Peguei a lâmina que ele jogou e a enfiei no seu pescoço.

Meu erro foi ter me esquecido de seu companheiro. Todo o fôlego escapou dos meus pulmões quando o segundo Reph me atingiu, me prendendo ao chão. O punho gigantesco dele baixou num soco a um centímetro da minha cabeça.

Nick jogou a arma longe. Quando o Reph levantou o punho para uma segunda tentativa, Nick pegou três espíritos próximos e os jogou em uma sucessão rápida. Senti o impacto no éter quando ele enviou uma imagem vívida para o plano onírico do Reph, cegando-o. No segundo em que o Reph saiu de cima de mim, lutando contra os espíritos e a visão, eu me levantei e voltei correndo para Nick.

Não tínhamos ido longe quando meu sexto sentido apitou. Virei a cabeça para encarar a ameaça.

– Nick!

Ele sabia. Com um movimento sutil, jogou a mochila no chão e pegou outro enlace. O alvo era conhecido: Aludra Chertan.

– Onírica. – Ela nem olhou para Nick. – Acredito que você ainda me deve por aquele espetáculo na capela.

– Afaste-se – alertou Nick.

– Mas você parece tão *revigorante*.

Seus olhos mudaram de cor.

O rosto de Nick se contorceu. O sangue escorria de seus canais lacrimais, e as veias do seu pescoço se tensionaram.

– Quase tão revigorante quanto a andarilha – continuou Aludra, vindo na nossa direção. – Eu bem poderia ficar com você, oráculo.

Nick se apoiou nos joelhos, tentando se manter de pé.

– Matei o primeiro da sua linha de sucessão – falei. – Não pense que eu não faria o mesmo com você. Volte se arrastando para o inferno podre de onde veio.

– Kraz era uma criatura arrogante. Eu não sou. Sei quais dos meus inimigos valem meus preciosos minutos.

– E eu sou um deles.

– Ah, sim.

Fiquei parada. Havia algo atrás dela: uma sombra. Uma sombra enorme e desajeitada. Aludra era gananciosa demais para ver aquilo. O gigante apodrecido. Reconheci a mancha no éter.

– Quantos minutos?

– Só um. – Ela levantou a mão. – Mas um minuto é tempo mais do que suficiente para morrer.

Naquele momento, sua expressão mudou. Choque. Ela o sentiu, mas não se virou rápido o bastante. A coisa a agarrou antes que ela conseguisse se mexer. Olhos brancos. Olhos mortos. Eu só via partes do gigante – as lamparinas a gás tinham se apagado quando ele apareceu –, porém, foi mais do que suficiente para deixar uma cicatriz na minha memória, profunda, arranhando o tecido delicado do meu plano onírico. Aludra não teve chance. Seu grito foi interrompido antes mesmo de sair.

– Sim – falei. – Mais do que suficiente.

Nick estava paralisado. Com os olhos arregalados, a boca bem fechada. Agarrei seu braço e corri.

Corremos pelas nossas vidas. Os Emim estavam na cidade. Exatamente como na Temporada dos Ossos XVIII.

– Quanto tempo? – gritei para Nick.

– Não muito. – Ele agarrou minha mão, me puxando com mais rapidez.

– O que *era* aquilo? O que foi que Scion fez com este lugar?

– Muita coisa.

Pegamos uma rua lateral, uma das muitas que levavam até a cidade fantasma. Uma figura veio correndo do lado oposto, ofegante. Nick e eu reagimos ao mesmo tempo: Nick fez o garoto tropeçar, fazendo-o cair no chão, e eu pressionei a mão no pomo de adão dele.

– Vai a algum lugar, Carl?

– Saia de cima de mim! – Carl estava ensopado de suor. – Eles estão vindo. Deixaram que entrassem na cidade.

– Quem?

– Os Zumbidores. Os Zumbidores! – Ele socava o meu peito, quase chorando. – Você tinha que estragar tudo, não tinha? Você precisava tentar mudar tudo! Este lugar é tudo o que eu tenho... você *não pode* tirá-lo...

– Você tem o mundo todo. Não se lembra dele?

– O mundo todo? Sou uma aberração! Somos todos aberrações, 40! Aberrações que conversam com pessoas mortas. É por isso que precisamos *deles* – disse Carl, apontando para o centro da cidade. – Você não vê? Este é o único lugar seguro pra nós. Vão começar a nos matar em breve... a nos transportar...

– Quem?

– Os amauróticos. Quando perceberem. Quando perceberem o que os Rephaim querem. Eu nunca mais vou sair daqui. Você pode ficar com o seu mundinho precioso. Faça bom proveito!

Soltei seu pescoço. Ele cambaleou, ficou de pé e saiu em disparada. Nick o observou ir embora.

– Você tem uma longa história pra contar quando chegarmos em casa.

Observei Carl desaparecer ao virar em uma esquina.

Faltava menos de um quilômetro e meio para alcançar a campina, mas eu não esperava chegar lá sem uma briga. Nashira estava por ali em algum lugar, e era possível que nem todos os escavadores de ossos tivessem tomado a mistura de Duckett. Seguimos pelo canto da rua, tentando chegar à cidade fantasma.

Houve uma explosão ao longe. Nick não parou. As janelas dos prédios estremeceram. Eu não conseguia pensar direito. Será que as pessoas estavam tentando fugir pelo campo minado? Deviam estar em pânico, se perguntando onde estava o sinalizador, correndo em meio às árvores para fugir. Eu tinha que chamá-los para o local seguro. Corremos pela rua destruída, depois saímos do caminho, em direção a Port Meadow. Vi as cercas e a placa. Alguns videntes e amauróticos tinham se reunido do lado de fora. Eles deviam ter achado que poderiam sair da cidade por ali.

E o Mestre. Ele estava lá. Imundo, coberto de cinzas, mas vivo. Ele me pegou nos braços.

– Onde você se meteu? – Minhas palavras saíram trêmulas.

– Desculpe. Fui desviado. – Seu olhar foi em direção à cidade. – Você não plantou aquele dispositivo incendiário debaixo do palco.

– Não. – Eu me apoiei nos joelhos, tentando recuperar o fôlego. – A menos que...

– A menos que...?

– 12. O oráculo, o túnica-vermelha. Ele falou alguma coisa sobre um plano alternativo.

– Vamos apenas nos concentrar em sair daqui. – Nick olhou de relance para o Mestre, depois para mim. – Onde fica a entrada do túnel? Estava claro quando chegamos.

A campina estava muito preta, escura demais para andar por ela.

– Não é longe – afirmou o Mestre.

– Certo. – Nick olhou para seu velho relógio Nixie. Ele secou o lábio superior com a mão trêmula. – O Agregador conseguiu?

– Pode usar o nome verdadeiro dele, Nick. – Eu sentia o suor escorrendo pelo meu pescoço. – Ele sabe.

– O sr. Hall e três de seus companheiros estão na campina, esperando por vocês – avisou o Mestre. Seus olhos continuaram fixos na cidade. – Paige, recomendo que você dispare um dos sinalizadores. Vocês ainda têm tempo.

Nick foi para a passagem protegida, onde Jaxon parecia estar analisando a cerca etérea. Fui para o lado do Mestre.

– Sinto muito por Liss – disse ele.

– Eu também.

– Vou dar um jeito de Gomeisa não se esquecer da morte dela.

– Você não o matou?

– Fomos interrompidos pela explosão. Gomeisa estava muito mais forte do que nós porque tinha se alimentado, mas o enfraquecemos. O incêndio no Salão da Guilda pode ter terminado o serviço.

Ele ainda estava usando luvas, mesmo naquele momento. Alguma coisa se agitou dentro de mim: tristeza, talvez. Será que eu tinha achado que ele ia mudar com tanta facilidade?

O Mestre não tirou os olhos dos meus. O cordão de ouro estremeceu só um pouco. Eu não sabia o que ele estava tentando transmitir, mas de repente fiquei mais concentrada, mais determinada. Peguei o cabo do sinalizador. O Mestre deu um passo para trás. Encontrei um local na campina, enterrei o sinalizador e virei a cabeça.

O sinalizador disparou acima da campina, emitindo um sinal após o outro. Ao lado do Mestre, eu o observei queimar e soltar fumaça. A luz vermelha se refletia nos olhos dele e nos nossos pés.

Olhei para além do sinalizador, para as estrelas. Aquela podia ser a última vez que eu veria as estrelas assim, em uma cidade sem luz, sem poluição. Ou, talvez, um dia o mundo todo ficasse daquele jeito. O mundo sob o comando de Nashira. Uma grande e sombria cidade-prisão.

O Mestre colocou a mão nas minhas costas.

– Precisamos ir.

Fui com ele até a passagem protegida. Ao abrir o portão, os videntes e os amauróticos – oito deles – atravessaram para a campina. Quando estávamos do outro lado, o Mestre escancarou o portão e pegou mais um frasco. Ele tinha mais frascos do que um boião.

O conteúdo era pálido e cristalino. Sal. Ele espalhou uma linha fina cruzando o portão. Eu estava prestes a perguntar sobre os Emim quando Jax agarrou meus braços e me jogou contra um poste. Senti a energia da cerca tão perto que meu cabelo crepitou.

– Idiota. – Jax agarrou a parte da frente do meu vestido. – Você acabou de mostrar a eles exatamente onde estamos, sua criança mimada.

– Estou mostrando a *todo mundo* onde estamos. Não vou deixar todas essas pessoas aqui pra morrer, Jaxon – falei. – São videntes.

Os músculos de seu rosto se contorceram. Estava enrugado de raiva. Aquele era o Jaxon que eu temia: o homem que controlava minha vida.

– Concordei em vir até aqui para salvar minha andarilha onírica – sussurrou ele. – Não para salvar uma multidão de adivinhos e áugures.

– Não é problema meu.

– É problema seu, sim. Se você fizer mais alguma coisa que comprometa esse esforço, o esforço de resgatar *você*, devo acrescentar, sua bebezinha ingrata, que vou dar um jeito de fazer você passar o resto da vida trabalhando com os escalões inferiores. Mando você para a Jacob's Island, e pode mercadejar com os auruspicistas, esplancomantes e o resto da *escória* que existe no fim do mundo. Vamos ver o que eles fazem com você. – Sua mão gelada estava no meu pescoço. – Essas pessoas são dispensáveis. Nós, não. Você pode ter conseguido alguma independência, ó, minha adorada, mas vai fazer o que estou mandando. E nós vamos voltar ao que éramos antes.

As palavras dele derrubaram camadas do meu plano onírico. Eu era novamente a Paige de dezesseis anos, com medo do mundo, com medo de tudo dentro de mim. Então uma armadura se formou ao meu redor, e me tornei outra pessoa.

– Não – falei. – Eu me demito.

Sua expressão mudou.

– Não é possível *se demitir* dos Sete Selos – disse ele.

– Acabei de fazer isso.

– Sua vida é propriedade minha. Fizemos um acordo. Você assinou um contrato.

– Não dou a mínima pro que os outros mime-lordes dizem. Se sou propriedade sua, Jaxon, então meu emprego não é diferente de uma escravidão. – Eu o empurrei para longe de mim. – E já tive o suficiente disso pelo resto da vida.

As palavras escaparam, mas não pareciam ter saído da minha cabeça. Eu estava ficando dormente.

– Se eu não posso ter você, ninguém mais pode. – Seus dedos se apertaram ao redor do meu pescoço. – Não vou abrir mão de uma andarilha onírica.

Ele estava falando sério. Depois do que acontecera na Trafalgar Square, eu entendia sua sede de sangue. Sua aura a revelava. Ele ia me matar se eu deixasse de servi-lo.

Nick tinha acabado de nos ver.

– Jaxon, o que você está fazendo?

– Eu me demito – falei. E repeti: – Eu me demito. – Eu tinha que me ouvir dizendo aquilo. – Quando voltarmos a Londres, não vou pra I-4.

Seus olhos se dirigiram a Jaxon.

– Conversamos sobre isso depois – disse ele. – Não temos tempo agora. Quinze minutos.

O lembrete mandou um dardo gelado pelas minhas entranhas.

– Precisamos colocar todo mundo no trem. Agora.

Nadine tinha voltado.

– Onde é a entrada? – Ela estava suando. – Saímos em uma passagem para esta campina. Onde é?

– Vamos encontrá-la. – Olhei para trás dela. Só Zeke estava ali. – Cadê a Dani?

– Ela não está respondendo ao transceptor. Pode estar em qualquer lugar.

– Ela trabalha para Scion – disse Nick. – Pode escapar dizendo que era uma emissária. Mas não é o ideal.

– Eliza veio?

– Não, nós a deixamos nos Dials. Precisávamos de um Selo na cidadela.

Jaxon se levantou e espanou a sujeira.

– Vamos todos ser amigos, por enquanto. Podemos discutir nossas diferenças quando voltarmos. – Ele acenou. – Diamante, Sino... deem cobertura, por favor. Temos um trem para pegar.

– E Dani? – Zeke parecia nervoso.

– Ela vai conseguir, meu garoto. Aquela menina é capaz de passar por um campo minado.

Jaxon passou depressa por mim, acendendo outro charuto no caminho. Como conseguia fumar em uma hora como aquela? Ele estava se passando por indiferente, eu tinha certeza. Não queria me perder. Eu também não tinha certeza se queria perdê-lo. Por que eu tinha dito todas aquelas coisas? Jaxon não era um oráculo nem um adivinho, mas suas palavras pareceram proféticas. Eu não podia terminar mercadejando – ou, pior: virando uma onírica noturna – em uma favela de videntes como a Jacob's Island. Havia lugares muito piores para estar do que trabalhando com Jaxon, na área segura da I-4.

Eu queria pedir desculpas. Eu *tinha que* pedir desculpas. Eu era uma concubina; ele era meu mime-lorde. Mas o orgulho me impediu.

Disparei outro sinalizador. O último. Uma última chance para os últimos sobreviventes. Então comecei a correr, seguindo Jaxon. O Mestre era minha sombra.

O sinalizador iluminou nosso caminho. Mais uns poucos humanos conseguiram chegar à passagem protegida. Eles nos seguiram até a campina – alguns em pares, outros sozinhos. A maioria era vidente. Quando Michael apareceu, segurou meu braço. Estava com um corte feio no rosto, da sobrancelha até o maxilar, mas conseguia andar. Colocou minha mochila nos meus braços.

– Obrigada, Michael... Você realmente não precisava... – Ele balançou a cabeça, o peito magro oscilando. Pendurei uma alça no ombro. – Mais alguém está vindo?

Ele fez três sinais rápidos.

– Os emissários – traduziu o Mestre. – Estão vindo com os guarda-costas. Quanto tempo? – Ele levantou dois dedos. – Dois minutos. Devemos estar bem à frente deles quando chegarem.

Aquilo era um pesadelo. Olhei por cima do ombro.

– Eles não podem simplesmente deixar a gente ir?

– Receberam ordens de prender todas as testemunhas deste evento. Precisamos nos preparar para um combate.

– Vamos dar um a eles.

Uma dor aguda me atingiu na lateral. No caminho, encontramos um homem ferido deitado na grama. Seu peito subia e descia com respirações superficiais. Eu tinha meio minuto para fazer aquele homem ficar de pé ou teríamos que deixá-lo ali.

– Vá em frente – falei para o Mestre. – Avise que estou indo. Você pode abrir o túnel?

– Não sem você. – Ele olhou para o homem. Não consegui desvendar o que estava pensando. – Seja rápida, Paige.

O Mestre seguiu em frente com Michael. Eu me ajoelhei ao lado do homem. Ele estava deitado de costas, com os olhos fechados, as mãos cruzadas sobre o peito. Pareceria uma efígie, não fosse pelo uniforme de Scion: gravata vermelha, terno preto, tudo encharcado de sangue. Quando verifiquei sua pulsação, ele abriu um dos olhos. Com uma urgência súbita, sua mão cheia de anéis segurou a minha.

– Você é a garota.

Fiquei parada.

– Quem é você?

– Carteira. Olhe.

Depois de um instante, peguei a carteira de couro em seu paletó. Lá dentro, havia uma identidade. Ele era do Arcowest.

– Você trabalha pro Weaver – falei baixinho. – Seu canalha doentio. Você fez isso. Tudo isso. Ele te mandou pra me ver morrer? Pra ver o inferno em que nos jogou?

O homem era alguém obscuro, cujo nome não reconheci.

– Eles vão d-destruir... tudo. – O sangue cintilava nos seus lábios.

– Quem?

– As c-criaturas. – Ele inspirou com esforço, a garganta chiando. – Encontre... encontre Rackham. Encontre-o.

Depois dessas palavras, o homem morreu. Segurei sua carteira nas mãos, tremendo com o frio súbito.

– Paige?

Nick tinha voltado para me buscar.

– Ele era de Scion. – Balancei a cabeça, exausta. – Não entendo mais nada.

– Nem eu. Estamos sendo manipulados, *sötnos*. Só não sabemos por quê, ainda. – Ele apertou minha mão – Venha.

Deixei ele me levantar. Assim que fiquei de pé, ouvi o tiro ao longe. Minhas costas se tensionaram totalmente. *Os emissários*. Deviam ter chegado à passagem protegida. Ao mesmo tempo, o éter emitiu um sinal estranho. Quatro silhuetas com olhos amarelos estavam vindo na nossa direção.

– Rephs – falei. Meus pés já estavam se mexendo. – Corra. Nick, *corra*!

Ele não discutiu. Nossas botas batiam com força na terra fria, mas os Rephs já estavam colados na gente, se movendo mais rápido do que nós.

Peguei uma faca na mochila e me virei, com a intenção de atingir os olhos deles, mas minha mão foi contida por Terebell Sheratan.

– Terebell – falei, com o peito oscilando. – O que você quer?

Ela me olhou nos olhos. Estava junto de Pleione, Alsafi e uma fêmea mais nova que não reconheci. Atrás deles, com a blusa rasgada e ensanguentada, estava Dani. Vê-la tirou um peso dos meus ombros.

– Trouxemos sua amiga – disse Terebell. Seus olhos estavam pouco iluminados. – Ela não vai durar muito aqui.

Ignorando todos eles, Dani passou mancando por mim, em direção ao grupo de retardatários. Parecia morta.

– O que você quer em troca? – perguntei, cautelosa. – Vocês não querem embarcar no trem.

– Se quiséssemos, você não ia ficar no nosso caminho. Todos nós salvamos vidas humanas. Trouxemos sua amiga e atrasamos a Divisão de Vigilância Noturna. Vocês têm uma dívida com a gente. – Alsafi me encarou. – Por sorte sua, andarilha onírica, não estamos indo para a cidadela. Viemos buscar Arcturus.

– Ele vai voltar quando estiver pronto. – Eu ainda precisava do Mestre.

– Então leve uma mensagem para ele. Diga que nos encontre na clareira assim que vocês forem embora. Estaremos esperando.

Com a mesma rapidez que chegaram, eles sumiram, em direção às cercas. Desapareceram na escuridão, como poeira na sombra, fugindo da punição inevitável dos Sargas. Eu me virei e segui para uma plataforma de treinamento, onde duas lamparinas queimavam em painéis de vitral.

Chegar ali tinha sido a parte fácil. Agora eu precisava levar aquelas pessoas para dentro do túnel e do trem.

Os retardatários tinham se reunido na beirada de uma plataforma de concreto – mas não a correta. Aquela era retangular. Nick estava dando uma olhada no rosto de Dani. Havia um corte profundo debaixo do olho, mas ela não se importou. No fundo da plataforma, Jaxon encarava a cidade com frieza. Nenhum sinal de Julian. Engolido pelo fogo, como Finn. Eu esperava que ao menos tivesse sido rápido.

– Temos que ir – falei. – Chega de esperar.

– Não adianta. – Um garoto amaurótico segurava o cabelo com os nós dos dedos brancos. – A DVN está vindo.

– Chegamos aqui primeiro.

Alguns pares de olhos ficaram mais iluminados. Peguei uma lanterna na mochila e a acendi.

– Sigam-me – falei. – Andem o mais rápido que puderem. Carreguem os feridos, se possível. Temos que chegar a outro ponto: uma elipse. Não temos muito tempo.

– Você está com os Rephs – disse uma voz amarga. – Não vou a lugar algum com um parasita.

Eu me virei para o homem que tinha falado e apontei para a cidade.

– Quer voltar para lá então?

Ele ficou calado. Passei apressada por ele, ignorando a dor na lateral do meu corpo, e disparei em mais uma corrida dolorosa.

Depois que passamos pelo laguinho de leitura, foi fácil me lembrar do local certo. O Mestre estava em pé onde treinamos tantos meses atrás.

– A entrada é aqui – disse ele quando me aproximei, indicando a elipse de concreto. – Nashira gostava da ideia de manter o trem sob a plataforma de treinamento.

– Você acha que ela está morta?

– Seria esperar demais.

Descartei a ideia. Não podia pensar em Nashira naquele momento.

– Eles estão esperando por você – falei. – Na clareira.

– Não tenho intenção de ir com eles ainda.

Aquelas palavras foram um alívio. Olhei para a elipse.

– Não tem nenhum guarda – falei. – Eles não deixam simplesmente aberto.

– Não são tão tolos assim. – O Mestre afastou uma camada de musgo, revelando um cadeado prata. Uma barra fina de luz branca surgiu no meio, como se uma lâmpada ali dentro tivesse sido acesa. – Este cadeado contém uma bateria etérea. Há um poltergeist aí dentro. Eles pretendiam mandar um guarda Rephaite com os emissários destrancá-lo antes que a energia fosse restaurada na linha do trem, mas se *você* conseguir convencê-lo a ir embora, a carga vai falhar, e o cadeado, se abrir.

As marcas na minha mão doíam.

– Ele não consegue machucá-la na sua forma onírica, Paige. – O Mestre sabia. – Você é a mais bem preparada para lidar com um esguio.

– Jaxon é um agregador.

– Isso não acaba com o problema. O poltergeist tem que ser persuadido ou compelido a sair do objeto, e não agregado. Enquanto não for libertado de suas amarras físicas, seu amigo não pode agregá-lo.

– O que você espera que eu faça?

– Você consegue viajar pelo éter. É capaz de se comunicar com o poltergeist sem tocar no cadeado, diferentemente de nós.

– Não existe "nós", Reph. – A voz veio de um áugure pouco mais velho do que eu. – Afaste-se desse cadeado.

O Mestre nem tentou argumentar, mas não tirou os olhos do áugure. O homem estava com um cano pesado nas mãos, uma arma improvisada da cidade.

– O que você vai fazer? – perguntei.

– Não existe esse negócio de bateria etérea. – Seus dentes estavam trincados. – Vou cuidar disso. Vou dar o fora daqui.

Ele balançou o cano, que atingiu o cadeado com força.

Um choque atravessou o éter. O áugure foi jogado uns seis metros para trás, gritando.

– Não, por favor, não. Não quero morrer. Por favor! Eu... eu não *quero* ser um escravo! Não! – Ele arqueou as costas, estremeceu e ficou imóvel.

Reconheci aquelas palavras.

– Mudei de ideia – falei. O Mestre voltou a olhar para mim. – Posso lidar com esse poltergeist.

O Mestre assentiu. Talvez ele entendesse.

– Eles estão vindo!

Ergui o olhar.

Sob a luz da lua, a DVN disparava pela campina. Armados com escudos antiprotestos e cassetetes, eles vinham escoltando um grupo de emissários. Birgitta Tjäder estava entre eles, assim como Cathal Bell. Tjäder nos viu primeiro e gritou de raiva. Nick levantou a arma, mirando na cabeça dela. Não fazia sentido usar enlaces em amauróticos.

Eu me virei para encarar os prisioneiros. Pela primeira vez desde que chegaram ali, eles precisavam ser encorajados. Precisavam ouvir uma voz dizendo que eram capazes de fazer aquilo. Que eles valiam alguma coisa.

Aquela teria que ser a minha voz.

– Estão vendo aqueles Vigis? – Apontei para eles, aumentando o tom de voz. – Aqueles Vigis vão tentar nos impedir de sair. Eles vão nos matar, porque, mesmo agora, não nos querem na capital. Não querem que a gente revele o que viu. Eles querem que a gente morra... aqui, agora. – Minha voz estava rouca, mas continuei. Eu tinha que continuar. – Vou abrir este alçapão, e nós vamos sair dessa cidade a tempo. Prometo a vocês que estaremos em Londres ao amanhecer. E não haverá sino diurno algum pra nos mandar de volta pras nossas celas! – Houve murmúrios de consentimento, de raiva. Michael bateu palmas. – Mas preciso que vocês defendam a campina. Preciso que façam essa última coisa antes de podermos deixar este lugar pra sempre. Me deem dois minutos, e eu lhes darei a liberdade.

Ninguém falou nada. Não houve gritos de guerra nem berros. Mas, em uníssono, eles pegaram as armas improvisadas, invocaram todos os espíritos que encontraram e saíram correndo na direção da DVN. Nadine e Zeke foram atrás deles, direto para a briga. Os espíritos da campina se uniram à causa, disparando até a DVN com o dobro de força das balas. Jaxon ficou parado, me avaliando.

– Um ótimo discurso – disse ele –, para uma amadora.

Era um elogio. O reconhecimento de um mime-lorde para sua concubina. Mas eu sabia que não era admiração de verdade.

Eu tinha dois minutos. Essa era minha promessa.

– Dani – falei –, preciso da máscara.

Ela enfiou a mão no bolso do casaco. O suor umedecia sua testa.

– Aqui. – Ela a jogou para mim. – Está ficando com pouco oxigênio. Aproveite o que tem.

Eu me posicionei o mais perto possível do cadeado e me deitei na grama. Nick olhou para o Mestre.

– Não sei quem você é, mas espero que saiba o que está fazendo. Ela não é um brinquedo.

– Não posso permitir que você leve essas pessoas pela Terra de Ninguém. – O Mestre olhou para a floresta. – A menos que consiga pensar em uma alternativa, dr. Nygård, este é o único jeito.

Prendi o PVS[2] sobre a boca e o nariz. Ele selou e se iluminou, indicando um fluxo contínuo de oxigênio.

– Você não tem muito tempo – avisou Dani. – Vou sacudi-la quando tiver que voltar.

Concordei com a cabeça.

– Mestre – falei –, qual era o nome do meio de Seb?

– Albert.

Fechei os olhos.

– Marcando dois minutos – disse Nick, e essa foi a última coisa que ouvi, pelo menos no plano carnal.

Eu via o minúsculo receptáculo no éter, que me absorveu como qualquer plano onírico faria, assim como uma gotícula poderia absorver outra. E então me virei e encarei um menino perdido.

Não fui em direção a ele. Fiquei apenas ali parada. Mas lá estava ele: Sebastian Albert Pearce, o garoto que eu não tinha conseguido salvar. Ele batia nas paredes, sacudindo as barras de ferro do cômodo. Do lado de fora das barras havia a escuridão sem fim do éter. Seu rosto estava ensanguentado, contorcido de raiva, e seu cabelo estava sujo de cinzas.

Na última vez que encontrei um poltergeist, eu estava na forma física, mas Seb ainda podia fazer algum mal ao meu espírito. Eu teria que impedi-lo.

– Seb – chamei, da forma mais suave que consegui.

Não demorou muito para ele notar a invasão. Seb me rondou e correu na minha direção. Eu o agarrei pelos pulsos.

– Seb, sou eu!

– Você não me salvou. – Ele rosnava de raiva. – Você não me salvou, e agora estou morto. Estou *morto*, Paige! E não consigo – ele socou a parede – sair – de novo – deste quarto!

Seu corpo magro se sacudiu nos meus braços. Suas costelas e ossos se destacavam, como antes. Me obriguei a controlar meu medo e segurei seu rosto imundo entre as mãos. A visão de seu pescoço quebrado me fez encolher.

Eu tinha que fazer aquilo. Tinha que domar a ira do espírito que ele se tornou, ou ele ia viver naquele estado para sempre. Aquilo não era Seb. Era a amargura, a dor e o ódio dele.

– Seb, me escute. Sinto muito, muito mesmo. Você não merecia isso. – Seus olhos estavam pretos. – Mas posso ajudar você. Quer ver sua mãe de novo?

– Minha mãe me odeia.

– Não. Escute, Seb, escute. Eu não libertei você e... sinto muito. – Minha voz estava quase falhando. – Mas podemos libertar um ao outro agora. Se você sair deste quarto, eu posso sair da cidade.

– Ninguém sai. Ela disse que "ninguém sai". – Ele agarrou meu braço, e sua cabeça se sacudiu tão depressa que ficou borrada. – Nem mesmo você. Nem mesmo eu.

– Posso *fazer* você sair.

– Não quero sair. Por que eu deveria sair? Ela me matou. Eu devia ter tido mais tempo!

– Tem razão. Você devia ter tido mais tempo. Mas você realmente quer morar nesta jaula pelo resto da eternidade?

Seb começou a tremer de novo.

– Para sempre?

– Sim, para sempre. Você não quer isso.

Seu pescoço se curou.

– Paige – sussurrou ele –, tenho que *ir embora* para sempre? Não posso voltar?

Eu comecei a tremer. Por que não tinha conseguido salvá-lo? Por que não tinha conseguido impedi-la?

– Por enquanto. – Devagar, com cuidado, coloquei as mãos em seus ombros. – Não posso enviar você até a última luz. Você sabe, aquela luz que as pessoas dizem que veem no fim. Não posso enviar você pra lá. Mas posso mandar pra bem longe, pra escuridão lá de fora, pra que ninguém consiga prender você de novo. E então, se realmente quiser, vai poder voltar.

– Se eu quiser.

– Isso.

Ficamos parados ali por um tempo, Seb nos meus braços. Ele não tinha pulsação, mas eu sabia que devia estar com medo. Meu cordão de prata estremeceu.

– Não vá atrás dela – disse Seb, agarrando minha forma onírica. – Nashira. Tudo o que eles querem é sugar a gente até a última gota. E tem um segredo.

– Que segredo?

– Não posso contar. Sinto muito. – Ele pegou minhas mãos. – É tarde demais pra mim, mas não pra você. Você ainda pode impedir isso. Nós vamos ajudar. Todos nós vamos.

Seb envolveu os braços ao redor do meu pescoço. Ele parecia tão real quanto o garoto que tinha vivido. Era daquele jeito que eu me lembrava dele. Sussurrei a trenódia:

– Sebastian Albert Pearce, vá para o éter. Está tudo acertado. Todas as dívidas estão pagas. Você não precisa mais habitar entre os vivos. – Fechei os olhos. – Adeus.

Ele sorriu.

E desapareceu.

A área do éter dentro do númen começou a entrar em colapso. O cordão de prata sacudiu, com mais urgência dessa vez. Dei um pulo apressado, e meu plano onírico me levou de volta.

– Paige. *Paige.*

Meus olhos doeram com a luz súbita.

– Ela está bem – disse Nick. – Vamos embora. Nadine, reúna todo mundo.

– Mestre – murmurei.

Uma mão enluvada apertou a minha, e eu sabia que ele estava lá. Abri os olhos. Ouvi tiros. E os batimentos cardíacos dele.

O Mestre levantou o alçapão de acesso: uma porta pesada, coberta de concreto, que escondia uma escada estreita. O cadeado vazio caiu fazendo barulho. O Mestre me jogou por cima do próprio ombro, e envolvi os braços no seu pescoço. Os humanos desceram os degraus, ainda atirando na DVN. Tjäder pegou a arma de um Vigi morto. O tiro atingiu Cyril no pescoço, matando-o. Vi a cidade – a luz no céu, o farol no escuro – antes de o Mestre ir atrás dos sobreviventes. Seu corpo quente e sólido era a única coisa em que eu conseguia me concentrar. Minha percepção voltou em solavancos dolorosos.

Fazia frio no túnel. Conseguia sentir o cheiro: o fedor seco e mofado de um ambiente que raramente era usado. Os tiros vindos de cima viraram uma cacofonia sem sentido, como latido de cães. Fechei os dedos, apertando o ombro do Mestre. Eu precisava de adrenalina, amaranto, de alguma coisa.

O túnel não era grande, quase do tamanho de um túnel do metrô, mas a plataforma era comprida e ampla o suficiente para acomodar pelo menos cem pessoas. Havia macas na ponta mais distante, empilhadas umas sobre as outras. Senti cheiro de desinfetante. Elas deviam ter sido usadas para levar videntes sob efeito de flux dali para o presídio ou, pelo menos, para as ruas. Mas eu tinha certeza de que estava ouvindo alguma coisa na escuridão: o zumbido vibrante da eletricidade.

O Mestre apontou a lanterna para o trem. Um instante depois, as luzes se acenderam. Semicerrei os olhos.

Energia.

O trem era um metrô leve, projetado para carregar poucos passageiros. As palavras SISTEMA DE TRANSPORTE AUTOMATIZADO DE SCION estavam impressas na parte de trás do trem. Os vagões eram brancos, com a insígnia de Scion nas portas. Enquanto eu os observava, as portas se abriram, e as luzes se acenderam lá dentro.

– *Bem-vindos a bordo* – disse Scarlett Burnish. – *Este trem vai partir em três minutos. Destino: Cidadela Scion de Londres.*

Suspirando aliviados, os sobreviventes entraram nos vagões, deixando as armas improvisadas na plataforma. O Mestre permaneceu parado.

– Eles vão perceber. – Minha voz parecia cansada. – Vão perceber que as pessoas erradas estão no trem. Vão estar nos esperando.

– E você vai enfrentá-los. Assim como enfrenta todas as coisas.

Ele me colocou no chão, mas não me soltou. Suas mãos envolveram meus quadris. Ergui os olhos para ele.

– Obrigada – falei.

– Você não precisa me agradecer pela sua liberdade. É um direito seu.

– E seu.

– Você me deu a minha liberdade, Paige. Precisei de vinte anos para recuperar as forças e tentar pegá-la de volta. Tenho que agradecer a você, e só a você, por isso.

Minha resposta ficou presa na garganta. Mais algumas pessoas embarcaram no trem, incluindo Nell e Charles.

– Precisamos entrar – falei.

O Mestre não respondeu. Eu não sabia ao certo o que tinha acontecido nos últimos seis meses – se alguma parte daquilo fora real –, mas meu coração estava pleno, e minha pele, aquecida, e eu não sentia medo. Não naquele momento. Não dele.

Houve um som distante, como trovão. Outra mina. Outra morte sem sentido. Zeke, Nadine e Jax cambalearam para dentro do túnel, apoiando uma Dani semiconsciente.

– Paige, você vem? – perguntou Zeke.

– Pode embarcar. Eu já vou.

Eles entraram em um vagão perto da parte de trás. Jaxon olhou para mim através da porta.

– Vamos conversar, minha onírica – disse ele. – Quando voltarmos, vamos conversar.

Ele apertou o botão dentro do vagão, e as portas deslizaram até fechar. Um amaurótico e um adivinho entraram tropeçando no vagão seguinte, um deles com a camisa ensanguentada.

– *Um minuto para a partida. Por favor, se acomodem.*

O Mestre apertou os braços ao meu redor.

– É estranho – disse ele – isso ser tão difícil.

Analisei seu rosto. Seus olhos estavam turvos.

– Você não vem – falei. – Vem?

– Não.

A percepção veio devagar, como o anoitecer tapando uma estrela. Notei que nunca esperara que ele fosse, só havia criado esperanças nas últimas horas. Quando era tarde demais. E então ele ia embora. Ou ia ficar. A partir daquele ponto, eu estava sozinha. E, naquela solidão, eu estava livre.

Ele encostou o nariz no meu. Uma dor lenta e doce surgiu dentro de mim, e eu não sabia o que fazer. O Mestre não tirava os olhos do meu rosto, mas baixei o olhar. Observei as nossas mãos, as dele maiores em cima das minhas – protegidas por luvas, escondendo a pele grossa por baixo – e minhas mãos pálidas, com fios de veias azuis. Minhas unhas ainda com uma coloração arroxeada.

– Venha com a gente – pedi. Minha garganta parecia arranhada, meus lábios estavam quentes. – Venha com... comigo. Pra Londres.

Ele tinha me beijado. Ele tinha me desejado. Talvez ainda me quisesse.

Mas qualquer coisa entre nós era impossível. E, pelo olhar dele, eu soube que me desejar não era suficiente.

– Não posso ir para a cidadela. – Ele passou o polegar pelos meus lábios. – Mas você pode. Pode voltar para a sua vida, Paige. Essa chance é tudo o que eu quero para você.

– Não é tudo o que eu quero.

– O que você quer?

– Não sei. Só quero você comigo.

Eu nunca tinha dito aquelas palavras em voz alta. Agora que eu sentia o gosto da minha liberdade, queria que ele a compartilhasse comigo.

Mas ele não podia mudar a própria vida por minha causa. E eu não podia sacrificar minha vida para ficar com ele.

– Preciso caçar Nashira nas sombras agora. – Ele pressionou a testa na minha. – Se eu conseguir afastá-la daqui, pode ser que o restante vá embora. Eles podem desistir. – Seus olhos se abriram, queimando as palavras na minha mente. – Se eu nunca mais voltar, se você nunca mais me vir, isso vai significar que deu tudo certo. Que acabei com ela. Mas, se eu voltar, quer dizer que fracassei. Que ainda há perigo. E então vou procurar você.

Sustentei seu olhar. Eu ia me lembrar daquela promessa.

– Você confia em mim agora?

– Eu deveria?

– Não posso lhe dizer isso. Isso *é* confiança, Paige. Não ter certeza se deve confiar.

– Então eu confio em você.

Como se estivesse a quilômetros de distância, ouvi uns socos. Punhos no metal, gritos abafados. Nick veio correndo de dentro do túnel, acompanhado dos sobreviventes restantes, que se empilharam no trem pouco antes de as portas se fecharem.

– Paige, entre! – gritou ele.

A contagem regressiva tinha terminado. O tempo havia acabado. O Mestre se afastou de mim, os olhos quentes de remorso.

– Corra – disse ele. – Corra, pequena onírica.

O trem estava em movimento. Nick se pendurou num corrimão, foi até a parte de trás do veículo e estendeu a mão.

– Paige!

Voltei a mim. Meu coração martelava, e todos os meus sentidos me atingiram como se fosse um muro de ferro. Eu me virei e corri pela plataforma.

O trem acelerou, quase rápido demais. Agarrei a mão estendida de Nick, subi no corrimão e entrei no trem. Eu estava lá, estava em segurança. Faíscas voavam pelo trilho, e a estrutura de metal estremeceu sob meus pés.

Não fechei os olhos. O Mestre tinha desaparecido na escuridão, como uma vela apagada pelo vento.

Eu nunca mais o veria.

Mas, enquanto observava o túnel passar correndo diante dos meus olhos, tive certeza de uma coisa: eu confiava nele de verdade.

Agora eu só precisava confiar em mim mesma.

Glossário

As gírias usadas pelos clarividentes em *Temporada dos Ossos* se baseiam livremente nas palavras usadas no submundo do crime em Londres no século XIX, com algumas alterações no significado ou no uso. Outras palavras foram tiradas do inglês coloquial moderno ou reinterpretadas. Termos particulares à Família – os humanos que moram em Sheol I – estão indicados com um asterisco*.

Agourento: [substantivo] Termo ultrapassado para cartomante. Ainda reconhecido em uma conversa, mas raramente usado na cidadela.

Agouros: [substantivo] Cartas usadas para clarividência, normalmente cartas de tarô.

Amaurose: [substantivo] Estado de não clarividência.

Amaurótico: [substantivo *ou* adjetivo] Não clarividente.

Andarilho: [substantivo] Apelido de *andarilho onírico*.

Andarilho noturno: [substantivo] Alguém que vende seu conhecimento de clarividência como parte de uma barganha sexual.

Artista*: [substantivo] Humano residente de Sheol I que não passou nos testes e está sob o comando do Capataz.

Bênção: [substantivo] Estrela da sorte.

Berço: [substantivo] Local de residência.

Bob: [substantivo] Gíria para uma moeda de ouro; uma libra britânica.

Boião: [substantivo] Especialista em drogas etéreas e seus efeitos no plano onírico.

Bonequinha: [substantivo] Termo carinhoso, apesar de condescendente, para uma mulher jovem ou menina (normalmente encurtado para *boneca*).

Brilho: [substantivo] Aura.

Bruta-lumes: [substantivo] Guarda-costas de rua, contratados para proteger os cidadãos dos desnaturais à noite. Identificados por uma luz verde característica.

Bulista: [substantivo] Falsificador de documentos, contratado pelos mime-lordes para fornecer documentos de viagem falsos para seus funcionários.

Caguetar: [verbo] Entregar; denunciar.

Caldo*: [substantivo] Mingau ralo, normalmente feito de suco de carne.

Camburão: [substantivo] Veículo usado para transportar prisioneiros.

Casa de flash: [substantivo] Bar de oxigênio ou outra área social. Geralmente patrocinada por criminosos.

Caspa: [substantivo] Empregador ganancioso e explorador.

Colete: [substantivo] Túnica sem mangas.

Concubina: [substantivo] Uma jovem clarividente associada a um mime-lorde ou mime-rainha, às vezes apelidada de "connie". Supostamente: [a] a amante do mime-lorde e [b] a herdeira de sua seção.

Consulente: [substantivo] Qualquer pessoa que busca conhecimento do éter. Podem fazer perguntas ou oferecer partes de si mesmos (p. ex.: sangue, palma da mão) para uma leitura. Adivinhos e áugures podem usar um consulente para se concentrar em certas áreas do éter, facilitando as previsões.

Coquim: [adjetivo] Perspicaz; enganador.

Cordão de ouro: [substantivo] Vínculo entre dois espíritos. Sabe-se pouco sobre isso.

Cordão de prata: [substantivo] Ligação permanente entre o corpo e o espírito. Permite que uma pessoa viva por muitos anos em uma forma física. Exclusivo de cada indivíduo. Muito importante para os andarilhos oníricos, que usam o cordão para sair temporariamente de seus corpos. O cordão de prata se esgota ao longo dos anos e, uma vez partido, não pode ser reparado.

Cortesão: [substantivo] Viciado em áster púrpura. O nome vem da Corte de St. Anne's, Soho, onde começou o comércio de áster púrpura no início do século XXI.

Danista: [substantivo] [1] Classe de batedores de carteiras; [2] Criança desobediente.

Destronado: [adjetivo] Totalmente recuperado da influência do áster púrpura.

Donop: [substantivo] Uma libra; medida de peso. Usado principalmente na comunidade de drogas etéreas.

Duckett: [substantivo] Contrabandista. Também é o apelido do penhorista de Sheol I.

Ecto: [substantivo] Ectoplasma ou sangue de Rephaite. Amarelo-limão. Luminoso e ligeiramente gelatinoso. Pode ser usado para abrir pontos gélidos.

Emim, os: [substantivo] [singular *Emite*] Supostos inimigos dos Rephaim; "os temidos". Descritos por Nashira Sargas como carnívoros e bestiais, com gosto por carne humana. Sua existência é cercada de mistério.

Encalacrado: [adjetivo *ou* verbo] Preso; falido.

Enlace: [substantivo] Um grupo de espíritos. Também pode ser usado como verbo: "enlaçar" = reunir (um grupo de espíritos).

Escavador de ossos*: [substantivo] Termo pejorativo para um túnica-vermelha.

Escuridão exterior: [substantivo] Parte distante do éter que fica além do alcance dos clarividentes.

Esguio: [substantivo] Espírito capaz de causar impacto no mundo corpóreo devido ao seu tipo ou sua idade. Em geral poltergeists e arcanjos.

Espelunca: [substantivo] Loja de penhores.

Espetáculo poeira: [substantivo] Diversão inferior, às vezes ridícula, normalmente relacionada a produções ilegais de teatro.

Éter: [substantivo] Reino do espírito, acessível aos clarividentes. Também chamado de Fonte.

Faca: [substantivo] Traidor.

Família, a*: [substantivo] Todos os humanos que residem em Sheol I, com exceção dos *escavadores de ossos* e outros traidores.

Fantasma: [substantivo] Espírito que escolheu um lugar específico para morar, muito provavelmente onde morreu. Tirar um fantasma de seu "local assombrado" vai deixá-lo irritado.

Ferros: [substantivo] Armas de fogo.

Ferros rugientes: [substantivo] Armas de fogo. "Levantar os ferros rugientes" = se preparar para uma luta.

Floxy: [substantivo] Oxigênio aromatizado, inalado através de uma cânula. A alternativa de Scion ao álcool. Servido na grande maioria dos locais de entretenimento, inclusive nos bares de oxigênio.

Flutuantes: [substantivo] Espíritos do éter que não foram banidos para a escuridão exterior nem para a última luz. Ainda podem ser controlados pelos clarividentes.

Flux: [substantivo] Fluxion 14, uma droga psicótica que causa dor e desorientação nos clarividentes.

Gaturar: [verbo] Prender.

Goia*: [substantivo] Pão velho.

Graxa: [substantivo] Maquiagem.

Guinéu: [substantivo] Dinheiro; sustento. "Ganhar seu guinéu" = se sustentar.

Hárli*: [substantivo] Artista.

Impulso: [substantivo] Dinheiro.

Julco: [substantivo] Poliglota.

Lavagem branca: [substantivo] Amnésia de longa duração causada por áster branco.

Lavar de branco: [verbo] usar áster branco em alguém.

Lâmpadas: [substantivo] Olhos. Ver também *refletores*.

Leitura: [substantivo] A arte de ver e obter *insights* no éter através de numa. Um consulente pode ser usado.

Mecks: [substantivo] Substituto não alcoólico para o vinho. Tem consistência doce, de melado. Servido nas cores branca, rosa e "blood" (ou vermelha).

Mercadejar: [verbo] Clarividência em troca de dinheiro. A maioria dos mercadeiros se oferece para ler a sorte visando a um pagamento. Não é permitido pelo sindicato do crime dos clarividentes.

Mime-crime: [substantivo] Qualquer ato envolvendo o uso do mundo espiritual ou a comunicação com ele, especialmente para obter ganhos financeiros. Considerado alta traição pelas leis de Scion.

Mime-lorde: [substantivo] Líder de uma gangue no sindicato dos clarividentes; especialista em mime-crimes. Costuma ter um grupo pequeno, de cinco a dez seguidores, mas mantém o comando geral sobre todos os clarividentes em uma seção dentro de uma coorte. Membro da Assembleia Desnatural.

Mime-rainha: [substantivo] Título usado por alguns mime-lordes do sexo feminino.

Nariz: [substantivo] Espião ou informante. "Virar nariz" = trair uma pessoa ou organização.

Númen: [substantivo] [plural *numa*] Objetos usados por adivinhos e áugures para se conectar ao éter; espelhos, cartas e ossos, por exemplo.

Onírico: [substantivo] Apelido de *andarilho onírico*, em geral usado pelos Rephaim.

Osso: [adjetivo] Bom ou próspero.

Ossos*: [adjetivo] Morto.

Ósteon: [substantivo] Atendente de um bar de oxigênio.

Oxigenada: [adjetivo] Mulher loura. Ligeiramente ofensivo.

Pardieiro: [substantivo] Bairro miserável. Em Sheol I é uma comunidade desvalida onde os artistas são obrigados a morar.

Plano carnal: [substantivo] Mundo corpóreo; Terra.

Plano onírico: [substantivo] Interior da mente, onde as memórias são armazenadas. É dividido em cinco zonas ou "anéis" de sanidade: luz do sol, crepúsculo, meia-noite, baixa meia-noite e hadal. Os clarividentes podem acessar conscientemente os próprios planos oníricos, enquanto os amauróticos só conseguem vislumbrá-los quando dormem.

Ponto gélido: [substantivo] Pequena fenda entre o éter e o mundo corpóreo. Se manifesta como um caminho de gelo permanente. Pode ser usado, com o ectoplasma, para abrir uma passagem para o Limbo. A matéria corpórea (sangue e carne, por exemplo) não consegue atravessar um ponto gélido.

Praga cerebral: [substantivo] Gíria para *fantasmagoria*, uma febre debilitante causada por Fluxion 14.

Presunto: [substantivo] Cadáver.

Refletores: [substantivo] Olhos. Ver também *lâmpadas*.

Reger: [verbo] Uso do áster púrpura.

Régio: [substantivo] Áster púrpura.

Rephaim, os: [substantivo] [singular *Rephaite*] Habitantes humanoides biologicamente imortais do Limbo, conhecidos por se alimentarem da aura dos humanos clarividentes. Sua história e origem são incertas.

Rotim: [substantivo] Amaurótico.

Servente: [substantivo] Termo neutro para se referir a qualquer pessoa no setor de serviços de Scion.

Sibilante: [substantivo] Termo desdenhoso para sussurrador ou poliglota.

Sindicato: [substantivo] Organização criminosa de clarividentes, com base na Cidadela Scion de Londres. Ativo desde o início da década de 1960. Governado pelo Sublorde e pela Assembleia Desnatural. Seus membros são especializados em mime-crimes para obter lucro financeiro.

Sindis: [substantivo] Membros do sindicato do crime de clarividentes. Termo geralmente usados pelos Vigilantes.

Sisão: [substantivo] Batedor de carteiras.

Sisar: [verbo] Bater carteiras com destreza.

Sortes: [substantivo] Objetos de adivinhação. Categoria de numa usada pelos cleromantes. Inclui agulhas, dados, chaves, ossos e varetas.

Sovar: [verbo] Bater; atingir.

Sublimação: [substantivo] Processo pelo qual um objeto comum é transfigurado em númen.

Sublorde: [substantivo] Chefe da Assembleia Desnatural e chefão do sindicato de clarividentes. Tradicionalmente, reside em Devil's Acre, na Coorte 1, Seção 1.

Surrar: [verbo] Bater.

Talco: [substantivo] Mentira.

Tásseos: [substantivo] Apelido dos tasseomantes.

Táxi pirata: [substantivo] Táxi fraudulento e sem licença, geralmente usado por clarividentes.

Terror barato: [substantivo] Ficção barata e ilegal produzida na rua Grub, centro do cenário de escritores videntes. Séries de histórias de terror. Distribuídas entre os clarividentes para compensar a falta de literatura fantástica em Scion. O terror barato abrange uma grande variedade de assuntos sobrenaturais. Entre eles: *Os vampiros de Vauxhall*, *O fiasco de Fay* e *Chá com um Tásseo*.

Tincto: [substantivo] Laudanum. Um narcótico ilegal. A gíria vem do nome comercial: Tintura de Ópio.

Trenódia: [substantivo] Série de palavras proferidas para banir espíritos para a escuridão exterior.

Túnica-amarela*: [substantivo] O escalão mais baixo de Sheol 1. Outorgado aos humanos que demonstram medo durante algum teste. Pode ser usado como sinônimo de *covarde*.

Túnica-branca*: [substantivo] Classificação inicial de todos os humanos em Sheol 1. Um túnica-branca deve apresentar certo grau de habilidade em seu tipo específico de clarividência. Passar nesse teste permite que a pessoa se torne um túnica-rosa; fracassar significa ser banido para o Pardieiro.

Túnica-rosa*: [substantivo] Segundo estágio de iniciação em Sheol 1. Um túnica-rosa deve provar que é capaz de enfrentar os Emim para se tornar um túnica-vermelha. Se fracassar no teste, o túnica-rosa volta a ser um túnica-branca.

Túnica-vermelha*: [substantivo] O mais alto escalão para humanos em Sheol 1. Os túnicas-vermelhas são responsáveis por proteger a cidade dos Emim. Em troca de seu serviço, recebem privilégios especiais. Também são chamados de *escavadores de ossos*.

Última luz: [substantivo] Centro do éter, local de onde os espíritos nunca conseguem retornar. Boatos dizem que existe uma pós-vida final depois da última luz.

Vidência: [substantivo] Clarividência.

Vidente: [substantivo] Clarividente.

Vigis: [substantivo] Vigilantes

Zeitgeist: [substantivo] Palavra alemã que significa o "espírito da era". Literalmente, "espírito do tempo". A maioria dos videntes usa essa palavra metaforicamente, mas alguns reverenciam o zeitgeist como uma divindade.

Zumbidores*: [substantivo] Emim.

Agradecimentos

Tenho uma grande dívida com a família Godwin, principalmente com David, por ter me acolhido tão bem no mundo editorial. Agradeço muito a Kirsty McLachlan, Caitlin Ingham e Anna Watkins pelo trabalho árduo na parte de direitos de filmagem e direitos no exterior. Eu não poderia ter uma agência melhor do que a DGA.

À equipe da Bloomsbury: antes de conhecer vocês, eu não tinha ideia de quanta paixão e quanto trabalho em equipe eram necessários para criar um livro. Gostaria de expressar minha gratidão pela inigualável Alexandra Pringle, cuja paixão por este livro foi a melhor inspiração que eu poderia ter tido; a Alexa von Hirschberg, minha editora maravilhosa, que foi muito além do que sua função exigia e esteve sempre presente quando precisei; e a Rachel Mannheimer, Justine Taylor e Sarah Barlow, que me ajudaram a transformar *Temporada dos Ossos* no melhor que poderia ser. Um agradecimento sincero a Katie Bond, Jude Drake, Amanda Shipp, Ianthe Cox-Willmott, Eleanor Weil e Oliver Holden-Rea no Reino Unido, e a George Gibson, Cristina Gilbert, Nancy Miller, Marie Coolman e Sara Mercurio nos Estados Unidos. Vocês todos foram fantásticos.

Andy Serkis, Jonathan Cavendish, Chloe Sizer, Will Tennant e o resto da equipe na Imaginarium: é um privilégio trabalhar com vocês. Obrigada pela dedicação em cada aspecto deste livro, muito além da parte visual. Em termos artísticos, muito obrigada a András Bereznay por desenhar o mapa; a David Mann pela linda capa inglesa – você é o cara – e a Leiana Leatutufu por ser minha automatária pessoal.

Dizer que este livro foi a minha vida nos últimos dois anos seria pouco. Há pessoas demais para serem nomeadas neste pequeno espaço, mas muito obrigada aos amigos que estiveram ao meu lado ao longo desses anos – e antes. Um agradecimento especial a Neil Dymond e Fran Tracey; a Emma Forward, minha professora inspiradora de Língua Inglesa; e a Rian, Jesica e Richard por terem me convidado a ir com vocês para a Irlanda. Se não fosse por vocês, eu nunca teria conhecido Molly Malone pessoalmente.

Aos meus tradutores no mundo todo, obrigada por tornarem este livro disponível em mais idiomas do que eu jamais poderia dominar. Muito obrigada a Flo e Alie por terem me dado uma ajuda com os nomes franceses e sérvios, e a Devora da Agam Books por compartilhar seu conhecimento de hebraico.

Obrigada a todas as pessoas que seguiram meu blog e meu Twitter durante a trajetória até a publicação, especialmente Susan Hill. Seu apoio me deu muita confiança. Um agradecimento extra aos funcionários e alunos do St. Anne College por terem sido tão gentis e colaborativos durante o último ano caótico. Muito amor pra vocês.

E, é claro, agradeço à minha família – principalmente à minha mãe, por me dar força e apoio constantemente, e Mike, meu superpadrasto e rei inquestionável da tasseomancia. Vocês dois me aguentaram nos piores momentos, então, em nome do espírito de Marilyn Monroe, certamente merecem me ver nos melhores momentos.

JD, obrigada por ser minha musa neste livro. Você é meu poeta morto preferido. E, por último, mas não menos importante, obrigada, Ali Smith, por me dar coragem de liberar *Temporada dos Ossos* para o mundo.

Obrigada a todos vocês por terem dado essa chance a uma sonhadora.

Este livro foi impresso na Intergraf Indústria Gráfica Eireli